HEYNE BÜCHER

SCIENCE FICTION

Herausgegeben von Wolfgang Jeschke

Von **Doris Egan** erschien in der Reihe
HEYNE SCIENCE FICTION & FANTASY:

Das Elfenbeintor · 0605131
Schäbige Helden · 0605132
Der Schuldspruch · 0605133

DORIS EGAN

Schäbige Helden

ZWEITER ROMAN DES IVORY-ZYKLUS

Deutsche Erstausgabe

Aus dem Amerikanischen übersetzt
von
MICHAEL MORGENTAL

WILHELM HEYNE VERLAG
MÜNCHEN

HEYNE SCIENCE FICTION & FANTASY
Band 0605132

Titel der amerikanischen Originalausgabe
TWO-BIT HEROES
Deutsche Übersetzung von Michael Morgental
Das Umschlagbild malte Ralph Voltz

Redaktion: Wolfgang Jeschke

Erstausgabe by DAW Books, New York

Printed in Germany 1994
Umschlaggestaltung: Atelier Ingrid Schütz, München
Technische Betreuung: Manfred Spinola
Satz: Schaber Satz- und Datentechnik, Wels
Druck und Bindung: Elsnerdruck, Berlin

ISBN 3-453-07753-9

KAPITEL 1

In der Provinz Tuvin bekommt man am Morgen Schokolade serviert, und zwar in kleinen runden Tassen mit flachem Boden und ohne Henkel. Die Leute trinken sie im allgemeinen außerhalb ihrer Wohnungen – auf den Märkten, in Buden am Straßenrand, auf den schmalen Balkonen der weißgetünchten Häuser. Aufgrund der nördlichen Lage ist Tuvin eine warme und sonnige Gegend, und alle diese Schokoladentrinker sitzen am Morgen da mit dem Hut auf dem Kopf. Und nehmen den illusorischen Frieden von Ivorys frischem neuen Tag in sich auf. Bevor sie alle losrennen, um die Konkurrenz zu beschwindeln und zu betrügen.

Das ist natürlich eine Verallgemeinerung, und sie ist noch dazu unfair. Besonders, wenn sie von mir kommt und wenn man bedenkt, was ich in dieser Provinz alles gesehen und getan habe. Wenn ich jetzt darauf zurückschaue, dann ist das Ausmaß der Schwierigkeiten erstaunlich, in die ich dort geriet und auf Ivory allgemein immer zu geraten scheine. Woanders ist mir so etwas noch nie passiert. Es scheint sich um einen ›interaktiven Effekt‹ zu handeln, wie meine Lehrer auf Athena sagen würden. Aber in der Provinz Tuvin habe ich Geschmack an der Morgenschokolade gefunden, und auch Geschmack an Schwierigkeiten. Allerdings erwarte ich nicht, daß irgend jemand anderer für letzteres Verständnis hätte, außer einem oder zwei der Cormallons.

Aber wir wollen auf jeden Fall chronologisch vorgehen. Ich hatte gerade meinen fünfundzwanzigsten Geburtstag nach dem Standardkalender gefeiert. Ich war nach Ivory zurückgekehrt und hielt mich dort zum zweitenmal im meinem Leben auf. Und ich stand allein inmitten der Hügel von Cormallon, einen langen Fußmarsch vom Haupthaus entfernt, und pflückte Kirschen für den Nachtisch zum Abendessen.

Für den Frühsommer war es ein kühler Tag, aber da ich eine Barbarin bin, trug ich für alle Fälle einen Sonnenhut. Ich hatte ihn gerade abgenommen – er war aus Stroh, rund, mit einer Spitze in der Mitte – und füllte ihn mit schwarzroten Kirschen. Der Morgenhimmel spannte sich als weite, herrlich blaue Kuppel über mir, und der Wind wehte sanft, und ungefähr bei der vierundvierzigsten Kirsche kam ich zu dem Schluß, daß ein Schmerz zwischen den Schulterblättern sich störend zwischen die intellektuelle Einschätzung eines Tages und die tatsächliche Freude daran schieben kann. Da hörte ich in der Ferne einen Luftwagen schwirren.

Wenn Sie mich kennen, werden Sie wissen, daß kein Pferd in der Nähe war, das durch dieses Geräusch hätte erschreckt werden können. Ich war selbst nur wenig neugierig, da ich mich ja hinter der Barriere von Cormallon in Sicherheit befand. Ich hielt meinen schweren Strohhut mit beiden Händen und wartete, und einige Minuten später landete auf dem Gipfel des Hügels ein Luftwagen, den ich noch nie zuvor gesehen hatte.

Kylla stieg aus. Sie war (für ihre Verhältnisse) konservativ gekleidet, in ein schimmerndes blaues und goldenes Gewand, trug breite goldene Ringe in ihren Ohren und hatte die Fülle ihres schwarzen Haares mit einem blau-goldenen Riemen zurückgebunden. Auf die Wangen waren keine goldenen Wirbel gemalt; sie mußte also in Eile gewesen sein. Sie eilte den Hügel herab, packte mich und wirbelte mich herum.

»Theo, Theo, Theo«, sagte sie glücklich.

Wirklich, es war erst vier Tage her, seit wir uns zum letztenmal gesehen hatten.

»Lysander hat mir hundert Goldtabals extra zum Einkaufen gegeben«, sagte sie.

Das also war die Erklärung.

»Und jetzt kannst du mit mir kommen«, fügte sie hinzu. »Ran sagte, du würdest heute sowieso in die Stadt gehen.«

»Wann hast du mit Ran gesprochen?« fragte ich.

»Vor einer halben Stunde, über das NETZ; er ist in der Hauptstadt. Er sagte, du müßtest heute mit einem gräßlichen Menschen von der athenanischen Botschaft reden. Liebling, sie machen dir doch nicht etwa Schwierigkeiten wegen der Staatsbürgerschaft, oder?«

»Nein, nichts dergleichen. Nur ein Routinebesuch. – Wie hast du die hundert Tabals bekommen?« fragte ich, da ich wußte, daß sie dadurch abgelenkt würde.

Sie lächelte breit. »Jedesmal, wenn er Shez anschaut, schmilzt sein Herz einfach dahin.« Shez war ihre kleine Tochter Sheherazade, die gerade das Alter erreicht hatte, wo sie sich aufrichten konnte, wenn sie sich an etwas festhielt.

»Wo ist die kleine Prinzessin? Hast du sie nicht mitgebracht?«

»Sie ist oben im Haus, liebste Theo, und wartet darauf, daß ihre Tante kommt und sich umzieht. Also, gib mir eine Kirsche und steig in den Luftwagen.«

Ich gab ihr eine Handvoll (so reagiert alle Welt gewöhnlich auf Kylla) und stieg ein.

Auf dem Weg zum Haus sagte sie: »Theo, du mußt mir sagen, wann die Hochzeit ist. Wie kann ich mich darauf vorbereiten, wenn ich es nicht weiß?«

»Mußt du das immer fragen, Ky? Du bist die erste, die es herausfinden wird, das verspreche ich dir.«

Also schön, ich hatte ein paar Bedenken. Das ist aber nicht dasselbe wie kalte Füße. Ich war jung und verliebt und überlegte, ob es klug war, sich fürs Leben an einen Mann zu binden, der nach den Maßstäben seiner eigenen Regierung eine kriminelle Organisation leitete. Und das war nur eines der geringeren Probleme, mit denen man zu tun hatte, wenn man sich mit Ran befaßte.

All die Gewißheit auf seiten der anderen wurde allmählich irritierend. Schon auf das Gerücht hin waren in Cormallon Geschenke eingetroffen. (Vor gerade vier Tagen hatte ich über das NETZ mit Kylla gesprochen und dabei einige Schachteln geöffnet. Aus einer Schachtel kroch etwas Rotes, Gesprenkeltes und lief über den Boden. Es war ein Insektoid. Mir stockte der Atem, und ich ließ eine andere Schachtel darauf fallen. Kylla hatte mich vom Schirm verschwinden sehen und rief immerzu: »Theo? Theo?« Ich suchte nach dem toten Ding – fand es, zu meiner Erleichterung – und kam wieder ans NETZ. »Ich wußte nicht, was es war«, erklärte ich, »deshalb habe ich es getötet.« Kylla fand an meiner Logik nichts auszusetzen, aber sie sagte: »Was werden wir Graza sagen, der Cousine dritten Grades?« Es scheint, daß in manchen Gegenden der Welt diese Art seltener Insekten noch lebendig als Brosche benutzt wird. »Igitt!« sagte ich, und Kylla mußte auch dem zustimmen, aber es blieb immer noch das Problem, wie ich mein Dankschreiben formulieren sollte. »Jetzt mußt du heiraten«, argumentierte sie, »denn wir können das Geschenk nicht mehr zurückgeben.« Ganz zu schweigen von dem Problem, das die Glasscherben darstellten, die einzigen Überbleibsel des vormaligen Inhalts von Großtante Evelinas Schachtel, die ich mit so tödlicher Wirkung hatte fallen lassen. »Was immer es auch war, ich danke Dir dafür«, diktierte Kylla mit einem hinterlistigen Grinsen. »Von dem Augenblick an, wo wir es erhielten, erwies es sich als nützlich.«)

Die ganzen Aufmerksamkeiten für eine Hochzeit, von der ich mir noch gar nicht sicher war, ob sie stattfinden würde, begannen mir auf die Nerven zu gehen.

»Also, in welchem Stadium seid ihr jetzt?« fragte Kylla, die nie von etwas abließ, für das sie sich interessierte. »Habt ihr schon Hochzeitskuchen ausgetauscht? Letzte Woche war eine Vollmond-und-Halbmond-Nacht.«

Überlassen wir alles Kylla der Unnachgiebigen. »Das soll ich dir doch nicht erzählen«, sagte ich.

»Unsinn. Wir leben in einer modernen Welt, Theodora. – Du lieber Himmel, du solltest das doch wissen. Du bist eine Ausländerin. Und laß dich nicht durcheinanderbringen von den Geschichten, man dürfe den Kuchen nicht backen, wenn man menstruiert. Lüge einfach und sage, daß du nicht menstruierst. Es ist auch schwer genug, vier aufeinanderfolgende Monate darauf zu verzichten.«

Falls Sie es noch nicht bemerkt haben: Unsere Kylla kann man nicht stoppen. Sie hatte sicherlich keine Schwierigkeiten gehabt, den Mann ihrer Wahl zu heiraten, trotz der Tatsache, daß die Shikrons und die Cormallons die letzten dreihundert Jahre verfeindet gewesen waren. Jetzt waren sie Verbündete. Und meines Wissens wußte ihr Ehemann *immer noch* nicht, daß sie Pfeife rauchte. Eines Tages, wenn sie Großmutter und jenseits der Wechseljahre sein würde, würde sie ihm vielleicht enthüllen, daß sie gern mit hochgelegten Beinen dasaß. Was ihre Pfeifenleidenschaft angeht, so würde ich nicht einmal damit rechnen, daß das nach ihrem Tod herauskäme.

Aber trotz Kyllas Unfähigkeit, einen geraden Weg zu wählen, wenn man auch einen krummen benutzen konnte, glaube ich schon, daß Lysander im Grunde wußte, was er bekam, als er sie heiratete. Und ich habe bisher auch keine Beschwerden gehört.

Meine eigene eventuelle Hochzeit war eine völlig andere Geschichte.

»Woher kommt all der Druck?« fragte ich. »Weder Ran noch ich haben je irgend jemandem gegenüber ein

Wort von Hochzeit fallen lassen, das schwöre ich, und wir haben schon jetzt Geschenke im Wert von dreitausend Tabals oben im Haus.«

»Wie viele habt ihr schon zurückgeschickt?« fragte sie rasch.

Eine gute Frage. »Na schön, wir haben uns nicht sonderlich bemüht, es abzuleugnen.«

Sie prustete und ging mit dem Luftwagen in die Kurve; wir näherten uns dem Haupthaus. Unter uns erstreckten sich die Pavillons und die Gärten voller frühsommerlicher Blumen. »Wenn der Erste des Hauses Cormallon vom Planeten verschwindet, um einer jungen Dame nachzulaufen – und die Angelegenheiten des Hauses den Händen zweier kaum ausreichend befähigter Cousins überläßt –, dann kann man annehmen, daß seine Absichten ernster Natur sind. Wenn er dann mit besagter junger Dame zurückkehrt, dann darf man annehmen, daß er erfolgreich war.« Sie schwieg für einen Augenblick, als sie zur Landung ansetzte; Ky ging Risiken ein, aber sie war tatsächlich eine großartige Fliegerin. Wir landeten daunenweich, und sie schaltete den Motor ab. »Wenn du also keine plausiblere Geschichte hast, die ich weiterverbreiten kann…«

»Wie steht es damit, daß ich hier bin, um die Materialsammlung für meine Doktorarbeit abzuschließen?«

Sie prustete wieder. Kein Ivoraner nahm eine solche Geschichte ernst, was schade war, weil es einfach zeigte, wie sehr der Geheimdienst von Athena auf dem Holzweg war, als man dort dachte, diese Geschichte sei glaubhaft. Ich versuchte ihnen gegenüber das klarzustellen – nun ja, davon wird später noch mehr zu erzählen sein.

»Schau!« sagte ich und zeigte auf den großen Eingang, als wir ausstiegen. Die Tür, die sich nur für einen Cormallon öffnete, stand weit offen, und auf der obersten Stufe stand Herel, die Köchin, und half Shez, die ziemlich wacklig auf den Beinen stand. Die Kleine trug ein karminrotes Gewand mit schwarzen Borten, und ihre großen dunklen Augen glänzten. »Mama«, rief sie. Sie trat mit einem Bein nach vorn und wäre umgefallen, wenn Herel sie nicht an beiden Armen gehalten hätte. ›Mama‹ und zwei oder drei andere Wörter waren ungefähr alles, was man von Sheherazades Geplapper verstehen konnte, obwohl sie eine Menge redete.

Wir gingen die Treppe hinauf, um die beiden zu begrüßen. Herel übergab Shez ihrer Mutter, und ich gab Herel meinen Hut voller Kirschen.

Fünf Stunden später ließ Kylla mich vor der Botschaft von Athena aussteigen. Ich ging die Stufen hinauf, unter der weißen Statue von Pallas Athene, die bewaffnet war und eine Eule auf ihrem Brustpanzer trug. Ihr Gesicht war klar und ausdruckslos, auf eine Weise, die Rationalität bedeuten sollte, aber mich immer an Fadheit erinnerte. Damit möchte ich keinen symbolischen Kommentar über die Gesellschaft von Athena abgeben; hier geht es nur um eine Statue.

Inzwischen kannte ich die vordere Eingangshalle sehr gut, tatsächlich hatte ich sie durch häufigere Besuche während meines ersten, unfreiwilligen Aufenthalts auf Ivory kennengelernt. Ich schritt über den Boden mit dem achtspeichigen Rad aus farbigem Marmor – jeder Sektor dieses Rades steht für einen der großen Zweige des Wissens – und zeigte dem diensthabenden Wachmann meinen Paß.

Er sah auf einer Liste nach. »Zimmer 805«, sagte er. Zumindest in der Botschaft von Athena gab es nie wegen meiner Körpergröße und meiner Haarfarbe eine Überraschung. Ich stieg die Treppe hinauf – etwas Bewegung war mir willkommen nach dem langen Flug von Cormallon in die Hauptstadt mit Kylla – und klopfte an eine Tür am Ende eines stillen Korridors.

Es wird schwer sein, dies alles jemandem zu erklären, der gesellschaftlich nicht so distanziert ist wie ich. Ich empfinde keine große Loyalität gegenüber Pyrene, dem Planeten, auf dem ich geboren wurde und von dem ich geflohen war. Ich empfinde keine große Loyalität gegenüber Athena. Ich empfinde auch keine große Loyalität gegenüber Ivory, obwohl ich die ivoranische Staatsbürgerschaft bekomme, sobald meine Heirat mit Ran amtlich ist. Wenn man mich jedoch festlegen wollte, dann wäre vermutlich Athena der Planet, dessen Ideale den meinen am nächsten kämen. Soweit es mich betrifft, so verdient jede Gesellschaft Respekt, die die wissenschaftliche Methode hochhält, egal, was für engstirnige Ansichten sie in andern Dingen vertritt.

Trotzdem erschienen mir die Regeln und Prozeduren von Athena oft unglaublich kindisch.

Diesen Regeln gemäß besuchte ich von Zeit zu Zeit einen bestimmten Herrn, dessen Name mir zu Hause an der Universität genannt worden war, und erzählte ihm, was auf Ivory vor sich ging. Lange Zeit sagte ich zu mir selber, ich sei keine Spionin. Schließlich kam aber ich zu der Erkenntnis, daß es so ziemlich dasselbe war, was Spione tun. Sie berichten mäßig uninteressante Fakten, die zum größten Teil keine Geheimnisse darstellen.

Ich war nicht einmal völlig ehrlich zu den Athenanern, denn sie hatten keine Ahnung, daß Ran über meine Besuche in der Botschaft und deren Folgen gut Bescheid wußte. Er war beiläufig interessiert, aber nicht mehr. Wie die meisten seiner Landsleute hatte er keinen Begriff davon, was man auf Athena oder Pyrene für ›Patriotismus‹ hält. Was ihre Identität angeht, fühlen sich die Ivoraner den Bewohnern anderer Planeten von Natur aus überlegen, aber sie empfinden keine besondere Anhänglichkeit gegenüber der Regierung in der Hauptstadt; sie betrachten sie als eine erträgliche Plage, die eingerichtet wurde, um Steuern einzutreiben und ihnen das Leben schwerzumachen. Einige Leute aus den höheren Schichten der Aristokratie – Kandidaten für den Thron – sahen das anders, aber sie bildeten die Ausnahme. Ich hatte keine Lust gehabt, dies den athenanischen Beamten begreiflich zu machen – ich vermutete, sie hätten es als einen Bruch der Geheimhaltung betrachtet. Dabei gab Ran Informationen nur dann an andere weiter, wenn man sie ihm sozusagen mit vorgehaltener Waffe abforderte – nun ja, alle Verheirateten haben irgendwelche Eigenschaften, die ihre Partner irritieren.

Nun ja, ich bemühte mich, das Verständnis für Ivory auf anderen Planeten zu verbessern. Ich kannte keinerlei bedeutende militärische Geheimnisse – ich bin mir nicht einmal sicher, ob es da überhaupt welche gab –, aber ich war in einer einzigartigen Stellung, um den Athenanern ivoranische Denkweisen zu erläutern. Die beiden Welten hätten viel gemeinsam unternehmen können, wenn sie nur nicht immer aneinander Anstoß genommen und sich gegenseitig beleidigt hätten.

Allerdings war dies eine mühsame Aufgabe.

Ich stieß die Tür von Zimmer 805 auf und blickte in ein kleines Zimmer mit einem Schreibtisch, drei Stühlen und zwei Männern, die mir beide unbekannt waren.

»Verzeihung«, sagte ich, »ich muß mich in der Tür geirrt haben.«

»Wen suchen Sie?« fragte der Mann hinter dem Schreibtisch. Er war relativ jung, hatte schwarzes Haar und war gut gekleidet, in der aktuellen athenanischen Mode, die ich ein paar Monate zuvor hinter mir gelassen hatte. Der andere Mann hatte einen grauen Bart und trug eine etwas konservativere Kleidung; obwohl er auf einem Besucherstuhl saß, war seine Haltung entspannt, mit einem Anflug von Würde. Ich hatte sofort das Gefühl, daß er einen höheren Rang einnahm als der andere.

Die Frage ließ mich zögern. Die Person, der ich Bericht erstattete, war Beamter der Athenanischen Außerplanetarischen Sicherheitsabteilung. Ich bezweifelte, daß er es gern gesehen hätte, wenn jemand durch die Korridore streifte und ihn unter dieser Amtsbezeichnung suchte. Und ich wußte nicht, unter welchem offiziellen Titel er hier registriert war. Sein Vorname war Samuel; damit konnte man nicht sonderlich viel anfangen, aber unter diesen Umständen war es wohl am besten, wenn ich mich darauf beschränkte.

»Ist Samuel irgendwo in der Nähe?« fragte ich.

Sie blickten einander an. »Samuel ist abberufen worden«, sagte der Mann am Schreibtisch. »Darf ich um Ihren Namen bitten?«

Nun gut, mein Name war kein großes Geheimnis. »Theodora von Pyrene.«

»Dann sind Sie hier schon richtig«, sagte er. »Kommen Sie herein.«

Ich trat ein, allerdings nicht sehr zufrieden, und setzte mich auf den dritten Stuhl. Der Mann am Schreibtisch lächelte. »Ich bin Thomas Cashin. Ich werde hier Samuels Stellung übernehmen.«

»Hoffentlich geht es ihm gut?« fragte ich.

»Ein Krankheitsfall in der Familie«, sagte Thomas Cashin. Jeder, der die Botschaft vorzeitig verläßt, tut dies wegen eines Krankheitsfalls in der Familie.

»Ich verstehe«, sagte ich.

Thomas Cashin öffnete eine Mappe, blickte auf die darin enthaltenen Papiere und sagte: »Ich habe mich gerade mit Ihrer Laufbahn vertraut gemacht. Sie sind ganz schön herumgekommen, nicht wahr? Haben Pyrene bei der ersten besten Gelegenheit verlassen, athenanische Staatsbürgerschaft angenommen, Athena bei der ersten besten Gelegenheit verlassen …«

»Das war ein Mißgeschick. Das muß in Ihren Aufzeichnungen vermerkt sein. Und meine Staatsbürgerschaft ist immer noch athenanisch.«

»Im Augenblick, ja. Sagen Sie mir bitte, weiß Ihr Ehemann irgend etwas darüber, daß Sie einer fremden Regierung Berichte liefern?«

»Nein«, log ich standhaft. Wenn ich das Samuel nicht erklären konnte, dann brauchte ich es bei diesem Mann erst gar nicht zu versuchen. Und was meinen Zwischenzustand anging, halbwegs zwischen Verlobung und Heirat, so war das sogar noch komplizierter und ging ihn gar nichts an.

»Er fragt Sie nicht, wohin Sie gehen, wenn Sie hierher kommen?«

»Ich bin ein freies Individuum. Ich gehe, wohin ich will. Er kontrolliert mich nicht.«

»Und doch haben Sie ausgesagt, in einem Gespräch unter dem Standarddatum 8.923, daß auf Ivory den Frauen nicht die gleichen Chancen wie den Männern eingeräumt werden. Sie sagten damals, daß Sie Ivory in dieser Hinsicht für ›primitiv‹ hielten.« Er beugte den Kopf über die entsprechenden Stellen in seinen Unterlagen, ›8.923‹ und ›primitiv‹. Es geht doch nichts über Faktenhuberei, wenn man dabei das Wesentliche verfehlt.

»Das stimmt«, sagte ich, »aber das ist nicht die ganze Geschichte. Frauen der unteren Klassen schuften aus purer Notwendigkeit genau wie die Männer für ihren Lebensunterhalt. In den höheren Schichten werden sie gewöhnlich aus allen Berufen ferngehalten, die in der Öffentlichkeit ausgeübt werden. Schließlich müssen in einer Gesellschaft, wo Mord ein Spiel ist, die Erzeugerinnen der nächsten Generation aus der Schußlinie gehalten werden. Und wo die Familien dazu tendieren, Geschäftsunternehmen zu sein, ist das eine nüchterne Unternehmensentscheidung.«

Ich sprach in dem gleichen Ton, den ich auch in den Seminardiskussionen gebraucht hatte. Damit hat man bei meinen athenanischen Landsleuten mehr Erfolg, denn sie schauen einen verächtlich an, wenn man die Stimme hebt.

»Aber Ihr Ehemann gehört zum Adel …«

»Zum Landadel, vielleicht«, korrigierte ich. »Oder zum Großbürgertum. Wir gehören nicht zu den Sechs Familien. Seine Großmutter allerdings war adelig«, fügte ich erläuternd an.

»*Was immer* er auch ist, er ›schuftet‹ nicht für seinen Lebensunterhalt, wie Sie es formuliert haben …«

»So? Tut er das nicht?«

»… und doch sagen Sie, daß Sie frei herumwandern.«

»Mein Fall ist anders gelagert.«

»Ach ja«, sagte er, und jetzt mischte sich ein leicht verächtlicher Unterton in seine Stimme, »die Karten.« Er beugte den Kopf wieder über die Mappe.

Ich beschloß, mit meiner Antwort zu warten, bis er mir eine Frage stellte. Ich war versucht, aufzustehen und hinauszugehen, aber warum sollte ich meine Pläne wegen eines begriffsstutzigen Beamten über den Haufen werfen?

Die Karten waren ein großes Geheimnis gewesen, aber jetzt, wo ich nicht mehr die einzige bin, die sie lesen kann, ist das nur noch ein weiteres Kapitel aus der Vergangenheit.

Er sagte mit noch mehr Verachtung in der Stimme: »Tarot-Karten«, und ich unterdrückte Impuls, ihn zu korrigieren. »Sie assistierten Ihrem Gatten bei seinem Familienunternehmen durch das Lesen von Tarot-Karten.«

Ich wartete immer noch. Wir näherten uns dem wunden Punkt.

»*Zauberei*«, sagte er, »*Magie.* Anscheinend wollen Sie, daß die Regierung von Athena, das rationalste und vernünftigste Gremium des Universums« – über diese Bezeichnung ließe sich aber streiten –, »an diesen aufgelegten Schwindel glaubt, den die Leute von Ivory vorbringen, wenn sie behaupten, daß sie Magie praktizieren können.«

Nicht alle von ihnen, dachte ich, aber ich korrigierte ihn immer noch nicht.

»Also?« sagte er.

»Also was?«

»Was haben Sie zu sagen?«

»Verzeihung, haben Sie eine Frage gestellt?«

Er schlug die Mappe geräuschvoll zu. »Ich habe eine Frage gestellt. Sie haben verdammt recht, ich habe eine Frage gestellt. Wie können Sie erwarten, uns diesen Haufen Unsinn anzudrehen, ohne auch nur einen Hauch von Beweisen, die bekräftigen...«

»Es gibt Beweise. Es gibt eine Menge Beweise. Was uns fehlt, ist eine Theorie.«

»So? Ich dachte, Sie hätten diese Geschichte von Gen-Manipulation durch Außerirdische vorgebracht...« Er öffnete die Mappe erneut und begann, die Papiere durchzublättern, aber er fand nicht, was er suchte.

»Das war nur die Lieblingstheorie eines meiner Freunde. Niemand weiß es wirklich. *Ich* weiß es jedenfalls nicht, okay?« Dieses spezielle Thema der Befragungen berührte mich unangenehm, aus Gründen, die nichts mit seinem Mangel an Höflichkeit zu tun hatten.

Um die Wahrheit zu sagen, mich irritierte nicht nur seine Begriffsstutzigkeit (seine *barbarische* Begriffsstutzigkeit, wie meine Reflexe mir sagten), sondern auch meine eigene, persönliche Neurose. Tatsächlich war mir die Magie von Ivory ein Dorn im Auge, seit ich erfahren hatte, daß sie real war. Oh, den Cormallons bereitete sie kein Kopfzerbrechen – soweit es Ran betraf, tat man dies und dies und bekam Elektrizität, tat man aber das und das, so bekam man Magie. Warum sollte man einen Wirbel darum machen? Aber es ging gegen mein ganzes Verständnis des Universums. Natürlich, je mehr Jahre vergingen, desto mehr mußte ich zugeben, daß mein Verständnis des Universums ziemlich mangelhaft war. Aber es hatte mir zu anderen Zeiten und an anderen Orten recht gut geholfen, und außerdem war die wissenschaftliche Methode der größte Schritt der menschlichen Freiheit und Geistesklarheit, der je getan wurde, und an dieses Schiff werde ich mich klammern, wie sehr es auch schwankt. Daß Resultate durch Experimente wiederholt werden können, stellt den großen Unterschied zwischen der Wahrheit und schönen, farbigen Mythen dar. – Wohlgemerkt, ich liebe Mythen, aber sie sollten an dem Platz bleiben, der ihnen zukommt.

Und dann erschien Ran. Ich konnte damit umgehen, daß er meine persönlichen Regeln sprengte (wie: Stehlen ist immer schlecht; Sex ist im Grunde langweilig), aber nichts beunruhigte mich so sehr wie sein beiläufiger Gebrauch der Magie. Was mich am meisten irritiert, ist, daß am Ende – und das muß ich glauben – die Magie von Ivory in das ›wissenschaftliche‹ Bild der Welt, wie wir es auf Athena kennen, eingefügt werden wird. Es wird wahrscheinlich eine Phalanx von Wissenschaftlern und einige kooperationswillige Zauberer sowohl auf diesem wie auf anderen Planeten erfordern, um zu bestimmen, unter welchen Umständen das, was wir Magie nennen, funktioniert. Aber am Ende wird das geschehen.

Der schwierigste Teil an dem Ganzen wird der kooperationswillige Zauberer sein. So wie ich Ivory kenne, werde ich längst tot sein, wenn das geschieht. Es ist doch begreiflich, daß ich mich ärgere, oder? *Andere werden die Antwort erfahren.* Ich lebe einfach in der falschen Zeit. O ja, ich bin dankbar, daß ich manches umsonst bekommen habe, wofür Philosophen der Vergangenheit Jahre ihres Lebens hingegeben hätten, um es zu erfahren; ich kenne die Natur der Sterne. Aber es ist nicht fair!

Konnte ich das auch nur ansatzweise dem Nachfolger auf dem Posten des Beamten für Äußere Sicherheit klarmachen? Nein.

Aber ich versuchte es.

»Schauen Sie – die Menschen verstehen nicht immer die Kräfte, die sie verwenden. Tatsächlich ist *üblich,* Dinge zu benutzen, die funktionieren, bevor man weiß, wie sie funktionieren. In ein oder zwei Generationen wird man es vielleicht wissen, aber jetzt wissen wir es nicht und müssen damit leben. So ist nun mal die Wirklichkeit. Glauben Sie, daß nur die Dinge existieren können, die Sie persönlich verstehen? Denken Sie, alles, was nicht das Siegel der Anerkennung durch den Universitätsrat trägt, müßte bloß imaginär sein?«

Und so weiter und so weiter. Ohne Unterlaß, das kann ich Ihnen schwören.

Er reagierte darauf auch ziemlich herablassend. Ich will mir die Einzelheiten der drei Stunden ersparen, die ich in Zimmer 805 verbrachte.

Was mich am meisten an ihm ärgerte, war, daß er seine Zweifel jedesmal in seiner Stimme ausdrückte, wenn er einen Widerspruch fand. Da das Leben aus Widersprüchen besteht, tat er dies fast die ganze Zeit. Zum Beispiel bei dieser Geschichte mit der Stellung der Frauen auf Ivory, auf die wir nicht einmal, sondern zweimal zurückkamen – ich versuchte ihm begreiflich zu machen, daß Menschen ihre Rollen immerzu durcheinanderbringen; aber das bedeutet nicht, daß es die Rollen nicht gibt. *Kanz,* er lebte jetzt hier, warum ging er nicht einfach hinaus und sprach mit den Leuten? Cashin brachte vermutlich seinen ganzen Tag hinter sich, ohne überhaupt mit den Einheimischen ein persönliches Gespräch zu führen. Umgab sich mit Athenanern, wohin auch immer er ging – der frühere Botschafter war genauso gewesen.

»Nehmen Sie zum Beispiel Königin Elisabeth die Erste«, sagte ich. Es war inzwischen früher Abend, und ich wünschte mir, das Zimmer hätte Fenster. Kylla mußte allmählich schon ungeduldig werden. Der grauhaarige Mann, der kein Wort gesagt hatte, war nahe daran, einzudösen. Jetzt wachte er ein wenig auf und blickte verwundert drein.

»Königin Elisabeth die Erste?« fragte Cashin.

»Königin einer Inselnation auf der Erde in jener Zeit, als die Unterordnung der Frau unter den Mann als von Gott gegeben betrachtet wurde – von Gott, der ein Mann war. Aber sie war nicht nur Staatsoberhaupt, sie war ein sehr populäres Staatsoberhaupt. Habe ich *sie* erfunden?«

Cashin räusperte sich verlegen. Es war deutlich zu sehen, daß er gedacht hatte, ich *hätte* sie erfunden.

»Um zu der Sache zurückzukommen, um die es geht«, sagte er (*Kanz*, er war es doch, der dauernd das Thema wechselte), »paßt es nicht ein bißchen zu gut, daß dieser Ran Cormallon Sie ausgewählt hat, damit Sie ihm bei seinen Geschäften helfen? Wie können Sie sicher sein, daß er nicht vom Kaiserlichen Geheimdienst beauftragt wurde, sich an eine ausländische Staatsangehörige heranzumachen?«

Der Gedanke, Ran, Kylla oder irgend jemand anderer von den Cormallons ließe sich vom Kaiserlichen Geheimdienst einspannen, war schlichtweg lachhaft. Der Geheimdienst hätte keine Chance. Ich errötete, aber nicht deshalb und auch nicht, weil Cashin anscheinend in einem Kurs gelernt hatte, wie man seine Verbündeten beleidigt. Der Grund war, daß Ran mir am Anfang aus typisch ivoranischem Eigennutz eine Stelle angeboten hatte – ich hatte keine familiären Verbindungen und konnte später bequem umgebracht werden, wenn es mit mir nicht gut ging.

Jede Familie hat jedoch ihre Eigenarten, und ich sah keinen Grund, sie Thomas Cashin zu offenbaren.

»Es ist schon spät«, sagte ich, »ich werde zu Hause zum Abendessen erwartet …«

»Da haben wir einen schwachen Punkt getroffen, nicht wahr?« sagte dieser unangenehme Mensch. »Was, wenn diese ganze Beziehung nur eine abgekartete Sache war? Diese Einheimischen überzeugen Sie, daß sie Zauberer sind und daß Sie eine Art Magierin sind ...«

»Ich habe keinerlei Talent zur Magie. Und auch die meisten Leute auf Ivory nicht. Sogar hier ist es vergleichsweise selten ...«

»Was ist dann mit diesem ganzen Schwindel, daß Sie engagiert wurden, um Karten zu lesen?«

Ich biß mich auf die Lippe. Das hatte ich alles mit Samuel und ein paar anderen Leuten durchgekaut, aber jetzt darüber zu Cashin zu reden ...

»Also?«

»Das waren besondere Umstände«, sagte ich schließlich. »Ich benutzte ein Deck von Spielkarten, das mit einem Bannfluch belegt war.«

Er schloß die Mappe wieder, mit einem endgültigen und triumphierenden Knall. »Ich glaube, es ist ziemlich klar, Theodora von Pyrene. Sie sind von Natur aus eine Unruhestifterin. Sie sind geltungsbedürftig. Sie waren in Ihrer Heimat eine Außenseiterin, und das versuchen Sie dadurch auszugleichen, daß Sie überall einen Wirbel veranstalten, wohin Sie gehen. Nun gut, da braucht man zweifellos einen professionellen Therapeuten – ich sehe hier, daß Sie zu einigen gegangen sind, als Sie noch auf Athena waren –, aber es gehört wohl kaum zu den Aufgaben dieser Botschaft, das für Sie einzufädeln.«

Ich spürte, wie mein Gesicht wieder rot wurde. Niemand hört gerne persönliche Beleidigungen, aber wenn dieser Kanz wüßte, wie sorgfältig ich mich in meinem Leben bemühte nicht aufzufallen ...

Ich stand auf. »Auf Wiedersehen«, sagte ich und hoffte dabei, meine Stimme klänge fest. »Bitte lassen Sie es mich wissen, wenn jemand Ihren Posten übernimmt, der dieser Aufgabe gewachsen ist.« Ich war schon an der Tür, als der graubärtige Mann endlich den Mund öffnete.

»Warten Sie!«

Ich blickte ihn an.

»Bitte warten Sie«, sagte er. Er warf Cashin einen Blick zu. »Thomas, ich sehe Sie in zehn Minuten im Konferenzraum.«

Cashin zögerte. Der Ältere sagte: »Das reicht einstweilen.«

Cashin stand auf und verließ sein Büro. Der Graubart machte eine Geste, ich solle mich wieder setzen. »Bitte?« sagte er.

Ich setzte mich. »Ich glaube, wir sind uns noch nicht vorgestellt worden.«

»Merril Zarmovi. Verzeihen Sie, daß ich meinen Namen nicht schon eher genannt habe.« Sein Benehmen war völlig ruhig und entspannt. Es war für ihn kein Problem, ›bitte‹ und ›verzeihen‹ zu sagen, und wahrscheinlich war es für ihn auch kein Problem, alles andere zu sagen, was er je zu sagen hatte. Eigentlich hätte ich mich nach dem Gespräch mit dem unsäglichen Thomas Cashin darüber freuen sollen, aber statt dessen ertappte ich mich dabei, wie ich dachte: Dieser Mann ist gefährlich.

»Sie müssen Thomas entschuldigen«, sagte er. »Er hat gelernt, wie man Befragungen führt, nicht aber Gespräche. So bildet man die Leute heutzutage aus. Das ist nur eine vorübergehende Entwicklung; in ein paar Jahren ist das vorbei.«

Dieser Gedanke war mir auch schon gekommen; schließlich war Cashin so unbeirrbar streitlustig gewesen. »Dann ist das also nur ein Psychospiel, das Ihr Leute vom Sicherheitsdienst gern spielt?« Das war auf seine Art sogar noch beleidigender – hier ging es um Aufgaben, die ich ernsthaft zu erfüllen versuchte, und wenn ich Lust auf Stegreifspiele hätte, dann würde ich mich einer Schauspielertruppe anschließen.

»Nun ja, nicht ganz. Thomas war ehrlich, aber für sein Benehmen muß ich mich entschuldigen. Allerdings sind seine Ansichten nicht die der Athenanischen Außerplanetarischen Sicherheitsabteilung.«

»Was heißt das?«

»Es heißt, daß wir es gern sähen, wenn Sie auch in Zukunft zu uns kämen, Theodora von Pyrene. Bitte machen Sie sich keine Gedanken darüber, wieviel wir glauben und wieviel wir nicht glauben. Mit solchen Überlegungen sollte man nicht die Zeit seines Lebens vertrödeln. Kommen Sie einfach vorbei und erzählen Sie. Wir werden Ihnen Kaffee anbieten, wenn Sie wollen; er wird Ihnen auf diesem Planeten fehlen.«

Ich überlegte sein Angebot. »Ich bezweifle, daß Inspektor Cashin mich zu Kaffee und Kuchen empfangen möchte.«

Er lächelte. »Nein.« Er holte ein dünnes goldenes Rechteck mit eingeprägter Schrift heraus und reichte es mir. »Hier ist meine Karte. Fragen Sie direkt nach mir, wenn Sie kommen; ich bin der Abteilungsleiter für Außerplanetarische Angelegenheiten.«

Ich nahme die Karte. »Kannten Sie Carl Spitav?«

»Den früheren Botschafter? Ich hätte hier keinen Posten angenommen, wenn er noch hier wäre. Er war ein Dummkopf.«

Ich lächelte und steckte die Karte in die Tasche. »Nun ja, ich nehme an, es könnte nichts schaden, wenn ich Sie besuche.«

»Es schadet absolut nichts«, sagte der Abteilungsleiter und öffnete die Tür, um mich hinauszugeleiten.

Kylla hatte einiges zu erzählen, als sie vorbeikam, um mich mitzunehmen.

»Du hast einen ganzen Nachmittag Shopping versäumt«, sagte sie.

»Du kannst mir alles, was du gekauft hast, zu Hause zeigen«, sagte ich. »Wollt ihr, du und Shez, bei uns bleiben oder im Hause Shikron? Ist Lysander mit in der Hauptstadt?«

»Danke, Liebste, ich habe darauf gezählt, daß du mich fragst. Ich habe meine Pakete zu Rans Sicherheitsstation in eurem Haus schicken lassen. Nein, Lysander ist daheim auf dem Hauptanwesen – es macht ihn verrückt, wenn ich ihn zum Einkaufen mitnehme. Ich denke, das ist der Grund, weshalb er mir hundert Goldtabals extra gab – er sagte mir, ich sollte eine Woche freinehmen und meine Einkaufswut loswerden.«

»Ich begreife nicht, warum nicht du die Finanzen verwaltest, Kylla. Ich dachte, das sei in ivoranischen Häusern üblich.«

»Die Shikrons sind in dieser Beziehung noch sehr rückständig. Aber ich habe keinen Wirbel gemacht, als sie mir das sagten – du weißt ja, wie langweilig es ist, die Bücher zu führen, Theo.«

»Ja, das weiß ich sehr gut.«

»Und auf diese Weise gebe ich mehr Geld aus, als ich jemals in jener Zeit ausgegeben habe, als ich noch dafür *verantwortlich* war. – Selbst du würdest lockerer werden und mit etwas Geld um dich schmeißen, meine Liebe, wenn Ran dir ein Taschengeld geben würde statt du ihm.«

»Das mag so sein«, gab ich zu, denn ich spürte die Last der Verantwortung für die Cormallon-Finanzen.

»Du solltest ihm allerdings lieber eine zeitweilige Erhöhung einräumen«, fügte sie hinzu, als unser Luftwagen sich dem Dach des Cormallon-Hauses in der Hauptstadt näherte. »Er wird es brauchen, um sich für die Hochzeitsparty vorzubereiten ...«

»Kylla, *bitte* ...«

»Da sind wir schon«, sagte sie und vollbrachte eine perfekte Landung in der leeren Zisterne. Wir stiegen aus und die Stufen zum Dacheingang hoch. Die Mauern warfen das Echo unserer Stimmen zurück.

»Das war heute ein langer Tag für mich«, sagte ich, und es war wirklich ein langer Tag gewesen. Eine lange Wanderung am frühen Morgen, ein Flug in die Hauptstadt und eine lange Befragung in der Botschaft. »Könnten wir uns einfach einen ruhigen Abend machen?«

Sie machte große Augen. »Natürlich, Theo.« Sie tätschelte beruhigend meine Hand. »Du weißt doch, wir wollen nur, daß du zufrieden bist.«

KAPITEL 2

Auf dem NETZ war eine Botschaft von Ran für mich. Seine Stimme klang wie gewohnt tief und lässig. »Theodora, ich habe einen möglichen Klienten. Ich bringe ihn um die dritte Stunde ins Haus, damit du ihm begegnest. Du brauchst ihn nicht zu überprüfen – ich habe ihm gesagt, daß ich ihn zum Abendessen einlade und mit meiner Frau bekannt mache. Ich gehe hier ganz behutsam vor, und deshalb werden wir erst dann aufs Geschäft zu sprechen kommen, wenn ich dir ein Zeichen gebe, okay? Betrachte es als ein privates Treffen mit einem Verbündeten des Hauses – einstweilen.«

Damit war seine Botschaft zu Ende. Ich rief Kylla, die sich im Nachbarzimmer aufhielt: »Hast du das gehört, Ky?«

»Ja, habe ich.«

»Das ist doch irgendwie ungewöhnlich, oder? Ran trifft sich nicht privat mit Klienten.«

»Die meisten von ihnen gehören zum Abschaum«, sagte Kylla.

»Nun ja. Aber viele von ihnen sind respektable Bürger. Jedenfalls ist es ziemlich extrem, daß er einem von ihnen seine Frau vorstellt ... Wenn ich den Klienten begegnen muß, dann werde ich für gewöhnlich als eine Assistentin vorgestellt.«

»Theo«, rief Kylla, »ich habe mir ja geschworen, dich nicht wieder damit zu belästigen, aber wenn Ran sagt, du seiest seine Frau, will er dann einen ehrbaren Eindruck auf diesen Klienten machen, oder anders gefragt: wie weit seid ihr mit dem Ritual?«

»Ach guck mal«, sagte ich, »da kommt noch eine andere Nachricht.« Ich drückte die Empfangstaste.

»Grüße an die gnädige Dame Theodora von Pyrene. Hier spricht Vathcar Timoris, Betreuer der Handelsdelegation von Pyrene. Octavia von Pyrene hat ihr Interesse bekundet, Sie während ihres Aufenthalts auf unserem Planeten zu treffen. Wir wollen uns damit nicht in das Privatleben eines Mitglieds des Hauses Cormallon einmischen, aber falls Sie damit einverstanden sind, dann nehmen Sie bitte umgehend mit meinem Büro Kontakt auf. Ich danke Ihnen für Ihr Entgegenkommen.«

Ich war völlig verwirrt. Octavia? Hier auf Ivory?

Einen Augenblick später wurde ich mir bewußt, daß Kylla vor mir stand. »Theo? Was ist los? Ich habe dich gerufen, und du hast mich nicht gehört.«

Ich blickte auf ihr Gesicht, in dem sich Besorgnis abzeichnete. »Kylla!« sagte ich mit einem Grinsen. »Ich glaube, eine Freundin von mir ist zu Besuch in der Stadt.«

»Jemand von der Universität auf Athena?« fragte sie.

»Von Pyrene.« Ich suchte mir einen der Stühle, die Ran speziell für mich hatte anfertigen lassen, und ließ mich darauf nieder. Das war tausendmal bequemer als die übliche ivoranische Sitte, auf allerhand Kissen am Boden zu sitzen.

»Pyrene? Du hast nie viel von Pyrene erzählt, weißt du. Ich hatte immer den Eindruck, daß du dort überhaupt keine Freunde gehabt hättest.« Sie hielt inne. »Ich habe es nicht so gemeint, wie es geklungen hat.«

»Nein, das ist schon in Ordnung. Ich hatte wirklich nicht viele Freunde. Das heißt, nach meinen frühesten Erinnerungen schienen die anderen in der Krippe in eine Richtung zu gehen und ich in eine andere. Aber Octavia ...«

Octavia war ein großes, blondes Mädchen mit einem unscheinbaren Gesicht; sie liebte Spiele (die ich haßte) und sang im Chor (ich konnte keine Note richtig singen) und war in vieler Hinsicht einfach ein weiteres Mitglied unserer Krippengruppe. Aber sie war übermütig, und in ihren Augen saß der Schalk, und... »Kylla, wenn du je gesehen hättest, wie sie sich an die Badezimmertür hängte und einen Affen nachmachte, dann hättest du das auch nicht vergessen.« Octavia und ich waren etwa sechs Jahre lang unzertrennlich gewesen; ich erinnere mich, daß wirklich einige Leute kamen, um mich zu trösten, als Octavia einer anderen Studienklasse zugeteilt wurde als ich. Es war Octavia gewesen, die an jenem großartigen Abend vor der Abschlußfeier mit mir zusammen bündelweise nasses Papier in die Studienmaschine der Krippe stopfte.

Dann war sie in eine andere Stadt gegangen, um dort ihr vorgezeichnetes Berufspraktikum anzutreten, und ich hatte schließlich das Stipendium für Athena bekommen.

»Ihr großen Götter der Gelehrten«, sagte ich. »Octavia. Ach, Kylla, ich muß sie einfach anrufen.«

Kylla lächelte. »Na, dann ruf sie doch an, liebe Theo; es ist schön, wenn du so begeistert bist. Sonst bist du ja immer so verdammt beherrscht.«

Ich war schon im NETZ. Das Büro des Betreuers war zu, aber es gab eine Anweisung, mich zu dem Gasthaus durchzustellen, wo die Delegation von Pyrene wohnte. Ein paar Minuten später hörte ich: »Hier Octavia von Pyrene, Spezialistin für Maschinenexport. Kann ich Ihnen helfen?«

»Bist du's, Tavia? Hier ist Teddy. Ich habe gerade deine Nachricht bekommen!«

»Oh, hallo Teddy. Ich habe gehört, du seist auf Ivory.« Ihre Stimme klang ruhig.

»Tavia, ich kann dich nicht auf den Schirm bekommen. Ist deine Videoleitung nicht eingeschaltet?«

Es gab eine Pause. »Ich dachte nicht, daß man hierzulande eine Videoleitung benutzt.«

»Na ja, für gewöhnlich nicht, aber es gibt kein Gesetz, das es verbietet. Es gibt keinen Grund, weshalb wir die Videoleitung nicht benutzen sollten.«

Mein Schirm begann zu schimmern, und ich sah Octavia. Sie war zehn Jahre älter, sah aber fast immer noch wie früher aus. Sie schien sich kaum verändert zu haben. Ich ertappte mich dabei, wie ich grinste.

»Tav, du siehst großartig aus.«

Sie blinzelte in den Schirm. »Du hast dich verändert, Teddy. Du schaust völlig anders aus.«

Nun gut, ich hatte etwas abgenommen, und die ivoranischen Kleider wirken ein bißchen protzig, wenn man nicht an sie gewöhnt ist. Ihre Worte klangen allerdings nicht wie ein Kompliment.

»Na ja, es hat sich allerhand ereignet in all den Jahren. Ich habe gehört, du hast geheiratet.«

»Ja. Ich habe zwei Kinder.«

»Hast du sie mitgebracht?« fragte ich und verstummte dann. Die Zeit auf Athena und auf Ivory hatte meine spontanen Reaktionen verändert. Natürlich hatte sie ihre Kinder nicht dabei; sie waren ja wohl in einer Krippe. Ich sagte schnell: »Wir müssen uns treffen. Wie lange bleibst du auf Ivory?«

»Sechs lokale Monate in der Hauptstadt und sechs in den Provinzen. Ich bin erst letzte Woche angekommen.«

»Ich kann es nicht fassen! Wie doch das Schicksal spielt –ich hätte nie gedacht, daß ich dich noch einmal sehen würde. Was hältst du davon, wenn wir morgen zusammen abendessen? Wir können in die Laterngärten gehen und Tah und Wein trinken, bis man uns hinauswirft.«

Sie lächelte, leicht amüsiert von meiner Begeisterung. »Morgen paßt mir gut. Darf ich jemanden von der Delegation mitbringen?«

»Ja, wenn du möchtest.« Ich glaube, ich hatte gehofft, mit ihr über die alten Zeiten – und auch die neuen – reden zu können. Doch schließlich mochte vielleicht Kylla mitkommen, und ich wollte nicht, daß sie sich von unseren Gesprächen ausgeschlossen fühlte.

»Ich bringe vielleicht selbst jemanden mit. Ich sehe dich dann um die dritte Stunde.«

»Also dann, Teddy.«

»Tschüß, Tavia.«

Ich hob die Verbindung auf. Sobald Ran auftauchte, würde ich ihn höflicherweise fragen, ob er mitwollte, aber ich bezweifelte, daß er sich dafür interessierte, jemanden aus meiner Vergangenheit zu treffen. Rans Weltsicht konnte man ranozentrisch nennen; obwohl er auf Athena gewesen war, glaubte er wohl nicht wirklich daran, daß ich eine Vergangenheit gehabt hatte, bevor ich ihn traf.

Vielleicht war es eine Reaktion auf all die Selbstaufopferung, die man mir auf Pyrene beizubringen versucht hatte, aber ich empfand Rans ungezügeltes Ego erfrischend.

»Solltest du dich nicht lieber umziehen, falls du die achtbare Ehefrau sein möchtest, sobald Ran mit diesem Besucher ankommt?« sagte Kylla.

Ich blickte an dem Gewand und den weiten Hosen hinab: am Morgen war ich darin gewandert, dann hatte ich diese Kleider bei dem Flug getragen und schließlich in ihnen geschwitzt, während der Vernehmung am Nachmittag. »O je!«

Kylla packte mich am Ellbogen und schob mich zum Kleiderschrank. »Ich helfe dir, bis du fertig bist, und dann mache ich mich wohl besser aus dem Staub. Du weißt ja, wie nervös diese Klienten sein können; ich glaube nicht, daß es ihm gefällt, wenn eine Shikron hier herumlungert, während er seine illegalen Aktivitäten erläutert.«

Kys sicherer Instinkt für Kleidung und Kosmetik ist perfekt. Ich wusch mich schnell und zog alles an, was sie für mich bereitgelegt hatte, und dann lief ich hinunter zur Tür, während ich mir noch an einem Ohr einen goldenen Reifen festzwickte.

Ran geleitete seinen Gast herein. Ich warf schnell einen Blick hinaus auf die Straße, bevor die Tür sich schloß, und sah eine geschlossene Kutsche mit zwei Implantat-Zugtieren. Geschlossene Kutschen waren ungewöhnlich im Sommer, wo es selten Regen gab. Also legte dieser Klient Wert auf Diskretion?

»Meine Frau und Partnerin im Haus Cormallon«, sagte Ran, während er sein blaues Obergewand ablegte. »Und meine Schwester«, fügte er hinzu und wies auf Kylla. »Darf ich euch Tarkal Vellorin vorstellen?«

Der Klient verbeugte sich. Er war ein Mann jenseits der Lebensmitte, mit beginnender Glatze, stark und stämmig gebaut – er wirkte wie ein Mann, dessen Leben seinen Zenit erreicht hatte. Seine Verbeugung war elegant, und während er den Kopf senkte, begegneten Kyllas Augen meinem Blick, und sie machte ein Gesicht, worauf ich wußte, daß sie ihn erkannte hatte und daß sein Name nicht Tarkal Vellorin war.

»Meine Schwester gehört jetzt zu den Shikrons«, sagte Ran und lächelte. »Ich hatte nicht erwartet, dich hier zu sehen, Ky. Wo ist denn die Allerschönste des Hauses Shikron?« fragte er und schaute sich nach Shez um.

»Direkt neben dir«, sagte Kylla und küßte ihn flüchtig auf die Wange.

»Nein, ich meine die *andere* Allerschönste.«

»Ach, die ist jetzt bei ihrer Amme zu Hause« – damit meinte sie den Wohnsitz, den die Shikrons in der Hauptstadt unterhielten, ein großes Haus am Kanal –, »und dorthin sollte ich mich jetzt auch begeben. Ich bin eine Woche lang in der Hauptstadt zum Einkaufen, und so wirst du mich noch häufig sehen, mein lieber Bruder. Tschüß, Theo.« Und auch ich bekam einen flüchtigen Kuß.

»Tschüß, Kylla.«

Als sie das Haus verließ, fing ich den Blick des angeblichen Tarkal Vellorin auf, der in meine Richtung schaute. Ich lächelte gleichmütig. Seine Gedanken waren offensichtlich: Warum hat der Erste des Hauses Cormallon eine Barbarin geheiratet? Ich kleide mich untadelig auf ivoranische Weise, aber das kann die Tatsache nicht verbergen, daß ich überall die kleinste und hellhäutigste Person unter allen Anwesenden bin, und daß mein Haar nicht schwarz ist, sondern so rotbraun, daß es die Ivoraner immer überrascht. Ran und Kylla waren beide vollkommene Ivoraner: Groß, mit dunklen Augen und von kraftvoller Schönheit. Wenn ich neben ihnen stand, dann neigte ich dazu, mich zu fragen, was ich hier überhaupt zu suchen hätte.

Glücklicherweise war Rans Geschmack exotisch. Man hätte ihn sogar pervers nennen können.

Nicht, daß ich mich darüber beschweren wollte!

»Ich habe beim Goldenen Ofen ein Abendessen bestellt«, sagte Ran. »Ich dachte, wir könnten auf dem Balkon über dem Hof essen. Was hältst du davon?«

»Das ist großartig«, sagte ich und nahm wie eine pflichtbewußte Ehefrau das Obergewand unseres Klienten entgegen. Dabei tat ich so, als bemerkte ich den Dolch in seinem Gürtel nicht – und auch nicht die beträchtliche Ausbuchtung an seinem Unterschenkel. Tatsächlich lief mir zu diesem Zeitpunkt schon das Wasser im Mund zusammen, denn ich hatte keine Zeit für ein Mittagessen gehabt.

Ran mußte seine Bestellung schon sehr früh aufgegeben haben; bevor wir unseren Gast nach oben geleiten konnten, zeigte das NETZ schon an, daß jemand an der Tür war. »Wir brauchen eine Gabel für den Boten«, sagte Ran und machte einen Umweg durch unsere winzige Küche, bevor er mit mir an die Tür trat. Wir öffneten und sahen vor uns einen Jungen in der Livree des Goldenen Ofens mit einem Karton in den Armen. Draußen auf der Straße stand ein Lieferwagen, der voll von ähnlichen Kartons war; ein weiterer Junge stand davor Wache.

»Komm herein«, sagte Ran.

Tarkal Soundso beobachtete uns, wie es ganz normal war. Ran nahm die kleinen Eimer aus der Schachtel des Boten und setzte sie auf dem niedrigen Tisch nahe der Tür ab. Beide begannen methodisch die Behälter zu öffnen, und angenehme Düfte erfüllten den Raum. Ran reichte dem Boten die Gabel; der nahm damit einen kleinen Bissen aus jedem Eimerchen, legte die Proben auf einen Teller und aß sie dann. Die meisten Boten erhalten auf diese Weise ihr ganzes Essen; sie sind im allgemeinen gesund und gut genährt, und nur ein kleiner Prozentsatz hat Pech.

Ran schaute die Speisen forschend an. Er zeigte auf einen Behälter mit in Würfeln geschnittenem Hermitfleisch und Chicorée; darin befand sich ein Stückchen, das etwas dunkler war als die anderen. »Versuch das«, sagte er, und der Bote aß es gehorsam.

Während wir dem Jungen einige Minuten Zeit ließen, um zu sehen, ob er tot umfiele, trat ich hinzu, um die Speisen auf unsere guten Teller zu verteilen. Während ich mich über die Kuchen beugte, flüsterte ich Ran zu: »Dieser Herr trägt mehr als ein Messer bei sich.« Meine Augen wandten sich unserem Klienten zu, und ich tippte mit meinem linken Unterschenkel gegen den Tisch.

Ran nickte. Damit unser Gast nicht dachte, wir würden ein Komplott einfädeln, rief ich ihm zu: »Hätten Sie gern braunen Reis oder weißen?«

»Braunen bitte, Lady Theodora.«

Er war auf jeden Fall höflich.

Als ich mit dem Anrichten der Speisen fertig war, hatte Ran schon dem Boten gedankt und ihm ein Trinkgeld gegeben. Ich zeigte auf die Straße, und Ran gab ihm eine zusätzliche Münze. »Für den Jungen am Wagen«, sagte er.

»Danke, gnädiger Herr.« Der Bote verneigte sich und rannte hinaus.

Wir nahmen beide so viele Teller hoch, wie wir konnten, und Ran sagte: »Hier entlang, edler Herr ...«

Edler Herr? Nun, vielleicht war er einfach überhöflich.

»Wir müssen noch einmal kommen, um den Rest zu holen«, sagte ich.

»Gestatten Sie«, sagte unser Klient, nahm einen der Teller und folgte uns nach oben auf den Balkon.

In ivoranischen Häusern befinden sich die Höfe auf der der Straße abgewandten Seite und sind auf diese Weise geschützt. Unser Haus in der Hauptstadt hatte nur einen winzigen Innenhof mit einem trockenen Brunnen und zwei einsamen Coyu-Bäumen. Immerhin zeigten die jetzt ihre Blätter, und die Pflastersteine in der Mitte des Hofes waren in gutem Zustand. Und das Gras ringsherum war saftig und kühl in der Brise des späten Abends.

Es gibt kein Tabu bezüglich der Besprechung von Geschäften während einer Mahlzeit, aber unser Klient schien nicht sehr mitteilsam zu sein; also redeten wir über Pferde (das war Rans Gesprächsbeitrag), über Tinaje-Heilung (mein Beitrag) und wir berührten sogar das langweilige Thema von Ivorys Handelsbilanz mit Tellys.

»Ich nehme an, die Barbaren mögen Tellys auch nicht«, sagte unser Klient gegen Ende des Abendessens. Er hatte drei unserer bemalten Weinschalen geleert.

Ran hob die Augenbrauen.

»Nein, wahrscheinlich nicht«, sagte ich. In diesem Sektor der Galaxis gibt es vier bewohnbare Planeten, und ich hatte schon auf dreien davon gewohnt. Bei den anderen war Tellys nicht beliebt, aber meiner Meinung nach ging es dabei um saure Trauben. Auf jeden Fall konnte Tellys seine technologische Führungsrolle nicht für immer aufrechterhalten, und wenn es uns in der Zwischenzeit gründlich ausnehmen wollte, so konnten die Ivoraner kaum behaupten, daß Geldverdienen ihrem eigenen Lebensstil widersprach.

Unser Klient aß schließlich sein letztes Stück Kuchen auf und wischte sich die Krümel von den Händen. »Ein ausgezeichnetes Mahl, genau das, was ich von Ihrem vornehmen Haus erwartet habe.«

»Danke«, sagte ich, und Ran nickte höflich.

»Nun, Sir Cormallon, könnte ich jetzt mit Ihnen ein paar Worte privat wechseln, bezüglich eines Geschäftes?«

Ran hatte sich halb zurückgelehnt auf ein Kissen, über das eine Decke aus purpurner Seide geworfen war. Jetzt setzte er sich auf. »Theodora ist meine Assistentin, edler Herr«, sagte er. »Sie ist ganz und gar professionell.«

»Das mag sein«, sagte der edle Herr, »und ich möchte Ihnen nicht zu nahe treten. Aber wenn Sie meine Geschichte hören, dann werden Sie sehen, daß es um etwas sehr Heikles geht.«

Ran überlegte, dann nickte er. »Theodora, warte bitte unten. Ich werde dich rufen, wenn wir fertig sind.«

Ich stand auf, verneigte mich vor Tarkal Vielleicht Vellorin und verließ das Zimmer. Die Verfechter der Gleichberechtigung zu Hause auf Athena hätten jetzt einen Anfall bekommen, aber Ran war mir an Rang überlegen, und vor einem Klienten wie diesem war es wichtig, wenigstens die Illusion von Disziplin aufrechtzuerhalten. Seine Einschätzung unserer Fähigkeiten würde teilweise davon abhängen, wie gut seiner Meinung nach Ran die Herrschaft über sein Haus ausübte.

Auf jeden Fall ging ich sofort in das Studierzimmer im Erdgeschoß und schaltete den Monitor ein.

»... vor einigen Wochen. Wir nahmen es zuerst nicht ernst, aber unser Haus hat in der letzten Zeit eine Menge Veränderungen erlebt, und als wir Zeit hatten, darüber nachzudenken, erschien es uns keineswegs als schlechte Idee. Meine Tochter sagt, der Junge sei hübsch genug, falls das eine Rolle spielt, und die Atvalids waren immer gute, zuverlässige Angehörige des Kaiserreiches.«

Ran füllte Tarkals Weinschale aufs neue. »Warum fragen Sie dann mich um Rat, edler Herr? Sie favorisieren diese Heirat, und die Verbindung erscheint vernünftig. Welche Dienste können Sie in diesem Fall von einem Zauberer wünschen?«

Unser Klient blickte auf den Wein hinab und schien besorgt zu sein. »Das sage ich Ihnen jetzt in strikter Vertraulichkeit, mein Freund.« Er war gerade zu einem Ausdruck übergegangen, der immer noch formell war, aber schon intimer als bloß »gnädiger Herr«. Offensichtlich kamen wir jetzt zur Sache. »Die Atvalids stehen gesellschaftlich durchaus tiefer als wir, wie solide sie auch sein mögen. Sie mögen sich fragen, warum wir diese Verbindung überhaupt erwägen, wenn wir uns mit fast jeder beliebigen Familie auf Ivory verbinden könnten.«

Ran sagte nichts, sondern sah ihn nur offen an.

Tarkal verzog die Lippen. »Der Kern des Problems besteht darin, daß unsere Familie im Augenblick nicht so ganz die Gunst des Kaisers genießt, möge er lange leben. Ich möchte nicht in die Einzelheiten gehen, aber wir würden es vorziehen, ihn nicht mit einer ... ah ... unzureichend durchdachten ... Verbindung zu reizen.«

Ich bemerkte, daß unserem Besucher unbehaglich zu sein schien, und ich konnte es ihm nicht übelnehmen. Politik konnte auf Ivory tödlich sein, und soweit es den Adel betraf, gehörten Politik, Geschäft und Heiraten durchaus zusammen.

»Unzureichend durchdacht?« fragte Ran.

»Ich habe vor kurzem Berichte aus der Provinz Tuvin bekommen, Berichte über den Vater des Jungen. Wie ich höre, ist er vielleicht bald, was den Kaiser angeht, in einer ähnlich unglücklichen Lage wie wir, und in diesem Fall …«

»Ja«, sagte Ran, »das wäre sehr ungünstig.«

»Ich brauche mehr Informationen«, sagte Tarkal. »Wir haben immer noch Zeit, die Sache abzusagen – die Hochzeit, meine ich –, ohne daß es einen Skandal gibt. Aber wir müssen wissen, wo wir stehen.«

»Zweifellos haben Sie Spione nach Tuvin geschickt«, sagte Ran.

»Das haben wir. Und sie sind mit einer Menge Gerüchten zurückgekommen, das ist alles. Ich möchte damit nicht sagen, daß Gerüchte nicht ebenso gefährlich sein können wie Tatsachen, aber im Augenblick muß ich unbedingt wissen, was die Tatsachen sind. Man sagt, er habe sich mit einigen anstößigen Elementen der Lokalpolitik eingelassen« – jetzt sprach Tarkal leiser –, »und er ist immerhin der Gouverneur, wissen Sie.«

Ich lächelte. Wenn man der Gouverneur einer ivoranischen Provinz war, so stand man damit weit über neunzig Prozent der Bevölkerung, aber immer noch weit unter den Sechs Familien.

»Man sagt sogar, daß er sich von einigen der Banditen aus dem Nordwest-Sektor zum Narren machen läßt. Also wirklich, kann er sie nicht einfach aufhängen, wenn er kann, Lösegeld zahlen, wenn er muß, und sie sonst in Ruhe lassen? Meine Leute sagen, er sehe sich selbst als den Retter der dortigen Bauern und Farmer.«

Ran gab einen mitfühlenden Laut von sich.

Tarkal beugte sich näher zu Ran hin. »Ihr Anwesen,

mein Freund, liegt sehr nahe am Sektor, allerdings mehr auf der Südwestseite als im Osten. Zweifellos mußten Sie sich schon mit Schurken befassen, die quer durch Ihre Ländereien geflohen sind.«

»Nun ja, von Zeit zu Zeit«, sagte Ran. Die Cormallon-Methode, sich mit den ›Schurken‹ zu befassen, bestand darin, sie anzustellen; aber da dies unter Gefängnisstrafe verboten war, wäre es kaum klug gewesen, es jetzt zu erwähnen.

»Gehen Sie nach Tuvin«, sagte Tarkal, der edle Herr. »Ich wäre Ihnen sehr zu Dank verpflichtet, wenn Sie das täten. Finden Sie heraus, was Sie können, um mein unglückliches Haus davor zu bewahren, sich noch mehr in Verlegenheit zu bringen. Wirklich, Sir Cormallon, wir wären Ihnen schrecklich dankbar.« Er holte einen Beutel heraus und legte ihn auf den Tisch; in dem Beutel klimperte es. Er legte ein zusammengerolltes Papierstück darüber, vermutlich eine Zahlungsanweisung.

Ran legte seine Hand auf den Beutel, aber es sah eher so aus, als wollte er ihn zu Tarkal zurückschieben. »Ich verstehe nicht, warum Sie einen Zauberer dafür brauchen, mein Freund. Warum erledigen Sie das nicht auf die altgewohnte Weise, mit Spitzeln?«

»Weil ich gehört habe«, sagte er, »daß Zauberer Tricks haben, die sie dazu befähigen, Dinge herauszufinden, die sie wissen wollen. Stimmt das?«

»Vielleicht«, sagte Ran.

»Wenn man ein paar Spione nach Tuvin schickt, die Fragen über die Familie des Mädchens stellen, das mit dem eigenen Sohn verlobt ist, so ist das verständlich. Wenn man das schon getan hat – wenn man dabei beobachtet wurde, wie man das getan hat –, nun ja, zum jetzigen Zeitpunkt Spitzel nach Tuvin zu schicken würde als ... unfein betrachtet werden.«

»Während ein oder zwei Zauberer viel unauffälliger wären.«

»Sie treffen den Nagel auf den Kopf, mein Freund.«

»Danke.« Ran trommelte mit den Fingern auf den Tisch. »Das Ansehen eines vornehmen Hauses wie des Ihren zu retten würde eine hohe Belohnung erforderlich machen.«

»Sie haben die Zahlungsanweisung noch nicht angeschaut«, sagte Tarkal und lehnte sich zurück.

Ran entrollte das Papier und las es. Der Ausdruck auf seinem Gesicht blieben unverändert. Er legte das Blatt wieder auf den Tisch.

»Wieviel Zeit hätte ich?« fragte er.

Tarkal setzte sich wieder aufrecht. »Sie müssen in vollem Umfang verstehen, was wir wollen. Zuerst, ja, einen vollständigen Bericht über den Provinzgouverneur. Aber wir könnten ja zu jedem beliebigen Zauberer gehen, wenn einfache Informationen das einzige wären, was wir brauchten, oder? Ich möchte Ihre Sachkenntnis einsetzen als Führer eines Hauses, der lange Zeit in der Hauptstadt verbracht hat – ich möchte, daß Ihr Bericht nicht nur das Offensichtliche enthält, sondern auch das, wovon Sie meinen, daß wir es wissen sollten. Das meine ich im weitest möglichen Sinn. Und ich möchte am Ende Ihre Empfehlung haben, ob Sie glauben, daß eine Verbindung mit diesem Hause eine gute Idee ist. Ich möchte damit nicht sagen, daß wir einer solchen Empfehlung folgen würden, aber wir wollen sie haben. Verstehen Sie, warum wir zu Ihnen kommen? Wir geben nicht nur den Auftrag für die Daten, sondern auch für Ihre Analyse der Daten.«

Das war pure Schmeichelei, aber sie beruhte auf der Wahrheit, und Ran wußte es.

»Wie lange?« fragte er wieder.

»Das frühestmögliche Datum für die Hochzeit ist im kommenden Frühling. Es wäre notwendig, daß wir uns rechtzeitig davor mit den Atvalids einigen – spätestens vor dem Winter. Wir können natürlich lange über die finanziellen Vereinbarungen diskutieren, aber vermutlich könnten wir sie längstens bis zum Fest der Erleuchtung warten lassen.«

Das Fest der Erleuchtung ist im Frühherbst. Das bedeutete, wir hatten einige Monate für dieses Projekt – länger als manche Aufträge, kürzer als andere. Ich war froh, daß das ivoranische Jahr so lang war.

Ran trommelte wieder auf den Tisch. »Ich hätte gerne ein Basishonorar, wenn die Sache nicht zu Ihrer Zufriedenheit geregelt würde. In Anbetracht der Zeit, die ich ihr widmen muß und daß ich von meiner Praxis in der Hauptstadt weg sein muß.«

»Natürlich«, sagte Tarkal, glatt wie Zuckerguß; da er jetzt sah, daß sich die Dinge in seinem Sinne entwickelten. »Diesen Betrag hier können Sie auf jeden Fall behalten. Der Rest wird nach dem Empfang der Informationen gezahlt werden.«

Einen Augenblick lang sah Ran wirklich überrascht aus. Auf dieser Zahlungsanweisung mußte wirklich eine beträchtliche Summe gestanden haben. Ich konnte mir ein Grinsen nicht verkneifen, aber um seiner Selbstachtung willen hoffte ich, daß ihm nicht bewußt war, was für einen Riß seine Fassade bekommen hatte.

Dieser Riß zeigte sich aber nur einen Moment lang. Dann geleitete Ran Tarkal die Treppen hinab. Ich schaltete in aller Eile den Monitor ab, und bevor sie den Ausgang erreichten, hörte ich ihn sagen: »Ich reise dann morgen nach Tuvin ab und werde Ihnen von dort einen vorläufigen Bericht schicken. Keine Indiskretion. Ich werde die hauptsächlichen Informationen zurückhalten, bis wir uns wieder treffen.«

»Ich freue mich darauf, Sir Cormallon.«

»Es ist mir ein Vergnügen, edler Herr Sakri.«

Sakri? Ihr großen Götter, den Sakris gehörte der halbe Planet. Ich hörte, wie die Tür geschlossen wurde, und dann kam Ran ins Studierzimmer.

»Hast du das alles mitbekommen?« fragte er mich.

Ich nickte. »Sakri, was? Jetzt verstehe ich, warum

die verborgenen Waffen... Wahrscheinlich ist er an einen ganzen Trupp Leibwächter gewöhnt.«

Ran setzte sich auf einen der wenigen Stühle in diesem Hause, und zwar auf den einzigen mit Fußrollen, und drehte sich unzufrieden darauf herum.

Ich wußte genau, was er dachte, und ich möchte es hier tatsächlich verraten: Ran wollte mehr Geld ins Haus Cormallon bringen, weil er seine Praxis im vergangenen ivoranischen Jahr vernachlässigt hatte. Er hatte diese Zeit auf einer anderen Welt unseres galaktischen Sektors verbracht bei dem Versuch, eine unvernünftige Barbarin – mich – zu überzeugen, vernünftig zu sein. Oh, Cormallon war keineswegs in Gefahr eines Bankrotts; die anderen Zweige des Hauses schickten alle ihre regulären Beiträge ein. Aber er persönlich wollte, daß sich die Dinge endlich wieder normalisierten. Er war einmal angeklagt worden, Geld aus dem Familienschatz gestohlen zu haben, und ich glaube, dieses ganze Thema wird für ihn immer heikel bleiben.

Auf der anderen Seite... »Das Geld ärgert dich, nicht wahr?« fragte ich.

Jetzt sah er noch ärgerlicher aus. »Ich weiß nicht, was du meinst.«

»Ein so großer Betrag. Es gibt dir die Empfindung, daß du keine andere Wahl hast, als anzunehmen, und dir gefällt es nicht, wenn du keine Wahl hast.«

»Du hast ja den Betrag nicht einmal gesehen.«

Ich schwieg. Ich wollte ihm nicht sagen, daß ich auf dem Monitor gesehen hatte, wie sein Kinn praktisch bis zum Boden herabgesunken war.

Er drehte sich etwa fünfundvierzig Grad mit dem Stuhl und schwang sich dann langsam wieder zurück. »Ich wünschte mir, du hättest ihm nicht gesagt, daß wir schon morgen abreisen«, sagte ich. »Ich hatte eine Verabredung zum Abendessen mit einer alten Freundin.«

Seine Augen nahmen mich ins Visier. »Was für eine alte Freundin?«

»Octavia von Pyrene. Sie ist hier mit der Handelsdelegation.«

»Ach, Pyrene.« Er ging nicht näher darauf ein. Wie ich schon erwähnte, hatte er nicht sonderlich viel Interesse für meine Vergangenheit. Dann sagte er: »Möchtest du zu diesem Fall die Karten befragen?«

»Dafür ist es doch ein bißchen zu spät, oder? Du hast doch schon angenommen.«

»In Ordnung, laß die Karten in Ruhe«, sagte er. Dann stand er auf und ging nach oben.

Ich stellte mir meinen Partner und Viertelehemann bildlich vor, wie er gerade ausgesehen hatte, als er auf seinem ›Nachdenkstuhl‹ saß und seinen neuesten Auftrag als Zauberer überdachte. Mit dem beerenrot-weißen Gewand, das er zurückgezogen hatte, den dunklen Augen, die das Für und Wider abwogen, den Füßen, die mit unterdrückter Energie auf den Boden klopften. Aufgewachsen im paranoiden Glanz der Oberschichten von Ivory, fand es Ran schwierig, seine Gedanken selbst mit seinen Verbündeten zu teilen.

Was tat ich eigentlich auf diesem Planeten, unter einem Volk, das so lange schon vom Hauptstrom der Menschheit getrennt war, daß es vielleicht schon buchstäblich eine andere Spezies darstellte? »Wenn ich Ran anschaue, dann sehe ich manchmal einen Außerirdischen«, gestand ich Kylla einmal.

»Alle verheirateten Leute haben dieses Gefühl«, antwortete sie und schnippte beiläufig Ruß von dem goldenen Seidenkragen, der in Falten um ihre Schultern hing.

Vor zwei Wochen, am Abend der Anderthalb Monde, hatten wir Kuchen aus Zucker, Mehl, Vanille und Zimt gebacken und sie uns in einem Zimmer gereicht, durch dessen Fenster man die aufgehenden Monde sehen konnte. Als wir die Kuchen aßen, bedeutete das, daß wir zu einem Viertel verheiratet waren. Dann hatten wir uns den Rest der Nacht geliebt, obwohl das für die Zeremonie nicht notwendig war.

Vier aufeinanderfolgende Monate bringen eine Hochzeit zustande. Zeugen sind nicht einmal erforderlich, obwohl es gut ist, sie zu haben, falls man je plant, die verwirrende Prozedur einer Scheidung auf Ivory durchzumachen. Wenn man auf Ivory darüber redet, an einer Hochzeit teilzunehmen, dann meint man damit die Hochzeitsfeier, die nach der faktischen Heirat stattfindet und vor allem ein guter Vorwand ist, eine Menge Leute zusammenzubringen und mal richtig einen draufzumachen.

Vier aufeinanderfolgende Monate bringen eine Hochzeit zustande. Und zwei Menschen waren dazu nötig. Vielleicht reichte Liebe nicht aus, oder vielleicht hatte ich kalte Füße bekommen. Auf jeden Fall war immer noch Zeit auszusteigen.

KAPITEL 3

Er hat uns nicht gebeten, jemanden umzubringen oder zu sabotieren«, sagte ich mit Nachdruck zu Ran.

»Ja, das ist eine erfrischende Abwechslung.«

Ran fährt gern schnell. In einem Luftwagen kann ich es ertragen, aber wir waren am Boden und fuhren auf der Tuvin-Straße nach Norden. Zwischen Avernith und dem Anfang der Eisenhügel fährt man etwa zwei Stunden lang durch Sandsümpfe. Ich versuchte aus meiner Phantasie das Bild zu verdrängen, wie der Wagen von der Straße in den Sumpf sauste und mit einem gewaltigen Rülpser versank.

In dem Teil von Tuvin, zu dem wir unterwegs waren, oder im Nordwest-Sektor im allgemeinen, sind Luftwagen nicht sonderlich von Nutzen, weil die Winde über der Hochebene sehr tückisch und veränderlich sind. Jedenfalls biß ich mich auf die Zunge, bis wir den Abschnitt erreichten, der am Fluß entlang verläuft, ein grüner und angenehmer Landstrich, und ich sagte: »Falls du das Projekt nicht magst, wenn wir in Shaskala ankommen, dann kannst du das Geld immer noch zurückgeben und die ganze Sache abblasen.«

Das war meine Art, ihm zu sagen, daß ich die Karten für uns legen konnte, wenn wir dort ankamen. Ich bereute allmählich, daß ich das nicht schon in der Hauptstadt getan hatte – obwohl Ran sie immer auch hätte selber legen können, da das Kartendeck jetzt nicht mehr unter einem Fluch stand.

»Ich bringe das zu Ende«, sagte Ran und schaute mich nicht an.

Das war seine Art zu sagen, daß er es zu Ende bringen werde.

Schön. Eine Minute später sagte er: »Ich glaube, Großmutter hat die Karten mit dir verknüpft gelassen, als sie den Fluch aufhob. Du kannst besser mit ihnen umgehen als jeder andere.«

Das besagte, daß es also meine Pflicht war, die Karten zu lesen, nicht die seine. Ich ließ das auf sich beruhen und betrachtete eine Zeitlang die vorüberhuschende Szenerie.

Wer schon meine vorhergehenden kleinen Abenteuer verfolgt hat, mag sich jetzt fragen, was ich denn jetzt bloß wieder auf Ivory tat. Auf jeden Fall fragte ich mich das selbst, und zwar nicht wenig.

Als ich mit dem Sternenschiff Ivory verließ, war es meine feste Absicht gewesen, nie mehr zurückzukommen. Aber das Schicksal hielt wie immer noch ein paar weitere Sahnetorten für mich bereit. Wahrscheinlich hätte mich das nicht überraschen sollen, wenn man bedenkt, wie sehr mein Lebensweg schon zuvor von meinem schön ausgedachten Lebensplan abgekommen war.

Sahnetorte Nummer eins war Ran, als er auf dem Schiff auftauchte. Aber ich war stark, ich war entschlossen ... Tatsächlich war ich in einem andauernden Zustand der Verwirrung, aber mir gelang es, das Schiff zu verlassen, als wir gelandet waren. Ich glaubte, Ran setzte darauf, daß ich die Rundreise mit ihm zurückmachen würde – er war der Erste des Hauses Cormallon und konnte es sich nicht leisten, lange Zeit von zu Hause wegzubleiben.

Ran stieg auf Athena mit mir zusammen aus. Sahnetorte Nummer zwei: Ich hörte, wie er den Zollbeamten fragte, ob er hier ein Studentenvisum bekommen könne. Ich hatte damals schon eine Menge mitgemacht und ging wie in Trance zur Transportröhre. Es wäre höflicher gewesen, wenn ich stehengeblieben wäre und Ran meine Adresse gegeben hätte, aber irgendwie zweifelte ich nicht daran, daß er mich finden würde.

Jetzt gut aufgepaßt – das nächste ist eine ganze Salve von Sahnetorten! Mir passierten seltsame Dinge auf Athena. O ja, ich wußte, daß eine Rückkehr einige Unannehmlichkeiten mit sich bringen würde und daß ich mich notwendigerweise an das Leben auf Ivory angepaßt hatte; ich hatte nur nicht mit dem Gefühl von Desorientierung gerechnet, das Monate lang andauerte. Noch an dem Tag, an dem ich angekommen war, nahm ich ein Taxi zu meiner Wohngruppe, um etwas Schlaf zu bekommen, und ich erinnere mich noch, wie ich durch die Tür marschierte und auf die Fußböden starrte. Die Böden, um Himmels willen! Sie sahen ganz anders aus. »Waren die schon immer so?« fragte ich einen Kameraden von der Wohngruppe, der meine Reisetasche hereintrug. Er blickte mich verständnislos an.

»Die Böden«, sagte ich.

»Natürlich.« Die Böden waren lange, polierte Holzplanken; natürlich waren sie dieselben wie zuvor, man hätte das ganze Haus aufreißen müssen, um sie auszuwechseln. Aber …

»Wieso sollten sie anders sein?« fragte er.

»Ich weiß es nicht.«

Die Gebäude waren gewöhnlich und langweilig; das Geld war seltsam; die Kleidung war bequem, aber die modischen Designs waren ästhetisch unangenehm. Die Leute hielten eine größere Distanz, wenn sie mit mir sprachen, als ich es gewohnt war, und sie berührten mich viel weniger. Einst hatte ich den Eindruck, daß diese Distanz ein würdiges und bequemes Gefühl der Zurückhaltung vermittele; jetzt erschien sie mir steif und arrogant. Aber wichtiger als all das war, daß ich niemandem viel zu sagen hatte.

Niemand konnte sich darauf einlassen, was ich auf

Ivory erlebt hatte; sie zeigten nicht einmal großes Interesse dafür. Niemand außer den professionellen Therapeuten, und ich hörte bald genug auf, bei ihnen Hilfe zu suchen. Sie denken gerne, daß sie objektiv sind – allerdings würden sie nie so vermessen sein, das laut zu sagen –, aber sie waren ebenso kulturell gebunden wie alle anderen auf Athena. Wie hätten sie es auch nicht sein können? Wenn ich irgend einen kleinen Vorfall von Bestechung oder Schmuggelei erwähnte (ein normaler Lebensvorgang nach den Regeln von Ivory), so spürte ich, daß sie mich sanft zu der Erkenntnis führen wollten, daß ich mich zu ›falschem‹ Verhalten hatte verleiten lassen. Natürlich sagten sie das nie so, aber man hätte ein Narr sein müssen, um nicht den sanften Druck zu spüren. Wie diese Lehrer für Literatur, die das Klassengespräch geschickt dirigieren, bis es den thematischen Konsens erreicht, den der Lehrer von Anfang an angestrebt hat. (Lektionsplan 101, Diskussion des Gedichtes ›Zwei Straßen nach Everige‹: Wie würde es der Dichter empfinden, wenn statt dessen die andere Straße eingeschlagen würde? Unterstützen Sie den freien Austausch von Ideen, bis die Klasse zu der übereinstimmenden Antwort gelangt: »Genauso.«)

Der einzige Mensch auf diesem ganzen verdammten Planeten, der wußte, was ich fühlte, war Ran. Er ließ sich das befristete Studentenvisum geben, das für Gelehrte von anderen Planeten bestimmt war, und wurde in einer Wohngruppe in derselben Stadt wie ich untergebracht. Er gab wortlos seine Waffen ab; er trug athenanische Kleidung und aß athenanische Speisen, und abgesehen von dem gelegentlichen Aufblitzen beherrschter Verachtung in seinen schwarzen Augen leistete er all diesen Barbaren keinen Widerstand.

Ich öffnete die Augen nach einem kurzen Nickerchen

und sah, wie die Hochebene das Fenster des Wagens ausfüllte.

Sie war seit Stunden als ferne Landmarke sichtbar gewesen, aber jetzt war das Plateau zu weit über uns, als daß wir es noch hätten sehen können – statt dessen hatte ich eine klarere Sicht der Felswände, die uns entgegenstarrten. Irgendwo unterwegs sollte die Straße, auf der wir waren, in die Serpentine einmünden, die nach einer langen und (bitte, ihr Götter!) sorgfältigen Fahrt auf halber Höhe nach Shaskala führt.

Wir fuhren immer noch mit rasender Geschwindigkeit. Wir überholten einen Karren, der von einem gelangweilt aussehenden Frachttier gezogen wurde und auf dem ein Bauer saß, der ebenso gelangweilt aussah. Ran ließ ihnen keine Chance, zur Seite zu fahren. Ohne seine Geschwindigkeit auch nur ein wenig zu verringern, sauste er um den Karren herum und folgte dann wieder seiner Spur auf der Straße. Der Bauer blickte uns vom seinem Sitz aus wütend nach und schwenkte seine Peitsche hinter unserem Wagen her.

Ran blickte zu mir herüber, sah, daß ich wach war und sagte: »Entschuldigung.«

»Ich habe nicht gewußt, daß eine einzige Zahlungsanweisung bei dir einen solchen Eifer auslösen kann.«

»Theodora, schau bitte nach der Sonne. Ich wollte, daß wir in Shaskala vor Einbruch der Nacht ankommen, aber wir werden es nicht schaffen. Ich glaube nicht, daß wir vor Mitternacht eintreffen.«

»Was macht das schon? Wir werden halt morgen länger schlafen.«

»Wir werden die Serpentine in der Dunkelheit hinauffahren müssen, Tymon.«

Mein Blick wanderte zu der steilen Felswand. Sie erschien mir unmenschlich hoch. »Gibt es auf der Straße keine Lichter?«

»Nein.«

Ich räusperte mich. »Ach so«, sagte ich.

Ich bemerkte, daß ich dabei war abzuschätzen, wie lange die Sonne brauchte, um das Plateau zu erreichen. Es war schwer, wieder einzuschlafen.

Als ich schrieb, daß Ran sich den Barbaren nicht widersetzte, meinte ich das genau so – er erfüllte alle Pflichten eines zeitweiligen athenanischen Bürgers. Er respektierte alle Regeln und Sitten – äußerlich zumindest. Aber als das akademische Jahr mit seiner Plackerei voranschritt, hörte ich Gerüchte über seltsame Vorfälle, die sich in Rans Umgebung ereigneten. Und ich war nicht die einzige, die den Verdacht hatte, daß von ihm eine störende Kraft ausging. Nun ja, der Vorsteher der Studenten bat mich doch tatsächlich... aber das ist nicht das, was ich jetzt im Augenblick erzählen möchte. Worauf ich hinausmöchte, ist, daß Ran alles tat, was er aufgrund seines Visums tun sollte – ein Vertrag ist schließlich ein Vertrag –, und es so nahezu unmöglich machte, daß jemand ihn ausweisen konnte. Ich war wirklich überrascht, wie fügsam er war. Diese unnatürliche Fügsamkeit wurde mir etwa ein halbes Jahr nach unserer Ankunft eindrucksvoll vor Augen geführt.

Ran absolvierte gerade seine sechs Wochen obligatorischer körperlicher Arbeit, und ich war auf dem Rückweg von einer langen Reise nach Varengist Point (wo er Recyclingrohre reinigte, die nicht automatisch gesäubert werden konnten – ich war hinausgefahren, um ihn zu besuchen, und war mir sicher gewesen, daß er sagen würde, es reiche ihm nun wirklich, aber er sagte es nicht) und mußte auf einen Anschluß warten. Ich saß fünf Stunden im Terminal, bis mein morgendlicher Superexpreßzug abfuhr.

Mit mir zusammen wartete noch ein anderer Fahrgast, eine einfache, kräftige, ziemlich streng wirkende Frau, die etwa dreißig Jahre älter war als ich und ihr Haar zu einem Knoten zurückgebunden trug. Nachdem eine Stunde vergangen war, ohne daß sie geredet hätte, holte sie einen Flachmann mit Whiskey heraus und bot mir einen Drink an. Dann setzte ich mich neben sie auf die harte Bank und musterte sie unauffällig. Sie trug das Abzeichen der voll anerkannten Gelehrten, die Nadel mit dem Kreis und dem Pfeil. Für Leute ihres Ranges war es exzentrisch, eine Flasche Alkohol bei sich zu haben, und es war kühn, davon einer Fremden etwas anzubieten. Wir sind auf Athena ziemlich puritanisch.

Aber ich erfuhr bald, daß ihr Ansehen durch diese freundliche Geste nicht beeinträchtigt werden konnte. Ich werde hier ihren Namen nicht nennen, denn das wäre nicht fair; aber sie war eine der Großen auf meinem Gebiet, fast eine Legende für die jüngere Generation. Sie sagte mir, sie habe meine Sammlung ivoranischer Volkserzählungen gelesen und sei davon beeindruckt. (Vielleicht war sie höflich genug, um jedem jungen Gelehrten, den sie traf, etwas ähnliches zu sagen. Aber trotzdem war es gut, es zu hören. Sie wußte noch ein paar freundliche Bemerkungen über meine Übersetzung in die Standardsprache anzufügen, mit denen ich meine Leser hier nicht langweilen will, aber ich muß zugeben, daß ich sie nicht vergessen habe.)

Wir leerten gemeinsam die Whiskeyflasche. Und im Laufe der nächsten vier Stunden forschte sie mich aus, Frage um Frage, bis ich nicht nur viel über meine Forschungsmethoden enthüllt hatte, sondern auch eine beträchtliche Menge über Ran und mich.

»Glauben Sie, ich bin verrückt, weil ich an Zauberei glaube?« fragte ich.

»Ich würde es mir nicht herausnehmen, so etwas zu sagen, meine Liebe«, erwiderte sie und hob die Flasche, um die letzten Tropfen zu genießen. Ihre Sicht der Realität war flexibler als meine – ich glaube, sie kümmerte sich nicht wirklich um die Verifizierbarkeit der Zauberei von einem wissenschaftlichen Standpunkt aus. Sie war mehr daran interessiert, ob ich mit Ran zurückkehren würde. Ich wich dieser Frage aus, soweit ich konnte.

Als schließlich die Sonne über den künstlich bewässerten Feldern unter der Voltaire-Kuppel aufging und wir im Wind neben dem Superexpreßzug standen, griff sie nach meinem Ärmel und zog mich näher zu sich heran. Ein Zugschaffner ging vorbei, und sie dämpfte ihre Stimme.

»Meine Liebe«, sagte sie, »Sie gehören zu den besten Wissenschaftlern. Das darf ich sagen, denn ich gehöre selbst dazu, und ich kann Ihnen sagen, wie wichtig und wie unwichtig das ist.« Sie wartete, bis der Schaffner außer Hörweite war. Der Morgenwind zerrte an ihrem Mantel. Ihr Gesicht war vom Whiskey gerötet. »Man hat Sie allerdings in die Irre geführt, meine Liebste, und ich werde Ihnen jetzt die Wahrheit sagen. Doktortitel bekommt man nachgeworfen, Theodora, aber ein guter Sexpartner ist schwer zu finden. Wenn er Ihnen ein Kribbeln im Bauch verursacht«, sie verwendete hier allerdings einen derberen Ausdruck, »so ist das wahrscheinlich das Beste, was Sie bekommen können, und besser als das, was die meisten Leute je bekommen.«

Ich war entgeistert, so etwas von einer konservativen Wissenschaftlerin (und noch dazu einer ihren Alters!) zu hören. Denn wir waren erzogen worden, unsere Arbeit über alle anderen Dinge zu stellen. »Sie können doch aber die Ehe nicht bloß auf der Grundlage sexueller Anziehung empfehlen«, wandte ich ein.

»Was meinen Sie mit ›bloß‹? Haben Sie mir nicht erzählt, daß der Mann zur Zeit um Ihretwillen Abflußrohre reinigt? Was wollen Sie denn mehr? Wenn Sie auf eine Offenbarung von den Göttern warten...« Die Fenster und Türen des Superexpreßzuges öffneten sich. Es war Zeit zum Einsteigen. Sie küßte mich schnell auf die Wange.

»Adieu, meine Liebe. Wenn Sie sich nicht sicher sind, was Sie tun sollen, dann denken Sie an mich. Ich lebe allein in zwei Zimmern über dem Kulturmuseum. Oh, ich beschwere mich nicht, ich habe ein gutes Leben. Aber wenn ich das gewußt hätte, was ich jetzt weiß, dann hätte ich eine Menge Dinge ganz anders gemacht.« Die Absätze ihrer bequemen Stiefel klapperten, als sie sich zur Expreßkapsel begab, und ich betrat das Abteil Dritter Klasse für Studenten. Ich habe die Frau nie wiedergesehen.

»Halt dich fest, Tymon«, sagte Ran, als er die erste Haarnadelkurve der Serpentine nahm. Seine Aufmerksamkeit war ganz auf die Straße konzentriert, aber er lächelte und sagte: »Wenn du die Augen schließen oder nach dem Notausgang suchen möchtest, so werde ich das nicht als Beleidigung betrachten.«

»Warum sollte ich das tun?« fragte ich und vermied standhaft einen Blick in den Abgrund zu meiner Rechten.

Er jagte mir einen Schrecken ein, indem er eine Hand lang genug vom Steuer nahm, um die meine zu tätscheln. »Wenn wir hinabsausen, dann sowieso zusammen, und Kylla wird uns ein großartiges Begräbnis ausrichten.«

»Wird sie das tun dürfen, wo sie doch jetzt eine Shikron ist?«

»Ich möchte den sehen, der versuchen wollte, sie davon abzuhalten.« Dann fügte er lächelnd hinzu: »Es ist nicht so schlimm. Die Felswand reflektiert das Licht. Ich glaube, wir können weiterfahren.«

»Hattest du vor, den Wagen auf dieser engen Straße zu wenden, wenn wir nicht hätten weiterfahren können?«

Er schien überrascht zu sein. »Ich hatte keine Vorstellung, daß dich das so nervös macht, Tymon. Nach all den Bruchlandungen mit Luftwagen, die du zu deiner Zeit gebaut hast …«

»Einmal! Nur einmal!«

Sein Grinsen wurde breiter. Ich sagte: »Wo's gerade noch mal gut gegangen ist, das zählt nicht.«

Haben Sie, liebe Leser, schon einmal einige der alten Sagen von der Erde gehört? Da gab es ein Volk, das inmitten von Eis und Schnee lebte, am Rande der Existenzmöglichkeit, und manchmal jagten diese Leute Seehunde unter dem Eis. Ein Jäger suchte ein Loch im Eis, legte sich mit einem Speer daneben hin und wartete, bis ein Seehund auftauchte, um Luft zu holen. Der Jäger mußte ganz unmenschlich geduldig sein; stundenlang durfte er sich nicht bewegen oder ein Geräusch machen, denn sonst hätte er ja den Seehund gewarnt. Und der wäre dann vielleicht nie aufgetaucht.

Ran äußerte keine einzige Beschwerde über Athena. Er hörte sich allerdings die meinen an. Es erschien mir zunehmend engstirnig, daß ich ihn hier warten ließ, wo er doch viel lieber auf Ivory gewesen wäre – wobei es keine Rolle spielte, daß ich ihn nicht gebeten hatte, nach Ivory zu kommen. Dieser Tatsache war ich mir wohl bewußt, aber es erschien mir trotzdem engstirnig.

Jetzt denken Sie vielleicht, daß Ran einfach wartete, bis ich einen schwachen Augenblick hatte, und daß er dann vorschlagen würde, wir sollten einen Flug nach Ivory buchen. Nein, er war viel besser. Ich mußte es am Ende selber vorschlagen.

Ich möchte nicht behaupten, daß ich nie an die Frau mit den Zimmern über dem Kulturmuseum dachte. Im wesentlichen kam ich mir aber vor wie so ein verdammter Seehund.

Und da ich nicht wußte, was ich hätte dagegen tun sollen, fand ich mich eines Tages mit einem einfachen Ticket auf der *Queen Julia* wieder.

Als ich weiter oben von meinen Erinnerungen an die Provinz Tuvin berichtete, da erzählte ich wie die meisten Besucher von Shaskala, der einzigen Stadt in jener Gegend. Shaskala ist ein romantischer Name für eine ivoranische Stadt, aber sie war zum größten Teil von Andulsinern bewohnt, die aus dem Norden über den Äquator gekommen waren und ihre törichte, aber angenehme Sitte des morgendlichen Schokoladetrinkens mitgebracht haben. Niemand weiß, ob sie auf der Serpentine zur Hochebene hinaufgezogen oder von dort heruntergekommen waren, als sie beschlossen, sich in der Felsspalte neben dem Schwindeligen Wasserfall niederzulassen und dort ihre andulsinischen Häuser mit echten Balkonen zu bauen (die Balkone gingen auf die Straße hinaus, als ignorierten sie jegliche Feinde). Einige der hinteren Balkone im östlichen Stadtteil ragen über die Felswand hinaus. Kinder spielten auf ihnen, als bedeutete ihnen der Abgrund darunter nichts; sie rollten bemalte Bälle herum und steckten ihre Beine durch die wackeligen Eisengeländer. Ich weiß nicht, was mich mehr schockte, diese Balkone über dem Abgrund oder die Balkone, die zur Straße hinausgingen.

Man sagte mir, Shaskala sei aus der Entfernung eine schöne Stadt. Ich sah es nie aus der Entfernung, denn es war stockdunkel, als wir die Serpentine verließen und die Durchfahrt nahmen, die zur Hauptstraße der Stadt führt. In der Stille der Nacht konnte ich irgendwo zu unserer Linken den Wasserfall rauschen hören.

»Ich möchte einfach schlafen«, sagte ich. Ran knurrte und rieb sich die Augen; die letzten paar Stunden hatte er ständig nach den Rändern der engen Straße geguckt.

Drei Kerzen in einem Fenster kennzeichneten einen Gasthof, und wir hielten mit dem Wagen davor an.

»Gib mir Geld«, sagte Ran. Ich zählte ihm einige

Goldstücke aus unserer Börse hin und folgte ihm nach drinnen.

Der Gasthof verfügte über elektrischen Strom, wie fast alle Häuser in Shaskala; die Kerzen im Fenster waren ein Zugeständnis an die Tradition. Die Eingangshalle war in einem hellen Gelb gehalten, das einen willkommen hieß. Manchmal denke ich, daß ich die Elektrizität lieber habe als die Energiemodule, die die Häuser der Wohlhabenden in der Hauptstadt beleuchten; ich weiß, daß sie Krebs verursachen kann, aber es ist eine andere Art von Licht, sehr von Menschen gemacht. Die Energiemodule ahmen das Sonnenlicht zu gut nach. Man weiß nie, ob es Tag ist oder Nacht.

Ran klopfte mit dem geschnitzten Signalstab auf den Holzblock an der Rezeption, und eine Minute später erschien ein Angestellter. Er sah schläfrig aus.

»Ich hoffe, Sie haben ein freies Zimmer«, sagte Ran und legte eine Münze auf den Tresen.

Der Angestellte war jung, klein und hatte sandfarbenes Haar, was für einen Ivoraner ungewöhnlich war; er fuhr sich mit der Hand durchs Haar, schüttelte den Kopf, als müßte er ihn wachrütteln, und richtete seinen Blick auf uns. Dann blieb er abrupt stehen und starrte uns an.

Ich blickte an meinen Kleidern hinab: Soweit ich feststellen konnte, war nichts daran falsch. Und Ran sah müde aus, sonst aber normal.

»Ist was?« fragte Ran.

Wahrscheinlich kamen nicht viele Reisende nachts von der Serpentine her, aber war das jetzt nicht wirklich ein bißchen viel?

»Ein Zimmer für die Nacht, und möglicherweise länger«, sagte Ran. »Und wir haben einen Wagen draußen.«

»Sie haben einen Wagen?« fragte der Angestellte. Seine Stimme war jung und klang unsicher.

»Warum sollten wir keinen Wagen haben?«

Der junge Mann schluckte. »Es gibt keinen Grund dafür. Wären Sie so nett und tragen Sie sich ... hm, tragen Sie sich ein?«

»Können wir das morgen tun?« fragte Ran.

»Hm, sicherlich. Natürlich. Wenn der gnädige ... ich meine, der edle Herr mir folgen möchte ...«

Er bewegte sich in Richtung der Treppe, und Ran folgte ihm. Ich nahm den Signalstab in die Hand und untersuchte ihn. Er war bunt bemalt und stellte eine geschnitzte Karikatur dar – von irgendeiner realen Person, hätte ich gewettet. Die Figur war männlich und mittleren Alters und trug die bunten Farben einer bestimmten Gestalt der ivoranischen Wandertheater, ein Held, der ebensosehr eine Zielscheibe der Götter wie eine Kraft des Guten war; eine Knollennase schien das Hauptcharakteristikum seines Gesichtes zu sein. Jemanden in einen Signalstab zu schnitzen ist nicht gerade ein Zeichen von Respekt, wenn man daran denkt, was die Leute den ganzen langen Tag mit diesem Stab anstellen. Die Nase sah arg mitgenommen aus.

»Kommst du?« rief Ran.

Ich legte den Stab wieder hin und ging hinauf ins Bett.

Eine Stunde später rollte ich mich von der Matratze, ganz leise, um meinen Bettgenossen nicht zu stören. Ich war zu übermüdet, um schlafen zu können.

»Wohin gehst du?« fragte Ran. Seine Stimme klang hellwach.

Ich wollte ihm gerade sagen, daß ich pinkeln gehen würde, falls ihn das so verdammt interessierte, aber dann gab ich doch dem Impuls nach, ihm die Wahrheit zu sagen.

»Ich möchte gerne die Karten befragen.«

Er setzte sich auf. »Ich komme mit dir.«

Er tappte hinter mir her ins Wohnzimmer. Dank

Rans Standard und Tarkals Budget hatten wir eine Suite aus zwei Zimmern. Ich setzte mich mit überkreuzten Beinen auf den dicken, vielfarbigen Teppich und holte das Kartendeck heraus.

Ran setzte sich mir gegenüber und war still. In diesem Stadium mischte er sich nie ein.

Ich begann die Karten auszulegen. Die erste war ein hübscher junger Mann in Blau und Rot mit einem Schwert: Der Held. Ich betrachtete die Karte und wartete, bis sie sich veränderte, bis die hübschen Züge sich in ein älteres und häßlicheres Gesicht mit einer Knollennase verwandelten ... vielleicht erzeugte ich selbst dieses Bild nach der Figur auf dem Signalstab unten in der Rezeption? Ich runzelte die Stirn, und das Bild änderte sich wieder, diesmal in einen Mann mit grauen Fäden im Haar und dem Gesicht eines Buchhalters. Oder, um auf alle Fälle dieser Berufsgruppe Gerechtigkeit widerfahren zu lassen: mit dem Gesicht, das man von einem Buchhalter erwartet. Ich konnte vom übrigen Körper nichts sehen; er saß auf einem bestickten Kissen und blickte nachdenklich auf ein Stück Papier.

Ich schaute auf und erwiderte Rans Blick. »Noch nichts Bedeutungsvolles bis jetzt.«

Ich legte die zweite Karte aus. »Das Rad«, sagte ich. »Ein Wechsel des Glücks.«

»Wir hatten gerade einen Wechsel des Glücks mit Tarkals Geldbörse.«

»Hmm.« Vielleicht. Nichts Bestimmtes von dieser Karte; also zog ich eine weitere.

Der Fall, oder: Die Höhe. Eine einsame Gestalt, die zu weit entfernt war, als daß man ihr Geschlecht hätte erkennen können, stand vor einem Abgrund. Genau die richtige Karte für Shaskala, dachte ich säuerlich, und während ich schaute, wurde aus dieser Gestalt Ran. Er trug dieselben Kleider, die er heute angehabt hatte, aber sie waren irgendwie etwas mehr verbraucht, oder schmutziger, oder vielleicht war es das

Licht: die Szene spielte in der Nacht, und der Wind blies seine Kleider zurück. Er würde gleich hinunterfallen, das wußte ich …

Ich schob die Karte zur Seite. »Nichts Bedeutungsvolles.«

»Was war es?«

»Halte dich von hohen Plätzen fern.« Ich atmete mit einem leichten Zittern aus.

Er wartete, dann sagte er: »Ziehst du nicht noch eine?«

»Nicht heute nacht. Ihr Götter, ich bin ganz plötzlich müde.«

Ran sammelte die Karten auf. Er stand auf und ging zu dem Kissen, wo ich zuvor meinen Gürtel mit dem Beutel hingeworfen hatte. Er bückte sich, um die Karten zurückzulegen. Ich glaube, ich habe es noch nicht erwähnt, aber er war so nackt wie am Tag seiner Geburt. Ich trug ein Unterkleid. Im Gegensatz zu mir war Ran völlig unbefangen in puncto Nacktheit.

Es ist schade, dachte ich, als ich ihn beobachtete, daß die ivoranische Kleidung so wenig vom Umriß des Körpers zeigt. Mir hatte es gefallen, als er athenanische Hemden und enge Hosen trug.

»Weshalb lächelst du?« fragte er.

»Ich erinnerte mich an diese schwarze Kleidung, die du anhattest, als du mich auf Athena zur Party mitnahmst.«

»So?« Er lächelte. »Nach meiner Erinnerung erntete ich mit diesen Kleidern eine sehr positive Reaktion.«

»Bestimmt von mir.«

Er half mir auf die Füße und küßte mich. Er zeigte selbst eine ziemlich positive Reaktion, wie ich bemerkte. Wir begaben uns wieder in das andere Zimmer, und Ran überzeugte mich davon, daß ich nicht so müde war, wie ich gedacht hatte. In diesem Punkt war er ungewöhnlich gut.

Ich wachte am nächsten Morgen früh auf und konnte nicht wieder einschlafen. Deshalb stand ich leise auf und tappte hinaus ins Wohnzimmer. Seine beiden Fenster gingen nach Osten; breite Streifen Sonnenlicht fielen auf den andulsinischen Teppich. Ich ging, um hinauszuschauen, und entdeckte, daß ich hinabschaute – und hinab – und hinab. Ich wich zurück. Unser Gasthof stand direkt am Rand der Felswand. Vielleicht ragten wir sogar über den Abgrund hinaus und wurden nur durch Holzbretter, die unsere Unterseite stützten, davor bewahrt, mit dem ganzen Gasthof hinab ins Vergessen zu stürzen.

Ich wollte es lieber nicht wissen. Ich zog meinen Blick entschlossen vom Fenster ab und vollführte einige vorbereitende Sa'ret-Dehnungen.

Es klopfte an der Tür. »Was wollen Sie?« fragte ich in leisem Ton, um Ran nicht aufzuwecken.

»Ich bin das Zimmermädchen, gnädige Dame«, antwortete eine Mädchenstimme.

Es war noch ein bißchen zu früh in dem Spiel hier, als daß jemand den Wunsch gehabt hätte, uns umzubringen, und so ließ ich sie herein und wurde für mein Vertrauen mit meiner ersten Tasse heißer Tuvin-Schokolade belohnt. Das Zimmermädchen war etwa siebzehn, hatte lockiges dunkles Haar und trug zwei Tassen auf einem Lacktablett.

»Mein Mann schläft noch«, sagte ich.

Sie sprach jetzt genauso leise wie ich: »Möchten Sie für ihn später eine frische Tasse?« fragte sie.

»Ja, bitte. Und sagen Sie mir, könnte jemand aus dem Haus mal gehen und uns ein Frühstück besorgen? Wir sind beide noch ziemlich müde heute morgen.«

»Natürlich, gnädige Dame«, sagte sie und hielt mir ihre Hand für das Geld hin. Die Ivoraner sind sehr entgegenkommende Leute und nageln einen nie auf die Hausregeln fest, wenn man bereit ist, extra zu zahlen.

»Falls Sie es wünschen, kann diese Person zu den Verkaufsständen drunten an der Straße gehen und Ihnen etwas Obst bringen.« (Man sollte der äußerst ehrerbietigen Sprache nicht zuviel Bedeutung beimessen, denn sie bedeutet wenig auf Ivory, wo man zu einem ›gnädiger Herr‹ sagt, während man ihm die Geldbörse aufschlitzt. Oder die Kehle.)

»Danke, das wäre schön. Und auch eine Scheibe frisches Brot.« Ich gab ihr eine Münze und ging dann, um mich an dem Becken im Bad zu waschen.

Kurze Zeit darauf kam sie wieder mit Obst und Brot auf einem Teller und einer weiteren Tasse Schokolade. Sie fragte höflich, wovon sie kosten solle, aber ich sagte ihr, sie sollte sich keine Gedanken machen. Ich gab ihr noch mehr Geld – das war immer korrekt, wie ich gelernt hatte –, und sie verneigte sich und ging hinaus.

Ich legte etwas von dem Obst für Ran beiseite und setzte den Teller ein paar Fuß weit vom Fenster entfernt ab. Ich habe an einem schönen Morgen gern eine schöne Aussicht, aber die hier war für meinen Geschmack ein bißchen zu überwältigend. Auf diese Weise konnte ich von Zeit zu Zeit hinausschauen, wann immer ich mich diesem Eindruck gewachsen fühlte. Ich saß da, trank die Schokolade in kleinen Schlucken und ließ sie bis in meine Zehen hinuntersickern. Es war, alles in allem, ein schöner Tag; es gab eine neue Stadt für mich, in der ich Touristin spielen konnte; niemand versuchte, uns umzubringen; ich war zu einem Viertel verheiratet – und in meiner jetzigen Stimmung gefiel mir diese Tatsache.

Ich hörte hinter mir die Schritte nackter Füße.

»Hüte dich vor hohen Plätzen«, sagte Ran, während er ins Zimmer tapste. Sein Haar war naß.

»Das war für dich bestimmt, nicht für mich.«

»Wie weißt du das?«

Das war eine gute Frage: wie wußte ich das wirklich? Es wäre durchaus möglich gewesen, daß ich tags zuvor genau außerhalb des Rahmens des von mir geschauten Bildes gestanden hatte und drauf und dran war, einen prächtigen langen Sturz zu erleben. Ich hatte einfach so ein Gefühl, das war alles, und dieses Gefühl konnte aus den Karten kommen oder total selbst fabriziert sein. Ich hob die Schultern. »Vielleicht habe ich nicht recht. Auf der Anrichte dort ist Obst für dich, und Schokolade. Damit sie warm bleibt, habe ich die Untertasse auf die Tasse getan.«

Er holte sich beides. »Wir brauchen Tah«, sagte er, denn wir waren beide süchtig.

»Es wird hier oben später am Vormittag serviert. Etwa eine Stunde oder so vor dem Mittagessen. Ich habe das Mädchen gefragt.«

Nun ja, das hatte mich einen Moment lang ganz arg beschäftigt, als ich die Schokolade sah. Was, wenn es in dieser Stadt kein Tah gab? Ich hätte mir einen Vorrat mitgebracht, wenn ich gedacht hätte, wir wären vom Nachschub abgeschnitten. Aber glücklicherweise waren die Bürger hier vollkommen süchtig. Der Tah-Preis in Shaskala wird, so erfuhr ich später, per Gemeinderatsbeschluß festgesetzt.

Ran aß und trank gedankenverloren. Dann setzte er seine Schokoladentasse ab – nur halb leer, der Mann wußte das Gute nicht zu schätzen – und sagte: »Theodora, hast du dir schon irgendwelche Gedanken gemacht, wie wir auf diesem Ausflug zum Sammeln von Informationen vorgehen sollen?«

Etwas in der Art, wie er es sagte, machte mich vorsichtig. »Nur ganz, ganz vage«, sagte ich.

»Und wie fühlst du dich heute morgen? Robust und gesund?«

Ich schaute ihn an. »Du willst etwas von mir.«

Er setzte dieses Cormallon-Grinsen auf, eine Art von Lächeln, die als eine Art gefährlicher Substanz behandelt werden sollte. »Ich habe eine Idee«, sagte er.

KAPITEL 4

Rans Ideen haben immer eine Art Logik an sich, wie verquer sie auch sein mag; ob es jedoch sicher ist, ihnen zu folgen, darüber möchte ich mich nicht äußern. Nach einer Debatte von zwanzig Minuten fand ich mich auf der Anrichte liegend wieder, mit ausgebreiteten Armen und Kerzen zu beiden Seiten, wie ein Menschenopfer in einer alten reißerischen Volkserzählung.

»Für gewöhnlich ist deine Zauberei nicht so dramatisch«, sagte ich.

»Das Drama hilft einem, sich zu konzentrieren. Das ist eine wohlbekannte Tatsache. Während einer guten Theateraufführung kann man eine Nadel fallen hören. Und warum? Völlige Konzentration beim Publikum.«

»Lassen wir aber die Kerzen beiseite. Ich habe Angst, daß ich eine umstoße und wir dann das Haus anzünden. Ich verspreche, daß ich mich auch ohne sie konzentriere.«

»Pst«, sagte Ran, »wir brauchen dazu Requisiten. Alle Gleichungen, die ich aus dem NETZ geholt habe, benutzen Requisiten. Ich kann diese Variable jetzt nicht mehr ändern, denn in dieser Stadt habe ich keinen Zugang zum NETZ.« Seine Stimme klang vernünftig, aber seine Aufmerksamkeit war auf etwas anderes gerichtet. Er wühlte sich durch eine Sammlung von Aufzeichnungen, die er in der Hauptstadt ausgedruckt und mitgebracht hatte. »Das nicht, das nicht… aha, hier haben wir's. Das können wir mit kleinen Modifikationen verwenden. Ist zwar für ein lebloses Objekt bestimmt, aber es gibt keinen Grund, warum wir es nicht an einen Menschen knüpfen können.«

»So, wirklich?« sagte ich.

»Du solltest an deine Definition denken. Denkst du jetzt an deine Definition?«

Ich murmelte etwas und versuchte mich zu konzentrieren. Nach einer Minute wandte ich den Kopf zur Seite und sah ihn an. Mit einem Bleistift im Mund starrte er stirnrunzelnd auf ein Stück Papier. »Es hat keinen Zweck, Ran. Woran ich wirklich denke, ist, daß diese Kerzen mir ziemlich heiß vorkommen, so nahe an meinem Körper, und was wohl passiert, wenn ich eine umstoße …«

»Schon gut, schon gut.« Er stand auf und stellte sie weg. »Hier.« Er nahm die Überreste unseres Frühstücks und streute ein paar Stücke Pellfrucht über meinen Kopf und meine Füße. »Das ist sowieso ein besserer Ersatz; ein belebtes Objekt soll helfen, einen Bann auf ein belebtes Objekt zu legen.«

»Ich verstehe nicht, warum du diesen Bann nicht auf etwas wie ein Stück Schmuck legen kannst.«

»Tymon, das haben wir doch schon durchgekaut. Wir wollen einen Zauber, der es uns ermöglicht, durch Berührung die Leute zu identifizieren, die uns wahrscheinlich Informationen geben können. Wenn ich herumliefe und jeden mit meinem Ring berührte, würde das die Leute nur nervös machen. Sie würden sicher denken, daß ich sie vergifte oder verfluche, oder bestenfalls, daß ich meinen Verstand verloren habe.«

Ich drehte mich um, wobei ich ein paar Stücke Pellfrucht hinabstieß, und legte mich auf den Bauch. Helles Morgenlicht fiel auf den Teppich. Ich stellte fest, daß er eine kunstvolle Folge von Szenen aus dem Leben Annurians des Rebellen zeigte. Ich öffnete den Mund, um Ran darauf hinzuweisen, denn wir hatten beide Annurian gekannt, aber dann schloß ich ihn wieder. Ran würde sonst denken, daß ich mich nicht auf unsere Aufgabe konzentrierte. »Also, warum legst du dann diesen Bann nicht auf dich selbst? Ich begreife nicht, warum du mich herumschleifen mußt, damit ich Leute anfasse.«

»Mein lieber Schatz und meine Viertelehefrau. Wenn ich in Shaskala herumginge und jedem die Hand schüttelte, dann würden sie mich einsperren. Aber von einer Barbarin werden sie es akzeptieren. Jetzt dreh dich wieder um und *konzentriere dich auf deine Definition.*«

Meine Definition. »Willst du sie hören?«

»Bitte.«

»Wir wollen alle identifizieren, die bereit sind, zu uns über den Gouverneur zu sprechen und außerdem niemandem zu sagen, daß sie mit uns gesprochen haben.«

Aus den Augenwinkeln sah ich, wie er den Kopf schüttelte. »Das ist nicht gut.«

»Was stimmt nicht damit?«

»Jeder in der Stadt ist vielleicht bereit, mit uns zu sprechen. Aber nicht alle diese Leute haben relevante Informationen.«

»Kanz«, sagte ich. »In Ordnung, laß mich weiter nachdenken.«

Wenn es um Zauberei geht, so muß man sehr sorgfältig formulieren, was man zu tun versucht. Wenn die Magie am besten und lenkbarsten ist, so wie jeder gute Zauberer sie haben will, dann ist sie auch am dümmsten. Sie tut, was man ihr sagt. Sie tut genau das, was man ihr sagt. Und sie tut nur das, was man ihr sagt. Wie ich gehört habe, sind im Laufe der Jahre eine Menge Leute genau wegen dieser Tatsache aus Versehen ums Leben gekommen.

»Wie wäre es damit: Wir brauchen keine positiven Informationen, da die PR-Abteilung des Gouverneurs sie sowieso hinausposaunt; also brauchen wir jemanden mit negativen Informationen, der bereit ist, sie uns mitzuteilen.«

»Noch näher!«

»Was meinst du damit, *noch näher?*«

»Was ist, wenn sie über ein paar deftige negative Informationen verfügen, die sie uns zum gegenwärtigen Zeitpunkt nicht mitteilen wollen, aber wir können sie dazu überreden? Wir sollten unsere Auswahl nicht zu sehr einschränken.«

In keinem der nicht-ivoranischen Bücher, die ich je gelesen hatte, waren die Zauberer in bezug auf ihre Auswahl jemals so vorgegangen. Ich stützte mich auf einem Ellbogen auf. »Weißt du, Ran, so habe ich mir Flitterwochen eigentlich nicht vorgestellt.«

Ich hatte dabei das Wort aus der Standardsprache verwendet. Er holte eines seiner kleinen Päckchen mit gefärbtem Staub hervor und hielt es ins Licht. »Was sind Flitterwochen?«

Ich erklärte es ihm.

»Aha, ein *Seravan* ... Bei unseren Hauptfrauen befolgen wir hier diese Sitte nicht.«

Hauptfrauen, ha? »Ran, du hast doch nicht vor, eines Tages offizielle Konkubinen zu nehmen, oder?«

»Natürlich nicht, mein Schatz«, sagte er und wich meinem Blick aus. »Dieser Gedanke ist mir noch nie gekommen.« Ran wußte, daß er es mit einem prüden Wesen von Pyrene und Athena zu tun hatte, und er achtete sorgfältig darauf, meine Empfindlichkeiten nicht zu beleidigen. Zumindest nicht offen.

»Denn auf Pyrene waren wir streng monogam.«

»Das habe ich schon gehört.«

»Und auf Athena bedeutet eine Gruppenehe mehrere Ehemänner wie mehrere Ehefrauen. Das nur als Warnung.«

»Würdest du dich jetzt bitte hinlegen, damit wir den Zauber vollziehen können, Theodora?«

Ich legte mich wieder hin und wartete. Nach einem Augenblick fragte Ran: »Wie steht es mit deiner Definition?«

»Vollziehe jetzt deinen Zauber, Ran, und gehe kein unnötiges Risiko ein.«

Es war spät am Vormittag, fast schon Mittag, als wir nach draußen gingen. Ich war nun so präpariert, jeden zu erkennen, der negative Informationen hatte und *negative Gefühle* gegenüber dem Gouverneur hegte. Negative Gefühle würden uns einen Hebel geben, den wir benutzen konnten, und bei so jemand war es vermutlich weniger wahrscheinlich, daß er uns verriet, wenn wir ihn bestachen.

Das also war Shaskala – weiße Dächer, übergossen von strahlendem Sonnenschein. Wir befanden uns auf halber Höhe der Hochebene, aber die Luft war nicht anders als weiter unten; sie war zum Beispiel immer noch heiß. »Was weißt du über diesen Ort, Tymon?« fragte Ran und war bereit, die Wissenslücken seiner barbarischen Partnerin zu füllen.

»Ich habe Geschichten darüber gehört.«

Als Tramperplanet war Ivory langsam und planlos besiedelt worden, und in den fernen Winkeln dieser Welt hatten sich seltsame Sitten entwickelt. Den Göttern sei Dank, daß sie wenigstens im großen und ganzen an einer Sprache festgehalten hatten, aber selbst da waren die Dialektunterschiede extrem. Shaskala war aus verschiedenen Gründen fremdartiger als andere Orte. Erstens lag es nahe an der andulsinischen Grenze und vermischte deshalb nördliche und südliche Lebensart. Zweitens, aus Gründen, die zu erklären ein eigenes Buch notwendig wäre, hatten die Stadtältesten von Shaskala einen mißglückten Versuch unternommen, in das Geschäft mit der Herstellung von Produkten aus Tellys einzusteigen. Das war vor etwa zwölf Jahren gewesen, aber die Auswirkungen waren jetzt noch zu spüren. Und außerdem war Shaskala der traditionelle Handelsort und Stapelplatz für diejenigen, die mit dem Nordwest-Sektor Geschäfte machten.

Die Provinz Tuvin überlappt sich mit dem Sektor um das Gebiet eines Sechstagemarsches. Es gibt keine gepflasterten Straßen. Sicher, das meiste, was als Handelsgut nach Shaskala kommt, ist ehrliche Ware: Fleisch von den Herden der Viehzüchter im Nordwesten, Getreide von den Weizenfeldern auf der Hochebene. Die Ufer des Flusses unterhalb der Stadt sind gesäumt mit Mühlen und Schlachthäusern. Aber in Liedern und Geschichten ist Shakala berühmt für Diebesgut.

Flüchtlinge aus allen Gegenden des südlichen Kontinents waren seit der Zeit des ersten Kaisers wie die Lemminge in Richtung auf den Nordwest-Sektor unterwegs gewesen, und eine beträchtliche Anzahl von ihnen hat in Shaskala Halt gemacht, einen anderen Namen angenommen und sich niedergelassen. Inzwischen haben ihre Brüder, Schwestern und Cousins sich mit Raub und Diebstahl ihren Weg über das Plateau gebahnt und sind dann in die Stadt gekommen, um Handel zu treiben.

Wir gingen durch die Straßen von Shaskala. Eine Glocke schlug, tiefe, hallende Töne, viermal insgesamt. Ich blickte mich um und entdeckte einen Glockenturm an der westlichen Felswand. Als nächstes zog Schimmer von Mitternachtsblau und Gold meinen Blick an, und ich zupfte Ran am Arm. »Schau mal diesen Teppich an!« Die Stadt war voll von andulsinischen Teppichen und Tapisserien. Ran ließ sich von mir zu den Bergen von Teppichen ziehen, die unter einer gestreiften Markise auslagen, wo sich gerade ein Mann in einem karierten Gewand von uns abgewandt hatte.

»Mein Herr!« rief ich. »Gnädiger Herr! Wären Sie so nett, mit uns über die künstlerischen Werte des blaugoldenen Voba-Musters dort an dem Pfosten zu sprechen?«

Er wandte sich uns wieder zu, und ich sah, daß er

eine kleine weiße Tasse in der Hand hielt. »Diese Person kann nicht mit Ihnen sprechen, fürchte ich.« Er hob die Tasse.

»Das würde doch nur einen Augenblick dauern, gnädiger Herr.«

Er hob die Augenbrauen. »Sehen Sie nicht, daß es jetzt gerade Zeit für Tah ist? Die gnädige Dame sollte lieber später wiederkommen.« Er drehte sich um und verschwand durch eine Tür an der Rückseite des Ladens.

Er hatte die direkte Form von ›Sie‹ verwendet – das war seine Art und Weise, der Barbarin zu sagen, sie solle sich vernünftig benehmen. Ich zog vor Ran eine Grimasse, und er hob die Schultern.

Wir traten wieder auf die Straße, wo die Scharen der Passanten abgenommen hatten. Die Balkone der Gebäude auf beiden Seiten waren jetzt voll mit Leuten in gemusterten Shaskala-Gewändern, die aus kleinen weißen Tassen tranken. Neben ihnen dampften Tah-Kessel auf kleinen Warmhaltern aus Metall. Auf einer Anzahl Tische am Straßenrand zu unserer Linken standen jetzt Tah-Tassen, und die Servierer schienen die einzigen Leute zu sein, die jetzt in der Stadt arbeiteten... nein, das stimmte nicht: ich sah einen der Kellner an einer Wand lehnen, wo er müßig an einer Tasse nippte.

»Wir sollten lieber ein bißchen warten, bevor wir zum Rathaus gehen«, sagte Ran. »Irgendwie habe ich ein Gefühl, daß jetzt alle Beamten herumsitzen und sich ihre Portion Tah einflößen.«

»Wir haben die unsere heute noch nicht getrunken«, gab ich zu bedenken.

»Das stimmt. Mein Herr, dürfen wir?« rief er dem Kellner zu, dann schob er mir einen Stuhl hin.

Wir setzten uns und füllten die Tah-Tassen aus dem gemeinsamen Kessel. Während ich daran nippte, blickte ich mich um und berührte Rans Arm.

»Schau mal!« Ich zeigte auf ein zerrissenes Plakat an der Wand neben uns.

BELOHNUNG für STERETH TAR'KRIM
und die GESAMTEN Mitglieder seiner Bande.
2000 GOLDTABALS
für jede Mitteilung, die zur Ergreifung führt.
Meldungen an das Büro des Gouverneurs im Rathaus.

»Was bedeutet dieser Name?« fragte ich. »›Korn-Dieb‹, ›Reis-Dieb‹?«

»Einer der Banditen aus dem Nordwest-Sektor. Vielleicht eines der Probleme des Gouverneurs. Das werden wir schon noch sehen.«

»Das werden wir wohl.« Ich trank von dem Tah und blickte auf meine Hand. Mein Körper sah nicht anders aus als sonst, obwohl jetzt ein Bann auf ihm lag. Manchmal erwartete ich, eine leuchtende Aura zu sehen oder einen Trupp fliegender Drachen oder irgendwelche anderen explosiven Ergebnisse des Zaubers.

Manchmal stellten sie sich ein.

»Ich fühle mich geehrt durch diese Begegnung«, sagte ich zum Verwalter des Stadtarchivs und streckte die Hand aus.

Der Verwalter des Stadtarchivs blickte auf meine Hand hinab, als überlegte er, was er damit anfangen sollte. »Die Ehre ist ganz auf meiner Seite« sagte er, und wir schüttelten uns endlich die Hand.

Ein höflicher Herr. Als sich unsere Hände berührten, war ich gespannt auf irgendwelche Gefühle oder Wahrnehmungen, die sich aus Rans Zauber ergeben mochten. Nichts.

Ich blickte zu Ran auf und gab ihm mit den Augen ein Zeichen, daß es bei diesem hier nicht funktionierte.

Ran lehnte sich zurück und lächelte den Beamten an.

»Sie haben gesagt, daß es da etliche höfliche Rücksichten gebe, die Sie beachten wollten?« sagte der Verwalter.

»Ja«, sagte Ran, »unsere Gruppe ist mit dem Hause Rivis assoziiert. Wir würden gern eine neue Zweigniederlassung in Shaskala einrichten, aber bevor wir hier Land kaufen, dachten wir, es wäre einfach höflich, uns nach etwaigen Formalitäten zu erkundigen.«

»Ach, wenn doch alle Reisenden so rücksichtsvoll wären«, sagte der Verwalter. Er lächelte mich an. »Was meine Abteilung angeht, so sind unsere Bedürfnisse gering ... vielleicht dreihundert Tabals, um die Papierarbeit zu beschleunigen, und weitere zweihundert, um alle negativen Erkenntnisse zu behandeln, auf die man während der Suche nach den Besitztiteln stoßen mag.«

»Der gnädige Herr ist ja der Edelmut in Person.«

Der Verwalter machte eine bescheidene, abwehrende Geste.

»Aber ich frage mich, ob wir noch weiter in Sie dringen dürfen«, sagte Ran.

»Bitte«, sagte der Verwalter, »lassen Sie mich wissen, wie ich Ihnen zu Diensten sein kann.«

»Wir sind Fremdlinge in Ihrer äußerst großartigen Stadt. Könnten Sie uns Führer auf den verwirrenden Pfaden der Gemeindeordnung sein? Es würde mir ganz und gar nicht gefallen, wenn wir jemanden übergingen, für den es auch notwendig wäre, daß ... bestimmte Formalitäten eingehalten werden.«

»Mein Herr, Ihre Wünsche sind so vernünftig, daß es ein Vergnügen ist, ihnen nachzugeben.« Der Verwalter holte ein Stück Papier heraus und begann zu schreiben. »Die erste Person, die Sie besuchen sollten, ist der Direktor der Versorgungsbetriebe. Das ist eine Schätzung, wohlgemerkt, aber ich bezweifle, daß er mehr als hundertfünfzig verlangen wird. Dann werden Sie mit dem Steuerschätzer sprechen wollen... das, fürchte ich, wird teurer werden...«

Wir trafen über ein Dutzend Beamte im Rathaus von Shaskala und versprachen ihnen Bestechungsgelder. Wir wurden ein beliebtes Duo.

Über die Hälfte von ihnen übermittelte uns Einladungen zum Abendessen, die wir aber aufschoben. Egal, was für Wünsche sie hinsichtlich einer Verbindung mit unserer imaginären Gruppe hatten, keiner von ihnen hegte irgendeinen nennenswerten Groll gegen den Gouverneur. »Was stimmt denn mit all diesen Leuten nicht?« fragte ich Ran, als wir in unser Zimmer zurückkamen und ich mich auf ein Kissen fallen ließ. »Was ist denn mit der Politik los, wenn Eifersucht, Bosheit und verletzte Gefühle kein Teil des Spiels mehr sind?«

»Es ist ein guter Zauber. Ich weigere mich zu glauben, daß es ein Problem mit dem Zauber gibt.«

Ich überlegte mir die Sache, während ich die Zimmerdecke anstarrte. »Vielleicht haben wir die falsche Gruppe im Visier.«

»Wie kommst du darauf?«

»Die Leute im Rathaus sind alte, fest etablierte politische Opportunisten. Ihre Bestechungssummen sind bis auf einen halben Tabal festgelegt. Sie kennen die Guten und die Bösen, sie werden von nichts mehr geschockt... Ich glaube, daß es ihnen so oder so gleichgültig ist, wer Gouverneur ist oder worum es in seiner Politik geht, solange ihre alltäglichen Geschäfte nicht beeinträchtigt werden.«

»Wen möchtest du dann ins Visier nehmen?«

»Wie steht es mit den Frauen?«

»Was?«

»Die Frauen. Wie wäre es, wenn wir einige dieser Einladungen zum Essen annehmen und den Frauen zu Hause vorgestellt werden? Ich würde wetten, sie kennen allen Tratsch über jeden, den es sich in Shaskala zu kennen lohnt, und sie haben vermutlich auch ihre eigene Meinung dazu.«

»Eine gute Idee. Ich weiß allerdings nicht, wie weit sie in die Lokalpolitik eingeweiht sind.«

»Wieviel wußte deine Großmutter? Und sie hat Cormallon nicht einmal verlassen. Und Kylla hat deinen Klienten erkannt.«

»Hat sie?« Seine Stimme klang überrascht. »Wann hat sie dir das gesagt?«

»Sie brauchte es mir gar nicht zu sagen.«

Er legte sein Obergewand ab und trat in den frischen Lufthauch, der vom Fenster kam. Dahinter waren blauer Himmel und Wolken zu sehen, und die ersten Anzeichen der Dämmerung. »In Ordnung, Tymon, wir werden es auf deine Weise versuchen.«

»Gut.« Ich rollte mich auf den Bauch. »Und wie steht es damit, hier etwas Tah für den Abend zu bekommen?«

Er trat zu mir heran. »Die Läden schließen früh in dieser Stadt, mein Schatz. Wir müssen uns morgen früh ein paar Beutel besorgen und es selbst aufbrühen.«

»Ja? Du weißt selber, wie man es zubereitet?«

Er zog meine Sandalen herunter. »Natürlich.«

»Ach, komm. Es hat noch keinen einzigen Tag in deinem Leben gegeben, an dem es nicht jemand anderer für dich zubereitet hat.«

Er nahm mein Obergewand ab, faltete es ordentlich zusammen und legte es auf ein Kissen in der Ecke. »Woher hast du diese Vorstellungen über mich?« fragte er.

Als ich aufstand, war Ran schon fort. Er hatte eine Notiz zurückgelassen – auf ivoranisch, das ich inzwischen schon etwas besser lesen konnte –, daß er unterwegs sei, einen Vorrat an Tah zu kaufen. Ich wusch mich und kleidete mich an – und fragte mich, warum das Zimmermädchen nicht kam.

Es klopfte an der Tür. »Gnädige Dame, ich bin es«, rief sie. Ihre Stimme klang anders als sonst, als wäre sie aufgeregt. Ich öffnete die Tür.

Sie blickte im Korridor nach links und rechts und sagte dann: »Gnädige Dame, Sie sollten lieber schnell aus diesem Haus verschwinden. Ihr Ehemann ist gerade verhaftet worden, und ich glaube, es gibt auch einen Haftbefehl für Sie.«

Ich starrte sie ungläubig an. Was konnten wir denn wohl angestellt haben? Zauberei ist natürlich illegal, aber niemand kümmert sich darum, und außerdem, wer sollte es denn wissen?

»Da muß ein Irrtum vorliegen«, sagte ich.

»Zweifellos«, sagte sie höflich, »aber Sie sollten lieber alles nehmen, was Sie schnell packen können, und mit mir kommen. Es gibt einen Seitenausgang zu einem Stallhof, und ich kann Sie auf dem Heuboden verstecken, bis es dunkel ist.«

Nichts davon ergab einen Sinn, aber für den Fall, daß es stimmte, beschloß ich, vorsichtig zu sein. Ich band meinen Geldgürtel um, nahm einen extra Mantel mit und einen Hut und folgte dem Mädchen vorsichtig über die Hintertreppe.

Am Eingang zum Stallhof sagte sie: »Sie sollten lieber den Hut aufsetzen, ohne Hut sind Sie zu auffällig.«

Ich hielt sie zurück. »Sagen Sie mal, was soll ich denn tun, wenn es dunkel ist?«

Ihre großen braunen Augen begegneten meinem Blick. »Ich habe einen Freier bei der Polizei. Er kann Ihren Freunden eine Nachricht überbringen, wenn Sie mir sagen, wie.«

»Meine Freunde? Welche Freunde?«

Sie nahm mich bei der Hand. »Der Hof ist jetzt frei! Schnell!«

Wir liefen in den Stall. Zwei Zugtiere kauten friedlich ihr Futter und ignorierten unseren Auftritt. Das Mädchen zeigte auf eine Leiter. »Kommen Sie mit mir hinauf«, sagte ich, »wir müssen miteinander reden.«

Sie folgte mir nach oben. Dort gab es ein Fenster, durch das ich den Hof in Richtung auf den Gasthof überblicken konnte. In einem Fenster auf unserem Stockwerk erschien ein Gesicht. Ich zog mich zurück. Das Zimmermädchen kroch herbei und setzte sich neben mich ins Heu.

»Sie wissen nicht, warum man ihn verhaftet hat?« fragte ich.

»Nicht offiziell … aber wir haben alle angenommen, daß der Grund offensichtlich war.«

Wir? »*Welcher* offensichtliche Grund?«

»Gnädige Dame.« Sie lächelte. »Als Sie sich hier anmeldeten, wußten sogleich alle, daß Sie Cantry waren und er Stereth Tar'krim. Wer sonst reist mit einer barbarischen Ehefrau? Und dazu kamen Sie beide mitten in der Nacht an und schrieben keinen Namen ein – bitte, wir sind doch nicht blöd. Nicht, daß jemand im Traum daran gedacht hätte, Sie zu verraten.«

Stereth Tar'krim. Ich erinnerte mich an das Plakat, das ich an der Wand neben dem Tah-Laden gesehen hatte. Der Anführer einer der Banden der Gesetzlosen im Nordwest-Sektor, auf dessen Kopf eine außerordentliche Summe Geldes ausgesetzt war.

Ich kniff die Augen zusammen. »Nicht im Traum daran gedacht, uns zu verraten? Bei einer solchen Belohnung?«

Sie lächelte, mein Verdacht ließ sie unberührt. »Ich bin sicher, Stereth Tar'krims Leute können einen Freund besser bezahlen als die Agenten des Gouverneurs. Und sie erwarten auch nicht, die Hälfte davon sich später als Steuern wieder zurückzuholen.«

Das klang vernünftig. »Er ist nicht Stereth Tar'krim«, sagte ich, »und ich bin nicht diese Cantry.«

»Gnädige Dame…«, begann sie und schüttelte den Kopf.

»Aber wir *sind* wohlhabend und haben gern neue Freunde. Das ist doch nicht schlimm, oder?«

»Überhaupt nicht«, stimmte sie zu und blickte verlegen zu Boden. »Sie könnten schon heute zwei neue Freunde haben, wenn Sie wollten.« Ich schaute sie interessiert an, und sie sagte: »Mein Verlobter, Hilo. Er ist Leutnant bei der Polizei von Shaskala, und er hat in dieser Jahreszeit Dienst im Zellentrakt. Er muß zwei- oder dreimal jede Nacht Meldungen für den Wachoffizier vom Dienst dorthin bringen.«

Ich hatte immer noch eine gewisse Abneigung gegen die Kaiserlichen, die wahrscheinlich vor allem auf den Erfahrungen beruhte, die ich mit ihnen während meines ersten Aufenthalts auf Ivory gemacht hatte. Aber die örtlichen Polizisten erschienen mir nicht mehr und nicht weniger korrupt und erpicht auf Beziehungen als die übrigen Institutionen dieses Planeten. Ich war bereit, im Zweifelsfall zugunsten von Hilo zu entscheiden.

»Er kann also in Erfahrung bringen, wo mein Mann festgehalten wird?«

»Mehr noch! Er könnte ihm eine Nachricht bringen… und falls er einen kleinen Dienst bei seiner Befreiung leisten kann… wenn Sie irgendeine Idee haben… er wäre gern bereit, sich Ihnen zur Verfügung zu stellen.«

»Ihr beide habt das schon besprochen, bevor Sie zu mir kamen.«

Sie lächelte wieder und bestätigte so meine Vermutung. »Es ist so schwer, gnädige Dame, wenn man immerzu warten und warten muß, bis man heiraten kann. Wir sind noch nicht einmal zu einem Viertel verheiratet, weil mein Vater sagt, Hilo müsse erst ein voll eingerichtetes Haus haben, bevor alles andere kommt. Sie haben keine Vorstellung von all den kleinen Dingen, die da gekauft werden müssen – Handtücher und Silberzeug und Teppiche ...«

»Ja, ja, ich habe schon verstanden.«

»Hilo ist Waise, und er hat kein Haus geerbt, in das er mich holen kann.«

Ich seufzte und holte meinen Geldgürtel heraus. »Kein Mann ist Waise«, sagte ich, »wenn er gute Freunde hat.«

Sie klatschte fast in die Hände, als sie das Gold sah. »Die gnädige Dame ist nur äußerlich eine Barbarin«, sagte sie. »Innerlich hat sie das Herz einer wahren und zivilisierten Ivoranerin!«

Möge der Himmel dies verhüten!

Hilo besuchte mich etwa eine Stunde später. Die Zeit bis dahin verbrachte ich in verzweifelter Erinnerung daran, wie wir den ganzen Tag hindurch von einem Büro im Rathaus zu anderen spaziert waren und uns jedem höheren Beamten der Stadt präsentiert hatten. Stereth Tar'krim und seine barbarische Begleiterin. Es war ein Wunder, daß man uns nicht viel früher verhaftet hatte.

Hilo redete offener als seine Verlobte. Er war ein großer, gutaussehender, dunkelhaariger Mann in der blau-grauen Uniform eines Gemeindepolizisten und er verschwendete keine Zeit, sondern kam sofort – wenn auch auf freundliche Weise – auf den springenden Punkt zu sprechen.

»Er ist auf einem eigenen Stockwerk«, sagte der Leutnant. »Der Gouverneur ist außer sich vor Freude und möchte kein Risiko eingehen, ihn wieder zu verlieren. Drei Mann halten vor seiner Tür Wache.«

»Sie wissen, wie ich schon Ihrer Verlobten gesagt habe, daß er nicht Stereth Tar'krim ist.«

»Ich verstehe Ihre Worte«, sagte Hilo liebenswürdig, obwohl er mir nicht im geringsten Glauben schenkte. »Ich frage mich, warum Sie beide nicht Zeugen zu Ihren Gunsten benennen.«

»Wir haben keine Zeugen in dieser Stadt. Und überhaupt... hören Sie, Hilo, um offen zu sein – wir sind keine Banditen aus dem Nordwest-Sektor, aber wir benutzen auch nicht unsere wirklichen Namen. Die ganze Geschichte ist ziemlich kompliziert.«

»Ich verstehe. Nun, mir ist das ganz egal, um auch offen zu sein. Falls Sie meine Hilfe haben wollen, brauchen Sie es nur zu sagen.«

Ich überlegte. Ran, ein Ivoraner durch und durch, lehnt es ab, Informationen preiszugeben, solange sie ihm nicht gewaltsam entrissen werden. Es gibt jedoch Augenblicke, wo man es tun muß. Ich zögerte, aber dann sagte ich: »Verzeihen Sie mir, Hilo, aber ist es für Sie nicht riskant, wenn Sie sich in dieser Angelegenheit den Wünschen des Gouverneurs widersetzen?«

»Ich empfinde keine besondere Zuneigung für den Gouverneur«, sagte Hilo einfach. »Die Leute in den meisten Abteilungen denken genauso. Er ist ein Verrückter, gnädige Dame, er versucht, die Stadtverwaltung zu reformieren. Er hat Regeln über Bestechung und Erpressung veröffentlicht, die eigentlich nicht mal so schlimm wären, aber er versucht tatsächlich, sie durchzusetzen. Jetzt frage ich Sie, wie kann ein junger Mann je erwarten, mit dem Gehalt eines städtischen Polizisten zu heiraten und eine Familie zu gründen, ohne von Zeit zu Zeit Geschenke anzunehmen? Ist das vernünftig, gnädige Dame? Die Entscheidung überlasse ich Ihnen.«

»Hm, mir erscheint das ein bißchen viel verlangt. Ich fürchte, ich weiß nicht genügend über städtische Gehälter...«

»Sie können mich beim Wort nehmen, der Mann ist nicht bei Trost. Wenn die Abteilung nur aus Leuten bestünde, die von ihrem Gehalt leben wollten, dann wäre sie völlig leer.«

»Ich verstehe. Nun ja, vielleicht könnten Sie in eine andere Stadt umziehen...«

»Shaskala ist meine Heimat, gnädige Dame. Ich kann es einfach nicht ertragen, wenn ich sehe, was dieser Kanz in der Stadt anrichtet.«

Ich unterdrückte ein Lächeln. Erst jetzt, an diesem Punkt des Gesprächs, war mir eingefallen, daß meine Lehrer auf Athena diese Frage ethisch ganz anders beurteilt hätten. Ich streckte die Hand aus. »Das ist eine barbarische Sitte«, sagte ich, »um unseren Handel zu besiegeln.«

Wir schüttelten die Hände. Es gab kein zauberisches Glühen, keine Explosion, keine Tauben oder Ballone in der Luft. Aber ganz plötzlich wußte ich. Gesegnet sei Hilos ehrliches Gemüt, er war genauso korrupt, wie er behauptet hatte. Mein Lächeln kehrte zurück, und diesmal versuchte ich nicht, es zu unterdrücken.

»Mein Ehemann ist ein Zauberer«, sagte ich und ließ damit die Maske fallen, und jetzt blickte mein uniformierter Freund überrascht drein. Und während ich mich fragte, wie sie das alles wohl aufnehmen würden, fügte ich hinzu: »Ich habe eine Art Plan.«

KAPITEL 5

Stereth Tar'krim und seine barbarische Gefährtin, was? Ich war schon einigen halb legendären Gestalten auf Ivory begegnet, aber ich hatte wirklich nicht vorgehabt, selbst in Geschichtensammlungen vorzukommen. Als der erste Mond hoch im Osten über der Stadt stand, wartete ich in der Damast-Gasse mit einem Fleischkarren aus dem Schlachthaus und zwei Zugtieren. Der Karren stank.

Habe ich schon erwähnt, daß ich vor meiner Ankunft auf Ivory nur künstliches Fleisch gegessen hatte? Na ja, spielt keine Rolle. Ich hielt die Zügel fest und überlegte, ob die Straßensänger ein neues Lied über die waghalsige Flucht von Stereth Tar'krim dichten würden. Ich hoffte es schon. Besser, als wenn sie eines machten über die Doppelhinrichtung des Banditen und seiner Freundin, die versuchte, ihn aus dem Gefängnis zu befreien.

»Theodora?« fragte eine leise Stimme in der Nähe. Nur eine einzige Person in der Stadt konnte mich so nennen. Der Mond war nur eine Sichel, und ich spähte durch die Dunkelheit auf den Eingang der Gasse und versuchte immer noch, eine Gestalt zu erkennen, als eine Hand meinen Arm berührte.

Ich muß aufgesprungen sein. Nur die Furcht, entdeckt zu werden, hielt mich davon ab, wild aufzuschreien. »Alles in Ordnung?« fragte Ran.

Ich legte meine Hand aufs Herz. Es fühlte sich an, als sei eine Taube in meinem Brustkorb gefangen. »Schon gut«, zischte ich und war unwillig über diese Frage. Ich sah schwach seine Umrisse; er trug immer noch die guten Kleider, in denen er an diesem Morgen ausgegangen war, und sah überhaupt nicht mitgenommen aus. Ich befreite diesen Mann aus dem Gefängnis, und er sah am Ende besser aus als ich!

Auf der anderen Seite erschien Hilo. »Sie sehen überrascht aus, gnädige Dame«, sagte er. »Hatten Sie nicht geglaubt, daß es funktioniert?«

Um die Wahrheit zu sagen, ich hatte es nicht geglaubt. Ich hatte noch nie zuvor eine Befreiung aus einem Gefängnis geplant. Ich hatte schon an einer teilgenommen, aber das ist ja nicht das gleiche.

»Es war überhaupt kein Problem, wirklich«, sagte Hilo und grinste. »Ich brachte ihm sein Abendessen, und die Münzen, die ich von den Wachen genommen hatte, lagen unter dem Teller. Ich sagte einfach: ›Tymon schickt dir das, und ich werde in einer Stunde zurück sein.‹ Er sagte kein einziges Wort zu mir, wissen Sie, und ich fragte mich, ob er mich überhaupt gehört hatte.«

Adrenalin machte Hilo gesprächig. Auf viele Leute hat es diese Wirkung. Das erstemal, als ich in einer ähnlichen Situation gewesen war, hatte ich danach Ran praktisch die Kleider vom Leib gerissen. Hilo fuhr fort: »Also komme ich eine Stunde später wieder herein, und die drei Männer liegen ausgestreckt auf ihren Posten, mausetot. Ich nahm ihnen die Schlüssel ab, und hier sind wir.«

Indem er Ran Objekte gab, die den Wachen gehörten, machte Hilo sie verwundbar für Zauberei aus der Entfernung. Ich sagte: »Der einzige unsichere Punkt war, ob Sie ihnen die Münzen beim Spielen würden abnehmen können.«

Hilo lächelte selbstgefällig. »Daran gab es nie einen Zweifel, gnädige Dame.«

Ran kletterte neben mich auf die Sitzbank des Karrens. »Was jetzt?«

»Die Serpentine hinab«, sagte Hilo. »Es wird aussehen, als wäre irgendein Karren auf seinem Weg nach drunten zum Verteilungszentrum der Schlachthäuser. Dort packen sie das Fleisch in Eis oder trocknen und salzen es. Wenn jemand fragt, dann sagen Sie, Sie kämen von einer kleinen Metzgerei in der Stadt und wollten für ein paar überzählige Kadaver ein paar Moneten extra bekommen.«

Ran wandte sich mir zu. »Hast du diesen netten Gentleman schon ausgezahlt?«

»Teilweise«, sagte ich. »Ich glaube, wir könnten noch mehr für ihn tun.«

Er verneigte sich vor Hilo. »Mein Haus wird sich mit Ihnen in Verbindung setzen.«

»Ich habe vollstes Vertrauen in Sie«, sagte Hilo. Er winkte grüßend, als unser Wagen aus der Gasse hinausfuhr und wir uns auf den Weg zur Serpentine machten.

Die Stadt lag dunkel und still. Fleischkarren fuhren selten so früh in der Nacht, aber gelegentlich kam das schon vor. »Es gefällt mir ganz und gar nicht, daß wir noch einen Wagen verlieren«, sagte Ran und dachte dabei an das Fahrzeug, das wir zurücklassen mußten.

Ich drehte mich zu ihm um und schaute ihn in dem trüben Mondlicht an. »Sei froh, daß du noch lebst.«

»Ist das nicht ein Spruch, der zur Belehrung der Angestellten in die Türen der billigeren Bordells geschnitzt ist?«

»Wirklich? Ich bin überrascht, daß du soviel über die billigeren Bordells weißt.«

Ich hörte ihn leise glucksen und spürte, wie er einen Arm um mich legte. »Schon gut. Ich danke dir vielmals, Theodora. Ehrlich gesagt, ich war schon besorgt.«

Vor langer Zeit hatten die Bewohner von Shaskala einen Hain von Sutu-Bäumen am Rand der Stadt gepflanzt. Die Zweige flüsterten in der nächtlichen Brise, und ihre federähnlichen Wipfel schwankten hin und her. Die Luft hätte jetzt erfüllt sein müssen von ihrem schweren, würzigen Duft, aber der Gestank unseres Karrens überdeckte den Geruch der Bäume.

Ich zog heftig an den Zügeln. »Was ist denn das?«

Vor uns, wo die Straße abwärtsging, halb verborgen im Hain, flackerte im Dunkel der Nacht eine Kette kleiner Feuer. Ran beugte sich vor und legte seine Hand auf meine.

»Für Fackeln sind sie zu groß«, sagte er.

Ich spähte durch die schwankenden Bäume. »Das sind Ölfässer«, sagte ich schließlich.

»Eine Straßensperre.«

»Für uns? Wie konnten sie uns überholen? Bis zum Morgen dürfte man nicht merken, daß du fehlst, und selbst wenn jemand zufällig in die Zelle gekommen wäre und gesehen hätte, daß sie leer ist, wie konnten sie dann so schnell etwas unternehmen?«

»Wer weiß? Aber niemand, auf den meine Beschreibung paßt und neben dem eine barbarische Freundin sitzt, wird da heute nacht durchkommen.« Er hatte mir die Zügel abgenommen und wendete den Karren.

»Warte mal einen Moment – wohin fahren wir denn dann?«

»Ich weiß es nicht. Ich weiß es wirklich nicht.« Er schaute genauso ratlos wie ich. »Aber du erinnerst dich doch an diese Straße, wie eng sie ist. Wir kommen dort nicht vorbei, ohne daß wir gesehen werden.«

So zockelten wir zurück nach Shaskala. Der Sichelmond stand jetzt hoch am Himmel. Ich schaute auf die Fassaden der Häuser, als wir unter den Balkonen entlangfuhren. Die ganze Stadt kam mir wie ein Gefängnis vor, aus dem wir nicht hinauskonnten.

Auf halber Strecke der Hauptstraße sagte ich: »Fahr weiter.«

Er wandte sich mir zu. »Was?«

»Fahr weiter. Halte nicht an. Wir können nicht mehr in dieser Stadt bleiben, und wenn wir nicht hinabfahren können, dann müssen wir hinauffahren.«

Rans Gesicht war ausdruckslos, wie immer, wenn seine Gedanken besonders in Aufruhr waren. »Aber dort oben gibt es nichts außer der Hochebene und dem Nordwest-Sektor.«

»Dann fahren wir in den Nordwest-Sektor.«

Ran blickte mich an. Dann wandte er sich wieder den Zügeln zu, und der Wagen rumpelte weiter durch die Straßen von Shaskala, und hinaus auf die Straße der Banditen.

Weiter oben war es windig, und die Straße wurde noch enger. In einem Bodenwagen hätten wir es nicht geschafft. Aber die Nacht war klar und das Zugtier war für diese Art von Kletterei gezüchtet worden.

»Alles in Ordnung mit dir?« fragte ich.

»Sicher, warum sollte etwas nicht in Ordnung sein?«

»Du hältst dir deinen rechten Arm.«

Er rutschte auf der Sitzbank hin und her. »Er ist eingeschlafen.«

Ich dachte nach, wohin wir jetzt überhaupt fuhren, und sagte: »Ich wünschte mir, wir hätten eine Landkarte dabei. Ich habe nur eine völlig verschwommene Vorstellung, wie dieses Gebiet aussieht. Aber einer der Bauern muß ja einen NETZ-Anschluß haben – wir können Kylla oder jemanden von der Familie anrufen, und sie können kommen und uns holen.«

Ran sagte nur: »Einen NETZ-Anschluß? Im Nordwest-Sektor?«

Na ja, er konnte einen wirklich aufmuntern. »Bist du sicher, daß mit dir alles in Ordnung ist?«

»Theodora, glaub mir, es geht mir gut.« Er nahm die Hand von seinem rechten Arm. »Unter diesen Umständen ist eine gewisse Besorgnis doch normal.«

»Hmm.«

Ein paar Stunden später kamen wir auf ebenes Gelände: wir hatten die Hochebene erreicht. Ran schüttelte sich wach und sagte: »Ich denke, wir sollten geradeaus weiterfahren. Die meisten der großen Gehöfte und Farmen liegen an der Hauptstraße.« Er schaute mich an: »Wirst du müde, Tymon? Ich kann übernehmen. Ich hatte nicht vor, alles dir zu überlassen. Wahrscheinlich war ich in Gedanken versunken.«

»Ist schon in Ordnung. Das Kopfzerbrechen über unsere Zukunft hat mich ganz schön auf Trab gehalten.«

Er nahm die Zügel und die Lenkbox. »Vermutlich haben wir keinen Proviant dabei, und auch nichts, womit wir ein Feuer machen können?«

»Niemand hat diesen Teil der Reise vorausgesehen. Wir haben da hinten eine Tonne Tierfleisch. Ich hoffe, du magst es roh.«

Er nickte wenig begeistert. »Weißt du, die Gesetze der Magie sagen, daß manche Menschen wie Blitzableiter sind. Ich weiß nicht, was mit dir los ist, Tymon, aber jedesmal, wenn du auf diesen Planeten kommst, endet es damit, daß ich schließlich von meiner Familie abgeschnitten bin, unter einem Decknamen reise und kein Geld mehr habe.«

»Willst du mir die Verantwortung für all das hier aufhalsen?«

»Nein, nein, du lieber Himmel, nein.«

Groteske Gestalten ragten zu beiden Seiten in der Dunkelheit empor: die vom Wind verkrüppelten Bäume der Hochebene. Sie schienen auf dem Boden zu kriechen, und ihre Zweige wirkten wie in einem Krampf erstarrt. Einigen von ihnen war es allerdings gelungen, ein paar Blätter hervorzubringen, und die raschelten, als wir vorüberfuhren.

»Ich glaube, wir sollten dankbar sein, daß die Nacht so klar ist«, sagte Ran. »Ich habe gehört, daß es hier oben sehr neblig sein soll.«

»Dafür, daß die Nacht klar ist, kann man aber nicht weit sehen. Meinst du nicht, wir sollten haltmachen, bis es hell wird?«

Eine Stimme, die nicht Ran gehörte, sagte: »Ich glaube nicht. Nicht bei der Strecke, die wir noch zurücklegen müssen.«

Mit einem sollen Frachtkarren kann man nicht schnell abhauen. Ich drückte die STOP-Taste auf der Lenkbox und griff nach meinen Waffen. Ran war schon hinter dem Sitz verschwunden, und mir fiel ein, daß er unbewaffnet war.

»Bitte!« sagte die Stimme vorwurfsvoll, und eine große Gestalt kam aus den Schatten der Bäume hervor. Es handelte sich um einen Mann, der auf einer Art von genetisch modifiziertem Reittier saß, dessen weißes Fell im Mondlicht fahl schimmerte. Der Mann hatte normale Größe, aber sein Reittier reichte über die Sitzbank des Karrens empor und hätte leicht zwei oder drei Leute tragen können. »Wir wollen doch nicht unfreundlich sein«, sagte er. Seine Stimme hatte einen angenehmen Bariton, und soweit ich sein Gesicht sehen konnte, war er relativ jung und sah keineswegs schlecht aus.

»Da ihr uns sowieso auf Gedeih und Verderb ausgeliefert seid«, sagte eine neue Stimme. Ich fuhr herum und sah einen weiteren Mann, kleiner und kräftiger als der erste. Sein Haar war ganz kurz geschoren. Er stand reglos auf der Rückseite des Karrens. Seine Pistole zeigte auf Ran.

Zwei weitere Gestalten erschienen auf der Straßenseite, beide bewaffnet. »*Kanz*«, hörte ich Ran murmeln. Er stand auf.

»Kann ich den Herren mit etwas dienlich sein?« Er blickte sich um und sagte: »Den Herren und der Dame, meine ich.«

Daraufhin schaute ich mich noch einmal um. Es war zwar dunkel, aber eine der Personen, die an der Seite standen, war mit Sicherheit eine Frau.

Das Mondlicht fiel direkt auf das Gesicht des Reiters, und er grinste. »Des Helani, geehrt durch diese

Begegnung. Darf ich vorstellen: Mora Sobien Ti« – die Frau neigte den Kopf – »und Lex na'Valory. Grateth Tar'briek steht hinter Ihnen mit der Pistole. Wie Sie aus seinem Namen schließen können, war Grateth bei der Armee und ist ein vorzüglicher Schütze. Das nur zur Warnung.«

»Ich war auch in der Armee«, sagte Lex na'Valory mürrisch. Er war ein großer, kräftig gebauter Mann mit kurzem, drahtigem schwarzen Haar.

»Ich wollte damit nicht sagen, daß du nicht dabei warst«, sagte Des Helani.

»Und ich wurde wenigstens ehrenhaft entlassen«, fuhr der Mann fort.

»Er macht auch seinem Namen alle Ehre«, sagte Ran, und Lex na'Valory starrte ihn wütend an. »Straßennamen«, überlegte Ran weiter. »Ich nehme an, ihr seid Banditen.«

»Das haben Sie ganz recht erkannt«, sagte Des Helani. Er stieg ab und trat an den Karren heran. »Darf ich Sie beide bitten abzusteigen?«

Ich hielt mich an der Griffstange fest und setzte einen Fuß auf das Trittbrett. Eine Hand griff nach meinem Arm und stützte mich, und dann trat Des Helani zur Seite. Ran sprang neben mir herab; er blickte mißtrauisch drein. Da ich so nahe an dem Banditen stand und das helle Mondlicht auf sein Gesicht schien, konnte ich sehen, daß seine Augen katzengrün waren, ungewöhnlich für einen Ivoraner, aber es kam gelegentlich vor. Sein Haar war braun, nicht schwarz, und zwar von einem helleren Braun als gewöhnlich. Er sah, daß ich ihn prüfend musterte, trat vor und umfaßte meine Oberarme mit seinen Händen.

»He«, sagte Ran. Der kräftige Bandit mit der Pistole trat zu ihm.

Aber Des Helani drehte mich nur herum, so daß der Mond, der jetzt schon tief im Westen stand, auf mein Gesicht schien. »So ist es also wahr«, sagte er fröhlich,

»plötzlich ist die Welt voll von liebreizenden barbarischen Frauen.« Und er bückte sich und küßte meine Hand.

Ran schaute angewidert drein. Der Mond beleuchtete auch sein Gesicht, und ich konnte sehen, wie er die Lippen verzog. Es stimmt schon, das Benehmen unseres Banditen war klischeehaft, aber es war ein bewußtes Klischee, und er lud uns ein, es ihm gleichzutun. Sein Ton sagte ganz klar: »Bitte übersehen Sie meine Exzesse und spielen Sie dieses Spiel mit mir. Es macht mir zu viel Spaß, als daß ich aufhören möchte.«

Seine Energie war ansteckend, und ich ertappte mich dabei, wie ich lächelte. Wenn ich ein Taschentuch dabei gehabt hätte, das ich hätte fallen lassen können, dann hätte er sich zweifellos vor mir verbeugt und es aufgehoben. In dem immerwährenden Tanz von Mann und Frau war dies klar erkennbar ein Partner, der einen immer wissen ließ, in welche Richtung er den nächsten Schritt tat.

Mora Sobien Ti legte die Hand auf die Zügel unseres Zugtieres. Ihre braune Haut wirkte im Mondlicht bleich. »Wenn es niemandem von euch etwas ausmacht«, sagte sie kühl, »wir haben noch einen langen Weg vor uns. Und in zwanzig Minuten beginnt die Dämmerung.«

»Stimmt«, sagte Des Helani und war plötzlich ganz geschäftsmäßig. »Die Barbarin kann mit mir reiten, sie ist so klein, daß sie kein Problem für mein Reittier darstellt. Lex und Mora, ihr könnt das andere nehmen, und Grateth kann auf unseren neuen Freund aufpassen, der den Karren fährt.«

Es war also noch eines dieser großen Tiere in der Nähe angebunden. Ich sagte: »Sie wollen wirklich, daß ich auf dieses Ding klettere?« Meine Stimme klang hohler, als ich beabsichtigt hatte. Der Bandit lachte. »Es ist modifiziert, meine Liebe, es wüßte nicht einmal, wie es aggressiv sein sollte, selbst wenn es das wollte. Und wenn Sie sich fest genug an mir festhalten, dann fallen Sie nicht runter.«

Ich mußte zuerst auf die Sitzbank des Karrens klettern, bevor ich mich auf das Tier manövrieren konnte. Ran half mir. Er sagte: »Ich glaube, ich sollte erwähnen, daß wir keinerlei Geld haben. Und ich bezweifle, daß irgend jemand für uns Lösegeld zahlen würde.«

»Lösegeld? Dieser Gedanke ist uns überhaupt nicht in den Sinn gekommen.« Des Helani sah, daß ich mich zurechtgesetzt hatte, und fügte hinzu: »Ihr seid die Zauberer, die sich in Shaskala aufgehalten haben. Wir haben Arbeit für euch.«

Er berührte mit seinen Fersen die Flanken seines Reittiers, und wir setzten uns in Bewegung. Ich drehte mich kurz um und sah, daß Ran auf dem Karren stand. Er bemühte sich, keine Miene zu verziehen.

Wie sich herausstellte, kassierte Hilo bei allen. Nicht nur wir hatten ihm gezahlt, auch diese Bande von Gesetzlosen, und die Stadt Shaskala gab ihm immer noch sein reguläres Gehalt. Es mag alles in allem kein Zufall gewesen sein, daß eine Straßensperre uns ausgerechnet in eine Richtung zwang, die die meisten Leute mieden. Und das Zimmermädchen in dem Gasthof würde sich gewiß nicht den Kopf zerbrechen müssen, wenn es darum ging, diese Laken und Handtücher und anderen Sachen zu kaufen, die so wichtig für ein junges Paar sind, das gerade seinen gemeinsamen Lebensweg beginnt.

Auf der Hochebene geht die Sonne früh auf. Damals wußte ich es noch nicht, aber ein klarer Morgen ist dort etwas Seltenes. Ich wandte mich einmal um und sah einen Sonnenaufgang von unglaublicher Schönheit; ein paar Minuten später drehte ich mich noch einmal um, und er war vorbei. Jetzt war der Himmel einfach grau getönt. Entlang der Strecke gab es weniger Bäume. Rings um uns befand sich ein Ozean von kurzem, rauhem Gras, über den der Wind bis in die Unendlichkeit hinstrich. Da und dort wuchsen Pflanzen, die ich noch nie gesehen hatte, dazu purpurne und weiße Blumen mit stachligen Blättern. Allerdings war dieser Ozean nicht gänzlich flach; überall um uns herum gab es Hügel und Täler, und bis Mittag durchquerten wir drei Wasserläufe.

Am dritten hielten wir an, und alle füllten ihre Feldflaschen. Des (»Nennen Sie mich Des, meine Liebe, Sie haben schon meine Freundschaft«) ließ mich aus seiner Flasche trinken und füllte sie dann erneut. In der Ferne sah ich ein Bauernhaus, das sich in eines der kleinen Täler schmiegte. »Warum haben wir nicht schon zuvor angehalten?« fragte ich. »Ihre Feldflasche war leer.«

»Hat Ihnen niemand etwas über den Nordwest-Sektor erzählt?« Des spritzte sich Wasser ins Gesicht. »Drei von vier Wasserquellen hier sind giftig.«

»Oh.« Ich tauschte einen Blick mit Ran, der sein Obergewand und sein Hemd ausgezogen hatte und die Gelegenheit nutzte, sich kurz zu waschen. Es schien immer schwieriger zu werden, aus diesem Gebiet wegzukommen.

Ran zuckte die Achseln und trocknete sich mit seinem Hemd ab. Ich sagte zu Des: »Wie erkennen Sie es, welche giftig sind?«

»Indem ich jemanden frage, der es weiß«, sagte Des lapidar. Er hielt die Zügel seines Reittiers und winkte mir. »Hinauf, meine Liebe.« Er hob mich hoch; er war stärker als er aussah.

»Des, sind Sie der Stereth Tar'krim, den alle suchen?«

Lex na'Valory half ihm hinauf, und Des kletterte auf den Platz vor mir. »Natürlich nicht«, sagte er. »Wir sind einfach gute Freunde.«

Das Tageslicht zeigte, daß Des Helani Anfang dreißig

war. Er war groß und von einer natürlichen Eleganz, die auf einem Reittier gut zur Geltung kam. Lex na'Valory und Grateth Tar'briek sahen etwa gleich alt aus, vielleicht war Grateth etwas jünger. Lex trug einen ständigen Ausdruck von Unzufriedenheit im Gesicht. Grateth war kräftig, ausgeglichen und tüchtig; er hatte immer seine Waffen griffbereit. Er trug mindestens zwei Messer, die ich sehen konnte, und mir fiel auf, daß er bei allem, was er tat, Ran im Auge zu behalten schien. Die Haltung dieser beiden Männer war von der Armee geprägt, aber was in Grateths Verhalten als Disziplin erschien, wurde zu Groll, wenn man Lex na'Valory beobachtete. Mora Sobien Ti war älter und hatte graue Strähnen in ihrem schwarzen Haar. Ihr Obergewand war kurz, mehr wie eine Jacke, und ihr inneres Gewand war wie ein Reitrock geschnitten. Ich hatte noch nie zuvor auf diesem Planeten einen Reitrock gesehen. Sie sahen alle aus wie Leute, die an das Leben, das sie führen, gewöhnt sind, die sich dann wuschen und dann tranken, wenn sie konnten, und sich nicht darum kümmerten, wenn sie es nicht konnten.

Was mich angeht, so tat mir alles weh vom Reiten, und ich träumte davon, mich in einem der öffentlichen Bäder in der Hauptstadt ausstrecken zu können.

»Ihr Barbaren seid so zerbrechliche Kreaturen«, wunderte sich Des Helani, als wir für eine kurze Ruhepause anhielten, und er mir zusah, wie ich versuchte, meinen Körper zu entspannen, indem ich ein paar gymnastische Übungen machte. »Cantry ist genauso.«

»Cantry?«

»Sie werden sie treffen. Eine andere Barbarin. Sie könnte Ihre Schwester sein.«

Wir ritten weiter, und am Nachmittag wurde es immer nebliger. »So ist es besser«, sagte Des. Unser Reittier suchte sich seinen Weg entlang der Fahrspur, und ich hörte den Karren hinter uns.

»Mögen Sie dieses Wetter lieber?«

»Alle Banditen bevorzugen dieses Wetter, meine Liebe. Sie werden es auch noch mögen.«

Das wirkte auf mich keineswegs so ermutigend, wie er es gemeint hatte.

Am späten Nachmittag kamen wir zu einem niedrigen Tal, einer weiten, flachen tellerartigen Mulde mitten im Nirgendwo. Zwei verkrüppelte Bäume markierten den Beginn eines Trampelpfades, der durch das tiefe Gras abwärts führte. Unser Karren folgten Des Helanis Reittier in den Nebel, und nach ein paar Minuten sagte ich: »Da ist ein Gebäude.« Ich saß immer noch hinter Des und spürte, wie er tief Luft holte.

»Das gehört uns, meine Liebe«, sagte er. »Das ist unser Heim. Ein bißchen naß in Regennächten, aber sonst recht brauchbar.«

Steinmauern tauchten aus dem Nebel auf. Als wir näher herankamen, konnte ich mehr erkennen: Eine alte Mauer aus grauem Stein, und dahinter größere, ebenfalls verfallene Gebäude. Ein altes Kloster? Ein Fort? Vom Äußeren her war es schwer, den Unterschied festzustellen, zumindest auf diesem Planeten.

Des glitt von seinem Reittier und half mir herab. Er sagte: »Mora, wir sollten lieber von dem Fleisch retten, was wir noch können. Ein Teil riecht schon etwas scharf.«

»Ich werde es ins Küchenhaus bringen«, sagte sie und stellte sich mit verschränkten Armen neben den Karren, um zu warten, bis Ran heruntergestiegen war.

Ran kletterte langsam herab. Mora nahm ihm die Lenkbox ab und führte unsere Zugtiere samt dem Karren weg.

Ran stellte sich neben mich. »Also?« sagte er zu Des Helani.

»Bitte«, sagte Des. »Die Gäste zuerst.« Und er

winkte uns zum Eingang. Grateth und Lex na'Valory folgten uns.

Wir betraten das Hauptgebäude des Forts. Es bestand aus einer großen Gemeinschaftshalle und zehn kleineren Räumen, fünf auf jeder Seite. Etwa der Hälfte von ihnen fehlte der entsprechende Teil des Daches. Am einen Ende der Halle brannte am Boden ein Feuer, und das andere Ende beherbergte eine Ansammlung von Matten, Kissen, Steinblöcken und einen wirklich ausgezeichneten langen Tisch aus glänzendem Dunkelholz mit einer Menge Kerzen darauf. In der Halle war es dunkel und rauchig.

Ein gutes Dutzend Banditen lag ausgestreckt auf den Kissen Männer und Frauen, junge und ältere, manche bunt, andere graubraun gekleidet; einige waren beschäftigt, andere gaben sich dem Nichtstun hin. Die meisten von ihnen hatten Hosen an nach Art der Fischer und der im Freien arbeitenden Leute aus der Provinz, die ich früher einmal gesehen hatte; dazu trugen viele Jacken oder kurze Obergewänder mit komplizierten farbigen Mustern, die mich an andulsinische Teppiche erinnerten. Die Leute versuchten bestimmt nicht, sich der Umgebung anzupassen – Rot und Gold, Mitternachtsblau, Wirbel von tiefem Purpur – ein wahrer Schatz an Farben bewegte sich da in der Dunkelheit und wurde hier und dort vom flackernden Kerzenlicht hervorgehoben.

Und was den Schmuck anging, hätte meine Schwägerin Kylla hier eher als konservativ gegolten.

Des Helanis Schritte wurden länger, und sein Oberkörper straffte sich. »Ich war großartig!« rief er. »Soll ich euch erzählen, wie großartig ich war?«

»Könnten wir dich denn davon abhalten?« sagte eine Stimme.

»Erzähl es uns, Des!« sagte eine Frau lachend. »Sag uns, wie großartig du warst.«

»Ich war brillant«, sagte er. Inzwischen hatten wir

die Mitte dieser Gruppe erreicht. Ein junger Mann, dessen Gesicht selbst nach den Maßstäben von Ivory hübsch war, saß auf einem Felsklotz und polierte ein altes Kurzschwert. »Aber zuerst müssen wir einander vorstellen«, fuhr Des fort. Er ging an dem jungen Mann vorbei und blieb vor einem anderen, älteren stehen, der auf einem Kissen saß und einen Stoß Papiere in Händen hielt. Dieser Mann war über dreißig und sah aus wie ein Gelehrter – oder ein Buchhalter – mit sanften dunklen Augen und vorzeitig angegrautem Haar. Er trug eine Brille.

»Darf ich Ihnen den begehrtesten Gefängnisgast des Nordwest-Sektors vorstellen«, sagte Des und deklamierte seine Worte wie ein Schauspieler. »Stereth Tar'krim. Stereth ...«, seine Stimme wurde plötzlich wieder normal, »das sind die Leute von der Nachricht.«

Stereth Tar'krim blickte blinzelnd zu uns empor. Er legte seine Papiere nieder, stand auf und rückte seine Brille zurecht, bevor er Ran und mich musterte.

(Ihnen zuliebe, mein imaginärer Leser, werde ich hier innehalten und erklären, was eine Brille ist. Stellen Sie sich eine kleine, kreisförmige Glasscheibe vor, umgeben von einem Rand aus Golddraht. Dann eine weitere gleichartige Glasscheibe, die mit der ersten durch noch mehr Draht verbunden ist. Nun stellen Sie sich vor, daß jemand durch diese Glasscheiben hindurchschaut – wobei jede der beiden Scheiben sich direkt vor einem Auge befindet. Natürlich schweben sie nicht in der Luft vor dem Gesicht des Betreffenden – sie werden von einer Art Brücke auf dem Nasenrücken gehalten und werden mit Erweiterungen des Drahtes hinter den Ohren verankert.

Sie werden sich wahrscheinlich fragen, was das alles soll. Es dient nicht zum Schmuck – jedenfalls nicht generell. Es ist eine Sehhilfe. Die Gläser sind nämlich nicht aus normalem Glas; es sind tatsächlich Linsen, die Probleme der Sehfähigkeit kompensieren. Sie können Versionen von Brillen auf Bildern von historischen Persönlichkeiten sehen. Wenn Sie sich jetzt fragen, warum Stereth Tar'krim seine Augen nicht einfach behandeln oder ersetzen ließ, dann ist Ihnen entgangen, daß er zunächst als Ivoraner und dann als Gesetzloser nicht in der Lage war, diese Korrekturen an sich vornehmen zu lassen. Selbst wenn er von der Möglichkeit wußte.

Nun mag es sich ja anhören, als sei dieses Sehgerät ziemlich instabil, aber tatsächlich sitzt es ohne weiteres im Gesicht seines Trägers – ausgenommen wenn, wie jetzt, Stereth Tar'krim es wieder auf den Nasenrücken schieben mußte.

Verzeihen Sie mir, daß ich meine Erzählung bei einer so dramatischen Begegnung unterbreche, aber es handelte sich ja um etwas, das Sie wissen sollten.)

Nun – wie ich gesagt, Stereth schob seine Brille zurück, guckte uns an und sagte: »Geehrt durch diese Begegnung. Des, wir haben deine Botschaft bekommen. Ich sehe, daß du die Initiative ergriffen hast.«

»Du hattest gesagt, ich hätte die Leitung.«

»Ich weiß. Du hattest sie. Du hast es gut erledigt.«

»Ich war großartig! ... Nicht wahr?«

»Du hast das Richtige getan, und ich bin froh, daß du nicht gewartet hast, um mich zu fragen. Wir hätten sie sonst vielleicht verloren.«

Des grinste und entspannte sich. Ran schaute mich an, und wir tauschten besorgte Blicke darüber, wie begehrt wir hier anscheinend waren.

»Ich hoffe, Sie waren nicht erschrocken, daß man Sie hierher eingeladen hat«, sagte Stereth zu uns. »Ich hoffe, Des hat es Ihnen so bequem wie nur möglich gemacht.«

»Er war charmant«, sagte ich.

»Das ist er immer«, sagte Stereth. »Und darf ich jetzt erfahren, wer von Ihnen der Zauberer ist?«

Ich sagte nichts, und Ran stand da und blickte unglücklich drein. Schließlich sagte er: »Gnädiger Herr...«

Stereth Tar'krim unterbrach ihn. »Hier gibt es andere Regeln. Sie können mich von Angesicht zu Angesicht Stereth nennen, und was Sie mich sonst nennen, spielt keine Rolle.«

»Stereth«, sagte Ran. »Darf ich fragen, wie Sie auf den Gedanken kommen, einer von uns beiden sei ein Zauberer?«

Stereth lächelte, ein sehr sanftes Lächeln. »Wir halten hier trainierte Botenvögel. Später, wenn Sie mal Zeit haben, können Sie sich das Vogelhaus an der Westmauer anschauen. Wir halten diese Vögel zusammen mit Freunden von uns, die zu weit weg wohnen, als daß sie uns besuchen könnten.«

»Mit einem Polypen aus Shaskala namens Hilo?« fragte ich.

»Es ist immer gut, Freunde zu haben. Ein Vogel ist aus Shaskala zu einer unserer Stationen zurückgekehrt, in der Nähe des Gebietes, wo Des' Gruppe im Einsatz war. Des nahm es selbst auf sich, dieses Treffen zu arrangieren.«

Des blickte von dem Kissen auf, auf dem er sich niedergelassen hatte. »Ich war großartig.«

Stereth gab taktvoll nach. »Ja, Des, du warst großartig.«

»Er war nicht besonders gut«, sagte Lex na'Valory.

»Wir können einen Zauberer gebrauchen«, sagte Stereth. »Wir brauchen jede Kraft, die wir bekommen können, einfach zum Überleben. Wir zahlen gut.«

»Mit gestohlenen Waren und gestohlenen Tabals«, warf Ran ein.

»Stehen einem professionellen Zauberer moralische Urteile zu? Wie viele Leute haben Sie ruiniert oder umgebracht? Ist die Zauberei nicht noch immer illegal im Kaiserreich, oder ist mir da etwas entgangen?« Stereths Stimme war sanft, tonlos, und machte mich schaudern.

»Die Leute akzeptieren das, was ich mache, als einen Teil des Lebens«, sagte Ran und gab es auf zu verheimlichen, wer von uns beiden der war, den sie haben wollten. »Es ist theoretisch illegal, ja, aber niemand schert sich darum. Aber Sie sind ...«

»Ein geächteter Gesetzloser? Der für den Galgen bestimmt ist? Sehr wahrscheinlich werde ich dort enden. Das bedeutet jedoch keine moralische Minderwertigkeit, sondern nur, daß mein diesbezügliches Risiko wirklich größer ist.« Er sagte dies so selbstverständlich, als spräche ein Geschäftsmann zu einem anderen über das Auf und Ab des Marktes.

»Ich wollte sagen, Sie sind ein Bandit. Sie berauben unschuldige Reisende und überfallen die Häuser der Leute.«

Stereth war nicht beleidigt. Er lächelte, tippte den ungewöhnlich hübschen Jungen, der das Schwert polierte, auf die Schulter und übernahm seinen Sitz auf dem Stein. »Ich mag diese Moralwettbewerbe nicht. Wollen Sie sich nicht niedersetzen?« Er zeigte auf die Kissen, die auf dem Boden umherlagen.

»Danke, ich ziehe es vor zu stehen.«

Im allgemeinen wird es als psychologischer Vorteil betrachtet, wenn man jemanden zwingt, zu einem aufzuschauen. Stereth wirkte aber einfach nur entspannt. Ran erschien dadurch eher wie ein Schuljunge oder ein Angestellter, der in das Hauptbüro gerufen wurde, um sich einen Rüffel abzuholen.

»Da Ihre Möglichkeiten jetzt sehr eingeschränkt sind«, sagte Stereth, »warum reden wir nicht über Ihre Vergütung?«

»Ich arbeite nicht für Sie.«

»Ich kann Ihnen am Anfang einen Vorschuß von zweitausend Tabals zahlen ...«

»Das ist sehr freundlich von Ihnen ...«

»Und Sie beide am Leben lassen.« Plötzlich herrschte allgemeines Schweigen. Ich hörte, wie jemand in der Gruppe eine Nuß knackte. »Vielleicht sollte Ihre Frau auch etwas dazu sagen«, fügte Stereth hinzu.

Ich öffnete den Mund, doch Ran sagte: »Sie ist nicht meine Frau.«

Des Helani setzte sich kerzengerade auf, und auf Stereths Gesicht zeichnete sich leichte Überraschung ab. »So? Des …«

»Das habe ich aus Shaskala anders gehört«, sagte Des.

»Es erleichtert das Leben in den Gasthöfen und in unserem Beruf, wenn wir einfach sagen, wir seien verheiratet«, erklärte Ran. »Aber sie ist meine Assistentin – und überdies eine neue Assistentin. Wir arbeiten erst seit wenigen Wochen zusammen.«

Es ist schwer, zwei Leute als Geiseln für einander zu festzuhalten, wenn sie einander kaum kennen. Aber wie glaubhaft das wohl wäre …

»Ist das wahr, meine Liebe?« rief Des. »Wenn ich gewußt hätte, daß Sie frei sind, hätte ich Sie bei dem Ritt noch enger an mir sitzen lassen.«

Ich blickte ihm direkt in die Augen. »Wenn wir noch enger gesessen wären, dann wäre ich jetzt schwanger.«

Das löste übermütige Rufe von Des' Freunden aus. Stereth wandte sich mir zu und erlaubte sich ein echtes Lächeln; er lockerte seine eiserne Selbstbeherrschung um zehn Prozent – gerade genug, um Vergnügen zu signalisieren –, und ich erkannte, daß hier noch jemand war, der seinen Charme aktivieren konnte. Er sagte: »Sie sind nicht so ruhig, wie Sie aussehen.«

»Ich glaube, Sie auch nicht«, erwiderte ich.

»Sie sagen also, daß alle Drohungen, die ich gegenüber Ihrer Freundin mache, wirkungslos wären«, sagte er an Ran gewandt.

»Ishin na'telleth«, erklärte Ran. »Es ist mir alles

gleich. Eine geschäftliche Entscheidung – Sie sollten das verstehen.«

»Oh, ich verstehe. – Cantry, setz den Krug ab und komm zu uns.« Er blickte nach oben, und als ich seinem Blick folgte, sah ich einen schmalen Balkon, der an der ganzen Halle entlanglief. Eine junge Frau trug einen großen Tonkrug, der etwa ein Drittel so groß war wie sie selbst, und setzte ihn an einer Stelle auf dem Balkon ab, wo schon eine Menge weiterer Krüge standen. Sie hatte kurzes, lockiges blondes Haar und war schmächtig gebaut. Sie wischte die Stirn mit einem Arm ab und rief zu Stereth herab: »Ich bin noch nicht fertig.«

»Einstweilen bist du es«, entschied Stereth. »Wir haben Gäste. Des kann an deiner Stelle später den Rest machen.«

»Danke«, sagte Des. »Ich bin erst morgen mit dem Wassertragen an der Reihe.«

»Schmück dich mit deiner Hilfsbereitschaft«, sagte Stereth. »Sag ihr, es war deine Idee.«

Cantry war vom Balkon verschwunden. Ein paar Sekunden später erschien sie in einem Türbogen auf der anderen Seite des Raums und kam herbei.

»Meine Frau, Cantry«, stellte Stereth sie vor. »Diese beiden Leute sagen, sie seien nicht verheiratet, meine Liebste. Was glaubst du? Sehen sie für dich verheiratet aus?«

Cantry legte einen Arm um seine Taille und musterte uns. Ihr Augen waren hellbraun, ihr Gesicht war klar und kindlich. Das also war die Barbarin, mit der ich in Shaskala verwechselt worden war und von der Des sagte, sie könnte meine Schwester sein? Sie war etwa so groß wie ich, aber das war auch schon alles. Ihr Haar war blond, um Himmels willen!

Für diese Leute sehen alle Barbaren gleich aus. Cantry sagte schließlich: »Meinem Gefühl nach sind sie verheiratet.«

»Meinem nach auch. Aber man sagt, daß Leute sich einfach ähnlich sehen, weil sie zusammen sind. Nach ein paar Monaten siehst du auch wie deine Hauseidechse aus.«

Es war offensichtlich, daß es Stereth gefiel, mit uns zu spielen. Er konnte allerdings keine Beweise haben. »Ich werde nicht für Sie arbeiten«, erklärte Ran, »und keiner von uns beiden würde viel Lösegeld bringen. Sie können uns genauso gut gehen lassen.«

»Sie gehen lassen! – Des, hast du diesen guten Leuten gesagt, daß sie gegen ihren Willen festgehalten würden? Verzeihen Sie mir. Sie können jederzeit weggehen. Sobald Sie sich in der Lage fühlen, allein durch den Sektor zu wandern. Wir haben Ihren Karren konfisziert, aber Sie können ja zu Fuß gehen. Versuchen Sie, ohne Essen und Trinken durchzukommen, und wenn Sie irgend jemanden unterwegs treffen, dann sagen Sie einfach, Sie seien ein unschuldiger Reisender, und ich bin sicher, man wird Sie ziehen lassen.«

Ganz zu schweigen davon, daß wir durch den Nebel auf dem Weg hierher die Orientierung verloren hatten.

Ran schwieg. »Sie sehen, was ich mit Möglichkeiten meine«, sagte Stereth. Er winkte Cantry. Sie brachte eine Flasche Wein und einige Trinkschalen. Stereth goß ein, trank etwas davon, um zu zeigen, daß der Wein in Ordnung war, und dann reichte er jedem von uns eine Schale. »Jedoch«, er lächelte, »die Sonne geht unter, die Nacht ist noch jung, und ich glaube, wir haben viel zu besprechen. Wir fragen einander hier nicht nach den Geburtsnamen, aber wenn ihr sie von selber sagen wollt, ist es in Ordnung. Sonst müssen wir einfach ›He, Gast‹ sagen, bis wir Spitznamen für euch beide gefunden haben.«

»Ich habe schon einen Spitznamen«, sagte ich. Der Wein war rot und unglaublich stark. »Ihr Götter, mischt man hier kein Wasser in dieses Zeug? – Tymon ist mein Spitzname.«

»›Tymon.‹ Und das ist keine Beleidigung für dich?«

»Nicht, wenn es mit Respekt und Zuneigung gesagt wird.«

»Ich werde mich bemühen, deinen Ansprüchen zu genügen. Und dein … hm … Geschäftspartner …?«

Ran blickte von seiner Schale auf. »Nennt mich Sokol«, sagte er.

Sokol ist ein Wort, auf das man in der ivoranischen Literatur häufig stößt. Ich hatte es selbst oft verwendet, als ich bei meiner Reise durch den Süden Volkserzählungen sammelte. Es bedeutet ›anonym‹.

Stereth blickte ihn an wie ein Mann, der schon zu lange etwas erduldet hat, um noch durch weitere Affronts beleidigt zu werden. »Sokol«, wiederholte er und seufzte. »Ich sehe schon«, sagte er, »es wird einige Zeit brauchen.«

KAPITEL 6

Das ivoranische Wort für Reis, *krim*, ist auch der Oberbegriff für Getreide und umfaßt auch Weizen, Mais, Hafer, Roggen und Gerste. Man sieht daran, wie wichtig in ihrer Kultur der Reis ist.

Reis wächst nirgendwo auf der Hochebene, und er wuchs auch nicht viel im Tammas-Distrikt, wo Stereth Tar'krim aufgewachsen ist – er hieß damals Davor Metonid. Im Tammas-Distrikt hatte es eine gescheiterte Revolution gegeben: Verbrannte Felder, Nahrungsmittelknappheit und einen Zustrom von mitleidlosen Soldaten aus den Spezialeinheiten des Kaisers. Nichts davon hatte viel mit Davor Metonid zu tun, außer daß seine Frau und sein Kind hungerten und daß seine Stelle beim Kaiserlichen Archiv in Flammen aufging, als die Distriktshauptstadt niedergebrannt wurde. Er stahl zwei Laibe Brot von einem Schwarzmarkthändler, der die Protektion eines Hauptmanns der Kaiserlichen Garde genoß, und nachdem man ihn einen Nachmittag lang an einem Pfosten hatte hängen lassen, wurde er abgeschnitten und ins Distriktsgefängnis geschickt. Seine Kurzsichtigkeit verhinderte es, daß er zur Armee kam, wo die meisten verurteilten Verbrecher landeten.

Seine Frau und sein Kind starben an Krankheit oder an Hunger. Auf jeden Fall mußte sich Davor Metonid jetzt nur noch um sich selber sorgen, und um eine Strafe von zwei Jahren im Distriktsgefängnis von Tammas.

Als er noch etwa vierzehn ivoranische Monate abzusitzen hatte, organisierte Davor Metonid mit einer Gruppe anderer einen Ausbruch. Er nahm vier Männer mit. Auf ihrem Weg aus dem Gefängnis töteten sie sechs Wachen. Damit brachen sie alle Brücken hinter sich ab. Die Strafe für den Versuch eines Ausbruchs aus einem kaiserlichen Gefängnis ist Hängen. Und eine Wache umzubringen wird als etwas noch Schlimmeres angesehen. Als sie draußen waren, schlug er vor, sie sollten sich in der Nordwest-Sektor aufmachen. Das bedeutete einen Fußmarsch von gut einem Monat. Seine Begleiter waren nicht damit einverstanden. Sie alle hätten Freunde zu Hause, sagten sie, die sie verstecken würden, während sie sich überlegen könnten, was sie tun sollten. Davor versuchte nicht, sie zu überreden; er sagte, er selbst habe keine Freunde, wünschte ihnen Glück und verließ sie. Im Laufe der nächsten paar Tage wurden alle anderen gefangen und gekreuzigt. Davor erreichte den Nordwest-Sektor, das Hochplateau, und begann seine Karriere.

Sie begann mit zwei Laiben Brot im Tammas-Distrikt. Und deshalb wurde er Stereth Tar'krim genannt. Reisdieb.

Wenn man sich in einem Banditenfort im Nordwest-Sektor aufhält, so ist das ein bißchen, als wäre man in der Armee. Man trifft eine Menge Leute aus ganz verschiedenen Gegenden und erfährt viele persönliche Lebensgeschichten. Und irgendwie zählt keine dieser Lebensgeschichten, wie sehr sie sich auch von der eigenen unterscheiden mögen, so viel wie die Tatsache, daß alle in derselben derzeitigen Situation stecken.

Ich erwachte auf der Frauenseite des Schlafquartiers. Wenn Ran nicht diese Geschichte aufgebracht hätte, daß wir nur Geschäftspartner waren, dann hätten wir in einem der kleinen Zimmer neben der Halle schlafen können, und das wäre ein Trost gewesen.

Ich schlich mich an Ran heran, während wir in einer Reihe darauf warteten, Zugang zu den Wasserkrügen für unsere Morgenwäsche zu bekommen, und ich erwähnte diese Tatsache.

»Es war eine gute Idee. Ich hatte sowieso nicht viel Zeit zu überlegen.« Ran zitterte in der Kälte des frühen Morgens. Seine Brust war nackt. »Ich hatte irgendwie nie erwartet, einmal in einer Ruine im Nordwest-Sektor zu stehen und von einem Mörder mit Brille einen Vorschuß angeboten zu bekommen.«

»Verzeihung«, sagte jemand in unserer Nähe, und der gutaussehende junge Mann, der gestern abend sein Schwert poliert hatte, ging an Ran vorbei. Diesmal trug er einen der großen Wasserkrüge.

Ran drehte sich um und beobachtete ihn. »Hast du seinen Akzent mitbekommen?« fragte er mich.

»Was für einen Akzent? Er hatte gar keinen.«

»Das meine ich ja. Wenn er nicht aus einer der Sechs Familien stammt, dann aus einer, die ihnen verdammt nahe steht. Er spricht genauso wie du und ich, Theodora.«

Es haben schon früher Leute behauptet, ich hätte Rans vornehmen Akzent übernommen. Das muß ich mit einer gewissen Einschränkung sagen, denn mir war nie ganz klar gewesen, daß Ran einen solchen Akzent hatte. Der Junge kam wieder an uns vorbei, diesmal mit leeren Händen, um wieder einen Krug zu holen. Er hielt an und verbeugte sich vor uns.

»Ich stelle den Wasserplan auf«, sagte er höflich, »und falls ihr irgendwelche Wünsche habt, würde ich sie gerne berücksichtigen.«

»Wünsche?«

»Zum Beispiel, an welchen Tagen ihr am liebsten den Dienst des Wassertragens übernehmen würdet. Der Brunnen ist draußen. Und diese Bande scheint viel Wasser zum Waschen zu brauchen, ganz zu schweigen vom Trinken.«

Ran blinzelte. »Wassertragen? Ich?«

Der Junge schaute ihn an.

»Ich dachte, ich wäre hier Gast.«

»Gast auf lange Zeit«, sagte der Junge. »Man könnte sagen, wir seien alle Langzeitgäste.«

»Ich habe noch nie in meinem Leben Wasser getragen. Habt ihr keine Leute, die das für euch tun?«

»Hier gibt es keine Diener, Sokol. Du wirst herausfinden, daß wir alle vor dem Gesetz gleich sind. Uns droht allen gleicherweise die Hinrichtung. Ich trage zweimal im Monat Wasser, und *mich* nennt man hier Sembet Triol.«

Sembet Triol – edel geboren. Das stellte ihn über Ran. Die Cormallons waren keine der Sechs Familien, sie waren eine der etwa ein Dutzend, die behaupteten, sie seien die ›Siebte Familie‹.

»Hast du einen Wunsch, Tymon?« fragte er mich.

»Mir paßt jeder Tag.«

»Sokol? Es bedeutet, daß man vor allen anderen aufstehen muß.«

»Jeder Tag ist gleich schlecht.«

»Sehr gut, also dann. Freut mich, euch bei uns zu haben«, schloß er, verneigte sich erneut und ging, um noch mehr Wasser zu holen.

Als ich an meiner Reihe vorne angekommen war, nahm eine Frau, die sich Carabinstereth nannte und ein außergewöhnlich herzförmiges Gesicht und schräge blaue Augen hatte, einen Krug und goß ihn über meinen Kopf aus. Sie tat dies voller Begeisterung und grinste, als ich aufschrie. »Sauberkeit ist eine der Acht Tugenden des Privatlebens«, rezitierte sie mit einem schelmischen Funkeln in ihren fremdartigen Augen. Ihr Haar war wie eine runde Kappe geschnitten – kürzer, als ich es je bei einer Frau auf diesem Planeten gesehen hatte.

»Takt ist eine der anderen Tugenden«, erwiderte ich, als ich wieder sprechen konnte.

Sie schlug mir auf die Schulter. »Eine Wissenschaftlerin«, sagte sie fröhlich. »Wir werden gut miteinander auskommen, Tymon.« Sie wischte mir das Gesicht ab und reichte mir das Handtuch. »Lauf zu und versäume das Frühstück nicht.«

Ich bin wirklich einmal Wissenschaftlerin gewesen, wissen Sie. Nein, verdammt, ich war es immer noch, auch wenn ich die Anforderungen für die Promotion nicht ganz erfüllt hatte. War nicht mein Buch ›Rätsel, Sprichwörter und Volkserzählungen von Ivory‹ für das Studienprogramm der Abteilung ›Kulturübergreifende Mythen und Legenden‹ vorgeschlagen worden?

Gedanken wie diese tauchten von Zeit zu Zeit wie bewaffnete Guerillakämpfer in meinem Kopf auf. Hier auf der Hochebene erschienen sie besonders fremdartig und närrisch. Und jämmerlich.

Das Frühstück fand draußen im nassen Gras statt, wo Fleischbrocken über einer offenen Feuerstelle gebraten wurden. Ich glaubte den Kadaver aus der Ladung unseres Karrens zu erkennen. Ringsherum standen Menschen und unterhielten sich, oder saßen auf Felsbrocken oder auf einer der niedrigen, bröckelnden Mauern aus grauem Stein, die rings um das Anwesen verliefen. Ich entdeckte Ran und setzte mich neben ihn.

»Wenn wir diesen Leuten unseren Hausnamen sagen, vielleicht lassen sie uns dann gegen Lösegeld frei«, sagte ich.

Er schüttelte den Kopf. »Ich möchte nicht, daß das Haus Cormallon wegen mir noch mehr Geld verliert. Und überlege mal, was das meinem Ruf antun würde.«

»Aber bis ans Ende unseres Lebens hier im Nordwest-Sektor zu bleiben reizt mich wenig.«

»Die Sache ist ja noch schlimmer. In Shaskala wurden wir mit Stereth Tar'krim und Cantry verwechselt. Wenn ich jetzt die Aufmerksamkeit auf uns lenke – nun ja, ich möchte nicht den Namen Cormallon mit verräterischen Aktivitäten im Nordwest-Sektor in Verbindung bringen.«

»Vielleicht könnten wir diese Bande den Behörden ausliefern. Dann wärst du doch ein Held, oder?«

»Ich möchte nicht, daß unser Name mit Verrat in Verbindung kommt. Du weißt nicht, wie nervös der Premierminister werden kann. So manches Haus ist schon vernichtet worden.«

Ich blickte mich nach den Banditen um, die plaudernd ihr Frühstück einnahmen. »Betrachtet man das als Verrat? Ich dachte, das sei einfach Raub und Mord.«

»Wenn es sich um den Nordwest-Sektor handelt, dann gibt es da für die Leute sehr feine Unterscheidungen. Von hier sind früher schon Armeen aufgebrochen. Annurian hat einen hübschen kleinen Aufstand begonnen, bevor er gefangen wurde.«

»Nun ja, und er absolvierte dann später eine großartige Karriere, nicht wahr?«

Ran ließ seinen Knochen auf den Boden fallen. »Annurian wurde mit einem Armeeposten bestochen, weil er zu erfolgreich war. Niemand hatte vorausgesehen, daß er Premierminister werden würde.« Am Feuer brach ein Streit aus zwischen Lex na'Valory und einer großen Frau in violetten Hosen. Ran fuhr fort: »Und ich nehme an, seine Exkameraden waren alles andere als erfreut, als er sie verhaftete. Nein, aus dieser ganzen Problematik sind wir draußen.«

»Sind wir nicht.«

»Noch nicht.«

Ich biß in eine kleine Fleischkeule und dachte daran, daß mich früher so etwas angeekelt hätte. »Wann wird Cormallon uns finden?« fragte ich. »Bevor Stereth uns aufgibt, hoffe ich.« Ran schürzte die Lippen. »Wird man nicht nach uns suchen? Sag mir nicht, der Erste des Hauses Cormallon könne verschwinden, ohne daß jemand es merkt.«

»Wir hätten ja von Shaskala woandershin gehen können. Selbst wenn wir mal annehmen, daß man unserer Spur bis Shaskala folgt – wir haben dort Decknamen verwendet. Als das letztemal jemand von Cormallon von uns hörte, waren wir in der Hauptstadt.«

»Aber sie wußten doch, wohin wir unterwegs waren!«

Er blickte sauer drein. »Was hast du ihnen denn gesagt?«

»Ich habe Herel gesagt, sie solle uns erst in ein paar Wochen zurückerwarten und Spet die Haushaltskonten führen lassen. Und ich habe Kylla gesagt, daß wir wegen eines Projekts weggingen... und in die Flitterwochen.«

»Ich habe Jad gesagt, er solle sich um die lokalen Angelegenheiten kümmern und meine Cousins in Mira-Stoden um Rat fragen, falls es irgendwelche Schwierigkeiten geben sollte. Ich gab ihm eine Nummer, wo er in Shaskala Nachrichten hinterlassen kann – aber Jad ist in diesen Dingen gut. Er entwickelt Initiative. Er würde mich höchstens im Fall einer bewaffneten Revolte stören.« Rans Gesicht erhellte sich. »Am vierten Dumare ist eine Vollversammlung des Familienrates, und da müssen alle Oberhäupter der Zweige versammelt sein. Wenn ich da nicht auftauche, dann wird das endgültig Aufmerksamkeit erregen.« Dann wurde sein Gesicht wieder ernst. »Aber das ist zweischneidig. Wenn ich nicht auftauche, dann werden sich die Repräsentanten Gedanken über meine Zuverlässigkeit machen. Besonders in Anbetracht meines Ausflugs nach Athena. Ganz zu schweigen von den Schwierigkeiten, in denen ich vorher war.«

»Aber wenn sie erfahren, daß es nicht deine Schuld war, sondern daß du gekidnappt wurdest...«

»Dann bin ich ebenso unvorsichtig wie unzuverlässig.«

Wir schwiegen bedrückt und grübelten vor uns hin.

»Es sind noch drei Monate bis Dumare«, merkte ich an.

»Und spätestens bis dahin müssen wir fliehen.«

»Du glaubst nicht, daß es schon *eher* sein könnte?«

Es muß so geklungen haben, als wäre ich an Ort und Stelle bereit, über die Hügel abzuhauen, denn er lächelte gequält. »Ich habe nur gesagt, daß es nicht später sein darf.«

Ich stellte mir vor, wie wir auf der Hochebene unterwegs waren, in Regen und Nebel, mit einer Schar Banditen auf den Fersen. Und keine Orientierung, kein Wissen über sichere Wasserläufe und sichere Personen, kein Geld, meilenweit von jedem bewohnten Ort entfernt … und am Ende der Straße nach Shaskala warteten einige wütende Polizisten. Vorausgesetzt, daß wir die Straße nach Shaskala überhaupt *finden* konnten.

Carabinstereth erschien. Sie warf ihren Knochen ins Feuer und sagte: »Ein schöner Tag, nicht wahr?«

Der Morgennebel hatte sich zum größten Teil aufgelöst, und der Nachmittagsnebel bedeckte das Land noch nicht. Es war allerdings noch ziemlich bewölkt, und ich war auf diesem Planeten an wolkenlosen Himmel und Strohhüte gewöhnt. »Ich kann es gar nicht erwarten zu sehen, wie euer schlechtes Wetter aussieht«, sagte ich.

Sie grinste. »Sokol, ich hatte heute morgen die Ehre, deine zur Morgenwäsche angetretene Gefährtin mit Wasser übergießen zu dürfen. Falls ihr beide jetzt mit mir kommen wollt, dann habe ich die Ehre, euch eure Reittiere zu zeigen, damit sie sich an euch gewöhnen können. Stereth sagt, daß ihr euch uns heute abend anschließt.«

Ran schaute mißtrauisch drein. »Anschließen bei was?«

Ich weiß nicht, ob Sie, mein imaginärer Leser dieser Aufzeichnungen in der Standardsprache, es erkennen, aber wenn diese Namen nicht wie normale ivoranische Namen klingen, so liegt das daran, daß sie keine sind.

Sie sind ›Straßennamen‹, Bezeichnungen, die allen Banditen aus dem Sektor unterwegs zufallen. Geburtsnamen zu benutzen wird als schlechtes Verhalten betrachtet, und manchmal ist das sogar ein Grund, weshalb einer umgebracht wird. Teils liegt es daran, daß die kaiserlichen Polypen die Familien dieser Leute bedrohen. Wenn schon Ran nicht wollte, daß irgend jemand seinen wirklichen Namen erfuhr, dann können Sie sich vorstellen, wie es Leuten ging, die noch mehr zu verbergen hatten.

Hier liste ich ein paar der Banditen auf, die ich dort kennenlernte – die Namen der *Cantry tar'meth,* oder ›Gefährten der Straße‹:

Stereth Tar'krim – Getreidedieb oder Reisdieb
Cantry – Kumpel oder Gefährtin
Des Helani – Betrüger beim Kartenspiel
Mora Sobien Ti – Frau der späten Nacht (Prostitution ist allerdings kein Verbrechen auf Ivory – ich fand später heraus, daß sie wegen Mordes verhaftet worden war, aber ich kenne die Geschichte immer noch nicht)
Carabinstereth – Hölle auf Rädern (ich will nicht einmal versuchen, das zu erklären)
Grateth Tar'brick – viermal geflohen (aus der Armee, jetzt unter Todesstrafe); wörtlich: ›viermal gefangen‹
Komo – schlechter Atem
Lex na'Valory – schlechte Laune (wörtlich: ›ohne Ausgeglichenheit der Stimmungen‹)
Juvindeth – eigensinnig (wörtlich: ›jemand ohne Stimme, der unbedingt singen will‹)
Lazarin – zu schlau für den eigenen Vorteil
Paravit-Col – mehr Glück als Verstand (ein Spitzname aus den ivoranischen Wandertheatern, gewöhnlich für den dritten Sohn in Theaterspielen)
Sembet Triol – edel geboren
Clintris na'Fli – ›zu knickrig, um zu tanzen‹ (vielleicht

der schlimmste all dieser Spitznamen. Er wurde Clintris gegenüber nicht gebraucht. In der zweiten Person wurde sie ›Natavrin‹ genannt, oder ›Chronik-Schreiberin‹. Sie hatte die beste Handschrift von allen Gefährten)

Und schließlich:
Sokol – anonym
Tymon – ausländische Barbarin ohne Manieren

Vermutlich war Cantrys Name der allgemeinste, er war aber auch der geheimnisvollste. Sie war zusammen mit Stereth erschienen, kurz nachdem er in den Sektor gekommen war, und da sie immer zusammen waren und niemand wußte, wer sie war – *Cantry*.

Ich hatte überlegt, ob ich beim Schreiben dieses Berichtes diese Namen in die Standard-Sprache übersetzen, also zum Beispiel Stereth Tar'krim ›Reisdieb‹ oder Cantry ›Kumpel‹ nennen soll, aber ich fürchte, das würde dem Leser eine farbigere Vorstellung der Verhältnisse geben, als sie es tatsächlich waren. Einige dieser Namen mögen vielleicht ihre Grundlage in einer Anekdote gehabt haben, aber sie wurden im großen und ganzen einfach nur als Namen verwendet, wie Linda oder Edward zu Hause auf Athena.

Mir fiel auf, daß es keine Spitznamen gab wie etwa ›Killer‹ – nichts handelte von Mord. Aber Lex und Komo und Grateth hatten in ihren insgesamt fünfzig Jahren Armeedienst offensichtlich eine beträchtliche Anzahl von Menschen getötet, und ich nehme an, es war in bezug auf sie einfach nicht des Erwähnens wert. Außerdem tendiert man auf Ivory dazu, Verbrechen gegen das Eigentum härter zu bestrafen als Verbrechen gegen Personen.

Wie es sich herausstellte, hatte Stereth einen Viehdiebstahl vor. Viehdiebstahl bedeutet den Lebensunterhalt für die Gesetzlosen – so erklärten sie es mir zumindest. Die Bande hatte schon eine beträchtliche Anzahl von Häusern, Dörfern und Reisenden ausgeraubt, aber sie waren nicht wohlhabend, weil Geld nur dann zu etwas gut ist, wenn man es ausgeben kann. Leute, die an Banditen verkauften, trieben ihre Preise um das Hundertfache in die Höhe. Irgendwo wurde irgend jemand reich, aber Stereth Tar'krims Bande gehörte nicht dazu.

Rans Vorschuß von zweitausend Tabals hätte ihm nicht viel genützt – auf jeden Fall nicht auf der Hochebene. Rinder jedoch würden einen angemessenen Preis auf einem der Märkte bringen, die es überall im Sektor gab, und was man nicht verkaufte, konnte man essen.

Das war alles sehr praktisch, erklärten sie uns, während sie uns auf die riesigen Reittiere halfen, und wir ritten in Nebel und Mondlicht hinaus. Lex na'Valory ritt hinter mir, und das Reittier hinter Ran trug Grateth Tar'briek. Ran drehte sich um und schaute mich an, bevor sein Reittier hinter den zwei verkrüppelten Bäumen am Eingang zum Tal der Banditen verschwand. *Sie versuchen, uns so sehr in die Sache zu verwickeln, daß wir nicht mehr hinauskönnen,* sagte sein Blick.

Und sie machen es gut, antwortete mein Blick.

Geruch und Verwirrung und zertrampeltes Gras; vor allem Geruch. Die Rinder im Sektor sind genetisch modifiziert, wie unser Zugtier und wie Stereth Tar'krims Reittiere, bestimmt für das Leben auf der Hochebene, fähig, von dem kurzen feuchten Gras zu leben, und gefügig – jeder aggressive Zug wurde entfernt. Wortwörtlich bereit, zur Schlachtbank geführt zu werden.

Tatsächlich war die Verwandtschaft mit den modifizierten Tieren, die ich in der Vergangenheit als Zugtiere verwendet hatte, enger, als ich gedacht hatte. Wir erreichten den Rand einer isolierten Ranch, wo zwanzig oder dreißig Rinder im Nebel erschienen und verschwanden; es war unmöglich, sie zu zählen. Dann und wann konnte ich ganz weit entfernt die Lichter eines Hauses sehen. Ich saß auf meinem Reittier, mir war unbehaglich zumute, und ich wußte nicht, was ich tun sollte, während die anderen Banditen sich auf die Herde zu bewegten. Ein tiefes, unglückliches Gebrüll erscholl rings um uns. Lex na'Valory kam zu mir herangeritten. In seiner Hand hielt er ein langes Seil, dessen anderes Ende um den Hals meines Reittiers gebunden war. Vermutlich hätte ich dankbar sein sollen, daß es nicht um meinen Hals gebunden war. Als er ganz nahe war, rief er: »Du wirst überwechseln.«

»Was werde ich?«

Er zeigte mit einem Ruck seines Kinns auf die Herde. »Wir werden eines der Leittiere heraussuchen, und du wirst auf ihm reiten.«

Den Teufel würde ich tun. »Warum bringt ihr mich nicht einfach im Fort um?«

Er blickte angewidert drein. »Diese Tiere werden dir nichts antun, sie wissen gar nicht, wie sie dir etwas tun könnten. Wenn wir einen der Leitbullen erwischen, dann folgen die anderen ihm hinaus.«

»Du meinst, ich soll ihn mit diesen Hörnern steuern wie einen Bodenwagen? Du bist ja total …«

»Das haben wir auch schon gemacht. Aber das brauchst du nicht. Wenn du einmal draufsitzst, dann reiche ich dir das da.«

Er hielt mit einer Hand eine kleine Lenkbox hoch.

Jetzt war ich ernstlich beunruhigt. Stereth hatte mich da mit einem Begleiter zusammengespannt, der verrückt war. »Diese Tiere sind doch nicht mit Implantaten versehen«, sagte ich nachdrücklich.

Er nickte ungeduldig. »Sie wurden von derselben Gesellschaft angepaßt wie euer Zugtier. Die meisten Implantate sind lediglich Verstärker. Wenn du auf dem

Tier sitzst, funktioniert das genauso gut. Ich sage dir doch, wir haben das schon gemacht!«

Ich blickte auf die Lenkbox. Sie war klein, man konnte sie in der Hand verschwinden lassen. Einfache Richtungssignale und Halt und Los.

Ich schaute Lex mißtrauisch an. Natürlich, man wußte nie, wie diese Importe von Tellys konstruiert waren; vielleicht hatte diese Gesellschaft alle ihre modifizierten Tiere nach dem gleichen allgemeinen Entwurf anpassen lassen.

Drei modifizierte Ochsen kamen aus dem Nebel auf uns zu. Carabinstereth ritt neben ihnen. »Nimm den an der Spitze, Tymon!« rief sie. Hinter ihr teilten sich die Nebel, und ich sah, wie die Lichter des Gutshauses ausgingen. Ich muß die Augen weit aufgerissen haben, denn Carabinstereth drehte sich um und schaute. »Und beeil dich!« rief sie. Sie drückte ihrem Tier die Fersen in die Seite und ritt an uns vorüber.

Vielleicht gingen die Leute im Gutshaus einfach ins Bett.

Lex kam nahe an mich heran, und als wir uns im gleichen Tempo bewegten wie der führende Ochse, da hob er mich aus dem Sattel und hielt mich auf seinem Reittier fest. Für mich kam das unerwartet, und auf mein unwillkürliches Strampeln hin begann mein Reittier davonzugaloppieren, was Lex offensichtlich beabsichtigt hatte. Dann rückte er näher an den Ochsen heran und setzte mich auf ihm ab. »Pack die Hörner!« schrie er.

Ich suchte fuchtelnd und bekam sie zu fassen. »Bist du bereit für die Box?«

»Nein!«

Ich hielt mich fest, als ginge es um mein Leben. Das Tier bewegte sich wie ein Erdbeben. Ich schrie: »Wenn ich eine Sekunde lang loslasse, dann falle ich runter!«

»Ich weiß!«

»Wenn ich runterfalle, werde ich zertrampelt!«

»Dann paß auf!« Er hielt mir die Box hin, und schließlich streckte ich die Hand aus und griff danach.

Ich saß jetzt auf dem Rücken des Tieres, mit einer Hand an einem Horn, meine nackten Beine umklammerten seinen Rumpf, mein Kleid flatterte hinterher. Ich manövrierte die winzige Lenkbox in meiner Handfläche nach oben, damit ich das andere Horn wenigstens teilweise fassen konnte. Ich konnte gerade noch die Druckknöpfe erreichen und testete die Richtungssignale.

Sie funktionierten! Jetzt hätte ich mich eigentlich erleichtert fühlen können, aber ich mußte meine ganze Aufmerksamkeit beisammen halten. Ich warf Lex noch einen wütenden Blick zu. Was half es schon, wie gefügig diese Rinder waren, wenn ich von ihnen zu Tode getrampelt wurde?

»Los!« rief er.

Hatte es nicht auf der Erde eine antike Königin gegeben, die von einem Raubzug auf einem Stier oder einem Schwein oder einem anderen sagenhaften Tier heimgeritten war? Dieser Überfall hier bedeutete einen wilden Ritt von einer Stunde durch Nebelschwaden, im Licht der Monde durch kleine nebelfreie Täler, bis zu den zwei verkrüppelten Bäumen, die das heimische Territorium markierten. Den ganzen Weg folgten mir acht Rinder. Wir wendeten alle Banditentricks an, ritten durch die giftigen Wasserläufe und ließen Spuren zurück, die in andere Richtungen deuteten.

Das mag alles romantisch klingen, aber es gibt Dinge, die man am besten nur aus zweiter Hand erfährt. Meine Beine taten mir schon nach den ersten fünf Minuten wahnsinnig weh, aber ich wagte es nicht, meine Umklammerung zu lockern.

Endlich kamen wir an. Ich glitt jemandem in die Arme – Lex na'Valory, wie sich herausstellte – und meine Knie gaben nach, als ich zu stehen versuchte.

Ran war sofort an meiner Seite. »Ich bin vor dir zurückgekommen«, sagte er.

»Was hast du gemacht?«

»Ich war auf einem anderen Leittier.« Er stützte mich den halben Weg bis zur Haupthalle des Forts, bis ich merkte, daß ich einige Schritte auf mich allein gestellt machen konnte. »Ich habe zwölf Rinder heimgebracht«, sagte er. »Wie viele hast du gebracht?«

»Dann fahr doch zur Hölle«, sagte ich und ging aus eigener Kraft weiter.

Stereth lächelte boshaft, als ich eintrat. Er zog seine Stiefel aus und legte seinen Schmuck ab, eine lange goldene Kette, die er auf ein rotes Tuch neben seiner Matte fallen ließ – Stereth schlief gern in der Haupthalle, obwohl er und Cantry dann und wann verschwanden, um für sich allein zu sein. »Na, unterwegs gewesen heute nacht, Tymon? War es interessant?«

»Du hättest mich warnen können, auf welche Weise ich nach Hause reiten mußte.«

»Ich dachte, ihr würdet eine Überraschung schätzen, du und dein Liebhaber.«

»Wir kennen einander kaum.«

»Ja, das hat er gesagt.«

Cantry kam aus einem der kleineren Räume und streckte sich. Sie trug ein minzengrünes Kleid und war barfuß. Anscheinend hatte sie geschlafen.

Ich sagte etwas gereizt: »Du hast eine lebhafte Nacht versäumt, Cantry.« Damit wollte ich Stereth zu verstehen geben: Nimmst du deine Geliebte davon aus, wenn es darum geht, unangenehme Aufgaben zu verteilen?

Stereth verstand das sofort. Er sagte sanft: »Meine Frau reitet für gewöhnlich das Leittier heim. Das fordert sie sehr, und ich dachte, sie verdiente es mal, bei einem Raubzug Pause zu machen.«

Cantry selbst war ruhig wie immer. Er fuhr fort: »Sie

ist eine kleine Barbarin wie du. Geeignet für diese Aufgabe.«

»Du hast auch Sokol ein Leittier reiten lassen, und er ist keine kleine Barbarin.«

Er lächelte wieder. »Ich dachte, es könnte ihm helfen, ein wenig aufzutauen. Wie steht es damit, Tymon, glaubst du, er wird endlich vernünftig? – Aber ich habe ja vergessen, du kennst ihn kaum. Wie solltest du das auch beurteilen können.«

»Ich gehe schlafen«, sagte ich zähneknirschend und ging oder torkelte eher zu dem Durcheinander aus Matten auf der Frauenseite.

»Gute Nacht«, sagte Cantry.

»Angenehme Träume, Rinderdiebin«, sagte Stereth. Er sagte es nicht spöttisch, sondern fast liebevoll.

KAPITEL 7

Eine Hand auf meiner Schulter weckte mich in der Morgendämmerung. Eine Sekunde lang war ich desorientiert und wußte nicht einmal, auf welchem Planeten ich war oder auf welchem ich sein sollte. Dann überflutete mich die Erinnerung in einer Woge der Erleichterung – da war die bröckelnde Steinmauer, der Haufen Decken; das war der Ort, zu dem ich entführt worden war.

Es gab noch eine Ordnung im Universum. Seit meiner Kindheit hatte mein Leben darin bestanden, mich an Orten aufzuhalten, wo ich nicht bleiben wollte.

Ran beugte sich über mich, einen Finger auf seinen Lippen. Ich blickte mich in der Halle um; alle anderen schienen noch zu schlafen. Ich hatte mir meine Schlafstatt ein wenig abseits der anderen Frauen ausgesucht. Das Feuer war fast erloschen. Ich stand sehr leise auf, ließ meine Sandalen liegen und folgte Ran nach draußen.

Das Tal war kalt und dunkel, und mit meinen bloßen Füßen spürte ich, wie naß das Gras war. Ich bemerkte, daß Ran nicht sein Bündel trug, sondern nur eine Decke, die er unter seinem Arm zusammengerollt hielt. Ich sagte: »Ich hoffe, du denkst nicht daran, wegzurennen.«

»Ein passende Möglichkeit hat sich noch nicht ergeben.« Ich kannte diesen Ton in seiner Stimme, und für jemanden, der zugab, daß er nicht Herr seiner Lage war, hatte er einen befriedigten Gesichtsausdruck.

»Warum sind wir dann hier draußen?«

Er ließ die Decke fallen und legte seine Arme um mich. »Weil wir schon seit Jahren, wie es mir vorkommt, nicht eine einzige Minute ungestört waren.«

Du lieber Himmel!

»Bist du sicher, daß das eine gute I…«

Ran öffnete die Decke mit dem Fuß.

Einige Zeit später sagte ich: »War das nicht riskant?«

Ran sagte selbstgefällig: »Für die Wachposten ist niemand zu sehen, solange er sich nicht mindestens hundert Meter vom Hauptgebäude entfernt. Ich habe das überprüft.«

»Nicht sehr wirksam, diese Wache.«

»Sie wäre es nicht in einem Gefängnis, aber diese Anlage hier wurde zur Verteidigung gebaut. Du hast etwas Erde auf der Wange. Halt mal still.«

Er rieb sie mit dem Daumen fort. »Und nach hundert Metern wäre die ganze Bande hinter uns her«, sagte ich. »Wir müßten abhauen, ohne daß wir den Wachposten alarmieren.«

»Ich weiß.«

»Es hat nicht viel Zweck, zusammen mit einem Zauberer gefangen zu werden, es sei denn, er kann die Magie benutzen, um einen wegzubringen.«

Er seufzte. »Ich habe darüber nachgedacht, Theodora. Zuerst ist da der Wachposten…«

»Eine eingepflanzte Illusion. Nicht an unseren Personen verankert und nur auf ein einziges Ziel gerichtet. Dafür braucht es keine umfangreiche Vorbereitung.«

»Ich freue mich zu sehen, daß du mit deinen Studien weitermachst. Schon gut, ich habe es überlegt, und da gibt es Risiken… aber wenn wir wissen, wer in einer bestimmten Nacht Dienst hat, dann steigt die Wahrscheinlichkeit zu unseren Gunsten.«

»Also…«

»Nun, wohin gehen wir, sobald wir dieses Tal verlassen haben? Ich hoffe, du hast da eine Idee, denn ich habe nämlich keine.«

Ich hatte gefürchtet, daß er das sagen würde. »Ich hatte gehofft, daß du einen Trick weißt, der noch nicht in den Büchern steht.«

»Es tut mir leid, aber du hast mit deinem Kurs schon den kompletten Überblick bekommen. Der Rest sind bloße Details.«

Wie deprimierend. Ich sprach nach den Erfahrungen meiner Vergangenheit als Wissenschaftlerin: »Wir müssen mehr Informationen sammeln.«

Er zählte sie an den Fingern ab: »Die nächsten Städte, die Straßen, freundliche und unfreundliche Gebiete. Oder eher, da wir hier ja im Nordwest-Sektor sind, *neutrale* und unfreundliche Gebiete. Vielleicht können wir zu einem Bauernhof gelangen und dort jemanden mit Geld bewegen, daß er nach Shaskala geht und Hilfe holt.«

»O je. Wollen wir hoffen, daß sie bereit sind, auf Kredit zu arbeiten. Stereth hat unser gesamtes Bargeld.«

»Und er ist viel näher. Es ist leichter, uns ihm auszuliefern, wenn er nach uns sucht. Und nach dem, was ich gehört habe, bleiben diese Bauern im Sektor immer nahe an ihrem Heim. Falls es hier ein Zugtier gibt, dann wird es wahrscheinlich auf der Farm gebraucht. Und jeder andere aus der Familie auch. Aber im Augenblick ist es die einzige Möglichkeit, die mir einfällt.«

Und wir wußten nicht einmal, welches Wasser ungiftig war. Aber dessen waren wir uns beide bewußt, und deshalb sagte ich es nicht. Ich wandte den Kopf und sah, wie Ran nachdenklich den Trampelfad im Gras betrachtete, der zum Eingang des Tales führte. So düster unser Gespräch auch war, so war es doch tröstlich, ihn neben mir zu haben. Es gefiel mir nicht, daß wir uns wieder trennen mußten und jeder auf sich allein gestellt mit den Banditen fertigzuwerden hatte. »Ich glaube, wir sollten wieder hineingehen«, sagte ich, aber nicht sehr nachdrücklich.

»Die Morgendämmerung hat noch nicht begonnen. Es dauert noch einige Zeit, bis sie mit den Wasserkrügen klappern.«

Ich drehte mich auf die Seite und legte meinen Kopf auf einen Ellbogen. »Erzähl mir über deine Jugend«, sagte ich, da wir fast nie darüber gesprochen hatten. Ich glaube, ich wollte einfach eine Weile nicht an den Nordwest-Sektor denken. »Erzähl mir, wie es war, in Cormallon aufzuwachsen.«

Ran bewegte sich unter dem blauen Obergewand, das er über uns gebreitet hatte. »Willst du wirklich davon hören?«

»Du redest nie davon.«

»Ich hatte nicht geglaubt, daß du daran interessiert bist.«

Wir lagen in einer Nische zwischen der Seite des Forts und der steinernen Rinne, die auf der Innenseite der alten Verteidigungsmauer entlanglief. Der Himmel wurde langsam grau, die Berge wurden sichtbar. Ich fühlte mich plötzlich schuldig, weil ich immer gedacht hatte, es wäre Ran, der nicht an solchen Erzählungen interessiert wäre.

»Wußtest du, daß dies ein Kloster von Kampfmönchen war?« sagte ich aufs Geratewohl.

»Ja. Die Torasticaner. Sie sind längst ausgestorben.«

»Warum sind sie ausgestorben?«

»Mönche sollten nie zu offensichtlich kämpfen.«

Was immer das auch bedeuten mochte. Manchmal kam mir Ivory so nah und vertraut wie mein erstes eigenes Schlafzimmer vor, und dann rannte ich gegen diese fremdartigen Mauern.

»Wo wir hier liegen, war früher das Refektorium.«

»Erzähl mir über deine Jugend«, sagte ich von neuem.

»Nun ja, zum ersten waren damals mehr Leute auf Cormallon. Meine Eltern lebten noch, und die Schwestern meiner Mutter kamen immer zu uns zu Besuch. Ich hatte etwa tausend Tanten.«

»Hattest du? Wo sind deine Tanten jetzt?«

Er dachte nach. »Sie kamen nicht mehr, als meine Mutter gestorben war. Ich könnte immer noch einige von ihnen besuchen, nehme ich an.«

Ich kuschelte mich enger an ihn. »Erzähl mir von deinen tausend Tanten.«

Und das tat er dann auch. Eine Geschichte hatte zehn andere zur Folge, und das Tal wurde immer grüner. Für die Verhältnisse auf der Hochebene war es ein klarer Morgen. Wir hatten immer noch jede Menge Zeit, bevor die anderen aufstanden. Ich lauschte den Erzählungen über die goldenen Tage der Kindheit, Tage, in denen man von den Erwachsenen gnädig ignoriert wurde, von einigen Dienern abgesehen. Er erzählte mir über den Nachmittag mitten im Frühlingsregen, als eine Goldbereifte, Evina, die Decken von allen Tischen und Kissen und Betten abnahm und sie draußen aufhängte, weil man sagte, der Frühlingsregen sei besonders rein.

»Sie sollte das nicht tun«, sagte er. »Aber Kylla und ich waren begeistert. Wir wanderten den ganzen Tag durch die Hallen und blickten auf diese neue Landschaft. Cormallon erschien ganz anders, alle Regeln waren aufgehoben. Wir lärmten überall herum und ignorierten die Tanten (die uns sagten, wir sollten aufhören), weil – schließlich – alles anders war. Und der Regen prasselte auf das Dach wie Schwärme von Pfeilen.«

Er hielt plötzlich inne und sagte: »Es sollte nicht klingen, als wäre Cormallon eine Oase der Vernunft gewesen. Da gab es viele dunkle Punkte, auch auf Cormallon.«

»Ich glaube nicht, daß es irgendwelche Inseln der Vernunft für Kinder gibt. Jede Generation verkrümmt die nächste in etwas wie diese Bäume dort drüben.«

Ran blickt auf die groteske Paar am Rande des Tales. »Es sind schöne Bäume.«

»Aber es sind keine glücklichen Bäume.«

»Nein, glückliche Bäume sind es nicht.« Wind kam auf, und Ran zog seinen Mantel enger um mich. »Wenn ich an die wenigen Bemerkungen denke«, sagte er, »die ich von dir über deine Kindheit gehört habe, dann wundere ich mich, daß du so relativ normal geworden bist, wie du bist.«

Ich blickte ihn überrascht an. Ich erinnerte mich nicht, je etwas über meine Kindheit erwähnt zu haben, sicherlich nichts Wichtiges, und auf jeden Fall wäre ich nie auf den Gedanken gekommen, daß er es sich gemerkt hätte. Rans Denken beschäftigte sich nur mit Cormallon – hatte ich zumindest immer geglaubt.

Ich zog das Gewand bis zum Hals hoch. »Erzähl mir mehr über deine Tanten.«

»Hmm. Habe ich dir je davon erzählt, wie meine Tante Segunda verkleidet nach Veerey ging und sich in einen Jabith-Spieler verliebte? Nun ja, sie behauptete, sie habe sich verliebt« – sei dem Wahnsinn verfallen, lautet der ivoranische Ausdruck wörtlich übersetzt –, »aber es stellte sich heraus, daß sie nur das Jabith spielen lernen wollte. Weißt du, mein Vater wurde immer ganz verrückt, wenn im Haus Musik spielte ...«

Bis jetzt endeten alle Geschichten, die Ran über seine exzentrischen Tanten und Cousinen erzählte, immer schließlich bei seinem Vater. Ich fragte mich, ob er sich dessen bewußt war, oder ob das Zufall war. Ich hatte ein Bild von Rans Vater in einem Zimmer in Cormallon gesehen: Ein kräftiger Mann mit einem weißgrauen Bart, der mit sprödem Charme neben einem der Cormallon-Pferde stand. Er trug einen altmodischen Spitzeneinsatz an seinem Untergewand. Die dunklen Augen blickten höflich und reserviert und verrieten nichts.

Plötzlich ging mir auf, daß Ran auch nichts verriet.

Das war etwas alarmierend, aber schließlich mußte ich nicht zu viel in sein Verhalten hineininterpretieren, da Ivory nun einmal so war. Wie würde Ran mit einem Bart aussehen? Gesichtsbehaarung war selten auf Ivory, bei den Cormallons mußte sie auf einem atavistischen Zug beruhen.

Mir wurde auf einmal bewußt, daß Ran immer noch redete: »... der Konobeeren-Baum an dem Spazierweg im Hof. Du hast diesen Baum gesehen, Theodora, erinnerst du dich? Nah am Teich? Diese dunklen purpurnen Beeren fielen immer auf das Pflaster, und dann wurden sie unter den Sohlen der Vorübergehenden zerquetscht. Jedes Jahr war der Gehweg mit purpurnen Flecken übersät – sie verblaßten allmählich mit jedem Regen, und die letzten waren für gewöhnlich am Gedenktag verschwunden. Meine Tante Sella war davon besessen; aus irgendeinem Grund wollte sie, daß der Weg immer sauber war; vielleicht beleidigten die Flecken ihren Ordnungssinn. Sie bückte sich immer nieder und hob die Beeren auf – ich sehe sie immer noch vor mir; sie war eine dünne kleine Frau mit einem grünen Obergewand, und ihr aufgestecktes Haar löste sich immer aus den Nadeln –, und sie sammelte die Beeren einzeln auf, eine nach der anderen, und tat sie in einen Beutel und brachte sie der Köchin. Konobeeren sind giftig, weißt du.«

»Also mußte die Köchin die Beeren dann wegwerfen.«

»Nein, sie mußte sie auskochen und die Essenz in die Giftflaschen füllen, die wir im Vorratsraum im Keller aufheben. Wir hatten riesige Vorräte an Konobeerengift, und wer verwendet das schon?«

»Arme Köchin«, sagte ich und kuschelte mich enger unter Rans Arm. »War das Herel?«

»Nein, Herel kam erst im nächsten Herbst. Dies war eine reguläre Köchin, die wir in der Hauptstadt angeworben hatten. Wir fanden Herel, während sie auf der

Flucht in den Nordwest-Sektor war, weil sie ihren Hauswirt erwürgt hatte. Habe ich das nie erwähnt?«

»Großer Platon, nein.«

»Ich hätte es schwören können. Jedenfalls wurde schließlich auch mein Vater von Tante Sellas Obsession angesteckt und sagte, er wolle – beim Himmel! – keinen purpurfarbenen Gehweg mehr haben. Wir mußten alle auf Zehenspitzen um die Beeren herumgehen und kehrten sie immerzu weg ins das Blumenbeet – verstohlen natürlich, weil mein Vater nichts davon hielt, wenn Cormallons mit Besen hantierten.«

»Dein Vater scheint ein bißchen schwierig gewesen zu sein.«

Ran schien überrascht. »Wirklich?«

»Jeder Zusammenhang, in dem du ihn bisher erwähnt hast, war irgendwie unangenehm.«

»Es war … schwierig, mit ihm zusammenzuleben. Es stimmt, uns war allen wohler zumute, wenn er weg war, was die meiste Zeit der Fall gewesen ist, wenn ich es mir recht überlege. Obwohl er ein sehr freundlicher Mann sein konnte – wenn er betrunken war. Deshalb liebten wir die Feiertage.«

Er sagte das so ernst, daß ich lachen mußte. »Was? Tymon, was ist da so …?« Da er keine Antwort erhielt, rollte er sich über mich und versuchte, das Thema zu wechseln.

»Nicht schlappmachen«, sagte eine Stimme über uns. Wir ließen schnell voneinander ab und setzten uns auf. Clintris na'Fli stand etwa drei Fuß entfernt, die Hände auf den Hüften und ihren üblichen, leicht herablassenden Ausdruck im Gesicht.

Man hat wirklich noch nicht alle Höhen und Tiefen des Lebens erfahren, wenn man noch nicht von Clintris na'Fli auf frischer Tat ertappt wurde. Sie stand da mit verschränkten Armen wie eine tadelnde Schullehrerin.

Ihr Götter der Gelehrten, schützt uns! Am Ende der

Mauer des Rektorats stand Stereth, und die anderen von der Bande kamen aus dem Fort heraus, verschlafen zwar, aber ansonsten höchst interessiert.

Ran sprang auf, und ich brachte schnell meine Kleider in Ordnung. *Los, Ran! Gib ihnen eine Erklärung!*

»Ah... Stereth. Ich wußte nicht, daß du dich so für die persönlichen Eigenarten deiner Leute interessierst.«

»Wir sind nicht viele hier«, sagte Stereth und grinste amüsiert. »Keine persönliche Beziehung, Sokol? Kennen einander kaum, Tymon?«

Die Schar versammelte sich um uns. Ich hatte mich gelegentlich gefragt, wie es wohl sein mochte, wenn man im Mittelpunkt der Aufmerksamkeit einer ganzen Gruppe von Leuten stand – jetzt wußte ich es. Man hat das Gefühl, man müßte sich gleich übergeben.

»Es muß der Stress der Gefangenschaft sein«, sagte Ran. »Wir sind wirklich nur ein zufälliges Liebespaar.«

»Ha!« sagte Clintris. »Ich habe zugehört, wie ihr euch über eine Tante unterhalten habt. Leute, die sich wirklich nur zufällig lieben, verbringen ihre Zeit nicht damit, über Verwandte zu sprechen.«

»Wie willst du schon wissen, was ein zufälliges Liebespaar tut?« sagte Ran ärgerlich.

Clintris' braunes Gesicht wurde eine Nuance dunkler, und irgend jemand kicherte. Sie sprang vor, gab Ran eine Ohrfeige, drehte sich um und lief davon.

Rans Hand war automatisch hochgeschnellt, als Clintris ihn schlug, aber er hielt sie wie erstarrt, dann ließ er sie langsam sinken. Schließlich wandte er sich Stereth zu und sagte: »Es tut mir leid. Ich hatte damit nicht ihre Sexualität gemeint – nur ihre Spontaneität.«

»Ich werde versuchen, dieses Thema mit ihr ganz behutsam anzuschneiden, sollte sich eine Gelegenheit dazu ergeben«, sagte Stereth und zeigte auf die niedrige Mauer. »Setzen wir uns?«

»Werden wir uns hier lange aufhalten?« fragte Ran mißtrauisch.

Stereth gab keine Antwort, und Ran setzte sich hin. Cantry kam um die Ecke. Sie reichte Stereth seine Brille. Er hauchte die Gläser an, rieb sie am Ärmel seiner Jacke und setzte die Brille auf. »Also«, sagte er in seinem sachlichen Ton, »was wir tun werden, ist folgendes.«

»Ich bin nicht …«, erwiderte Ran.

»Du wirst in einer Minute die Gelegenheit haben, zu reden. Da selbst unter vorgehaltener Waffe keiner von euch beiden bereit zu sein scheint, sich dem Wasser der Wahrheit zu nähern, lassen wir das Thema fallen. Schön – ihr kennt einander nicht.«

»Heißt das, daß ich der Barbarin den Hof machen darf?« fragte Des.

»Halt den Mund, Des.« Stereths Blick blieb unbeirrt. »Jetzt nähern wir uns diesem Problem von der entgegengesetzten Seite. Tymon.«

Ich wandte überrascht meinen Blick von Ran ab. »Was?«

»Ich hätte gern, daß du eine Arbeit für uns erledigst.«

»Ich bin keine Zauberin.«

»Das brauchst du auch nicht zu sein. Wir haben zwanzig Stück Vieh im Nebengebäude. Wenn wir zehn behalten, um sie nach Bedarf zu schlachten, dann haben wir noch zehn, die wir loswerden können. Ich möchte, daß du sie nach Markt Kynogin bringst und für uns verkaufst.«

»Du willst, daß ich gestohlene Rinder verkaufe? Ich wüßte nicht, wie ich das anstellen sollte.«

»Carabinstereth wird dir alles beibringen. Das letztemal hat sie es gemacht.«

»Ich wüßte nicht einmal, wie ich zehn Stück Vieh dirigieren sollte, um sie irgendwohin zu bringen …«, wandte ich ein.

»Carabinstereth wird es dir beibringen.«

Ich wußte nicht, an wen verkaufen oder für wieviel, oder an wen ich nicht herantreten sollte, oder was ich sagen sollte... Ich wußte auch schon die Antwort auf all diese Einwürfe. »Wird jemand mitkommen und mir helfen?«

»Nein. Du wirst allein sein.« Ich öffnete den Mund und Stereth fügte hinzu: »Sokol wird hierbleiben.«

Aha. Das war Stereths Methode, uns wissen zu lassen, daß er die Situation verstand – daß ich zurückkommen mußte, wenn er Ran bei sich behielt.

Aber das bedeutete noch nicht, daß er Ran töten würde, wenn ich versuchte, den Sektor zu verlassen. Er wollte schließlich einen Zauberer haben, und vielleicht konnte ich zu einem NETZ-Anschluß gelangen und Hilfe rufen... Ich blickte Stereth an, der ruhig dastand. Wie viele Menschen hatte er im Laufe seiner Karriere schon umgebracht? Dann blickte ich auf Ran, und ich sagte telepathisch so deutlich wie nur etwas: »Los, geben wir es zu und bringen wir es hinter uns.«

Rans Augen waren voll Eigensinn. Ich seufzte und sagte: »Also dann, Carabinstereth wird mir alles beibringen.«

Später, als wir uns in der Warteschlange zum Waschen anstellten, sagte Ran: »Hast du die Karten befragt?«

»Wie hätte ich können? Das einzige Mal, wo ich ungestört war, seit wir hier sind, war gerade eben. Und wir waren ja beschäftigt.«

»Mach es. Mach es so bald du kannst. Und dann komm direkt zu mir.«

Eine halbe Stunde später, als ich mich abtrocknete, ging ich zu Ran und sagte: »Was ist mit der Köchin geschehen, die vor Herel bei euch war?«

Ran sah mich verständnislos an. »Wie bitte?«

»Du hast gesagt, ihr habt Herel im nächsten Herbst

als Köchin eingestellt. Was ist mit der ersten Köchin geschehen?«

»Du beißt dich an Nebensachen fest.«

»Ich möchte einfach wissen, wie die Geschichte ausgeht.«

Ran ist bereit, Verrückten nachzugeben, solange sie zur Familie gehören. Er sagte: »Die erste Köchin starb. Sie öffnete ein Glas mit Konobeerengift anstatt eines Glases mit Brombeermarmelade. Sie sehen nämlich gleich aus, weißt du. Und Ordnung ist besonders wichtig, wenn es um Gift geht.«

»Ich nehme an, es war eine Lektion für alle, korrekte Etiketten auf die Gläser zu kleben.«

»Ja, das war es. Vom Standpunkt meines Vaters aus war die ärgerlichste Sache daran – abgesehen davon, daß wir eine neue Köchin finden mußten –, daß wir jetzt wissen, irgendwo unter den vielen vielen Gläsern mit Konobeerengift ist eines, das in Wirklichkeit Brombeermarmelade enthält.«

Vielleicht war in dieser Geschichte irgendeine Moral versteckt. »Was habt ihr also gemacht?« fragte ich.

»Gemacht? Wir haben gar nichts gemacht. Ich nehme an, sie sind alle noch drunten im Keller, wenn Herel sie nicht schon weggeschmissen hat.«

Es wird niemanden überraschen: Carabinstereth brachte mir alles bei. Sie begleitete mich auch bis zur Hauptstraße nach Markt Kynogin. Wir gingen Seite an Seite durch das kalte, rauhe Gras der Hochebene. Ich hielt den Riemen eines Leittiers in der Hand, sie den eines anderen. Acht weitere Ochsen trotteten brav hinter uns her.

Ihre blauen Augen saßen wie Mosaiksteinchen ganz fremdartig in ihrem rein ivoranischen Gesicht. Sie funkelten mit schelmischer Energie. »Du schaust nicht allzu niedergeschmettert aus, Tymon. Wahrscheinlich ist dein Liebhaber gut im Bett, als Mann.«

»Ich ... ach, wie kennen einander k ...«

»Das weiß ich, meine liebe Barbarin, das hast du ganz klar zu verstehen gegeben. Bist du verheiratet? Wie ist dein echter Name?«

Es ist im Nordwest-Sektor nicht üblich, jemanden zu fragen, wie sein echter Name lautet, aber aufgrund von Carabinstereths Haar und Kleidung, ganz zu schweigen von ihren Banditenaugen, hätte ich wissen sollen, daß sie Regeln wenig Aufmerksamkeit schenkte.

»Wie ist *dein* echter Name?« gab ich zurück.

Sie hielt an und verneigte sich mit einer dramatisch ausladenden Geste ihre Arme; dabei verursachte sie fast einen Zusammenstoß dreier Ochsen. »Lesrenic Beredar Chaniz, geehrt durch diese Begegnung. Ich war einmal Hauptmann in der Kaiserlichen Ehrengarde.«

Ich starrte sie an. »Ich wußte nicht, daß man Frauen in die Kaiserliche Ehrengarde läßt.«

»Oh, sie ziehen Frauen sogar vor, Tymon, wenn es darum geht, die jungen und unschuldigen Töchter der Sechs Familien zu begleiten. Eine Wache und ihre Schützlinge kommen sich oft sehr nahe, weißt du, und soweit es die Familien betrifft, halten sie ein bißchen vertrauten Umgang mit Angehörigen des weiblichen Geschlechts für etwas Gutes – Vorbereitung für das Leben, könnte man sagen. Während ein Matratzenabenteuer mit einem strammen männlichen Gardisten eine häßliche Sache wäre. Du siehst den feinen Unterschied.«

»Ja«, sagte ich. »Auf diesem Planeten gibt es keine guten Verhütungsmittel.«

»Du hast es erfaßt, Hellauge.«

»Aber deine Manieren ...« Ich hielt inne. *Sind so provinziell,* hatte ich sagen wollen. Sie rochen einfach nach Land.

»Ja?«

»Nichts.« Ich spürte, wie ich errötete. »Hat man

wirklich erwartet, daß du allein die Leibwächterdienste erfüllst? Ohne Unterstützung?«

»Was für eine Unterstützung meinst du wohl, Tymon? Doch nicht altmodische, muskulöse *männliche* Unterstützung? Wirklich, ich hätte von einer Frau von einem anderen Planeten eine fortschrittlichere Haltung erwartet ...«

Ich hatte das Gefühl, daß sie sich über mich lustig machte, aber ich hatte auch das Gefühl, daß ich sie vielleicht beleidigt hatte. »Es tut mir leid, Carabin, ich weiß nicht viel darüber.«

»Mach dir nichts draus, Hellauge. Fünf Jahre schmutziger Tricks im Provinzial-Frauenhilfsdienst, und du würdest nie wieder das Bedürfnis nach *Unterstützung* empfinden. Dort habe ich ... aha. Da sind wir schon.« Sie hielt an und zeigte über den langen, grauen Abhang hinab auf einen Feldweg, der sich durch Nebel und Sonnenlicht schlängelte. »Auf diesem Weg kommst du direkt nach Kynogin. Wenn du den Weg erreichst, dann dreh dich um, rate ich dir, und schau auf diesen Berg. Präge ihn dir ein, damit du weißt, wo du die Straße auf deinem Rückweg verlassen mußt.« Sie gab ihrem Leitochsen einen kameradschaftlichen Klaps, schob die Leine in sein Halsband und sagte: »Du kommst doch zurück, Tymon, nicht wahr?«

»So weit ich weiß, schon«, stimmte ich zu.

»Denn Stereth kann manchmal ein bißchen arg streng werden. Ich mag ihn, aber so ist er nun mal.«

»Ich werde mir alle Mühe geben, bei Einbruch der Dunkelheit zurück zu sein.«

Sie reichte mir einen Wasserbeutel und sagte: »Viel Glück! Ich werde einen Pfosten in den Boden rammen, falls du dich verlaufen solltest.«

So ging die Banditin in die eine Richtung davon und die Barbarin in die andere. Ich hatte ein sehr seltsames Gefühl, als ich den Hang hinabging, und mit einer gewissen Überraschung wurde ich mir bewußt, daß ich das erstemal seit Athena ganz allein auf mich selbst gestellt war.

Etwa anderthalb Stunden später erreichte ich ein Wäldchen; ich hielt an und band die Riemen der beiden Tiere, die Halsbänder trugen, an zwei Bäumen fest. »Behaltet das für euch, Kameraden«, sagte ich, kniete mich nieder und holte mein Kartendeck aus dem Beutel an meiner Taille.

Das Gras war kühl und nicht so naß, wie ich befürchtet hatte. Ich mischte die Karten und dachte an unsere gegenwärtige Situation. Dann zog ich die erste heraus, die Karte für Ran.

Ein Bild von einem der Arme des Silberflusses, weit im Südwesten. Ein Damm hielt die Naturgewalt des Wasser in Schach und schuf einen künstlichen See. Der Speer-Damm: ich hatte schon früher von ihm gehört. Bäume zu beiden Seiten, sehr idyllisch. Ich berührte die Karte mit dem Finger.

Der Damm ächzte. Das Wasser schlug dagegen, der See stieg an, und Regen ergoß sich vom Himmel, schlimmer als bei den Wolkenbrüchen des Frühlings. Die großen Steinblöcke bewegten sich leicht unter dem enormen Druck. Bis jetzt war noch keine Verwüstung geschehen, aber das war nur eine Frage der Zeit.

Ich lehnte mich zurück und beobachtete, wie das Bild wieder statisch wurde, wie der Himmel wieder das gemalte Blau mit seinen flockigen Baumwollwolken annahm. Noch nie hatte ich eine solche Karte für eine Person gezogen. Tatsächlich hatte ich diese Karte überhaupt noch nie aufgedeckt. Ran mußte unter größerer Spannung stehen, als ich gedacht hatte – es sei denn, diese Karte bedeutete die Zukunft. Die Karten nahmen nicht immer Rücksicht auf die Zeit.

Ich konnte mich immer damit beruhigen, daß ich den Speer-Damm einfach als Darstellung von Rans eigensinniger Natur interpretierte. Er war nicht immer so unbeweglich wie diese riesigen Steinblöcke, aber es gab fünf oder sechs Themen in diesem Weltall, über die ein Streit mit ihm sinnlos war, und seine Familienehre gehörte dazu.

Mal sehen, was wir sonst noch hatten … Ich zog eine zweite Karte.

Der Jäger. Ein Mann in brauner Kleidung hielt zwei blutige Hermitvögel an den Hälsen und blickte über die Begrenzung der Karte hinaus, als halte er nach weiterer Beute Ausschau.

Stereth, jünger aussehend und konservativer gekleidet, ein blattfarbenes Gewand und Stiefel, bewegte sich durch die Dunkelheit einer südlichen Stadt. Die Bäume, die die Straßen säumten, trugen üppiges Grün, ganz anders als diese Waisenkinder der Hochebene; man konnte fast ihren Duft riechen, den reichen Wohlgeruch des ivoranischen Sommers. Der Himmel war klar und voller Sterne.

Er bewegte sich schnell aus einem Schatten in den anderen. An der Stadtmauer schlossen sich ihm zwei schattenhafte Gestalten an. Eine von ihnen hinkte; beide trugen Ausbuchtungen, die andeuteten, daß sie bewaffnet waren. Stereth zeigte auf die Mauerkrone und dann nach links, und sie bewegten sich alle in diese Richtung davon. War das seine Flucht aus Tammas? Es gab mir immer eine seltsame Empfindung, wenn ich die Vergangenheit sah … nach dem, was ich gehört hatte, waren seine Begleiter dem Untergang geweiht.

Plötzlich änderten sich die Farben: Stereth war älter. Er trug die mit Goldfäden gesäumte Purpurjacke, die ich schon an ihm gesehen hatte. Er stand in einem Raum aus weißem Stein – nicht im Fort – und Ran trat in den Rahmen der Karte. Sie stritten sich. Stereth packte Ran am Arm.

Ich beugte mich vor, wie wenn ich dadurch besser hören konnte, bewegte die Finger und verlor meinen

Durchblick auf die Szene. Die Karte kehrte zu dem Bild des Jägers mit seiner Beute zurück.

Und was bedeutete das? Diese Szene mußte die Zukunft sein, und Ran war auf jeden Fall am Leben – obwohl Stereth nicht erfreut schien –, was entweder bedeutete, daß ich aus Kynogin zurückkäme oder daß Stereth Ran mich umbringen würde.

Das war wirklich keine Hilfe, entschied ich. Ich zog eine dritte Karte.

Wieder der verdammte Abgrund. Hüte dich vor hohen Plätzen. Angewidert sammelte ich alle drei Karten auf und steckte sie wieder in den Stapel zurück. Ich band die Leittiere los und brachte meine gestohlenen Rinder wieder hinaus auf den Feldweg. »Los, Freunde«, sagte ich zu ihnen. »Ihr wißt genauso viel wie ich.« Die braven Tiere folgten in einer Reihe direkt hinter ihren in die Irre geführten Leittieren und trotteten ihrem Metzger entgegen. Irregeführt war das richtige Wort, dachte ich. Und wir gingen alle nach Markt Kynogin.

KAPITEL 8

Im Nordwest-Sektor bestehen selbst die dauerhaftesten Marktstädte nur vorübergehend. Unter ihnen war Kynogin sozusagen eine ältere Matrone, denn es war schon ganze fünfzehn Jahre alt, an der Kreuzung von drei Hauptstraßen gelegen, und mit Gebäuden aus echtem Holz und Stein.

Ich sah Kynogin zuerst von einem Hügel aus – einen Teppich bunter Dächer und Zelte, Seile mit Laternen und große, verzierte Pfeiler, die zwei saubere Brunnen bezeichneten. Wenn man hinabkam, dann entpuppte sich die Stadt als ein ebenso zusammengestückelter Irrgarten. Abgesehen von den drei Landstraßen, die sie durchquerten, gab es keine nennenswerten Straßen, nur Haufen von Zelten und kleinen Gebäuden, die dort standen, wo ihre Besitzer sie vor zehn Jahren in einem momentanen Einfall errichtet hatten.

Rinder waren ein normaler, ja langweiliger Anblick in einer Marktstadt. Ich kam an einem Bauernjungen vorbei, der drei modifizierte Tiere feilbot; an den Wänden hingen Zettel, die Auktionen ankündigten. Stereths Kontaktmann sollte in der Hütte mit dem blauen Dach am Rande der Stadt anzutreffen sein. Dort hing ein Stück Papier mit der Aufschrift: ›Ocel Formix, Händler und Auktionator.‹ Ich schlug mit der flachen Hand an die Tür.

Ein rundlicher Mann mit der perlenbestickten Kappe einer Na'telleth-Gemeinschaft auf dem Kopf guckte heraus. »Kann ich Ihnen zu Diensten sein, gnädige Besucherin?« Dann schaute er mich genauer an und sagte: »Cantry!«

So ähnlich sahen wir uns doch wirklich nicht!

Er runzelte die Stirn. »Sie sind nicht Cantry!«

Jetzt schien er mißtrauisch zu sein. Ich sagte: »Ocel Formix?«

»Er ist weg, auf der Auktion in Dace.«

Oh, großartig. Wie kommt es, daß Pläne immer so danebengehen? Niemand hatte mir gesagt, was ich tun sollte, falls Formix nicht da war.

»Ich habe hier zehn modifizierte Ochsen«, sagte ich. Eine bloße Feststellung von Fakten konnte mich nicht in allzu große Schwierigkeiten bringen.

»Ja, das sehe ich.« Anscheinend wollte er sich auch auf bloße Wahrnehmung der Tatsachen beschränken.

Ich seufzte. »Wieviel?«

»Hm, haben Sie eine Eigentumserklärung?«

Ich war müde, ich hatte eine schlechte Woche gehabt und ich weigerte mich, diese verdammten Viecher wieder mitzunehmen. Also schaute ich ihm in die Augen und sagte: »Cantry hat die Eigentumserklärungen. Sie muß vergessen haben, sie mir zu geben.«

Er leckte nervös die Lippen. Ich wartete. Dann sagte er: »Nun gut, ich glaube, ich könnte Ihnen zwanzig Tabals pro Stück geben. Sofern diese Cantry mir die Erklärungen in den nächsten Tagen bringt.«

»Großartig. Machen wir's so.«

So zählte er mir zweihundert Tabals hin, und ich zählte sie noch einmal, denn jemand, der zu einer Na'telleth-Gemeinschaft gehört, ist ja ein wenig komisch im Kopf. »Wollen Sie zur Rede des Gouverneurs dableiben?« fragte er.

»Ich hatte nicht geplant… was für eine Rede? Gibt es in dieser Stadt einen NETZ-Anschluß?«

Einen NETZ-Anschluß! Ich könnte Kylla anrufen. Wenn uns überhaupt irgend jemand unauffällig aus diesem Schlamassel herausholen konnte, dann Rans bemerkenswerte Schwester.

Der Händler kicherte. »Einen NETZ-Anschluß auf der Hochebene? Wer würde je dafür Geld ausgeben?«

»Aber Sie sagten, der Gouverneur …«

»Der Gouverneur ist hier, in der Stadt. Sicherlich haben Sie die Plattform gesehen, die man auf der Straßenkreuzung für seine Rede aufgestellt hat.«

Ich war froh, daß ich nicht weiter in die Stadt hineingegangen war. Der Gouverneur hatte mich noch nie gesehen, aber ich war grundsätzlich der Meinung, daß es besser war, sich im Hintergrund zu halten. »Ich bin nicht sicher, daß ich bleiben kann, gnädiger Herr«, sagte ich. Die höfliche Anrede hatte ich ein bißchen spät verwendet. Es war nicht zweckmäßig, die guten Manieren zu vergessen, bloß weil wir beide Kriminelle waren.

»Ach, das mag schon sein … gnädige Dame.« Er schien ein bißchen zu zögern, diesen Titel einer Barbarin zu verleihen. »Aber ich denke, Sie werden die Rede des Gouverneurs interessant finden, falls ich sie empfehlen darf.«

»Ich werde sehen, ob ich sie in meinen Zeitplan einbauen kann«, sagte ich und wir verneigten uns beide. Dann ging ich weg und war mir noch nicht ganz sicher, das Richtige getan zu haben.

Als ich aus dem Haus des Händlers kam, fiel mein Blick auf die rostbraune Steinmauer des gegenüberliegenden Gebäudes, und ich blieb abrupt stehen.

Dort hing ein Plakat mit Rans Gesicht. Keine Zeichnung, sondern ein echtes zweidimensionales Repro, und ich konnte den Oberteil des Gewandes erkennen, das er getragen hatte, als er in Shaskala verhaftet worden war.

»Große Götter der Gelehrten und Narren, beschützt und bewahrt uns«, sagte ich laut und ging auf das Plakat zu. Die Worte STERETH TAR'KRIM waren groß genug, daß ich sie von hier aus erkennen konnte. Auch die Summe, zehntausend Tabals.

»Das entbehrt doch nicht einer gewissen Ironie, oder?« fragte eine Stimme neben meinem Ohr.

Ich schrak zusammen und sah Des Helani neben mir stehen, in einer etwas weniger auffälligen Kleidung als sonst. Er lachte trocken und sagte: »Wenn man bedenkt, wie sehr er versucht, sich von unserer kleinen Gruppe abzusetzen.«

»Das ist nicht spaßig, Des.«

»Ich habe nicht Spaß gesagt, sondern Ironie.«

Ich schaute ihn von oben bis unten an und sagte: »Verdirbst du nicht durch deine Anwesenheit diesen kleinen Test der Loyalität?«

»Ach, Quatsch …«, erwiderte er.

Quatsch?

»Jeder weiß, daß du in diesen Zaubererknaben verliebt bist. Obwohl du ja eigentlich einen Mann vorziehen könntest.« Er grinste anzüglich, allerdings auf eine freundschaftliche Weise. Des war wahrscheinlich ganze drei Jahre älter als Ran.

»Weiß Stereth, daß du hier bist?«

»Was unser glorreicher Führer nicht weiß, braucht ihn nicht zu interessieren. Sag mir, meine liebe Tymon, solange wir alleine sind … warst du je bei den Rennen in der Hauptstadt?«

Und ich hatte gedacht, er wollte mir einen zweideutigen Antrag machen. »Bei welchen? – Nicht daß ich schon welche besucht hätte.«

»Die Fliegerrennen natürlich, auf den Goldkraut-Feldern. Die halbe Stadt geht dorthin, mein Schatz. Willst du mir etwa sagen, daß du keine Anhängerin des Silberstreifens oder des Jadebandes bist?«

Der Streifen und das Band sind die beiden konkurrierenden Fliegerteams. Er hatte recht damit, daß etwa die halbe Stadt dorthin ging, besonders nach der Regenzeit, aber ich war immer der Meinung gewesen, daß ich schon zu meiner Zeit genügend Geld verloren hatte.

»Wetten reizen mich nicht, Des.«

»Welche Verschwendung. Verstehe ich dich richtig,

daß dein Freund Sokol auch nicht hingeht? Verbringt ihr statt dessen eure Zeit, indem ihr durch Blumenfelder schreitet und die Früchte unschuldiger Liebe genießt?«

»Wir verbringen unsere Zeit mit Arbeit, meistens zumindest. Hast du etwas auf dem Herzen, Des?«

»Ich hatte überlegt – ganz theoretisch, meine ich –, welche Wirkung Zauberei auf ein Fliegerrennen hat.«

Ich erstarrte. »Die Leute in der Hauptstadt verstehen keinen Spaß, wenn es um ihre Fliegerrennen geht. Sie leben und sterben dafür.«

»Das möchte ich wohl meinen, wenn man an die Mengen Geld denkt, die da umgesetzt werden.«

»Ihr großen Götter! Ich habe keine Vorstellung, was die Strafe für die Manipulation eines Rennens ist, aber ich würde wetten ...«

»Enthauptung, nachdem man den Fliegerpiloten ausgeliefert wurde. Die Enthauptung ist dann nur noch eine Formalität.«

»Ihr Götter! Und das sagst du so, als wäre es bloß ein Ausflug auf den Markt ...«

»Ausflüge auf den Markt sind auch gefährlich, Tymon. Deshalb bin ich hier.«

»Ich sehe, warum du hier bist. Und du kannst es vergessen. Ran hat nicht die Absicht ...«

»Ran?«

Kanz. Kanz. Kanz. Als Idiotin geboren, und mit zunehmendem Alter noch dümmer geworden.

Wenigstens hatte ich keinen Familiennamen genannt.

»Schau her, du Betrüger beim Kartenspiel«, sagte ich, wobei ich seinen Straßennamen so ausgesprochen hatte, daß die Bedeutung unterstrichen wurde, »willst du mein Freund oder mein Feind sein?«

»Freund«, sagte er sofort. »Ich möchte nie dein Feind sein.«

»Dann wäre ein bißchen Verständnis von einem Freund zum anderen hier wohl in Ordnung. Okay?«

Er lächelte. »Du mußt nur fragen, Tymon. Und ich bin sicher, daß ich dann auch auf ein bißchen Verständnis bei dir zählen kann ...«

»Nimm ihn nicht ernst, egal, was er sagt«, rief eine andere Stimme. Ich drehte mich um und sah Sembet Triol auf uns zukommen. Er hielt einen abgeschälten Baumzweig in der Hand, als handelte es sich um eine altehrwürdige Waffe. Er trug eine dunkle blau-grüne Kapuze und mußte sein Schwert zu Hause gelassen haben.

»Ist etwa die ganze Mannschaft mitgekommen?« fragte ich Des.

»Ich habe Sembet gebeten, mir Gesellschaft zu leisten«, antwortete er. »Ich reise nicht gerne allein.« Des tat überhaupt nichts gerne alleine; ohne Publikum wurde er nervös.

»Jungs ...«, begann ich. Dies ist die Version der Banditen von ›edle Gefährten‹ und kann sowohl Männern wie Frauen gegenüber verwendet werden. »Habt ihr gehört, daß der Gouverneur der Provinz heute hier ist?«

Sie schauten einander an. Sembet zog seine Kapuze herunter. »Nein«, sagte er.

»Als ich zum Weinhaus ging, habe ich bemerkt, daß es in der Stadtmitte ziemlich lebhaft zugeht«, sagte Des.

»Der Händler hat mir erzählt, daß an der Straßenkreuzung eine Plattform steht und daß dort eine Rede gehalten werden soll. Er meinte, ich sollte sie mir anhören.«

»Sagte er, warum?« fragte Sembet.

»Nein.«

»Ich glaube, wir sollten da hingehen«, meinte Des.

Sembets Augen weiteten sich. »Reicht es nicht, daß wir uns einen freien Tag gemacht haben, ohne es Stereth zu sagen? Möchtest du auch noch in einer Menge von potentiellen Denunzianten herumstolzieren, ganz zu schweigen von den vielen Männern von der Provinzialgarde? Mit einer *Barbarin* im Schlepptau? – Das war nicht bös gemeint, Tymon.«

»Ich habe hier schon zwei oder drei Barbaren gesehen«, erwiderte Des. »Dieser Teil des Sektors ist voll von ihnen, wegen diesem Handel, den Shaskala weiß Gott wann mit Tellys machen wollte. Woher, glaubst du, kommt Cantry?«

»Cantrys Steckbrief hängt in der Hälfte der Gardestationen im ganzen Sektor!«

»Warum, zum Teufel, meinen dann die Leute immer, ich sei sie?« fragte sie. »Wir schauen uns nicht im geringsten ähnlich!«

Sie starrten mich überrascht an. »Soll das ein Witz sein?« fragte Des. »Ihr könntet Zwillinge sein.«

»Sie hat blondes Haar!« schrie ich.

»Hat sie schon«, stimmte Des zu, »aber …« Er hielt inne und blickte zu Sembet. »Hat sie doch, oder nicht?« Er runzelte die Stirn.

Und plötzlich erkannte ich, daß keiner von beiden dies bisher beachtet hatte. Es war nicht so, daß sie es nicht wußten. Aber sie waren beide nach Geburt und Erziehung Ivoraner, und neunundneunzig Prozent der Leute, die sie bisher getroffen hatten, hatten dunkles Haar und dunkle Augen. Worin auch immer der optische Eindruck besteht, der einen ein Gesicht anschauen und dann erinnern läßt, wer diese Person ist, Haar- und Gesichtsfarbe hatten für sie nie dazugehört. Sie wollten nicht mein Identitätsgefühl schmälern. Sie waren einfach anders erzogen worden.

Und ich war auch anders erzogen worden, groß geworden in einer heterogenen Gesellschaft. Pyrenesen, die der Meinung waren, die Natur hätte sie nicht eindrucksvoll genug gemacht, färbten sich das Haar und die Haut. Es war mir nie eingefallen, daß jemand anderer ein anderes System zur Identifizierung von Personen verwenden würde.

Mein Ärger hatte sich verflüchtigt, während ich mir dies klarmachte. »Tut mir leid, daß ich so empfindlich bin«, sagte ich.

»Ist schon in Ordnung«, sagte Des freundlich.

»Ich glaube, es ist keine gute Idee, zu der Rede zu gehen«, sagte Sembet.

»Du kannst ihr deine Kapuze geben«, schlug Des vor.

Sembets Hand fuhr zu seiner Kapuze, als ob er sich selbst schützen wollte. »Ich habe sie heute aus gutem Grund dabei«, sagte er.

»Eine Schar von unbedeutenden Provinzlern«, erwiderte Des. »Komm schon. Wer auch immer dich früher gekannt haben mag, er wird wahrscheinlich nicht bei diesem Haufen sein.«

Sembet blickte ihn an. Des rührte hier an einen wunden Punkt. Aber es hatte ja keinen Zweck, wenn Sembet seine adelige Geburt zu verleugnen versuchte; er konnte sie genauso wenig verbergen, wie ich die Tatsache verleugnen konnte, eine Barbarin zu sein. Er legte seine Kapuze ab. »Der *Gouverneur* könnte mich erkennen«, murmelte er.

»Wir werden in der hinteren Reihen bleiben.« Des nahm die Kapuze und arrangierte sie auf meinen Kopf. »Erlaube mal.« Er band sie genau richtig, nicht zu eng und nicht zu lose, und dann gab er der ganzen Sache eine leichte Neigung nach links. »Grün ist deine Farbe, Tymon.«

»Darf ich hier nicht auch noch ein Wörtchen mitreden?« fragte ich.

Des grinste. »Los, Freundin, sei kein Frosch. Würdest du zwei deiner besten Gefährten der Straße allein in ein Abenteuer gehen lassen?«

»Sei keine Spielverderberin«, stimmte Sembet zu. »Weshalb sollte Des nur eine Person überreden, etwas Dummes zu tun, wenn er zwei überreden kann?«

Was für eine Einladung! Ich sagte: »Des, Stereth

sollte dich hinter Schloß und Riegel halten, wenn er dich nicht braucht.« Des lächelte, denn das bedeutete, daß ich mit ihnen kam. Ich zog die Kapuze ins Gesicht.

Es brauchte eine Weile, bis sich eine ausreichende Menge versammelt hatte. Wir standen ziemlich weit hinten, wie Des versprochen hatte, vor einem Archivbüro direkt neben der Straßenkreuzung. »Wir sollten auf der Straße sein, wo wir abhauen könnten, wenn wir müssen«, sagte ich.

»Weiber«, sagte Des. »Man führt sie aus, man gibt ihnen Accessoires, und trotzdem sind sie nie zufrieden.«

Das war an Sembet gerichtet, den diese Worte nicht erheiterten. Er suchte ständig die Menge mit Blicken ab und runzelte dauern die Stirn. »Ist das für dich wirklich gefährlich?« fragte ich. »Möchtest du gehen?«

»Nein«, sagte er zerstreut. »Solange ich aufpasse, wird es wohl hinhauen... *Kanz!*« Mit geweiteten Augen starrte er auf die Plattform.

»Was ist los?«

Drei Männer mit Amtsinsignien hatten sie bestiegen. Zwei von ihnen trugen die hohen blauen Filzhüte der Kaiserlichen Gunst, der dritte hatte die weiße Seidenschärpe des ›geehrten öffentlichen Gastes‹ um sein Obergewand gebunden. Sein Haar hatte die Farbe von Platin und war auf völlig univoranische Weise zu einem Pferdeschwanz gebunden, und seine Haut war hell.

»Schau«, sagte Des, »kein Grund zur Sorge. Da steht sogar ein Barbar auf der Rednerplattform.«

Sembet starrte die drei Männer an. Schließlich sagte er zu sich selbst: »Warum? Warum kommen die jetzt hierher? Ich weigere mich zu glauben...«

»Wer sind diese Leute?« fragte ich ihn und zupfte ihn am Ärmel.

»Was? Gouverneur Atvalid natürlich, genau wie du

gesagt hattest.« Er machte eine Pause und blickte verwirrt drein. »Und sein Sohn Vere.«

»Und was stimmt damit nicht?«

Vier Männer in goldgeschmückter Milizuniform nahmen ihre Plätze an den vier Ecken der Plattform ein. Zwei von ihnen hoben schlanke Hörner empor, die ebenfalls aus Gold hätten sein sollen, die aber unter dem wolkigen Himmel nur eine dumpfe Bronzefarbe zeigten.

»Vere trägt den blauen Hut?« sagte Sembet. »Und warum ist er nicht auf der Schule? Er war zwei Jahre hinter mir, und ich hatte selbst noch keinen Abschluß, als ich …« Er hielt inne, da er sich plötzlich der Tatsache bewußt geworden war, daß er über sein persönliches Leben sprach. Genau in diesem Augenblick erklangen die Hörner, schön und klar in der kühlen Luft, mehr wie die Eröffnungsfanfare eines Musikabends als ein Signal zur Aufmerksamkeit.

Das also war Vere Atvalid, der älteste Sohn des Gouverneurs; er war mit der Tochter einer der Sechs Familien verlobt und machte ihre Leute damit nervös. Und da war Nor Atvalid, das Objekt der Nachforschungen, um die wir vor kurzem gebeten worden waren. Ich starrte ihn an.

Natürlich war Nor dafür verantwortlich, daß Rans Gesicht allüberall im Sektor angeschlagen war, und damit bekam er von mir keine Pluspunkte. Abgesehen davon mußte ich zugeben, daß er gut und stark aussah und von einer Aura der Ehrlichkeit und Kompetenz umgeben war. Er sah aus, als könnte er Verwaltungspapierkram mit gleicher Bereitwilligkeit und gleichem Erfolg erledigen, wie etwa sich mit der Schulter gegen das Rad eines festgefahrenen Wagens stemmen. Vermutlich ist das alles nur Show, sagte ich zu mir selbst. Zum einen wird niemand hauptamtlicher Provinzgouverneur ohne eine gewisse Arschkriecherei bis hinauf zum Premierminister. Einige Leute schaffen es mehr als andere, diesen Aspekt der ivoranischen Bürokratie zu verringern, aber selbst wenn … Tatsächlich schaute er für mich sehr vertraut aus. Irgendwas an dieser Knollennase, und diese Falten um den Mund …

Guter Gott! Ich hatte ihn erst vor wenigen Tagen als Karikatur auf einem Signalstab in Shaskala gesehen. Ein Stab, der im besten Gasthof der Stadt entsprechend der Natur der Dinge etliche Male am Tag auf einen harten Holzblock geschlagen wurde.

Gouverneur Atvalid war kein populärer Mann. Hilo hatte ihn auch nicht gemocht, wie ich mich jetzt erinnerte. Und doch sah er so ehrlich und vertrauenswürdig aus.

Was Vere anbelangte, so war er – durchschnittlich. Er war groß und sah gut aus, aber das traf auf die meisten Ivoraner zu. Schwarzhaarig war er ebenfalls. Er schien allerdings noch sehr jung zu sein, zu jung, um in all diesem Pomp und Zeremoniell neben älteren Männern auf einer Plattform zu stehen. Der Hut paßte nicht zu ihm.

»Ist er ein Freund von dir?« fragte ich Sembet. Er antwortete nicht.

Gouverneur Atvalid trat vor, berührte das Band an seinem Hals, und seine Stimme dröhnte über der Menge. »Freunde«, begann er, »und Mituntertanen unseres äußerst glorreichen Kaisers. Ich freue mich, Markt Kynogin so blühend und geschäftig zu finden wie letztesmal, als ich es wieder verließ. Möge Markt Kynogin so lange bestehen wie jede Stadt im Kaiserreich!« Darauf gab es etwas höflichen Applaus und Fußgetrampel. »Es ehrt mich, wie freundlich ihr mich empfangen habt …«

Eine blumige Rede voller Schmeicheleien folgte. Dies ist der normale Stil auf Ivory. Irgendwo in all seinen honigsüßen Worten gelang es Atvalid mitzuteilen, daß er und sein Gefolge eine Rundreise durch alle größeren Städte desjenigen Teils des Sektors machten, der zur Provinz Tuvin gehörte (und davon war Kynogin das Juwel und der Eckpfeiler), um persönlich mit den Farmern, Viehzüchtern und Händlern zu sprechen (die in Kynogin sozusagen das Rückgrat des ganzen Sektors darstellten), so daß er ihnen das Hauptgeschenk seines Hauses vorstellen konnte.

»Kanz«, murmelte Sembet, als wir das hörten.

Ich warf ihm einen Blick zu und schaute dann wieder auf den Gouverneur, der den Barbaren nach vorn führte. Den Gast mit dem platinfarbenen Haar. »Aber erlaubt mir zuerst das Vergnügen«, fuhr der Gouverneur fort, »euch mit jemandem bekannt zu machen, der uns, sowohl euch als auch mir, ein Verbündeter im Aufschwung sein wird. Gnädiger Herr Hippolitus, Pyrenesischer Handelsrepräsentant im Nordwest-Sektor.«

Im Nordwest-Sektor?

Mit fiel die Kinnlade herab. Das ergab keinen Sinn. Wie konnte Pyrene Repräsentanten in zweitrangige Gebiete eines anderen Planeten entsenden? Und wenn man unterstellte, daß Atvalid beim Titel ein Fehler unterlaufen war oder daß er ihn bewußt abgeändert hatte, um seinen Zuhörern einen Gefallen zu machen – was, zum Teufel, tat ein pyrenesischer Handelsrepräsentant hier am Arsch der Welt? Und was tat er auf einer Plattform, wo er den Einheimischen vorgestellt wurde? Und warum ...?

Atvalid redete weiter. Vor meinem inneren Auge erschien ein Bild, wie Hippolitus eine Schar modifizierter Ochsen in ein Frachtschiff führte. Das wäre das teuerste Essen, das es auf Pyrene jemals gegeben hätte.

»Ich habe dich nie gefragt«, sagte Des, »bist du von Pyrene?«

»Halt den Mund«, sagte ich.

»Meine Freunde«, deklamierte der Gouverneur, »der gnädige Herr Hippolitus würde jetzt gern als Repräsentant der Behörde für Mineralien und Bodenschätze von Pyrene zu euch sprechen.«

Hippolitus lächelte. »Ich hoffe, daß auch ich euch als ›meine Freunde‹ ansprechen darf.«

Er sprach mit einem ausdruckslosen Akzent von der Art, wie sie von einem Sprachimplantat kommt. Wenn er binnen eines Jahres Ivory verließ, dann würde seine Erinnerung der Sprache zu verblassen beginnen.

Üblicherweise tendiere ich dazu, keine Aufmerksamkeit auf mich zu lenken, aber ich überlegte, ob er meine Freundin Octavia kannte, die auch Handelsdelegierte war. Wenn ich ihr eine Botschaft schicken konnte und sie ihrerseits eine Botschaft an Kylla ...

»Carium«, sagte er gerade. »Wir hoffen, daß wir Gruben zum Abbau von Carium einrichten können, die in Partnerschaft mit euch, den einheimischen Bürgern, entwickelt werden. Wir brauchen dringend Leute, die die Arbeit übernehmen, die es zu tun gibt, und ich kann allen, die sich uns anschließen, einen Anteil an den Profiten versprechen.«

Sembet sagte zu Des: »Hast du je davon gehört, daß es auf der Hochebene Carium-Lagerstätten gibt?«

»Nein«, sagte Des. »Aber ich kann auch nicht behaupten, daß ich mich jemals viel um sowas gekümmert hätte.«

Nach einem langen Applaus für Hippolitus (ohne Zweifel ausgelöst von dem Wort ›Profite‹) ergriff der Gouverneur wieder das Wort. »Aber meine Freunde«, sagte er, »bevor diese neue Ära des Wohlstands beginnt, müssen wir die Methoden der Vergangenheit ablegen, die Sitten, die uns an Armut und geistige Finsternis ketten.«

Des, Sembet und ich schauten einander an. Geistige Finsternis?

»In anderen Worten, meine Freunde, wir müssen mit den Banden der Gesetzlosen Schluß machen, die unschuldige Bürger ausrauben und unsere Provinz ausbluten. Der gnädige Herr Hippolitus hat mir versichert, sobald wir die Sicherheit seiner Leute garantieren können, wird das Carium-Projekt beginnen. Ich hoffe, ihr stimmt mit mir überein, daß dieser Tag bald kommen sollte!«

Darauf gab es eine gemischte Reaktion. Einige unterstützten ihn enthusiastisch, wie ich mit Unbehagen bemerkte, andere hielten sich zurück. Es gab eine Menge Leute im Sektor, die sich mit Hehlerei von Banditenbeute einen Nebenverdienst geschaffen hatten.

»In Einklang damit«, sagte Atvalid, »wird eine Belohnung von tausend Tabals automatisch auf den Kopf eines jeden Gesetzlosen ausgesetzt, egal, ob er uns schon im einzelnen bekannt ist oder nicht. Noch wichtiger«, er machte eine Pause, um einen Schluck Wasser aus einem Glas zu trinken, das ihm ein Untergebener hinhielt, »ich mache hiermit die Gefangennahme von Stereth Tar'krim zu unserer ersten Priorität. Und ich verspreche eine Amnestie für den Banditen, der seine Bürgerpflicht erfüllt und diesen Dieb und Mörder der Gerechtigkeit der Kaisers überantwortet.«

In stummer Übereinstimmung begannen Des, Sembet und ich uns durch die Menge nach hinten davonzustehlen.

»Um die Ernsthaftigkeit meines Engagements zu demonstrieren«, fuhr Atvalid fort, »habe ich meinen eigenen Sohn, Vere Atvalid, zum Distriktspräfekten ernannt, in der ausdrücklichen Absicht, mit diesen Banden der Gesetzlosen aufzuräumen. Der Erfolg oder Mißerfolg dieses edlen Unternehmens wird allein auf dem Haus Atvalid beruhen. An den Ergebnissen des Erfolges werden wir natürlich alle unseren Anteil haben, wie auch unsere Freunde von Pyrene; die Ergebnisse eines Mißerfolges, das Mißfallen des Kaisers« – hatte er hier eine kleine Pause gemacht? – »werden allein auf mein Haus zurückfallen.«

»Der Mann ist ein Selbstmörder«, hörte ich Sembet

murmeln, als wir uns der Ecke eines Weinhauses näherten. »Und Vere hier hineinzuziehen ...«

»Herolde!« befahl der Gouverneur, und ein gigantisches Plakat wurde auf der Vorderseite der Plattform entrollt.

Es war ein neues Farbposter von Ran; sein Kopf war etwa sechs Meter hoch.

»O du Großer Kollektiver Geist der ganzen Menschheit«, seufzte ich. Es war ein Ausruf aus meiner Kindheit, den ich bis zu diesem Augenblick total vergessen hatte.

»Los, Tymon, *komm*«, sagte Sembet und zog mich mit.

Die Menge war hier nicht so dicht. Ich ging schnell hinter den beiden Männern her und hielt dabei den Kopf gesenkt.

KAPITEL 9

Ich war in einer Stimmung für einen Fußmarsch. Ich war genaugenommen in der Stimmung für einige Stunden Fußmarsch ohne eine Begleitung, die mich ablenken könnte, aber unglücklicherweise hatten Des und Sembet einen Karren geholt, den sie hinter dem Haus des Händlers abgestellt hatten.

Draußen auf der einsamen Straße, wo der märchenhafte Nebel schon wieder aufzog, begannen sie besorgt miteinander zu reden.

»Stereth wird einen Anfall bekommen«, sagte Des.

»Er wird keinen Anfall bekommen, das ist ja das Schreckliche«, sagte Sembet. »Er wird es völlig kalt aufnehmen. Und dann wird er morgen einen neuen Plan haben, dem wir alle folgen sollen.«

»Das meine ich doch mit einem Anfall«, sagte Des.

Ich saß hinten auf dem Karren. »Wird er sich Sorgen machen, daß irgendeiner von der Bande ihn verraten wird?«

»Niemand wird ihn verraten«, sagte Des kurz, ohne sich umzublicken. »Niemand ist so verrückt. Stereth würde ihn umbringen.«

»Wenn er im Gefängnis des Gouverneurs steckt, dann sehe ich nicht, wie er irgend jemanden umbringen kann.«

Sembet schüttelte den Kopf. »Er wird eine Möglichkeit finden.« Er sprach wie jemand, der über eine offensichtliche Tatsache hinweggeht, um sich um so mehr auf die Dinge zu konzentrieren, die wirklich Aufmerksamkeit erfordern. »Weißt du, was das bei unseren Kontaktleuten anrichtet?«

»Darüber möchte ich nicht nachdenken«, sagte Des.

»Weißt du«, sagte Sembet zu mir, »die *Bande* ist in Ordnung. Aber unsere Kontaktleute in der Stadt machen mir Sorgen.«

»Tausend für jeden von uns«, sagte Des düster. »Jedesmal, wenn wir Guten Tag sagen.«

»Unsere Zahlungen werden nie dagegen ankommen.«

»Was ist überhaupt mit Atvalid los? Er wird seinen Scheißfamilienschatz damit ruinieren.«

»Des!« sagte Sembet. »Es ist eine Dame bei uns.«

»Aber das ist doch ein harmloser Ausdruck«, sagte Des mit der Unbekümmertheit des Mannes aus dem einfachen Volk.

»Ist schon in Ordnung, Sembet«, sagte ich. »Auf dem Marktplatz in der Hauptstadt habe ich jeden Tag schon Schlimmeres vor dem Frühstück gehört.«

»Die Welt wird chaotisch, wenn Frauen schon vor dem Frühstück über den Markt wandern können. Ich weiß nicht, was deine Familie davon gehalten hat. Möchtest du hier vorne sitzen, Tymon? Dieser Sitz ist vielleicht bequemer.«

»Wenn Des nichts dagegen hat.«

Des brummte. Ich quetschte mich zwischen sie und tippte ihm auf die Schulter. »Bist du mir böse?« Er gab einen Ton des Mißfallens von sich, äußerte sich aber nicht. »Was ist los?« fragte ich.

Wenn er nicht ein erwachsener Mann gewesen wäre, so würde ich sagen, er zog einen Flunsch. »Du hast mir gesagt, ich sollte den Mund halten. Vorhin an der Straßenkreuzung.«

Ich blinzelte. Hatte ich das wirklich gesagt? »Es tut mir leid, Des«, sagte ich und tätschelte seinen Arm. »Ich war so beschäftigt mit der Rede. Ich muß das gesagt haben, ohne mir dabei etwas zu denken.«

Seine Stimmung hob sich wieder. »Ist okay, Tymon. Du warst eben abgelenkt.«

»Warum erzählst du mir nicht über dein System für

die Rennen«, schlug ich vor, und ohne daß es weiterer Ermunterung bedurft hätte, begann er davon zu erzählen. Des ist einer von den Menschen, die unter ständiger positiver Bestätigung aufblühen. Mir macht das wirklich nichts aus; ich ziehe es vor, Leute gut zu behandeln statt schlecht. Es gibt genügend gestörte Individuen im Universum, die einen nur dann zu respektieren scheinen, wenn man sie von Zeit zu Zeit zur Schnecke macht.

Und Des erzählte auch gut. Von Zeit zu Zeit versuchte er, mir allmählich seinen Arm um die Taille zu schieben, aber ich schob ihn freundlich zurück. Ich hatte nie einen Bruder gehabt, aber es war etwas Brüderliches um Des, trotz all seiner Männlichkeit; jetzt, da ich ihn kannte, fühlte ich mich von ihm so angezogen wie von einem großen, freundlichen Hund. Das sagte ich ihm allerdings nicht.

»Hör mit dem Unsinn auf«, sagte Sembet von hinten, als Des zum drittenmal versuchte, sich an mich heranzumachen. »Tymon ist sowieso in festen Händen.«

Dagegen sagte ich nichts. Es ist einfach deprimierend, wenn man mit einer Täuschung keinen Erfolg hat.

Wir näherten uns dem Fort, und ich sah Ran auf der Mauer stehen. »He, Sokol!« rief Des grinsend. »Wußtest du, wie populär du ...«

Ich legte ihm die Hand auf den Mund. »Falls es dir nichts ausmacht«, sagte ich, »möchte ich es ihm schonend beibringen.«

Er überlegte für einen Augenblick, dann zuckte er die Achseln. »Für jemanden anderen würde ich das nicht tun.«

»Ja, ja, Des, das sagst du zu allen Barbarinnen. Danke.« Ich knuffte ihn in den Arm und sprang vom Karren.

Ran kam mißtrauisch auf uns zu. »Was ist los?«

Ich deutete mit einem Blick auf den Hügel, und er wandte sich ab, um mich dort zu treffen.

Als ich sicher war, daß wir außer Hörweite waren, sagte ich: »Es gibt neue Probleme.« Ich erzählte ihm von Atvalids Rede und der wachsenden Bekanntheit seines Gesichtes. Er nahm es ruhiger auf, als ich erwartet hatte.

»Wenn sie scharf gegen die Banden vorgehen, dann um so besser. Dann werden weniger Leute zwischen uns und dem Rand des Sektors sein, wenn wir abhauen, und diese Leute werden zu sehr mit ihren eigenen Problemen befaßt sein, um uns zu folgen.«

»Ran, dein Bild hängt überall in Kynogin und bestimmt auch in jedem größeren Marktort im Distrikt. Du bist jetzt berühmt. Du bist der Star des Nordwest-Sektors. Du hast für das Haus Atvalid höchste Priorität. Vielleicht habe ich mich nicht klar ausgedrückt ...«

Er bekam diesen leichten Anflug von Selbstgefälligkeit, was bedeutete, daß er nicht ganz bereit war, seine Gedanken mit mir zu teilen. »Tymon ...«

»Leg diese Miene ab, Ran. Du kannst keine zwei Schritte in der Öffentlichkeit tun, ohne daß jedermann losrennt, um sich die Belohnung für Stereth Tar'krim abzuholen. Du solltest einen *Grund* dafür haben, wenn du fröhlich bist ...«

»Habe ich doch«, sagte er. »Es sind noch elf Tage, dann sind wir halbverheiratet.«

Um ein Haar hätte ich ihn angeschrien.

»Wenn man uns nicht vom Fort aus voll sehen würde«, fuhr er fort, »dann würde ich dich jetzt küssen.« Er sagte es, als beschäftigten sich seine Gedanken im Augenblick wirklich damit.

»Warum tust du das?« fragte ich und hörte, wie meine Stimme leiser wurde. »Willst du mich verrückt machen?«

»Ich habe im Küchenhaus hinter dem Hauptgebäude nachgeschaut. Sie haben Mehl und Zucker für die Kuchen.«

»Glaubst du, dies ist der richtige Zeitpunkt dafür, wenn wir von einer Bande Gesetzloser gefangengehalten werden und du von allen im Sektor gesucht wirst?«

»Warum sollten wir es aufschieben? Wir müßten dann das Ganze vier Monate später wieder tun. Und du kommst dann mit irgendeinem Tymon-Grund daher, warum nicht. Vielleicht meinst du dann, du müßtest nach Athena abhauen, und drei akademische Scheine erwerben, oder irgend so etwas.«

»Ich versuche mit dir über Dinge zu reden, die wichtig für unser Überleben sind.« Es war allerdings gut zu wissen, daß die Zutaten für die Hochzeitskuchen da waren. »Hast du nach der Vanille geschaut? – Na, macht nichts. Du lenkst vom Thema ab. Drei akademische Scheine, du lieber Himmel – du planst etwas und bist in dieser Stimmung, wo du denkst: ›Das behalte ich für mich.‹ Mach weiter so, Ran, und dann kannst du die verdammten Hochzeitskuchen vergessen.«

»Vanille ist vorhanden.«

»Wie steht es mit Eiern?«

»Das kommt darauf an. An manchen Tagen gibt es welche, an anderen nicht.«

Vom Hauptgebäude her kam ein Ruf: »Sokol! Tymon! Kommt zur Zusammenkunft!«

Ich erkannte die Stimme: es war meine Führerin vom Morgen. Während wir den Hügel hinabgingen, sagte ich: »Carabinstereth meint, du müßtest im Bett gut sein.«

»Wirklich? Und ich habe es ihr noch nicht einmal demonstriert.«

Ran hatte einen Sinn für kühlen Humor, aber er gab ihm selten in Gegenwart eines anderen nach. Er gehörte einfach zu den Dingen, die er gewöhnlich für sich behielt. Ich sagte: »Ihr Götter, du bist ganz schön anmaßend heute. Was hast du vor?«

Er lächelte. Am Eingang zum Fort hielt ich an und sagte leise: »Ich habe vergessen, es dir zu sagen. Ich habe auf dem Weg zur Stadt die Karten gelegt.«

»Und?«

»Nicht viel. Du lebst noch eine Weile. Und über mich – nichts.«

»Na ja«, sagte er, »es ist nett zu wissen, was für Informationen du hast.«

Wir gingen hinein, und ich sagte in normalem Ton: »Ja, dem Himmel sei Dank, daß ich nicht der Typ bin, der alles für sich behält.«

Ich hatte gedacht, die Zusammenkunft würde die Neuigkeiten aus Markt Kynogin behandeln. Aber so lief es bei den Gesetzlosen nicht. Statt dessen traf ich auf Leute, die Vorbereitungen für eine abendliche Party trafen: Wein und Breedpfeifen wurden herausgeholt, und es wurde das Los geworfen, wer Wachdienst haben sollte. Stereth war nicht damit einverstanden, daß sich alle gleichzeitig betranken, und dies war eine eiserne Regel.

Carabinstereth überreichte mir einen Stapel bemalter Weinschalen von unschätzbarem Wert. Ich legte sie neben einen Haufen abgenutzter Holzlöffel und einige Teller, die schon Sprünge hatten. »Ich verstehe das nicht«, sagte ich zu ihr. »Kann die Party nicht verschoben werden, angesichts der alarmierenden Lage?«

»Die alarmierende Lage ist der Grund für die Party, Tymon. Das ist die Art, wie wir die Dinge entscheiden. Das ist wirkungsvoller als die Ratssitzung einer Provinzstadt.«

Ich schaute auf den wachsenden Haufen von Weinflaschen, Tabaksbeuteln und nicht näher bestimmbaren Drogen. »Heißt das, wer am Ende des Abends noch auf den Beinen ist, der darf abstimmen?«

Sie lachte. »Was für eine entzückende Vorstellung. Ein Problem dieser Art ist zu wichtig für eine Abstimmung – ich würde allerdings gern das Ergebnis einer solchen Abstimmung sehen, Tymon. Null Stimmen, wie ich meine Brüder und Schwestern kenne.«

»Warum dann das Gelage? Noch ein letztesmal auf den Putz hauen, bevor wir alle verhaftet werden?«

»Sprich leise, wenn du so etwas sagst. Es gibt Leute, die auf dich böse wären, weil du Unglück bringst.«

Grateth Tar'briek kam zu uns und lächelte mich ruhig an. »Allerdings würde ich nicht zu denen gehören, kleine Tymon.« Er öffnete drei Flaschen und begann einzugießen.

»Das Essen ist noch nicht fertig«, sagte Carabinstereth.

»Um so besser«, erwiderte er. Er fuhr mit der Hand durch sein kurzgeschnittenes Haar, trank ein paar Schlucke Wein und sagte: »Aah.« Dann schob er mir eine der Flaschen zu.

»Danke, aber wenn du wüßtest, wie wenig ich vertrage, dann würdest du mich bitten, auf das Essen zu warten.«

»Wie du wünschst. Aber das ist die Art, wie wir Probleme lösen, Tymon. Jeder, der kann, betrinkt sich. Wir reden über das Problem – wenn uns danach zumute ist. Vielleicht reden wir auch über den besten Jahrgang des Ducort-Rotweins, oder über unsere früheren sexuellen Abenteuer ...«

Carabinstereth gähnte übertrieben.

»... oder was uns gerade gefällt. Manchmal fangen spät in der Nacht ein paar Leute davon zu reden an, wie lange es schon her ist, seit sie ihre Familien gesehen haben, und wir müssen sie dann hinausschmeißen. Wir reden alle. Und dann kippen wir alle um.«

Carabinstereth grinste. »Und dann, am Morgen ...«

»... wenn wir uns alle vorkommen wie Kanz, das in der Sonne liegengelassen wurde ...«

»... und wir es wirklich nicht einmal mehr wissen wollen ...«

»... dann holt Stereth uns zusammen und sagt, daß er eine Antwort hat.«

Ich schaute sie beide an. »Ihr nehmt mich nicht auf den Arm?«

»Das funktioniert immer«, versicherte Grateth Tar'briek.

»Er ist ein Genie«, erklärte Carabinstereth.

»Ich verstehe«, sagte ich verdutzt. Dann sah ich meine beiden Informanten an und sagte: »Ihr kommt beide außerordentlich gut miteinander aus.«

»Alte Armeekameraden«, sagte Carabinstereth zärtlich und hängte sich an Grateths Arm ein.

»Lex na'Valory kommt auch aus der Armee«, sagte ich. »Und niemand scheint ihn zu mögen.«

»Niemand hat Lex je gemocht«, sagte Grateth. »Nicht mal sein alter Haufen, nach Komos Erzählungen.«

»Nicht einmal seine Mutter, nach Komos Erzählungen.«

»Ich glaube Komo«, sagte Grateth ernst. Carabinstereth lachte, und er hob seine Weinschale an ihre Lippen und kippte etwas Wein in ihren Mund. Es war deutlich, daß sie sehr sehr alte Freunde waren.

Plötzlich stellte ich mir vor, was geschehen würde, wenn Ran und ich abhauten und Stereths Truppe von der Provinzmiliz gefangen würde. Es war ein Bild so deutlich wie die Mittagssonne auf den Straßen der Hauptstadt: Carabinstereth mit einem Strick um den Hals, dann der Ruck, die Verfärbung ihres Gesichtes, das zwecklose Gestrampel der Füße. Grateth schaute zu, er war der nächste in der Reihe.

Ich legte meine Hände auf den provisorischen Tisch. »Was ist los, Tymon?« hörte ich Carabinstereth sagen. »Du siehst aus wie ein Gespenst. Grateth, hilf ihr sich setzen.«

Ich spürte seine Arme um meine Taille, während er mich zu den Kissen führte. Ich ließ mir von ihm beim Niederlegen helfen. Einen Augenblick später war Carabinstereth mit einer neuen Schale an meiner Seite. »Das ist Wasser«, sagte sie. »Du hast einen langen Tag gehabt, meine Liebe. Irgend jemand hätte dir sagen sollen, wie gut du die Sache mit den Rindern erledigt hast. Trink jetzt aus.«

Ich trank. Es war gutes Wasser von dem Brunnen draußen. Wenn man auf Ivory Wasser aus einem Brunnen holt, dann macht man ein Zeichen, um den Geist des Wassers zu besänftigen. Damit ist nicht eine Art Naturgeist gemeint, denn an so etwas glaubt man auf Ivory nicht; es ist der Geist der Person, die eines Tages den Brunnen verderben wird, indem sie dort Selbstmord begeht oder ermordet wird. Es ist also ein zukünftiger Geist, und die Besänftigung dient dazu, ihn noch weiter in die Zukunft hinauszuschieben.

Außerdem wäre ein Geist, der aus Mord oder Selbstmord hervorgeht, gefährlich weit von *Na'telleth* entfernt, dem angemessenen geistigen Zustand des Nichtsorgens. Wie ich es jetzt selbst war.

Abgesehen von den Leuten, die Wache zu halten hatten, war Ran der einzige, der sich an jenem Abend nicht betrank. Clintris na'Fli übernahm freiwillig eine Wache; ihr gefiel es viel mehr, das Verhalten ihrer Kameraden zu mißbilligen als mit ihnen zu trinken. Grateth und Komo spielten Flöte und Tigris-Trommel. In der Mitte der Nacht stand Cantry auf und begann einen langsamen Tanz mit Paravit-Col, während Stereth zuschaute. Paravit-Col war der jüngste der Bande, und seine Bewegungen waren zwar linkisch, aber voller Leidenschaft. Manchmal tanzten sie ziemlich eng. Ich saß in einer Ecke und versuchte mich als unparteiische Beobachterin, soweit ich dazu bei ungemischtem Wein überhaupt fähig bin, und ich war ein bißchen geschockt. Solche Sitten gab es nirgendwo außerhalb des Sektors, wo ich schon gewesen war. Ich blickte immer wieder zu Stereth, aber er schien nur gelinde interessiert zu sein – obwohl ich zu begreifen begann, daß man das bei Stereth nur schwer erkennen konnte.

Flötenspiel und Trommelschlag kamen zum Ende, und Cantry trennte sich schwitzend und mit glänzenden Augen von Paravit-Col. Sie hatte schon einige Schalen Wein geleert. Ich sah, wie Stereth seine leere Schale hob und Cantry zu ihm ging, im Vorübergehen sich eine Weinflasche vom Tisch angelte und ihm noch mehr eingoß. Sie hatte nicht einmal in seine Richtung geschaut, als er die Geste machte. Dann gab sie ihm einen Kuß, der so stark war wie das ungemischte Zeug, das wir tranken. Dabei beugte sie sich zu ihm herab, als ginge es um eine Fortsetzung des Tanzes.

Das war eine Beziehung, aus der ich nicht schlau wurde. Allerdings stand mir ja kein Urteil zu.

Als Cantry den Kopf wieder hob, sagte Stereth: »Tymon.«

Ich schrak zusammen. »Was?«

»Komm her und setz dich neben mich.«

Ich ging vorsichtig zu ihm. Er klopfte auf den Stapel Brokatkissen neben sich und sagte: »Wie viele Schalen hast du schon getrunken?«

»Eine.«

»Trink noch eine.« Er reichte mir die Schale, die Cantry gerade gebracht hatte.

»Hm, danke.« Ich trank einen Schluck.

Meine Augen wanderten zu Ran, der auf der anderen Seite des Raums, die Arme über die Knie gekreuzt, auf seinem Bettzeug saß. Er beobachtete uns.

»Was hältst du von der heutigen Rede?« fragte Stereth. »Des und Sembet haben mir davon erzählt.«

Ich überlegte, wieviel er von Des erfahren hatte. Falls Des Rans Vornamen berichtet hatte, dann würde

Stereth schon daran arbeiten, auch den Familiennamen herauszufinden. »Dem Gouverneur scheint es ziemlich ernst damit zu sein«, erwiderte ich.

»Das nagt schon eine Weile an ihm«, sagte er. »Wie steht es mit dem neuen Präfekten?«

»Er sah jung und verlegen aus.«

Stereth lächelte verhalten. Am anderen Ende der Halle knisterte das Feuer. Die Luft war voller Breedrauch, und das machte das Denken schwer. Stereth sagte: »Dein Sokol gehört nicht gerade zu den freundlichsten und mitteilsamsten Männern.«

Mein Blick fiel auf Ran, und dann blickte ich mit einer gewissen Zuneigung auf Des, der auf seinem Rücken ausgestreckt dalag und das Dach betrachtete. Anscheinend war er noch bei Bewußtsein, bloß nicht mehr gesprächig. Er hatte sich schon mit drei männlichen Banditen gerauft, allen weiblichen Mitgliedern der Bande, denen er über den Weg gelaufen war, Anträge gemacht (Cantry eingeschlossen), und Clintris na'Fli vor seinen ungläubigen Freunden verteidigt, indem er sagte, sie wäre ziemlich attraktiv, wenn sie nur ihr Haar aus diesem NETZ nehmen und ein paar anständige Kleider tragen würde. Einer der Männer, die er vorher geboxt hatte, machte behutsam einen Umweg um seinen ausgestreckten Arm. »Sokol ist kein Des Helani«, stimmte ich zu. »Aber ich denke, er würde länger durchhalten als Des.«

»Bitte verzeihe mir die Frage: Was siehst du überhaupt in ihm?« Eine schwere Wolke Breedrauch schwebte vorbei, und Stereth hustete. Seine Augen hinter der Brille waren gerötet.

Ich lächelte. »Nun ja, er ist rücksichtsvoll, wenn es ihm in den Sinn kommt … Ist alles in Ordnung mit dir, gnädiger Herr?« Er hustete wieder. »Du hast schon einen ganzen Pfeifenbeutel verraucht. Vielleicht hast du schon genug.«

»Erzähl weiter«, würgte er hervor.

»Er ist ein wirklicher Partner. Wenn die Zeiten hart werden, dann winselt er nicht und schiebt es nicht auf einen anderen. Er nimmt mich für selbstverständlich.«

»Und das betrachtest du als positiven Zug?«

»Er nimmt es als selbstverständlich, daß ich genauso fähig und loyal bin wie er. Er hat einen ziemlich feinen Sinn für Ironie, für die man allerdings eine Antenne haben muß. Und er vergißt nie eine Verpflichtung.«

»Aha.« Stereth nahm eine Pfeife in den Mund und zog den rauch meditativ ein. Diesmal hustete er nicht. Dann sagte er: »War's das schon? Ist das alles?«

»Nun, nicht ganz.« Ich hoffte, daß meine bleiche barbarische Haut nicht errötete, obwohl sie es wahrscheinlich doch tat. »Was sieht Cantry in dir?«

Seine Lippen zuckten. »Das brauche ich nicht zu raten, das hat sie mir gesagt. Cantry hat sich in dem Augenblick in mich verliebt, als ich mit dem Kopf gegen die Unterseite eines Tisches im Kreisarchivamt von Shaskala stieß.«

Ein paar hundert Fragen kamen mir in den Sinn, wie zum Beispiel: Was hast du unter einem Tisch im Kreisarchivamt zu suchen gehabt? Aber was ich fragte, war: »Du meinst, du wurdest verletzt, und sie hatte Mitleid mit dir?«

»Nein, nein. Ich versteckte mich vor einer Mannschaft von Polypen aus Shaskala, und als sie das Zimmer verlassen hatten, verschätzte ich mich und hob den Kopf – und *bumm!* Es gab nur eine kleine Beule als Folge meiner Ungeschicklichkeit. Cantry schaute zu, und ich kam mir wie ein Idiot vor. Sie sagte mir später, ihr Herz habe in diesem Augenblick ihren Leib verlassen und sei direkt zu mir geflogen.«

»Weil du dir den Kopf angeschlagen hattest?«

»Anscheinend. Sie sagte, sie hätte mich schon vorher gemocht, aber nach diesem Vorfall sei es um sie geschehen gewesen.«

Er hielt mir seine Pfeife hin, und ich nahm sie. »Beziehungen sind schon seltsam.«

»Da hast du wohl recht.«

»Eine der alten Geschichtenerzählerinnen, die Dame Murasaki, sagt, daß es diese Augenblicke gibt, Augenblicke, die für andere Menschen nicht sichtbar sind, wenn ›eine Person, die man schon die ganze Zeit bewundert, plötzlich zehnmal schöner erscheint, als sie zuvor war‹.«

»Natürlich. Du hast das noch nicht gespürt? – Atme einfach den Rauch ein und halte ihn in der Lunge. Bemühe dich nicht.«

Ich explodierte in einem Hustenanfall. »Nein, ich habe nie – nie gespürt – verdammt …« In meinem Körper schien kein Sauerstoff mehr zu sein. Stereth nahm mir die Pfeife wieder ab.

»Mach dir nichts draus«, sagte er freundlich, und ich wußte nicht, ob er sich dabei auf meinen Mißerfolg mit dem Breedrauch bezog oder auf mein Gefühlsleben. »Ein andermal hast du mehr Glück.« Er schob die Pfeife in die Tasche. »Hat der Sohn des Gouverneurs den blauen Hut getragen, als du ihn sahst?«

Ich blinzelte verwirrt. Meine Augen mußten jetzt auch schon gerötet sein. »Ja.«

»Dann hat er seinen Posten schon offiziell angetreten. Es überrascht mich, daß wir die Auswirkungen davon noch nicht gespürt haben.«

»Vielleicht habt ihr sie schon gespürt. Vielleicht stellt sich die Provinzmiliz genau in diesem Augenblick draußen auf.«

Er lächelte. »Davon hätte ich schon erfahren.«

Ran hatte sich auf seinem Lager ausgestreckt und tat so, als schliefe er. Sein Gesicht war aber immer noch uns zugewandt.

Stereth sagte: »Also laß mich jetzt die Meinung der Barbarin hören, wie wir vorgehen sollten.«

Ich war überrascht. »Ich weiß nichts über den Sektor. Ich kenne nur die Volkserzählungen.«

»Die Geschichten von Annurian und der Purpurbande? Annurian und das Drachengerücht? Es ist gut zu wissen, daß wenigstens einer seiner Strafe entkommen ist, selbst wenn er nur eine Sagengestalt ist.«

»Er pflegte zu sagen, diese Geschichten seien übertrieben.«

Ein Schweigen fiel zwischen uns, und ich schaute von meiner leeren Weinschale auf und wurde mir bewußt, daß ich dies nicht hatte sagen wollen.

»Du kennst Annurian?«

Nicht, daß es ein Geheimnis gewesen wäre, aber es hat keinen Zweck, es zur Sprache zu bringen. Ich trage immer noch Annurians Blausteinanhänger.

»Ich kannte ihn, als er sich zur Ruhe gesetzt hatte«, sagte ich. »Jetzt ist er tot.«

»Er hat mit dir über den Sektor gesprochen?«

»Ein wenig. Ich hatte Fragen zu den Dingen, die ich gehört hatte. Ich muß immer wissen, wie Geschichten enden.«

Ich war überrascht, daß Stereth mir glaubte, und ich war davon beeindruckt. Meine Behauptung würde man nicht notwendigerweise glauben, angesichts der Tatsachen, und Stereth mußte in seiner Stellung an Lügen in allen Formen gewohnt sein. Dieser Dieb und Mörder mußte ein außerordentliches Maß an Sensibilität besitzen, um zu wissen, wer ihm die Wahrheit sagte.

Er schwieg. Nach einer Weile sagte er sanft: »Also dann hat er dir gesagt, wie die Geschichten endeten?«

»Von einigen. Von denen, über die ich ihn gefragt habe.«

»Ich kann dir sagen, wie diese ausgehen wird.« Ich schaute ihn an. Sein Gesicht hinter der Brille war ausdruckslos. »Wir sind die erfolgreichste Bande im Sektor. Wir haben mehr Rinder, mehr Tabals, mehr bewegliche Güter gestohlen als ... alle, die jetzt leben. Aber wir arbeiten nicht auf ein Ziel hin, auf eine Begnadigung, auf eine Art erträumten Wohlstand. Wir schieben nur unseren Tod hinaus. Niemand von uns wird seine Familie wiedersehen.«

Der Wein bewirkte, daß mir übel wurde. Stereths Stimme war leise, und keiner der anderen hatte ihn gehört. Gelächter und Gesang erfüllten den Raum um uns. Ich kam mir vor, als wäre ich mit einem Verurteilten in einer Blase von Schweigen gefangen. Mit einem verurteilten Propheten. Es war unerträglich, denn Stereths Logik zu folgen hieße, daß Ran seine Fähigkeiten dieser Bande zur Verfügung stellte und unser einziger Ausweg versperrt wäre.

»Andere Leute sind schon aus dem Sektor entkommen«, sagte ich. »Das passiert doch immer wieder.«

»Es ist dreimal passiert, wenn man Annurian nicht mitrechnet.«

Geschichtsforscher sind auf Ivory selten. Seine Stimme fuhr fort, unerbittlich klar: »Drei Revolutionen haben im Sektor angefangen. Sie begannen alle mit Banden der Gesetzlosen, die zu kleinen Armeen angewachsen waren. Nachdem sie alles genommen hatten, was sie auf der Hochebene nehmen konnten, marschierten sie gegen Shaskala und die Städte der Provinz Tuvin und machten sich auf den Weg hinab zur Küste. Dreimal in neunhundert Jahren.«

Hinab zur Küste hieß in Richtung auf die Hauptstadt. In jedem Fall geriet der Kaiser in Panik oder tat das, was angebracht war, je nachdem, von welchem Standpunkt aus man es betrachtete. Auf Ivory stürzen Revolutionen nie Regierungen und richten auch keine Demokratie ein; wenn sie zu einer Bedrohung werden, dann werden sie von der Kaiserlichen Regierung gekauft. Niemand feiert je den Tag, an dem eine Armee ihre erste Stadt befreite ... weil die Armeen immer zufrieden kehrtmachten, sobald sie mit Geld und Gunstbezeugungen überhäuft waren, und nach Hause gingen. Und niemand hat je auf diesem Planeten eine Revolte begonnen, die auf einer echten Vorstellung von Menschenrechten beruhte; die Leute kümmerten sich immer nur um ihre speziellen eigenen Rechte.

Venn der Pirat war der letzte vor Annurian gewesen, und seit ihm waren schon sechshundert Jahre vergangen. Er war auch unmittelbarer erfolgreich als Annurian. Er hielt sich nicht damit auf, etwas für seine Männer auszuhandeln, sondern übernahm direkt ein Ministeramt.

Ich lachte. »Vielleicht hat Ivory die richtige Vorstellung. Überall anderswo gäbe es Straßenkämpfe und allgemeine Gemetzel. Man weiß auf diesem Planeten, daß man gewonnen hat, wenn der Kaiser den Premierminister schickt, um anzufragen, was man denn will.«

»Ich glaube, er ist nicht unterwegs, um uns zu fragen, Tymon.«

»Aber man kann es erreichen. Annurian erhielt eine Begnadigung und am Ende das Amt des Premierministers.«

»Annurian war ein kriegerischer Mann. Ein General. Ich bin kein Annurian.«

»Der Kampf ist nicht das einzige Mittel, um Krieg zu führen. Ich meine, da gibt es noch die Politik. Die öffentliche Meinung. Es kommt in Wirklichkeit darauf an, den Kaiser zu ärgern, nicht darauf, Leute umzubringen. Schau die Helden vom Flußufer an. Die Schmuggler von Tarlton.«

»Von denen habe ich nie etwas gehört ...«

»Und natürlich Robin Hood.«

»Robin Hood?«

»Das war ein Erfolg in Öffentlichkeitsarbeit. Er raubte immerzu, und die kleinen Leute liebten ihn. Er mußte sie nicht einmal bezahlen, damit sie ihm halfen. Sie wollten ihm helfen, weil er ein Held war. Und selbst wenn es sich nicht so ereignete, wie die Geschichten es erzählen, dann bedeutet die Tatsache, daß die Legende das Denken der Leute so beschäftigt hat ...«

»Halt, halt!« Er goß mir noch mehr Wein ein. »Fang am Anfang an.«

Ich schaute in die Weinschale. »Ich sollte nicht noch mehr trinken. Alle hier haben mehr Körpermasse als ich.«

»Mach dir darüber keine Gedanken. Ich möchte mehr über Robin Hood hören.«

Ich nahm einen weiteren Schluck. »Oh, magst du auch Volkserzählungen?«

»Ich kann mich an ihnen nicht satthören«, sagte er in einem Ton absoluter Ernsthaftigkeit.

Aber meine Gedanken wanderten wieder zum Alkohol. »Du bist in soviel besserer Verfassung als ich, obwohl du mir deine letzte Schale gegeben hast. Wieviel Wein hast du getrunken?«

»Gar keinen.«

Ich dachte darüber nach. »Aber du hast einen Beutel Breed weggeraucht.«

»Außer daß er meine Augen rötet, hat der Rauch keine Wirkung auf mich. Ich bin eine Art biochemischer Ausnahmefall.«

»Einen Augenblick mal. Du bist der einzige auf der Party, der nicht betrunken ist.« Ich sagte es vorwurfsvoll.

»Sokol ist nicht betrunken.«

»Nein«, sagte ich langsam, »das ist wahr. Und weißt du was? Manchmal glaube ich, ihr gleicht euch, du und Sokol. Ich weiß nicht, wie ihr euch gleicht, aber ich glaube – ich glaube, nicht auf eine gute Art.«

»Robin Hood.«

»Was?«

»Du hast angefangen, mir von Robin Hood zu erzählen.«

»O ja. Nun, es beginnt in einem schönen grünen

Wald, der Sherwood Forest genannt wird, wo es niemals naß zu werden oder zu schneien scheint ... was ich angesichts der geographischen Lage für äußerst unwahrscheinlich halte.« Und ich erzählte ihm von Robin Hood. Ich hatte zu Hause auf Athena drei Aufsätze über Robin Hood geschrieben, und ich erzählte alles herunter, trotz des vielen Weins, den ich getrunken hatte.

Ich erinnere mich nicht, wie ich umkippte. Zu meiner Rechtfertigung muß ich sagen, daß vermutlich der Breedrauch, der die Luft erfüllte, etwas damit zu tun hatte. Und ich schlief den Schlaf der Betrunkenen und der Unschuldigen, und hatte keine Vorstellung davon, was Stereth mit dieser harmlosen kleinen Geschichte anfangen würde.

Das kommt heraus, wenn ein Bandit eine Erforscherin von Mythen und Legenden entführt.

KAPITEL 10

Man versuchte mich irgendwann am Morgen (meine ich wenigstens) aufzuwecken; aber ich wehrte mich dagegen, und nach einiger Diskussion irgendwo in der Ferne ließ man mich noch ein paar weitere Stunden das Verweilen im Unbewußten genießen. Als ich endlich aufstand, fand ich das Fort voller Geschäftigkeit, ohne das ziellose Geplauder und das Kartenspiel, die üblichen Beschäftigungen zwischen zwei Raubzügen. Ich hielt Carabinstereth an, die eine große Glasplatte mit farbigen Linien darauf vorbeischleppte, und fragte: »Was ist los?«

»Keine Zeit zum Reden, Tymon«, sagte sie, »muß das nach oben bringen.«

Ran war nirgendwo zu sehen. Ich wusch mich und wanderte draußen herum, um zu sehen, ob es irgend etwas zum Essen gab. Der Tag war grau und wolkig, mit Nebelschwaden, die die Wegspur zum Hügel verhüllten. Als ich nach draußen trat, kam ein Karren aus dem Nebel. Auf dem Kutschbock saß Clintris na'Fli. Es war ein offener Karren; eine Segeltuchplane bedeckte eine Menge Gegenstände auf der Ladefläche. Clintris sprang mit einem Plumps auf den Boden und rutschte auf dem nassen Gras aus. Sie sah mich und folgte mit den Augen meinem Blick auf den Karren. »Wo ist Stereth?«

»Ich weiß nicht. Ich bin gerade erst aufgestanden.«

Ein Stirnrunzeln verriet ihre Meinung über meinen Mangel an Disziplin. »Du hattest Wachdienst. Du hast nicht soviel getrunken wie ich«, sagte ich.

»Wenn ich soviel getrunken hätte, dann könnte ich besser damit umgehen als eine Tymon.«

Clintris sprach das Wort Tymon nicht mit Respekt und Zuneigung aus.

»Ruf Stereth und sag ihm, daß ich zurück bin«, verlangte sie.

»Finde ihn doch selbst, *Clintris*.«

Ihr Gesicht verdüsterte sich. Ich mag die einzige gewesen sein, die ihr je ihren Spitznamen ins Gesicht gesagt hatte, aber sie hatte ihn schon früher gehört. Ich weiß nicht, was als nächstes geschehen wäre, aber glücklicherweise erschien Stereth in der Tür. »Gut«, sagte er und setzte seine Brille auf. »Und genau rechtzeitig. Hast du alles bekommen?«

»Fast. Es gab nicht genügend Hämmer.«

Er zog die Plane vom rückwärtigen Teil des Wagens. Da waren allerhand Säcke aus einem unbekannten Material, die etwa den Umfang großer Mehlsäcke hatten, dazu Schaufeln, Pickel, Hämmer und anderes Werkzeug, ein leichtes Milizgewehr, und… war das eine *Badewanne?*

Ja, eine große ländliche Badewanne aus Metall, groß genug für drei Leute. Oder für fünf, wenn sie einander gut kannten.

»Genau, was wir brauchen!« sagte hinter mir Des fröhlich.

Stereth wandte sich um. »Zweifellos meinst du die Schaufeln und Hämmer.«

Des zog ein Gesicht und tat diesen Hinweis auf körperliche Arbeit mit einer Handbewegung ab. »Wir können das Wasser *erhitzen*, das da hineingehört.«

»Erfreue dich an ihr, solange wir sie haben«, sagte Stereth. Er zählte die Säcke.

Ran erschien im Eingang. Er sah ein bißchen blaß aus. Stereth blickte von den Säcken auf und begegnete Rans Blick. Ran drehte sich um und ging wieder hinein.

Ich folgte ihm nach drinnen und hörte dabei Schritte direkt hinter mir. Ich berührte Ran am Arm, und erst als er herumfuhr, merkte ich, daß Stereth dicht neben mir stand. Ran sagte: »Jetzt, wo du all diese Sache besorgt hast, brauchst du keine Unterstützung.«

Es klang wie eine Unterhaltung, die gerade erst unterbrochen worden war. Ich trat aus der Schußlinie und beobachtete sie beide.

»Um so mehr«, sagte Stereth. »Jetzt, wo es losgeht, wird dein Beitrag noch wertvoller sein. Nun wird er nicht auf irgendeine armselige Dieberei verschwendet.«

»Soll ich mich etwa geschmeichelt fühlen, daß meine Talente jetzt für etwas verwendet werden, das ernsteren Schaden anrichtet?«

»Ja, solltest du. Du wirst Geschichte machen. Schau dich hier um; niemand hier will dein Feind sein. Wir wissen, daß mächtige und komplizierte Zauberei der Vorbereitung bedarf. Wir werden dir alles Material zur Verfügung stellen, das du brauchst. Wir haben hier keinen NETZ-Anschluß, aber ich glaube, wir können jeden anderen Wunsch erfüllen, den du hast.«

Ran wurde zornig. »Kennst du die Strafen für den Einsatz der Zauberei als Waffe? Für ihren Einsatz in irgendeiner Weise, die der Kaiser für verräterisch hält?«

»Enthauptung. Was ist damit?«

»Enthauptung der ganzen Familie! Nicht nur des Schuldigen!«

»Aber niemand kennt deine Familie, Sokol.« Stereth lächelte. »Also brauchst du dir keine Sorgen zu machen, oder?«

Ran antwortete nicht. Stereth fuhr fort: »Es sei denn, du meinst, daß wir herausfinden, wer du bist. Aber wir würden niemals den Namen eines Bandenmitglieds an irgend jemanden verraten, nicht einmal, wenn wir alle auf dem gemeinsamen Schafott stünden.«

»Nein?«

»Nein. Nicht, wenn du ein angesehenes Mitglied wärest.«

Ran kniff die Augen zusammen. »Ist es dir schon gekommen, daß ich deinen Bedingungen zustimmen und dann dein Projekt sabotieren könnte? Nur ein Narr würde versuchen, einen Zauberer zu erpressen.«

»Wenn du etwas vorbringst, auf das ich noch nicht gekommen bin, dann werde ich es dich wissen lassen.« Seine Stimme klang wie ein Eispickel. Des war zu uns getreten, nun legte er seine Hand auf Stereths Arm.

Stereth atmete hörbar aus und sagte ruhig: »Also, der Tag ist noch jung. Du kannst dich einstweilen den anderen anschließen, die auf dem Dach arbeiten.«

»Wie bitte?« fragte Des. »Das Dach?«

»Auf dem Karren da draußen sind dreißig Säcke Schnellzement. Mal schauen, ob wir etwas gegen diese undichten Stellen tun können, oder?«

Des sagte widerstrebend: »Du meinst, auf das Dach klettern und dort etwas daran machen?«

»Es *reparieren,* ja, Des. Die Zeiten ändern sich. Wir müssen noch andere Dinge tun können außer stehlen.« Nach einem Augenblick fügte Stereth hinzu: »Nicht daß ich etwas gegen Stehlen hätte.«

»Könnten wir nicht einen Zimmermann kidnappen?« fragte Des.

Stereth klopfte ihm auf die Schulter, ging zum Feuer hinüber und klatschte in die Hände. »Alle mal herhören! Freunde, wir müssen uns unterhalten.«

Des flüsterte mir zu: »Das bedeutet, wir müssen zuhören.« Er steckte die Hände in die Jackentaschen und schlenderte zum Feuer hinüber.

Ich blickte Ran an. »Weißt du, um was es hier geht?«

»Ich bin mir nicht sicher«, sagte er. Wir traten zu der Gruppe am Feuer.

Grateth, Lex, Komo, Carabinstereth – die Exsoldaten standen beisammen, mit jenem unbeschwerten körperlichen Selbstvertrauen, das ich an ihnen mehr und mehr zu sehen lernte. Carabinstereths Fuß ruhte auf einem Bündel, das irgendeinem aus der Bande gehörte. Clintris na'Fli stand am Eingang, linkisch wie immer. Ich erinnerte mich plötzlich an eine Stimme, die gesagt hatte: »Du lebst nicht genug in deinem Leib.« Ein Hinweis, den ich vor ein paar Jahren bei meinem ersten Aufenthalt auf Ivory bekommen hatte. Ich denke, ich habe das jetzt überwunden, aber obwohl Clintris älter war als ich, schienen ihr Geist und ihr Leib sozusagen nicht einmal miteinander zu sprechen.

Cantry, Paravit-Col, Mora Sobien Ti. Juvindeth und Lazarin, die in der vergangenen Nacht Wachdienst gehabt hatten. Auf der anderen Seite des Feuers Des und Sembet Triol. Alle, die ich bis jetzt getroffen hatte, waren hier.

Stereth sagte: »Macht euch keine Gedanken, das wird nur ein paar Minuten dauern, dann können Komo und Paravit-Col wieder auf Wachposten gehen. Ihr müßt wissen, daß ich ein paar Änderungen vornehme.«

Es gab ein paar besorgte Blicke bei seinen Zuhörern. Er grinste. »*Freiwillige* Änderungen. Wem sie nicht gefallen, der ist frei zu gehen, und diesmal werde ich sogar die Transportmittel bis zu Tarniss Cords Gruppe oben bei Totenbrunn bereitstellen. Da kann dann keiner meckern, daß er auf sich allein gestellt hinausgeschmissen wurde.«

Jetzt wurden die Blicke argwöhnischer: was konnte da wohl noch kommen? Er sagte: »Zuerst überlegt, was wir hier haben. Wir sind ein Haufen unbedeutender Banditen und leben von einem Raubzug zum anderen. Ja, sicher, wir sind die besten in der Gegend, aber was bedeutet das? So sicher, wie ich hier stehe, wird jeder von uns mit dem Kaiserlichen Kragen um den Hals enden, wenn wir mal davon ausgehen, daß wir nicht bei einem Überfall sterben.«

»Ihr Götter, Stereth!« murmelte jemand. Einige wandten sich ab. Diese Art von Gerede wollten seine

Zuhörer nicht hören, und die logische Art und Weise, wie er es vortrug, erschreckte sie nur noch mehr.

»Hat jemand von euch hier schon einmal einen alten Banditen getroffen?« fragte er. »Ich nicht.« Er wartete einen Moment lang, dann sagte er mit sanfterer Stimme: »Ich warte nicht darauf, daß das geschieht. Ich habe andere Pläne gemacht. Ihr könnt mitmachen oder nicht; es liegt ganz bei euch.«

Ich fragte mich, ob er seine Sache so den Männern vorgetragen hatte, mit denen er aus dem Distriktsgefängnis von Tammas geflohen war.

»Was für Pläne?« fragte Des.

Stereth nahm die Brille ab, polierte sie und setzte sie wieder auf. Es dauerte mindestens dreißig Sekunden. Niemand bewegte auch nur einen Muskel.

»Ich werde jetzt nicht in die Details gehen«, sagte Stereth, »besonders weil ich nicht weiß, wer bleibt. Aber was ich vorschlage, ist, in die Fußstapfen von Annurian zu treten. Ich werde die gegenwärtigen Machthaber solange belästigen, bis sie mir eine Begnadigung anbieten – mir und allen, die bei mir sind.« Er lächelte. »Ich werde eine kleine Revolution beginnen.«

Ein Dutzend Leute begannen auf einmal zu sprechen.

»... wir sind nur eine Handvoll!«

»Wir sind keine Armee!«

»... keine Waffen, kein Training ...«

Stereth wartete, dann hob er die Hand. Schweigen trat ein, und er sagte: »Ich würde das nicht einmal versuchen, wenn ich nicht einen Plan hätte. Ihr müßt mein Wort dafür nehmen; habe ich bis jetzt unrecht gehabt?«

Schweigen. »Aber was ich jetzt tun werde«, sagte Stereth, »wird gefährlicher sein als jeder Raubzug, den wir bisher gemacht haben. Das ist der Grund, weshalb ich euch jetzt die Chance gebe auszusteigen. – Dabei bist du nicht eingeschlossen, Sokol. Du bleibst.«

Grateth meldete sich zu Wort. »Wenn man uns zu Rebellen erklärt, dann wird man uns vor der Hinrichtung noch *foltern*.«

Des Helani unterstützte Stereth sonst immer vor den anderen, aber jetzt sah ich ihn nicken, mit einem erschreckten Gesichtsausdruck. Anscheinend hatte Grateth Des aus der Seele gesprochen.

»Du kannst gehen, wenn du willst«, sagte Stereth. »Aber alle, die bleiben, sind bis zum Ende dabei – den ganzen Weg bis zu einer freien Begnadigung. Oder zum Schafott. Wo immer wir eben ankommen werden.« Er machte eine Pause, dann sagte er: »Wenn ich für mich selbst spreche, so habe ich nicht die Absicht zu sterben. Nie.«

Carabinstereth lachte und sagte: »Ich bin dabei.«

»Du mußt dich nicht sofort entscheiden«, meinte er.

»*Kanz*, warum nicht? Du bist kein Altruist, Stereth. Du würdest dies nicht tun, wenn du nicht schon die Chancen ausgerechnet hättest. Ich werde auf *deinen* Karren aufspringen, mein Lieber, und dich diese Begnadigung für uns beide finden lassen. Die Götter wissen es, diese Fahrt wird interessant.«

»Ich bin auch dabei.« Das war Sembet Triol. »Sie hat recht. Was haben wir zu verlieren?«

Jetzt begannen alle zu erklären, daß sie dabei waren. Ich kam zu dem Schluß, daß es gewissermaßen ein Tribut an Stereth war; sie mußten von seinen Fähigkeiten eine ziemlich hohe Meinung haben. Entweder das, oder sie waren sich nicht sicher, ob er es ernst meinte mit dem Transport der Aussteiger zu einer anderen Gruppe. Komo war einer der letzten, die sich festlegten. Er trat vor und brüllte aus übel riechendem Mund: »Tun wir's! Was können die uns noch antun, womit wir nicht schon konfrontiert sind?«

Des stand neben mir. »Folterqualen«, hörte ich ihn murmeln.

Stereth wandte sich um und sagte: »Des? Du bist der letzte. Bist du dabei?«

»Du kennst mich, Stereth.«

»Ja, ich kenne dich.« Seine Lippen zuckten. »In Ordnung ... Brüder und Schwestern. Von diesem Augenblick an haben wir eine Mission.«

Man hatte mich nicht gebeten, mich zu erklären. Einerseits war das eine Erleichterung – ich hatte mir darüber Sorgen gemacht, aber Stereth hatte offensichtlich erkannt, daß es keine gute Idee wäre, mich zu bedrängen, wenn Ran nicht mit der Sprache herausrückte – aber gleichzeitig bedeutete das, daß wir eher in der Kategorie der ›Geiseln‹ verblieben. Das heißt, mehr in der Kategorie der Entbehrlichen.

»Das beruhigt mich irgendwie nicht«, sagte ich zu Ran später, als die Dämmerung sich auf das Tal senkte. »Aber vielleicht ist es ein gutes Zeichen. Sie werden zu beschäftigt sein, um sich um uns zu kümmern.«

»Machst du Witze? Es ist hundertmal gefährlicher für uns, jetzt hier zu sein, wenn *er* es ernst meint.« Es war nicht notwendig zu fragen, wer *er* war.

»Wie meinst du das?« fragte ich mit einer gewissen Gereiztheit. Wieviel schlechter konnte es eigentlich nach all dem noch kommen? Und wollte ich das wirklich wissen?

»Falls jemand herausfindet, daß zwei Cormallons hier waren, verwickelt in einen ausgesprochenen Aufstand ...«

»Ach, die verdammten Cormallons! Die Familie, die Familie, die Familie! Die Cormallons können für sich selbst sorgen, das haben sie schon tausend Jahre getan! Was ist mit *uns*? Wir sind doch in Gefahr!«

Ran schaute mich überrascht an. »Die Cormallons sind doch *wir*«, sagte er.

Ich hatte das Gefühl, daß ich ihn tief erschreckt hatte. Aber ich hatte die Nase voll von all der Sorge und Zuneigung, die er seinem Haus widmete – ich wollte, daß er ein bißchen davon mir widmen würde. Oder zumindest uns. Wenn wir auf der Hochebene an Vergiftung durch verdorbenes Wasser starben, dann würde ich bestimmt nicht zuerst an die Cormallons denken.

»Wir müssen sofort abhauen«, sagte er.

»Was meinst du mit sofort?«

»Du kennst jetzt den Weg nach Kynogin…«

»Das ist aber schon auch alles, was ich weiß. Außer der Tatsache, daß dein Gesicht in jedem Marktort des Sektors plakatiert ist. Was planst du? Etwa eine kosmetische Operation?«

»Eine eingepflanzte Illusion…«

»Eine eingepflanzte Illusion muß individuell für jeden Empfänger ausgeführt werden. Sobald wir mehr als zwei Leute treffen, wirst du sie nicht mehr aufrechterhalten können. Glaubst du, ich hätte vergessen, was du mich gelehrt hast?«

Er stieß einen Stein aus dem Weg, mit mehr Kraftaufwand als notwendig. »Ich weiß, daß es gefährlich ist, aber wir haben keine Alternative. Schau her, Tymon, wir müssen uns von diesen Leuten trennen! Ihr großen pfuschenden Götter, eine bewußte Rebellion gegen den Kaiser? Je größer die Entfernung zwischen uns und ihnen ist, desto besser!«

»Ich dachte, wir waren uns einig, daß wir mehr Informationen brauchen, bevor wir einen Fluchtversuch wagen können. Es ist nichts geschehen, was diesen Entschluß ändern könnte, aber es ist vielleicht etwas geschehen, das uns bewegen könnte, länger zu bleiben.«

»Aus welchem Grund sollten wir bleiben?«

»Nun, was ist, wenn Stereth seine Begnadigung bekommt? Dann wären wir frei ohne irgendwelche Schwierigkeiten.«

Er wiederholte in einem bedenklichen Ton: *»Was ist,*

wenn Stereth seine Begnadigung bekommt ...« Er sagte dies mit einem Grollen, das klang, als ballte sich da eine Kraft zusammen zu einem lauten und unangenehmen Ausbruch.

In diesem Augenblick rief jemand: »Tymon! Sokol! Mora möchte, daß du ihr zur Hand gehst, Tymon, und Carabin möchte dich im Stall haben, Sokol.« Es war Sembet Triol, der in das von Dämmerlicht erfüllte Tal hinaustrat wie in einem Bild aus einer Geschichte, das Gesicht vom Licht der Halle überglänzt.

Ich blickte auf Rans Gesicht und sah die Jalousie fallen. Wie schaffte er das so schnell? Ran wurde selten zornig, und das niemals in Gegenwart von Außenstehenden. Eine kalte Höflichkeit war das höchste, was sie je zu sehen bekamen. Ich berührte seinen Arm und sagte: »Wir werden später darüber sprechen.«

Er ging los und folgte Sembet zu den Stallungen. »Es gibt nichts zu besprechen«, sagte er.

Höflich.

Es vergingen acht Tage. Trotz der kühlen Luft der Hochebene schwitzten Ran, Des und Sembet mit entblößtem Oberkörper auf dem Dach. Weil er sich Seite an Seite mit jemandem abplackte, der von höherer Geburt war als er selbst, schien Ran das Thema passende Arbeit zu meiden. Mora Sobien Ti und Paravit-Col schlugen einige Steine der Nebengebäude des Forts ab und trugen sie aufs Dach als Material für die Reparaturarbeiten. Nachdem das Hauptdach gesichert war, arbeiteten sie auf dem Küchenhaus und dem Stall weiter.

Unsere ›Diskussion‹ über Fluchtmethoden wurde nicht mehr fortgesetzt. Einstweilen mieden wir beide das Thema und hielten uns an die alltäglichen Erfordernisse des Lebens in der Klosterfestung.

Als ich eines Morgens Mora half und einige der Steine trug, die wir von einem Schuppen unbekannter

Bestimmung abgerissen hatten, da blickte ich hinauf zum Dach der Küche. Überraschend war die Sonne, so wie sie es im Nordwest-Sektor tut, für eine Stunde herausgekommen; die ständige Brise drückte das lange Gras nieder. Des, der größte von den dreien, beugte sich über den Dachfirst und schöpfte Dichtungsmittel aus einem Eimer. Sembet kniete dort mit einer Maurerkelle und strich es gleichmäßig über die Steine. Ran stand am Rand des Daches, wo ein Flaschenzug errichtet worden war, um die Steine, die wir brachten, nach oben zu holen. Ich schickte den neuen Haufen hinauf, und er zog ihn hoch, winkte mir und trug die Steine zu Sembet.

Sie waren alle jung, tüchtig und voller Leben, und ich ertappte mich bei dem Gedanken, daß es sich fast lohnte, von einem Haufen Banditen entführt zu werden, wenn ich dafür den Anblick dreier Männer, die ich mochte, und ihrer entblößten Oberkörper genießen konnte. Sofort tadelte ich mich dafür. Solche frivolen Gedanken brachten uns nicht weiter. Trotzdem wandte ich mich zu Mora und hörte mich sagen: »Es ist gut, lebendig zu sein, nicht wahr?«

Sie blickte zum Dach empor, grinste und trottete fort, um weitere Steine zu holen.

»Wir hätten uns das Hauptdach für zuletzt aufheben sollen«, sagte Des an diesem Nachmittag. »Jetzt, wo wir praktisch professionelle Dachdecker sind, hätten wir die Arbeit besser gemacht.«

»Ihr meint, ihr hättet jetzt den Dreh raus?« fragte Stereth. Er lag ausgestreckt mit dem Kopf in Cantrys Schoß und sah in jeder Hinsicht aus wie ein respektabler, sorgloser Bürger an seinem freien Tag.

»Sembet und ich können den Schnellzement in etwa fünf Sekunden in einem Eimer mischen und für jede verdammte Härtungszeit einrichten, die wir wollen«, erklärte Des. »Und er ist ein Künstler mit der Kelle –

ich glaube, ihr werdet in zwei Jahren nicht mehr herausfinden können, wo wir repariert haben.«

»Wie steht es mit Sokol?«

»Sokol ist auch nicht schlecht«, sagte Sembet Triol, der erschöpft am Eingang saß. »Und er weiß es, auch wenn ich glaube, daß er es nicht zugeben wird.«

»Er würde einen guten *Lehrling* abgeben«, sagte Des boshaft.

Obwohl er müde war, polierte Sembet wieder sein Zeremonialschwert. »Werden wir uns als Truppe umherziehender Hausbauer verdingen?« sagte er.

»Nein, Stereth, nein«, sagte Des, und er meinte seine Warnung ehrlich. »Ich könnte mir damit nicht meinen Lebensunterhalt verdienen. Du bist mir zwar ein guter Freund, aber das wäre doch zuviel verlangt.«

»Des, glaube mir, ich werde nie von dir mehr verlangen, als du vollbringen kannst.«

»Du sagst mir immer, ich könnte alles tun.«

»Und du stimmst mir immer zu.«

Zugegeben, sie waren gefährliche Leute, aber ich würde sie vermissen, wenn sie alle hingerichtet würden. Die Chancen, daß Stereth für sie eine Begnadigung erreichte, waren außerordentlich vage.

Stereth setzte sich auf, küßte Cantrys Hand und sagte: »Des, komm einen Augenblick zu mir. Ich möchte dir ein paar Bilder zeichnen.«

Er hatte das schon mit einigen Mitgliedern der Bande gemacht. Ich beobachtete, wie Des zu ihm ging und sich vor eine große Glasscheibe stellte, auf der Stereth mit einem Markierer bunte Linien in abwaschbaren Farben malte. Dann legte er die Glasplatte auf etwas, das wie eine Landkarte aussah.

Ran kam ins Fort und ging direkt auf die Wasserkrüge zu, um den Schweiß und das Dichtungsmittel von seinen Händen abzuwaschen. Er hielt neben Des und Stereth an und schaute ihnen einen Augenblick ruhig zu, bevor er seinen Weg fortsetzte.

Ich ging zu ihm. »Weißt du, was da vor sich geht?« fragte ich leise und deutete mit einem Kopfnicken auf das Paar.

»Ich habe keinen blassen Schimmer.«

»Hat dir Stereth keinen Hinweis gegeben, als er dich unter Druck setzte mitzumachen?«

»Er hat nur ganz allgemein gesprochen.« Ran wischte den Hals mit einem Waschlappen. Er blickte zu der Badewanne hinüber, wo Paravit-Col und Mora unbekümmert herumplanschten. Ran badete nicht mit Fremden.

»Warum bist du so spät gekommen? Des und Sembet sind schon seit einer Stunde hier.«

»Clintris na'Fli ist mir solange auf die Nerven gegangen, bis ich bereit war, auch noch das Dach des Vogelhauses zu reparieren.«

Das überraschte mich in mehr als einer Hinsicht. Ran leistete freiwillig Handarbeit für ein Mitglied der Bande? Ganz zu schweigen davon, daß er Clintris nicht einmal mochte. Meine Überraschung muß am Gesicht ablesbar gewesen sein, denn er lächelte. »Es bringt nichts, wenn die Vögel sich nicht wohlfühlen. Sie hassen die Nässe.«

»Ich wußte nicht, daß Clintris sich um die Botenvögel kümmert.«

»Ich glaube, sie mag sie lieber als Menschen.« Er warf den Waschlappen hin und ging zu seiner Schlafstelle.

Er streckte sich aus, und ich setzte mich neben ihn. Ich zögerte, dann sagte ich: »Weißt du, was in drei Tagen ist?«

»Anderthalb Monde«, sagte er. Segen über sein Herz! »Ich habe darüber nachgedacht. Ich weiß nicht, wie wir die Kuchen machen oder auch etwas ungestört sein können.«

»Vielleicht sollten wir es verschieben.«

Er setzte sich auf. »Nein, nein, nein. Schlag dir das aus dem Kopf, Tymon.«

Alle haben Pläne, und keiner will auf mich verzichten. Stereth nicht, Ran nicht, Kylla nicht, wenn es ihr paßte, und auch der Beamte in der Botschaft von Athena nicht. Einige von ihnen mögen mich sehr, aber sie alle haben keine Hemmungen, über mein Leben zu verfügen. Tatsächlich tun sie das um so lieber, je näher sie mir stehen.

Wir saßen da, und ich beobachtete die beiden Badenden in der Wanne. Paravit-Col war jung, der kleine Bruder von allen, mit einem reizenden Mangel an Selbstbewußtsein und einem Geschmack hinsichtlich der Kleidung, der noch protziger war als in der Bande üblich. Mora Sobien Ti war eine der ältesten hier, vielleicht in den Fünfzigern nach Standardrechnung; sie hatte zwar graues Haar, aber ein gutes Gesicht und eine gute Figur. Sie hätten aus fast jedem Teil von Ivory kommen können, aus jeder beliebigen Familie, von den entgegengesetzten Enden des Kontinents und der sozialen Stufenleiter. Anhand ihres Akzents konnte man es nicht feststellen. Sie waren schon zu lange im Nordwest-Sektor gewesen, und ihre Redeweise hatte die Entwicklung zur ›Straßensprache‹ mitgemacht. Aber sie räkelten sich im heißen Wasser mit der Unbekümmertheit alter Familienmitglieder und verletzten dabei mehr als eines der Tabus von Ivory. Vermutlich wurden viele Barrieren dadurch beseitigt, wenn man *cantry tar'meth* war.

Ran saß unbeweglich auf seiner Bettstatt. Ich fühlte die Wärme seines Körpers, und auch seine Spannung. Was auch immer dadurch geschah, daß man *cantry tar'meth* war, ich spürte, daß er es bei sich nicht geschehen lassen würde.

»Wach auf, Tymon«, sagte Stereth. »Wir gehen auf ein Abenteuer.«

Ich öffnete die Augen und sah seine Stiefel in der

Nähe meiner Hand. »Es ist mitten in der Nacht«, sagte ich.

»Es gibt keine bessere Zeit.«

Die anderen bewegten sich leise umher, zogen sich an und erfrischten ihre Gesichter mit Wasser. Des, Lex und Carabinstereth – die drei, die am längsten vor der Glasplatte verweilt hatten –, waren schon angezogen. Stereth nickte Lex zu. Lex ging hinaus, zweifellos, um die Ställe zu öffnen.

»Ich möchte nicht bei einem weiteren Viehdiebstahl mitmachen.« Meine Stimme klang wie die eines dreijährigen Kindes, das sich weigert, seinen Haferbrei zu essen, aber trotzdem meinte ich es ernst.

»Fein, Tymon«, sagte Stereth geduldig.

»Ich meine es ernst!«

»Wir gehen kein Vieh stehlen. Zufrieden? Jetzt steh auf.«

Ran zog ein kurzes Obergewand an, aber ich blieb sitzen. »Wenn wir keinen Viehdiebstahl unternehmen, wohin gehen wir dann?«

»Egal, wohin wir gehen«, sagte Des, »du wirst die einzige sein, die nicht dafür angezogen ist.«

»Zum Teufel mit euch«, sagte ich, ohne zornig zu sein, und suchte nach meinen Socken.

»Du bist unausstehlich, wenn du gerade aufgewacht bist«, sagte Des.

Kurze Zeit später stellte Stereth uns in Stiefeln und Jacken und halbwach in eine Reihe, um uns zu inspizieren. Er schüttelte den Kopf. »Was für eine Truppe. Wißt ihr, ich habe meine grauen Haare nicht damals im Tammas-Distrikt bekommen.«

»Das hast du uns schon x-mal erzählt«, sagte Mora.

»Es stimmt. Erst als ich euch traf, habe ich gelernt, was es heißt, sich Sorgen zu machen. Stereth Tar'krim zu sein hat mir Jahre meines Lebens geraubt.«

Mora machte ein derbes Geräusch. Während ich so mit der Bande dastand, empfand ich – obwohl ich es damals nicht analysierte - ein Gefühl von Nähe, etwas, das man nach Aussagen der Ivoraner hinsichtlich einer Familie empfindet. Dieses Gefühl war – was ich auch nicht wußte – normal unter Banditen direkt vor einem Unternehmen. Wir waren uns alle bewußt, daß etwas Gefährliches auf uns zukam, aber ich hatte keine Angst. Nun ja, ich hatte etwas Angst, aber sie war so gering, daß ich mit ihr fertig wurde; mir erschien meine Situation eher komisch als verzweifelt. Vor einem Unternehmen lacht man viel mehr, aber auch das wußte ich nicht.

»Alle atmen bitte«, sagte Stereth, und es gab Gelächter. Ich war überrascht, als ich erkannte, daß ich den Atem angehalten hatte.

»Und werdet nicht zu aufgeregt«, fuhr er fort, »denn das ist noch nicht das eigentliche Ereignis. Es ist nur eine Probe.«

Ihr Götter, ich war fast enttäuscht. Was war denn mit mir nicht in Ordnung?

»Es ist Zeit, euch darüber aufzuklären, was wir tun werden«, sagte er. »In zehn Minuten werden wir nach Norden reiten, wo die Straße aus der Mitte der Ebene in die Straße nach Shaskala mündet. Zu einem späteren Zeitpunkt werden zwei Bodenwagen diese Straße von Westen herunterkommen. Jeder Wagen wird sieben- bis achthunderttausend Tabals geladen haben.« Als er die verblüfften Blicke seiner Zuschauer sah, sagte er: »Es ist sind die quartalsmäßigen Steuergelder von den nördlichen Höfen und Viehfarmen.«

»Ihr Götter, Stereth, werden wir das stehlen?« fragte Paravit-Col verblüfft. Vor Überraschung sah er aus wie ein kleiner Junge.

»Ja.«

»Aber ein *Bodenwagen* – wir können keinen Bodenwagen angreifen. Wir haben nur Reittiere und Karren – und Messer ...«

Stereth lächelte kühl. »Und die Bodenwagen werden auch noch gepanzert sein.«

»Ihr Götter!«

Des meldete sich zu Wort. »Stereth hat alles geplant. Es wird funktionieren. Würde ich wohl mitgehen, wenn ich nicht dächte, daß es funktioniert?«

»Ihr alle habt gesagt, ihr seid dabei«, erinnerte Stereth sie. »Ich habe euch gesagt, es würde gefährlicher sein als das übliche Unternehmen.«

Lazarin sagte: »Aber Bodenwagen ...«

»Ich erwarte, daß es hierbei keine Verluste gibt«, sagte Stereth in seinem Buchhalterton. »Falls ich unrecht habe, falls jemand verletzt wird, dann erneuere ich mein Angebot über sicheren Übertritt zur Bande von Totenbrunn. Niemand muß mitmachen, dem es nicht behagt.« Sie blickten einander an. »Aber wenn ich recht habe und wir erfolgreich sind – dann möchte ich von keinem je wieder einen Widerspruch hören. Wir werden sehr beschäftigt sein, und ich habe keine Zeit dafür übrig, mich mit meinen eigenen Leuten zu streiten.«

Einer nach dem anderen nickte. »In Ordnung«, sagte Paravit-Col.

»Ich möchte euren Straßeneid darauf haben«, sagte Stereth.

Zunächst herrschte Schweigen. Dann sagte Carabinstereth: »Meinen hast du.«

»Und meinen«, sagte Komo.

Die anderen Exsoldaten folgten, und dann der Rest der Bande.

Niemand fragte mich nach meinem Eid. Ich war erleichtert. Aber meine Gefühle waren auch verletzt.

Draußen warteten die Reittiere im aufkommenden Nebel. Ein Karren war ebenfalls bereit; Clintris kletterte auf den Kutschbock. Ich hörte Grateth sagen: »Wie steht es mit Gefangenen? Es werden zwei

Mann in jedem Wagen sein, das ist bei der Miliz üblich.«

»Falls ein paar sich schnell genug ergeben, dann werden wir sie für ein Lösegeld gefangennehmen«, sagte Stereth. »Andernfalls ist es zu gefährlich. Wir töten sie so schnell wie möglich.«

Ich ließ die Leine meines Reittiers fallen, und es wich überrascht zurück. Irgendwie hatte ich nur Gefahr für mich selber erwartet.

Nein, dachte ich. Nein. Ich kann keine weitere Verantwortung mehr übernehmen. Ich kann es einfach nicht.

Ich war schon auf halbem Weg zurück zum Fort, als Des mich einholte. »Meine Liebe, was ist denn los?«

»Ich kann nicht mitgehen.«

Einige der anderen traten zu uns. Carabinstereth und Mora, Lex und Lazarin erschienen aus dem Nebel. Ich konnte gerade noch Stereth hinter ihnen ausmachen. Ran war nirgends zu sehen, und ich ertappte mich bei der Hoffnung, daß er nicht gerade diesen Augenblick für einen Fluchtversuch gewählt hatte, denn damit fertigzuwerden wäre für mich jetzt wirklich zuviel. Natürlich wäre Ran nie weggeritten und hätte mich zurückgelassen, aber ich war zu aufgeregt, um richtig denken zu können.

»Ich kann nicht gehen«, sagte ich wieder. »Es tut mir leid.«

»Wo liegt das Problem?« fragte Des.

»Ich bin Wissenschaftlerin aus Athena«, erklärte ich und kehrte zu der einzigen Klassifikation aus meiner Vergangenheit zurück, die ich je bewußt gewählt hatte. »Ich entführe keine Menschen für Geld und ich bringe sie nicht um.«

Niemand sagte mir, daß ich mich wie ein Idiot aufführte. Sie schauten mich alle nur an, und einige von ihnen wandten sich ab und kehrten zu ihren Aufgaben zurück. Des befestigte eine Messerscheide an seinem

Gürtel, dann klopfte er mir auf die Schulter. »Jeder hat solche Augenblicke, Tymon. Aber lebe nicht in der Vergangenheit. Damit kommst du nicht sehr weit.« Und er ging zu seinem Reittier zurück, als wäre die Sache damit erledigt.

Ran tauchte bei mir auf. Stereth winkte den anderen, und sie gingen fort, nur Ran blieb. Stereth trat zu mir und sagte: »Hast du schon einmal jemanden getötet?«

Wahrscheinlich hätte ich lügen können, aber ich nickte.

»Einen Fremden? Oder jemanden, den du kanntest?«

»Einen Freund.«

Ran warf mir einen schnellen Blick zu, sagte aber nichts. Stereth grinste und legte eine behandschuhte Hand schwer auf meine Schulter. »Du bist für den Sektor geboren«, sagte er und zog mich zu den Reitern. »Los, ich helfe dir hoch.«

Und dann ritt ich benommen hinaus in den feuchten nächtlichen Nebel.

Unterwegs regnete es zweimal, was mir für diese Jahreszeit seltsam erschien; aber schließlich ist die Hochebene auch eine seltsame Gegend. Im Süden, auf Cormallon, würden wir uns jetzt dem Hochsommer nähern. Blaue Blumen, die Herox genannt wurden, kamen um diese Zeit heraus, und die Felder waren voll von ihnen. Ich hatte Cormallon nie zu dieser Zeit gesehen und hatte vorgehabt, es dieses Jahr zu besuchen. In der Hauptstadt wird es in dieser Zeit während der Mittagsstunden sehr ruhig, und jeder, der konnte, schuf sich etwas Schatten mit Tüchern und Stöcken oder den Seitenwänden von Karren. Und Shaskala wurde nur durch seine Höhe davor bewahrt, völlig eingeäschert zu werden.

Aber hier oben auf der Hochebene, die durch Wolkenschichten geschützt war, konnten wir noch den größten Teil des Tages Jacken tragen. Vielen von den anderen gelang es sowieso, sich von der Sonne bräunen zu lassen, zum Beispiel Des durch seine Arbeit auf dem Dach. Trügerischerweise kam es einem jedoch kühl vor, und der ständige Wind blies uns bis auf die Knochen, und der Regen fiel. Zweimal.

Ich wollte einfach nicht mehr hier sein. Ich wollte auch nicht auf Cormallon sein. Ich wollte irgendwo für mich allein sein, in einem kleinen Haus mit einem bequemen Stuhl im ausländischen Stil auf einer Veranda und, soweit ich in die Zukunft schauen konnte, keinerlei Verpflichtungen. Nicht auf Athena, und, wie die Götter wußten, auch nicht auf Pyrene. Gab es einen Ort, wo ich wirklich sein wollte?

»Direkt hier«, rief Stereth und ließ uns alle anhalten. Auf einem Hügel stand ein Wäldchen aus verkrüppelten Bäumen, von dichtem Buschwerk umgeben; für die Hochebene war es praktisch ein Dschungel. Ich glitt vorsichtig von meinem Reittier und band es an einem Baumstamm fest. Ich habe keine Abneigung gegen große Tiere, aber sie machen mich nervös. Ich bevorzuge die Kalkulierbarkeit der modifizierten Tiere gegenüber den natürlichen Kreaturen – es ist schade, daß es nicht auch die Menschen modifiziert gibt. Und, den Göttern sei Dank, ich mußte nicht mit Pferden fertigwerden, mit dieser altmodischen Art, die Rans Familie mochte. Ich hätte mich schon längst unsterblich blamiert.

Der Nebel hob sich etwas. Stereth blickte sich schnell in der ganzen Bande um; auf jeden einzelnen kam es an. Ich zweifelte nicht, daß er es sofort wüßte, wenn wir den kürzeren zogen. Dann nahm er uns unter den zwei Monden auf den Gipfel des Hügels und gestikulierte, als ob er uns die Königreiche der Welt anbieten wollte.

Was wir sahen, war eine sandige schmale Straße, geeignet für stabile Bodenwagen, falls sie nicht zu groß waren. Der meiste Verkehr, den sie vermutlich je erlebte, war gelegentlich ein Reittier oder ein Karren, oder ein halbes Dutzend Ochsen, die zum Markt geführt wurden. Für jemand mit meiner Herkunft waren die riesigen menschenleeren Räume dieses Planeten schwer zu akzeptieren. »Zeit für die Probe«, sagte Stereth. »Die Wagen kommen aus dieser Richtung. Tymon, Komo und Cantry werden hier bei mir in diesem Wäldchen sein, die meisten der anderen in der Baumgruppe auf dem Hügel drüben auf der anderen Seite – Carabinstereth hat dort die Leitung. Geht hinüber, gewöhnt euch an euren Platz und an das, was ihr von dort aus sehen könnt. Des, du wirst die Mannschaft für die Straße führen. Such dir aus, wer dir helfen soll. Falls Lex einen Vorschlag hat, dann höre lieber auf ihn. Dein Leben wird in seinen Händen sein.«

Des hatte seine üblichen Faxen völlig abgelegt und sprach ganz geschäftsmäßig: »Grateth, Komo, Sembet, Sokol – packt mit an. Holt euch Schaufeln vom Karren.« Ich schaute auf den Karren, der jetzt in der klarer werdenden Luft deutlich zu sehen war. Guter Himmel, war etwa da die Badewanne hinten aufgeladen?

Ja. Des' Männer holten sich ihre Schaufeln, und er führte sie die Straße hinab. Sie begannen zu graben.

Einige Stunden später war eine Menge geschehen: Etliche Bandenmitglieder waren über die Hügel und die Straße hin- und hergeschickt worden; Lex na'Valory hatte sich dreimal heftig mit Des gestritten, und zigmal weniger heftig; und ein großes Loch von etwa einem Meter Tiefe war in der Mitte der Straße gegraben worden. Es hatte auch ein Dutzend Einzel- und Kollektivbesprechungen gegeben, in die ich nicht einbezogen worden war.

Gestützt von dünnen Zweigen wurde eine Decke über das Loch gebreitet, Erde und Kieselsteine wurden darauf gestreut. An der Nordwand der Grube hatte man auch ein seitliches Loch gegraben, mehr oder weniger von der Größe eines Grabes. Sein Boden lag nicht auf gleicher Höhe wie der Boden der Grube, sondern befand sich etwa zwei Handbreiten darüber. Des zeigte, wie ich sah, ein lebhaftes Interesse an allem, was mit dieser Grube zu tun hatte. Er legte sich sogar einen Augenblick in das seitliche Grab.

Ich wußte nicht, was in dem Wäldchen auf der anderen Seite der Straße vor sich ging. Der Karren und seine Ladung waren verschwunden, und ein Wassergraben, der den Hügel hinabführte, war verbreitert worden. Sembet ging einige Male diesen Graben auf und ab, bevor er wieder zwischen den Bäumen verschwand.

Lex na'Valory war das einzelne leichte Gewehr anvertraut worden. Ich bezweifelte, ob dies klug war, aber ich schwieg und behielt den Zweifel für mich. Ich war Lex gegenüber immer höflich – man wußte nie, was ihn in die Luft gehen lassen würde.

Stereth sah, wie ich die aktivsten Mitglieder der Bande beobachtete, während er auf dem Hügel jenseits des Weges von einer Stelle zur anderen ging, und er mußte meinen Gesichtsausdruck gelesen haben. »Lex ist der beste Schütze im Sektor«, sagte er.

»Lex?« Ich hatte nie über seine Vergangenheit nachgedacht. Ich hatte mir eher vorgestellt, daß er erwachsen und als latenter Psychotiker aus dem Armeegefängnis entsprungen war.

»Du machst dir gerne Sorgen, nicht wahr?« sagte Stereth freundlich. »Lex wird seinen Part erledigen. Entspanne dich.«

Ich wäre viel entspannter gewesen, wenn ich in Shaskala bei meinen Flitterwochen und dem Routinefall gewesen wäre, und wem hatten wir das zu verdanken? Ich sagte es allerdings nicht. Schließlich hatte Stereth versucht, mich zu beruhigen.

In der Morgendämmerung machten wir eine Frühstückspause: Brot, kaltes Fleisch und Bohnen vom gestrigen Abendessen, hinuntergespült mit sauberem Wasser aus den Feldflaschen. Danach sagte Des: »Sind wir fertig? Haben wir alles geübt?«

»Wir haben alles geübt«, stimmte Stereth zu.

»Bedeutet das, wir können jetzt heimgehen und schlafen?« fragte ich.

»Das bedeutet, wir sollten alle gehen und unsere Positionen einnehmen«, sagte Stereth. »Die Wagen werden in etwa einer Stunde vorbeikommen.«

Das Schlafbedürfnis verschwand völlig. Stereth wußte genau, was er sagen mußte, um einen Adrenalinstoß auszulösen.

Ich dachte, das war nur eine Probe«, sagte ich.

»Wir haben geprobt«, sagte er, »jetzt brauchen wir ein Publikum.«

Des grinste, und ich schaute ihn vorwurfsvoll an. Unter Druck schien seine körperliche Feigheit zu verschwinden. Meine jedoch nicht, offen gesagt.

Cantry kam zu Stereth und mir auf unseren Hügel, und die anderen verschwanden in das Wäldchen auf der anderen Seite des Weges – außer Des, der sich selbst in das Grab senkte.

»Was macht er da?« fragte ich Stereth.

Sembet kam durch den Graben herunter und schüttete zuvorkommend noch mehr Erde über den Eingang zu Des' Loch. Als er damit fertig war, stampfte er den Boden fest. Jetzt gab es für Des einen Ausweg nur noch durch die eigentliche Grube.

»Stereth?« sagte ich.

»Er ist schon okay.«

So saßen wir also da und warteten. Cantry war schweigsam wie gewöhnlich. Vielleicht war sie eine Quasselstrippe, wenn sie mit Stereth allein war, aber in meiner Gegenwart redete sie nichts. Wie ich später herausfand, mußte sie sich in diesen Stunden sehr viel Gedanken gemacht haben.

Eine dreiviertel Stunde später hörte ich das Geräusch der Bodenwagen. Stereth nahm Cantrys Hand. Er sagte: »Fertig?«

Ich blickte zu ihnen hinüber. Er hatte nicht mich angesprochen. Cantrys Augen waren geschlossen, und selbst für eine Barbarin war sie bleich.

»Stereth …«, sagte sie.

»Du schaffst es.« Er stellte sich hinter sie und legte seine Hände auf ihre Schultern, als könnte er seine eigene Gewißheit körperlich auf sie übertragen.

Eine weitere Minute verging. Jetzt konnte ich die Wagen sehen: Stumpfes Metallgrau, mit den goldenen Abzeichen der Provinzmiliz.

Stereth sprach mit seiner üblichen kühlen Stimme. »Sie sind eine halbe Meile entfernt, an der Biegung der Straße. Grau mit goldenen Markierungen.«

Cantrys Gesicht war gespannt wie eine zusammengeballte Faust. Die Wagen kamen näher. Ich begriff nicht, von welchem Nutzen die Grube sein sollte; der erste Wagen mochte zwar hineinfahren, aber der zweite würde einfach anhalten und zwei Männer mit leichten Gewehren würden herausspringen. Und das auch nur, wenn die Grube überhaupt eine Wirkung hatte – ein stabiler Bodenwagen, der für dieses Terrain gebaut war, würde wahrscheinlich einfach von selbst wieder herausfahren. Dann würde der zweite Wagen das Loch umfahren und sie würden ihren Weg fortsetzen und uns als eine Bande Narren zurücklassen … falls es den Göttern gefiel. Wenigstens würde dann niemand auf uns schießen.

Ich hatte gehört, wie Stereth Des zuvor gesagt hatte, noch niemand habe jemals einen Steuertransport angegriffen. Er hatte es gesagt, als wäre es zu unserem Vorteil, aber ich verstand es als Beweis der Vernunft der übrigen Welt.

»Fast«, sagte Stereth, »fast … *jetzt*. Jetzt!«

Ich sah, wie der Wagen abrupt ausbrach und halb

auf das Gras hinauffuhr. Dann brachte der Fahrer ihn wieder in die Mitte der Straße, *jenseits* der Grube. Soviel für Stereths Strategie, worin auch immer sie bestanden hatte.

»Gut«, sagte Stereth. »Perfekt, mein Schatz, du warst perfekt.«

Cantry öffnete die Augen und holte zitternd tief Luft. Stereth küßte sie auf die Wange, ohne seine Aufmerksamkeit von der Straße abzuziehen.

Der zweite Wagen, der kein Hindernis sah, fuhr weiter in der Mitte der Straße. Als er auf die Grube stieß, fiel er ganz plötzlich hinein, als hätte sich auf wunderbare Weise in der Erde ein Liftschacht geöffnet. Im gleichen Augenblick sah ich, daß die Farbe des Grabens auf dem anderen Hügel von braun zu grau gewechselt hatte.

»Was, zum Teufel ...«, sagte ich.

»Schnellzement«, erklärte Stereth, der mich auch nicht anschaute. Hinter der Brille funkelten seine Augen.

In der riesigen Badewanne gemischt und dann ausgeschüttet. Jetzt endlich erkannte ich die Zusammenhänge. In meiner Vorstellung erschien ein deutliches Bild der Banditen, wie sie sich anstrengten und die Badewanne über dem Beginn des Grabens auskippten. Der Schnellzement würde binnen Sekunden hart werden ... falls sie ihn korrekt gemischt hatten.

Der Wagen in der Grube dröhnte und rumpelte gegen die Grubenwand. Jetzt bedeckte der Schnellzement den Boden des Loches. Der vordere Wagen, dessen Insassen sahen, was geschah, hatte angehalten und fuhr zurück. Der Wagen in der Grube versuchte ein zweitesmal herauszukommen, hatte aber nicht genügend Schwung. Er fuhr weiter zurück für einen dritten Anlauf.

Die Türen des vorderen Wagens öffneten sich und ein Mann im goldenen Wams eines Teilzeitoffiziers der

Miliz stieg aus. Er ging auf die Grube zu. Wahrscheinlich wollte er dem anderen Wagen anbieten, ihn herauszuziehen, falls er es nicht aus eigener Kraft schaffte. Noch nie zuvor hatte jemand versucht, einen Steuertransport anzugreifen; der Offizier mußte meinen, es handele sich nur um ein riesiges Schlagloch, das die Regenfälle der letzten Zeit in der Straße zurückgelassen hatten, die hier unzulänglich zwischen zwei Hügeln angelegt war.

Sein Brustkorb explodierte. Ich sprang auf. *Lex*, erkannte ich. Auf dem anderen Hügel, mit unserem einzigen Leichtgewehr. Fast im selben Augenblick schlug in der offenen Tür des Wagens ein Warnschuß ein.

Die Tür wurde zugeschlagen und der erste Wagen begann den Schauplatz zu verlassen. Grateth sagte mir später, daß die Fahrer für das Geld verantwortlich sind, das sie transportieren; dieser raste davon, um sein Geld zu retten – und gleichzeitig sein Leben. Seine Vorgesetzten würden darüber wütend sein, daß ein Milizoffizier getötet wurde, aber das würden sie nicht dem Fahrer anlasten. Sie würden ihm nur den Verlust des Geldes übelnehmen.

Der Wagen in der Grube hatte aufgehört, sich zu bewegen. Das also war der Grund, warum Stereth es so arrangiert hatte, daß der erste Wagen vorbeikam: Es war nur noch die Hälfte seiner Widersacher übrig. Natürlich war auch das Geld halbiert, aber das hatte er zweifellos in seiner geschäftsmäßigen Art in Betracht gezogen.

Aber wie weit kamen wir damit? Was konnten wir diesem Fahrzeug mit seiner Elefantenhaut antun? Im Kreis darum herumstehen wie die Belagerer einer alten Stadt, mit unseren erbärmlichen Messern und unserem Leichtgewehr, und dann zu warten, daß die Insassen Hunger bekamen? Alles, was die Fahrer tun mußten, war drinnen bleiben und auf Hilfe zu warten.

»Fünfzehn Sekunden«, sagte Stereth leise.

Grateth sagte mir auch, daß jeder Fahrer eines gepanzerten Fahrzeugs eine übergroße, fast paranoide Angst vor dem Feuer hat – Angst, in diesem mächtigen metallenen Grab in der Falle zu sitzen, während man unter Todesqualen verbrennt. Diese Angst ist verständlich, denn jeder Fahrer, der in einem gepanzerten Fahrzeug gestorben ist, starb an extremer Hitze – das ist so ungefähr das einzige, was durch die Panzerung dringt. Der Wagen überlebt, aber die Insassen nicht. Die Türen schmelzen zu.

Des wartete volle fünfzehn Sekunden in seinem Grab. Dann rollte er sich hinaus und hoffte innigst, daß der Schnellzement wirklich hart geworden war. Die Räder des Bodenwagens steckten fest, aber es war noch genügend Platz, um unter das Fahrzeug zu den beiden Sensoren am Boden zu kriechen. Brocken des Schnellzements blieben an ihm hängen, während er sich durchschlängelte. Er streifte sie gleich wieder ab. An der linken und rechten vorderen Ecke des Fahrzeugbodens befanden sich zwei rote Lichter, die beide funktionsmäßig leuchteten. Des holte einen Hitzestift heraus, drehte an seinem Unterteil und beobachtete, wie die Spitze vor Hitze weiß erglühte. Mit seiner anderen Hand holte er ein Streichholz heraus und entzündete es. Dann streckte er seine schlaksigen Arme so weit aus, wie er nur konnte, und hielt den Hitzestift an den einen Sensor und das Streichholz an den anderen.

Zu diesem Zeitpunkt konnte ich nichts davon sehen, aber am Armaturenbrett des Wagens mußte eine Anzeige erschienen sein, als brenne die Unterseite des Wagens. Was ich sah, war, wie sich die Türen des Wagens öffneten und zwei Männer mit Gewehren heraussprangen und davonrannten. Sie liefen in entgegengesetzte Richtungen. Der auf unserer Seite der Straße muß einen Augenblick der Erleuchtung gehabt und plötzlich seine Situation begriffen haben: er warf sein

Gewehr so weit weg, wie er konnte, fiel mit den Händen hinter dem Kopf auf die Knie und schrie etwas Unverständliches. Der andere Mann rannte einfach weiter.

Sie starben beide kurz hintereinander – von Lex na'Valory erschossen, dem besten Schützen des Sektors.

Euphorie und Widerwillen ergeben eine ekelhafte Mischung. Allerdings war ich die einzige, die daran litt. Alle anderen fühlten sich großartig.

Außer Ran, und bei ihm waren es keine moralischen Gründe oder jedenfalls nicht Moral von der Art, wie ich sie gelernt hatte. Sobald der Angriff vorbei war, kam er direkt von dem Wäldchen herab, marschierte unseren Hügel hinauf und packte Stereth mit beiden Armen. »Sie ist eine Hexe«, sagte er und meinte Cantry damit. Sie sah immer noch geschockt aus von dem, was sie getan hatte.

»Ist sie das?« fragte Stereth.

»Da war ein modifizierter Ochse auf der Straße. Ich habe ihn gesehen. Es war eine Illusion, die die Leute in dem ersten Wagen narrte.«

»Ist das der Grund, weshalb er das Steuer herumgerissen hat?« fragte Carabinstereth, die ihrem Sorgenkind den Hügel herab gefolgt war. Sie hatte Ran unter sich gehabt als Mitglied ihrer Gruppe und wollte jetzt nicht erleben, daß er etwas Dummes tat. »Geh, Cantry!«

»Ich weiß nicht, was eine Hexe ist«, sagte Stereth. »Nimm deine Hände weg.«

Ran senkte seine Hände. »Ein Naturtalent. Eine der alten Frauen, die in den Hügeln leben und den Leuten mit ein paar kleineren Tricks ihr Geld abschwindeln.«

»Nun«, sagte Stereth, »sie ist nicht alt.«

»Sie ist eine Barbarin! Wie kann sie überhaupt Talent haben?«

»Erhebst du eine Beschuldigung gegen sie, oder was?«

Ran schwieg einen Augenblick lang. Er hatte so viele Beschwerden vorzubringen, daß er offensichtlich unsicher war, wo er beginnen sollte. »Wenn sie Talent hat«, sagte er schließlich, »dann sollte sie sich an eines der Häuser wenden, die damit umgehen. Aber sie sollte nicht auf sich allein gestellt arbeiten, sie sollte nicht hier draußen im Sektor sein und Scherereien verursachen, und sie sollte keine Dinge tun, für die ich verantwortlich gemacht werde, wenn man es herausbekommt! – Und sie dürfte überhaupt kein Talent haben! Sie ist eine Barbarin!«

Das Ganze berührte die Ehre von Familie und Haus, und wie ich schon sagte, machte Ran in dieser Beziehung keine Kompromisse.

Unter uns, auf der Straße, lagen drei Leichen hingestreckt in großen Blutlachen. Ich wollte abhauen.

»Sie erledigt die Arbeit, die du abgelehnt hast«, sagte Stereth mit Nachdruck. »Erwartest du, ein Monopol auf die Zauberei zu behalten, wenn du sie nicht einmal ausübst?«

»Müssen wir darüber jetzt debattieren?« fragte ich.

Sie wandten sich mir zu und schauten mich beide überrascht an. Hinter mir sagte Des: »Sie hat recht, Stereth. Wir haben eine hübsche Menge Geld dort unten. Sollten wir es nicht umladen?«

Des war schmutzig, und Klumpen von dem Schnellzement hingen an seinen Kleidern. Er glühte jedoch vor Energie und war unfähig, lang genug stillzustehen für eine Diskussion. Ich kenne diesen Effekt. Wenn wir ihm nicht schnell etwas zu tun gäben, dann würde er sich wahrscheinlich über eine der Frauen hermachen.

Stereth mußte das auch verstanden haben. »In Ordnung, Des, fangen wir mit dem Umladen an. Sokol kann mich später kritisieren.«

Die Badewanne und der steckengebliebene Wagen

wurden zurückgelassen. Auf dem Karren stapelten sich die Kisten mit den Goldtabals. Die Reittiere bekamen zu trinken.

Als wir losritten, half mir Ran auf mein Reittier. Ich schaffte es nie, allein hinaufzusteigen. Er muß am Mischen des Schnellzements beteiligt gewesen sein; Spritzer davon hingen auch an seinem Umhang. »Ist alles in Ordnung mit dir?« fragte ich ihn.

Er schüttelte den Kopf, ging zu seinem eigenen Reittier und stieg auf. Ich stieß meinem Tier die Fersen in die Seiten und holte Stereth ein, der direkt vor mir ritt. »Warum mußte ich überhaupt mitkommen?« fragte ich und sah immer noch im Geist die scheußliche Szene, die wir hinter uns ließen. »Du hast mir keine Aufgabe gegeben. Ich hätte auch im Fort bleiben können.«

Er schien etwas überrascht zu sein. »Ich dachte, du wolltest mitkommen, Tymon. Du bist es doch, die mir erzählte, wie Robin Hood die Steuereintreiber ausraubte.«

Für einen Augenblick war ich verwirrt. Ich hatte völlig vergessen, daß ich ihm das erzählt hatte.

Was, im Namen der Götter, hatte ich damit angerichtet? »Ich war betrunken«, protestierte ich.

»Du erzählst gute Geschichten, wenn du betrunken bist«, sagte Stereth freundlich.

Rans Blick begegnete dem meinen. Ich ließ den Kopf sinken und folgte dem Rest der Bande über die Hügel.

KAPITEL 11

Falls Sie die Wahrheit wissen wollen, ich glaubte damals (und glaube immer noch), daß Rans sogenannte moralische Einwände gegen eine Hilfe für Stereth weniger auf Moral beruhten, wie ich sie gelernt hatte, sondern auf Stolz und Statusdenken. Die Hände meines Viertelehemannes waren ja auch nicht frei von Blut.

Selbst wenn man einmal die durch die Zustände bedingte Natur der Moral hinnimmt – daß etwas, das als falsch anerkannt ist, wie etwa das Töten, richtig wird, wenn es sich in einem Krieg oder bei der Verteidigung eines Kindes ereignet –, Ran war auf Ivory geboren und hätte keine Schwierigkeiten haben sollen, seine Bedenken über Bord zu werfen, wenn es hart auf hart ging. ›Feinde‹ sind hier eine andere Kategorie, und wie man sie behandelte, hing davon ab, womit man ungestraft davonkam. Und sicherlich wurden die Angehörigen der Provinzmiliz schnell zu unseren Feinden. Dies bewiesen die Plakate mit Rans Gesicht überall in den Marktorten.

Es gab zwei Dinge, die ihn zurückhielten, und ich weiß nicht, was davon stärker war: Zuerst, daß er ein Cormallon war, und die anderen waren Banditen aus dem Nordwest-Sektor, auf der sozialen Stufenleiter eine Stufe tiefer stehend als Diener. Und zweitens, wenn alles zusammenkrachte, dann würde es wesentlich sein, den Namen Cormallon da völlig herauszuhalten. Wenn überhaupt ein Hauch von Zauberei im Spiele war, wer wußte dann noch, was die Strafverfolger wohl aufschnappen würden?

Und hier war Cantry und verursachte mit der Zauberei einen Wirbelwind. Das und die Plakate mit seinem Gesicht – und ich wußte, warum er auf dem Heimweg so wütend dreinschaute. Die Erinnerung an die Leichen der drei ermordeten Bewacher der Steuergelder dort auf der Straße in der Mitte der Hochebene war es gewiß nicht.

Ein leichter Druck meiner Unterschenkel, und mein Reittier rückte folgsam etwas näher an Rans Tier heran.

»Man kann all das auch positiv sehen«, sagte ich.

Er schaute zu mir herüber mit dem Gesicht eines Menschen, der es aufgegeben hat, die Dinge positiv zu sehen.

»Wenn Cantry sich zu einer Zauberin entwickelt, dann wird sich Stereth nicht mehr so fest an dich und mich klammern müssen«, sagte ich.

»Sie entwickelt sich nicht zu einer Zauberin. Man kann ebenso wenig sich zu einem Zauberer entwickeln, wie ein Wilder sich zu einem Ingenieur entwickeln kann. Ein bißchen Naturtalent bedeutet nichts ohne Jahre der Schulung.«

»Sie hat das auf der Straße aber ziemlich gut gemacht.«

»Eine zwei Sekunden dauernde Illusion. Sie war sich wahrscheinlich nicht einmal sicher, ob sie es tun konnte. Theo ... Tymon, siehst du nicht den Unterschied zwischen dieser Lappalie und etwa dem Anzünden eines Schiffes mit einer Feuerkugel, oder der Erhöhung der Bluttemperatur einer Armee auf 90 Grad ... der Verursachung zeitweiliger Hämophilie bei der vordersten Linie eines feindlichen Bataillons? Wie kann man überhaupt mit solchen Sachen beginnen, wenn man nicht weiß, was man tut?«

»Ihr Götter, Ran, Krieg muß schrecklich sein.«

»Ich weiß es nicht. Wir haben schon lange keinen mehr gehabt.«

Das stimmte ... Jahrhunderte schon nicht mehr, nicht wahr? Damals, als die unsichtbare Kuppel über

Cormallon errichtet wurde. Und ich wußte nicht, wann der letzte Krieg auf Pyrene gewesen war.

»Wie steht es mit Verteidigung?« fragte ich. »Wenn du schon Stereth nicht hilfst, indem du ihm eine Waffe gibst, warum errichtest du dann nicht ein Kraftfeld um das Fort, wie die Barriere von Cormallon?«

Ran schaute nach vorn und nach hinten, um zu sehen, wie weit die anderen von uns entfernt waren.

»Ich hätte das nicht gesagt, wenn es irgend jemand hören könnte«, sagte ich.

»Ich weiß. Aber es macht nichts aus, wenn ich auf Nummer Sicher gehe. Zu allererst: es war generationenlange Arbeit notwendig, um die Barriere von Cormallon zu ihrer endgültigen Stärke zu bringen. Und was würde es der Bande nützen, wenn ich einen Schutzschild über das Fort legen würde?«

»Falls wir angegriffen würden...«

»Man kann warten, bis uns das Essen ausgeht und uns dann schnappen, wenn wir herauskommen. Das hier ist kein autarker kleiner Staat wie Cormallon. Das Endergebnis ist das gleiche: Tod für alle. Und dafür schlägst du vor, daß ich eine Zauberei publik mache, die der bestens bekannten Verteidigung meiner Familie ähnelt?«

Ran braucht keine Zauberei; er kann auch die Logik als Waffe benutzen. »Entschuldige, daß ich nach Auswegen suche«, sagte ich. »Ich versuchte nur, dich aufzumuntern.«

»Versuch es nicht. Laß mich genüßlich in der Düsternis der Situation schmollen.«

Es begann wieder zu regnen.

Als ich ins Fort kam, brannte schon das Feuer. Ich lieh mir von irgend jemandem ein Obergewand, zog meine nassen Sachen aus und versuchte, wenn ich es mir schon nicht behaglich machen konnte, mein Elend wenigstens zu mildern.

Stereth verteilte Anteile – kleine Anteile offensichtlich.

»Wir brauchen eine größeren Bandenschatz«, sagte er. »Wir expandieren. Wir brauchen Kapital.«

»Expandieren wozu?« fragte Paravit-Col verwundert. »Wir sind doch keine Firma. Wir sind *Banditen*.«

Stereth betrachtete ihn mit freundlichem Interesse. Mit diesem Gesichtsausdruck und seiner Brille sah er aus wie ein großes, intelligentes Kaninchen. »Hast du nicht gestern abend, bevor wir losgeritten sind, geschworen, nicht an mir herumzumeckern? Ich hoffe, wir haben keine Wortbrüchigen unter uns. Wir alle kennen die Strafe, die darauf steht, wenn man einen Eid bricht, den man auf einen Straßennamen gegeben hat.«

Paravit-Col machte schnell einen Rückzieher. »Ich habe nur ein Interesse ausgedrückt«, sagte er.

Ich kannte die Strafe nicht. Ich fragte allerdings auch nicht. Ich dachte, es wäre am besten, wenn ich bei diesem Thema nicht nachbohrte.

»Ich sollte einen Bonus bekommen«, sagte Lex na'Valory.

»Du hast einen bekommen«, sagte Stereth, »für die gute Planung und das ausgezeichnete Schießen. Und dann hast du einen Abzug bekommen, weil du nicht die Befehle befolgt hast. Beides hebt sich auf.«

Carabinstereth grinste, als sie ihren Bonus in Empfang nahm.

»Du kannst es im Schießen mit mir nicht aufnehmen«, sagte Lex.

»Ich kann es auch mit deinem Ego nicht aufnehmen«, erwiderte Stereth. »Ich hatte dir gesagt, du solltest nicht schießen, wenn sie sich sofort ergeben. Der Abzug von deiner Belohnung muß uns das Lösegeld ersetzen, das wir von dem Wächter hätten bekommen können, den du getötet hast.«

Lex brummte, nahm aber seinen Anteil und ging zum Feuer, um ihn zu zählen. Diesen Ton akzeptierte er nur von Stereth; alle anderen mußten auf Zehenspitzen um ihn herumgehen.

»Ich wußte nicht, daß die Miliz Lösegeld für ihre Mitglieder zahlt«, sagte Ran kühl.

»Seine Familie hätte gezahlt«, entgegnete Stereth. »Hier, Sokol, nimm deinen Anteil; ich habe gehört, daß du den Schnellzement perfekt gemischt hast. Deshalb hatte unser Des Glück.«

Ran trat zu der Kiste, wo Stereth die Tabals abzählte, und schaute auf den Haufen Gold. Stereth lächelte und sagte: »Du hast es verdient, und nicht durch Zauberei. Warum zögerst du?«

»Ich sehe keinen Grund ...«, sagte Ran und zog den schlammbespritzten Seidenschal vom Hals, öffnete ihn und hielt ihn Stereth hin, damit er die Münzen hineinwerfen könnte.

Ich konnte in diesem Punkt Rans Gedanken lesen, und ohne Zweifel konnten es auch in die anderen im Raum, denn Stereth sagte: »Außerdem bringt es dich weiter, wenn du beschließt zu fliehen.«

»Ein gutes Argument«, stimmte Ran zu.

Er band den Schal zusammen und warf mir einen Blick zu. »Bekommt Tymon keinen Anteil?« Zwei Beutel mit Gold brachten einen weiter als nur einer.

»Unsere Tymon war als Beobachterin dort«, sagte Stereth, »und Beobachter erhalten keinen Anteil.«

Ich war froh, daß er mich so sah. Ich ziehe es vor, neutral durch das Leben zu gehen. Ich fälle nicht gerne Entscheidungen.

»Und jetzt«, sagte Stereth, »beginnen wir unser Geld auszugeben. Des ...«

»Ich gehe schlafen! – Oder nicht?« sagte Des.

»Wenn du dich dazu imstande fühlst, Des, irgendwann innerhalb der nächsten anderthalb Tage, dann möchte ich, daß du deine besten Kleider anziehst und hinüber zur Hock-Tyan-Farm reitest. Grateth und Komo werden dich begleiten.«

Des, der auf ein paar Kissen schon im Halbschlaf gelegen war, fuhr hoch. »Bist du verrückt? Wir haben allein in den letzten zwei Monaten vier Reittiere von ihnen gestohlen. Man wird uns *erschießen.*«

»Vielleicht hängen sie dich auf«, sagte Lex.

»Ich bezweifle, daß sie etwas derartiges tun werden«, sagte Stereth. »Das wäre nicht in ihrem Interesse. – Oh, ich glaube, ihr solltet auch Tymon mitnehmen.« Er lächelte. »Es wird zu ihrer Bildung beitragen.«

»Du warst es, die ihm von Robin Hood erzählte«, erinnerte mich Ran, als er mich zum Abschied küßte. Es entging uns nicht, daß Stereth uns immer noch getrennt ausschickte.

Es war ohne Zweifel ein Ereignis, das in der Geschichte der Bande zum erstenmal stattfand. Ich ritt hinter Des, vor Grateth und Komo, und trug ein Obergewand, das ich von Juvindeth ausgeliehen hatte und das nach der Mode von Shaskala mit roten und weißen Wirbelmustern bedruckt war. Die anderen trugen Jacken im Stil der Banditen, aber nicht ihre farbenprächtigsten. »Laßt euren Schmuck zu Hause«, hatte Stereth gesagt. Des verzog das Gesicht, aber er fügte sich.

Ich hatte mich gefragt, ob es klug von Stereth gewesen war, Des beim Überfall auf den Steuertransport eine so bedeutende Rolle einzuräumen, aber als ich die Details hörte, kam ich zu dem Schluß, daß man dafür wohl den Größten mit der größten Reichweite gebraucht hatte – um die Sensoren an der Wagenunterseite zu erreichen. Des war ohne Zweifel clever und charmant, aber er hatte auf mich keinen besonders verantwortlichen Eindruck gemacht. Doch nun unternahmen wir hier die Eröffnungssalve von Stereths großer Kampagne, und Des führte uns an.

Ich begann in der Hochebene einen vagen Richtungssinn zu entwickeln. Wir gingen nach Nordwesten, was bedeuten mußte, daß wir irgendwann die Straße nach Shaskala überqueren würden; allerdings vermutete ich, daß es nicht bei der Einmündung der Mittleren Plateaustraße sein würde. An dieser Stelle gab es jetzt sicher Patrouillen. Vor meinem inneren Auge erschienen wieder die drei Leichen, und ich zitterte.

»Ist dir kalt, Tymon?« rief Des. Er hatte sich nach mir umgeguckt und schien nicht viel von meinen Fähigkeiten zu halten, mein Reittier zu steuern. »Willst du eine Jacke?«

Es gab wirklich keine Verteidigung gegen Des. Er war wahrscheinlich der einzige in der Bande, der seine Jacke ausgezogen und sie mir zugeworfen hätte; Ran hätte sie mir auch angeboten, aber er hätte sich zuerst gezwungen gesehen, Bemerkungen über meinen Mangel an Voraussicht zu machen.

»Nein, danke, mir geht es gut.«

»Du hast gezittert«, stellte er fest.

»Ich hatte mich an die Milizleute erinnert.«

Er blickte mich verständnislos an und begriff nicht. Ich sagte: »Wenn es mir kälter wird, dann lasse ich es dich wissen.«

»In Ordnung.« Er wandte sich wieder nach vorn.

Grateth und Komo folgten schweigend. Wir erreichten den Gipfel eines Hügels, und plötzlich öffnete sich vor uns eine Aussicht: Hügel, Felder und vereinzelte Nebelschwaden, bis hin zum Horizont. Braune Flecken auf einem fernen grünen Hintergrund: das mußten Rinder sein. Und nirgendwo Menschen, außer uns vier.

Es war so schön, daß es schmerzte, aber es war ein Teil des Ganzen, das auch Gefahr und den Verlust der Freiheit umfaßte. Ich hätte nie gedacht, daß ich Heimweh nach dem brennenden Sommer in der Hauptstadt haben würde, nach dem Lärm, dem grellen Licht und dem Gedränge auf dem Marktplatz.

Wir kamen an steinerne Zäune, ungewöhnlich für Farmen in diesem Teil der Welt, mit Reihen grüner Halme auf der anderen Seite. Im allgemeinen sprühten die Farmer entlang ihrer Grenzen nur ein Pheromon, das die modifizierten Rinder aufgrund ihrer Züchtung als Signal für ›fremdes Territorium‹ erkannten. Das Pheromon muß in periodischen Abständen erneuert werden, aber Zäune müssen – wie jeder Bauer bestätigen kann – ebenfalls in periodischen Abständen erneuert werden. Aber das Pheromon ist billiger und leichter anzuwenden.

»Die Hock-Tyan-Farm ist schon seit Generationen im Besitz derselben Familie«, sagte Des. »Kannst du dir vorstellen, daß Generationen von Menschen sich freiwillig für ein Leben im Nordwest-Sektor entscheiden?«

»Es ist eine sehr schöne Gegend«, sagte ich.

»Sie ist hübsch, aber sie ist tot, Tymon. Es gibt keine Menschen hier.«

»Außer Banditen«, sagte Grateth, der zu uns aufschloß. »Und würdest du uns begegnen wollen?«

»Es hat immer Menschen gegeben, die sich seltsame Gegenden zum Wohnen ausgesucht haben«, sagte ich. »Außerdem finden sie bei anderen Farmern und Viehzüchtern Gesellschaft.«

Des blickte vielsagend nach Norden, Süden, Osten und Westen in die einsame Weite.

»Okay, dann müssen sie also ein bißchen Wegs zurücklegen, um einander zu besuchen«, sagte ich. »Vielleicht mögen sie die Ruhe.«

Den Gedanken, daß irgend jemand die Ruhe mögen könnte, verwarf Des mit einer abwehrenden Geste.

»Es ist nicht ganz so einsam«, sagte Grateth. »Schaut mal!«

Weit drüben bewegte sich jemand zwischen den Halmen.

»Wenn der das Haus vor uns erreicht, dann werden

sie uns umbringen, wenn wir näher kommen«, sagte Grateth.

»Los!« sagte Des.

Grateths Reittier schoß davon, und Komos folgte. In einer Sekunde waren sie über die zerbröckelnde Mauer hinüber und trampelten durch die Stengel hindurch, während der Farmer floh.

Ich biß mich auf die Lippe, um mich nicht vorlaut einzumischen. Mir gefällt es nicht, wenn ich sehe, wie jemand so erschreckt wird. Mir gefällt es nicht einmal, wenn ich die Vögel im Vorübergehen erschrecke, die sich auf dem Marktplatz von den Abfällen ernähren – ich mache Umwege, damit ich nicht sehen muß, wie ihre Flügel in einem erschrockenen Massenstart schlagen und ihre Brüste pochen…

Grateth und Komo hatten ihn in wenigen Augenblicken zu Fall gebracht. Ich beobachtete, wie sie abstiegen und ihn auf die Beine hoben, und ich atmete auf. Von jetzt an würde es für den Burschen einfacher sein, denn alles ist besser als Schrecken. Vielleicht kann ich deshalb Angst so gut nachfühlen, weil ich selbst ein Feigling bin.

Sie brachten ihn zu uns, die Hände auf dem Rücken gefesselt. Er war jung, vielleicht sechzehn, mit einem zerfetzten Hemd und den Hosen eines Arbeiters aus der Provinz. Er trug einen breitkrempigen grünen Filzhut – seine Familie wußte besser über die Wirkungen eines Sonnenbrands auf der Hochebene Bescheid als die heimatlosen Banditen.

»Hallo, Freund«, sagte Des. »Ich bin geehrt durch diese Begegnung. Gehörst du zur Familie Hock-Tyan?«

Der Junge blickte ihn an der gebogenen Krempe seines Hutes vorbei wütend an. Ein Auge war zusammengekniffen, als ob Des vom Sonnenlicht eingerahmt wäre, was jedoch nicht der Fall war. Ein solches Zusammenkneifen bedeutet bei der Unterschicht: »Ich vertraue dir nicht.«

Des lachte. »Ishin na'telleth. Du sollst jedoch gern *meinen* Namen erfahren – Des Helani, gnädiger Herr. Und die entzückende Dame neben mir ist Tymon. Und Grateth Tar'briek und Komo hatten die Ehre, dir kurz vor mir zu begegnen.«

Der Junge warf den beiden Männern neben sich kurze Blicke zu und war offensichtlich nicht überrascht, Straßennamen zu hören. Er starrte Des an und wartete.

»Helft ihm hoch, ihr zwei«, befahl Des. »Er kann vor mir sitzen, wenn wir hinreiten.«

Der Junge riß die Augen auf. Grateth und Komo schoben ihn auf Des' Reittier. Als er oben saß, drehte er den Kopf nach rechts und links, verwirrt von dieser neuen Sicht auf seine Welt. Er wandte sich um und schaute Des an.

»Was macht ihr?«

»Einen Besuch«, sagte Des. »Gut nachbarschaftlich. Ein bißchen spät, aber besser als gar nicht.«

»Mein Onkel Tades wird euch umbringen«, sagte der Junge. »Weil ihr unsere Reittiere gestohlen habt.« Als er darauf nicht sofort eine Antwort bekam, bohrte er weiter: »Was werdet ihr dagegen tun?«

Das fragte ich mich selbst. Wir folgten der Steinmauer, bis wir ein Tor erreichten. Komo öffnete das Schloß für uns. Dabei quietschten die alten Metallscharniere. Ein Lehmpfad führte zwischen den hohen Halmen hindurch und verschwand irgendwo in der Ferne hinter einer Biegung.

Wir ritten den Pfad entlang, und um uns herum raschelten die spitzen grünen Blätter. Es war unheimlich. Schließlich sagte Komo mit einem lauten Flüstern – es mußte laut sein, damit man es im Rauschen des Feldes hören konnte –: »Soll ich als erster hinausreiten?«

»Nein«, sagte Des, »wir wollen, daß sie den Jungen sehen.«

Etwas in seiner Sprechweise erinnerte mich ein

bißchen an Stereth, aber ich kam zu dem Schluß, daß dies nur Einbildung war. Der wogende grüne Vorhang um uns begünstigte bizarre Vorstellungen. Man fragte sich, in was man hineinreiten würde, wenn die Halme zu Ende waren.

»Ich bin kein Junge«, sagte unsere Geisel nach einigen Minuten des Schweigens.

»Entschuldigung«, murmelte Des. Die Brise zauste das bleiche Fell seines Reittiers. Die Tiere zumindest waren immun gegen die gespenstische Stimmung; Ängstlichkeit war ihnen weggezüchtet worden.

Und dann kam eine Kurve, und von einem Tritt zum anderen waren wir aus dem fremdartigen Terrain draußen und befanden uns auf einer Lichtung an einem Hang, in der Nähe eines Steinhauses mit zwei Kaminen und einem überdachten Brunnen. Wäsche flatterte im Wind. Hier herrschte Normalität.

Ein Pistolenschuß fuhr in den Boden vor Des' Reittier. Es machte ein paar Schritt rückwärts.

»Ist schon gut, Baby, ist schon gut«, sagte er. Er packte den Jungen fester. »Hallo!« rief er. »Ich komme mit einer Botschaft für die Hock-Tyans!«

Schweigen, die Halme und der Wind. Er rief: »Ich bin nicht hier, um Schwierigkeiten zu machen. Ich habe gute Nachrichten, Nachrichten zum Vorteil eures Hauses.«

»Welche Nachrichten hat ein *Cantry tar'meth?* Laß den Jungen herunter und sag es.« Die Stimme eines älteren Mannes.

»Tades Hock-Tyan? Ich würde lieber von Angesicht zu Angesicht mit Ihnen sprechen, gnädiger Herr.« Der Junge begann zu zappeln, aber Des ließ ihn nicht los. »Ich meine es nicht böse, Herr, ich bin nur etwas nervös.«

Hinter einer Ecke des Hauses kam ein Mann hervor. Er war kräftig, für einen Ivoraner ziemlich klein, und hatte einen dichten wuscheligen Bart. Nach den Maßstäben seines Volkes sah er komisch aus, aber der Ausdruck auf seinem Gesicht hätte jedes Gelächter erstickt. »Deine Straßenfreunde sind auch nervös«, sagte er, »oder sie würden keine Waffen halten.«

Ich bemerkte zum erstenmal, daß Komo ein Messer hatte und Grateth eine Pistole. Des sagte: »Steckt die Waffen weg!« Sie taten es. Ich bewunderte ihre Disziplin und hoffte, daß Des nicht verrückt war.

»Du kommst auf einem unserer Reittiere dahergeritten«, sagte der Mann, »und hältst unseren Jungen gepackt. Ist das höflich?«

Stereth hatte ausdrücklich verlangt, daß wir keine Reittiere nehmen sollten, die von dieser Farm gestohlen waren, aber Des ließ sich keinen Ärger über diese Panne anmerken. Er ließ sich sofort herabgleiten. »Wollen Sie es zurückhaben? Es gehört Ihnen. Oder ziehen Sie eine Entschädigung vor?«

Der Junge, der sich selbst überlassen gewesen war, glitt auf der anderen Seite herunter und lief ins Haus.

Wir schauten einander an. Schließlich sagte der Mann: »Tades Hock-Tyan. Geehrt durch diese Begegnung.«

»Des Helani, gleicherweise. Das hier ist Grateth Tar'briek, Komo, und die Dame ist Tymon.«

»Ich fühle mich geehrt, gnädiger Herr«, fügte ich hinzu, da ich das Gefühl hatte, ich sollte meinen hauptstädtischen Akzent nicht verheimlichen, falls er jemanden beeindrucken würde.

Der Mann neigte den Kopf. »Ihr sagtet, ihr hättet eine Botschaft.«

»Und ein Geschenk«, sagte Des. Er band ein Bündel vom Geschirr seines Reittieres los und hielt es dem Farmer hin. »Sie können es öffnen, oder ich kann es öffnen. Wie es Ihnen beliebt.«

»Öffnet ihr es.«

Des griff in das Bündel hinein und holte zwei Beutel heraus. Er hob sie hoch und ließ ihr Klimpern hören und sagte: »Achthundert Goldtabals.«

Er reichte den ersten Beutel dem Farmer hin, der keine Anstalten machte, ihn zu nehmen. Er starrte uns an. Des legte die Beutel zu seinen Füßen auf die Erde und trat zurück zu seinen Gefährten.

»Was macht ihr da?« fragte schließlich der Farmer.

Grateth und Komo waren auch im unklaren. Etwas kam über mich, und bevor noch Des antworten konnte, sprach ich mit der Gewißheit der Inspiration: »Das stammt aus dem vierteljährlichen Steuertransport«, sagte ich. Der Farmer wandte sich mir zu. »Das ist Ihr Anteil.«

»Das ist mein was?« fragte er.

Des lächelte und flüsterte: »Sehr gut, Tymon.«

Tades Hock-Tyan blinzelte und blickte auf die Beutel hinab. Er machte immer noch keine Anstalten, sie aufzuheben. Dann schaute er uns an und sagte: »Würdet ihr vielleicht hereinkommen wollen und etwas Tah trinken?«

»Man sagt, wenn dein Steuergeld weg ist, dann ist es wie eine Beerdigung. Du wirst es nie wiedersehen, egal, was die anderen sagen.« Tades Hock-Tyan goß uns von neuem die Weinschalen voll.

Des hatte nicht ausführen müssen, wie gerecht unsere beiderseitige Einstellung zu den Steuern war. Es ist der abgrundtiefe Glaube aller Leute auf Ivory, daß die Regierung nur zu dem Zweck existiert, Geld aus ihnen herauszupressen. Und damit sind sie vom Kern der Sache nicht weit entfernt.

Komo griff nach einem weiteren Kümmelkuchen, stopfte ihn in den Mund und sagte: »Ausgezeichneter Kuchen, mein Freund. Alle Anerkennung für deine Frau.«

Auf diesen Faux-pas hin herrschte einen Augenblick lang Schweigen. Tades war ein Teil des äußeren Lebens der Hock-Tyans, wie die Fassade eines ivoranischen Gebäudes; das innere Leben, die Frauen und

Kinder, wurden nur vertrauten Verbündeten offenbart. Komo hätte nicht einmal eine Andeutung auf ihre Existenz machen dürfen. Er hatte sein ganzes Leben mit seinen Armeekameraden und mit Banden der Gesetzlosen zugebracht und bemerkte die Blicke nicht, die wir anderen vier tauschten.

Des sprang in die Bresche. »Falls ich das Gespräch vorzeitig aufs Geschäft bringen darf«, sagte er – wir waren erst zwanzig Minuten da –, »dann würde ich gerne die Angelegenheit besprechen, die für euer Haus von Nutzen ist.«

Der Farmer lächelte. Mit dem Bart, der sein Gesicht umrahmte, sah er aus wie ein Waldschrat. »Das Steuergeld und die Rückgabe unseres Reittiers sind schon von Nutzen.«

»Aber wir würden uns gern noch nützlicher machen, wenn Sie erlauben.«

»So?« Er nahm einen langen Schluck von dem unglaublich starken Sektor-Wein. »Rede Sie also weiter, und ich werde mit gewogenem Ohr lauschen.«

Des lehnte sich vor. »Unser Führer bedauert die Schwierigkeiten, die *Cantry tar'meth* wie wir euch über die Jahre bereitet haben. Er hat uns geschickt, um Entschuldigung und Entschädigung anzubieten.«

Unser Gastgeber runzelte die Stirn. »Freundlich von ihm«, sagte er zurückhaltend, »und ihr habt es ja schon getan.«

»Er möchte jedoch, daß wir noch weiter gehen, wo wir jetzt von der Irrigkeit unseres Weges überzeugt sind.«

»Ich höre.«

»Er würde gerne einen Vertrag zwischen unserer Bande und eurem Haus schließen.«

Tades Hock-Tyan lachte. »Einen Vertrag? So wie der Kaiser mit Tellys?«

»Warum nicht?« fragte Des. »Wer beherrscht den Sektor? Der Kaiser? Oder ihr und wir? Warum können wir keine Verträge schließen, wenn wir es wollen? Was hat das Kaiserreich in letzter Zeit für euch getan?«

Hock-Tyan setzte seine Schale ab und sagte ernst: »Was hat das Reich seit Beginn der Zeiten je im Sektor getan?«

»Genau«, sagte Des. »Außer euer Geld genommen. Aber wir bringen das in Ordnung.«

Unser Gastgeber strich sich über den Bart an seinem Kinn. Dann sagte er: »Nein. Und wenn ich das sage, möchte ich niemanden beleidigen. Ich möchte nicht, daß unser Haus in verräterische Aktivitäten verwickelt wird, und so werden sie es nennen, wenn sie ihre Taschen leer finden.«

Er und Ran mußten auf die gleiche Schule gegangen sein. »Wir schlagen nicht vor, daß ihr uns offen unterstützt«, sagte Des. »Wenn jemand fragt, ob ihr von uns gehört habt, so leugnet es ab. *Wir* werden es tun. Bewahrt euer Geld an einem sicheren Ort auf. Im Laufe der Zeit werden wir vielleicht noch etwas drauflegen können.«

»Was verlangt ihr dann von mir?«

»Eure Freundschaft. Wir versprechen, daß keine Reittiere mehr gestohlen, keine Felder mehr verwüstet werden. Ihr ... behaltet uns einfach im Gedächtnis. Schließt euch nicht der Miliz an, wenn sie nach Freiwilligen fragt, um uns zu jagen. Teilt uns alles mit, wenn ihr irgend etwas von Interesse erfahrt. Ist das zu viel verlangt?«

»Ihr wollt Verbündete des Hauses sein, und ich kenne euch nicht einmal. Unsere Verbündeten kennen wir schon seit zehn Generationen.«

»Jetzt kommt eine neue Zeit«, sagte Des.

Hock-Tyan saß stumm da und dachte nach. Dann sagt er: »Wie heißt euer Anführer?«

In diesem Augenblick kam ein kleiner Wirbelwind durch den beleuchteten Durchgang, der zur Küche führte: ein Junge von vielleicht fünf Jahren, pummelig, mit zerzaustem Haar und feurigen dunklen Augen. Er trug eine löcherige rote Jacke und mußte gerade von draußen hereingekommen sein. Er zog eine geschnitzte Holzpistole aus seinem Gürtel und schrie: »Paff!« Grateth zwinkerte sanft. Der Junge schoß auch auf Komo, aber der war zu beschäftigt mit dem Weintrinken, um zu reagieren. Dann schoß das Kind auf Des. »Paff!«

Des griff sich an die Brust, schwankte, griff nach der Tischkante, tappte herum, fiel seitwärts über das Kissen und gab ein beängstigendes Todesröcheln von sich. Dann lag er völlig bewegungslos da. Er war ein Schmierenkomödiant.

Der Junge war ebenso geschockt wie begeistert. Er trat zu Des' Leiche und stupste ihn versuchsweise mit der Mündung seiner Holzpistole an. Des' Schulter bewegte sich unter dem Druck und fiel dann zurück, als die Pistole weggenommen wurde. »Ich habe ihn *erschossen*«, verkündete der Junge mit großem Stolz. Er blickte zu Hock-Tyan hinüber, und seine Auge funkelten noch mehr. Dann klopfte er Des sanft auf den Arm, um seine Aufmerksamkeit auf sich zu lenken, und fragte mit dem instinktiven Wissen eines Kindes um die parallelen Welten von Phantasie und Wirklichkeit: »Wer bist du?«

Des öffnete die Augen. »Wer bist *du?*«

»Bedis Jer Hock-Tyan.«

»Wenn ich aufstehe, wirst du mich dann wieder umbringen?«

»Vielleicht.«

Tades Hock-Tyan mischte sich ein. »Laß unseren Gast in Ruhe, Bedis, du hast uns schon genug belästigt. Zieh im Haus deine Jacke aus. Und geh in die Küche.« Der Junge entfernte sich enttäuscht von Des. Tades schaute ihm mit einem nachdenklichen Blick nach. »Und sag deiner Mutter und deiner Schwester, sie sollen herkommen und Guten Tag sagen.«

Des richtete sich auf. »Ihr ehrt mich«, sagte er.

»Ich weiß, daß ich es tue, aber ich glaube, ihr verdient es. Sprechen wir nicht mehr darüber.«

Vertrag oder kein Vertrag, hinfort wäre es für Stereths Bande gesellschaftlich unmöglich, noch einmal von dieser Farm etwas zu stehlen. Ich war froh. Es schienen gute Leute zu sein.

Eine Minute später kam eine dicke grauhaarige Frau herein, gefolgt von einem zehnjährigen Mädchen mit einer Seidenschleife im Haar. Der Neffe – unsere Ex-Geisel – spitzte an der Tür um die Ecke. »Willkommen, Sir Helani«, sagte die Frau, die offensichtlich hinter der Tür gelauscht hatte.

Wir standen alle auf und verneigten uns voreinander. Das Mädchen mit der Seidenschleife lächelte Des an. Ich konnte es verstehen – er war ein Held wie aus einem Bilderbuch –, aber ich hoffte, er würde nicht darauf eingehen. Wir hatten gerade begonnen, uns mit diesen Leuten zu verstehen.

»Du warst gerade dabei, uns den Namen eures Anführers zu sagen«, sagte das Mädchen. Ich stellte mir vor, wie die ganze Familie hinter der Tür lauschte.

Des wandte sich zu Tades und sagte: »Unser Anführer ist Stereth Tar'krim.«

Das Mädchen klatschte in die Hände. Die Farmersfrau rief: »Ich hab es doch gewußt! Was habe ich dir gesagt, Tades, unsere Reittiere wurden von Stereth Tar'krim selbst gestohlen.« Sie wandte sich Des zu. »Er ist ein gutaussehender Mann, Sir Helani. Ich habe die Bilder gesehen.«

Jedermann auf dieser gottverdammten Hochebene mußte die Bilder gesehen haben. Ich spürte, wie mir das Herz im Leibe sank.

»Für einen so erfolgreichen Bandenführer«, sagte Tades, »ist er noch jung.«

»Er ist ein Genie«, sagte Des einfach, und damit

sagte er nur, was er meines Wissens von Stereth auch glaubte.

Tades biß sich auf die Lippe. »Ein Vertrag mit einem *Cantry tar'meth* ist ein großer Schritt. Ich weiß nicht, was meine Vorfahren dazu sagen würden.«

»Ich kann Gesichter lesen«, sagte die Frau. »Ich täusche mich nie. Und als ich das Plakat von Stereth Tar'krim anschaute, da sagte ich: ›Dieser Mann hat Augen, denen man vertrauen kann.‹ Das ist einer, der versteht Pflicht und Schuldigkeit, Tades. Der wird einen Vertrag erfüllen.«

»*Bitte,* Vater«, sagte das Mädchen, dessen Motive so deutlich suspekt waren, daß ihre Mutter es eilends aus dem Zimmer schob, bevor es die Situation ruinieren konnte.

Tades richtete sich auf und verneigte sich. »Wenn ihr zum Abendessen bleiben wollt, meine Herren, meine Dame – falls ihr Zeit dafür habt –, dann werde ich mir die Sache überlegen und euch meine Antwort beim süßen Wein zum Nachtisch geben.«

Auf dem Gesicht der Frau erschien ein Lächeln des Sieges.

Es war stockdunkel auf der Hochebene, als wir die Farm verließen. Der ungemischte Wein des Nordwest-Sektors brachte mich zu einem völlig neuen Verständnis meines mangelnden Fassungsvermögens. In der Hauptstadt hatte ich gedacht, ich würde meine Sache ziemlich gut machen.

Die Hock-Tyans hatten sich als Verbündete verpflichtet. Ich glaube, Stereths Ruf hatte soviel damit zu tun wie Des' Geschick im Umgang mit Frauen und Kindern. Es stimmt, daß die Leute von Ivory rücksichtslos pragmatisch sind, und Geld scheint oft ihre erste und innigste Liebe zu sein; aber wenn jemand meint, sie seien deshalb keine ausgemachten Romantiker, der hat sie nie im Theater gesehen. Sie feuern die

Helden an, lachen über die Narren, zischen die Schurken aus und weinen offen, wenn Liebende getrennt werden – kurz und gut, man kann sie ebenso leicht manipulieren wie siebenjährige Kinder, und der Preis einer Theaterkarte ist das einzige, worüber ich sie nie habe meckern hören. Sie mögen eine gute Geschichte; eine gute Geschichte hat einen Helden, und Helden gibt es auf Ivory in vielen verschiedenen Kategorien. Stereth war dabei, seine eigene Geschichte zu schreiben, und es gab zweifellos viele, die meinten, eine kleine Rolle in dieser Geschichte wäre es schon wert, das Leben zu riskieren.

Wenn man so lange Mythen und Sagen gesammelt hat wie ich, dann wird man sich des Unterschiedes zwischen schönem Glanz und der Realität bewußt. Ich wäre am liebsten wieder auf Cormallon gewesen und hätte dort gerne Kirschen für den Nachtisch gepflückt. Trotzdem verstand ich, was für Stereths Anhänger so faszinierend war, und ich war nicht so überheblich, daß ich sie davon abhalten wollte.

»Bequem, Tymon?« fragte Des. Ich saß vor ihm im Sattel. Tades hatte vorgeschlagen, daß wir sein Reittier wieder mitnehmen sollten, aber ich glaube, er erwartete nicht, daß jemand von uns da zustimmte. Da ich in der Gruppe die kleine Barbarin war, war es klar, wer sein Reittier mit Des zu teilen hatte.

Wir ritten durch das geheimnisvolle Getreidefeld, das wie ein Meer wogte ... »Was ist das eigentlich für ein Zeug, Des?«

»Keine Ahnung, Tymon. Ich bin ja selbst ein Stadtkind. Ich glaube nicht, daß es Weizen ist. Vielleicht ist es Reis.«

Grateths Stimme brummte hinter uns: »Bist du verrückt? Das ist auf keinen Fall Reis.«

Komos Stimme war belegt vom Trinken: »Es ist Wein.« Und ich weiß es immer noch nicht. Selbst ich hatte gehört, daß Wein aus Trauben gemacht wird, aber Komo brachte überzeugende Argumente dafür vor, daß aus diesen Pflanzen eine lokale Abart von Wein destilliert würde. Wir stritten uns noch Meilen später darüber, als wir schon die Mittlere Straße der Hochebene erreicht hatten.

Aus der Dunkelheit kam ein Ruf. Für mich war es ein beliebiger Ruf, aber Grateth sagte sofort: »Miliz.«

»*Kanz*«, sagte Komo. »Was tun denn die an diesem Ende der Straße?«

»Verteilt euch und reitet«, sagte Grateth, und Des sagte: »Los!«

Ich hatte gedacht, ich hätte in der Nacht des Viehdiebstahls einen wilden Ritt mitgemacht. Ich preßte meine Füße in das weiche Fell des Reittiers, klammerte mich mit den Beinen an ihm fest wie ein Schraubstock, und verkrallte mich in der Mähne. Wir preschten direkt den ersten besten Hügel hinauf und auf der anderen Seite hinab. Ich hörte nur den Wind und den gedämpften Hufklang auf dem Boden. Zehn Minuten später ließ Des uns anhalten und sagte: »Pst!«

Wir lauschten. Nichts als Nacht und die Sichel eines Mondes am Horizont. Wir hätten ganz allein auf der Welt sein können. Dann in der Ferne ein gedämpftes Stampfen.

»*Kanz*«, flüsterte Des mir ins Ohr, »sie folgen *uns*.«

Bei aller Zuneigung zu Grateth und Komo hätte auch ich es lieber anders gehabt. Wir flogen über die Hügel hinweg und schlugen die Richtung … nach Süden ein, glaube ich, obwohl ich die Orientierung längst verloren hatte.

»Hier.« Des ritt langsamer.

»Warum halten wir an?«

»Steig ab.« Er glitt hinab und half mir, abzusteigen. Ich rutschte aus und fiel beinahe kopfüber einen Hang hinab. Des packte mich an der Hand und zog mich wieder auf die Füße.

Das Reittier suchte sich hinter uns seinen Weg den Hang herunter und war dabei ruhig wie immer. Segen über seine Ingenieure! Auf dem Grund der Schlucht stießen wir auf einen seichten Wasserlauf.

»Es ist zu dunkel, um etwas zu sehen«, sagte Des. »Wir werden hier unten warten, bis sie vorbei sind.«

Das Wasser war kalt. »Ist dieser Bach giftig?«

»Ja.«

»Wird es uns etwas ausmachen, wenn wir darinstehen?«

»Ich weiß es nicht. Ich habe es bis jetzt noch nie ausprobiert.«

»*Kanz.*«

Dann waren wir beide still und warteten.

Zwei Stunden später ritten wir ins Fort ein. Grateth und Komo waren schon zurück, und alle warteten auf uns. Besonders Ran.

Des stieg ab und hob mich herunter. Er grinste Ran zu und sagte: »Sie ist gesund und sicher. Überhaupt kein Problem, wirklich« – er öffnete die Arme, um die anderen einzuschließen –, »ihr macht euch zuviel Sorgen.«

Ran warf ihm einen seiner nicht deutbaren Blicke zu. Ich verließ Des, der seine Prahlereien genoß, und nahm Ran zur Seite. Wir gingen um die Ecke, aus dem Wind und außer Hörweite. »Du lächelst«, sagte er zu mir.

»So? Wir wurden fast von der Provinzmiliz geschnappt. Einmal waren sie ganze sechs Meter von uns entfernt. Ich konnte ihr Geschirr klirren hören.«

»Warum bist du dann so glücklich? Deine Augen leuchten.«

»Ich weiß es nicht«, sagte ich, schob ihn an die Wand und begann ihm sein Obergewand aufzuknöpfen.

»Was machst du da?«

»Das weiß ich auch nicht.« Nachdem ich ihn von seinem Obergewand befreit hatte, öffnete ich seine Hose.

»Himmel«, sagte er mit einer Stimme, die ihre Übellaunigkeit verloren hatte, »du bist ja sonst nicht so aggressiv.«

»Nein?«

»Ich hatte vergessen, welche Wirkungen Adrenalin bei dir hat.«

»Sei still«, sagte ich, und obwohl Ran in der Hierarchie des Hauses Cormallon über mir stand, schien er alles andere als beleidigt zu sein, als ich die Initiative ergriff, mich auf ihn schob und ihn mit beiden Beinen umklammerte.

Am nächsten Morgen fuhr er sich mit der Hand durchs Haar und sagte: »Wenn wir das nur chemisch reproduzieren könnten.«

Ich spülte mir den Mund mit einem Schöpflöffel Wasser aus einem der Krüge. »Ich dachte, du hättest es lieber, wenn du der Aggressor bist.«

»Ein bißchen Veränderung tut nicht weh. Man mag es nicht, wenn es immer nur der eigene Wunsch ist. Da stellt man sich Fragen.«

»Du weißt doch, daß ich im allgemeinen gehemmt bin.«

»Oh, ich weiß. Auf alle möglichen Arten.«

Ich schaute ihn an. »Was bedeutet das?« Eine ähnliche Diagnose hatte mir einmal ein Wandermönch gestellt. Das hatte mich auch irritiert.

»Nichts«, sagte er, wie jemand, der eine Tür geöffnet hat, an der er eigentlich hatte vorbeigehen wollen. Er stand auf, trat hinter mich und küßte mich auf den Nacken. »Für eine Barbarin hast du ganz schöne Fortschritte gemacht.«

»Nein, warte mal einen Augenblick, ich möchte gern

einmal wissen, was die Leute meinen, wenn sie mir sagen...«

»Weißt du, daß heute abend Anderthalb Monde ist?«

Meine Gedanken sprangen sofort zu dem näherliegenden Thema über. »Bist du sicher?«

»Die zweite unserer vier Nächte. Wir werden halb verheiratet sein, meine Tymon, wenn nichts schiefgeht.«

Wenn man schrittweise heiratet, so ist das nicht so beängstigend, wie wenn man es auf einmal macht. Ich bin mir nicht sicher, ob ich es auf die andere Weise geschafft hätte. Laut sagte ich: »Und ich weiß nicht, ob wir die Kuchen fertigbekommen.«

»Du meinst, du weißt nicht, wie wir die Kuchen fertigbekommen. Das ist eine Frage der Strategie, nicht der Entscheidung.«

»Weißt du, du und Stereth, ihr habt eine Menge Gemeinsamkeiten.«

Er schaute mich beleidigt an und sagte: »Im Küchenhaus ist eine Speisekammer. Stiehl dort die Sachen, wenn du die Chance dazu bekommst.«

Was logischerweise zu dem schrecklichen Augenblick am Nachmittag führte, als ich mich einer Prüfung ausgesetzt fand. Als er davon hörte, kam Ran ins Küchenhaus gerannt, zusammen mit einem halben Dutzend von der Bande.

Juvindeth und Clintris hielten mich mit gezogenen Messern an die Wand und sahen sehr unfreundlich dabei aus. Carabinstereth kam direkt hinter Ran herein, noch um Atem ringend und keuchte: »Was ist geschehen?«

Juvindeth wies mit zusammengekniffenen Augen auf mich, doch bevor sie sprechen konnte, sagte Clintris: »Sie hat von den Vorräten gestohlen. Sie will uns im Stich lassen.«

»Und ihr wißt, sie würde es nie aus dem Sektor hinausschaffen, ohne uns anzuzeigen«, fügte Juvindeth hinzu.

Carabinstereth blickte mich vorwurfsvoll an. Ich begann zu begreifen, wie Ran sich damals gefühlt haben mußte, als man ihn beschuldigte, aus dem Familienschatz gestohlen zu haben. Ich sagte: »Ich wollte einfach was zu essen. Ist das ein Schwerverbrechen?«

Sofort wünschte ich mir, ich hätte es nicht auf diese Weise ausgedrückt.

»Wo ist Stereth?« fragte Juvindeth.

»Er ist mit Grateth und Des auf einer Besorgung«, erklärte Lex na'Valory.

»Na und?« fragte Clintris. »Warum sollen wir warten?«

»Gutes Argument«, stimmte Lex zu.

Warum mußte ich mir auch *diese* Gruppe aussuchen? Clintris und Lex hätten sich in der Arena wohlgefühlt und für jeden vorübergehenden Gladiator den Daumen nach unten gereckt. »Ich möchte Stereth sprechen«, forderte ich.

»Ich gebe nicht mal ein Häuflein *Kanz* auf das, was du willst«, begann Lex, aber Ran unterbrach ihn.

»Seit wann hast du hier das Kommando? Das ist nicht deine Entscheidung.«

Carabinstereth sprang dazwischen, bevor Lex einen seiner Anfälle bekommen konnte. »Es stimmt, es ist ihr gutes Recht. Wir werden auf Stereth warten.«

Du hast bei Stereth Berufung eingelegt. Bei Stereth ... Aber warum sollte er die Situation freundlicher betrachten? Das war nur ein Aufschub, keine Strafmilderung.

»Sokol ist ihr verdammter Liebhaber«, murmelte Lex. »Wenn sie tot ist, dann hat er niemanden mehr, den er aufhetzen kann. Warum sollten wir auf ihn hören?«

»Er hat sie wahrscheinlich angestiftet«, sagte Juvindeth.

»Ja, würde sie denn alleine abhauen? Dreht auch seine Taschen um.« Lex sah den Ausdruck auf Rans Gesicht und verfiel in ein breites Grinsen.

Genug. Ich schrie: »Also gut! Ich habe von den verdammten Vorräten gestohlen. Ihr Götter, habe ich mir nicht schon genug gefallen lassen? Müssen wir mein Privatleben da mit reinziehen?«

Von meinem Ausbruch überrascht wandten sie mir ihre Gesichter zu. Im allgemeinen neige ich nicht zu solchen Ausbrüchen, aber ich habe die Erfahrung gemacht, daß sie dann, wenn ich ihnen nachgebe, die doppelte Wirkung zu haben scheinen. Ich konnte förmlich sehen, wie sie überlegten: Warum ist sie böse auf *uns*?

»Heute abend ist Anderthalb Monde! Sokol und ich waren dabei, halbverheiratet zu werden! Zuerst entführt ihr uns, und wenn wir dann trotzdem versuchen, die Zeremonie zu vollziehen, dann droht ihr, mich umzubringen! Das sollten unsere *Flitterwochen* sein!«

Ran muß der Meinung gewesen sein, daß es jetzt etwas spät war zu leugnen. Er sagt kein Wort. In der Gruppe herrschte verdutztes Schweigen, und dann fragte Carabinstereth leise: »Was hat sie gestohlen?«

Juvindeth sagte unsicher: »Eier. Und Mehl.«

»Mehl?« Carabinstereth schaute sie zornig an. »Hast du den Verstand verloren? Was sollte sie unterwegs auf der Straße mit Mehl anfangen? Sie könnte genauso gut Schlamm mitnehmen.«

Juvindeth schaute wie ein begossener Pudel auf den Boden.

»Was für eine Gruppe!« Carabinstereth schaute alle ziemlich streng an. »Mögen die Götter bezeugen, womit ich mich rumschlagen muß. Ich begreife, woher Stereth seine grauen Haare bekommt.«

»Ich verstehe nicht, wie ich wissen sollte …«, begann Lex.

»Halt den Mund«, sagte Carabinstereth. »Geh

zurück in die Haupthalle und hole ein paar Umhänge und Kissen. Clintris, heiz den Ofen an. Juvie, du kommst mit mir nach Barinbühl. – Lex, worauf wartest du noch? Willst du etwa, daß Stereth von all dem dummen Zeug erfährt, das heute hier los gewesen ist...«

Lex verschwand. Sie wandte sich mir zu. »Bitte vergiß diesen unglücklichen Zwischenfall. Würdest du bitte in der Haupthalle warten? Ich bin in Kürze bei dir.«

Ich hatte keine Ahnung gehabt, daß Carabinstereth einen solchen höfischen Akzent annehmen konnte. Der mußte aus ihrer Zeit als Leibwächterin stammen. Ran schien noch mehr erpicht darauf zu sein wegzukommen als ich. Er nahm mich beim Ärmel und zog mich in das trübe Sonnenlicht der Hochebene hinaus.

Ich blickte auf die Steinkuppel des Küchenhauses zurück.

Von drinnen ertönte das Geklirr des alten Ofens, der angeheizt wurde. Ich merkte, daß ich schwächer war, als ich gedacht hatte, und hielt mich an Rans Arm fest.

»Weißt du, ich war mir nicht sicher, ob ich aus diesem Raum hinauskommen würde.«

»Ich schaute immerzu auf die Hackmesser«, bekannte Ran. »Ich bin mir nicht sicher, ob ich in Zukunft in einer Küche das gleiche Gefühl haben werde wie früher.«

»Wir stecken hier wirklich in ernsten Schwierigkeiten, nicht wahr? Ich meine nicht heute. Ich meine, weil wir bei der Bande sind.«

Er legte einen Arm um meine Schultern. »Komm schon, Tymon. Es ist Anderthalb Monde. Selbst wenn wir das Ritual nicht vollziehen können.«

Wir blieben in der Haupthalle und lagen wie Invaliden auf den Kissen, während Lex um uns herum alles mögliche aufsammelte und dabei vor sich hin murmelte.

Eine Hand auf meiner Schulter weckte mich aus einem leichten Schlummer. Es war Carabinstereth. Ich setzte mich auf und schaute mich in der halbdunklen Halle um; draußen mußte es schon dunkel sein.

»Los, Tymon, in deine Sachen.« Sie hielt mir ein buntes Gewand hin, und ich schlüpfte schläfrig hinein. Bei den Banditen waren die Kleider Gemeinschaftsbesitz; man zog an, was sauber war, und machte kein Theater.

»Das ist Seide«, sagte ich überrascht, als ich es auf meiner Haut fühlte.

»Seide vom Cobabaum«, sagte sie. »Die beste auf der Welt. Besser als das Zeug, das aus den Würmern herauskommt.«

Sie führte mich durch die Halle zur Tür. »Was ist los?« fragte ich. »Wo ist R… Sokol?«

»Er ist einfach großartig, kleine Barbarin. Schüttle den Schlaf aus deinem Kopf. Reibe deine seltsamen Augen.«

»Du brauchst gerade etwas sagen über Augen.« Ihre eigenen Augen, in denen die Iris wie ein Juwel wirkte, glühten wie die einer zufriedenen Katze.

Wir gingen über das rauhe Gras. Meine Füße spürten seine Kälte. »Du hast mir nicht die Zeit gelassen, meine Stiefel anzuziehen.«

»Wir gehen nicht weit.« Wir kamen zu einem der kleineren Gebäude des Klosters, und sie stieß mit dem Rand ihres Stiefels gegen die Türschwelle. Mora Sobien Ti öffnete die Tür.

»Ist sie endlich aufgewacht?« fragte Mora. Ihre Mundwinkel bogen sich zu einem freundlichen Lächeln.

»Diese Schlafmütze?« fragte Carabinstereth. »Ich habe Eiswasser über sie gegossen.«

Mora zog mich hinein, küßte mich und ging zur Tür hinaus. Sie schlossen sie hinter mir. Ich wandte mich um und sah einen einfachen Raum mit Steinwänden und einer halboffenen Zimmerdecke, durch die das Mondlicht drang, und eine Menge Kissen, Umhänge und Ballen farbiger Seide. In einer Nische in der Wand brannte eine kleine Öllampe. Auf dem Boden waren überall grüne Schnipsel verstreut und gaben einen erdigen Duft von sich: Bei Nacht gesammelte Kräuter vom Barinbühl. Ein alter hölzerner Fensterladen war, sorgfältig gereinigt, in der Mitte des Raumes als Servierbrett aufgebockt worden, und darauf befanden sich zwei runde Kuchen. Neben dem einen Kuchen war das Symbol für ›Tymon‹ aufgemalt, neben dem anderen das Symbol für ›anonym‹.

»Sie sagten, sie hätten achtgegeben, die Kuchen aus den Zutaten herzustellen, die jeder von uns gestohlen hat.«

An der gegenüberliegenden Wand bewegte sich ein Schatten, und Ran stand auf. Mit ausgebreiteten Händen zeigte er auf das Piratenparadies um uns herum. »Na ja«, sagte er, »das macht mich ein bißchen verlegen.«

Ich glaube, ich habe schon erwähnt, welche plötzlichen Wendungen zur Sentimentalität echte Ivoraner machen können. Nichts ist typischer für sie als der handfeste Blutdurst an diesem Nachmittag und ihre Förderung des Anliegens der Liebe jetzt am Abend. Ran erzählte mir mit einem leichten Unbehagen, wie Lex und Carabinstereth seine Waschungen und die Auswahl seiner Kleider überwacht hatten, und wie Lex ihn mit Parfüm überschüttet hatte.

»Es ist eine schreckliche Marke«, sagte er, »aber ich konnte sie nicht daran hindern. Sie waren absolut darauf fixiert.«

»Mir gefällt der Duft.«

Er schüttelte den Kopf. »Barbarischer Geschmack. Aber was können wir erwarten?«

Wir kuschelten uns in einen Haufen Umhänge. »Wie

nistende Wasservögel«, sagte ich. Mondlicht strömte in den Raum.

»Hm. Ich hoffe nur, es regnet nicht.«

Spät am nächsten Morgen gingen Ran und ich über das Anwesen zum Hauptgebäude. Mir fehlten immer noch Sandalen oder Stiefel; das Gras war kalt. Die Mannschaft jedoch reagierte nicht kühl. Grateth kam auf einem Reittier mit silbernem Pelz vorbei – unterwegs zu dem Weg, der aus dem Tal führte – und neigte grüßend den Kopf. Dabei lächelte er scheu. Freundliches Geplauder kam von einer Gruppe, die die Überreste des Frühstücksfeuers aufräumte. Einige von ihnen winkten uns zu.

Clintris und Mora lächelten, als sie vorbeigingen, und Clintris rief: »Wir haben euch etwas vom Frühstück aufgehoben.«

»Wir wollten euch nicht unterbrechen«, sagte Mora. »Tah und geröstetes Brot, im Küchenhaus, wann immer ihr wollt.«

Sie gingen weiter. Ran war ruhig und sah an diesem Morgen unglücklich aus.

»Sie sind verlegen wegen gestern«, sagte ich leicht überrascht. »Sie *mögen* uns.«

»Wunderbar«, sagte er und schien dabei womöglich noch niedergeschlagener als je zuvor.

»Komm, geh ein Stück mit mir«, sagte Ran etwa eine Stunde später.

Ich hatte im Halbdunkel des Hauptgebäudes ein bißchen geschlummert. Ich stand verwirrt auf und folgte ihm hinaus ins Freie, vorbei an der Stelle, wo Clintris na'Fli so spektakulär die Aufmerksamkeit auf uns gelenkt hatte. Ich nahm an, er wolle ungestört mit mir reden, aber als wir die Mauer überquert hatten und weitergingen, gute sechzig Meter über die Steine hinaus, blieb ich abrupt stehen. Ran hatte immer noch kein Wort gesprochen. Ich sagte: »Was machst du? Der Wachposten wird sie alle auf uns hetzen! Ich möchte mich nicht wieder verteidigen müssen, weißt du – gestern war schlimm genug.«

Er zog mich weiter. »Lazarin hält heute Wache, und da Stereth fort ist, hat er beschlossen, mit Des auf dem Dach Karten zu spielen. Die beiden widmen dem Ausguck nur gelegentlich Aufmerksamkeit.«

Ich entriß ihm meinen Arm. »Bist du verrückt? Das soll es wohl sein? Unsere große Flucht, bei hellem Tageslicht? Wo ist dein Wasserbeutel ...«

Er war gezwungen anzuhalten. »Stereth wird am Nachmittag wieder zurück sein. Wir werden keine andere Chance bekommen. Wir müssen in Kynogin sehen, daß wir Wasser und Proviant kaufen können ...«

»Wo jedermann dich als Stereth Tar'krim erkennen wird!«

Während ich mit ihm stritt, blickte ich zurück: im Fort ging es heute träge zu, da Stereth nicht zum Antreiben da war – die Bandenmitglieder waren im Gebäude, um zu schlafen, Spiele zu spielen oder erledigten planlos diese oder jene kleine Arbeit. Ran hatte recht, man würde uns wahrscheinlich nie weniger Aufmerksamkeit schenken als jetzt. Aber was für einen Unterschied machte das, wenn wir nicht von der Hochebene herunterkamen?

»Ich werde mich in Kynogin versteckt halten«, sagte er, »während du ein Transportmittel aushandelst.«

»Versteckt wo? Handeln womit? Hast du deine Goldtabals auf dem Weg aus dem Fort eingepackt?«

»Wir haben keine Wahl! Also *los!*«

Er machte den Fehler, wieder nach meinem Arm zu greifen, und ich wich zurück. »Warum bist du so wild entschlossen, heute abzuhauen? Warum haben wir keine Wahl? Ran, *was hast du gemacht?*«

»Was ich gemacht habe? Was du gemacht hast!«

Wir blickten einander an. »Willst du mir sagen, was du damit meinst?«

Er wartete hartnäckig und antwortete nicht, dann schaute er zu dem Fort zurück. Die Zeit war nicht auf seiner Seite. »Theodora, du verlierst deine Schärfe«, sagte er.

»Was, zum Teufel, meinst du damit? Wann bin ich denn ein Stück Besteck geworden?«

»Darüber rede ich nicht. Du siehst diese Leute nicht mehr im richtigen Licht. Stereth schickt dich mit Des auf eine Besorgung, und du kommst zurück und strahlst wie die Fontänen im Kaiserlichen Park. Es macht dir *Spaß*, Theodora.«

Vielleicht hätten wir uns besser gestritten, wenn wir uns nicht dauernd hätten umdrehen müssen, um sicherzugehen, daß wir nicht beobachtet wurden. »Ich esse zum Frühstück kaltes, fettes Tierkadaverfleisch, ich schlafe auf einer Decke auf hartem Stein, es gibt weit und breit nichts zu lesen, und du sagst mir, es mache mir Spaß. Schön, ich bin froh, daß du es mich wissen läßt. Nächstesmal sag es mir eher!«

»Du magst diese Adrenalinstöße, Theodora. Das habe ich schon früher bemerkt.«

»Schau mal, wer hier Steine im Glashaus wirft! Der Mann, der den Adrenalinstoß patentiert und dann bei den Massen eingeführt hat! Ich wußte gar nicht, was Gefahr für Leib und Leben ist, bevor ich dich traf ...« Ich begann zu stottern, und deshalb atmete ich tief durch. »Und das hat sowieso nichts zu tun mit der Wahl eines logischen Zeitpunkts für die Flucht.«

Er biß sich auf die Lippe. »Hat es schon, wenn ich meine Partnerin verliere.«

»Was?«

»Du *magst* diese Leute.«

Ich starrte ihn an. »Das klingt wie eine Anklage.«

»Was denn sonst?« In seinen Augen zeigten sich Hoffnungslosigkeit und ein gewaltiger Zorn. »Du bist nicht mehr eine Frau von einem anderen Planeten, du bist eine Cormallon!«

»Hör mal, wenn du mir noch einmal sagst, was ich bin…«

Plötzlich legte er seine Hand auf völlig andere Art auf meinen Arm als zuvor. Ich blickte mich schnell um. Carabinstereth kam durch das feuchte Gras auf uns zu.

Wir warteten, bis sie uns erreicht hatte. Sie schaute vom einen zum anderen, dann sagte sie: »Deshalb habe ich nie geheiratet.« Sie scharrte mit einem Stiefel den Boden und sagte ohne den leisesten Anklang von Tadel: »In der Hitze des Gefechtes habt ihr es wahrscheinlich nicht bemerkt, aber ihr seid ein bißchen von der Mauer abgekommen. Die Leute sind nervös, wenn Stereth fort ist, und deshalb könntet ihr mir zuliebe vielleicht ein Stück zurückkommen.«

›Gefecht‹ war ein starkes Wort. Oder vielleicht auch nicht. Wir begleiteten sie zurück über die verfallene Steinmauer, und zwischen uns dreien herrschte ein unbehagliches Schweigen. Ich gehöre nicht zu den Leuten, denen ein ausgewachsener Streit gefällt. Ich mag sie nicht. Ich hatte ein Gefühl, als hätte ich zuviel gegessen und dann zu viele Liegestütze gemacht. Als hätte mich jemand ausgequetscht. Als müßte ich mich langsam und vorsichtig bewegen, oder es würde mir sonst an Leib oder Leben etwas Fürchterliches passieren.

»Und was habe ich verpaßt?« fragte Stereth am nächsten Tag, als er Lex sein Reittier übergab.

»Hmmm…«, sagte Lex und schaute Carabinstereth an.

»Nichts von Interesse«, sagte sie. »Wie ist es dir ergangen?«

»Laß mich berichten«, begann er, und sie gingen zusammen ins Hauptgebäude.

Lex schaute mit einem Achselzucken in unsere Richtung und führte das Reittier weg.

Stereths Ausritt hatte ihn und seine zwei wertvollsten Stellvertreter zu fast jedem Bauernhof und jeder Viehfarm in der Umgegend geführt. Dank Stereths Ruf, Des' Charme und Grateths Ausstrahlung von Zuverlässigkeit und Tüchtigkeit – ganz zu schweigen von dem Gold, das Stereth freigiebig austeilte – war der Erfolg seines Vertragsprojekts komplett. Oder jedenfalls fast komplett; die Pemhostil-Ranch, die größte von allen, weigerte sich, überhaupt mit ihnen zu sprechen.

Das brachte Stereth nicht aus der Fassung. »Gut«, sagte er einfach. »Wir sind Parasiten. Wir müssen von *jemandem* leben.«

An diesem Abend fügte er hinzu: »Aber wir werden in Zukunft beschäftigt sein. Wir sollten lieber jetzt für Nachschub sorgen – Rinder, Reittiere und was wir sonst alles brauchen. Und es wird eine gute Lektion für die anderen ehrbaren Bürger sein; sie werden froh sein, daß sie den Vertrag mit uns unterschrieben haben.«

»Du willst Pemhostil überfallen«, sagte Carabinstereth.

»Heute nacht noch«, bestätigte er.

Pemhostil erstreckte sich über ein sehr großes Gebiet. Deshalb lagen da und dort Nebengebäude verstreut, in denen Knechte untergebracht waren, die für den Schutz der Vorräte und Viehbestände zuständig waren. Das Territorium von Cormallon war doppelt so groß; doch dort war es so sicher, daß ein ähnliches Nebengebäude als Schlupfwinkel für Kylla eingerichtet worden war, wo sie allein sein konnte, wenn sie wollte. Da die Pemhostils keine magische Barriere nach Art der Cormallons hatten, beschäftigten sie eine Menge Leute und rüsteten sie mit Waffen aus.

Inzwischen hatte Stereths Band jeden Rest von Demokratie oder sogar Anarchie abgelegt, mit dem sie sich geschmückt haben mochte. Wenn Stereth dachte, es sei eine gute Idee, Pemhostil zu überfallen, dann waren sie bereitwillig dabei.

Es folgte eine Nacht der angespannten Nerven, der anstrengenden Ritte, der Konfusion und der gebrüllten Befehle unter den anderthalb Monden. Stereth hatte alle antreten lassen, mit Messern und Stiefeln und bekleidet mit dunklen Jacken, damit wir schwerer auszumachen waren – wir würden lange Zeit von der Beute dieses Überfalls leben müssen, sagte er. Auf Pemhostil wurden Feuer gelegt, um die Leute herauszulocken und die modifizierten Rinder dorthin zu lenken, wo wir sie haben wollten. Ich habe viele Einzelheiten dieser chaotischen paar Stunden vergessen, aber ich erinnere mich, wie ich einmal über die Schulter Ran auf einem grau-schwarzen Reittier erblickte. Rinder fluteten um uns herum wie ein Wildbach. Ich zeigte nach hinten auf das nächste Nebengebäude auf einem Hügel, dessen Fenster gelb erleuchtet waren und dessen offener Eingang sich als gelbes Viereck von der Dunkelheit abhob.

»Was ist mit den Leuten passiert, die da drin gewohnt haben?« schrie ich.

»Was meinst du, was wohl mit ihnen passiert ist?« rief Ran zurück, wütend auf mich, auf sich und die Welt. Er wendete mühsam sein Reittier und trieb es in Richtung auf den Haufen der Gefährten am brennenden Horizont an.

Was meinte ich, was mit ihnen passiert war? wiederholte ich bei mir. Überall auf der Ranch war das Muhen der Rinder und das Knistern des Feuers zu hören. Das hier war Ivory, nicht Sherwood Forest.

KAPITEL 12

Ich weiß. Ich war es, die ihm von Robin Hood erzählt hatte.

Die Pemhostils schäumten natürlich vor Wut, aber sie stießen bei ihren Nachbarn nicht auf Sympathie, was vielleicht eine von Stereths Absichten gewesen war. Es bestand immer die Gefahr, daß einer unserer neuen Verbündeten den exorbitanten Profit einer Anzeige Stereth Tar'krims dem Status eines stillen Teilhabers seiner Bande vorziehen würde. Aber wie Des betonte, würde man Stereth zuerst ausfindig machen müssen, und dann war die Summe der Belohnung gegen die Aussicht auf mehr Geld aus den Aktivitäten der Bande im Sektor abzuwägen – und gegen die Gewißheit der Vergeltung der Banditen.

Nachdem er die meisten, die ihn unmittelbar bedroht hatten, unserer Sache verpflichtet hatte, wandte sich Stereth der ernsten Aufgabe zu, andere Banden von Gesetzlosen für eine Kooperation zu gewinnen. Er lud Dramonta Sol (›Blutberg‹), den Führer der größten Gruppe im Sektor, zum Tah ein. Dramontas Bande operierte auf der Totenbrunn-Ebene im Nordosten, zwei Tagesritte von uns entfernt; er war dafür bekannt, daß er die Lösegelder behielt und die Geiseln umbrachte. Als ich von Dramonta hörte, war ich tatsächlich froh, daß Des uns entführt hatte.

Es ging alles sehr zivilisiert zu. Wir hatten die Halle ausgekehrt und stundenlang den Tisch gedeckt. Es gab Servietten und blitzblanke Tah-Tassen, und Lex und Komo wurden unauffällig in Ecken plaziert, von wo aus sie den Hof überblicken konnten; der eine hatte ein Gewehr bereit, der andere eine Pistole. Schließlich trabten zehn Reittiere auf das Terrain des Forts, angeführt von einem vertrockneten kleinen Mann mit einem energischen Gesichtsausdruck und einer jungen Frau in einer schwarzen Jacke, die ihr Haar wie eine Dame aus der Hauptstadt hochgesteckt trug.

»Marainis Cho«, sagte Des zu mir und deutete mit einem Kopfnicken auf die Frau. *Niemals-zu-spät.* »Ich hätte nichts dagegen, ihre nähere Bekanntschaft zu machen. Dramonta jedoch ist ein Schwein.«

»Warum?« Ich beobachtete, wie das Paar abstieg und Stereths Verneigungen erwiderte. Hier tat man die offiziellen Plakate mit Rans Gesicht als Witz ab; die Banditen kannten sich schließlich nur allzu gut.

»Alle paar Jahre sucht er sich eine neue Stellvertreterin aus. Nimmt die am besten aussehende Frau aus der Bande und entledigt sich der vorherigen.«

»Ihr Götter!« Marainis Cho knöpfte den obersten Knopf ihrer Jacke auf und gab so den Blick auf eine enge Halskette aus Gold frei. »Weiß sie, was ihr bevorsteht? Oder meinst du mit ›entledigen‹ etwas Harmloses?«

»Harmlos? Wenn Dramonta beteiligt ist? Verdammt, Tymon, ich weiß nicht, ob sie es weiß. Aber es ist doch eine Schande. Schau, wie sie geht. Man kann zwischen ihren Beinen Licht sehen. Weißt du, was das bedeutet, wenn eine Frau …«

»Verschone mich mit diesen Männerweisheiten, Des. Ich kann nicht glauben, daß Dramonta damit bei seiner eigenen Bande durchkommt! Wir würden das hier nicht dulden.«

Sechs der Reiter, die Dramonta mitgebracht hatte, blieben im Hof, wo sie sich mit Grateth, Mora und Paravit-Col unterhielten. Die anderen beiden waren nach drinnen gegangen.

»Das sorgt für schlechte Stimmung in der Bande«, stimmte Des zu. »Wie ich gehört habe, machen seine Leute Marainis deshalb das Leben sauer.«

»Sie machen *ihr* das Leben sauer…« Ich klappte meinen Mund zu, holte Luft und sagte: »Carabinstereth hat recht. Es muß sich um ein Gen des Irrsinns handeln, das auf dem Y-Chromosom sitzt.«

»Du kannst nicht erwarten, daß sie sich freuen, wenn eine Frau sich zur Stellvertreterin emporschläft…«

»Ich gehe jetzt rein. Clintris könnte Hilfe beim Servieren gebrauchen.« Ich drehte mich um und machte mich auf den Weg zum Hauptgebäude.

»Ach, komm schon, Tymon, ich habe nicht gesagt, daß *ich* so denke – ich zitiere nur, was andere sagen – Tymon!«

Ich ging hinein, durch die Haupthalle hindurch, am Feuer vorbei zu dem niedrigen Tisch, den Stereth vor zwei Tagen hatte aufstellen lassen. Er schaute mich an, als ich hereinkam; der Raum war fast leer. Ich blieb trotzdem, denn ich war neugierig.

Ich ging nach hinten zu Clintris, die sich damit abplagte, den Kessel und einen Teller mit Kuchen gleichzeitig zu tragen. »Nimm«, sagte sie und hielt mir den Kessel hin. Ich nahm den Kessel, und sie strich das gute Kleid glatt, das sie für diesen Anlaß angezogen hatte. »Gut. Im Filter ist schon Tah. Der Wärmer ist schon angeheizt. Gieß einfach Wasser ein, und verschütte um Himmels willen nichts.«

Clintris mochte mich nicht, aber sie mochte niemanden, und wenn sie Hilfe brauchte, dann debattierte sie nicht darüber, woher die Hilfe kam. Ich trug den Kessel zum Tisch, nahm den bemalten Keramikdeckel von dem Topf, und das Aroma von schwarzem Tah entwich in den Raum. Ich goß langsam ein, so wie ich andere Leute es hatte tun sehen, und dann setzte ich den Kessel auf dem Steinfußboden ab und stellte mich an die Wand, als wartete ich darauf, weitere Dienste leisten zu können.

Stereth warf mir wieder einen Blick zu, aber er forderte mich nicht auf zu gehen. Aus einem Zucken seiner Mundwinkel schloß ich, daß ich ihn amüsierte. Gut.

Clintris ging wieder ins Küchenhaus, um noch mehr Kuchen zu holen. Dramonta nippte an seiner Tah-Tasse, ließ aber den Kuchen, den man ihm gegeben hatte, unberührt auf dem Teller. Kein Wunder, daß er ein solcher vertrockneter kleiner Mann ist, dachte ich. Wahrscheinlich bestand sein einziges Vergnügen im Töten seiner Geiseln und Ex-Geliebten.

»Nett von dir, uns einzuladen«, sagte er und verzog seine Lippen streng, während er die Tasse absetzte. Er sprach mit einem hauptstädtischen Akzent, noch dazu mit einem der Oberschicht.

»Es war freundlich von dir, zu kommen«, sagte Stereth. »Marainis, ich hoffe, der Kuchen sagt dir zu. Sei bitte nicht höflich, wenn er dir nicht schmeckt; jeden Augenblick kommt noch mehr zum Essen.«

Ich überlegte, ob das ein Seitenhieb auf Dramonta war. Er hätte wirklich einen Bissen essen sollen, um zu zeigen, daß er den Kuchen nicht für vergiftet hielt. Marainis sagte mit einer dunklen Stimme: »Danke, er ist köstlich. Kuchen mit Beerenfüllung habe ich seit meiner Kindheit nicht mehr gegessen.«

»Hmm, und du hast hier ein sehr schönes Hauptquartier«, fügte Dramonta in einem Bemühen um Höflichkeit an, das ich bei ihm nicht erwartet hatte. Von den Dingen, die ich über ihn gehört hatte, hatte ich mir wohl vorgestellt, daß er geiferte und mit dem Besteck um sich warf.

»Danke, aber das ist nichts verglichen mit deiner Organisation, wie ich höre ...«

Und sie traktierten sich mit blumigen Phrasen, bis meine Füße zu schmerzen begannen. Das ist der Stil von Ivory. Schließlich ließ sich Stereth dazu überreden, seinen Plan der Gewinnung eines kollektiven Straferlasses vom Kaiser in Einzelheiten zu erläutern. Robin

Hood erwähnte er nicht. Ich selbst war auch nicht der Meinung, daß dies hier die richtige Zuhörerschaft gewesen wäre. Er sprach über die Geschichte der Straferlasse für Gesetzlose, während Dramonta auf seinem Sitz hin- und herrutschte, und er schloß mit den Worten: »Wenn wir lang genug ein ausreichend starker Störfaktor sein können, ohne daß wir geschnappt werden, dann wird man uns einen Freikauf anbieten.«

»Ein ausreichend starker Störfaktor – und sie werden die Provinzmiliz herschicken – oder schlimmer, Kaiserliche Truppen.«

»Nun ja, ich sagte: ›… ohne daß wir geschnappt werden.‹«

Dramonta setzte seine Tasse ab. »Du bist jung. Von dir erwartet man, daß du tollkühn losschlägst und dich in Schwierigkeiten bringst, bevor du genau hinschaust…«

»Darf ich erfahren, wo der schwache Punkt in meinem Plan ist?«

»Wir sind keine Armee.« Dramonta reichte Marainis seine Tasse; anscheinend hatte er vergessen, daß er nicht zu Hause war. Sie blickte auf die Tasse in ihrer Hand, runzelte die Stirn und stellte das Gefäß auf den Tisch. »Wir sind einfach nicht zahlreich genug, um vom Standpunkt des Kaisers aus gesehen einen Störfaktor darzustellen. Und nur der Kaiser hat die Autorität, für gesetzlos Erklärte freizukaufen. Nicht der Gouverneur, und der ist's, den du wirklich störst.«

Stereth lächelte. »Schmeckt dir das Tah?«

»Ja, danke.«

»Es ist schwarzes Tah, aus einer der Ordalake-Plantagen.«

»Es schmeckt sehr gut«, sagte Dramonta etwas ungeduldig.

»Wußtest du, daß alles Tah aus den Plantagen um die westlichen Seen durch den Nordwest-Sektor transportiert wird? Das sind etwa neunzig Prozent des schwarzen Tah, das auf diesem Kontinent verbraucht wird.«

»Nun, wie beeindruckend!«

»Und da es durch den Sektor transportiert wird, kann man keine Luftlaster benutzen. Alles wird über Land transportiert.«

»Danke, ich weiß Bescheid über die Tah-Transporte. Ich habe oft genug in meinem Leben welche ausgeraubt.«

»Du hast ihr Geld geraubt. Nicht ihr Tah.«

Dramonta runzelte die Stirn. »Was sollte ich mit hundert Säcken Tah anfangen? Gelegentlich nehmen wir einen Sack für unseren persönlichen Verbrauch mit …«

»Natürlich.«

»Aber ich begreife nicht, wer davon profitieren würde, wenn wir hier im Sektor Säcke voller Tah stapeln würden, bis es fault. Und in diesem Klima? Es würde schon in wenigen Wochen schlecht werden.«

Marainis, die mit funkelnden Augen zugehört hatte, wandte sich Dramonta zu. Sie öffnete den Mund, als wollte sie etwas erklären, dann schloß sie ihn aber wieder und nahm ihre Tah-Tasse auf. Sie blickte Stereth über den Tassenrand an.

»Stell dir mal vor«, sagte Stereth, »was entlang der Küste – und in der Hauptstadt – geschehen würde, wenn die Tah-Transporte nicht mehr durch den Sektor kämen. Es gibt ein paar Plantagen mit grünem Tah im Süden, und das rote würde weiter von Übersee kommen, aber das würde nie ausreichen, um die Nachfrage zu befriedigen. Und das meiste Tah, das verbraucht wird, ist schwarz.«

Dramonta schwieg. Ich konnte nicht erkennen, was er dachte.

Stereth fuhr fort: »Vielleicht würden der Palast und die adeligen Häuser dafür sorgen, daß sie das wenige Tah, das verfügbar wäre, in die Hände bekämen – aber das würde nur die Spannung erhöhen.«

»Was für eine Spannung?« platzte Dramonta schließlich heraus. »Die können doch am Morgen Schokolade trinken! Oder Tee.«

Stereth schien von ihm enttäuscht zu sein. »Hast du schon einmal versucht, ein paar Tage ohne Tah auszukommen? Hast du schon die Entzugssymptome erlebt?«

»Nein, aber was soll's? Das wird sie nicht umbringen.«

»Nein.« Stereth grinste. »Es wird sie nur ganz höllisch aufregen.«

Es funktionierte nicht. Dramonta wollte nicht mitspielen, und nach ein paar weiteren Tassen Tah, um der Ehre Genüge zu tun, bestiegen er und Marainis ihre Reittiere und machten sich mit ihrer Mannschaft auf den Heimweg. Einige von unserer Bande blickten niedergeschlagen drein, aber Stereth legte Des die Hand auf die Schulter und sagte, laut genug, daß es alle hören konnten: »Mach dir keine Gedanken. Er ist nur einer. Die anderen werden daran interessiert sein.«

Und wie sich herausstellte, hatte er recht.

In der Mittsommernacht, um die Zeit des roten Viertelmondes, ließen sich drei andere Banden bei uns im Fort nieder. Ran war erschrocken über die Menge Leute, mit denen er seinen Platz teilen mußte. Er bekam nicht einmal eine Pause beim Wassertragen, denn jetzt mußten dreimal so viele Krüge geschleppt werden. Ich wußte das alles nur aus der Beobachtung, weil wir seit dem Streit am Tag nach unserer Halbhochzeit nicht mehr viel miteinander geredet hatten.

Ich dachte an das gleichmäßige Leben einer Gelehrten, das ich einmal im Auge gehabt hatte. Dann dachte ich an das Ideal, durch das es ersetzt worden war: Mit Ran in der Hauptstadt und auf Cormallon zu arbeiten. Als ich eines Morgens neben ihm in die Halle trat, während er unter dem Gewicht eines Wasserkruges keuchte, sagte ich: »Ich nehme an, irgendwann in der Zukunft wird wieder ein normales Leben anfangen.«

»Hm. Seit ich dich getroffen habe, weiß ich nicht mehr, was ein normales Leben ist.«

Das war ein alter Scherz. »Du wirst doch nicht so tief herabsinken und mir die Schuld zuschieben ...«

»Es ist ein Pechzauber. Irgend jemand hat uns sieben Jahre Pech aufgeladen. Noch fünf, die wir hinter uns bringen müssen – glaubst du, daß du das durchstehst?«

Er setzte den Wasserkrug am Waschplatz ab, richtete sich auf und drückte sich die Faust ins Kreuz. »Du würdest es wissen, wenn an dir ein Pechzauber hinge«, sagte ich.

»Er wurde sehr schlau eingesetzt, Tymon – man hat ihn auf dich gebannt, und jetzt greift er über auf mich.«

Wenigstens sprach er noch mit mir, nachdem ich alle seine Vorstellungen von der Ehre seines Hauses schockiert hatte. Und ich will zu Rans Gunsten sagen: Wenn er wirklich geglaubt hätte, daß auf mir ein Pechzauber lag, so hätte er die fünf Jahre bei mir durchgehalten. Und er hätte dafür auch kein besonderes Lob erwartet; er hätte gedacht, daß ich dies für selbstverständlich nähme. Dieses Wissen machte es mir viel einfacher, es mit ihm auszuhalten, wenn er schwierig wurde.

Ich setzte gerade zu einer Bemerkung an, als ich sah, wie Carabinstereth auf den Anrichtetisch stieg. »Was in aller Welt tut sie da?«

»Alle mal herhören!« schrie Carabinstereth. »Dürfte ich mal um eure Aufmerksamkeit bitten? Alle – ich meine, Brüder und Schwestern, he, hört mal zu!«

Stereth hatte mit der Anrede ›Brüder und Schwestern‹ begonnen. Man war sich jetzt nicht mehr so sicher mit den Namen, bei all den Fremden, die inzwischen hier kampierten, aber er wollte ein Gefühl der Vertrautheit wecken, die Vorstellung, wir bildeten alle eine einzige Bande. Ich nehme jedenfalls an, daß er das wollte. Sein Ansehen wuchs jedoch sprunghaft, und ob wir jetzt eine Bande waren oder nicht, die Neuankömmlinge schienen Stereths ursprüngliche Gruppe auf ein Podest zu stellen. (»Habt ihr wirklich einen Steuertransport überfallen?« fragte mich ein Mann neugierig – mit einem Blick in den Augen, als wäre ich eine Piratenkönigin. Ich schwankte zwischen einem unbehaglichen Gefühl und der Versuchung, stolz darauf zu sein.)

»Brüder und Schwestern? Danke.« Carabinstereth stand gefährlich nahe am Tah-Service. Sie zeigte ihr Banditengrinsen. »Ich habe ein paar Dinge anzukündigen. – Hallo, Paravit, stell einfach den Krug hin und komm zu uns. – Erstens, wir wollen uns bemühen, die Leistungsfähigkeit und Sicherheit jedes Mitglieds dieser Bande zu verbessern, und deshalb beginnt in der Halle heute nachmittag ein Körpertraining. Mit Körpertraining meine ich nicht Gymnastik, Sa'ret, Platztanz, Bodybuilding oder andere … ah … Arten von Freizeitgestaltung. Ich meine Methoden, Menschen kampfunfähig zu machen, zu verstümmeln und zu töten, und das mit und ohne Waffen. Macht euch keine Sorgen, wenn ihr meint, nicht in guter körperlicher Verfassung zu sein.« Sie grinste wieder und blickte uns an. »Für die Tricks, die ich euch beibringen werde, ist das nicht nötig. Ich nehme die Frauen kurz nach dem Mittagessen dran – eßt nicht zuviel, Schwestern! – und Komo übernimmt morgen früh die Männer. Jede Frau, die nicht Dienst hat, meldet sich in der Halle …«

Es erhob sich ablehnendes Gemurmel. Carabinstereth hob die Hand. »Meine Damen! Ich weiß, daß keine von euch eine solche Gelegenheit zur Weiterbildung verpassen will. Meine Herren, ihr werdet *nicht* in der Halle sein, während mein Unterricht stattfindet;

ihr meldet euch morgen früh nach dem Waschen in der Halle. Und jeder Mann, der sich hier nach Beginn des Unterrichts noch sehen läßt, wird als Demonstrationsobjekt verwendet.« Sie machte eine Pause und sagte dann ernster: »Na kommt schon, Jungs und Mädels, ihr habt keine Wahl. Es geschieht auf Anweisung von Stereth, also macht das Beste daraus. Oder streitet euch mit ihm, nicht mit mir.«

Sie stieg von der Anrichte herab und war sofort von Leuten umlagert, die alle auf einmal auf sie einredeten. Ich wandte mich Ran zu. »Was hältst du davon?«

Er war nachdenklich. »Wenn es um die Ausführung von Räubereien geht, so hatten die Banditen nie viel Wert auf Körpertraining gelegt. Wahrscheinlich wäre es nützlich. Oder glaubst du, er erwartet eine regelrechte Feldschlacht?«

Das war ein beängstigender Gedanke. »Wir würden vernichtet werden.«

»Das muß er wissen. Natürlich würde es von den Zielen der anderen Seite abhängen. Falls sie Gefangene machen wollten, um eine gute Show auf dem Richtblock abzuziehen – politischer Nutzen, weißt du –, und nahe genug herankämen für einen echten Einzelkampf ... dann könnten wir sie beschäftigt halten. Jedenfalls lange genug, damit Stereth entkommen könnte.«

»Uff. Ich möchte nicht einmal daran denken. Lang vor dem ersten Ansturm werde ich schon über die Hügel hinüber sein und mich in einem Kaninchenbau versteckt haben – und du solltest lieber dabei sein, mein Halbehemann.«

»Sei unbesorgt!«

Wir gingen zurück und wuschen uns. »Ich glaube, ich sollte auch heute nachmittag einen Kaninchenbau suchen«, sagte ich. »Es hat keinen Zweck, daß ich zum Training komme.«

»Warum nicht?«

Ich war überrascht. »Schau doch meine Größe! Ich bin eine Barbarin. Ich bin kleiner als die meisten Frauen, denen ich begegne, gar nicht zu reden von den meisten Männern. Egal, wie Carabinstereths ›Tricks‹ aussehen mögen, erzähl mir bloß nicht, daß irgendso ein großer Kerl mich nicht mit einer Hand zusammenschlagen kann. Und wenn er ein Messer hat oder eine Pistole – ich meine, physikalische Tatsachen sind physikalische Tatsachen. Ich *vermeide* Schwierigkeiten, Ran, und auf diese Weise überlebe ich. Glücklicherweise nehmen mich die meisten Leute nicht ernst.«

Er lächelte und küßte mich auf die Stirn. »Ich nehme dich ernst, meine Halbehefrau.«

Ran macht immer so etwas, wenn ich gerade versuche, ein Argument anzubringen. Damit schlägt er mir immer sozusagen die Waffe aus der Hand. Offensichtlich brauchte er sich auch keine Gedanken über ein Training zu machen.

»Ich meine Leute, die mich verletzen könnten. Erinnerst du dich daran, wie ich erfuhr, wer Annurian war? Er hätte mich getötet, wenn er gemeint hätte, ich stelle für ihn eine Bedrohung dar.«

»So, und wenn du dieser hypothetische riesige bewaffnete Mann gewesen wärest, hättest du dann eine Bedrohung für ihn dargestellt?«

»Nein. Ich hätte ihn nicht anzeigen können, er war ein Freund.«

»Vielleicht war das der Grund, warum er wußte, daß du keine Bedrohung für ihn warst. Los, Tymon, geh schon in den Unterricht. Lern ein paar schmutzige Tricks. Ich werde mir dann nicht mehr so viele Sorgen um dich machen, wenn wir nicht beisammen sind.«

Ich blickte ihn mit einem Stirnrunzeln an. »Du hast mir nie gesagt, daß du dir Sorgen machst.«

»Was für einen Zweck hätte es gehabt? Aber jetzt, wo du die Sorgen verringern kannst ... bewahre mich davor, graue Haare wie Stereth zu bekommen ...«

»Schon gut, schon gut. Du hast gewonnen. Ich werde mir diese Provinzlerhosen anziehen, die du nicht magst, und zum Unterricht gehen.«

Er lächelte und umarmte mich in einem seiner seltenen Gefühlsausbrüche in der Öffentlichkeit. Wie die meisten ivoranischen Männer, die ich bisher getroffen hatte, war Ran ein schlechter Verlierer, aber ein großmütiger Sieger. Bei den Frauen schien es gewöhnlich umgekehrt zu sein. Vielleicht hängt es davon ab, womit man mehr Erfahrung gehabt hat.

Ein Mann war schließlich doch im Unterricht – Lex, Carabinstereths Partner, ausgerüstet mit Schienbeinschützern und einem wattierten Helm. Nachdem sie etwa ein halbes Dutzend Angriffsvarianten vorgeführt hatten und mit uns die Drehungen und die Tritte durchgegangen waren, kündigte Carabinstereth an: »Und jetzt stellt euch in einer Reihe auf, und Lex wird euch angreifen.«

Wir schauten uns überrascht an. Lex war ein Verrückter.

»Kinder«, sagte Carabin mit liebevollem Tadel. »Wir werden nichts machen, was ihr heute nicht gesehen habt. Nur an diesem Nachmittag wird sich Lex zurückhalten. Nutzt diese Situation aus. Tymon, du kommst als erste dran. Lex wird dich von hinten anspringen.«

»Mich?«

»Irgend jemand muß die erste machen.«

»Ich erinnere mich an nichts mehr, was wir gemacht haben.« Ich hatte eine vage Erinnerung an einen schnellen Tritt gegen ein Kissen, das Lex gehalten hatte ... und dann war da etwas mit den Armen gewesen, oder? Ich hatte wirklich keine Ahnung.

Ihre Lippen zuckten. »Niemand erinnert sich daran. Geh in die Mitte der Matte, Tymon. Dreh dich nicht um, du wirst es wissen, wenn er dich erreicht.«

Ich ging langsam auf die Matte. Alle in der Halle, alle achtundzwanzig Frauen beobachteten mich. Mein Herz raste wie ein Preßlufthammmer in einem wütenden, wilden Rhythmus, und mein Gehirn schien nicht mehr zu funktionieren.

Ich wurde von hinten gepackt. Ich drehte mich in diesen Griff hinein und fuhr dabei mit meinem Ellbogen herum und schmetterte ihn gegen Lex' wattierten Helm. Dann stieß ich ihm das Knie in die Leistengegend (eine Menge von Carabinstereths Instruktionen befaßten sich mit dieser Körperregion, und Lex hatte sich dort vorsichtigerweise auch gepolstert), und als er hinstürzte, schlug ich ihm das andere Knie gegen den Schädel. Die ganze Sache dauerte etwa anderthalb Sekunden, und dann starrte ich auf Lex, der auf der Matte lag.

»Ihr Götter«, sagte ich, »es hat funktioniert.«

»In Ordnung, Tymon«, rief Carabinstereth. »Mach jetzt die Matte frei, damit du Lex nicht nervös machst. Solange ihr beide auf der Matte seid, seid ihr Feinde.«

Ich trat auf die Seite und beobachtete, wie Lex sich langsam mit einem Grunzen erhob. Er ging schwankend zu Carabinstereth und flüsterte ihr etwas zu. Sie biß sich auf die Lippe, und ich konnte nicht erkennen, ob sie sich aufregte oder ob sie lachte. Dann kehrte Lex zum Kopfteil der Matte zurück.

»Schwestern, weil das eure erste Lektion ist, hat Lex beschlossen, bei dieser speziellen Angriffsübung langsam vorzugehen«, sagte Carabin. »Jede kann sich ... hm ... Zeit lassen ... Also gut, die nächste – Selene – auf die Matte ...«

Einige Tage später:

Carabinstereth gab Berwin eine aufs Ohr, allerdings nicht fest. »Du *denkst*«, sagte sie, als wäre dies ein schmutziges Wort. »Hör sofort damit auf.«

Es war Carabinstereths erklärtes Ziel, uns dazu zu

bringen, daß wir das Denken einstellten. »Hier geht es um eine Konditionierung«, verkündete sie uns allen schon bald zu Beginn, »ihr wißt, wieviel Angst ihr auf der Matte habt? Gut! Wir wollen, daß ihr Angst habt! Wenn ihr hier einmal fertig seid, dann werdet ihr bei jedem Adrenalinstoß ganz automatisch reagieren.«

Himmel, war das wirklich die Art, wie Carabin ihr Leben lebte? Ich nahm mir vor, sie nie zu reizen. Aber unsere Instruktorin mußte sich wirklich keine Sorgen mehr machen über die Reihe nervöser Frauen, die vor der Matte warteten, denn sobald wir zu echten Übungen übergingen, war mit Denken gar nichts mehr drin. Die Wachsamkeit gegenüber einer Eröffnung und die Reaktion darauf, wenn sie kam, war so ziemlich alles, wofür im Kopf Platz war. Wenn ein Angriff so kam, dann machten wir dies. Wenn er auf andere Weise kam, so machten wir das. Oft konnte man sich gar nicht daran erinnern, was geschehen war, wenn es vorbei war.

Manchmal gab es kleine Zwischenfälle. Ich erinnere mich an eine Übung am Anfang, als mein Gegner mit Mühe gerade in die richtige Position für einen Kopfschlag gebracht worden war. Aber ich hatte mein ganzes Training vergessen und stand eine ewig lange Sekunde da und überlegte, daß der einzige Schlag, an den ich mich erinnern konnte, nur aus einer Bodenposition angebracht werden konnte, und hier standen wir auf den Füßen. Was, um Himmels willen, sollte ich tun?

Eine Minute später lag er auf dem Boden, und ich war wieder in die Reihe getreten, und Juvindeth, die direkt vor mir stand, sagte: »Gute *Arbeit,* Tymon!«, und eine Frau, die ich nicht kannte, schüttelte vergnügt den Kopf und sagte: »Wunderbar!« Und bis zum heutigen Tag weiß ich nicht, was ich getan habe.

Anscheinend war dies ein allgemeines Phänomen. Es gab auch noch andere allgemeine Punkte, die mich überraschten, weil sie weit über körperlichen Kampf hinausgingen.

Es gibt Dinge, die lernt man im Leben, wenn man älter wird. Aber über viele dieser Dinge ist man vorher gewarnt worden – über alle, möchte man meinen, nicht wahr? Und doch kommen einige aus dem Nichts und hauen einen um, und dann sitzt man mit dem Arsch auf dem Boden und schaut so schockiert drein, als sei man der erste Mensch in der ganzen Geschichte, der diesen speziellen Schlag versetzt bekommen hat. Ich hatte zum Beispiel, als ich jünger war, nie geahnt, daß mein Geisteszustand so von bestimmten äußeren Dingen abhängen könnte. Ich hatte keine Ahnung gehabt, daß etwas wie ›Verliebtsein‹ meinen ganzen Standpunkt ändern und eine Quelle lächerlicher Befriedigung schaffen könnte, die direkt unter der Oberfläche aller Dinge lag, die ich tat. Es war ein Glück, das überhaupt nicht von einer Situation abhing, oder doch nur soweit, daß es sich auf die Nähe zu Ran bezog. Entführungen und andere solche Dinge waren dafür bedeutungslos. Ich war eine athenanische Rationalistin und Wissenschaftlerin gewesen; ich hatte Stolz über eine gut gemachte Arbeit empfunden, das Vergnügen des Lernens, der Vollendung von Dingen, die zu Ende zu führen ich mir vorgenommen hatte. Aber das jetzt war etwas Unheimlicheres, deutlich etwas außerhalb meines Ichs; mir hätte genauso gut eine Glücksdroge injiziert sein können.

Jetzt möchte ich sagen, daß ich nicht damit zufrieden war, oder so unzufrieden, wie ich nur sein konnte, während ich jeden Morgen summte und dann und wann lächelte. Aber zumindest erfuhr ich, daß ich mit dieser geistigen Verletzbarkeit nicht allein war; sie gehörte zu der Art, in der wir Menschen geschaffen sind. Ich bezeichnete sie als eine Ausnahme vom normalen Leben und legte sie beiseite. Unter Carabinstereths Anleitung lernte ich jetzt neue Ausnahmen (und wie viele Ausnahmen konnten da noch kommen, fragte ich mich besorgt, während die Liste in meinem Kopf wuchs).

Zum einen war da die Achterbahn, durch die ich beim Drill raste. Angst, Angst, Angst, während ich in der Reihe wartete, gemischt mit etwas Hoffnung. Dann begann der eigentliche Kampf, und die Angst war weg; es gab keinen Raum für etwas anderes als völlige Konzentration. Dann lag Lex oder Grateth am Boden, und ich kehrte auf meinen Platz zurück. Dabei spürte ich, wie wieder eine Emotion in mir aufkam – diesmal eine blinde Euphorie, die Stunden, manchmal Tage andauerte. Als ich später mit den anderen Frauen sprach, fand ich heraus, daß sie genau den gleichen Kreislauf durchmachten. Mir war nie der Gedanke gekommen, daß Menschen so leicht kalkulierbar waren, daß wir so leicht ein- und ausgeschaltet werden konnten. Diese Vorstellung war gegen die Lehren von Athena. Und sie machte mir sehr zu schaffen.

Aber da war noch etwas. Vor dem Abendessen am dritten Tag warteten wir in einer Schlange vor dem Küchenhaus auf etwas Eintopf, als zwei Männer von einer anderen Bande an der Schlange vorbei direkt zur Schüssel gingen. Sie hatten sich dabei nicht unbedingt etwas gedacht; wir waren nur zu dritt in der Schlange und standen hinter dem Seil, das den Serviertisch abgrenzte, und so hatten sie uns vielleicht nicht gesehen. Es kam immer wieder vor, daß jemand sich vordrängelte, denn wenn der erste Andrang zum Abendessen vorbei war, gab es überhaupt keine Schlange mehr, und die Leute gewöhnten sich daran, einfach vorbeizugehen und zu nehmen, was sie wollten. Wenn jemand sich vordrängelte, dann schauten die Wartenden sich gegenseitig an und überlegten, ob sie das Anstehen nicht aufgeben und einfach zur Schüssel vorstürmen sollten.

Ohne nachzudenken rief ich: »Freunde, hier stehen wir an. Falls ihr Abendessen haben wollt.« Sie drehten sich um, blickten verwirrt drein, dann verdrossen, und schließlich stellten sie sich hinten an. Als ich zur Schüssel kam, sagte der Kamerad, der an diesem Abend Servierdienst hatte: »Ich bin froh, daß du das getan hast. Ich mag es nicht, wenn sie sich vordrängeln.« Aber als ich dann aß, ertappte ich mich bei dem Gedanken: Warum, in aller Welt, hast du das getan? Du hast das noch nie zuvor getan, du hast sie immer vorbeigehen lassen.

Man muß verstehen, ich hatte meine Kindheit auf Pyrene verbracht, wo ich schon früh lernte, mich nie freiwillig zu melden, mich nie über unfaire Regeln zu beschweren und nie die Aufmerksamkeit auf mich zu lenken. Diese Verhaltensweisen, die ich zu einem schönen Talent entwickelte, sind mir in meinem Leben von großem Nutzen gewesen. Ihnen verdanke ich es, daß ich mich von einer Kultur in die andere begeben konnte, und vor allem, daß ich mich so gut in Ivory einpaßte, wo mein körperliches Aussehen mich so von den anderen unterschied.

Was war also, um Himmels willen, jetzt über mich gekommen?

Vor der nächsten Übungsstunde sprach ich mit den anderen Frauen; viele von ihnen hatten ähnliche Dinge getan. Der Aggressionspegel unserer Ausbildungsgruppe war deutlich am Steigen. Eine von ihnen hatte sich in Wortgefecht mit jemandem eingelassen, der versucht hatte, ihre Auswahl von Tah zu kritisieren. Eine hatte ihrem Liebhaber ein Ultimatum bezüglich des Ortes gestellt, wo sie leben wollten, wenn Stereth uns Straferlaß erwirkt hatte. Ich war schockiert. Irgendwie hatte ich bisher aggressives Verhalten mit den ›törichten Dingen, die Männer tun‹ assoziiert. Es war offensichtlich, daß ich mir etwas vorgemacht hatte – wir hier waren dafür anfällig wie alle anderen. Das war beängstigend: würden wir alle am Ende so werden wie Carabinstereth?

Ich stellte diese Frage den anderen Frauen, und wir schauten einander entsetzt an. Wir mochten Carabinstereth, aber so zu sein wie sie, das war doch eine gänzlich andere Sache. Guter Gott, wann würdest du je *ruhen?*

Es war Carabinstereth, die unsere Bedenken zerstreute. »Das vergeht, meine Freundinnen«, sagte sie, als ihr einige Frauen mit großen Augen erzählten, was sie getan hatten. Sie lachte. »Es hält nicht lang an, wirklich nicht.«

Sie hatte recht. Das Pendel schwang wieder zurück, wobei es allerdings nicht an genau derselben Stelle zur Ruhe kam, an der es am Anfang gewesen war. Mich beunruhigte das Ganze immer noch. Was sonst werde ich noch lernen, das mich verändern kann, selbst wenn ich nicht verändert werden will?

KAPITEL 13

Kinder«, rief Carabinstereth. »Mora sagt uns, daß sie sich bei dieser Übung zurückgehalten hat, weil sie dachte, Lex' Augenschützer seien vielleicht nicht stark genug. Darüber braucht ihr euch keine Gedanken zu machen! Bitte seid so nett und denkt daran: solange sich Lex auf der Matte befindet, ist er nicht unser geliebter Instruktor, er ist ein Feind. Unser Ziel ist, diese Augäpfel direkt in sein weiches kleines Hirn zu drücken! Falls es zu einem dauerhaften Körperschaden oder gar zum Tod kommt, dann sollten wir uns alle freuen. Jede, die ich erwische, wie sie sich zurückhält…«

Ich befand mich an diesem Nachmittag etwa in der Mitte der Reihe. Juvindeth, die direkt hinter mir stand, zog einen Stiefel aus und schüttelte ihn. Ein Steinchen fiel heraus. Sie sagte zu mir: »Also, du und Sokol, ihr habt noch eine Ehefrau.«

»Wie bitte?«

»Eure ältere Ehefrau. Sie muß ganz unruhig sein, weil sie nicht weiß, wo ihr seid.«

»Wir haben keine ältere Ehefrau.«

Jetzt blickte Juvindeth verwirrt drein. »Damals im Küchenhaus, als du sagtest, es seien eure Flitterwochen…«

Ach so. Flitterwochen waren eine Sitte, die auf Ivory mit den Hauptfrauen nicht befolgt wurde. Ich sagte: »Na ja, ich bin Ausländerin, und da ich die einzige Frau sein werde, die er je hat, wollte ich Flitterwochen haben.«

»Oh, das tut mir leid. Er sieht nicht so arm aus. Ich nehme an, das Zauberergeschäft hat sein Auf und Ab.«

»Arm?«

»Daß er sich keine weitere Frau leisten kann. Es wird für euch einsam sein, wenn ihr nur zu zweit seid.« Sie legte ihre Hand tröstend auf mein Handgelenk. »Du solltest bei seiner Familie einziehen, falls er eine hat. Dann wirst du auf jeden Fall etwas Gesellschaft haben.«

Die ivoranische Art, die Dinge zu betrachten, war manchmal verwirrend. »Ich glaube, du begreifst nicht ganz …«, begann ich.

»Unsere Zeit ist um für heute«, rief Carabinstereth. »Ihr habt alle ausgezeichnete Arbeit geleistet. Jetzt kommt mal alle her, ich möchte euch ein paar Sachen sagen. – Mach dir keine Gedanken, Sel, morgen früh kommst du als erste dran.« Sie blickte Selene verschmitzt an. »Jetzt möchte ich euch vor etwas warnen. Ihr habt alle Freunde oder Liebhaber in der Bande, und ihr redet alle eine Menge. Das ist soweit ganz schön – aber es ist besser für euch, wenn ihr mit den Männern nicht über das Training redet, selbst wenn ihr etwas gemacht habt, worauf ihr besonders stolz seid und was ihr ihnen zeigen wollt. Der Grund dafür ist – und ich sage euch, das wird passieren –, daß einige von ihnen mit euch Unsinn machen wollen. Sie werden sagen: ›Zeig mir, was du gelernt hast, meine Süße‹, oder sie werden sich hinter eurem Rücken anschleichen, oder irgendeinen anderen Quatsch machen.« Sie nahm einen Schluck aus dem Wasserkrug. »Nun, das kommt wahrscheinlich aus einem tief sitzenden männlichen Drang, jede Frau zu sabotieren, die vielleicht eine Bedrohung darstellen könnte.«

Schön gesagt, Carabinstereth. Du weißt, wie man Freunde gewinnt und Menschen beeinflußt. Ich blickte auf Lex. Er verzog keine Miene.

Unsere Instruktorin fuhr fort: »Aber um ehrlich zu sein, das ist noch nicht alles. Zum einen werden sie denken, daß es einfach süß ist, daß ihr so etwas lernt, und sie werden nicht eine Sekunde lang glauben, daß ihr sie verletzen könntet. Und das andere ist – die Art, wie sie auch miteinander umgehen. Spielerischen Unfug treiben. Ihr wißt, wie sie sich aus Spaß Scheinschläge versetzen.«

Die anderen Frauen nickten, obwohl ich mir nicht vorstellen konnte, wie Ran irgend jemandem Scheinschläge versetzte.

»Nun, wir bringen euch hier keinen Unfug bei. Wir bringen euch bei, wie man jemanden verstümmelt und umbringt. Und wir bringen euch bei, nicht darüber nachzudenken. Was passiert also, wenn ein Kerl versucht, Unfug mit euch zu treiben? Entweder haltet ihr euch zurück, was eure Kondition ruiniert, oder ihr verletzt ihn.«

»Was sollen wir dann tun?« fragte Mora.

»Versucht, eine solche Situation zu vermeiden«, sagte Carabinstereth. »Aber wenn ihr es nicht könnt, dann ist es besser, daß ihr im Training bleibt. Nie innehalten und nachdenken, meine Freundinnen, oder ihr bekommt es mit mir zu tun. Schlagt zu, das ist alles.«

Wir schauten einander an. Einen unserer Kerle verstümmeln oder umbringen?

»Ich weiß«, sagte Carabinstereth. »Aber *denkt nicht nach.* Allerdings«, fügte sie hinzu, »Männer, die selbst ernsthaftes Training mitgemacht haben – Deserteure und was sonst - machen euch gewöhnlich keine Schwierigkeiten. Sie verstehen, wie es funktioniert, mit ihnen könnt ihr reden. Bei den Grünschnäbeln müßt ihr achtgeben, und die sind als Kämpfer weniger wertvoll.«

Wir mußten nicht lange warten. Noch am selben Abend schlich sich Paravit-Col hinter Juvindeth an, während sie die Teller abwusch, und packte sie. Sie wirbelte herum, stieß ihm ihren Ellbogen ins Gesicht und konnte sich gerade noch stoppen, bevor sie ihm das Knie in den Sack rammte. »O Parry«, rief sie. »Es tut mir so leid.«

Paravit-Col hielt sich die Hände vor das Gesicht. Blut spritzte aus seiner Nase, die – wie wir später erfuhren – gebrochen war. Er hatte kaum zwei Schritte rückwärts gemacht, da gab ihm Komo eine aufs Ohr.

»Das war gut von ihr«, sagte Komo, der in der Nähe des Geschehens eine Pellfrucht gegessen hatte. »Ich habe dich gewarnt, so etwas zu tun.«

Ich war froh, daß Komo nicht *unser* Instruktor war.

Später war ich mir da nicht mehr so sicher. Carabinstereth kritisierte Juvindeth nicht, daß sie nicht mit dem Leistenschlag weitergemacht hatte – nach der ersten Reaktion war Zeit genug gewesen, um zu erkennen, daß es sich um einen idiotischen Verbündeten und nicht um einen Feind handelte. Aber sie ließ Juvindeth drei Übungen hintereinander mit mehreren Angreifern absolvieren – als Strafe dafür, daß sie zu Paravit-Col gesagt hatte, es tue ihr leid.

Tarniss Cord, auch bekannt als der Einzige-Bandit-der-seinen-Geburtsnamen-benutzt, hatte sein Hauptquartier über einen Tagesritt nördlich von uns, im Westen von Dramontas Territorium. Tarniss Cord hatte in Dramontas Bande begonnen und schließlich einen bestimmten Betrag gezahlt, um seine eigene Bande aufmachen zu dürfen. Gerüchte behaupteten, er zahle immer noch seinem alten Anführer Tribut für das Recht, als Unabhängiger weitermachen zu dürfen.

»Warum muß ich dorthin gehen?« fragte ich Stereth. »Wer bin ich? Ich bin nicht irgendwer.«

»Du bist gute Gesellschaft für Des«, erwiderte er. »Außerdem hat Cord eine Schwäche für barbarische Frauen, und Cantry werde ich nicht schicken.«

In diesem Augenblick war Ran mit einem Trupp im Küchenhaus. Dort hatte es am Vorabend einen Brand gegeben, als der alte Ofen bei der Zubereitung des Abendessens einen Hitzestau verursachte, und jetzt versuchten sie, dort aufzuräumen. Ich wünschte mir, Ran wäre hier. Es war zumindest beruhigend, den Ausdruck von Hilflosigkeit im Gesicht des anderen zu sehen, wenn wir von Stereth auf eine neue Mission fortgeschickt wurden.

Des kam zu uns herüber. »He, Tymon, ich habe gehört, daß wir zusammen abhauen.«

»Wir werden sehen«, sagte ich zurückhaltend.

Stereth lächelte. »Also gut, Kinder – wie unsere Carabin sagen würde –, ich werde euch jetzt alles sagen, was ich über Tarniss Cords Gruppe weiß und was ich ihm durch euch sagen möchte.«

Des setzte sich nieder, kreuzte die Beine und blickte aufmerksam drein. Ich seufzte und lehnte mich gegen die Wand. Stereth begann: »In Cords Bande sind zweiunddreißig Leute. Er hat drei Stellvertreter, sie heißen Ishal, Cabrico und Daramin …«

Eine halbe Stunde später kam ich im Hof auf dem Weg zu den Reittieren an Mora Sobien Ti vorbei. »Sagst du bitte Sokol, daß ich für ein paar Tage weggeschickt wurde?« bat ich sie. Ich glaube, es ist nichts Gefährliches.« Wahrscheinlich. Soweit ich wußte.

»Natürlich, Tymon. Glück auf der Straße für dich – und auch für Des, nehme ich an. Gehst du mit ihr, Des?«

Er blieb neben dem Steigblock stehen. »Gewiß. Tymon und ich laufen davon und beginnen draußen ein neues Leben.«

Sie lächelte. »Dann auch für dich Straßenglück, Des. Bring mir ein Geschenk mit.«

Des grinste, beugte sich vor und legte einen Arm um Moras Rücken. Er küßte sie zum Abschied. Ich habe dieses Bild nie vergessen: Des war jung und groß und strotzte vor Selbstbewußtsein; Mora war ergraut und von einem strapaziösen Leben gezeichnet. Für einen Augenblick sahen sie beide wie Götter aus, oder jedenfalls übermenschlich, erhaben, wie etwas, das Dauer hat. Dann ließ Des sie los. Er übernahm das Halfter seines Reittieres von Lex und schwang sich in den Sattel. »Ich werde sehen, was ich für dich finden kann«, versprach er Mora.

Für einen Sekundenbruchteil sah ich in einem Gedankenblitz, wie das alles enden würde: die Körper von Des und Mora wie Abfall vom Richtblock geworfen.

Des dirigierte sein Reittier in Richtung auf die zwei verdorrten Bäume am Eingang des Tales. Er drehte den Kopf. »Kommst du, Tymon?«

»Direkt hinter dir, Des.«

Ran kam aus dem Küchenhaus und wischte sich Ruß und Schweiß vom Gesicht. Er schaute auf mich und blieb abrupt stehen.

»Frag Stereth«, sagte ich hilflos und folgte Des hinaus.

Nach der Miene meines Halbehemanns zu schließen, würde es sehr schwer sein, ihm dies zu erklären.

Es gibt auf der Hochebene ein altes kaiserliches Fort namens Totenbrunn. Es ist ein echtes Fort, nicht ein Kloster wie Stereths Versteck, eine große, ausgedehnte Anlage, die in den letzten acht oder neun Jahrhunderten nicht benutzt worden war, weil man sagte, sie sei ein Ort voll schlimmer Magie und Unglück. Dort hatten zu viele Hinrichtungen stattgefunden, zu viele verräterische Anschläge waren erfolgt – innerhalb und außerhalb der militärischen Hierarchie – und zu viele davon hatten ein übles zauberisches Fluidum zurückgelassen. Es war ein Ort, den jeder vernünftige Mensch mied.

Tarniss Cord war ein Regelbrecher. Totenbrunn war sein Hauptquartier. Ich erblickte es zuerst vom Gipfel eines Hügels aus. Über uns hingen schwere Wolken, und der kühle Wind der Hochebene fuhr durch das Fell meines Reittiers.

»Ihr Götter, das ist ja riesig«, sagte ich zu Des.

Das Fort ragte wie eine gigantische schwarze Faust über diesen Landstrich auf.

»Die Kaiserlichen machen keine Halbheiten«, sagte er.

»Das entspricht nicht meiner Vorstellung von einem Versteck. Meilenweit im Umkreis müssen doch sicher alle von diesem Ort wissen.«

»Sie glauben nicht, daß jemand verrückt genug wäre, um dort zu leben«, sagte er und gab seinem Tier ein Zeichen, hügelabwärts dem Pfad zu folgen, der zu dem Fort führte. »Und wenn jemand auf diesen Gedanken kommt, dann behält er ihn für sich. Niemand will selber dort hingehen müssen, um nachzuschauen.«

»Aber Stereth war der Meinung, es wäre gut, wenn *wir* hingingen.«

Er grinste. »Kopf hoch, Tymon! Wenn wir in Totenbrunn sterben, dann sterben wir wie Helden in einem Schauspiel.«

Ich blieb etwas hinter ihm zurück. »Wie gefährlich ist das Ganze überhaupt?«

»Ich mache nur Witze, Tymon, ich mache nur Witze. Wir haben diplomatische Immunität. Komm schon, du würdest doch deinen Gefährten der Straße nicht allein weitergehen lassen, oder?« Für Des war dies die Frage, auf die es kein Nein gab. Eines Tages würde ich sie ihm selbst stellen, dachte ich, als ich ihn einholte.

Als wir näher herankamen, sah ich, wie baufällig das Fort war. Herabgefallene Steine, die neben der Mauer im Gras lagen; die Stelle, wo ein umgeleiteter Wasserlauf vor langer Zeit ausgetrocknet war, ohne daß die kaiserlichen Ingenieure ihn erhalten hätten. In die Steine der Mauer waren Schriftzeichen geritzt,

Graffiti als Hinterlassenschaft von Soldaten, die schon seit Jahrhunderten Staub waren. »Einen frühen Tod für Hauptmann Nayle«, lautete eine Inschrift. »Ich möchte heim«, sagte lapidar eine andere. Ein Gedicht war an einer Stelle eingeritzt. »Der sanft Wind weht warm in der Hauptstadt. Die [?] meiner ersten [?] zu Hause sind süß. Aber meine Seele verlangt nach dem reinigenden Wind des Herbstes und nach den Abenden des kalten Regens.«

Wir waren nahe am Haupttor. Von irgendwo über uns erklang eine Stimme: »In Ordnung, Freunde, ihr könnt dort warten.« Wir hielten an. Des bewegte sich nicht, und ich auch nicht.

»Seid ihr die Boten?« rief die Stimme.

»Das sind wir!« schrie Des zurück. Wir suchten die Mauerkrone mit den Augen ab, aber dort gab es kein Lebenszeichen.

»Dann könnt ihr mir eure Namen nennen.«

»Des Helani und Tymon. Und die Zustimmung wurde von Ishal von eurer Bande übermittelt.«

Darauf herrschte wieder Schweigen. Wir warteten, und fünf Minuten später schwang das massive Tor zur Seite. Als wir hineinritten, schaute ich zum Himmel empor. Die Wolken über uns waren schwer und versprachen kalten Regen.

»Wir haben euch zwanzig Minuten lang beobachtet«, sagte Daramin fröhlich. Ihr langer schwarzer Zopf hüpfte auf ihrem Hintern hin und her, während sie uns in das Herz des Forts vorausging, und ich sah, wie Des versuchte, seinen Blick davon loszureißen. »Ihr seid keine schnellen Reiter, nicht wahr?«

Des räusperte sich. »Hm, nein. Das heißt, wir sind gerne vorsichtig.«

»Wir auch«, sagte sie.

Der Weg führte eine hübsche Weile durch gewundene Korridore und über unerwartete Treppen, und wir sahen keine Menschenseele. Ich begann zu überlegen, daß Tarniss Cords dreißig und noch was Leute hier ziemlich erfolgreich leben konnten, selbst gelegentlich eine Reiterpatrouille vorbeikäme und das Fort durchsuchte. Sie schienen hier sehr gut verschwinden zu können, wenn sie es wollten.

Am Eingang zu einem Treppenhaus spie ein steinerner Fisch einen Wasserstrahl in einen Brunnen. Des hielt an, um sich sein Gesicht abzuwischen. »Trinkt nicht von diesem Wasser«, sagte Daramin in scharfem Ton.

Er schaute sie verdutzt an.

»Unser Wasservorrat ist verunreinigt«, erklärte sie. »Cord arbeitet daran.«

Als wir die Treppen hinabstiegen, kamen wir an drei weiteren Brunnen vorbei. Einer befand sich immer senkrecht unter dem anderen, und wahrscheinlich waren alle unbrauchbar. Hier gab es keine Fenster mehr, nicht einmal winzig kleine. Daramin nahm eine Fackel von der Wand. »Wir haben einen Generator hier«, erklärte sie, »aber man hat sich nie die Mühe gemacht, bis hier unten Leitungen zu verlegen. Wahrscheinlich kam man nicht sehr oft nach hier unten.«

Wir waren jetzt tief in dem Hügel drin, auf dem Totenbrunn gebaut war. Vielleicht wurden hier die Leichen der Fremden verscharrt, die hierher gekommen waren und sie gestört hatten. Ich warf einen Blick auf Des. Er ging mit einem solchen Selbstbewußtsein dahin, daß ihm derartige Gedanken sicher nie kamen. Aber seine Aufmerksamkeit schien sich sowieso nur auf Daramins Zopf zu konzentrieren, der hypnotisierend von einer Gesäßbacke zur anderen hüpfte. Ich hatte meine Zweifel, ob es klug von Stereth gewesen war, Des als Emissär zu entsenden.

Wir kamen schließlich in einem großen, von Säulen gestützten Keller an. Reihen von Fässern verdeckten die gegenüberliegende Wand, Gestelle für Waffen – einige sogar mit Waffen darinnen – waren an einer anderen gestapelt. Ein Dutzend Lampen hingen von der Decke. In der Ecke war das Steinpflaster des Bodens aufgerissen und eine Grube gegraben worden; Pickel und Schaufeln lagen daneben umher, eine Art Flaschenzug war über dem Loch aufgehängt. Ein Mann stand mit gespreizten Beinen vor dem Eingang zu dem Loch. Er hob einen Eimer hoch und schüttete eine Ladung Erde auf einen Haufen neben den Fässern. Er hatte sein Hemd ausgezogen, über seine braune Haut lief Schweiß. Sein Haar war länger als das aller ivoranischen Männer, die ich bisher gesehen hatte. Er trug es in einem Pferdeschwanz, der jetzt auf seinem Rücken klebte. Er kehrte zu der Grube zurück und rief hinunter: »Wie sieht es aus?«

Von unten kam eine dumpfe Antwort.

Daramin brachte uns zu ihm, verneigte sich und sagte: »Tarniss Cord … unsere Besucher von Stereth Tar'krim.«

»Geehrt durch diese Begegnung«, sagte Des förmlich. Ich verneigte mich.

Der Einzige-Bandit-der-seinen-Geburtsnamen-verwendet wischte sich die Stirn ab. »Auch ich bin geehrt.« Er blickte wieder in die Grube hinab, dann auf uns. In einem weniger förmlichen Ton sagte er: »Vermutlich ist keiner von euch Ingenieur.«

»Ich fürchte, nein«, sagte Des.

»Der Rutengänger hat uns gesagt, dies sei die beste Stelle für einen Versuch«, sagte Cord. »Und wirklich, wir können hier wohl überall hinuntergraben und auf die gleiche Wasserversorgung stoßen. Deshalb graben wir hier einfach und stützen das Loch ab, und hoffen auf das Beste. Wenn wir dabei falsch vorgehen, werden wir es wahrscheinlich bald genug herausfinden.«

»Aha«, sagte Des.

»Nach dem, was Daramin uns gesagt hat, habe ich gedacht, euer Wasservorrat sei verdorben. Warum möchtest du dann einen weiteren Zugang dazu graben?« fragte ich.

Daramin und Tarniss Cord schauten einander an. War das ein Tabuthema? »Daramin, warum gehst du nicht und überprüfst Ishals Inventurliste?«, sagte Cord. »Ich möchte keinen Streit mehr über die Anteile haben.« Seine Stellvertreterin nickte, lächelte uns zu und ging weg.

»Wir gehen hier darauf nicht näher ein«, sagte Cord zu mir. »Wir hatten kürzlich einige Geiseln von einem Holztransport genommen, und vor drei Nächten hat einer von ihnen Selbstmord begangen. Er hat sich in unseren Brunnen gestürzt. Der Körper steckt noch auf halbem Weg zwischen dem zweiten und dem dritten Stockwerk fest. Wir arbeiten daran, ihn herauszubekommen. Aber wir können diesen Zugang nicht mehr benutzen.«

»Ich nehme an, ihr habt Schritte unternommen, um den Brunnengeist zu besänftigen«, sagte Des.

»Natürlich. Aber so, wie die Dinge liegen, müssen wir einen neuen Brunnen graben. Das hat im Augenblick bei uns höchste Priorität.« Er lächelte. »Aber ich kann mit euch reden, während ich arbeite. Macht es euch etwas aus, einen Eimer zu nehmen?«

Des machte einen schweren Eimer voller Erde von dem Flaschenzug los und reichte ihn mir.

Bald darauf rochen wir ebenso übel wie Tarniss Cord. Er versprach uns ein echtes Bad, bevor wir zu Stereth zurückkehrten. »Reihen von Badewannen«, sagte er. »Für die Soldaten, wißt ihr. Wir werden allerdings nicht soviel Wasser drinhaben, wie ihr vielleicht gern hättet. Wir schleppen jetzt das ganze Wasser mit Karren her, bis diese Krise vorüber ist.«

Wir redeten, während wir die Erde bewegten. Des überraschte mich. Er erinnerte sich an alle Einzelheiten, die Stereth mit uns besprochen hatte, und er machte von allen Gebrauch. Er war vernünftig, er war redegewandt, und tatsächlich erinnerte er mich sehr an Stereth, während er sprach.

Aber Cord blieb zurückhaltend. »Dramonta war nicht einverstanden, sich euch anzuschließen«, sagte er.

»Dramonta hat unrecht. Aber du mußt ihm nicht auf dem falschen Pfad folgen.«

»Das kannst du leicht sagen, mein Freund. Hast du gehört, daß ich Dramonta Tribut zahle?«

»Der ganze Sektor hat davon gehört«, sagte Des kühl. »Man sagt, dein Spitzname sollte eigentlich ›Der-einzige-Bandit-der-noch-Steuern-zahlt‹ sein.«

Das traf ins Schwarze, wie ich sah. Cord zuckte zusammen. Ein solcher Seitenhieb war nicht Des' Art, aber er sah Stereth ähnlich.

»Ich habe vom Ruf eurer Bande gehört«, sagte Cord. »Wer hat nicht von euch gehört? Aber ich habe ein Leben zu leben, und ich habe Leute, für die ich hier an Ort und Stelle verantwortlich bin. Ich möchte mir nicht noch mehr Feinde machen, als ich eh schon habe, und wenn ein Anteil der Beute Dramonta bei Laune hält, kann er sie haben.«

»Eine Begnadigung würde die Zahl deiner Feinde beträchtlich verringern«, bemerkte Des.

»Begnadigungen helfen Toten nicht. Hör mal, wir alle wissen, der Kaiser könnte uns zermalmen, wenn er sich die Mühe machen würde. Und das Geld ausgeben. Warum also sollen wir ihm einen Grund liefern?«

»Schau mal ... hm ... gnädiger Herr. Wir alle wissen doch, wenn es um Geld geht, dann ist der Kaiser so verkniffen knickerig, daß er quietscht, wenn er läuft. Er *will* keine Armee hierher schicken. Begnadigungen sind billiger. – Und was Freunde angeht, im Gegensatz zu Feinden? Stereth hat viel mehr Freunde als du im Augenblick. Und das ist kein Zufall. Sie glauben, daß er sein Ziel erreichen kann. *Ich* glaube, daß er sein Ziel erreichen kann. Was hast du über die Tah-Blockade gehört?«

Er war verdutzt. »Die was?«

Des erklärte es ihm. Schließlich sagte Tarniss Cord: »Das mag möglich sein. Aber ich bin ein vorsichtiger Bastard, deshalb bin ich hier und habe hier die Führung. Ich sage dir was, gnädiger Herr. Wenn Stereth alle Tah-Transporte von jetzt an bis zum Beginn des Feuermondes aufbringen kann, dann werde ich sein Angebot annehmen. Er wird jedoch einen langen Arm brauchen, mein Freund. Und eine Menge Glück. Sag ihm, daß Totenbrunn ihn beobachten wird.«

»Und wenn er einen langen Arm hat und Glück? Gibst du darauf einen Straßeneid?«

Cord lachte. »Du wirst nicht ohne eine Zusicherung gehen, nicht wahr?«

»Nein, mein Herr.«

»Du verlangst viel von einem Fremden, weißt du. Wenn Dramonta nur soviel über unser Gespräch herausbekommt, dann bringt er mich um.«

»Ich verlange nicht, daß du mit deiner Hand auf dem Herzen schwörst«, sagte Des kühl. »Eine etwas weiter unten gelegene Stelle würde mir besser passen.«

Cords Lächeln verschwand. »Falls du meinst, daß mir das fehlt, was man braucht, um eine Bande von Gesetzlosen zu führen, so bist du auf dem Holzweg. Ich führe sie in jede Richtung, die ich will.«

Da er die gewünschte Wirkung erzielt hatte, war jetzt für Des der Zeitpunkt gekommen, wo er zurücktreten und versöhnlich sein mußte. »Ich stelle nicht den Mut der Leute in Frage, die willens sind, in Totenbrunn zu leben. Ich bitte dich nur, ein bißchen davon in meine Richtung strahlen zu lassen.«

»Ich habe schon gesagt, daß ich annehmen werde, wenn er die Blockade beginnen kann. Ich schwöre es bei meinem Leben als *Cantry tar'meth* und beim Leben jedes Mannes, für den ich verantwortlich bin.« Er spuckte wieder aus. Er verfehlte die Grube nur knapp. »Zufrieden?«

»Ja. Danke, mein Herr.« Des packte mich am Arm. »Komm mit, Tymon, schauen wir mal, ob wir eines dieser Bäder finden können. Es sei denn, du hättest gerne, daß wir dir weiter helfen, Herr?«

»Geht nur zu, ihr beiden. Und denkt daran, ich werde euch beobachten.«

Wir verbrachten die Nacht in Totenbrunn. Es gab ein heftiges Unwetter. Daramin kümmerte sich um uns; ich sah die ganze Zeit, die wir dort waren, keinen einzigen anderen von der Bande. Tarniss Cord war wirklich vorsichtig.

Gegen Morgen, als die Schwärze im Fensterspalt sich zu Grau gewandelt hatte und die Stunden nach dem Wüten des Gewitters fast unnatürlich still waren, hörte ich etwas in meinem Zimmer hüpfen. Ich schlief auf einem Feldbett in einem der winzigen Offizierszimmer im vierten Stock; Des war im Nachbarraum untergebracht, und Daramin war irgendwo in Rufweite auf derselben Etage. Der Generator war nachtsüber abgestellt, und es gab keine Kerzen, aber der heller werdende Himmel ließ die Gegenstände in meinem Zimmer in undeutlichen Umrissen erscheinen.

Etwas bewegte sich über die Kommode. Ich setzte mich kerzengerade hin. Hinter dem Seifenstück, das ich aus dem Fort mitgebracht hatte, hinter der Haarbürste …

Kanz. Es war ein Frangi.

Pyrene ist verantwortlich für die Frangis. Sie sind auf jenem Planeten heimisch, und wir (ich sage ›wir‹ als geborene Einwohnerin von Pyrene) müssen uns den Vorwurf gefallen lassen, dieses Ungeziefer unvorsichtig zu unseren Nachbarn transportiert zu haben.

Glücklicherweise sind sie für die meisten Leute nur

leicht giftig. Aber das ist nicht der Grund, warum ich erstarrte. Ich weiß nicht, ob es ihre Blindheit ist oder die Lautlosigkeit, mit der sie sich auf bestimmten Oberflächen bewegen, oder das Rascheln bei der Fortbewegung auf anderen Flächen. Oder die Art und Weise, wie ihr Radar sie unerwarteterweise auf einen losflitzen läßt. Oder ihre abscheuliche, widerliche, von den Göttern verfluchte ekelhafte Erscheinung, oder die Art, wie sie... – ach, lassen wir's. Aber sie jagen mir einen höllischen Schrecken ein.

Wenn ich es zur Tür hinaus schaffte, bevor es mir nahe kam... es hüpfte zum Rand der Kommode, und plötzlich stand ich außerhalb des Raumes. Ich schlug die Tür zu und schaute schweißgebadet im Korridor umher. Daramin war hier irgendwo, aber ich wollte vermeiden, daß Tarniss Cords Gruppe erfuhr, was für einen Feigling Stereth ihnen geschickt hatte. Ich ging zu Des' Tür und pochte dagegen.

»Was? was ...?« Es ist schwer, Des aufzuwecken. Ich ging hinein und schloß die Tür hinter mir, für den Fall, daß das Frangi aus meinem Zimmer entwich.

»Ich bin's, Des.«

»Tymon... Ich schlafe noch.«

»Des, ein Frangi ist in meinem Zimmer.«

Er guckte mich schwer von Begriff an. »Ein *was?*«

»Ein Frangi ist in meinem Zimmer!«

Er starrte mich verwirrt an. »Ja und?«

Begriff er nicht, daß es sich hier um eine Krise handelte? »Wenn du nichts dagegen tun kannst, dann muß ich die ganze Nacht hierbleiben.«

»Ty, ich freue mich immer, mit dir ein Bett zu teilen, aber... du sagst, ein Frangi sei in deinem Zimmer.«

»Du hast es kapiert, Des.«

Er wischte sich mit der Hand übers Gesicht, seufzte und stand endlich auf. »Also gut, komm und zeig mir, wo es ist.«

»Als ich es zum letztenmal sah, war es auf der Kommode«, sagte ich und machte keine Anstalten, ihm zu folgen.

»Doppelt und dreifach *Kanz*«, sagte er und ging hinaus. Er blieb einige Minuten weg.

Schließlich kam er zurück. »Alles erledigt«, sagte er. »Es ist tot.«

»Schwörst du das?« Manchmal war Des ein bißchen lax mit der Wahrheit, wenn es um seine Heldentaten ging.

»Ich schwöre bei meiner Hoffnung auf die Fortsetzung meiner Existenz. Bei meinem Feldnamen. Beim seligen Haupt meiner Mutter ...«

»Wo ist der Kadaver?«

Er ließ sich ins Bett sinken. »Das willst du doch nicht wissen. Gute Nacht, Tymon.«

Ich ging zur Tür. Er rief: »Tymon ...«, und ich drehte mich um.

»Hm ... meine Liebe, tut mir leid, wenn ich etwas schwierig war. Ich bin ... nicht gut im Töten.«

Es war uncharakteristisch und hochherzig für Des zuzugeben, daß er bei irgend etwas nicht gut war. »Das ist schon in Ordnung. Ich weiß dein Verständnis für meine kleinen Eigenarten zu schätzen«, versicherte ich.

»Na ja, wir haben alle welche.« Er machte es sich im Bett bequem.

Der nächste Morgen brachte jene momentane Klarheit auf die Hochebene, die auf ein besonders schlimmes Unwetter folgt. Man konnte meilenweit schauen. »Kein guter Tag zum Reisen«, sagte Des. »Es sei denn, man ist ein respektabler Bürger.«

Wir ritten durch eine Gegend, die noch trostloser als die anderen war. Nur die vom Wind verkrüppelten Bäume leisteten uns Gesellschaft. Der Himmel war unglaublich schön. Nicht weit von hier, so wußte ich, stand auf einem Hügel, an dem wir auf unserem Weg nach Totenbrunn vorbeigekommen waren, ein primitiver Galgen. Dorthin brachten die Bauern und Viehzüchter Banditen, die sie gefangen hatten, wenn sie keine Lust hatten, zu den Behörden zu reisen. Ohne Zweifel war der Galgen jetzt weniger populär, seit die Belohnung des Gouverneurs ausgeschrieben war. Trotzdem hing noch ein Toter daran. (»Tev! Schön, dich zu sehen!« hatte Des gerufen, als wir vorbeikamen. »Wie geht es dir in letzter Zeit?« Des' Sinn für Humor ließ manchmal etwas zu wünschen übrig.)

Wenn ich mich allerdings erinnerte, wie er mit Tarniss Cord umging, dann mußte ich zugeben, daß ich Des Unrecht getan hatte. Und er war danach auch nicht in das aufziehende Gewitter hinausgerannt, sondern hatte wie ein vernünftiger Junge die Nacht abgewartet. Er wußte ganz gut, was er tun konnte und was nicht, trotz seiner Prahlerei.

Ich drückte ihm meine Bewunderung aus. Das war ein Thema, über das er gern etwas hörte. »Das war nichts, Tymon«, sagte er lässig. »Es war einfach wichtig, daß Cord uns ernst nahm, deshalb baute ich eine kleine Persönlichkeitsveränderung ein.«

»All ihr Götter zusammen, Des, du solltest beim Theater sein!«

»Das war ich auch. Drei Jahre in der Sotar-Tournee-Truppe. Habe ich das noch nicht erwähnte? Ich war Copalis in *Tod eines Kaisers.* ›Diese Nacht, meine Freunde, diese Nacht, in der die beleuchteten Boote von Anemee niemals ihr Dock auf dem See der edlen Seelen erreichen werden; diese Nacht ...‹« In seiner typischen Art war er nicht in Copalis geschlüpft, sondern in Petev, die Figur, die Copalis getötet hatte und den besseren Text hatte. Es handelt sich um einen der berühmtesten Monologe der ganzen ivoranischen Literatur, die Rede, die Lord Petev für sich allein auf dem Turm beim Kaiserpalast übt, und zwar in der Nacht, in der die Dynastie den Namen wechselte. Des deklamierte den Monolog in die weite Leere hinein, die uns umgab, und verlieh seiner Stimme einen dröhnenden melodramatischen Ton, der zu der Unendlichkeit aus Gras und Himmel paßte.

Ich ließ ihn zu Ende deklamieren und nahm dann meine Hände lang genug von meinem Reittier, um zu klatschen.

»Danke«, sagte er. »Tarniss Cord ist nichts im Vergleich zu einem Publikum in der Provinz. Und außerdem, ich hatte genügend Übung für gestern – inzwischen kann ich Stereth besser spielen als er sich selber. Ich kann ihn so spielen, daß jeder ihn erkennt.«

»Sie erkennen ihn jetzt.«

»Nein, ich meine wirklich erkennen.« Er berührte mit der Hand seinen Nasenrücken, als würde er eine Brille zurechtrücken. »Ich hoffe, Tymon, du machst keinen Wirbel um eine einfache Bitte.« Die Stimme war ein Echo von Stereths Stimme, und diese Worte stammten aus seiner Vorbesprechung für den Ritt nach Totenbrunn.

Die kühlen jadefarbenen Augen wandten sich mir zu, und ich staunte über ihre Genauigkeit. Man konnte fast einen Strahl weißen Lichtes sehen, der die Spur seiner Aufmerksamkeit kennzeichnete. »Okay«, sagte ich, »du hast dein Ziel erreicht.«

Er ignorierte mich. »Denn ein Aufsässiger in der Bande ist genug. Unser Ziel fordert das volle Engagement von allen hier Anwesenden ...«

Er machte weiter und bot eine detaillierte, nur leicht improvisierte Variante von Stereths Rede. Es war allerdings schockierender, sie von Des zu hören. In ihr war eine Qualität verborgen, der ich mir vorher nicht voll bewußt gewesen war. Es war, wie wenn man auf ein Portrait schaut und sich eines Gesichtszuges bewußt wird, dessen Auffälligkeit man am Original nicht erfaßt hatte. Stereths Art wurde körperlich durch seine Brille und im Verhalten durch seine Nähe zur Bande gemildert; aber diese Qualität war in ihm vorhanden. Es war das, was uns veranlaßte, in seiner Gegenwart vorsichtig zu sein, selbst wenn wir nicht bewußt erkannten, warum – und Des hatte dieses Stück Eis aufgespürt und herausgeholt.

Es waren noch drei Kilometer bis zum Galgen, und der Ritt war unheimlich genug. Ich rief: »Um der Götter willen, Des, hör auf oder ich werde verrückt!«

Er muß an meiner Stimme erkannt haben, daß es mir ernst war. Er neigte den Kopf und hob die Hand. Was in aller Welt war das? Aha, er nahm die imaginäre Brille ab.

»Entschuldige«, sagte Des mit seiner gewöhnlichen Stimme.

Wir ritten eine Minute lang schweigend dahin. Dann sagte ich: »Spielst du auch Stereth *für* Stereth?«

»Ha, ha«, antwortete er kurz.

»Und was, um Himmels willen, tust du im Nordwest-Sektor?«

»Ach, na ja, Tymon, als ich die Tourneetruppe verließ, geriet ich in Mira-Stoden ein bißchen in Schwierigkeiten. Einer meiner Freunde hatte eine Idee, wie man schnell Geld machen könnte, aber es funktionierte nicht.«

»Aber du bist so gut, warum bist du nicht dabei geblieben?«

Er wußte sofort, daß ich meinte ›bei der Schauspielerei geblieben‹, aber er schien von der Frage überrascht zu sein. »Damit kann man kein Geld verdienen, Tymon«, sagte er ganz vernünftig.

Ich schluckte es. »Natürlich. Mein Fehler, Des.«

Etwa fünf Minuten später sagte er: »Man lernt jedoch dabei eine Menge Frauen kennen.«

Ein Wächter, den wir nicht kannten, hielt uns am Eingang zu Stereths Tal an. »Des Helani«, sagte Des als Antwort auf den Anruf. »Und wer, zum Teufel, bist du?«

»Ich bin der Wachposten«, sagte der Wächter. Er war praktisch noch ein Junge, um einige Jahre jünger als Paravit-Col. Dann sagte er: »Des Helani! Und Tymon? Ihr beide seid von der ursprünglichen Bande, nicht wahr?«

Des wurde unter dem Einfluß der offensichtlichen Heldenverehrung in der Stimme des Jungen weich. »Jaa, das sind wir. Ich hoffe, die ursprüngliche Bande ist noch hier.«

»O ja, Herr! Die Dinge haben sich nicht soviel verändert.«

Wir waren nur ein paar Tage weggewesen, aber mir erschien es, daß sich Dinge genügend verändert hatten. Noch mehr neue Banden waren eingetroffen, und obwohl ich später herausfand, daß Stereth sie vermischt und mehr als die Hälfte unter der Führung von Komo und Sembet Triol wieder ausgeschickt hatte, waren doch jetzt gut zwei Dutzend Leute im Hof, als wir ankamen. Meistens Frauen. Den Grund dafür entdeckte ich, als wir durch die Halle gingen; es war Nachmittag und jetzt fand gerade die Übungsstunde der Männer statt. Dieser Unterricht war auch etwas unwirklich – er war keineswegs ein Spiegelbild unserer Übungen. Viele der Bewegungen waren die gleichen und viele waren anders, aber der größte Unterschied bestand in den Beinamen, mit den Lex und Grateth die Rekruten anschrien: »*Kanz!* Wurm! Rückgratloses Faultier! Was glaubst du, was du da *tust!* Du *denkst* schon wieder, nicht wahr, du panzerlose Schildkröte, du Arschloch eines Steuereintreibers!« Ich ging bestürzt weiter und sprach bei unserer nächsten Übungsstunde Carabinstereth darauf an. Sie nickte nur. »Die Männer werden fertiggemacht, und die Frauen werden aufgebaut. Frag mich nicht, warum. Es scheint einfach so besser zu funktionieren.«

Stereth nahm unsere Berichte über den Ritt nach Totenbrunn entgegen. Des sagte: »Hier ist auch allerhand passiert, nicht wahr?«

»Wir sind fleißig gewesen. Ich hatte gehört, daß auf der Straße nach Shaskala ein Tah-Transport von Ordralake kommt, und so habe ich beschlossen, ihn durch Komo abfangen zu lassen. Wir nehmen jetzt allerdings keine Geiseln – wir haben einfach keinen Platz für sie.«

»Ich bin froh, daß du dich entschlossen hast loszuschlagen«, sagte Des, »sonst hätten wir vielleicht Tarniss Cord verloren, bevor du überhaupt erfahren hättest, daß er zur Verfügung steht.« Stereth hatte nur genickt, ohne überrascht zu sein, als Des diesen Teil unseres Gespräches in Totenbrunn berichtete.

»Es scheint eine gute Sache gewesen zu sein.« Er wandte seine Aufmerksamkeit mir zu. »Nun, Tymon, was war dein Eindruck von Cord?«

»Stereth, wenn du sagst, daß du keine Geiseln nimmst, bedeutet das dann, daß du ihnen ihre Waffen abnimmst und sie gehen läßt?« fragte ich.

»Nein. Was hältst du von Tarniss Cord?«

»Ich glaube, er ist ein vorsichtiger Mann, wie er es ja von sich selber sagt. Ich glaube, er ist ehrlich ... so ehrlich, wie man sein kann, wenn man zugleich einen Haufen *Cantry tar'meth* anführt.«

Er lächelte kurz. »Wenn wir von Waffen reden, wir haben jetzt sechs Leichtgewehre. Ich gebe an jede Gruppe, die auszieht, eines aus. Nicht jeder, der sich uns jetzt anschließt, kann hier bleiben; wir können diesen Ort nicht in ein Armeelager verwandeln. Also trainieren wir sie, schleusen sie hier durch und schicken sie zu den neu gebildeten Guerillagruppen hinaus. Wenn du mit einer von ihnen hinausziehen möchtest, Tymon, dann laß es mich wissen. Aus naheliegenden Gründen werde ich Sokol nicht fortschicken, aber da ihr beide Schwierigkeiten zu haben scheint ...«

Ich war verblüfft. »Was meinst du damit: Schwierigkeiten haben?«

»Vielleicht nicht Schwierigkeiten. Spannungen in der Beziehung.«

»Wer sagt, unsere Beziehung sei gespannt?«

»Vielleicht habe ich es mißverstanden. Es war jedenfalls ein Eindruck, den ich am Tag deiner Abreise nach Totenbrunn in einem Gespräch mit ihm gewonnen hatte. Ich entschuldige mich für meinen Irrtum. Des, könntest du mal mit mir den Dienstplan hier durchgehen …«

Ich war entlassen. Natürlich ging ich direkt zu Ran. Er kam gerade aus der Übungsstunde und war zu den Wasserkrügen unterwegs, um sich abzukühlen.

»Ran, Stereth meint, unsere Beziehung sei gespannt.«

»Stereths Ansichten sind für mich bedeutungslos.«

Hm, aha. Das war keine gute Antwort. »Bedeutet das, daß sie nicht gespannt ist?«

Er blieb stehen, befeuchtete einen Lappen im Wasser und wischte sich den Hals ab. »Sie ist vielleicht ein bißchen strapaziert, Theodora. Ich würde nicht sagen, sie sei gespannt. Aber sie ist auch nicht gerade robust, wenn ich nicht einmal weiß, wo du in den letzten paar Tagen gewesen bist.«

»Hat es dir Stereth nicht gesagt? Ich bin mit Des nach Totenbrunn geritten, um den dortigen Anführer zu treffen.«

»Wirklich? Hattest du einen schönen Ausflug?«

Ich wurde jetzt selbst ein bißchen ärgerlich. »Es war erträglich. Hör mal, du scheinst zu vergessen, daß wir nicht freiwillig hier sind. Ich kann mir nicht aussuchen, wohin ich gehe und was ich mache.«

»Nein.« Er schwieg. »Hattet ihr Erfolg? War der Anführer von Totenbrunn einverstanden, sich dieser Verrücktheit von Stereth anzuschließen?«

»Unter bestimmten Bedingungen. Des ließ ihn einen Straßeneid schwören. Es war großartig, das zu beobachten. Ich hatte keine Ahnung, daß er so gut darin ist,

Stereths Interessen zu vertreten. Ich will damit sagen, du weißt, in der Welt von Des ...«

»Ich weiß.«

Plötzlich wurden mir eine Menge Dinge klar. Ich legte eine Hand auf Rans Handgelenk. »Des ist einer der nettesten Menschen, denen ich je begegnet bin. Und sein Unterhaltungswert ist unbezahlbar. Aber ich fühle mich zu ihm nicht stärker hingezogen als zu dem pelzigen Ding mit Zähnen, das er reitet.«

»Ich hatte nicht danach gefragt, oder?« erwiderte Ran und beugte sich nieder, um sein Gesicht zu waschen. Aber die Schärfe war aus seiner Stimme gewichen.

Eine Hürde war überquert, ein paar Dutzend standen uns noch bevor. Ich saß an jenem Abend für mich allein auf der zerbrochenen Mauer und gab mich düsteren Gedanken hin. Wahrscheinlich würde Ran heute nacht aus dem Fort weglaufen, wenn ich bereit wäre, mit ihm zu gehen – ein Selbstmordunternehmen, soweit es mich anging, und ich hatte ihn doch immer als ein Muster für aufgeklärten Eigennutz betrachtet. Ran und ich hatten nie solche großen Differenzen über unsere Strategie gehabt wie in jenem Sommer im Nordwest-Sektor. Und wenn ich die Sache eingehender analysierte, dann kam ich nicht um die Erkenntnis herum, daß die Differenzen über die Strategie auf tieferen Differenzen darüber beruhten, was wichtig ist und was nicht.

Ich mußte die Tatsache akzeptieren, daß eine Entführung durch Gesetzlose keine guten Auswirkungen auf unsere Verlobung hatte.

Zehn Tage später kam die Abschlußfeier für meine Übungsgruppe. Um den Einsatz zu erhöhen, erlaubte Carabinstereth den Männern, dabeizusein und zuzuschauen, und auch allen neuen Frauen, die daran interessiert waren. Wenn wir das Ende des Kurses erreichten, dann waren wir keine Neulinge mehr. Zwischen jeder von uns und dem Ende des Kurses standen Lex, Komo und Grateth, die uns mit Händen, Füßen, Messern, Keulen und Pistolen angreifen würden. Und mit allen möglichen anderen Gegenständen, die ihren pervertierten Gehirnen im Lauf der Vorstellung einfallen würden. Ich brauche nicht eigens zu betonen, daß jede Teilnehmerin schon einen Tag vorher ein Nervenbündel war.

Ich hatte Ran gesagt, er solle nicht kommen. Ich hatte Angst, alles zu verpfuschen und dann vor ihm dumm dazustehen. Aus irgendeinem Grund hatte er eine hohe Meinung von meinen Fähigkeiten, und die wollte ich nicht zerstören. Er sagte mir, er habe sowieso Wasserdienst und würde den ganzen Morgen mit dem Schleppen von Wasserkrügen beschäftigt sein.

Ich wartete an diesem Tag in der Reihe und schaute zu, wie die abgestumpften Messer auf den Boden gelegt wurden, und dabei bemitleidete ich mich selbst. *Ich hatte nicht danach verlangt, hier zu sein.* Übrigens konnten die Messer, obwohl sie stumpf gemacht worden waren, immer noch ernsthaften Schaden anrichten, wenn wir nicht vorsichtig waren. Die Keulen waren reguläre Keulen. Und die Pistolen sollten entladen sein, aber man wußte nie, ob sie nicht noch Extramunition enthielten. *Wenn Ran wirklich etwas daran gelegen wäre, dann wäre er trotzdem gekommen.* Oh, schrecklich. Jetzt hättest du gerne, daß er deine Gedanken lesen könnte. *Nein, aber es wäre mir lieb, er wäre da … falls ich es nicht vermassele. Aber wenn ich es vermassele, dann möchte ich, daß er weit weg ist.*

Die erste Frau in der Reihe wurde auf die Matte gerufen, und der Spaß begann. Es ging mit beängstigender Schnelligkeit voran. Unsere Angreifer waren schnell, sauber und ganz bei der Sache, aber wir waren darauf trainiert, sie überall zu treffen, wo man sie packen konnte. Dann, als etwa die halbe Zeit um war, wurden alle Regeln fallengelassen. Sie begannen, Frauen willkürlich mitten aus der Reihe herauszuziehen, wechselten vom Einzel- zum Mehrfachangriff über und brachten Griffe an, die wir noch nie gesehen hatten. Mora stand neben mir in der Reihe; sie drehte sich zu mir um und flüsterte mit aufgerissenen Augen: »Hier ist man nicht mehr *sicher*.« Wir schauten einander an und wußten beide gut, daß dies das Motto für diesen Abend war.

Nun ja, wenn sie wollten, daß wir fähig waren, in einem Zustand der Angst zu funktionieren, so machten sie ihre Sache gut, diese Angst zu provozieren.

Carabinstereth gab mir ein Zeichen. »Du bist dran, Tymon.«

Und schon stand ich in der Mitte, ganz allein. Dann legte sich etwas um meinen Hals, und ich stampfte auf jemandes Füße und drehte mich um und sah ein Messer in Lex' Hand und packte sein Handgelenk – und noch mehr Dinge geschahen, und plötzlich war ich oben und Lex war unten auf der Matte. Etwas baumelte von meinem Hals und ich zog es benommen herunter und schaute es an: ein Seil. Lex hatte es zuerst mit einer Erdrosselung versucht.

Das war das einzige Mal, daß jemand diesen Trick versucht hatte, aber das erklärte wohl kaum den Beifall. Ich ging langsam auf Carabinstereth am Ende der Reihe zu.

»Hübsche Arbeit mit dem anderen Messer«, sagte sie.

Ich sagte: »Welches andere Messer?« und sie zeigte es mir und grinste.

Wie sich herausstellte, hatte Lex ein zweites Messer gehabt. Das hatte ich zu dem Zeitpunkt nicht erkannt; ich hatte einfach in der Drehung gegen sein anderes Handgelenk geschlagen und gar nicht gesehen, wie das Messer über den Boden schlitterte. Meine Freundinnen am Rand der Matte waren erschrocken, als sie ihn das Messer ziehen sahen, aber da ich es selber nicht gesehen hatte, empfand ich jetzt, daß ich ihren Beifall unter falschen Voraussetzungen entgegennahm. Wahrscheinlich hätte ich viel mehr Angst gehabt, wenn ich die Szene beobachtet und nicht selbst erlebt hätte.

»Ich sollte dich eigentlich umbringen, Carabin«, sagte ich und wußte ganz genau, daß ich sehr wütend auf sie sein sollte. Lex und Komo waren so vorsichtig, wie es nur ging, aber ich hätte ernsthaft verwundet werden können.

Ihr Grinsen verschwand jedoch nicht, weil Carabinstereth genau wußte, daß ich in diesem Augenblick ihr nicht böse sein konnte. Mich packte gerade die Euphorie, die einen nach einem Sieg überflutet.

Sie verneigte sich und schickte mich wieder in die Reihe, wo zwei Frauen mich umarmten. Lennisa auf meiner Linken trug ein braunes Lederwams; sie gehörte zu der Bande, die wir zuletzt aufgenommen hatten. »Dein Kampf war so aufregend«, sagte Lennisa. »Selbst der Kerl, der die Wasserkrüge trägt, hatte sie hingestellt und zu schreien begonnen: ›Los, Tymon, los!‹«

Verdutzt blickte ich zum Balkon empor. Aber der war leer.

KAPITEL 14

Während ich auf die vielen Methoden des Tötens und Verstümmelns programmiert wurde, war Stereth fleißig. Kein Tah-Transport auf der Hochebene entging den wachsamen Augen unserer Bande oder dem Netzwerk von Verbündeten, die alle östlichen und südlichen Straßen überwachten. Das System der Botenvögel wurde ausgedehnt, und Des wurde von einem Marktort zum nächsten geschickt, von einem Banditentreffpunkt zum nächsten; er verbreitete seinen Charme, sorgte für gute Kameradschaft und arrangierte den Nachschub.

Sembet Triol erledigte die Botschaften und reiste als Kurier, wenn es nötig war. An einem Nachmittag sah ich ihn vom Vogelhaus über den Hof zur Haupthalle laufen, und an seiner Miene war abzulesen, daß es sich um etwas sehr Dringendes handelte. Ich folgte ihm.

Er ging geradewegs zu Stereth, riß die blaue Kappe vom Kopf, die er auf dem Dach trug, wo das Vogelhaus aufgebaut war, und begann schon zu reden, bevor er die Halle zur Hälfte durchquert hatte. »Der Transport der von Ordralake nach Westen zur Umladung auf den Luftweg gebracht wird ... Du sagtest, ich sollte ihn besonders im Auge behalten ...«

Stereth legte das Papier hin, das er hielt, und stand auf. »Ja.«

»Man hat ihn durch die Wüste gebracht und wie vorgesehen ins Tiefland geschleppt. Dann wurde er in Jessul auf einen Luftlaster geladen und sollte die lange Strecke um die Hochebene herum in die Hauptstadt geflogen werden.«

»Und?«

»In dem Moment, als er startete, ist der Luftlaster explodiert.«

Stereth schwieg. Dann sagte er: »War das Tah zu diesem Zeitpunkt an Bord?«

Sembet Triol nickte. »Im Wert von achtzigtausend Tabals. Es war ein Versuch, die regulären Transporte zu ersetzen, die nicht durchkamen. Es war ein Superfrachter.«

Stereth blickte plötzlich auf und sah mich an. »Was tust du hier?«

»Ich wußte nicht, daß du an so weit entfernten Orten wie Jessul Freunde hast«, sagte ich.

Er biß sich auf die Lippe. »Nein.«

»Wie viele Leute waren an Bord?« fragte ich.

Er zuckte die Achseln. »Drei«, sagte Sembet.

»Schieb das nicht mir in die Schuhe«, sagte Stereth. Er nahm das Papier wieder zur Hand, das er eben gelesen hatte. »Danke, Sembet.«

»Was bedeutet das?« fragte ich.

Stereth ignorierte mich. Ich drehte mich auf dem Absatz um und verließ die Halle. »Nimm das nicht persönlich«, sagte Sembet draußen im gedämpften Licht eines wolkigen Nachmittags.

Sechs Wochen waren vergangen, seit das letzte Tah nach Süden gebracht worden war. Inzwischen wurden jede Blechbüchse und jeder Krug in jedem Dorf und in jeder Stadt umgedreht, und jahrealte Packungen wurden aufgerissen und in Rationen aufgeteilt. Da ich selbst schon einmal den Entzug mitgemacht hatte, wußte ich, was die Ergebnisse dieser Maßnahme sein würden. Bald würden die Bewohner von Shaskala und weiter südlich gelegener Gebiete Kopfweh bekommen, und manche würden Magenkrämpfe haben. Dann würden sie gereizt werden. Der Tag würde ihnen länger vorkommen und schwerer zu überstehen. Sie würden sich schlapp fühlen. Die Kopfschmerzen würden schlimmer werden… und dann würden sie nachlassen. Sich das Tah abzugewöhnen war leichter als von vielen anderen Drogen loszukommen. Niemand war je davon gestorben, aber es war höllisch unangenehm. Und dann ging es auch um die gewohnheitsmäßigen Rituale, die das Tah umgaben… Was würde in Shaskala zum Beispiel geschehen, mitten am Vormittag, wenn die Kaufleute alle innehielten und unwillkürlich nach der Tah-Schale Ausschau hielten, die jetzt gebracht werden sollte? Und was die Leute weiter südlich anging, so bedeutete dort das Frühstück für den größten Teil der Bevölkerung Tah und nicht viel mehr.

Ich begann mir wirklich Sorgen zu machen, als es bei der nächsten Ladung Tah, die man auf dem Luftweg zur Hauptstadt transportieren wollte, ein mechanisches Problem gab und sechshundert Tonnen Fracht in den Kasheral-See plumpsten.

»Vielleicht könnte man den See kochen«, sagte Sembet ein paar Tage später zu mir. Wir unterhielten uns im Obergeschoß des Vogelhauses, als einer von Stereths gefiederten Boten einflog. Clintris nahm dem Tier geschickt das Papier ab und reichte es Sembet, der es las und dann lachte. Auf Ivory bringt man auf einem kleinen Papier eine lange Bootschaft unter, da ein Schriftzeichen einem Wort entspricht, manchmal sogar einem ganzen Ausdruck.

»Was ist?«

»Wir müssen eine Antwort nach Markt Vergis schicken«, sagte Sembet. »Des möchte daran erinnert werden, warum er dort haltmacht.«

Ich lachte. »Sag ihm, er soll sich nie ändern.«

Sembet, der schon eine Antwort kritzelte, die der Reiter mitnehmen sollte, schrieb unten hin: »Tymon sagt, ändere dich nie.«

Vom Eingang des Vogelhauses sagte eine Stimme: »Und das dürfte kein Problem sein. Stereth sagt, daß Des die Befehle gut ausführt.« Ran stand im Türrahmen, vor dem andauernden Dämmerlicht des wolkenverhangenen Himmels. »Kann ich einen Moment mit dir sprechen, Tymon?«

Seine Stimme klang vorwurfsvoll. Als ich ihm nach draußen folgte, am Hauptgebäude vorbei zu der Steinmauer, bemerkte ich zum erstenmal, daß er seit Shaskala Gewicht verloren hatte. Auf dem Anwesen waren jetzt noch mehr Menschen, und ich kannte nicht einmal die Hälfte der Leute um uns herum. Wir mußten leise sprechen.

»Theodora, wie kannst du das tun?«

»Was tun? Was habe ich getan?«

Er zog sich auf den Mauerkranz hinauf und setzte sich hin. »Die Art, wie du mit Sembet scherzst. Die Art, wie du mit den Frauen in deiner Übungsgruppe redest, sogar, wie du mit Stereth redest – du gehst hier drin auf wie ein Glas Wasser, das man in den Silberfluß gießt. Was glaubst du, was mit diesen Leuten geschieht, wenn die Regierung sie schnappt?«

»Nun ja, ich weiß, die Chancen stehen nicht gut, aber mit ein bißchen Glück bekommt Stereth für uns ...«

»›Für *sie*‹. ›Für *sie*‹, nicht für *uns*. Dein Problem ist, Theodora – vielleicht bist du ein bißchen zu nah dran, um es zu sehen, daß du zu anpassungsfähig bist.«

»Hör mal, ich mag zwar keine echte *Cantry tar'meth* sein, aber mir gefällt die Mannschaft. Und sie sind gut zu uns gewesen; sie behandeln uns genauso wie sich selbst.«

»Darf ich dich daran erinnern, daß diese Leute uns entführt haben? Wir stehen nicht in ihrer Schuld. Wie können die so beiläufig annehmen, daß wir ihnen irgendeine Loyalität schulden ...«

Ich schaute ihn ungläubig an. »Ist das dein Ernst? Du hast *mich* schanghait, als ich auf diesen Planeten kam, und dann hast du erwartet, daß ich ein loyales Mitglied des Hauses Cormallon bin.«

»Die eine Situation hat überhaupt nichts mit der anderen zu tun! Ich habe dich in allen Ehren angestellt ...«

»Ohne genaue Arbeitsbedingungen darzulegen.«

Er hob die Arme. »Graben wir doch nicht jetzt belanglose Einzelheiten aus der Vergangenheit aus!«

Plötzlich erschien es mir komisch, wie wir uns im Kreis bewegten, und ich mußte lachen. Er war verblüfft. Ich unterdrückte meine Heiterkeit, nahm seine Hand und sagte: »Ich hoffe, daß auch du dich nie änderst.« Aus einem Impuls heraus küßte ich ihn auf die Wange. »Dein Ego ist ein großer Trost für mich.«

Es gab ein paar Pfiffe und Buhrufe von denen, die Zeuge dieses Kusses geworden waren. Hier im Land der Gesetzlosen waren tatsächliche körperliche Zeichen von Zuneigung gewöhnlich für die Schatten reserviert. Je mehr Leute in den Banden erschienen, desto häufiger verschwanden Paare in den Hinterzimmern und auf den Dachböden der Ställe. »Jaa, jaa«, rief ich zurück, »habt ihr denn nichts zu tun?«

»Tymon!« rief Sembet. »Kannst du mir hier mal helfen?«

Ich ignorierte den Ruf. »Warum tust du das?« fragte Ran. Aber er sagte es mit einem Kopfschütteln in der Art, wie ein Bauer über das Wetter redet: Es ist ihm vertraut, und es kann wahrscheinlich durch menschliches Eingreifen nicht verändert werden.

»Weißt du«, sagte ich, »vor diesem Sommer pflegte ich dich nur dann anzuschreien, wenn du etwas für dich behieltest. Darin bist du jedenfalls gut gewesen.«

»Danke. Vermutlich ist es in einer engen Umgebung wie dieser hier sowieso schwerer, Geheimnisse zu sammeln.«

»Oder sie zu bewahren, wenn man sie einmal hat.«

»Das auch.«

Sembet rief erneut. »Tymon! Wo bist du überhaupt?«

»Ich sollte lieber gehen«, sagte ich zu Ran.

Er seufzte. »Geh!«

»Du bist nicht mehr beunruhigt?«

»Wie es meine Gewohnheit ist, habe ich mich mit der Tatsache abgefunden, daß deine Einstellung sich nie bessern wird.«

»Gut genug«, sagte ich und ging.

Ich hätte schon damals sehen sollen, daß die Dinge sich zuspitzten. Ran verriet mehr Gereiztheit, als er sich im allgemeinen zu zeigen erlaubte, das Fort erreichte bald den Punkt einer Bevölkerungsexplosion, die Milizstreifen auf den Straßen hatten zugenommen. Und es kam der sechzehnte Tag des Monats Kace, des Feuermondes, und Tarniss Cord schickte an Dramonta Sol und Stereth Tar'krim eine Einladung zu einem Treffen, wo man sich bei einem gemeinsamen Festmahl beraten wollte.

Stereth ließ das Klosterfort unter dem Kommando von Komo und Mora Sobien Ti und nahm den größten Teil der ursprünglichen Bande mit sich nach Totenbrunn. Acht der vielversprechendsten Kandidaten von den neuen Banden bildeten eine Ehrengarde.

Zwei Tage vor dem Festmahl ritten wir den Hügel nach Totenbrunn hinauf. Stereth hielt sein Reittier vor dem Gedicht auf der Mauer in der Nähe des Tores an. Er verharrte dort eine Zeitlang. Ich war in der Nähe von Cantry, und ich hörte, wie er sich ihr zuwandte und sagte: »Ist dir schon einmal der Gedanke gekommen, daß dein bester Freund vor deiner Geburt gestorben ist?«

In seiner Stimme klang etwas Hohles an, das über seinen gewohnten ausdruckslosen Klang hinausging, und Cantrys Antwort enthielt ihrerseits einen Anflug von Nervosität. »Du stehst unter ziemlich großem Stress, Stereth. Du spürst den Druck, das ist alles.«

Er zögerte, von dem Gedicht abzulassen. »Komm

mit uns hinein, Liebster, alle warten schon«, forderte Cantry ihn auf.

Sein Reittier setzte sich in Bewegung, und wir ritten unter den Toren durch. Ich hoffte, daß Tarniss Cord uns wohlgesinnt war.

Aus Gefälligkeit Tarniss Cord gegenüber war Carabinstereth dazu bereit, während unserer Anwesenheit ein paar Übungsstunden für die Frauen von Totenbrunn abzuhalten. Wir anderen bekamen Aufgaben bei der Vorbereitung des Festmahls - dabei ging es nicht nur um das Essen, sondern auch um die Dekoration, um Dramonta Sol und seine Bande zu beeindrucken. Cord war nominell der Gastgeber, aber er war mehr ein Schiedsrichter, der zwei potentielle Verbündete zusammenbrachte. Unsere Bande war sozusagen der Antragsteller und hatte deshalb Wein und Fleisch für Dramonta aufzutischen. »Wir müssen alles hübsch herrichten, bevor er hier eintrifft«, sagte Des zu mir, während er Girlanden an die Holzleisten unter den Deckenbögen im großen Speisesaal nagelte. »Dort, wo ich herkomme, haben wir ein Wort dafür, Tymon. Wir nennen es *Arschkriecherei.*«

Ich reichte ihm ein paar Nägel. »Wir haben einen ähnlichen Ausdruck auf Athena.«

Er knurrte und zeigte auf einen Haufen Girlanden am Boden. »Warum hilfst du einem Gefährten der Straße nicht mal«, das war Des' Methode zu erreichen, was er wollte, »und hängst einige davon an den Bögen in den anderen Räumen auf?«

So kam ich dazu, am Eingang zu Carabinstereths Übungsraum Girlanden aufzuhängen. Die Frauen standen schon in Reihe für ihre erste Übung. Ich sah die blassen, angespannten Gesichter, und ich dachte: Himmel, das ist doch nur wieder ein Drill, nehmt es nicht so schwer. Aber ich erinnerte mich, wie nervös ich an ihrer Stelle gewesen war.

Clintris kam zu dem Tisch, auf dem ich stand. »Aber du kannst hier nicht arbeiten«, sagte sie, »das lenkt die Übenden ab.«

»Machst du Witze? In diesem Moment würden die es nicht einmal merken, wenn eine Musikkapelle vorbeimarschierte. Hast du vergessen, wie einem in dieser Reihe zumute ist?«

Auf ihrem Gesicht erschien ein Lächeln. »Da hast du recht.« Sie hob eine Girlande auf. »Brauchst du Hilfe?«

Es war, als hätte das Meer sich gespalten, als tanzten Fische auf dem trockenen Land. »Hm, ja, danke. Ich muß gerade noch diesen Abschnitt hier fertigmachen ...«

»Kein Problem«, sagte sie und kletterte neben mir hoch. Als sie sich nach dem Nagel am anderen Ende ausstreckte und ich die Girlande hielt und verlegen auf meine Füße schaute, sagte sie: »Ich möchte mich dafür entschuldigen, daß ich dir so zugesetzt habe, als du bei uns erschienen bist. Ich weiß nicht, was ich von einer Barbarin erwartet habe, aber du bist sehr ... normal gewesen, Tymon.«

»Oh, schön – danke.«

»Nichts zu danken«, sagte sie und hakte geschickt das Ende der Schnur fest. »Fertig. Gibt es noch weitere Stellen, wo wir was aufhängen sollen?«

»Am Haupteingang.«

»Schön.« Sie blieb stehen und lud sich einen Armvoll weißer und gelber Blumen auf. »Kommst du, Tymon?«

An diesem Abend nahm Stereth mich beiseite. Er bedeutete mir, ihm hinauszufolgen, vorbei an den Offizierszellen zu einem Durchgang, der an eine Brustwehr an der Nordseite von Totenbrunn grenzte. Durch die Schlitze der Fenster sah man die Sterne am schwarzen Himmel. Ich sah vor den Fenstern einen Wachposten vorübergehen. Wir warteten, bis er vorbei war, dann sagte Stereth: »Diesmal wirst du nicht nur eine Beobachterin sein.«

Mir drehte sich der Magen um. Ich wartete.

»Du wirst bei dem Festmahl neben Tarniss Cord sitzen. Auf der anderen Seite wird einer seiner Stellvertreter sitzen. Des wirst zu deiner Rechten sein.«

Ich schwieg. »Hast du noch nichts zu sagen?« fragte er.

»Schön, ich kann einen Sitzplan der Tafel erstellen. Danke, daß du mich auf Trab bringst…«

»Du bist nervös, Tymon, nicht wahr? Hier, das ist für dich.«

Er drückte mir ein Messer in die Hand. Es fühlte sich glatt an. »Stereth, ich glaube, du hast mich mit jemand anderem verwechselt.«

»Beruhige dich, meine Kleine. Du weißt noch nicht einmal, um was ich dich bitte. Alles, was ich von dir will, ist, daß du ein Auge auf unseren Gastgeber hast und sicherstellst, daß er sich normal benimmt. Und ich bin sicher, daß er das tun wird. Ich habe ausführlich mit Cord gesprochen und bin beeindruckt von seiner Zuverlässigkeit.«

»Wenn du so beeindruckt bist, warum muß ich dann ein Auge auf ihn haben?«

»Es schadet nichts, wenn wir vorsichtig sind, Tymon.«

»Und warum bei dem Festmahl? Hast du andere Leute, die ihn während der restlichen Zeit beobachten?« Als er keine Antwort gab, sagte ich: »Und warum läßt du das nicht Lex oder Grateth machen?«

Ich hielt noch immer das Messer in der Hand. Stereth nahm es mir ab, steckte es in eine Scheide und schob es mir in die Tasche meines Obergewandes. »Erstens«, sagte er, »weil ich dir gesagt habe, daß Cord eine Schwäche für barbarische Frauen hat. Ihm wird es gefallen, neben dir zu sitzen, und er wird sich nichts dabei denken. Jedermann weiß, daß Barbaren so unschuldig wie neugeborene Welpen sind. Zweitens, Lex und Grateth sind bis auf die Knochen von der Armee geprägt. Jeder, der sie sieht, weiß das. Wenn ich Cord bitten würde, zwischen ihnen zu sitzen, dann würde ihn das nervös machen.« Ich stand einfach da, und schließlich sagte er mit einem Anflug von Ungeduld: »Komm schon, Tymon, sicher hat Carabinstereth dir gezeigt, wie man mit einem Messer tötet.«

»Das hat sie.« *Und ich habe es schon einmal getan.*

»Die Wahrscheinlichkeit, daß du irgendwie eingreifen mußt, ist extrem gering. Sonst würde ich es nicht von dir verlangen. Dies ist eine harmlose Aufgabe, für eine harmlose Ausländerin. Das ist alles.«

Ich schwieg. »Wenn du dich nicht wie eine Ivoranerin benehmen kannst«, sagte Stereth sanft, »dann hättest du vielleicht zu Hause bleiben sollen.«

Ich machte kehrt und ging durch den Korridor zurück, die Treppe hinunter zum Saal, und dabei spürte ich das Messer durch den Baumwollstoff der Innentasche hindurch an meinem Schenkel.

Ran war natürlich der Ansicht, daß Stereths Wunsch völlig verständlich war. Er mochte Stereth nicht besonders, aber er sagte, mich zu bewaffnen sei ›simple Selbstverteidigung‹. »Wenn er meint, daß nichts passieren wird«, sagte Ran, »dann *wird* sehr wahrscheinlich auch nichts passieren. In solchen Sachen scheint er ziemlich gut zu sein.«

Das konnte einen alles ja sehr, sehr fröhlich stimmen.

Am Abend des Banketts waren meine Nerven in einem schlimmen Zustand. Dramonta und seine Begleitung waren am Nachmittag angekommen. Dramonta nahm die überaus höflichen Bemühungen von Cord und Stereth als etwas, das ihm von Rechts wegen zustand, und beauftragte Marainis Cho, bei den Vorbereitungen zu helfen – oder eher, ein wachsames Auge auf Gift und ein offenes Ohr für interessanten Klatsch zu haben. Es sollte ein traditionelles Festmahl sein, bei dem alle Speisen in gemeinschaftlichen Schüsseln aufgetragen wurden, und deshalb war Klatsch das einzige, was sie aufschnappen würde.

Die Tische waren mit gestohlener andulsinischer Seide gedeckt. Ran stand auf einer Leiter und brachte die letzten Girlanden an. Stereths Leute hasteten rein und raus, trugen das Geschirr auf und stellten noch mehr Blumen in die Mitte der Tische. Cord ließ Dramonta es sich in der Zimmersuite des Befehlshabers bequem machen. Ich dachte, Stereth wäre bei ihnen, aber er erschien plötzlich im Türbogen am Eingang zum Speisesaal.

Ich war gerade dabei, Silbergeschirr auf dem Tisch zu verteilen. Etwa beim dritten Teller bemerkte ich, daß meine Hand zitterte. Einen Augenblick später hörte ich Stereth sagen: »Setz dich hin, Tymon, auf die Bank an der Wand.«

Ich fand die Bank und setzte mich. Stereth setzte sich neben mich und nahm meine Hand. »Du schaffst das. Es ist leicht. Alles, was du tun mußt, ist, keine Angst zu haben.«

»Oh, das klingt aber einfach.«

»Das ist es auch. Schau mich an. Damals, als ich Angst hatte, war ich niemand. Jetzt bin ich Stereth Tar'krim.«

»Keine Angst vor ein paar tausend Milizsoldaten? Keine Angst vor den Atvalids?«

»Keine Angst vor dem Sterben. Oder davor, andere Leute zu verletzen. Davor, sich selbst zu verletzen. Keine Angst vor Schmerz. Vor der Dunkelheit.«

»Vor nichts.«

»Vor nichts. Wenn du keine Angst hast, kann dich nichts verletzen.«

Stereths Hand hielt die meine. Das mag für dich gelten, dachte ich; man hat dir die Familie weggenommen, du hattest niemanden mehr, der deine Menschlichkeit herausforderte. Dann sagte ich: »Was ist mit Cantry? Wenn sie heute stirbt, oder morgen? Was ist, wenn wir verlieren und sie auf einem Schafott eines Marktfleckens endet?«

Cantry verteilte gerade Trinkschalen auf den Tischen. Sie wischte sich mit einem Arm die Stirn und bückte sich, um das schimmernde Tischtuch glattzuziehen. Stereth wandte sich ihr zu und beobachtete sie, sein Gesicht blieb dabei völlig ausdruckslos. »Wenn das geschieht, dann geschieht es eben«, sagte er.

Ihr Götter!

Er ließ meine Hand los und stand auf. »Brauchst du jemanden, der dir bei dem Silbergeschirr hilft?«

»Nein.«

»Gut.« Er ging weg, um die Ausschmückung des Saales zu überprüfen.

Ran ließ seinen Hammer auf der Leiter liegen und kam zu mir herüber. »Du wirst es schaffen, Theodora. Du bist eine Cormallon, du kannst alles tun, was du zu tun hast.« Er küßte mich und ging wieder an die Arbeit.

Meine Freunde und Verbündeten: so besorgt um mein Wohlergehen. So bestrebt, mir ihre fremdartigen Ansichten über das Leben beizubringen.

Ich glaubte nicht, daß diese Ansichten mir helfen würden. Ich mußte mich einfach durch all das hindurchwursteln, so gut ich konnte, und hoffen, daß ich mir später daraus ein System oder eine Bedeutung würde ableiten können.

Cantry hatte irgendwie *Missids* bekommen, die kleinen Fische aus den Flüssen des Südens. Sie wurden noch frisch zum Bankett gebracht. Man sah fast nie Fisch auf der Hochebene; es gab immer Rindfleisch – gebraten, gehackt, gegrillt, vom Rost. Gewürfelt in Suppe und Eintopf. In dünnen Streifen mit Eiern zum Frühstück. Ich sah, wie Dramonta auf der anderen Seite des Tisches befriedigt auf seinen Teller mit *Missids* schaute.

Tarniss Cord, der zu meiner Linken auf einem bestickten und mit Fransen verzierten Kissen saß, sagte zu mir: »Eure Bande hat sich selbst übertroffen.«

»Ein einfallsreicher Haufen«, sagte ich.

Cantry beaufsichtigte das Servieren. Sie hielt an meiner Tasse an und goß mir aus einem vierbeinigen blauweißen Porzellankrug Tah ein. Sie blickte mich mit einem beruhigenden Lächeln an, bevor sie zu Des weiterging.

Rechts von Des saß Jacik. Er war ein großer, sehr dunkelhäutiger Mann. Es hieß, er sei Dramontas Vorkoster. Ich hörte, wie er und Des über die neuesten Nachrichten von den Fliegerrennen in der Hauptstadt redeten. Des sagte leise etwas, und beide lachten. Ich bemerkte, daß Dramonta auf der anderen Seite des Tisches nichts aus den gemeinschaftlichen Schüsseln nahm, solange Jacik nicht zuerst davon gegessen hatte.

Ran saß weiter unten in der Reihe auf meiner Seite des Tisches; ich konnte ihn nicht sehen. Ich spürte das Messer in meinem Gewand.

»Bist du auf Ivory geboren?« fragte Tarniss Cord. »Falls ich mich damit nicht in dein Privatleben einmische.«

»Nein. Ich bin weit entfernt von hier geboren.«

»Du hast dich ausgezeichnet angepaßt. Dein Akzent ist perfekt.«

»Danke.«

»Das mit unserem Brunnen hat übrigens funktioniert. Das Wasser im Tah stammt von Totenbrunn.«

»Oh, wirklich.«

Es war schwer, sich auf das Gespräch zu konzentrieren. Ich ließ es versanden, und er wandte sich seinem Freund auf der anderen Seite zu. Inzwischen plauderte Des, frei von aller Verantwortung, mit seiner üblichen

Unbefangenheit mit dem Vorkoster zu seiner Rechten.

Etwa beim vierten Gang sah ich, wie Jacik unruhig am Tisch herumschaute. Des bemerkte es auch und fragte: »Was ist los?«

»Die Weinflasche. Ich sitze auf dem Trockenen, und die kleine weißhaarige Barbarin scheint verschwunden zu sein.«

Des streckte die Hand aus und hinderte Jacik daran aufzustehen. »Laß nur, ich hole sie. Du bist unser Gast.«

Er holte die Flasche vom anderen Ende des Tisches und goß Jacik ein.

Jacik nippte an dem ungemischten Wein und sagte: »Du bist ein fairer Gentleman, Des.«

»Das ist das mindeste, was ich für einen Mitspieler tun kann. Ein Prost auf das Jadeband!«

Sie tranken auf das Wohl der Rennflieger mit dem Jadeband. Etwas später glitt Jacik die Weinschale aus der Hand und fiel auf den Tisch. »Tut mir leid«, sagte er. »Sie ist doch nicht zerbrochen, oder?«

Des untersuchte die Schale und wischte die roten Spritzer auf, die auf den Tisch geschwappt waren. »Nö, ist in Ordnung. Die vertragen schon etwas, diese Schalen.«

»Wie wir«, sagte Jacik, und Des lachte. Er goß noch mehr Wein ein. Jacik nahm die Schale wieder auf, hob sie an die Lippen und beobachtete verblüfft, wie sie wieder seinen Fingern entglitt. Diesmal lief der verschüttete Wein auf sein Gewand.

Des unterbrach ihn. »Ihr Burschen von der Totenbrunn-Ebene seid nicht an reinen Wein gewohnt, was? Ihr könnt ihn nicht einfach runterkippen wie das gemischte Zeug und dann erwarten, daß nichts passiert.«

»Hör mal, ich bin doch kein Kind. Ich habe dieses Zeug schon getrunken seit…« Er schaute plötzlich sehr unglücklich drein. »Ich fühle mich nicht sonderlich gut.«

»Lehn dich mal zurück und hol ein bißchen Luft. Soll ich dir den Kragen aufmachen?«

»Nein, ich...« Er versuchte aufzustehen. »Kanz...« Sein Blick wanderte zu Dramonta Sol auf der anderen Seite des Tisches.

Dramonta legte die Hände auf den Tisch. Er versuchte sich hochzustemmen, fiel aber wieder zurück. Er griff in seine Jacke, als die Hand wieder herauskam, sah ich eine kleine Pistole darin glitzern.

Ich blinzelte. In seinem Hals stak ein Dolch. Ich blickte den Tisch hinab; die meisten der Gäste hatten noch nicht mitbekommen, daß etwas passiert war. Des tat irgend etwas unter dem Tischtuch, und Jaciks Mund japste wie der eines Fisches. Sein Kopf sank auf die Brust. Des streckte eine Hand aus, um Jacik aufrecht zu halten, und ich sah, daß die Hand rot war.

Irgend jemand schrie auf. Jemand begann zu kreischen. Andere forderten Ruhe. Dramontas sechs Stellvertreter waren über den Tisch gesunken. Von unserer Bande war Lazarin tot, der neben Stereth gesessen hatte. Dramonta hatte anscheinend danebengezielt. Schließlich wandte ich mich Tarniss Cord zu. Sein Blick war starr und angespannt, seine Faust umklammerte eine Gabel, und er atmete schwer; aber er bewegte sich nicht.

Den Göttern sei Dank. Ich hatte ihn völlig vergessen.

Am anderen Ende des Tisches sagte Stereth knapp und bündig: »Cord, du solltest besser jemanden hinausschicken, um sicherzustellen, daß Marainis Cho nicht hereinkommt.«

»Stimmt«, sagte Tarniss Cord. Er klopfte dem Mann zu seiner Linken auf die Schulter und stand auf. Beide verließen den Saal.

Ich schickte mich an, selbst aufzustehen, aber meine Beine wollten mich nicht tragen. Ich dachte verschwommen: Das könnte Gift sein, aber es ist, als wären es die Nerven. Ich nahm wahr, wie Des aufstand, sich irgendwohin bewegte, dann zurückkam und hinter mir stand. »Kleine Tymon, du zitterst ja wie ein Blatt im Wind.«

»Und wie steht es mit dir selbst, Des?«

Des streckte die Hand aus und beobachtete, wie sie zitterte. »Jaa.« Er ließ sich auf das Kissen neben mir nieder. »Wenn man bedenkt, wie aufgeregt ich normalerweise werde, muß man mich bald von den Wänden herunterholen. Ich habe ein Gefühl, als würde mir das Herz gleich aus der Brust hüpfen und auf dem Tisch Gymnastik machen.« Ich bemerkte, daß seine Füße einen eigenen Staccato-Rhythmus klopften. Trotz all seiner Prahlerei war Des letzten Endes nicht von Natur aus gewalttätig. Er war ein Betrüger beim Kartenspiel, ein Lügner, ein Prahler und ein Trinker; aber kaltblütig eingesetzte Gewalt widersprach all seinen Instinkten, und die damit verbundene Anstrengung zeigte sich an seinem Körper.

»Das war Gift, nicht wahr?« sagte ich. »Wo war es drin? Wir haben doch von allem gemeinsam gegessen, oder?«

»Der Tah-Krug. Das ist ein besonderer Krug, wie ihn die Adeligen benutzen – wenn man ihn richtig anfaßt, dann kann man aus einem zweiten Hohlraum eingießen. Sie benutzen ihn für ihre Spiele. Sembet hat uns davon erzählt.«

»Niemand hat mich gewarnt.«

»Meine Liebe, nur die Leute, die mitgemacht haben, wußten davon. Obwohl du irgendwie auch mitgemacht hast. Du kanntest deine Rolle.« Er holte tief Luft und fügte hinzu: »Es war Konobeerensaft. Sembet hat ihn empfohlen. Er sagte, daß ihn kaum noch jemand verwendet, weil er nicht sofort tötet, sondern zuerst die Beine und dann die Hände lähmt... deshalb konnte ich Jacik nicht aufstehen lassen...« Des redete wie ein Wasserfall.

»Konobeerensaft ist purpurrot«, wandte ich ein.

»Nicht, wenn man die Frucht schält und dann preßt. Dann ist der Saft klar.«

Stereth kam durch den Mittelgang zu uns. »Ich möchte, daß hier jetzt aufgeräumt wird. Ich möchte, daß niemand von den anderen Banden sieht, was hier geschehen ist. Es könnte ihre Meinung beeinflussen.« Stereths Stimme klang genauso, wie wenn er den Wasserholdienst einteilte; ich konnte nicht die Spur eines Zitterns hören.

Des blickte besorgt auf. »Sie werden wissen ...«

»Wissen und Sehen sind zwei verschiedene Dinge. Hilf Tymon mit Dramontas Leiche. Sokol, wisch den Boden auf. Wir wollen nicht, daß das Blut eintrocknet.«

Ran stand auf und ging zu den Wasserkrügen. Auf seinem Gesicht zeichnete sich Widerwillen ab. Stereth bekam es mit. Er streckte die Hand aus und packte Ran am Arm, als er vorbeiging. Ran blieb stehen.

»Wenn du uns den Gefallen deiner Zauberei erwiesen hättest, dann wäre der heutige Tag weniger blutig gewesen.« Zum erstenmal war ein Anzeichen von Spannung in Stereths Stimme zu hören.

Ich hatte eine starke, verwirrende Empfindung von *déjà vu*, und dann wurde mir bewußt, warum: Dies war die Szene, die ich in den Karten gesehen hatte. Jetzt konnte ich sie allerdings ebenso hören wie sehen.

Stereth hielt immer noch Ran am Arm fest. »Zufrieden?«

»Das hat nichts mit mir zu tun.«

»Nein? Amateur ... Dilettant ... in Urlaub hier auf der Hochebene. Ich habe dir eine Chance gegeben, uns zu helfen, so etwas zu vermeiden.«

»So etwas?« Ran blickte sich im Speisesaal um, schaute auf die blutigen Seidenkissen, die umgestoßenen Weinschalen und das verstreute Obst, und dann erschien ein Ausdruck von Verachtung auf seinem Ge-

sicht. »Das hier wäre auf jeden Fall geschehen. Du hattest es darauf abgesehen, diese Leute umzubringen. Wenn ich geholfen hätte, dann wäre es nur … sauberer abgegangen.«

»Lazarin könnte noch am Leben sein.«

Auf diesen unbeantwortbaren Satz erwiderte Ran nichts. Sie blickten einander zornig an, regungslos. Stereths Hand hielt immer noch Rans Arm gepackt. Von meinem Platz aus konnte ich die Spannung spüren. Gerade in diesem Augenblick erschien Lex am anderen Ende des Saales. Im Näherkommen rief er: »Stereth?«

»Was?« Stereth bewegte keinen einzigen Muskel.

»Cord ist draußen. Was soll ich gegen ihn machen?«

»Mit ihm, Lex. *Mit* ihm, nicht gegen ihn. Ich scheine Schwierigkeiten zu haben, dir begreiflich zu machen, daß wir Verbündete sind.«

»Nun gut, und wie lange sind wir deiner Meinung nach Verbündete?«

»Bis einer von uns entscheidet, daß wir es nicht mehr sind.« Stereth ließ Rans Arm los und wandte sich Lex zu.

»Du hast mir nicht gesagt, was ich *mit* ihm machen soll.«

»Frag ihn, was er will.«

»Er will dich sprechen.«

»Dann schick ihn herein.«

»Und was ist mit Marainis Cho?«

»Ich werde sie auch sprechen müssen, wenn wir fertig sind. Sie spricht jetzt für Dramontas Bande.«

»Sie steht gerade jetzt draußen. Sie weiß, was geschehen ist.«

»Und?«

»Zweifellos zögert die Dame hereinzukommen«, bemerkte Ran.

Lex' Blick wanderte zu Ran, dann zurück zu Stereth. »Sie hat gesagt, daß ihrer Meinung nach ein Bündnis eine gute Idee wäre. Sie möchte sichergehen, daß du das mitkriegst, bevor wir weitermachen.«

Stereths Mundwinkel zuckte nach oben. »Sag ihr, ich habe es mitbekommen«, sagte er. »Und daß wir uns durch ihre Anwesenheit geehrt fühlen würden. Und daß ich hoffe, daß sie hereinkommt.«

Lex ging wieder hinaus. »Ich habe zu tun«, sagte Ran und half, die Leichen von den Kissen herunterzuziehen. Stereth beobachtete ihn.

Ich hatte gedacht, ich hätte jene Kartenlesung vergessen, da ich die Visionen aus den Karten, wie es manchmal vorkam, nicht besonders hilfreich für unser persönliches Leben fand. Aber ich muß mir jener Kartenszene mehr bewußt gewesen sein, als ich gedacht hatte, denn jetzt spürte ich, was ihr fehlte. Das Leben im Sektor war leichter gewesen, als es für mich eigentlich hätte sein sollen. Ich hatte geglaubt, daß zumindest Ran sicher sei. Aber er wurde nicht länger durch die Zukunft geschützt, er war so verwundbar wie alle anderen, und ein Blick auf die herumliegenden Leichen reichte aus, um zu sehen, daß dies wirklich sehr verwundbar bedeutete. Und als ich Stereths Blick sah, wußte ich, daß es noch schlimmer stand.

KAPITEL 15

Zwei Nächte später wurde ich im Klosterfort von einer Hand geweckt, die sich auf meinen Mund legte. Ich erkannte sofort, daß es Ran war.

Ich setzte mich auf, schaute ihn an, der neben meiner Schlafstelle im Dunkel kniete, und mir wurde klar, daß es diesmal ernst war. Er stand auf. Ich folgte ihm zur Tür und wußte, daß jeder der ausgestreckt Liegenden, über die ich hinwegschritt – falls er mich überhaupt wahrnahm –, annehmen würde, ich sei unterwegs zur Toilette. Oder wenn er zwei Gestalten sah, dann würde er annehmen, daß wir ungestörte Zweisamkeit suchten; das kam oft genug vor.

Draußen vor der Tür warf der Feuermond einen rötlichen Schimmer auf die Landschaft. Ich hatte nur ein paar Stunden geschlafen; der zweite Mond war noch unterhalb des Horizonts. Es war ruhig. Ich konnte hören, wie einige der Reittiere sich in ihren Stallboxen bewegten.

Rans Hand erschien im Mondlicht, dann verschwand sie wieder, als er sich müde die Stirn rieb. »Wir haben keine Zeit zum Reden«, sagte er. »Ich muß ein paar Dinge erledigen. Gib mir zwanzig Minuten, und dann treffen wir uns bei den Bäumen am Eingang des Tals.«

»Was ist los? Diesmal soll es sein, nicht wahr? Glaubst du, Stereth wird …«

»Zwanzig Minuten. Ich werde dir alles erklären.«

Ich warf einen Blick zum Dach hinauf und sagte: »Wenn ich so weit vom Fort weggehe, dann werden die Wachen mich entdecken.«

»Nein, werden sie nicht«, sagte er mit Entschiedenheit.

Es gibt einen Ton in den Stimmen von Menschen, wenn es ihnen ganz ernst ist. Als ich sechs Jahre alt war, waren meine Krippengefährten und ich einmal auf Ferien in Goldsand auf Pyrene. Da trat bei einer Fabrik auf dem Nachbargrundstück ein Coromin-Leck auf. Eine unserer Aufseherinnen kam an den Rand des Beckens, in dem ich schwamm, streckte die Hand aus und sagte: »Theodora, komm heraus.« Wir Kinder waren es gewohnt, zu warten, bis die Erwachsenen drei- oder viermal gerufen hatten, bevor wir das Becken verließen. Und die Aufseherin schrie nicht und erschien auch nicht aufgeregt, aber ich ging geradewegs zu der Treppe am Rand des Beckens, stieg heraus und nahm ihre Hand, und wir machten uns auf den Weg zum Arzt.

»Zwanzig Minuten«, sagte ich zu Ran. Ganz einfach so.

Und er verschwand befriedigt in der Dunkelheit.

Ich setzte mich neben die Tür, hörte auf die Reittiere, auf den Wind im Gras und auf die völlige Stille auf der Hochebene. Ich schaute hinaus in die Richtung der verkrüppelten Bäume. Es war an der Zeit, das war nicht zu leugnen; man konnte aus Stereths Blick ablesen, daß der Aufschub für Ran vorüber war. Egal, ob wir Landkarten und Wasserbeutel hatten, der letzte mögliche Zeitpunkt war gekommen. Nach einer Weile stand ich auf und blickte in die dunkle Haupthalle: Schlafende Gestalten in den abgetragenen und schmutzigen Kleidern von Banditen des Nordwest-Sektors. Die protzigen Farben und der Schmuck waren unter dem Schleier der Nacht nicht zu sehen. Wenn das jetzt wirklich unser Start in die Freiheit war, so konnte ich dem mit dem Verstand zustimmen, aber eine Sekunde lang war ich den Tränen nahe. Wie sie dalagen, erschienen sie so verletzbar.

Dann wandte ich mich um und begann den Weg zu den Bäumen hinaufzugehen.

Als ich dort ankam, war ich nicht allein. Da saß ein Farmer von der Hochebene, ein Mann, der schon über die Lebensmitte hinaus war. Er trug eine Seemannsjacke und eine Mütze und rauchte eine Pfeife. Mit dem Rücken lehnte er an einem der Bäume. Er lächelte unschuldig und froh, als er mich sah.

»Geehrt durch diese Begegnung«, sagte er mit einer rauhen Stimme. Er blies langsam etwas Rauch in die Luft und klopfte auf den grasbewachsenen Boden neben ihm. »Wollen Sie sich nicht hier neben mich setzen, gnädige Dame?«

»Danke, ich warte auf jemanden.« Hatte Ran durch diesen Mann eine Transportmöglichkeit arrangiert? »Hm, gibt es einen Grund, warum Sie hier sind? Nicht, daß ich Sie kritisieren möchte.«

»Ich werde immer so unruhig beim Feuermond. Manchmal gehe ich hinaus und sammle Nachtkräuter.«

»Das ist aber kein sehr klug gewählter Platz, um Nachtkräuter zu sammeln, gnädiger Herr.«

Diesmal lächelte er verschmitzt. »Wie können Sie so etwas sagen, meine Dame? Ein paar Schritte von diesem Platz entfernt sehe ich drei verschiedene Arten Jevetblatt.«

Ich biß mir auf die Lippe und überlegte, wie ich ihn verscheuchen könnte. Was, zum Teufel, tat er hier überhaupt? Meilenweit im Umkreis gab es keine Farm.

»Ich weiß deine Besorgnis allerdings zu schätzen, Theodora«, fügte er hinzu.

Unsere Blicke trafen sich. Spaß, Vergnügen am Erfolg, Stolz über seine Fähigkeiten … dieses Ego würde ich nirgendwo verkennen. »Ran«, sagte ich und war mir meiner Sache sicher. Seine Lippen begannen sich zu kräuseln, und ich boxte ihn in den Arm.

»He! Wofür ist das?«

»Weil du mich so hinters Licht geführt hast.«

»Das ist nicht fair, Theodora. Ich mußte wissen, ob die Illusion funktioniert, und ich konnte doch wohl nicht einen von den Banditen fragen, oder? Es war ein notwendiger Test.«

Ich überlegte, ob ich noch einmal boxen sollte. »Sherlock verwendete immer die gleiche Ausrede gegenüber Dr. Watson, und ich dachte immer, er hätte dafür eine Tracht Prügel verdient.«

Er rieb seinen Oberarm und sagte: »Ich habe keine Ahnung, worüber du redest. Ich habe in meinem ganzen Leben noch von keinem Zauberer namens Sherlock gehört.« Er schaute mich gekränkt an. »Wir müssen heute nacht einen langen Weg zurücklegen, und da wir es nie schaffen würden, Reittiere aus den Ställen zu holen, müssen wir zu Fuß gehen. Fühlst du dich dazu imstande?«

»Das fragst du mich jetzt? Wärest du so nett mir mitzuteilen, wohin wir gehen?«

»Nach Kynogin. Du kennst den Weg, und es ist der nächste Ort für uns, wo wir ein Transportmittel bekommen können. Es ist auch der erste Ort, an dem Stereth uns suchen lassen würde, aber wir kommen zu Fuß nicht schnell genug voran.«

»Ich bin froh, daß du das herausgefunden hast. Wie steht es mit den Passanten in Kynogin? Wie wirst du eine Illusion in ein paar Dutzend Köpfen gleichzeitig aufrechterhalten?«

Seine bäuerischen Gesichtszüge zeigten Stolz. »Es ist keine eingepflanzte Illusion, Tymon, sie ist projiziert – an mich persönlich geknüpft. Sie wird auf jeden wirken, der mich anschaut. Erinnerst du dich an den Auftrag, den wir vor ein paar Jahren hatten für das Haus in der Goldmünzenstraße, wo wir Illusionen mit den Bettkünstlern verknüpften?«

»Wart mal einen Augenblick. Das geht doch nicht.«

Ich erinnerte mich an diesen Auftrag, und es hatte Wochen gedauert: Arbeit am NETZ, Berechnungen, Messungen – wir hatten zusätzlich Personal engagiert... »Ich glaube, daß nicht einmal du alle diese Berechnungen in deinem Kopf behalten könntest.«

»Theodora, Liebling, was glaubst du wohl, wie Zauberer arbeiten, bevor das NETZ importiert worden war? Ich habe Papier benutzt. Aus Stereths Vorräten gestohlen und dann in verschieden Löchern in der Mauer versteckt, während ich daran entlang ging.«

»Ich habe dich nie auf Papier kritzeln sehen.«

»Das Mißtrauen in deinem Ton verdiene ich nicht, meine Liebste. Ich mußte viele der anfänglichen Berechnungen im Kopf anstellen, und ich schrieb es mir immer dann auf, wenn es eine Gelegenheit dazu gab.«

Er hatte wirklich ziemlich geistesabwesend ausgesehen. Und er hatte viele Abende damit verbracht, wie ein stummer Klotz am Feuer zu sitzen, aber ich hatte gedacht, er würde meditieren. Nun ja, wie kann man sich bei Ran sicher sein?

Trotzdem war es eine erstaunliche Leistung. Eine projizierte Illusion – manchmal auch verankerte Illusion genannt - ist in der Wirklichkeit verankert; dabei wird eine große Anzahl von Messungen am Körper der Person vorgenommen und die Unterschiede zwischen diesen Messungen und den Maßen des vollendeten Produkts werden bis zur letzten Dezimalstelle berechnet. Man muß eine Menge mit Formeln abkürzen, sonst würde man ewig messen, aber selbst das nimmt unglaublich viel Zeit und Aufmerksamkeit in Anspruch. Es ist tausendmal schwerer als bei einer eingepflanzten Illusion, denn die ganze Arbeit wird vom Zauberer geleistet. Bei der eingepflanzten Illusion macht der Betrachter die Arbeit, indem er die Lücken ausfüllt.

Es gab keinen Grund, warum Ran lügen sollte, aber

es kam einfach so unerwartet. Ganz zu schweigen davon, daß es ans Übermenschliche grenzte. »Wie hast du die Messungen gemacht?«

»Stereth hat ein Meßband, das er benutzt, um Entfernungen auf der Landkarte festzustellen. Ich borgte es mir aus, schnitt ein langes Stück Papier zu und trug darauf die Skala ein. Einfach.«

Einfach. Im nächsten Augenblick würde er mir auch erklären, er hätte in seiner Freizeit den Reittieren das Sprechen beigebracht und von ihnen den Weg nach Shaskala erfahren.

Ich kam mir wie eine Idiotin vor. Eine einsame Idiotin.

Wie konnte er mir dies antun?

»Du hast nicht daran gedacht, mir gegenüber zu erwähnen, daß du an dieser Sache arbeitest?«

»Nun, was hätte es genutzt? Du bist noch ein Lehrling, du hättest mir nicht so viel bei den Berechnungen helfen können und du hattest mehr Umgang mit der Bande. Wenn du irgendwohin gegangen wärest und dort Zahlen gekritzelt hättest, so hätte man dich vermißt …«

»Darum geht es doch gar nicht!«

Etwas in meiner Stimme mußte Eindruck auf ihn gemacht haben. »Hm, na ja, ich …«

Der volle Umfang der Aufgabe wurde mir erst allmählich bewußt. »Ihr großen Götter, du mußt ja Wochen dafür gebraucht haben. Und ohne NETZ-Terminal.«

»Monate«, sagte er selbstgefällig. »Ich konnte immer nur ein paar Minuten auf einmal daran arbeiten. Es war eine höllische Arbeit, das Ganze geistig beisammenzuhalten.«

»Du mußt damit begonnen haben, als wir hierher kamen.«

»Nun, natürlich – he, hör auf damit! Der Arm tut mir noch weh! Was ist mit dir heute los?«

»Du hast daran seit Monaten gearbeitet *und du hast mir nichts gesagt?* Warum mußt du immer so sein? Was soll dieses unheilbare, paranoide Schweigen ...«

Ich stand da und schimpfte, als ich sah, daß Ran (mit einem erschrockenen Ausdruck auf dem Gesicht) auf die Knie gesunken war, und aus dieser Bittstellerhaltung nahm er meine Hände und sprach. »Theodora, meine Allerliebste und ... hm ... meine getreueste Gefährtin. *Bitte* schrei mich später an. Ich will versuchen, meine Gewohnheiten zu bessern. Aber ich sehe mich gezwungen darauf hinzuweisen, daß wir bei Tagesanbruch so weit wie möglich fort sein müssen.«

Natürlich wußten wir beide, daß er sich damit aus der Klemme herauswand, aber es ist trotzdem sehr schwer, jemanden anzuschreien, der vor einem auf den Knien liegt und einen seine Allerliebste und getreueste Gefährtin nennt. »Ach, steh auf. Deine Hosen müssen schmutzig sein von all dem nassen Gras.«

Er stand vorsichtig auf. »Wir gehen also nach Kynogin?«

»Nun, offensichtlich. Du bist der Erste des Hauses Cormallon und mir an Rang überlegen. Ich bin einfach hier, um den Befehlen zu gehorchen.«

»Richtig«, sagte er und rieb seinen Arm, »natürlich. Du wirst mich nicht wieder schlagen, nicht wahr?«

»Heute nacht wahrscheinlich nicht.«

Es war immer noch Nacht, als wir den Marktflecken erreichten. Der Mond Sabba hatte die Hälfte seines Weges am Himmel zurückgelegt, und Jekka stand schon tief. Die meisten der Zelte und Hütten waren ruhig, aber aus dem größeren Gebäude aus Stein und Holz in der Mitte der Stadt drang Lärm.

»Die Weinstuben haben hier rund um die Uhr offen«, sagte Ran. »Da gibt es Essen, Unterkunft und mit etwas Glück auch Informationen.«

Wir betraten einen warmen, gelb beleuchteten Raum

mit einem steinernen Herd und einem knisternden Feuer. Ich schaute Ran an, und wir grinsten beide. Es war ein langer Marsch gewesen. Hier gab es Bänke und Tische sowie eine überraschend reich verzierte Bar, aber das Lokal war zu zwei Dritteln leer.

Wir gingen zur Bar. An ihr lehnte eine sehr alte, sehr winzige Frau in blauen Hosen, vor sich einen riesigen Krug mit Bier. Der Barkeeper stand am anderen Ende und wischte Weinschalen sauber. Er trug eine weiße Schürze mit Blutflecken darauf. Da es sich hier um eine Gaststätte im Nordwest-Sektor handelte, gab es wahrscheinlich ein Schlachthaus im Hinterhof. Der Barkeeper schaute in unsere Richtung.

»Einen Krug Fortune Rot«, sagte Ran.

»Ich bin beeindruckt«, murmelte ich. »Ich hätte nicht gedacht, daß du je von etwas anderem als Ducort-Wein gehört hättest.«

Ran lächelte dem Barkeeper zu, als dieser näher kam, und ignorierte meine Bemerkung. Ein Krug und zwei Steingutschalen wurden vor uns hingestellt, das Siegel erbrochen und der Korken herausgezogen.

Plötzlich begann die alte Frau an der Bar zu sprechen. »Worauf führe ich meine Langlebigkeit zurück«, sagte sie.

»Wie bitte?« sagte Ran.

»Fragen Sie mich«, sagte sie, »worauf ich meine Langlebigkeit zurückführe.«

Ran schüttelte den Kopf. »Gnädige Dame, worauf führen Sie Ihre Langlebigkeit zurück?« fragte ich ihn.

»Auf einen Krug helles Bier an jedem Mittag, und einen weiteren jeden Abend. Nichts hält das System so gut in Schuß. Und niemals, niemals, niemals Rotwein aus Krügen trinken.« Ihre Augen begegneten plötzlich meinem Blick. »Sie würden nicht glauben, was für Zeug man in die Fässer tut, um diese Farbe zu bekommen.«

Ich sah, wie Ran auf seine Weinschale niederblickte.

»Eine Menge Leute trinken diesen Wein«, sagte ich.

»Eine Menge Leute sterben wie Ratten«, verkündete sie und führte ihren Krug an den Mund. Mit ihren sommersprossigen Händen wischte sie sich die Lippen ab. »Fragen Sie mich, wie alt ich bin.«

»Ich glaube wirklich nicht…«, begann Ran.

»Fragen Sie mich, wie alt ich bin!«

»Wie alt sind Sie?« fragte er.

»Achtundneunzig«, sagte sie mit Nachdruck. Dann fügte sie hinzu: »Ich habe schon seit dreißig Jahren keine eigenen Zähne mehr.«

Offensichtlich waren dies mehr Informationen, als Ran wissen wollte, aber ich war fasziniert. Wenn so jemand ›achtundneunzig‹ sagt, dann sind ivoranische Jahre gemeint, wodurch es noch eindrucksvoller wird. Tatsächlich war es angesichts des Fehlens anspruchsvoller medizinischer Betreuung in den Provinzen eine ausgesprochene statistische Anomalie. »Sind die anderen Mitglieder Ihrer Familie auch so langlebig?« fragte ich.

»Mein Vater starb mit fünfzig. Er trank kein helles Bier. Meine Mutter jedoch weigerte sich zu verscheiden – sie saß immer noch am Tisch, als sie hundert war. Wie jemand, der den Wink ignoriert, daß die Party vorbei ist.«

»Wirklich. Haben Sie…«

Ran ergriff mich am Ellbogen. »Theodora, ist das jetzt die richtige Zeit dafür?«

»Gnädige Dame«, sagte ich, »wissen Sie vielleicht, wie man hier am besten ein Transportmittel bekommt? Wir würden einen Bodenwagen bevorzugen, aber wir werden auch Reittiere nehmen, wenn nichts anderes verfügbar ist.«

Sie schnaubte verächtlich. »Sie werden keins von beiden bekommen, und so erspare ich Ihnen die Mühe des Suchens. Die Leute, die sie haben, die wollen sie behalten.«

»Wir können zahlen ...«

»Nicht genug, um jemandem seine Verdienstquelle wegzunehmen. Woher sind Sie überhaupt?«

Als ich zögerte, fügte sie hinzu: »Warum nehmen Sie nicht einen Job bei einem Konvoi, der dort hingeht, wo Sie hinwollen? Nach Ihrem Akzent zu schließen würde ich sagen, daß Ihr Ziel der Süden ist. Hier kommen ständig Konvois durch, die meist nach Shaskala gehen. Fragen Sie Grandin.«

Sie deutete mit einem Nicken auf den Barkeeper. Der blickte auf, als er seinen Namen hörte.

»Wissen Sie etwas über Konvois?« fragte Ran.

»Wenn Sie die Ankündigungen an den Wänden lesen würden, dann würden Sie auch darüber Bescheid wissen«, sagte Grandin. Ich folgte seinem Blick auf das Plakat über einem der Tische; es schien sich um ein Stellenangebot zu handeln. »Der Konvoimeister ist oben«, sagte er. »Ich weiß, daß ihm noch ein paar Leute fehlen. Wenn Sie sich mit den anderen am Morgen aufstellen, dann wird er Sie wahrscheinlich mitnehmen.«

Ran blickte argwöhnisch drein. »Es ist kein Tah-Konvoi, oder?«

»Wein, Fremder – Fortune Rot, aus der Gegend jenseits von Ordralake. Genau Ihr Fall. Obwohl Sie ein bißchen alt für sie sind, Onkel, mögen sie Arbeiter, die schwere Kisten heben können. Und Ihre Freundin ist ein bißchen klein.«

»Alt?« lautete der ungläubige Protest der Biertrinkerin. »Er ist so frisch wie eine neugeprägte Münze, eine noch nicht aufgeblühte Rosenknospe. Wenn ich ein Jahrhundert jünger wäre, dann würde ich ihn selbst heiraten. Beim Rad, Grandin, du schenkst nicht nur die teuersten Getränke auf der Hochebene aus, du bist auch noch blind wie ein Hermitküken.«

»Das Rad der Illusionen dreht sich bei dir selbst, Großmutter«, murmelte der Barkeeper und wandte sich ab.

Sie murmelte ihre Antwort in ihren leeren Bierkrug. »Ich habe mich nicht mehr getäuscht, seit ich zweiundzwanzig war und meinen Cousin zweiten Grades geheiratet habe. Ich sollte doch wohl einen gutaussehenden jungen Mann erkennen, wenn ich einen sehe. Und sein Gesicht hängt in der ganzen Stadt, wenn ich auch nicht lesen kann, was darunter geschrieben steht.«

Der Barkeeper, der nur die Hälfte davon mitbekommen hatte, rief vom anderen Ende der Bar: »Für dich sieht jeder jung aus, der noch nicht auf seinem Totenscheiterhaufen liegt!«

Ran unterbrach ihn. Ich sah, wie er seine Hände an seinen Hosenbeinen abwischte. »Könnten wir ein Zimmer für die Nacht haben, und können Sie uns holen, wenn der Konvoimeister aufsteht?«

Die alte Frau machte eine boshaft-komische Grimasse und verließ die Schankstube.

»Wir sind hier nicht in der Stadt, Onkel, wir haben oben insgesamt nur drei Zimmer, und zwei davon sind belegt. Sie werden meines nehmen müssen.«

»Wir nehmen, was wir bekommen können«, erwiderte Ran. »Meine Nichte hier ist müde.«

»Ihre Nichte sieht Ihnen etwa so ähnlich wie ich meinem linken Stiefel. Aber wenn Sie für das Zimmer gut bezahlen, will ich mich nicht beschweren. Lassen Sie nur die Möbel ganz.« Er tastete unter der Bar herum, und ich hörte Schlüssel klimpern. »Wollen Sie, daß ich Ihnen etwas zu essen oder trinken hinaufbringe?«

»Danke, aber wir wollen bloß ein paar Stunden schlafen.«

Er führte uns die Treppe hinauf. Auf dem Treppenabsatz über uns war ein Geklapper zu hören, und ein junger Mann erschien. Seine Beine waren nackt, und er fröstelte. Er hatte nur ein langes weißes Hemd mit einem steifen Kragen an und schnallte sich einen Gürtel mit einem Halfter um, während er sprach. »Was geht hier vor, Grandin? Der Präfekt hat mich gerade geschickt, Sie zu holen. Wer, zum Teufel, ist das alte Weib draußen auf der Straße? Sie hat gerade einen Stein gegen unser Fenster geworfen, und als wir hinausschauten, da zog sie mit den Fingern ihre Lippen auseinander und wackelte mit der Zunge.«

»Das tut mir sehr leid, mein Herr.«

»Eine von Ihren vielen Verwandten? Ich möchte Ihnen gleich sagen, das ist nicht die Art, an die die Atvalids gewöhnt sind. Der Präfekt war sprachlos, um es milde auszudrücken.«

Der Barkeeper war ganz kühl und förmlich geworden. »Ich bedauere, daß mein Gasthaus das beste ist, was Kynogin bieten kann …«

»Ich weiß, ich weiß. Es war nicht meine Idee, hierherzukommen, Grandin. Ich wäre lieber in meinem Bett in Shaskala, auf einer feineren Matratze als Sie sie je kennen werden, nach Ihrem Angebot heute abend zu schließen.«

»Ich hätte gedacht, Sie würden es vorziehen, mit Ihrem Regiment hinter dem Hügel zu kampieren, edler Herr.«

»Das ist nicht komisch, Grandin.« Er schloß seine Gürtelschnalle und seufzte: »Na ja, ich glaube, die Aufregung ist vorbei. Halten Sie bloß die weniger vernünftigen Elemente von uns fern, nicht wahr?« Er blickte auf höfliche und kurzsichtige Art und Weise über die Treppe hinab auf Ran und mich. Im Treppenhaus war es ziemlich dunkel. »Keine Verwandten mehr von Ihnen?«

»Gäste für die Nacht, mein Herr, wie Ihre Gesellschaft auch.«

»So? Nun, es war nicht bös gemeint, gnädiger Herr, gnädige Dame. – Sie wird nicht zurückkommen und noch mehr Steine werfen, oder, Grandin?«

»Das ist unwahrscheinlich, mein Herr.«

»Hmhm. Also gut, ich sehe Sie dann am Morgen.« Er verneigte sich vor uns und begann den Gürtel wieder abzunehmen, während er davonging. Sein goldener Kragen, der ihn als Milizoffizier auswies, war verbogen.

Jetzt wußten wir, wer im dritten Zimmer schlief.

Ran hatte zwei Schocks nacheinander erlebt. Es war schlimm genug, daß eine alte Provinzlerin in schäbigen Hosen seine projizierte Illusion einfach so durchschauen konnte, aber jetzt lagen wir auf einem Bett, das nur durch eine Wand von Vere Atvalid getrennt war, dem Präfekten der Provinz, jenem Mann, dessen berufliches Ziel die Vernichtung von Stereth Tar'krim war.

Wir redeten miteinander nur im Flüsterton. »Ich kann einfach nicht glauben, daß uns das passieren mußte«, sagte ich. »Ich bin nur zweimal in meinem Leben in Kynogin gewesen, und jedesmal treffe ich auf die Atvalids.«

»Das ist nicht so ungewöhnlich. Kynogin ist der größte Marktflecken im Sektor, und dieses Haus hier ist die wahrscheinlichste Unterkunft für den Präfekten.« Es war ein seltsames Gefühl, wie ich da in den Armen meines nicht mehr jungen Farmers lag und an meiner Wange seine kratzige Wolljacke spürte.

»Vielleicht bringe ich dir wirklich Pech, Ran.«

»Nein«, sagte er zurückhaltend, »so funktioniert das nicht mit dem Pech. Ich bin Zauberer und weiß darüber Bescheid.« Er küßte mich auf die Stirn, aber seine Gedanken waren woanders. Ich überlegte, wie es wohl war, einen Vater zu haben. »Und wenn es so wäre, dann spielte es keine Rolle.«

»Du denkst jetzt nicht an den Präfekten?«

»Nein. Ich denke an die alte Frau.«

In dieser Nacht bekam ich kein Auge zu. Etwa eine

Stunde später drang das trübe Licht der Morgendämmerung ins Zimmer. Ran schlief – unglaublich! Ich schüttelte ihn sanft. Er öffnete die Augen und unsere Blicke trafen sich, und das war einer dieser Momente, wenn man sich einer anderen Seele näher fühlt, als man je erwartet hat. Ich sagte: »Wir wollten diesen Konvoimeister erwischen.«

»Ja.« Er stand auf und zog leise die Tür auf. Er trug noch seine Stiefel. Ich hatte die meinen ausgezogen, um die Bettlaken des Wirtes nicht zu beschmutzen, aber ob es an den Monaten in der Wildnis lag oder nicht, ich glaube, Ran kam dieser Gedanke nicht einmal.

Der Korridor war leer. Gesegnetes, erstklassiges Schnarchen war durch die Tür des Nachbarzimmers zu hören. Wir tapsten die Treppe hinab und fanden, daß der Schankraum im Tageslicht schäbig und abgenutzt aussah. Grandin war noch wach. Er ignorierte uns. Über einem Tisch lag ein Betrunkener; er war der einzige anwesende Gast. Ran wandte sich mir zu. »Du kannst genauso gut dir noch etwas Schlaf gönnen. Ich werde hier unten auf den Konvoimeister warten und uns beide anheuern lassen, sobald er herunterkommt.«

»Ich bin nicht müde. Na ja, ich bin müde, aber ich glaube nicht, daß ich noch schlafen kann.«

»Dann leg dich hin und ruh dich aus. Wer weiß, wann du die nächste Chance dazu bekommst.« Seine Stimme klang zynisch, deprimiert, die Stimme eines Mannes, der kein glückliches Ende erwartete. Tatsächlich die Stimme eines Mannes, der keinerlei Erwartungen mehr hat. Ich wußte nicht, wieviel davon durch die Einschätzung unserer schwierigen Lage bedingt war und wieviel durch die Umgebung.

»Du weckst mich, falls ich einschlafe.«

»Ich werde dich wecken. Entspanne dich, Theodora. Schau dich um: du wirst nichts versäumen.«

Also ging ich in unser Zimmer zurück und zog meine Stiefel wieder aus.

Plötzlich war es heller im Zimmer. Ich mußte schließlich eingeschlafen sein. Ran war noch nicht zurück. Mein Kopf war benommen, und ich brauchte einen Augenblick, bis ich die Geräusche draußen auf dem Korridor wahrnahm. Die Leute aus dem Nachbarzimmer gingen vorbei – das mußte es gewesen sein, was mich geweckt hatte.

Wie ein Gespenst blickte mein Spiegelbild aus einer kleinen Fensterscheibe auf der anderen Seite des Zimmers: Klein, erschöpft, das Gesicht aufgedunsen vom Schlaf; eine halb vertraute, halb fremdartige Spiegelung. Genau das Richtige für einen halb vertrauten, halb fremdartigen Planeten. Wie viele Umstände es macht, Bewußtsein in einem Organismus zu sein – man muß den Leib ernähren und ihm Stunden der Bewußtlosigkeit zuteilen und seine Müdigkeit und Reizbarkeit befriedigen, und das alles, um die wenigen Sekunden der Freundschaft und des Mutes und der Schönheit zu ermöglichen, die aus jenem Gewebe des Schreckens herausgeholt werden können, das als alltägliches Leben bekannt ist. Wirklich, ich sollte einfach hier sitzen bleiben und in einen See meditativer Trägheit …

Schritte eilten den Korridor entlang. Ich fuhr mir mit den Fingern durchs Haar, schlüpfte in die Stiefel und begab mich zur Tür. Ich zog einen Schal heraus und band ihn um den Kopf, um mein helles Haar zu verstecken.

»Aber Herr Wächter, ich hatte keine Ahnung, daß Sie die Frau kannten«, ertönte die Stimme des jungen Offiziers. Es war offensichtlich, wen er ansprach. Der Präfekt ist der ›Wächter der Provinz‹; wäre er adelig geboren, dann hieße es statt dessen ›Lordwächter‹.

»Ich bin ihr einmal begegnet«, erwiderte eine junge, säuerliche Stimme. »Das bedeutet aber nicht, daß ich es mag, wenn sie jede Nacht Steine gegen mein Fenster wirft. Ich wollte aber auch nicht, daß sie gereizt wird – sie ist offensichtlich psychisch labil.«

»Sie ist eine verrückte alte Frau, ja, das ist sie, mit allem schuldigem Respekt – wollen Sie, daß ich jetzt die Wasserbeutel hinunterbringe, Herr, oder sollten wir warten? Ich traue dem Wirt nicht zu, daß er die Sache richtig macht.«

Die Tür wurde geschlossen, Schlüssel klirrten. Uns hatte der Wirt keine Schlüssel angeboten. Vielleicht hatten wir überhaupt Glück gehabt, daß wir nicht ins Hinterhaus gesteckt wurden, zu den Fleischvorräten und den Fässern mit einheimischem Bier …

»Es kommt nie etwas Gutes dabei heraus, wenn man Zivilisten anheuert, Herr. Besonders, wenn es sich um verrückte Zivilisten aus der Provinz handelt, die sagen, sie seien über ein Jahrhundert alt …« Die Stimme brummte, dann wurden ein paar Säcke herumgeschleift. Offensichtlich waren die beiden auf vertrautem Fuß miteinander, trotz ihrer Rangunterschiede. Aber andrerseits war der junge Atvalid neu in seiner Stellung. Vielleicht überhaupt neu im öffentlichen Leben, den Andeutungen zufolge, die Sembet Triol gemacht hatte.

»Sie ist eine *Kyrif*«, sagte der Inspektor mürrisch, »aus einer ganzen Familie von *Kyrifs*. Was erwarten Sie von ihr denn, etwa Normalität?«

Ich erstarrte.

»Wenn sie sagt, sie wird dieses Gebäude zwei Stunden nach Tagesanbruch ausräumen …«, fuhr er fort, »nun, dann müssen wir hoffen, daß sie es zwischen Sonnenaufgang und Nachmittag ausräumt? Was können wir noch mehr tun?«

»Wir könnten noch mehr Banden zu den Farmen hinausschicken.«

»Um was zu tun? Etwa Tah mitzubringen? Wir haben schon jede Farm von Shaskala bis hier abgeklapptet, und auch die Hälfte der im Westen liegenden. Finden Sie sich damit ab, die mögen Stereth Tar'krim. Uns mögen sie nicht.«

Die Stimmen entfernten sich die Treppe hinab. »Ich nehme an, wir haben jedenfalls Zeit für das Frühstück«, hörte ich den Offizier sagen. Ich trat in den Korridor hinaus, schloß meine Tür und lehnte mich dagegen. *Kyrifs?*

Damals, als ich ivoranische Sagen sammelte, hörte ich über die Kyrifs. Die Geschichte endet so:

»Wende dich nach Westen zur untergehenden Sonne. Schließ die Augen. Räume die Leute von den Hügeln und den Straßen weg. Wenn die Welt leer ist, dann räume die Häuser, die Gehöfte, die Brunnen und die Haustiere weg. Wenn sie fort sind, dann räume die Hermitvögel, die Falken, die Nachtjäger, die Insekten weg, alles Leben außer dem Ton deines Herzens. Wenn du sicher bist, daß die Welt leer ist, und es nur noch das Geräusch des Windes gibt, der über das Gras hinfährt, dann öffne die Augen.«

Der Bauernjunge, der zum ersten Kyrif wurde, folgte dem Rat des Drachen. Als er die Augen öffnete, sah er das Gehöft, die Hügel und das Dorf hinter den Hügeln, und alles war geschäftig wie immer; doch nirgendwo war Zauberei zurückgeblieben. So schlug er gegen seinen Feind zurück, gegen den Zauberer, der jetzt ohne Verteidigung gegen seine Opfer war.

Es gab keine Zauberei auf der Welt, bis jener Kyrif starb.

Als ich diese Geschichte zum erstenmal hörte, dachte ich, *sie haben ihn wahrscheinlich jung getötet.* Es gab überall eine Menge Leute, die von der Magie abhingen, und die ivoranischen Geschichten sind voll von Rache um einen hohen Preis. Gab es wirklich *Kyrifs?* Der Inspektor glaubte es. Jedoch hat es im Laufe der Geschichte zahlreiche Leute in hohen Ämtern gegeben, die dem Aberglauben verfallen waren. Aber andererseits hatten der Präfekt und sein Offizier so sachlich darüber geredet, und gerade diese nüchterne Einstellung, die das Ganze für selbstverständlich nahm, war das Kennzeichen der echten ivoranischen Zauberei.

Sie sollte also zwei Stunden nach Tagesanbruch ›das Gebäude ausräumen‹. Ran hatte recht gehabt. Die Illusion, die Cantry an der Straßenkreuzung erzeugt hatte, verfolgte ihn nun: Die Machthaber wußten, daß ein Zauberer in die Sache verwickelt war. Stellte sich der Inspektor vor, die Marktflecken wären voll von Banditen, die unter einer Wolke der Illusion ungehindert kamen und gingen? Wie weit ging seine Paranoia? Vermutlich war dieser Gedanke nicht fair gegenüber den Atvalids; es war vernünftig anzunehmen, daß Leute, auf die Kopfgelder ausgesetzt waren, illusorische Identitäten benutzten, wenn sie konnten. Aber wir waren nicht so mächtig in den Dörfern vertreten, wie sie zu glauben schienen. Zum Teufel, wir kamen doch nur allein oder zu zweit in die Orte, gerade lang genug, um einen Handel abzuschließen und wieder zu verschwinden. In Wirklichkeit …

In Wirklichkeit war Ran hier im Augenblick der einzige mit einer falschen Identität.

Ich sauste die Treppe hinab.

Drunten bot sich mir ein friedlicher Anblick: An den Tischen saßen ein paar Leute und aßen schmackhaft aussehende Eier und tranken widerlich aussehende Schokolade; auf der Theke stand ein riesiger verzierter Tah-Krug; Ran stand in seiner Farmerverkleidung mit einer Gruppe anderer Bewerber am anderen Ende des Raums, wo ein Anschlag besagte, man solle auf den Konvoimeister warten … und acht Milizsoldaten standen etwas verlegen herum und überwachten das Wohlergehen ihrer Vorgesetzten. Der Präfekt und sein Adjutant setzten sich an einen Tisch und bestellten Frühstück. Ran warf mir einen hilflosen Blick zu und blieb, wo er war.

Sollte ich zu ihm gehen? Was würde geschehen? Würde überhaupt etwas geschehen?

Ich war hin- und hergerissen. Was bedeutete die größere Gefahr: zu handeln oder nicht zu handeln? Mit diesem Schal um den Kopf würde ich nicht besonders auffallen, aber andrerseits war ich für jeden, der sich die Mühe machte, genauer hinzuschauen, deutlich als Barbarin erkennbar. Vielleicht sollte ich nicht die Aufmerksamkeit auf Ran lenken, indem ich zu ihm ging und mit ihm flüsterte, obwohl ich dringend von ihm fachmännischen Rat brauchte.

Die alte Frau, die vergangene Nacht hier gewesen war, kam herein. Sie entdeckte den Präfekten an seinem Tisch, wo er gerade eine Schale mit einer klumpigen Speise auslöffelte, und sie schlenderte zu ihm hinüber mit dem aufreizenden Gang einer Achtzehnjährigen. »Schön, dich zu treffen, Kleiner«, sagte sie und setzte sich rittlings neben ihm auf die Bank. Der Präfekt zuckte leicht zusammen.

War sie wirklich eine *Kyrif*? Aber selbst wenn es Kyrifs gab, würde wirklich jemand so töricht sein zu verlangen, daß die Zauberei aus der Welt entfernt würde? Oder auch nur von einem Ort, falls man den Wunsch irgendwie einschränken konnte? Nach der Sage verschwand die Magie für immer, wenn ein *Kyrif* sie beseitigte.

Der Offizier des Präfekten schaute nicht von seinem Teller auf, als er sagte: »Ich bin geehrt durch diese persönliche Begegnung, Großmütterchen. Ich habe dich nur im Mondlicht gesehen, wie du Steine warfst.«

»Das muß jemand anderer gewesen sein, junger Mann. Ich bin zu alt, um Steine zu werfen. Frage mich, wie alt ich bin.«

O Himmel! »Ehrwürdige Dame, vergib mir meine Anmaßung, aber die Zeit drängt«, sagte der Präfekt. »Möchtest du mit uns speisen? Oder würdest du lieber deine Behauptung sofort in die Tat umsetzen?« Der

Mann hatte ein Kindergesicht und aß einen Brei zum Frühstück, aber er wußte zu reden.

»Ich habe schon damit begonnen, mein Lieber«, sagte sie.

Der Präfekt schaute erschrocken drein. »Ich wollte mit dir zuerst reden. Es ist wirklich nicht meine Absicht, die Zauberei für immer aus dieser Gegend zu entfernen. Meine Familie hat genug Feinde der üblichen Art, ohne daß wir uns einige tausend neue unter unseren Mitbürgern schaffen ...«

Atvalid junior hielt nicht einmal zum Luftholen inne. Großmütterchen legte ihre knochige Hand auf seinen Arm. »Entspanne dich, mein Lieber. Erstens gibt es nicht genug Zauberei hier draußen im Sektor, daß irgend jemand sie vermissen würde.«

»Das ist doch nicht der ...«

»Und wie ich dir gesagt habe, werde ich nur ein kleines Gebiet ausräumen – diese Bar als Mittelpunkt, und darum einen Kreis mit einem Radius von ein paar Kilometern. Fast bis ans Ende von Kynogin, aber nicht ganz.«

»Ich wollte es erst mit dir besprechen ...«

»Und es ist keineswegs auf Dauer, mein Kleiner, sie wird in ein paar Stunden wiederkommen. Ich habe es schon früher getan. Alles, was ich tun muß, ist, die Magie in ein Objekt zu schleusen. Sie wird wieder heraussickern und bald genug an ihren richtigen Platz zurückkehren. Zerbrich dir darüber nicht den Kopf.«

Der Präfekt schob seine Schale mit dem Frühstück angewidert zur Seite. »Du garantierst wirklich, daß du den Prozeß begrenzen kannst.«

»Wir haben das schon seit Jahren gemacht, meine Taube; es hat immer *Kyrifs* in diesem Teil des Sektors gegeben.«

Die Atvalids gingen ein beträchtliches Risiko ein. Bis jetzt hatte die alte Frau niemanden mit ihrer Geistesschärfe beeindruckt. Die Familie des Gouverneurs verstrickte sich mit der Banditenfrage wie ein Haufen von Besessenen. Gut, ich hatte genug gehört, um zu wissen, was los war. Reichte die Zeit noch, um Ran aus der Umgegend wegzubringen?

»Tad?« Der Präfekt blickte seinen Adjutanten fragend an.

»Wir haben zwanzig Mann in der Stadt stationiert«, antwortete der Offizier beflissen. »Zusätzlich zu denen hier. Es ist unwahrscheinlich, daß die Banditen hier in einer Zahl vertreten wären, die uns irgendwelche Schwierigkeiten bereitete. Ich bin keineswegs überzeugt, daß überhaupt welche hier sind.«

»Dann werden wir zum nächsten Marktort gehen und die ehrwürdige Dame mit uns nehmen.« Die Stimme des Präfekten klang entschlossen.

Am anderen Ende des Raums war der Konvoimeister erschienen und hörte den Bitten der Männer zu, die auf eine Anstellung warteten. Er ging dabei sehr fair vor und nahm einen nach dem anderen dran. Ran war der dritte in der Reihe.

Wenn er bloß seinen Job bekommen und dann hinausgeschickt werden könnte …

»Wie lange dauert es?«

»Wer weiß?« sagte Großmütterchen.

Der Präfekt spielte mit seiner leeren Schokoladetasse. »Ein Objekt«, sagte er nachdenklich. »Was für ein Objekt hast du ausgewählt, damit es die Magie aufnimmt? Ein Talisman? Ein Messer, ein Juwel, einen Hund, ein Schoßtier, eine Person?«

»Na ja«, sagte sie gedehnt, »ich würde das Bier nicht trinken.«

Der Offizier stellte seinen Krug abrupt auf den Tisch. »Was geschieht, wenn man das Bier trinkt?«

»Das kann man nicht voraussagen.«

»Schwelle ich dann an und sterbe?« fragte er mit halbherzigem Spott.

»Das kann man nicht voraussagen«, wiederholte sie.

»Könnte gut ausgehen, könnte schlecht ausgehen. Oder groß oder klein. Man kann es nicht sagen.« Sie beäugte ihn interessiert. »*Spürst* du schon einen Unterschied?«

Der Offizier blickte Atvalid junior an. »Wenn ich mich in eine große braune Feldmaus verwandle …«

»Ich schicke dich dann mit halben Bezügen in Pension. Es wäre ja sowieso nur vorübergehend, nicht wahr, ehrwürdige Dame.«

»Vielleicht.« Sie streckte die Zunge weit heraus und berührte damit ihre Nase. »Ich habe selbst ein Bier getrunken, bevor ich hier hereinkam, und ich scheine noch in Ordnung zu sein.«

Tad blickte drein, als wäre ihm schlecht. Wie unter einem Zwang schaute er dauernd auf seine Brust, seine Beine, seine Arme. Plötzlich weiteten sich seine Augen. »Sieh mich an, *ich leuchte!*« Er hielt den rechten Arm dem Präfekten hin, als erwartete er, daß die Autorität des Amtes diesem Unfug sofort ein Ende bereiten würde.

Der Arm glühte in einem rosafarbenen Licht, das in Lavendel und dann in dunklen Purpur überging. Ich blickte auf Ran. Auch er begann zu glühen. Sehr schwach, noch nicht auffällig. Die alte Frau schaute auf den Arm des Offiziers und stieß einen Pfiff aus. »Eine Menge starker Zauberei in der Nachbarschaft, meine Herren. Hier müssen gerissenere Banditen in der Gegend sein, als ich geglaubt hatte, um die Wahrheit zu sagen. Ich hoffe, eure Leute stehen bereit.«

»Herr!« sagte Tad.

Der Präfekt blickte hilflos drein, und ich kam mir auch so vor. Ich trat ein paar Schritte vor, gab einen Laut von mir und näherte mich dem Tisch wie eine Frau mit einem Auftrag. »Herr Wächter, ich suche Zuflucht bei Ihrem Amt.«

»Was?« Er blickte mich kurz an, dann schaute er geistesabwesend wieder auf den Offizier, dessen Gesicht violett geworden war. »Was? Es tut mir leid, nicht jetzt ...«

»Herr Wächter, bei der Ehre Ihrer Familie! Ich brauche Ihren Schutz!«

»Was?« sagte er wieder und schenkte mir diesmal etwas mehr Aufmerksamkeit.

Ich nahm meinen Schal ab und zeigte mein schmutziges rotbraunes Haar. Er blinzelte. »Ich habe dem Wort der Atvalids über meine Sicherheit und meine Belohnung vertraut, Herr. Mein Leben ist in Ihren Händen.«

Er riß sich zusammen, hob den Arm und winkte einen der Milzsoldaten herbei. »Sergeant, wachen Sie über diese Frau, bis ich Zeit habe ...«

Das würde nicht funktionieren. »Herr Wächter, es ist keine Zeit mehr! Mein Name ist Cantry ...«

Der Milizsoldat, der nach meinem Arm griff, hielt inne. Atvalid wandte mir zum erstenmal sein Gesicht voll zu. Ich redete schnell weiter: »Und ich bin hier, um Stereth Tar'krim anzuzeigen!« Der Präfekt zögerte. Ich drängte: »Er ist in diesem Augenblick in diesem Gebäude – dort, Herr Wächter!«

Und ich zeigte auf Ran.

KAPITEL 16

Die Bank von Kynogin ist neben dem Weinlokal das beste Bauwerk dieses Marktfleckens; sie ist unterkellert und verfügt über ein Fundament aus Stein. Die Mauern sind ebenfalls aus Stein, und das Kellergeschoß ist in verschiedene Räume aufgeteilt: Die Geldkammer, der Wachraum, das Lager für besondere Güter ... wahrscheinlich noch ein oder zwei mehr, die ich nicht gesehen habe. Was ich gesehen habe, daran erinnere ich mich sehr gut. Ich habe einen der längsten Tage meines Lebens in der Bank von Kynogin verbracht.

Ja, ich löste in der Weinstube eine ziemliche Sensation aus. Der Ausdruck, den ich auf Rans Gesicht sah, beunruhigte mich, aber ich stürmte rücksichtslos vor. Natürlich erkannte er sofort, daß etwas Unerwartetes geschah, aber ich hatte keine Möglichkeit, ihm zu sagen, *was*.

»Ich schwöre bei allem, was hell ist«, sagte ich, »daß er Stereth Tar'krim ist. Schaut ihn an! Er leuchtet. Seine Illusion verflüchtigt sich!«

Der Präfekt biß sich auf die Lippe. »Er könnte ein Unschuldiger sein, der nur an einer Nebenwirkung dieses verdammten Bieres leidet.« Aber er sagte dies nicht mit Überzeugung. Ich war eine Barbarin; also konnte ich plausiblerweise Cantry sein.

Sie werden sein wahres Gesicht gleich sehen«, sagte ich. »Dann werden Sie feststellen, daß ich die Wahrheit sage.«

Der Präfekt schaute Ran an, der dort mit allem gespielten Anschein von Ruhe stand. »Wer sind Sie, mein Herr?« rief er. »Nennen Sie uns Ihren Namen, Ihre Farm und Ihre Familie.«

Ran war ein Cormallon. Er widersprach nicht einem Wort, das ich gesagt hatte. Von seinem Standpunkt aus gesehen waren wir Hausgefährten, Familienmitglieder und Halbverheiratete. Das bedeutete, daß er mich gegebenenfalls auf alle möglichen Weisen ausnutzte, ohne im geringsten daran zu denken, mich um Erlaubnis zu fragen; es bedeutete aber auch, daß er das zerbrechliche Schiff seines Lebens und seiner Sicherheit mir anvertraut hatte und dabei das Beste hoffen mußte. Und die Wogen auf diesem Ozean sahen nicht gut aus für ihn.

»Antworten Sie, falls Sie nichts zu verbergen haben«, rief der Präfekt.

Ran schwieg. Eine Sekunde später verschwand seine Farmermütze. Sein Haar wurde dichter, sein Hals weniger kräftig, seine Augen traten klarer hervor und waren nicht mehr zusammengekniffen wie die eines Farmers, der ein Leben lang in die Sonne der Hochebene geblinzelt hatte. In der Bar war es mucksmäuschenstill. Alle schauten stumm, als handle es sich hier um eine Szene aus einem Theaterstück.

»Stereth Tar'krim«, keuchte jemand. Es war einer der Zivilisten.

Ran schaute auf seine Hände hinab, auf die Hände eines jungen Mannes, der nur vorübergehende Erfahrungen mit körperlicher Arbeit gehabt hatte. Er wischte sich die Handflächen an den Hosenbeinen ab und warf mir einen Blick zu.

»Ich habe es gesagt«, sagte ich an niemanden gerichtet und setzte mich an den Tisch des Präfekten, bevor ich zusammenbrach.

Binnen Sekunden war Ran von Milizsoldaten umgeben. Binnen Minuten hatte sich das Gerücht auf magische Weise in der Stadt ausgebreitet, und die Bar füllte sich mit einer Menge Farmern, Hehlern und Viehhändlern. Die Milizoffiziere mußten eingreifen, damit die Neuankömmlinge nicht die Tür blockierten.

Der arme Offizier Tad saß halb im Delirium auf einer Bank und über seinem Kopf blinkte rhythmisch eine Farmermütze. Niemand wollte ihn anfassen.

Die Aufmerksamkeit des Präfekten war auf mich und Ran gerichtet. Atvalid versuchte dauernd, mit mir zu sprechen, aber der Lärm der Menge machte seine Wort schwer verständlich. »Los«, schrie er schließlich einem Offizier zu, »wir bringen sie hinaus.«

»Wohin hinaus, Herr?« schrie der Offizier zurück und blickte ihn hilflos an.

Atvalid überlegte einen Augenblick lang. »Zur Bank«, sagte er. »Dort muß es einen sicheren Raum geben.«

»Was ist mit ihm?« Der Offizier zeigte auf Tad.

»Ach, legt ihn oben ins Bett. Jemand soll bei ihm bleiben.«

»Du solltest ihn am besten aus der Gegend wegschaffen, wenn du möchtest, daß er wieder normal wird.« Atvalid schaute sich um, ich ebenfalls. Die Worte kamen von der alten Frau, der *Kyrif,* die uns all das eingebrockt hatte; wir hatten sie ganz vergessen.

Der Präfekt sah aus, als würde er ihr gern etwas sagen, wenn er nicht so abgelenkt wäre. Er packte mich mit einer Hand und rief dem Offizier zu: »Bringt ihn über den Hügel und laßt ihn beim Regiment. Wenn das nicht weit genug ist, dann bringt ihn noch weiter weg. Nehmen Sie nicht mehr als einen Soldaten mit; ich möchte die anderen hier haben.« Und er zog mich zur Tür. Ran wurde von einem Mann mit Gewehr in die gleiche Richtung gedrängt.

Wir mußten durch eine dichte Menschenmenge hindurch. »Ist sie wirklich Cantry?« fragte jemand mit schwerem Sektor-Akzent.

»Natürlich ist die es. Wer sonst sollte sie sein?«

»Es stimmt. Alle diese Tymons sehen gleich aus.«

»Werden Sie sie bezahlen?«

»Ja, geben Sie ihr die Belohnung?«

Der Präfekt zögerte. »Wenn er Stereth Tar'krim ist, dann bekommt sie die Belohnung.«

Ein Mann prustete verächtlich. »Wer sonst soll er sein? Wen sonst haben wir den ganzen Sommer auf den Plakaten an den Wänden angeguckt?«

»Wir werden sie bezahlen«, versicherte der Präfekt. »Jetzt macht Platz.«

Wir standen auf der Schwelle, halb im Tageslicht, und ich erkannte das imposante Gebäude der Bank von Kynogin auf der anderen Straßenseite. Es war leicht sich vorzustellen, wie man da hineinging und niemals mehr herauskam. Ich blieb bei meiner Rolle und rief: »Gebt auf mich acht, Freunde! Ich habe die Belohnung verdient; stellt sicher, daß sie auch zahlen! Schaut, ob das Haus Atvalid seine Versprechungen einhält, oder ob ich auf immer in den Gewölben dort drüben verschwinde.«

Der Griff des Präfekten wurde fester. »Ich habe gesagt, daß wir zahlen! Ihr werdet sie freikommen sehen, mit jedem Tabal, den wir versprochen haben.« Zischend fügte er hinzu: »Und möge jeder Bandit, der eine Abneigung gegen dich hat, am Weg aus der Stadt auf dich warten.« Ich hatte ihn mit meinen Andeutungen über seine Familie verärgert.

»Das war nicht persönlich gemeint«, murmelte ich und wurde über die Straße hinüber und die zwei Stufen hoch in die Bank geschafft. Auf den grauen Stein der Seitenwand hatte ein Witzbold mit roter Farbe geschmiert: Zinsen töten.

Ich glaube, ich erzählte eine ziemlich gute Geschichte. Ich hatte genug von Stereth und Cantry gesehen, um operative Einzelheiten des Banditentums im Sektor angeben zu können. Sie wollten natürlich einen Standort wissen, nach all dem, was sie über Straferlaß und Belohnung angekündigt hatten. Ich erwähnte ein paar Orte auf der Ebene von Totenbrunn, weit genug entfernt von Tarniss Cords Territorium, um ihn nicht zu gefährden; wir seien immer herumgezogen, sagte ich, weil Stereth meinte, das sei sicherer.

Wenn ich jetzt zurückschaue, dann wundere ich mich, daß mir damals nicht einfiel, unsere Identitäten zu lüften, oder zumindest meine Identität als Bürgerin von Athena. Ich konnte beweisen, daß ich während Cantrys früher Karriere gar nicht auf dem Planeten gewesen war. Aber auf diesen Gedanken kam ich nicht, nicht einmal, um laufengelassen zu werden.

Warum ich ihn angezeigt hätte, wurde ich gefragt. Das Geld, sagte ich, und außerdem hätten wir seit einiger Zeit Streit gehabt.

Geld und Rache, das waren immer akzeptable Motive. Sie ließen mich eine Weile in Ruhe und konzentrierten sich auf ihren gefangenen Banditenanführer im Nachbarkeller. Ich durfte meine Habseligkeiten behalten, man durchsuchte mich allerdings nach Waffen; schließlich war ich genaugenommen nicht verhaftet. Man holte mich sogar einmal nach oben und gab mir einen Beutel voll Geld, während ein paar Zeugen aus Kynogin herumstanden, und man machte ein paar Fotos für die Akten.

Aber man ließ mich nicht frei. Ich befand mich in dem besonderen Lagerraum und war von Schachteln umgeben. Zu meiner Linken war die verstärkte Tür, die zur Geldkammer und dahinter zur Treppe führte. Ich wußte nicht, was sie mit Ran anstellten. Ich konnte nicht in seinen Teil des Kellers gelangen, aber auch nicht nach draußen. Ich konnte nichts tun als hin- und herzulaufen. Es hatte mir nicht gefallen, mit ihnen zu reden, aber jetzt wünschte ich mir, der Präfekt und seine Freunde kämen zurück und verhörten mich noch weiter. Ich brauchte dringend etwas zu tun.

Stunden gingen vorbei. *Stunden.*

Schließlich kam der Präfekt zurück, der junge Vere Atvalid, mit müden Augen, aber entschlossenem Blick;

er hielt den zerknitterten blauen Filzhut des Kaiserlichen Wohlwollens achtlos in der Hand. Wenn ich nicht von seiner Gnade abhängig gewesen wäre, dann hätte ich vielleicht Mitleid mit ihm gehabt; er sah nicht aus wie ein Mann, der gerade seinen größten Erfolg erzielt und die Ehre seines Hauses gerettet hatte. Er sah erschöpft aus. Und jung.

Verschieben wir einmal die Perspektive ein bißchen. Wer war der Held und wer der Schurke? Der angehende Robin Hood, der letztlich nur eine Bande von Verbrechern befehligte, der seine Macht in skrupelloser Gangstermanier ausgeweitet hatte, der – unverblümt gesagt – dabei war, die Einnahmequelle einer Menge unschuldiger Tah-Anbauer aus dem Landstrich westlich der Hochebene zu vernichten? Oder die Atvalids, die unter all dem Druck sich so sehr bemühten, das Richtige zu tun?

In diesem Moment jedoch war es mir egal, wie sehr sie sich bemühten. Mit Stereth hätte ich einen Handel machen können.

Vere Atvalid setzte sich an den Tisch, den man in den Lagerraum gestellt hatte, und schaute mich an. »Wir wissen, daß er Stereth Tar'krim ist«, sagte er.

Ich wartete.

»Wir haben ihn anhand der Unterlagen von seiner Verhaftung in Shaskala überprüft«, sagte er. »Die Merkmale stimmen überein.«

»Ich bin überrascht, daß Sie das so schnell erledigen konnten.«

»Ich habe einen NETZ-Anschluß bei mir«, sagte er.

Wie außerordentlich effizient von Ihnen. Ich war selbst müde und mir war der Gesprächsstoff ausgegangen.

»Wollen Sie mit ihm sprechen?« fragte er.

Ich schaute ihn überrascht an.

»Es macht uns nichts aus«, sagte er. »Ich arrangiere das gerne. Das mag das letztemal sein, daß Sie ihn allein sehen, bevor wir ihn nach Shaskala zur öffentlichen Hinrichtung bringen. Ich dachte, Sie hätten einander noch etwas zu sagen.«

»Danke«, sagte ich vorsichtig.

»Nicht der Rede wert. Es ist schon dunkel, Sie werden gehen wollen; wir sollten es am besten jetzt machen, falls Sie bereit sind.«

Dunkel? Der ganze Tag war also schon vergangen. Kein Wunder, daß wir alle so erschöpft waren. *Sie werden gehen wollen.* Das klang hoffnungsvoll.

Aber natürlich würde Atvalid eine Methode haben, um zu lauschen. Mein Geist arbeitete in fieberhafter Panik. Falls man keine Wache bei uns zurücklassen würde, dann müßte es sich um eine technische Methode handeln, und die war im Sektor schwer einzurichten. Und ich konnte ja wohl kaum zu Ran hineingehen und sagen: »Übrigens, Stereth, der Präfekt hat irgendwo einen NETZ-Anschluß. Er läßt uns wahrscheinlich abhören.«

Aber Ran war Fremden gegenüber so paranoid; ohne Zweifel war ihm der Gedanke auch schon gekommen.

»Bereit?« sagte der Präfekt und stand auf.

Ich nickte und folgt ihm zur Tür.

Ran schaute von allen am meisten erschöpft aus, aber man schien ihm sonst keinen Schaden zugefügt haben. Mein Herz beruhigte sich ein bißchen. Vere Atvalid verließ den Raum und schloß die Tür hinter sich.

Die Geldkammer war, wie ihr Name sagt, voll mit Geld. Beutel, Schachteln, Kartons, Stahlkassetten: alle vollgepackt mit Tabals und Bakras. Es lagen auch ein paar der winzigen Kembits herum, aber das meiste war großes Geld. Die Stahlkassetten waren mit der Art Siegel verschlossen, die man nur einmal aufbrechen kann, und auf jedem Siegel war ein Schriftzeichen, das einen bestimmten Betrag in Worten angab, und darunter waren Ziffern. Wahrscheinlich wurde jeder, der hier hereinkam, minutiös abgesucht, wenn er wieder herauskam. Das bedeutete nicht, daß das Zeug irgendwohin kam; der einzige Weg hinaus war der, auf dem ich eben hereingekommen war.

Ran saß auf einer Bank hinter einem Tisch. Es war ein Spieltisch mit roten Flecken, den man in der Weinstube ausgeliehen hatte. Natürlich hatte Ran jetzt andere Dinge auf dem Herzen, aber ich hoffte, daß es ihm nicht auf die Nerven ging, wenn er jetzt von soviel Geld umgeben war. Er schaute mich an. Sein Gesicht verriet nicht das geringste. »Du hattest etwas zu sagen?« fragte er.

Es paßte zu seiner Rolle. Er war kein Des Helani, aber ich konnte irgendwie in diesem Satz Stereths ruhigen Ton hören. Ran spielte den Part, der ihm zugeteilt worden war. Ich empfand Erleichterung und Stolz.

»Ich hatte keine Wahl«, sagte ich und sprach gleicherweise für Cantry wie für Theodora.

Er brummte. »Man hat mich schon bezahlt«, sagte ich. *Vielleicht habe ich eine Chance, hier herauszukommen und Hilfe zu holen.*

»Ich zweifle, daß du vor der Hinrichtung irgendwohin gehen wirst.«

Kanz. War alles umsonst? »Vielleicht kannst du ihnen etwas zum Tausch anbieten.« Wie zum Beispiel Stereths Versteck, obwohl das ein widerwärtiger Gedanke war. Aber wenn die anderen aufgegriffen würden, dann würde schließlich Stereths Identität herauskommen.

Unsere Blicke begegneten sich. »Da fällt mir nichts ein.« *Die Cormallons sind keine Verräter. Nie und nimmer.*

Ihr Götter! Vielleicht hätten wir uns anschreien sollen, es wäre vielleicht glaubhafter gewesen. Aber ich konnte mir nicht vorstellen, daß Stereth unter welchen Umständen auch immer die Selbstbeherrschung verlor. Oder vielleicht hatte ich unrecht, vielleicht war Cantry der einzige Mensch, den er anschreien würde.

Nein, ich konnte mir nicht einmal vorstellen, wie Cantry diese Mauer durchbrechen würde. Obwohl, wer weiß schon, was geschieht, wenn zwei Leute im Dunkeln allein sind?

»Ich wollte fragen«, sagte Ran, »hättest du mich noch ganz geheiratet?«

Meine Gedanken machten eine scharfe Kurve. Du sitzt hier und bereitest dich auf deine Hinrichtung vor, und jetzt möchtest du über unsere Heirat sprechen?

Er fügte einfach hinzu: »Ich hatte viel Zeit nachzudenken. Ich dachte einfach, ich sollte mal fragen.«

Der Himmel allein wußte, was sich die Lauscher dachten. »Sehr wahrscheinlich schon«, sagte ich.

»Nun, dann ist's ja gut.« Er lächelte etwas unsicher und nahm meine Hand.

Die Tür wurde aufgerissen. Vere Atvalid stand vor uns, zweifellos angewidert über die Richtung, die unser Gespräch genommen hatte. »Danke, Cantry«, sagte er. »Sie können jetzt im dem anderen Raum warten.« Sein Ton klang nicht sonderlich höflich. Er konnte sich vor einer alten *Kyrif*-Frau in schäbigen Hosen verneigen, aber Banditen gehörten bei ihm offensichtlich zu einer ganz anderen Kategorie. Die Atvalids hatten ihre Maßstäbe, diese Tugendbolde. Ich hoffte, daß seine verdammte Hochzeit nie zustande käme.

Ich stand auf. »Liebste, geh vom Tisch weg«, sagte Ran.

Wie ich schon zuvor gesagt habe, gibt es einen bestimmten Klang in der Stimme, wenn jemand es todernst meint. Ich war verwirrt, aber ich tat wie geheißen.

Vere Atvalid griff sich an den Hals. Er schien Atembeschwerden zu haben. »Die Tür zu«, befahl Ran.

Obwohl er Atvalid anstarrte, meinte er mich. Ich schloß die Tür. Der Präfekt wurde bleich. Er begann zu husten.

Haben Sie schon einmal jemanden ersticken sehen? Zwei Sekunden vorher ist der Mensch noch mit tausend Kleinigkeiten beschäftigt, hat genaue Vorstellungen über die korrekte Form eines Hemdkragens und über die Tatsache, daß er kein Gemüse mag. Zwei Sekunden später, und man sieht es seinem Blick an, daß ihn das keinen Pfifferling mehr kümmert: Jetzt gibt es nur noch eine Sorge. Eine Invasion von Drachen aus den Annurian-Sagen könnte stattfinden, und das Überleben des Menschengeschlechts könnte in Frage gestellt sein, aber das ist ihm alles gleichgültig. Das liegt nicht nur daran, daß der Tod seine eigene Perspektive hat – es liegt an der Überraschung, mit der gewisse Todesarten kommen. Es sind schon Menschen bereitwillig für eine Sache gestorben, aber im Falle des Erstickens gibt es keine Warnung, keine Chance, sich darauf vorzubereiten. Der Leib bringt gebieterisch sein Anliegen vor: er will leben, und zum Teufel mit allem anderen.

Vere Atvalid stieß sich die Faust in den Unterleib, aber natürlich steckte dort nichts, was er hätte heraustreiben können. Er befühlte verzweifelt seinen Hals und suchte und suchte, denn er *wußte*, daß da etwas seine Atemwege verstopfte.

Ran blickte ihn unverwandt an. Atvalid beugte sich über den Tisch und schlug mit der Faust darauf. *Tut doch etwas!*

Ran beugte sich langsam vor. Der weiche blaue Filzhut des Kaiserlichen Wohlwollens steckte in Atvalids Gürtel. Sein Rand guckte aus dem Obergewand heraus. Ran leckte nachdenklich seine Oberlippe; und seine Finger streckten sich nach dem blauen Filz aus. Dann zögerte er. »Ich kann ihn nicht nehmen«, sagte er. »Sie müssen ihn mir geben.«

Atvalids Faust schlug wieder auf den Tisch.

»Können Sie mich hören?« sagte Ran frustriert, aber er sprach dabei jedes Wort klar und laut aus, als hätte die Agonie eine eigene Lautstärke, die er übertönen müßte. »Sie müssen ihn mir geben.«

Atvalids Finger griffen nach dem Gürtel. Er packte beide Enden des Hutes auf einmal, bekam ihn aber trotzdem nicht los, dann zog er ihn heraus und warf ihn Ran zu.

Der Hut traf Rans Brust. Vere Atvalid fiel zu Boden und blieb dort bewegungslos liegen.

Ich ging um den Tisch herum und kniete mich so nieder, daß ich sein Gesicht sehen konnte. Er atmete wieder.

Ich schaute zu Ran hinüber. »Was hast du gemacht? Und was hilft uns das? In dem Raum draußen sind ein halbes Dutzend Wachen, und ein weiteres Dutzend sind oben. Willst du sie alle ersticken lassen?« Offensichtlich hatte die *Kyrif* recht gehabt: die Beseitigung der Zauberei war nur vorübergehend. Aber ich sah nicht, wie uns das jetzt helfen sollte.

Er starrte auf den blauen Hut in seinen Händen. Er war selbst ziemlich erschöpft, aber in seinen Augen war ein triumphierendes Funkeln. Er fiel neben mir auf die Knie, warf Atvalid einen Blick zu und verlor dann das Interesse an ihm. »Er lebt.« Ran holte tief Luft. »Ich brauchte seine symbolische Erlaubnis, oder ich könnte dies nicht so schnell tun.«

»Was tun? Die Leute werden in einer Minute hier sein ...«

»Wenn sie zugehört hätten, dann wären sie schon hier. Ich will damit nicht sagen, daß wir nicht abgehört werden, aber er war der einzige, der zuhörte. – Achte sicherheitshalber auf deine Worte.«

»Er wird wütend auf uns sein, wenn er aufwacht. Die Chance, daß er mich gehen läßt, ist jetzt gleich Null.«

»Die war von Anfang an schlecht.« Er sprach schnell. »Nimm ihm das Obergewand ab.«

Ich begann das Kleidungsstück herunterzuziehen.

»Hör mal, ich weiß, du behältst gerne die Dinge für dich, aber ist dies nicht der Augenblick, wo du endlich sagen solltest …?«

»Wir tun, was logisch ist, The … hm, Liebste. Eine Person kam hier herein. Eine Person wird wieder weggehen. Er.«

Ich hielt inne. Das Obergewand war erst zur Hälfte ausgezogen. »Eine weitere projizierte Illusion? Das ist nicht möglich. Es würde Wochen dauern, sie aufzubauen.«

»Eine eingepflanzte Illusion, bei der ich ihn als den Brennpunkt der Aufmerksamkeit verwende. Nach den Gesetzen der Magie ist Aufmerksamkeit Energie; er trägt die akkumulierten Wahrnehmungen aller Menschen, die ihn in letzter Zeit angeschaut haben, und er hat mir die Erlaubnis gegeben, diese Energie anzuzapfen. Du wirst diesen Hut tragen …«

Trotz eines Studiums von ein paar Jahren konnte ich bislang nur Rans Fachausdrücken folgen. Eines war aber klar. »*Ich* soll den Hut tragen?«

»Nur einer von uns kann hier weggehen. Die logische Wahl dafür fällt auf dich.«

Für gewöhnlich hebe ich mir meine Argumente auf, bis eine aktuelle Krise vorüber ist, aber jetzt verloren wir drei oder vier Minuten, indem wir hin- und herdiskutierten. Ran verschwendete am Anfang etwas Zeit damit, daß er den Standpunkt einnahm, er sei der Erste des Hauses Cormallon und befehle mir zu gehen; das hatte die übliche Wirkung, und er ließ dieses Argument ziemlich schnell fallen. Ich sagte ihm, er sei schließlich hier der Einheimische und ich hätte mehr Vertrauen in *seine* Fähigkeit, etwas zu erreichen, sobald er entkommen wäre, als in *meine*. Er wies darauf hin, daß die Farmerillusion nicht mehr sicher war, und daß er mit seinem Gesicht keine zehn Schritte außerhalb der Bank tun könne.

»Wenn die Illusion bei dir nicht funktioniert, dann verstehe ich nicht, wie sie bei mir funktionieren soll.«

»Gib mir deine Karten«, sagte er.

Ich reichte ihm die Tasche. »Du könntest inzwischen schon draußen sein und nach einem NETZ-Anschluß suchen. Der Präfekt hat einen.«

Er breitete die Karten blitzschnell auf dem Tisch aus; offensichtlich suchte er eine ganz bestimmte. »Falls ich hingerichtet werde«, sagte er in einem Ton, der darauf schließen ließ, daß seine Gedanken woanders waren, »dann wird mit mir jeder Hinweis auf die Familie sterben. Niemand wird sich soviel Mühe machen und die Spur weiterverfolgen.« Er zog eine Karte aus dem Stapel heraus. »Das ist sie.«

Ran ist ein geborener Egoist, ausgenommen wenn es um seine Pflicht geht. »Und was ist mit mir?« sagte ich. »Was soll ich allein im Nordwest-Sektor tun?«

Er blickte mich überrascht an. »Wir können nicht beide gehen. Hier – siehst du diese Karte?«

Es war die Brücke aus Seilen und Brettern über die Donnerschlucht. Ein Farmer führte einen Ochsenkarren hinüber, ein überaus riskantes Unterfangen. Ich zuckte zurück, um darin nicht mehr als nur eine Karte zu sehen.

»›Vorsichtiges Bestreben.‹ Was ist damit?«

»Haben wir nicht mehr.« Er zerriß die Karte. »Das Bild repräsentiert auch eine Verbindung zwischen zwei geographischen Orten. Wir beide sind auch miteinander verbunden, dadurch, daß wir an dieses Kartendeck gebunden sind. Wenn wir eine Hochzeitsfeier nach der Tradition von Cormallon abgehalten hätten, dann hätten wir für eine Zeitlang Blausteine ausgetauscht, aber wir werden eben das benutzen, was wir haben.«

Ich sagte fast »Ran«, erinnerte mich aber rechtzeitig, daß ich seinen Namen nicht benutzen sollte. Er blickte von dem Kartendeck auf und sagte: »Zeit, meine Tymon, haben wir nicht mehr. Nimm die Karte.«

Ich nahm die Hälfte, die er mir reichte, und steckte das Kartendeck mechanisch wieder in meine Tasche.

»*Trugbild*«, sagte er, »eine Illusion, die in den Geist des Betrachters eingegeben wird. Wie die romantische Liebe.« (Hier sprach der Ivoraner.) »Diejenigen, die Vere Atvalid erst vor kurzem gesehen oder täglichen Umgang mit ihm haben, haben einen starken Eindruck von seiner Erscheinung zurückbehalten, und diese Erscheinung werden sie sehen. Die Wachen in dem Raum an der Treppe haben ihn zuallerletzt gesehen. Sie werden dich nicht aufhalten.«

Er steckte die andere Hälfte der Karte in sein Gewand, neben seinen Blausteinanhänger.

»Ich sehe nicht im geringsten wie Vere Atvalid aus«, wandte ich ein.

»Es ist eine eingepflanzte Illusion, keine projizierte. Du veränderst dich nicht.«

»Danke, ich weiß den Unterschied. Ich weiß auch, daß nur ein Zauberer eine solche Illusion einpflanzen kann, und das auch nur, wenn er an Ort und Stelle ist. Es muß jeder Person eingepflanzt werden, einer nach der anderen. Also sieht es so aus, daß du alles in allem der logische Kandidat für die Flucht bist ...«

Ich möchte jeden Schritt des Weges bei dir sein.

Er hatte es nicht laut gesagt. Ich starrte ihn an. »Das Kartendeck«, sagte er. »Wir haben beide diese Karten so oft benutzt, wir haben uns beide so viele Sorgen darüber gemacht ... sie sind dein Gegenstück zu einem Blaustein, Theo ... Liebste. Wenn du morgen sterben würdest, dann könnten wir deine Gedächtnisspuren aus diesem Kartendeck rekonstruieren.«

Ich hatte eine plötzliche und etwas beklemmende Vision meines Kartenstapels in der Bibliothek & Totenkammer auf Cormallon, inmitten von Rans toten Vorfahren, dann und wann herausgezogen für einen Spaziergang durch mein Gedächtnis.

»Aufmerksamkeit ist Energie«, sagte er wieder und wiederholte damit eines der hundertzehn Gesetze der Magie. »Deine Aufmerksamkeit auf die Karten, die Aufmerksamkeit anderer Leute auf Vere Atvalid – die psychischen Spuren bleiben, zumindest für eine Weile. Ich werde durch deine Augen sehen können und tun, was getan werden muß. Deshalb sollten wir es lieber kurz machen, Tymon, und dich hinaus in die Welt expedieren, solange wir noch können.«

»Und du wirst bei mir sein... jeden Schritt des Weges.«

»Bis du über meine Reichweite hinaus bist. Es dürfte allerdings alles gutgehen, solange du noch in der Bank bist.«

Ich zögerte.

»Unser Freund hier wird nicht ewig bewußtlos bleiben«, sagte Ran. »Du hast jetzt nahezu zehn Minuten hier unschlüssig herumgetrödelt.«

»Ich habe nicht unschlüssig herumgetrödelt!« sagte ich ziemlich laut, um etwas von der Verwirrung zu verbergen, die ich empfand. In all meinen Visionen vom schlimmen Ende von Stereths Bande hatte ich mir Ran wirklich nie am Ende eines Seiles oder vor einem Richtblock vorgestellt.

»Ich bin froh, das zu hören.« Im Gegensatz zu mir klang Rans Stimme völlig normal. »Also, du glaubst, wir hätten es am Ende noch bis zur Hochzeitsparty geschafft, oder?«

Nun, es gab eine Menge superkluge Bemerkungen, die ich auf diesen Fehlschluß hin hätte machen können, aber unter dem Druck des Augenblicks komprimierte ich sie: »Ja.«

»... ich wollte es nur wissen.« Ran kam zu mir, küßte mich flüchtig und geleitete mich zur Tür. Seine Hände auf meinen Armen waren eiskalt. Ich spürte es selbst durch die Ärmel meiner leichten Jacke hindurch.

Ich ging durch die Tür. Ich trat hinaus in den Lagerraum für besondere Güter und ging weiter. Hinter mir hörte ich Ran die Tür schließen und das Schloß versperren.

Es schien also zu klappen, nicht wahr? Jeder Schritt, den ich tat, machte diese Realität echter.

Ich trat in den Wachraum. Etwa sechs junge Männer in Uniform blickten zu mir herüber; ich schaute sie an und vergewisserte mich, daß mein Blick alle umfaßte. Jetzt war der Zeitpunkt, wo ich verhaftet werden würde, wenn dies geschehen sollte.

Einer von ihnen stand auf und stellte seine Tasse ab. »Herr, wollen Sie, daß ich bei dem Gefangenen bleibe?«

Ich schüttelte den Kopf. Unbehaglich wurde mir bewußt, daß Ran und ich nicht über die Stimmen gesprochen hatten. Wenn ich meinen Mund auftat, würden sie dann Vere Atvalids Stimme hören oder die einer aufgeregten Barbarin? Ich ging eilends zur Treppe weiter.

Gut gemacht, Tymon. Rans Gedanke überraschte mich.

Ran? sendete ich meinerseits. Es kam keine Antwort.

Ich kam zum ersten Treppenabsatz und hielt an, um Atem zu holen. Sie hatten ihre Gewölbe tief gegraben, diese paranoiden *Kanz.* Meine Hand auf dem Geländer war kalt und schlüpfrig.

Jetzt nicht … es dauert nicht mehr lange. Ein Teil des Satzes fehlte. Statische Störungen bei der Magie? Ich ging weiter.

Auf dem Absatz über mir erklangen Schritte. Eine Tür wurde geschlossen. Die Schritte kamen die Treppe herab.

Geh zurück! Und stehe ohne Erklärung vor sechs Wachen?

Es würde besser aussehen, wenn ich die Treppe normal hinaufstiege. Nein – je weiter ich nach oben kam, desto schwächer war die Verbindung mit Rans Zauberei. Ich ging ein paar Schritte zurück und dann wieder auf den ersten Treppenabsatz zu.

Ein tiefrotes Gewand, mit Goldfäden bestickt, kam in mein Blickfeld. Füße in Stiefeln, wie bei allen auf der Hochebene, aber die hier waren aus weichem, dünnem gelben Leder und hatten Laschen aus Wildleder. Ein modischer Stiefel, wie ich ihn nicht in einer Nacht auf der Hochebene draußen tragen würde. Ein Gürtel, in den ein Flechtwerk von Situ-Blättern embossiert war. Ein Übergewand in Weiß, sauber sogar in diesem Klima. Und ein Gesicht…

»Vere, mein Junge!« sagte eine Stimme, die ich schon zuvor gehört hatte, aber nicht so glücklich.

Die Stimme des Gouverneurs der Provinz. Nor Atvalid.

Ich erstarrte. Sicher würde Veres Vater nicht lange getäuscht werden können. Er eilte die Treppe herab und schlang seine Arme um mich. Dabei bemerkte er irgendwie nicht, daß ich viel kleiner und weicher war als sein strammer Sprößling.

Er war ein liebevoller Vater. Meine Brüste wurden gegen seinen Brustkorb gedrückt. Nein, er bemerkte nichts.

»Ich bin so stolz auf dich!« rief er. »Vergib mir, daß ich selbst gekommen bin. Das bedeutet nicht, daß ich dich überwachen möchte, du weißt das, mein lieber Junge. Aber ich konnte nicht fernbleiben. Ich schwöre dir, ich habe es versucht, eine volle Viertelstunde habe ich es versucht, aber ich mußte sofort kommen. Dank dir hat es sich gelohnt, Vere. Meine schönsten Hoffnungen, alles, wofür ich gearbeitet habe – ich schwatze, nicht wahr? Es ist gut, daß niemand vom Rat in Shaskala hier ist. Nun, möchtest du nicht etwas sagen?«

Er wartete. Ich wartete ebenfalls, ein paar Sekunden lang, die sich in Stunden zu dehnen schienen, während die Gedanken in meinem Gehirn hilflos herumwirbelten wie ein Vogel, der aus einem Zimmer zu entkommen versucht.

»Es ist gut, dich zu sehen, Vater«, sagte ich schließlich.

Ich versuchte mich gegen alles zu wappnen, was jetzt kommen mochte.

»Also vergibst du mir?« fragte er.

»Sicher. Hm, da gibt es nichts zu vergeben.«

Wieder umschlangen diese Armen meinen Rücken und drückten mich gegen seine Brust. Er schwebte fast davon vor Freude. »Nun, ich weiß, du hast einen gepanzerten Wagen bestellt«, sagte Nor Atvalid, »und statt dessen bekommst du einen alternden Verwaltungsbeamten. Aber ich habe eine Erklärung, und ich hätte gerne, daß du sie dir anhörst, bevor du mir sagst, das sei eine schlechte Idee.«

Ich befürchtete, er würde vorschlagen, wir sollten uns oben unterhalten, aber er war zu aufgeregt, um an etwas anderes zu denken als an das, was zu sagen er gekommen war.

»Dieser Stereth Tar'krim«, sagte er, »ist bei den Ungebildeten zu populär geworden. Er findet Anklang bei denselben Idioten, die ins Provinztheater gehen und denken, daß es die Polpiraten wirklich gibt.«

Gab es die Polpiraten nicht?

»Wir müssen ihnen zeigen, daß er *nicht* erfolgreich ist, daß er ein Verbrecher ist. Ein gescheiterter Verbrecher – das ist der wichtige Punkt, das Scheitern. Das müssen wir den Leuten einimpfen.«

»Hmm«, sagte ich und versuchte nachdenklich zu klingen.

»Also habe ich befohlen, daß hier in Kynogin ein Käfig gebaut wird. Eine Art Gefängniskarren. Wir können ihn so über die Straßen nach Shaskala transportieren und den Leuten vorführen, sie werden sich anstellen, um unseren Gefangenen anschauen zu können. Dann werden wir ihn öffentlich in der Hauptstadt hinrichten. Ich glaube, wir sollten die Hinrichtung nicht zu einem Gemeindefeiertag machen, oder was meinst du? Das würde ihm zuviel Bedeutung verleihen. Und doch wollen wir eine große Zuschauermenge anlocken, weißt du. Was denkst du?«

Offensichtlich ging Atvalid senior sehr schnell vor für jemanden, der gesagt hatte, er überlasse die Dinge seinem Sohn.

»Hm, wäre es nicht gefährlich, ihn auf der Straße nach Shaskala vorzuführen? Das könnte seine Anhänger anlocken.«

Ich hoffte, ich könnte Ran noch eine Weile in Kynogin halten. Besonders, wenn man ihn in Shaskala hinrichten wollte.

»Das ist doch um so besser«, sagte der Gouverneur mit dem ersten Anflug von Kühle. »Ich würde mich freuen, zwanzig von ihnen für den Preis eines einzigen zu bekommen. Mörder und Abschaum sind sie, die unseren besten Interessen im Wege stehen.«

Selbst die Leute, deren Aufgabe es war, Stereth Tar'krim zu fangen, sprachen gewöhnlich nicht so von ihm. Im Nordwest-Sektor, wo das Leben hart war, hatten die Menschen Mitgefühl mit den schwierigen Entscheidungen anderer.

»Jahrelange Bemühungen«, fuhr Nor Atvalid fort. »Arbeit für den Posten des Gouverneurs. Der Versuch, die Leute auf ein weniger korruptes System vorzubereiten. Ständiger Kampf - ich weiß, ich habe dich vernachlässigt, Vere – und immer mehr Arbeit, immer mehr Leute, die sich mir in den Weg stellen. Die sich weigern zu verstehen, daß ich versucht habe, *ihnen* zu helfen, versucht ...«

Der Mann war davon besessen. Er fuhr volle fünf Minuten fort, über das Thema des Mißverstandenwerdens zu reden. Wenn sie doch nur alle an einem Strang ziehen und mit ihm zusammenarbeiten würden! Aber nein, sie folgten einem hergelaufenen Gesetzlosen, der ihnen etwas einredete und kein Interesse an einer Verbesserung der Dinge hatte ...

Ich saß in einer Falle – in einem Treppenhaus mit einem Verrückten – und der echte Vere Atvalid konnte jeden Augenblick um die Ecke kommen. Zum erstenmal in meinem Leben spürte ich einen Anflug von panischer Klaustrophobie.

Ich legte eine Hand auf seinen Arm. »Vater, vielleicht möchtest du hinuntergehen und mit den Wachen sprechen. Sie können dich über alles informieren. Ich bin müde ...«

Er blickte mich scharf an und machte mich dadurch noch nervöser. Ihr Götter, er mußte nach *unten* schauen, wenn er mich anredete. Merkte er nicht einmal das?

»Mein Sohn«, sagte er, »ich weiß es zu schätzen, daß du die Universität verlassen hast, um diese Mission zu vollenden. Ich weiß, deine Freunde müssen dir geraten haben, dich von meinen kleinen Obsessionen zu distanzieren, nicht wahr? Du brauchst nicht zu antworten. Ich hätte nichts anderes erwartet, da die Welt nun einmal so ist. Aber es bedeutet mir viel, Vere. Dein Großvater hätte dazu auch etwas zu sagen gewußt.«

»Oh ... ja, da bin ich mir sicher.«

»Setz dich eine Minute hin, Vere.«

»Was?«

»Setz dich hin. Hier auf die Stufen. Ich möchte eine Minute ernsthaft mit dir reden.«

Laßt mich hier heraus, ihr Mächte des Himmels und der Erde! Götter der Narren und der Gelehrten, ich will nur wieder das Licht der Sonne sehen und mich mit den Schwierigkeiten herumschlagen, die ich sonst habe, und die sind für meine Bedürfnisse mehr als ausreichend.

Ich setzte mich hin.

»Mein Sohn, ich habe mit dir nie viel über den Tammas-Distrikt gesprochen. Du warst noch ein Junge, als wir dort wohnten, und die Schwierigkeiten hatten noch nicht wirklich begonnen; und als sie begannen, hielt ich es für das Beste, dich zu deinen Cousins zu schicken. Das mag ein Fehler gewesen sein. Nicht, daß ich wollte, dich leiden oder in Gefahr schweben zu sehen, aber ich glaube, wie die meisten jungen Leute hast du wahrscheinlich keine Vorstellung davon, wie die Dinge hier waren.«

Ich hatte von den Unruhen im Tammas-Distrikt gehört, war sogar seinerzeit ein paar Flüchtlingen begegnet; alles war jedoch ziemlich weit weg. Und die Dinge sollten sich längst beruhigt haben, abgesehen von der Arbeitslosigkeit und den Milizeinheiten, die immer noch dort stationiert waren. Es gab eine Menge Orte auf Ivory, wohin man reisen konnte, bevor ich je eine so gottverlassene Gegend wie die besuchen mußte.

Tammas-Distrikt. Stammte nicht Stereth von dort?

»Großvater Torin war erst einen Monat im Amt, als die Dinge schiefgingen. Schlechte Verwaltung seines Vorgängers, sagte er, und ich glaube ihm. Dein Großvater ist auf seine Weise ein ehrbarer Mann. Du weißt das, nicht wahr?«

Ich gab einen zustimmenden Laut von mir.

»Natürlich. Du hast nie viel Gelegenheit gehabt, mit deinem Großvater zu reden, und ich habe das immer bedauert. Er hat wirklich nicht die Energie, Vere, ich bin sicher, du erkennst, es liegt nicht daran, daß er sich nicht um dich kümmern wollte. Er kann schließlich kaum das Bett verlassen. Niemand in unserer Familie hat je den Blauen Hut entehrt, vergiß das nicht. Generationen von Verwaltungsbeamten, und keiner mußte je den Blauen Hut an den Kaiser zurückgeben ...«

Nor Atvalid legte seinen Arm auf meine Schultern.

Es war erstaunlich, daß dieser Mann, der jetzt so verletzlich klang, derselbe sein sollte, der damals eine solche Show auf der Plattform in der Stadtmitte abgezogen hatte, an dem Tag, als ich kam, um gestohlene Rinder zu verkaufen.

»Du verstehst, was ich sagen will, mein Sohn?«

»O ja.« Ich hatte keine Ahnung, aber ich versuchte auf zurückhaltende Weise enthusiastisch zu erscheinen.

Das mag sich nicht sehr sinnvoll anhören, aber wenn man je versucht hat, auf dem Gesamtathenanischen Universitätskontakttreffen einen harmlosen Idioten davon abzuhalten, einen abzuschleppen, dann kennt man den Ton, den ich hier meine.

Er holte tief Luft und blies dann den Atem fröhlich aus. »Ich habe versucht sicherzustellen, daß es in der Provinz Tuvin anders war. Und hier war es schwerer, von Anfang an schwerer, mit einem so großen Territorium im Nordwest-Sektor. – Aber das ist jetzt alles Vergangenheit. Dies hier ist der Wendepunkt, und du bist dafür verantwortlich. Wenn die Beamten antreten, um Stereth Tar'krims Hinrichtung beizuwohnen, dann werden sie wissen, daß ich es ernst meine. Mein Sohn, hast du deine Entscheidung noch einmal überlegt?«

Er sagte es so, als sei dies eine naheliegende Frage. »Hm ... welche Entscheidung meinst du?«

Er lachte. »Du hast Großvaters Sinn für Humor. Aber necke mich nicht, Vere, sag mir die Wahrheit – jetzt, nach deinem brillanten Erfolg, siehst du die Möglichkeiten zu sehen, die in einer Karriere bei der Regierung liegen?«

»Oh! Ja, ich sehe die Möglichkeiten.«

Der Griff an meinen Schultern wurde für einen Moment fester. Als er wieder sprach, erstickte seine Stimme fast in väterlichen Emotionen. »Das ist alles, was ich erbitte. Für den Augenblick.« Er stand auf und wandte sein Gesicht nicht ab, wie es ein Athenaner getan hätte, dessen Augen voller Tränen waren. »Kommst du mit mir hinab und zeigst du selbst mir den Gefangenen?«

»Nun ja, wenn es dir nichts ausmacht, Vater, ich bin wirklich erschöpft. Ich war gerade auf dem Weg nach oben, um ein paar Stunden Schlaf zu finden. Dir macht es doch nichts aus, oder?« Ich versuchte, so mitleiderregend zu klingen, wie ich nur konnte.

»Nein, nein. Ich hätte daran denken sollen. Verzeih mir. Geh nur, und nimm meinen Segen mit dir.«

»Danke.« Ich nahm die nächste Stufe, aber eine Hand auf meinem Ärmel hielt mich zurück.

»Mein Sohn? Ich liebe dich!«

Ich zögerte, lange genug, um zu sehen, daß er es als Kränkung empfand, dann sagte ich: »Ich liebe dich auch, Vater.« Nun ja, ich kam mir vor wie Entengrütze.

Er küßte mich auf die Stirn und merkte immer noch nicht, daß er das hätte nie tun können, wenn sein echter Sohn eine Treppenstufe über ihm gestanden wäre. Dann drehte er sich um und ging die Treppe hinab. Ich rannte so schnell und leise, wie ich konnte, hinauf, ins Sonnenlicht und ins Freie.

KAPITEL 17

Das Sonnenlicht gab es nur in meiner Vorstellung. Als ich nach oben kam, war ich enttäuscht zu sehen, daß es in der Bank dunkel war und daß Lichter brannten, die schwach auf die rauhen Steintresen und den polierten Boden schienen. Erst jetzt erinnerte ich mich an das, was der Präfekt gesagt hatte, und aus irgendeinem Grund warf mich der Gedanke völlig um, daß ich noch länger auf gutes, anständiges Sonnenlicht würde warten müssen. Ich weiß wirklich nicht, warum, aber ich erinnere mich immer noch, daß ich niedergeschmettert war. Fast hätte ich geweint.

Bevor ich das Treppenhaus verließ, hatte ich angehalten, um mir den Schal um den Kopf zu wickeln. Trotzdem weiß ich nicht, was die Handvoll Leute in der Bank wohl gesehen haben, als ich zur Vordertür hastete – den Präfekten der Provinz oder einfach eine vagabundierende Einwohnerin des Sektors in schmutzigen Kleidern. Das Licht der beiden Monde schien auf die Schwelle. Ich trat hinaus, duckte mich hinter den nächstbesten Karren, der vorbeifuhr, und ging neben ihm her bis in den grauen Schatten des Zeltes eines Getreidehändlers, dann nahm ich einen der Wege, die aus der Stadt hinausführen. Ich hätte mich darüber gefreut, wie erfolgreich es mir gelungen war, niemandem aufzufallen, wenn meine Gedanken nicht bei Ran gewesen wären.

Wohin jetzt? Ich wußte vage, in welcher Richtung Shaskala lag; wenn ich diesen Weg wählte, würde mich wahrscheinlich ein Käfig mit Rädern überholen, in dem der berüchtigte Stereth Tar'krim saß. Also gut, diese Idee war nichts. Irgendwo weit im Westen verlief die Route ins Tiefland und zu den Distrikten von Ordralake. Das war auch zu weit. Daß jemand eine NETZ-Ausrüstung hergebracht hatte, während ich verhaftet gewesen war, erschien mir mehr als zweifelhaft, und so zeigte sich keine Hoffnung auf Lösung des Problems.

Mir wurde bewußt, daß meine Füße mich schon auf dem Weg zum Klosterfort trugen, während ich die Sache noch überlegte. Vielleicht hatten meine Füße recht. Mir fiel mein Gedanke über Stereth ein: *Mit ihm könnte ich wenigstens einen Tauschhandel machen.*

Zurück zu den Banditen? Ich grinste säuerlich, trotz der Schwierigkeiten, in denen ich steckte: die Götter liebten es, ihre kleinen Scherze mit Theodora zu treiben; das hatte ich schon öfter bemerkt. Ran würde einen Anfall bekommen, oder nicht? Vielleicht erwartete er, daß ich diesen Weg einschlug. Ich hoffte, er erwartete nicht von mir, daß ich ihn in Kynogin ließ und über einen NETZ-Anschluß Hilfe für mich selber anforderte, lange nach seiner Hinrichtung. Es wäre ein törichter Fehler, wenn er das täte.

Ihr Götter! Warum war ich nicht mit Nor Atvalid in die Geldkammer zurückgekehrt? Zu zweit wären wir hineingegangen, zu zweit hätten wir hinausgehen können! Was für eine Idiotin ich war!

Jedoch war dieses Szenario keineswegs sicher. Es hätte für Ran eine übermenschliche Anstrengung bedeutet, zwei verschiedene simultane Illusionen in jeden Vorübergehenden einzupflanzen. Und Vere mochte dann schon wieder zu sich gekommen sein, und beide Atvalids auszuschalten hätte sehr viel verlangt. Wahrscheinlicher war, daß wir beide in der Falle gesessen wären.

Aber ich war nicht einmal auf diesen Gedanken gekommen. *Kanz!*

Ich kam an dem kleinen Wäldchen vorbei, wo ich einmal angehalten hatte, um die Karten zu lesen, während ich eine Anzahl gestohlener Ochsen warten ließ. Ich hoffte, Stereth würde vernünftig sein.

Stereth ist immer vernünftig, nach seinen Maßstäben, aber sie sind nicht die Maßstäbe, von denen andere Leute ausgehen. Während ich dahinmarschierte, wiederholte ich in meiner Vorstellung unaufhörlich mein Gespräch mit Ran und meinen langen Abgang über die Treppe der Kynogin-Bank. Die Szene in der Geldkammer beschäftigte mich immer noch. Ich wußte nicht, was mich daran beunruhigte, aber irgend etwas war da. Ran war kein Waschlappen; normalerweise steuerte er ziemlich direkt auf das zu, das er wollte. Aber als er auf Atvalids blauen Hut schaute, da war in seinen Augen etwas gewesen, was mir überhaupt nicht gefiel. Ich bin mir gar nicht sicher, daß er diesen Zweikampf, so fürchterlich der auch war, nicht doch genossen hatte. Und ich weiß nicht, ob er das Problem auf diese Weise angegangen wäre und ob die Szene den Beigeschmack gehabt hätte, den ich daran wahrzunehmen glaubte, wenn er nicht so angestrengt versucht hätte, das zu sein, was Stereth in dieser Situation gewesen wäre.

Ein unheimlicher Gedanke. Und ich glaube, ich werde ihn beiseitelassen. Der endlose Himmel der Hochebene dehnte sich über mir bis zu den Enden der Welt, und das Gras war kräftig und jadegrün im Mondlicht. Es wäre eine schöne Nacht gewesen, voller Lust am Leben, wenn ich nicht all die Dinge gewußt hätte, die ich wußte.

Ich erreichte das Fort in der Morgendämmerung. Ich ging den Pfad durch das Tal hinab und dachte, daß der Ort einen leeren Eindruck machte. Niemand rief mich an, niemand hielt mich auf. Ich ging weiter, jedoch vorsichtig; irgendwie war es jetzt hier anders. Ich war schon fast am Eingang zur Haupthalle, als mir jemand zurief: »Tymon!«

Ich drehte mich um und sah Grateth wie magisch über den Rasen erscheinen. Er trug seine gewöhnliche grau-grüne Jacke, ohne die er nie war, und seine Augen bewegten sich hin und her, um das ganze Tal zu überblicken.

»Wo sind denn die anderen alle?« fragte ich, während er näher kam.

»Ich weiß nicht, wieso du überrascht bist«, sagte er in seinem rhythmischen Sektor-Akzent. »Du und Sokol, ihr verschwindet wie Gespenster, da kannst du nicht erwarten, daß wir hier alle rumsitzen und warten, um zu sehen, was dann folgt. Nichts für ungut, Tymon. Ich sehe, du bist allein zurückgekommen.«

»Ja, ich habe Sokol verloren. Ich muß mit eurem Anführer darüber reden.«

»Hmmm. Ohne Zweifel bekommst du dafür Gelegenheit. Aber als ich sagte ›allein‹, da meinte ich: ohne Miliz. Das ist der Grund, warum wir uns alle verzogen haben, meine Liebe. Stereth hat mich geschickt, Wache zu halten und alle Leute von den neuen Banden zu warnen, wenn sie sich hier melden.«

Ich blickte in sein ruhiges, müdes Gesicht, das Gesicht eines geborenen Soldaten. »Ich bemühe mich, nicht beleidigt zu sein, Grateth.«

Auf dem Gesicht erschien ein Grinsen. »Und das machst du recht gut.« Er zeigte nach Westen, auf etwas, das ich nicht sehen konnte. »Mein Reittier ist dort drüben, Tymon; komm mit, ich bringe dich zu den anderen.«

Ich folgte ihm über Erde und feuchtes Gras und stieß plötzlich auf ein braun-schwarzes Reittier, das hinter einem der Nebengebäude friedlich graste. Grateth stieg als erster hinauf, dann zog er mich hinter sich hoch. Ich legte die Arme um seine Taille, so wie ich es vor einer Ewigkeit gelernt hatte, als Des Helani uns entführte.

Während wir losritten, lehnte ich mein Gesicht einen

Moment an den Rücken von Grateths weicher, nach Schweiß riechender Jacke. Meine Stimme klang dumpf. »Es ist gut, dich wiederzusehen, *Cantry tar'meth.*«

»Und dich auch, Barbarin.«

»Wohin sind wir unterwegs?«

»Nach Norden. Stereth und die anderen kampieren in der Nähe der Festung von Totenbrunn.«

Ich hob den Kopf. Ihr Götter! »Grateth! Ich bin eine Weile vom Präfekten festgehalten worden, und ich sagte ihm, daß die Bande sich auf der Ebene von Totenbrunn aufhält!«

»So?« sagte er ruhig wie immer. »Na, mach dir keine Gedanken, kleine Tymon. Dort ist viel Platz, und wir hoffen das Beste.«

Er brachte mich in eine Senke zwischen den Hügeln, die einige Stunden Wegs nördlich auf der Hochebene liegen. Diesmal gab es kein altes Kloster, nicht einmal eine Scheune, nur ein paar Schuppen da und dort, als Zugeständnis an das Wetter. Die Festung von Totenbrunn tauchte dann und wann schemenhaft aus dem Nebel auf, eine ferne und unheilvolle Silhouette. Ich konnte verstehen, warum dieser Ort die Leute nervös machte.

Das Lager war ziemlich groß, und ich sah Leute von Tarniss Cords Haufen, die zusammen mit Mitgliedern der alten Bande Holz herbeischafften und im Schlamm Kampfübungen machten. Natürlich, dachte ich, Stereth mußte Cord angewiesen haben, die Festung ebenso zu räumen; ich hoffe, sie machen nicht alle mich dafür verantwortlich, daß sie so in die freie Natur hinaus mußten.

»Tymon!« rief jemand erfreut. Ein großer grünäugiger Bandit stand aus einer Gruppe am Feuer auf.

»Des!« rief ich. Ich nahm einen Arm von Grateths Taille und winkte vom Rücken des Reittiers.

»Tymon«, wiederholte er etwas trauriger. Er schüttelte den Kopf.

»Verdammt, Des, fang jetzt nicht auch noch an. Ich habe ein paar sehr schlimme Tage gehabt.«

Mein Ton schien ihn zu beruhigen. »Hier war auch nicht alles ein Zuckerschlecken, weißt du«, sagte er, aber so etwas sagte er immer zu mir. »Stereth ist unzufrieden«, fügte er warnend hinzu.

»Ich muß mit ihm reden.«

Grateth hatte das Reittier angehalten. Jetzt gab er mir ein Zeichen, herunterzurutschen, und Des half mir dabei. »Versuche, sie aus den Scherereien herauszuhalten«, sagte Grateth zu ihm, »während ich gehe, um zu hören, was er zu sagen hat.«

»Ich möchte mit dir kommen«, bat ich.

»Ho, ho«, sagte Des, legte seine Arme um meine Taille und drehte mich so, daß ich auf das Lagerfeuer blickte. »Du solltest da jetzt nicht hineingehen, Tymon. Laß Des dich unterhalten, während unser Bruder hingeht und den Weg ebnet. Stell sicher, daß er keine Waffen in Reichweite hat, Grateth. Und keine zerbrechlichen Gegenstände.«

Des machte immer Spaß, aber diesmal war es Ernst. Ich kam zu dem Schluß, daß die beiden es wohl am besten wußten. »Okay«, sagte ich, »aber ich muß bald mit ihm sprechen, Grateth. Es ist dringend.«

»Stimmt.« Grateth salutierte wie vor einem vorgesetzten Offizier, verneigte sich und ritt weiter.

»Wirklich bald!« rief ich hinter ihm her.

»Was für eine Unruhestifterin«, sagte Des. »Warum setzt du dich nicht zu mir? Obwohl du ja wirklich müde aussiehst. Wenn du ein Nickerchen machen möchtest, dann können wir dich einwickeln und hinten in meinem Schuppen verstauen.«

Ich hatte zwei Nächte fast nicht geschlafen. Ich fühlte mich unglaublich müde, aber überhaupt nicht schläfrig, als hätte ich den ganzen Tag Tah getrunken.

»Ich kann nicht schlafen. Ich muß mit Stereth reden.«

»Tymon, du bist verbohrt. Ich werde dich wecken, wenn er bereit ist, dich zu empfangen, aber ich sage dir, das wird eine Weile dauern. Er hatte alle Abteilungsführer in seinem Zelt, und ich glaube nicht, daß er mit dir plaudern möchte, solange sie nicht fertig sind.«

»Warum, was ist los?«

Des führte mich hinüber zum Haufen seiner Habseligkeiten, die neben ein paar Pfosten mit einem Lederdach darüber aufgestapelt waren. Er schob die Sachen beiseite und durchwühlte ein paar alte, fleckige Decken. »Ich glaube, er bereitet einen koordinierten Schlag auf eine Milizeinheit vor. Jedenfalls lautet so das Gerücht. Wir hoffen alle, daß es falsch ist. – Hier bitte, meine Liebe; hübsch und gemütlich.«

Er patschte auf einen Haufen Decken. Ich mußte gähnen.

»Und ich kann mich hier sowieso nicht allzu lange herumtreiben«, fuhr er fort. »In ein paar Stunden kommt ein Tah-Transport vorbei, und ich werde einen Trupp anführen und das Tah konfiszieren.«

»Konfiszieren?« Ich gähnte.

»Im Namen des Volkes.« Er grinste.

»Du solltest in die Politik gehen, Des.«

»Ich nicht, meine Liebe.« Er half mir, mich warm zuzudecken, dann stand er auf und schickte sich an zu gehen. Ich überlegte kurz, streckte die Hand aus und griff nach seinen Fußknöcheln.

»Wenn du auf einen Überfall gehst, wer weckt mich dann auf, wenn Stereth bereit ist?«

Er gab einen dramatischen Seufzer von sich. »Wenn Stereth dich sehen möchte, dann brauchst du dir darüber keine Sorgen zu machen, wer dich aufwecken wird. Aber ich werde Sembet sagen, daß er aufpassen soll, okay?«

»Vergiß es nicht.«

Er seufzte wieder und ging weg.

Es schien ewig zu dauern, bis ich einschlief, aber ich mußte am Ende eingeschlafen sein, denn ich wachte immer wieder auf und sah das Schuppendach und erinnerte mich an den einen oder anderen aus einer Folge lebhafter Träume. Ich kann mich jetzt nicht an alle erinnern, aber ich weiß, daß ich in einem in Shaskala war und versuchte, mit einer kaiserlichen Begnadigung zum Richtblock zu kommen, bevor es zu spät war, und daß Hindernisse auftraten, die mich aufhielten. Dann wachte ich auf und sah den Schuppen und dachte: »Nur ein Traum.« In meiner Erleichterung schlief ich sofort wieder ein und fand mich wieder in Shaskala, immer noch mit dem Begnadigungsschreiben in der Hand. Es war der für die Hinrichtung festgesetzte Zeitpunkt und ich war verzweifelt – aber ich dachte: gerade hat es noch einen Grund gegeben, warum du dachtest, es gäbe eine Lösung. Worin lag er? Ich schaute auf die Straßen, auf die Menschenmengen, auf die Zeit – es war hoffnungslos. Was hatte ich wohl gedacht?

In einem anderen Traum war ich mit Nor Atvalid in der Botschaft von Athena eingesperrt. Ich behauptete dauernd, ich sei Bürgerin von Athena, und er behauptete unablässig, ich sei sein Sohn.

Sembet Triol weckte mich mitten in diesem Traum. Ich sah sein Gesicht, seine sorgfältig gepflegte Kleidung (Jacke und Obergewand), das Kurzschwert, das er aufgrund seiner Geburt tragen durfte, und die Welt richtete sich neu aus. »Ihr Götter, Sembet.« Ich nahm erleichtert seine Hand und ließ mir von ihm helfen, mich aufzusetzen.

»Geht es dir gut?«

»Ich glaube schon.« Ich saß da und versuchte, meine Gedanken zu ordnen. »Wie lange habe ich geschlafen?«

»Ich weiß es nicht. Aber Des sagte mir erst vor einer Stunde, ich sollte nach dir schauen.«

»Ist er weg?« Sembet nickte. »Wie steht es mit Stereth?«

»Er hat verlangt, daß du in etwa zehn Minuten zu ihm kommst. Er verabschiedet sich gerade von den Abteilungsführern. Du siehst nicht sehr gut aus, Tymon.«

»Es war so ein realistisch wirkender Traum. Nor Atvalid war da …« Ich hielt inne, weil ich mich erinnerte, daß Sembet wahrscheinlich über diese Familie eine Menge mehr wußte als ich. Und weil ich auch dachte, daß da etwas in meinem Hinterkopf war, das seinen Weg nach draußen suchte. »Sembet, wußtest du, daß die Atvalids im Tammas-Distrikt wohnten?«

Er nickte. »Natürlich. Der alte Torin Atvalid war viele Jahre lang der Gouverneur der Provinz.«

Die berühmten Unruhen im Tammas-Distrikt. »Ich hatte den Eindruck, daß die Leute im Tammas-Distrikt ganz schön gerupft wurden.«

»Ja, vor dem Schlamassel, und auch danach. Die Provinzregierung war durch und durch korrupt …«

Ich warf ihm einen erstaunten Blick zu.

»Jeder erwartet, daß Beamte ihre Prozente nehmen«, protestierte er, »aber das kann auch zu weit gehen. Es hat doch keinen Sinn, die Wirtschaft der Leute zu zerstören, von denen man leben will, oder? Die Rebellen hatten wirklich keine Wahl, sie mußten sich wehren.«

»Und da schickte der Kaiser Truppen?«

»Er hatte auch keine Wahl. Das Kaiserreich kann eine bewaffnete Revolte nicht tolerieren, Tymon. Das Universum würde ja sonst in ein Chaos stürzen.« Hier sprach ein adelig geborener Ivoraner. Wie man hier bei Szenen blutiger Verwüstung sagt: es war einfach eines von den Dingen, die geschehen, weil wir in dieser Welt sind.

»Wie steht es mit Torin Atvalid? Hat man ihm dafür die Schuld gegeben?«

»Nun, offiziell nicht. Seine Politik hat bestimmt den Ausschlag gegeben. Und die Atvalids gingen von Tammas mit einem außerordentlich schweren Familienschatz weg.«

Ich überdachte dies alles im Lichte meiner Plauderei im Treppenhaus der Kynogin-Bank. »Ich glaube, Nor Atvalid versucht, es wiedergutzumachen, indem er die Provinzregierung von Tuvin reformiert.«

»Das würde mich nicht überraschen.« Er schüttelte den Kopf. »Der Fluch der Atvalids: Sie gehen immer zu weit.« Er klopfte mir auf den Arm. »Bist du fertig? Ich würde ihn an deiner Stelle nicht warten lassen... unter diesen Umständen, meine ich.«

Stereths Zelt war das größte im Lager, aber trotzdem nicht sonderlich geräumig. Ich erkannte einige der Kissen und Teppiche, die den harten Steinboden des Klosterforts bedeckt hatten, und einen Satz Schalen aus Malachit. Grün und schwarz, rot und golden; eine passende Behausung für einen Banditenhäuptling.

Wie immer war es Stereth selbst, der nicht ins Bild paßte. Des hätte die Rolle stilvoll gespielt, und seine Stimme hätte man auch in den hinteren Reihen gehört. Stereth blickte einfach von einem Stapel Papiere auf, nickte Sembet Triol zu, er solle gehen, und musterte mich bedachtsam mit seinen Buchhalteraugen.

Den guten Sitten entsprechend wartete ich. Nach einer Weile sagte er: »Grateth scheint zu meinen, es wäre unpassend, dich hinzurichten.«

Eis, pures Eis. Des und Sembet sprachen voller Scheu von Stereths gelegentlichen Temperamentsausbrüchen, aber wenn das stimmte, so hatte ich nie einen erlebt. Nur diese arktische Eiswüste, hier und da mit einer Andeutung von Ironie oder Kameradschaft. Heute jedoch keine Kameradschaft. Dieses Fenster war geschlossen.

»Gut, das zu hören«, sagte ich ruhig.

»Kein Grund, dich zu entspannen. Ich nehme von Grateth keine Befehle entgegen.«

Er musterte mich schweigend, und deshalb sagte ich auch nichts. Ich wußte, wo nach den Regeln von Ivory mein Platz war; in dieser Begegnung war ich die Bittstellerin, die zurückkam, um eine Beziehung wieder anzuknüpfen, die ich zuvor verschmäht hatte. Die Etikette verlangte von mir, daß ich mich zurückhielt.

Da kam Cantry von draußen herein, warf mir einen kurzen Blick zu, der nichts verriet, und legte eine Breedpfeife und einen Tabakbeutel vor Stereth hin. Sie nahm die Malachitschalen und stellte einen Stapel mit drei Stück davon mit einer Flasche Wein in Reichweite.

Drei Schalen. Eine hätte bedeutet, daß Stereth allein trank, daß mir keine Gastfreundschaft angeboten wurde und daß ich schon beginnen sollte, mein Testament zu machen; zwei hätten bedeutet, daß mir Gastrechte eingeräumt wurden und hätten eine Verpflichtung impliziert. Aber drei konnte nur bedeuten, daß Cantry in der Eile ein paar Schalen genommen und sie nicht gezählt hatte. Da es bei Stereth keine Zufälle gab, bedeutete es allerdings, daß er so irritierend umsichtig war wie immer. Allerdings nahm er Rücksicht auf meine Gefühle – wenn nur eine Schale dagestanden hätte, so wäre das mehr gewesen, als was ich jetzt vertragen konnte.

Er stopfte etwas Breed in die Pfeife und machte einen Zug. »Also gut, Tymon, sprich. Erzähl mir, was du getan hast, während wir uns aus unserem schönen trockenen Zuhause hier herauf geschleppt haben.«

So erzählte ich alles, was geschehen war, seit Ran mich vor zwei Nächten aufgeweckt und vorgeschlagen hatte, wir sollten fliehen. Ich dachte, Stereth würde mich bei manchen Teilen antreiben, sobald er den Kern der Geschichte kannte, aber er schien sich für alles zu interessieren. Mir gelang es, den größten Teil des Gespräches mit dem Gouverneur zu rekonstruieren. Da Stereth mich weder zwang abzukürzen noch sagte, worüber er mehr hören wollte, erwähnte ich sogar, was der Gouverneur trug, als er die Treppe herabkam. Stereth paffte nur an seiner Pfeife und hörte zu.

Das Zelt war nicht groß, und bald war es voll vom Breedrauch. Meine Augen begannen zu tränen.

Als ich fertig war, sagte er im Plauderton: »Also, hattest du jetzt eine bestimmte Absicht, daß du zurückkamst, oder versuchst du nur, alte Beziehungen zu erneuern?«

Ich sagte mit einem leicht anklagenden Ton in der Stimme: »Sokol ist im Gefängnis, weil man meint, er wäre du. Er wird hingerichtet werden, weil man meint, er wäre du.«

»Nun, das ist für die Bande nicht von Nachteil, oder? Das dürfte einiges von dem Druck von uns nehmen.«

»Seit wann möchtest du, daß Druck von euch genommen wird? Ich dachte, du wolltest ein Störfaktor sein. Außerdem, all diese Farmer und Viehzüchter, mit denen du dich verbündet hast, haben ihre Vereinbarungen mit Stereth Tar'krim getroffen. Wenn einmal die Legende weg ist, werden sie dann noch kooperieren?«

Er lächelte. »Den größten Teil der Werbung vollbrachte Des. Ohne Zweifel kann er weitermachen.«

»So gut geht das nicht. Das weißt du. Das Ganze war in erster Linie ein Publicitytrick, und es ist schlecht für die Publicity, eine Legende zu killen.« Er blies einen Rauchring aus. »Ich bin sicher, der Kaiser wird beruhigt sein, wenn er hört, daß du tot bist. Dann braucht er dich nicht auszuzahlen.« Zwei Rauchringe. Dann drei. Zur Hölle mit dem Mann! »Außerdem wird der Druck durch die Miliz wieder zunehmen, sobald man erkennt, daß die Tah-Blockade weitergeht. Es sei denn, du hast vor, auch das sterben zu lassen.«

Mein Kopf schmerzte. Breedrauch macht mich gewöhnlich nicht so schnell high, aber ich hatte gefährlich wenig Schlaf gehabt.

»Ich nehme an, du hättest es gern, daß ich deinen Halbehemann aus der Haft hole«, sagte er. »Das ist auf jeden Fall ein riskantes Unternehmen, Tymon.«

»Nicht für jemanden, der Steuertransporte aus gepanzerten Wagen raubt.« Ich hatte nicht vorgehabt, es so scharf zu formulieren, aber dieser Satz schien direkt aus meinem Gehirn auf die Lippen gekommen zu sein.

Stereth lächelte. Dann sagte er ernst: »Wenn ich diese Aufgabe auf mich nähme und unseren Zauberer aus den Händen des Gegners befreite, dann würde ich erwarten, daß er in Zukunft sich kooperativer zeigt.«

»Das wird er«, sagte ich. Ich konnte eigentlich Ran nicht festlegen, ohne ein Cormallon-Versprechen zu geben; aber hier mußte ich es nicht machen: die Verpflichtung Stereth gegenüber würde ihn wahnsinnig machen, bis er sie abgetragen hätte.

Stereth nahm eine Malachitschale und stellte sie zwischen uns, dann stellte er eine zweite daneben. »Möchtest du etwas Wein haben, Tymon?«

»Danke.« Er goß für uns beide ein. Ich hob meine Schale und nippte daran, dann stellte ich sie wieder hin. Noch mehr, und ich würde auf dem rot-goldenen Teppich liegen.

»Noch eins«, sagte Stereth. »Nur aus Neugierde, und als Gefallen einem Freund gegenüber. Ich habe überlegt, ob du mir Sokols Geburtsnamen sagen würdest.«

Ich war wirklich geschockt, daß das von ihm kam. Gesetzlose fragen einander nicht nach den Geburtsnamen, sagte mein Gesichtsausdruck.

Klag mich doch an, erwiderte der Ausdruck auf seinem Gesicht.

»Nur einen Gefallen«, wiederholte er.

Die guten Sitten verlangten, daß ich keinen Gefallen

verweigerte, wie sie auch verlangten, daß ich einen Schluck aus der Weinschale nahm und hier saß und Breedrauch inhalierte, wo wir beide doch ganz genau wußten, daß er mich absichtlich high machte. Aber jetzt überquerte er eine Grenze, und ich mußte eine Entscheidung treffen.

Unter diesen Umständen hätte ich sie gerne aufgeschoben, bis ich wieder wach und nüchtern war.

»Und bitte beleidige mich nicht, indem du ein Pseudonym nennst«, fuhr er freundlich fort, »ich weiß immer, wann ich angelogen werde.«

Das mochte ein großartiger Bluff sein, aber Stereths Fähigkeit, Wahrheit von Unsinn zu unterscheiden, hatte mich in der Vergangenheit schon beeindruckt.

Also gut. In diesem Augenblick hatte Rans Leben höchste Priorität. Mit den anderen Dingen würden wir uns später befassen.

»Ran Cormallon«, sagte ich.

»Hmm. Das ist der Name, den ich gehört habe.«

War das auch ein großartiger Bluff? Das würde ich nie erfahren.

»Ich glaube, ich sollte dich weiterschlafen lassen«, sagte er. »Sembet sagte, daß du dabei warst, dich auszuruhen.«

Damit war ich entlassen. Ich wollte aufstehen, schaffte es aber nicht.

»Ich kann nicht aufstehen«, sagte ich.

Stereth wandte sich zum Eingang des Zeltes und rief: »Sembet!« Ein paar Sekunden später kam Sembet Triol herein und nahm mich am linken Arm, Stereth am rechten. Sie hoben mich hoch und halfen mir zum Zelteingang.

Kurz bevor er mich seinem edelgeborenen Helfershelfer überließ, sagte Stereth: »Sag mir, Tymon, wie ist dein Geburtsname? Das kann kaum ein Staatsgeheimnis sein.«

»Geh mir nicht so auf die Nerven, Stereth«, sagte ich

scharf. »Das kann wohl kaum von Interesse für dich sein.«

Ich spürte, wie Sembet leicht bebte, als würde er lachen.

»Sie ist nicht ganz nüchtern«, erklärte Stereth.

»Oh«, sagte Sembet zurückhaltend. Er vibrierte immer noch sanft, aber offensichtlich traute er sich nicht, mehr zu sagen.

»Ach, bring sie ins Bett.« Stereth ließ uns beide gehen und ging zurück ins Zelt.

Ich schlief an diesem Tag ganz schön viel und tief, denn ich wachte viele Stunden später auf – wieder im Klosterfort, auf einem Haufen Jacken und Gewänder in der Haupthalle. Die anderen erzählten mir später, sie hätten versucht, mich zu wecken, und dann schließlich auf einen Karren mit den Vorräten gelegt. Vermutlich ist es ein Zeichen von Stereths Vertrauen in mich oder in seine Fähigkeit, wirklich Wahrheit von Falschheit zu unterscheiden, aber er verlegte seine Basis wieder in unseren alten Schlupfwinkel. »Von hier aus kann man leichter auf Kynogin losschlagen«, erklärte Carabinstereth, als sie mich waschen half, nachdem ich wach geworden war. Meine Muskeln schmerzten, entweder vom Herumgeworfenwerden auf dem Karren oder vom Stress, und ich fühlte mich wie gerädert.

Vielleicht hatte ich genauso viele Alpträume gehabt wie zuvor, aber diesmal konnte ich mich an keine erinnern. Ich hatte ein Gefühl, als wäre ich soeben aus einer dunklen Grube geklettert.

Carabinstereth ging weg, um andere Dinge zu erledigen, und Sembet Triol kam mit einem Krug Wasser. Plötzlich fiel mir wieder alles ein, und ich redete mit ihm, als hätten wir unser Gespräch gerade vor Minuten unterbrochen.

Ich klopfte ihm ungeduldig auf die Schulter, als er

sich bückte, um den Krug abzusetzen. Als er sich aufrichtete, rief ich: »Torin Atvalid war der Gouverneur vom Tammas-Distrikt! Nor Atvalids Vater war derjenige, der Stereth ins Gefängnis brachte!«

»Ja«, sagte Sembet, »ich dachte, du wüßtest das.«

Aber jetzt hatte ich etwas angepeilt, und davon würde ich mich nicht mehr abbringen lassen. »Hör mal, Torin Atvalids Politik war verantwortlich für die Rebellion in Tammas. Er haute jeden übers Ohr – selbst die Ivoraner konnten sich das nicht mehr gefallen lassen – und unser Gouverneur Atvalid ...« Ich hörte in Gedanken Sembets Stimme, damals auf dem Heimweg von Kynogin: »Nor Atvalid konnte nie seinen Vater ertragen. Was immer sein Vater tun mochte, er tat das Gegenteil.«

Ich fuhr langsamer fort: »Nor überlegte sich, daß die Methode zur Vermeidung all dessen, was sie in der Provinz seines Vaters erdulden mußten, darin bestünde, sich mit aller Macht auf die andere Seite zu stürzen.«

»Die Atvalids haben nie Mäßigung gelernt.«

»Aber begreifst du nicht, Sembet! Torin Atvalid hat Reisdieb *geschaffen!*«

»Nun«, sagte er, »darüber muß man sich nicht aufregen.«

Es gibt eine Redewendung auf Ivory: ›Das läßt das Abendessen nicht eher kommen.‹ Das war die stillschweigende Übereinkunft der Gefährtenschaft über dieses Thema. Ich behelligte sogar Carabinstereth damit; sicherlich würde ihr energisches Temperament etwas in Aufregung darüber geraten. Sie faltete gerade Handtücher, als ich sie aufspürte. Auf meine Worte hin schaute sie kurz auf und sagte: »O ja, Tymon. Ich glaube, ich habe das schon einmal von jemandem gehört.«

Theodora kommt geritten, einen Tag zu spät und mit

einem Groschen zu wenig. Wenn ich eine meiner tiefen Einsichten habe, dann finde ich immer heraus, daß irgend jemand sie schon als erster im fünften Jahrhundert alter Zählung hatte und daß sie seitdem ein Klischee ist. Das passiert mir sehr oft. Immer, wenn ich zu Hause auf Pyrene ein Stück klassische Musik entdeckte, das mir gefiel, dann wurde mir später gesagt, daß es vor Jahrhunderten sehr populär bei der Geheimpolizei von Poliker gewesen war und daß sie es oft gespielt hatten, wenn sie jemanden folterten. Man darf mir glauben, solche Neuigkeiten können die Selbstachtung auf die verschiedenste Weise beeinträchtigen. Diese wunderbare Empfindung von Freude und Entdeckung neuer Dinge scheint nie ungetrübt davonzukommen.

Was passierte mit Ran während all dieser Geschehnisse? Diese Frage beschäftigte mich zu diesem Zeitpunkt sicher am meisten. Kurz nachdem ich an jenem ersten Tag im Fort aufgewacht war, sagte mir Stereth, daß Ran noch in Kynogin sei und noch lebe und daß vor dem Weinhaus ein Käfig gebaut werde.

Ich wollte ihn eingehender über seine Pläne befragen, aber er wies mich ab. »Ich arbeite daran, Tymon. Sei nicht aufdringlich. Gibt es hier nicht genug, was dich beschäftigen kann?«

Sicherlich gab es genug. Ich glaube, ich habe es noch nicht erwähnt, aber Des war von seinem Tah-Raub mit dreizehn Geiseln zurückgekommen. Dreizehn. Stereth war wütend.

»Wir können sich doch gegen Lösegeld eintauschen«, sagte Des in einem bittenden Ton; er war sich bewußt, daß er in Schwierigkeiten steckte.

Wir wußten, daß Stereth wütend war, weil er seine Worte mit noch schärferer Präzision als sonst hervorstieß. »Warum hast du sie zu mir gebracht, Des? Hast du gedacht, ich könnte einen Nutzen daraus ziehen, jeden persönlich zu treffen? Was hast du wohl gedacht, was ich hier mit ihnen machen werde?« Des und seine Mannschaft hatten die Gefangenen (deren Augen verbunden waren) den ganzen Weg vom Norden zum Klosterfort getrieben. Das sprach Bände darüber, wie sorgsam er sein konnte, wenn er wollte, und auch darüber, wie weit er gehen würde, um Unangenehmes zu vermeiden. Töten fiel Des schwer, und wie sehr er auch Stereth bewunderte, so wich er doch den schweren Aufgaben aus, wenn er konnte.

Die Gefangenen standen noch mit verbundenen Augen unbehaglich herum und lauschten der Debatte. Zehn Männer und drei Frauen; die meisten von ihnen sahen kräftig aus, wie es Karawanenarbeiter sein mußten. Einer von ihnen war etwas älter und besser gekleidet; wahrscheinlich der Karawanenmeister oder der Agent des Eigners.

»Und hast du gedacht«, redete Stereth weiter, »ich hätte Leute übrig, die für diesen Haufen Wache stehen? Oder hast du angenommen, wir würden ihre Augen verbunden lassen und ich könnte jeden einzelnen bei der Hand nehmen und persönlich zum Klo führen?«

Des schaute verlegen drein. Es war das erstemal, seit ich hier war, daß Stereth ihn öffentlich angriff.

Der wohlhabender aussehende Gefangene trat vor. Sein dunkles Haar war mit grauen Fäden durchsetzt, in seinen Ohren waren kleine Diamantknöpfe. Ich stand nahe genug bei ihm, um den Schweiß auf seiner Stirn über dem roten Lumpen der Augenbinde zu sehen. Das Schwitzen hatte sein Parfüm aktiviert; ich konnte einen unangenehm süßen Duft riechen, in den sich der Geruch der Angst mischte.

»Hat dieser Unwürdige die Ehre, das Wort an den großen Stereth Tar'krim zu richten?«

Stereth machte ein angewidertes Gesicht. Vermutlich wollte er in diesem Augenblick nichts von den Leuten hören, für die er Verantwortung hatte.

Der Kopf des Mannes war auf eine Stelle zwischen Stereth und Des gerichtet. Seine Stimme zitterte ganz leicht, als er sprach, aber er zeigte mehr Selbstbeherrschung, als ich erwartet hatte. »Wenn Sie die Anmaßung dieses Menschen hier verzeihen würden, gnädige Herren, so möchte ich Sie gerne informieren, daß meine Frau gut für meine sichere Rückkehr zahlen wird.«

Stereth gab es auf, so zu tun, als sei dieser Mann ein Stück Holz und ließ sich herab, ihn anzusprechen. »Das spricht für Ihre Ehe, gnädiger Herr, aber wir haben keine Zeit, irgendwelche Botschaften zu schicken. Wir sind im Augenblick sehr beschäftigt.«

»Großer Gesetzloser«, sagte der Mann und wechselte zu der immer noch respektvollen, aber weniger unterwürfigen vah-Form der ersten Person über, »ich wäre glücklich, euch eine Adresse in Shaskala zu geben, wo sie erreicht werden könnte, und wenn es euch gefällt, möchte ich euch mein Wort und die Ehre meiner Familie verpfänden, daß ich nicht fliehe.«

Des warf Stereth einen bittenden Blick zu. Stereths ziemlich verächtlicher Blick wanderte im Raum umher und blieb an mir hängen. »Was ist deine Meinung, Tymon?«

»Meine?« Ich war überrascht, daß er mich um Rat fragte. Ich zweifelte, daß meine Worte irgendeinen Einfluß auf seine Entscheidung haben würden, aber ich sagte ehrlich: »Ich empfinde Mitgefühl für seine Frau.«

Beim Klang meiner Stimme spitzte der Mann ein Ohr in meine Richtung. Er war kein Narr und er verstand genug, um die nächsten paar Sekunden des Schweigens nicht mit weiteren Versprechungen zu füllen. Nach einer Weile sagte Stereth: »Sie feilschen um Ihr Leben. Ich nehme an, das bedeutet, daß Sie nichts dagegen haben, wenn wir uns von der Last Ihrer Arbeitskollegen befreien? Einen einzelnen Gefangenen können wir viel leichter hier behalten.«

Der Mann zögerte nicht. »Als Agent der Keldemir-Tah-Gesellschaft kann ich versprechen, daß ihre Lösegelder genauso gezahlt werden. Und wen aus irgendeinem Grund die Gesellschaft nicht zahlen sollte, dann werde ich es aus meiner eigenen Tasche ersetzen.«

Einige der Bandenmitglieder in der Halle tauschten Blicke. Wenn das stimmte, was der Mann sagte, so mußte er außerordentlich reich sein. Und es gefiel ihnen, wie er für seine Gefährten gesprochen hatte. Diese Leute waren zwar keine *Cantry tar'meth,* aber sie hatten Stil.

Stereth sah, in welche Richtung sich die Meinung entwickelte. Er richtete das Wort an seine Banditen: »Wenn wir das machen, *dann seid* ihr es, die Extraschichten schieben. Des, du wirst dafür verantwortlich sein. Ich möchte ihre Versprechen *und* ich möchte, daß immer zwei Wachen auf sie aufpassen. Du kannst eines der Nebengebäude für sie einrichten.«

Damit tat er die Sache ab. Die Bande hatte schon früher Geiseln gehalten, allerdings für gewöhnlich nicht so viele.

Des wählte sich also einige Helfer und brachte die Geiseln hinaus. Ich hörte später einen Teil seines ›Geiseleinführungsvortrags‹, in dem er erklärte, wenn jemand versuche abzuhauen, so verlange es die Etikette, daß der Gefangene erschossen werde und allen anderen die Beine gebrochen würden. Er machte seine Sache gut, ihnen eine höllische Angst einzujagen, und natürlich waren sie von Anfang an ziemlich eingeschüchtert gewesen; keiner von ihnen bereitete uns sonderliche Schwierigkeiten.

Sie machten uns jedoch viel Arbeit: Die Versorgung mit Essen, der Transport ihres Waschwassers, die Reinigung der schnell eingerichteten Toilette in einer Ecke ihres Gebäudes.

Das gab meinen Armen und Beinen etwas zu tun, während ich mir Sorgen um Ran machte.

Ein paar Tage später brachte Paravit-Col ein paar Flugblätter heim. In den Marktorten und an den Galgen auf den Hügelgipfeln waren Ankündigungen ausgehängt worden, daß der berüchtigte Stereth Tar'krim, jetzt gedemütigt von den Gewalten der Justiz, am 28. Kace über die Shaskala-Straße transportiert werde. Verkäufern von Speisen und Getränken, die an jenem Tag ihre Stände an der Straße aufschlagen wollten, wurde zugesichert, daß sie von der vorüberziehenden Miliz nicht nach ihren Lizenzen gefragt würden.

Das gab uns zwei Wochen, um das Unmögliche zu tun. Ich empfand Respekt für Stereth, aber ich wußte, daß ich viel verlangte. Ich ging wieder zu ihm, um ihn zu fragen, ob er schon irgendwelche Maßnahmen getroffen habe, und wieder wimmelte er mich ab. »Ich werde es dich wissen lassen, Tymon. Wenn du unruhig bist, dann geh und hilf Mora bei den Wasserkrügen.«

Manchmal erinnerte mich Stereth an die Art von Eltern, die ein Kind davon abhalten, sie zu belästigen, indem sie immer neue Hausarbeiten verteilen.

»Wo ist Des?« fragte ich. »Ich habe ihn seit Tagen nicht gesehen. Ist er in diese Sache verwickelt oder steckt er in anderen Schwierigkeiten?«

»Die Wasserkrüge, Tymon.«

»Also, ist er tot oder lebt er noch?«

Stereth ging seines Weges. Ich half jedoch Mora bei den Wasserkrügen, trainierte Doppelschichten mit Carabins Übungsgruppen und verbrachte viel Zeit mit Bodenwischen und Deckenausschütteln. Die anderen ertrugen mich sehr geduldig. In diesen Tagen war ich sehr nahe am Rande meiner Nervenkraft.

Der 28. Kace dämmerte in einem grauen Nebel herauf, und auf die Hügel fiel ein feiner Nieselregen. Ich stand früh auf, trat an den Eingang und blickte den Pfad hinauf zu dem Paar der verkrüppelten Bäume am Horizont. Stereth und Cantry schliefen noch fest unter einer einzigen Felldecke. Meine Augen schmerzten.

Mein Schlafmangel machte mir allerdings nicht wirklich zu schaffen, denn ich hatte schon vergessen, wie es war, eine ganze Nacht zu ruhen. Ich überlegte, wie der 28. Kace wohl vom Keller der Kynogin-Bank aus ausschaute, und ich wünschte, Stereth würde erwachen und die Initialzündung für die Ereignisse des Tages geben. Ich zweifelte sehr daran, daß es noch eine neue Chance geben würde, wenn die Nacht hereinbräche, ohne daß diese Mission erfolgreich wäre, und das Warten würde unerträglich.

Ich ging hinüber zu den Wasserkrügen und schickte mich an, eine unverschämte Menge Lärm zu machen, dann hielt ich inne. Ich kann nicht sagen, daß es ein Gefühl der Rücksicht war, was mich zurückhielt; mir kam einfach der Gedanke, daß Stereth heute keine Spitzenleistung bringen mochte, wenn ich ihn weckte. Was mich anging, so war ich meiner Leistungsspitze so nahe, wie ich ihr überhaupt nur kommen würde, bis die ganze Geschichte vorbei war, und so machte ich mich auf einen Spaziergang.

Ich ging eine Stunde lang. Selbst im Nieselregen waren die Hügel von anrührender Schönheit. Tatsächlich war dies der letzte friedliche Tag, den ich auf der Hochebene sehen würde, und der Friede, der hier herrschte, war sicherlich nicht in mir. Als ich zurückkehrte, fand ich Stereth und die Gruppe wach und angezogen, und Clintris na'Fli führte eine Reihe von Reittieren aus dem Stall.

»Da bist du ja«, sagte Stereth gereizt. »Du solltest dein Reittier nehmen, Tymon. Diese ganze Expedition war deine Idee. Wir werden unterwegs frühstücken, also schau mich nicht so hungrig an.« (Meine Blicke waren völlig ausdruckslos.) »Also gut – sind wir alle bereit? Gut. Wir werden Tymons Ehemann aus dem Gefängnis holen.«

Und mit diesem Ziel ritten die athenanische Wissenschaftlerin und ihre Banditen los.

KAPITEL 18

Es war ein kalter Ritt durch den Nieselregen, und immerzu hatte ich den Geruch des nassen Fells von meinem Reittier in der Nase. Stereth ließ uns auf irgendwelchen Hügeln anhalten, die eine Aussicht auf die Shaskala-Straße gewährten, doch das war keineswegs die Stelle, die ich erwartet hatte. Ich hatte gedacht, er würde uns in eine der verlasseneren Gegenden führen – die Götter wußten, daß es davon genügend gab –, aber wir waren nicht einmal einen Kilometer von dem Marktort Drear entfernt. Überall an der Straße standen schon Imbißverkäufer.

Inzwischen war es schon später Vormittag, und obwohl wir unterwegs gegessen hatten, waren wir alle schon wieder hungrig. Stereth schickte die meisten von der Gruppe weg und machte sich nicht die Mühe, mir zu sagen, wohin. Schließlich sagte ich: »Wie wäre es mit etwas zu essen?« – und dachte dabei, er würde endlich die Streifen getrockneten Rindfleisches herausrücken. Er lächelte und warf mir eine Münze zu.

»Geh und versuch's mal bei einem der Verkäufer, Tymon. Auf meine Kosten.«

Ich blickte vom Hügel hinab auf die Bäcker und Süßigkeitenverkäufer, auf die Stände mit geräuchertem Rindfleisch in Zitronen- und Honigsoße und auf die Gruppen von Leuten aus Drear, die sich dort hin- und herbewegten. Der Nieselregen hatte aufgehört, und von den Bauernhöfen und Viehfarmen kamen Schaulustige angezogen. »Du machst einen Witz.«

»Ich nicht. Deine Aufgabe liegt sowieso drunten auf der Straße.«

»So? Hat diese Unwürdige die Ehre, das Wort an den großen Stereth Tar'krim zu richten?«

»Du brauchst nicht gereizt zu sein. Es hatte nur keinen Zweck, die Sache mit dir eher zu diskutieren.«

»Und meine Aufgabe ist ...?«

Er erklärte es mir. »Ich begreife nicht, wie uns das unserem Ziel näherbringen soll.«

»Bist du nur deshalb wieder zu unserer Bande zurückgekommen, damit du mich anmeckern kannst? Übernimm deinen Part wie alle anderen, Tymon. Die Leute hier riskieren ihr Leben um deinetwillen.«

Auf diese Worte hin sah ich mich nicht mehr in der Lage, mit ihm zu streiten. Ich band mir einen Schal um den Kopf und ging zu dem Volksfest hinunter.

Zwei Stunden später saß ich auf dem feuchten Boden an der Straße mit den Überresten einer Schmorpastete zu meinen Füßen. In der Nähe sah ich Grateth, der die Kleidung eines Viehknechtes trug und das gefleckte Reittier, das er mitgebracht hatte, an den langen Gräsern am Hang knabbern ließ. Er klopfte ihm von Zeit zu Zeit auf den Hals, fächelte sich mit seiner Kappe Luft zu und zeigte durch nichts, daß er wußte, wer ich war.

Auf der anderen Seite befand sich eine Familie von Bauersleuten mit fünf Kindern, eines davon war noch ein Baby. Sie redeten alle mit einem ländlichen Akzent und aßen eine Unmenge, dann stritten sie sich darüber, ob man den Gouverneur verabscheuen oder bewundern sollte dafür, daß er Stereth Tar'krim gefangen hatte. Vater und Mutter waren vorsichtig, aber die Kinder waren alle für den Reisdieb.

»Wartet nur, bis er vorbeikommt, euer Reisdieb«, sagte schließlich der Vater. »Dann werden wir sehen, wer der Schlauere von beiden ist. Laßt euch dies eine Lehre sein! Wenn einer von euch sich als Bandit entpuppt, dann kriegt er meine Hand zu spüren, bevor er noch den Galgen sieht. Bleibt bei eurer Arbeit und hört mit solchen Träumen auf.«

»Aber er ist ein *Held*«, sagte einer der älteren Jungen.

»Ich habe nie gesagt, daß ich ein Held sein werde.«

Die Mutter faltete ihr gestreiftes Picknicktuch zusammen und legte es in einen Korb. »Was immer er auch sein mag, er wird nicht im Bett sterben, und das ist alles, woran wir denken müssen.«

Einer der Jungen wandte sich an einen seiner Brüder: »Was meinst du, wie ist das, wenn man gehängt wird?«

»Glaubst du, daß sie ihn aufhängen? Ich habe gehört, daß sie ihm den Kopf abhacken.«

»Aber Hängen ist schlimmer.«

»Köpfen ist bestimmt noch schlimmer.«

Na ja, ich war echt froh, daß ich diese Stelle ausgesucht hatte. Grateth bürstete beiläufig das Fell seines Reittiers und ignorierte die Debatte. Ich konnte niemanden anderen sehen, der zu Stereth gehörte.

Ich schloß die Augen und versuchte, mich zu entspannen. Einige Zeit später hörte ich einen der Jungen sage: »Sie kommen!«

Ich stand auf und schaute die Straße hinab. Nichts. Aber die Kinder waren immer noch aufgeregt, und so ging ich ein paar Schritte den Hang hinauf.

Ganz weit in der Ferne sah ich eine Bewegung. Ich postierte mich am Hang und öffnete die Schließen des respektablen weißen Obergewandes, das ich trug. Meine Hände schwitzten. Ich sah wirklich nicht sehen, wie wir erfolgreich sein sollten. Wenn Stereth doch nur ein bißchen mitteilsamer wäre!

Mir kam ein beängstigender Gedanke. An diesem Punkt schien mein Gehirn seine Tätigkeit zu verlangsamen und in immer denselben Kreisen zu denken, während ich ewig darauf wartete, daß der Zug uns erreichte.

Der Gouverneur und der Präfekt bildeten den Anfang, vor ihnen kamen nur sechs Milizoffiziere in goldenen Paradeuniformen. Danach etwa dreißig weitere Soldaten, und dann – ja. Ein großer Käfig, oben und unten mit Blattgold verziert (die Ivoraner machten keine halben Sachen), mit riesigen, schweren Rädern, deren obere Drittel von Buckeln im Boden abgedeckt wurden. Der Gouverneur brachte seinen Mann stilvoll daher. Am Dach des Käfigs lief unter dem Blattgold ein Band mit roten Schriftzeichen entlang: *So werden alle Feinde unseres geliebten Kaisers gedemütigt.*

Hinter dem Käfig kam eine endlose Milizparade. O Stereth, ich hoffe, du weißt, was du tust, ich hoffe, die Götter werden mich schützen, wie sie alle Gelehrten schützen, die nicht klug genug sind, sich beim Regen unterzustellen. Der Käfig rollte näher heran, und ich sah Ran in der Mitte auf dem nackten Bretterboden sitzen, die Knie hochgezogen und die Arme um die Beine geschlungen. Als wollte er die Distanz zwischen sich und den Mengen möglichst groß halten. Es muß eine lange Reise von Kynogin her gewesen sein.

Zwei Offiziere ritten rechts und links vom Käfig. Zwei Leute in Zivilkleidung begleiteten sie: ein Mann und eine Frau in städtischen Gewändern und verzierten Stiefeln. Ich hätte mein Leben verwettet, daß dies Zauberer waren; so also schützten die Atvalids ihre Fracht. Verdammt! Wenn ich doch nur Stereth mehr zugesetzt hätte! Natürlich hatten sie nach meiner Flucht aus der Kynogin-Bank angenommen, der Zauberer in Stereths Gesellschaft sei Cantry. Sie hatten mehr recht, als sie wußten. Cantry wäre des Todes, wenn sie ihren Trick mit der Illusion auf der Straße hier wiederholte, denn diese Leute waren Professionelle.

Ein Stück weiter unten an der Straße erklangen Rufe: An einer Bierbude brach ein Streit aus. Mit einem angewiderten Gesicht winkte Gouverneur Atvalid einigen Offizieren, sie sollten hinübergehen und den Streit beenden. Einer der Streithähne versetzte einem Offizier einen Schwinger, und der landete mit der Kehrseite im Dreck. Das Reittier des Gouverneurs, offensichtlich für Schauzwecke programmiert, tänzelte ein paar Schritte seitwärts, und der Reiter rief: »Bürger! Wenn Sie bitte...« Ich versuchte, einen besseren Blick auf Ran zu erhaschen. Er schien sich nicht viel zu bewegen; er schaute nicht einmal herum. Stand er unter Drogen? Ich ging einen Schritt den Hang hinab, um besser sehen zu können.

Ein Schrei durchschnitt die Luft. Obwohl ich vorgewarnt war, fuhr ich erschrocken zusammen. Unwillkürlich wandte ich mich dem Hügel auf meiner Rechten zu und starrte auf die fünf Leute auf dem Gipfel, als hätte ich sie nie zuvor gesehen.

Cantry führte sie an. Sie trug keinen Hut, ihr blondes Haar hing lose herab. Ihre Jacke und ihre Hose waren prunkvoller als alle Banditenkleidung, die ich bisher gesehen hatte. Um den Hals trug sie eine Goldkette mit einem riesigen Roch-Saphir. Cantry, gewöhnlich ein unscheinbarer, schweigender Schatten, trat als Banditenprinzessin auf, und die Soldaten starrten sie an. Die vier Männer an ihrer Seite waren Lex, Komo, Paravit-Col und Sembet Triol. Nur Paravit-Col wirkte nervös; er trug seine neue wattierte Jacke in Smaragdgrün.

»Laßt Stereth Tar'krim frei!« schrie sie, bevor noch einer seine Fassung wiedergefunden hatte.

Der Präfekt war der erste, der sich bemühte, mit der Situation fertigzuwerden. »Entwaffnet und ergebt euch, Madame!« Unbeeindruckt von dem Auftritt legendärer Banditengestalten benutzte er eine Form der Anrede, die kaum höflich war. Er sah jünger und grimmiger aus, als ich ihn zuvor gesehen hatte, und trug die traditionelle Paradekappe der hohen Offiziere aus glänzendem Silberguß mit eingravierten Kampfdarstellungen an den Seiten. Sehr schön. Ich hatte seinen blauen Hut des Kaiserlichen Wohlwollens versehentlich aus der Bank fortgetragen und dies erst bemerkt, als ich schon den halben Weg zum Fort zurückgelegt hatte. Ich hätte den Hut für ihn auf den Boden geworfen, wenn ich mich daran erinnert hätte.

Ich hörte ein Gemurmel aus der Menge: »Cantry, das ist Cantry.« Ich legte den Schal und mein Obergewand ab und zeigte mein barbarisches Gesicht. Unter dem Gewand trug ich die Jacke, die Stereth mir gegeben hatte, und ich schob mir ein goldenes Diadem auf die Stirn. »Das ist sie nicht, beim Teufel!« schrie ich so kraftvoll, wie ich konnte. Die Soldaten starrten uns abwechselnd an und waren gebannt wie das Publikum in einem Provinztheater.

»Wie viele von ihnen gibt es denn noch?« hörte ich jemanden sagen.

Der Präfekt, ein Mann, der nicht gut auf Verwirrung reagierte, zog eine Pistole.

Hoppla! Er schaute auf Cantry, dann zielte er auf mich.

Grüner Rauch schoß auf, und das Dröhnen einer Explosion erschütterte den Boden neben der Bierbude. Noch mehr grüner Rauch quoll von irgendwo hinter der Milizkolonne empor.

Jemand packte mich von hinten, und da ich gemäß Carabinstereths Training reagierte, hätte ich ihm fast das Knie in den Sack gerammt, bevor ich mich erinnerte, daß es Grateth war. Er hob mich auf sein Reittier hoch, und wir ritten durch den grünen Nebel. Ich konnte Cantry und ihre Gruppe gerade noch erkennen; sie ritten wie die Teufel in fünf verschiedene Richtungen davon. Sie waren nicht näher an Ran herangekommen, und mir wurde schlecht. Ich schaute zurück, als wir den Gipfel des Hügels erreichten, und in dem verfliegenden Rauch sah ich die Stelle in der Mitte der Milizkolonne und den goldverzierten Käfig mit seiner kalligraphisch schönen Warnung.

Er war leer.

Ich ritt weiter, voller Hoffnung und Angst und Verwirrung, weg von den fernen Rufen über dem Hügel. In dieser Gegend gab es mehr Bäume als in den meisten anderen Gebieten der Hochebene. Zweifellos war dies ein Faktor für Stereths Entscheidung gewesen, und wir ritten zickzack zwischen ihnen hindurch.

»He!« rief ich Grateth zu. »Du bist ja wieder nach Drear unterwegs!«

»Ich weiß!« rief er in einem ungeduldigen Ton, und so ließ ich von ihm ab. Offensichtlich war ich nur eine Handlangerin in diesem Drama. Wir fielen in eine langsame Gangart, bevor Grateth uns in den Marktort führte. »Sie werden jetzt überall in den Hügeln herumrennen und uns suchen«, sagte er ruhig. »Hier sind wir sicherer. Der Viehhändler ist einer unserer Hehler.«

Der Viehhändler war klugerweise nicht zu Hause, aber wir wurden von einer vertrauten Gestalt begrüßt: »Des!« rief ich und warf mich in seine Arme.

»Es ging hübsch glatt, nicht wahr?« sagte er und grinste.

»Wirklich? Geht es ihm gut? Wo bist du die letzten zwei Wochen gewesen? Will einer von euch mir sagen, was hier vor sich geht?«

Des machte seine selbstgefällige Miene, die besagte, daß er mit diesem Stückchen sein Publikum gewiß ergötzen würde. »Ich habe Sokol geholfen, meine Liebe. Der Trick mit dem Verschwinden war meine Idee.«

»Wo ist er? Wie hast du das gemacht?«

»Nun, das ist eine lange Geschichte. Ihm geht es gut, wirklich. Wir müssen ihn nur abholen.«

Ich boxte ihn, nicht sehr hart, auf die Schulter und sagte: »Sag mir, was geschehen ist!«

»Wenn ich es dir erzähle, dann bist du nicht mehr beeindruckt.«

»Des, wie könnte ich nicht beeindruckt sein? Sokol verschwand aus einem Käfig direkt vor den Augen einer Miliztruppe! Sag mir, wie ihr das gemacht habt!«

»Die Leute sind immer enttäuscht, wenn sie erfahren, wie Tricks gemacht werden. Glaub mir. Ich mußte dem Magier assistieren, der im Vorprogramm auftrat, als ich beim Sotar-Tourneetheater war, und ich weiß, was ich sage. – Nicht, daß ich etwa jemandem verraten hätte, wie die Tricks funktionierten. Ich bin sehr verschwiegen, Tymon.«

Ich war verwirrt. »Ein Magier? Habt ihr also Zauberei benutzt?«

Er runzelte die Stirn. »Magier benutzen keine Zauberei, meine Liebe. Warum würden sonst die Leute kommen, um sie zu sehen? Jeder Zauberer kann eine Illusion erzeugen, so daß es aussieht, als würde jemand in der Mitte durchgesägt, aber man muß schon sehr findig sein, um es ohne Magie zu schaffen. Nun, ich mußte immer vor jeder Vorstellung eine eidestattliche Erklärung vorlesen, in der garantiert wurde, daß bei keinem Trick Zauberei ange ...«

»Verdammt! Jetzt sag mir schon, wie ihr es gemacht habt!«

Er sah, daß es mir ernst war und zuckte die Achseln. »Eine Klapptür im Käfig. Ich war die letzten zwei Wochen Zimmermannsgeselle.«

Ich war enttäuscht. »Das ist alles?«

»Ich habe dir doch gesagt, du würdest enttäuscht sein. Ich hätte gar nichts sagen sollen.«

»Aber das ist doch so *naheliegend* ...« Ich hielt inne. »Es ist zu naheliegend. Und haben sie ihn nicht gesehen, als er herauskam? Und hat man den Käfig nicht überprüft, als er zusammengebaut wurde?«

»Bring nicht deiner Großmutter bei, wie man Eier aussaugt, meine liebe Barbarin. Grateth, sollten nicht inzwischen ein paar von den anderen hier sein?«

Grateth war im Zimmer auf und ab gegangen. Nun nickte er und sagte: »Ich werde mich mal umschauen.

Bleibt hier, und streitet euch nicht zu laut.« Dann ging er weg.

Des setzte sich und streckte seine langen Beine aus. »Tymon, die Leute sehen, was sie in diesem Leben zu sehen erwarten. Sie haben einen Käfig bestellt, und sie haben einen Käfig bekommen.«

»Und keiner hat gesehen, wie er herausgeklettert ist?«

»Ach ja, nun, da kommen wir zu einem wesentlichen Punkt. Er ist in Wirklichkeit nicht herausgeklettert. Er ist immer noch im Käfig.«

»Der Käfig war leer! Das habe ich gesehen!«

»Habe ich dir nicht gerade gesagt, daß du nicht dem trauen sollst, was du siehst? Dein Halbehemann ist sogar jetzt noch in einem Versteck unter dem Boden, neben einem der Räder. Das ist der Grund, warum das Unterteil des Käfigs von unten so sicher ausschaut – es ist auch sicher, denn dort gibt es keinen Ausgang. Paravit-Col und Komo mußten zurückreiten und ihn herausschneiden. – Ich hoffe, sie machen es bald. Dort drin ist nicht viel Luft.«

Jetzt setzte auch ich mich. »Du hast gesagt, es ginge ihm gut.«

»Geht es ihm auch, da bin ich sicher. Jeder wußte, was er zu tun hatte.«

»Ihr Götter!« Ich schwieg einen Augenblick lang, dann sagte ich: »Werden da nicht noch Wachen um den Käfig herumstehen?«

»Um einen leeren Käfig? Jeder Soldat in der Truppe wird unterwegs sein, um die Hügel nach Stereth Tar'krim abzusuchen, oder der Gouverneur bekommt einen Schlaganfall. Oder er hat ihn vielleicht sowieso schon bekommen.«

»Aber können sie nicht auf den Trick kommen, zurückkehren und überprüfen ...«

»Du bist auch nicht darauf gekommen, bevor ich es dir gesagt habe.« Er fuhr sich müde mit der Hand durchs Haar. »Deshalb der Streit an der Bierbude und das Theaterstück mit dir und Cantry – zeig ihnen eine Show, gib ihnen keine Zeit zum Nachdenken. Sie sind immer noch zu beschäftigt, um nachzudenken. In zwei oder drei Tagen vielleicht, da werden sie schließlich zurückkommen und den Käfig überprüfen. Aber dann wird der Käfig schon brennen, und wir werden eine neue Sage vom großen Stereth Tar'krim haben: Wie er auf der Straße nach Shaskala verschwand.«

Wir saßen da, beide erschöpft. »Des, hast du je daran gedacht, als Regisseur zu arbeiten statt als Schauspieler?« fragte ich.

Er lachte. »Rechne nicht alles mir zu, Tymon. Das war Stereths Show. Ich war nur ein Berater.«

»Die Idee war allerdings von dir. Danke!«

Er küßte mich auf die Wange. »Ich nehme den Dank an, aber ich verdiene ihn ebenfalls nicht. Ich hatte die Idee nicht im Ernst aufgebracht. Ich war an einem Abend betrunken und wurde um meine Meinung gefragt…«

»Das ist der alte Trick von Stereth Tar'krim: Mach deine Anhänger besoffen und schau, was sie dann zu sagen haben.«

»Nun ja, wenn er funktioniert…«

Grateth kam wieder herein. »Lex ist hier. Uns fehlen noch Komo, Sokol und Paravit-Col. Alle anderen hatten andere Treffpunkte.«

Lex kam ein paar Sekunden später herein – gefolgt von Stereth. Wir nahmen alle praktisch Haltung an.

Stereths Augen funkelten hinter seinen Brillengläsern. Er wischte Straßenstaub von seiner Jacke und sagte: »Ich bin gekommen, um euch zu sagen, daß ihr nicht auf Komo warten sollt. Er und Sokol haben gerade einen anderen Weg nach Hause gewählt. – Er ist draußen und sicher. Er muß jetzt bloß ins Kloster zurückkehren. Paravit-Col habe ich nicht gesehen.«

»Ich schon.« Das war Lex. »Zwei Soldaten schnappten ihn. Er war von seinem Reittier abgestiegen. Sie brachten ihn zu Fuß nach Südwesten, in Richtung auf Kynogin.«

»Wie lange ist das her?« wollte Stereth wissen.

»Zehn Minuten.«

»Nimm Gareth und zeig ihm, wo. Befaßt euch mit den Soldaten, bevor es noch mehr werden.«

»Mit ihnen befassen?« Das fragte Lex, der schlimmer war als Des, wenn es darum ging, Schwierigkeiten zu vermeiden.

»Es sind nur zwei. Folgt ihnen und tötet sie.« Er wandte sich mir zu. »Du gehst mit ihnen, Tymon. Dies ist alles auf dein Verlangen hin geschehen.«

Dort, wo Lex uns hinführte, fanden wir Spuren. Milizsoldaten waren nicht in Sicht. Ich weiß nicht, ob wir einfach Glück hatten oder ob sie jetzt größtenteils in das Territorium ausgeschwärmt waren, das weiter von der Stadt entfernt war. Wir hatten anscheinend eine gute Chance, die Soldaten einzuholen, denn Lex sagte, die Spuren zeigten, daß sie ihren Gefangenen hinter ihren Reittieren herlaufen ließen.

Nach ein paar Minuten sah ich, wie Lex und Grateth Blicke tauschten. »Was ist?« fragte ich.

Grateth zeigte auf den Boden. Es waren keine Stiefelspuren mehr zu sehen, nur noch die Spuren von zwei Reittieren. Und diese Spuren waren nicht allzu deutlich – als wäre ihnen ein übereifriger Diener mit einem Besen gefolgt und hätte hinter ihnen aufgekehrt.

»Ich kapiere nichts«, sagte ich.

»Sie wurden es müde, ihn mitlaufen zu lassen«, knurrte Lex.

»Was machen sie dann mit ihm?«

Keiner von beiden antwortete. Wir folgten den Spuren durch Brombeergestrüpp und einen feuchten Hügelabhang hinab, wo ich schließlich die dünne Rinne sehen konnte, die Paravit-Col zurückgelassen hatte, als er durchs Gras geschleift wurde.

Die Soldaten hatten einen übermütigen Ritt hingelegt. Ihre Spur ging im Kreis und kam wieder zurück, machte ein Zickzack zwischen den stachligen Sektor-Bäumen und -Büschen hindurch und ging dann wieder auf die Stadt zu.

Fünf Kilometer außerhalb von Drear entdeckten wir Paravit-Cols neue grüne Jacke auf der gegenüberliegenden Seite eines Wasserlaufs. Als wir näher kamen, sahen wir das Braun seiner Reithosen und sein dunkles, lockiges Haar. Grateth erreichte ihn als erster und drehte ihn um, als ich aus dem Sattel stieg.

Er hatte kein Gesicht mehr.

Ran wartete zu Hause im Kloster. Wir umarmten einander eine Weile aus purer Erleichterung, dann ließen wir voneinander ab und sahen, daß Stereth wartete. Ich berichtete über Paravit-Col.

»Ich werde es Mora erzählen«, sagte er. »Wie steht es mit dir, Sokol?«

»Ich bedauere seinen Tod auch«, sagte Ran förmlich. Er war hagerer und sah müde aus, was vermutlich nur zu erwarten gewesen war.

»Das solltest du wohl«, sagte Stereth, »aber ich meinte deine Zukunft in der Bande. Deine Halbehefrau gab mir Anlaß zu glauben, daß du bei unserem nächsten Treffen kooperativer wärest.«

Wir waren allein in einer Ecke der Haupthalle; es tröpfelten immer noch Leute herein, die von der großen Befreiungsaktion zurückkamen. Bis jetzt war Paravit-Col das einzige Opfer, das gemeldet wurde.

Ran wandte sich mit ausdruckslosem Gesicht mir zu. »Hast du ein Versprechen des Hauses gegeben?«

»Nein.«

Sein Blick kehrte zu Stereth zurück. »Dann unterliege ich keiner Verpflichtung, irgendein persönliches Versprechen zu erfüllen, das sie gegeben haben mag.«

»Sie hat kein Versprechen gegeben. Ich hatte den Eindruck, daß sie mehr aus Kenntnis deines Charakters sprach. Sie sagte mir einmal, daß du nie eine Verpflichtung vergißt.«

Ich hatte das einmal beiläufig erwähnt, schon vor Monaten. Speicherte dieser Mann jedes verdammte Wort, das er hörte, in seinem Gedächtnis, wie Nüsse für den Winter?

»Ich bin mir keiner Verpflichtung bewußt«, sagte Ran.

Auf diese falsche Aussage hin schwieg Stereth eine Weile. Dann sagte er: »Wie ich sehe, hast du meine Nachricht über die Klapptür bekommen.«

Ran verzog die Lippen. »Danke«, sagte er kurz, wie wenn die Worte ihn schmerzten. Eine Sekunde später brach es aus ihm hervor: »Was auch immer du getan hast, es war aus deinen eigenen Gründen ...«

»Das ist immer so.«

»Ich habe nie irgendwelche Vereinbarungen mit dir oder jemandem anderen hier getroffen ...«

»Nein, dessen sind wir alle uns bewußt.«

Ran blickte zunehmend frustriert drein. Stereth lächelte. »Wir werden später darüber reden. Ihr solltet beide etwas schlafen. Der Nachmittag zieht sich noch lange hin; zweifellos werden wir etwas finden, womit wir uns unterhalten können. Und du brauchst dir sicherlich keine Sorgen zu machen, Ran; es wurden keine Cormallon-Versprechen ausgetauscht.«

Ran wandte sich langsam um und schaute mich an. Ich spürte, wie mein Gesicht heiß wurde.

»Ich überlasse euch dann eurer Ruhe, nicht wahr?« Stereth klopfte mir kameradschaftlich auf die Schulter und verließ uns.

»Es war eine komplizierte Situation«, sagte ich Ran. »Ich wollte nicht, daß es irgend jemand hier weiß ...«

»Man hatte vor, dich hinzurichten!«

Na ja, eine gute Viertelstunde sprachen wir reichlich laut. Falls jemand seinen Namen bisher nicht gewußt hatte, so hörte er ihn jetzt. Schließlich erinnerte Ran sich daran, daß es unter seiner Würde war zu schreien und ging zu jener eisigen Förmlichkeit über, die er sich für die Zeiten aufhob, wenn er besonders wütend war. Ich mochte es gar nicht, wenn er das tat.

Als wir endlich fertig waren, war keine Rede mehr von einem Schläfchen, und ich stapfte hinaus, um irgendeine körperliche Betätigung zu suchen. Die meisten von der Bande waren inzwischen zurück, und als ich ärgerlich durch die Ställe stapfte und hinauf zum Vogelhaus und hinunter zur Toilette der Geiseln, da begann es mir bewußt zu werden, daß die Atmosphäre im Fort sich verändert hatte. Überall herrschte ein grimmiger Ernst. Es gab nicht mehr das Herumalbern, die Glückwünsche oder die freundlichen Frechheiten, die sonst auf einen erfolgreichen Überfall folgten. Paravit-Col, der Jüngste der ursprünglichen Bande und immer beliebt, war tot – aber so grausam es klingen mag, dies war noch nicht genug, um die Veränderung zu erklären. Der Tod bedeutet für die Gesetzlosen im Nordwest-Sektor keinen großen Schock.

»Stereth meint, wir nähern uns einer Krise«, sagte Des zu mir, als ich ihn im Nebengebäude aufstöberte, wo er zusätzliche Decken hintrug. Er schien die Gefangenen als seine persönlichen Hätschelkinder zu betrachten.

»Zu mir hat er nichts gesagt.«

Des zuckte die Achseln, und ich mußte zugeben, daß Stereth mir nie viel offenbarte, wenn er es vermeiden konnte. Vermutlich war das auch nur vernünftig.

»Cantry hat es ihm gesagt«, meinte Des.

Das war mir neu. Vorahnung, falls es darum ging, war eine seltene Fähigkeit. Selbst mit den Karten konnte ich ... – die Karten. Wie lange war es her, seit ich sie zum letztenmal gelegt hatte? Ich sollte sie jetzt herausholen und schauen, was sie mir zu sagen hatten.

Genau in diesem Augenblick erschien Mora in der Tür. »Ach, hier bist du, Tymon. Komm mit, wir machen eine Übungsstunde in der Haupthalle. Carabinstereth hat mich geschickt, dich zu suchen.« Ihre Stimme klang sachlich, ihre Augen waren klar. Ich konnte nicht feststellen, ob sie schon von Paravit-Cols Tod gehört hatte oder nicht. Seit dem Tag, als Clintris na'Fli die riesige Badewanne angebracht hatte, waren sie ein Liebespaar gewesen.

Der Gedanke daran schien mir alle Natürlichkeit zu rauben, die ich noch hatte, und ich wußte beim besten Willen nicht, was ich ihr sagen sollte. Schließlich nickte ich, und sie sagte: »In zehn Minuten, Tymon.« Sie schloß die Tür.

Ich wandte mich Des zu. »Weiß sie es schon?«

»Sie weiß es.« Sogar in Des' Stimme war dieser grimmige Ernst – wo doch Des immer zu meinen schien, wenn das Leben sich in eine falsche Richtung zu entwickeln beginne, dann könne man einfach den Drehbuchautor für eine private Unterredung zur Seite nehmen.

Die gleiche Stimmung herrschte überall. Es war unüblich genug, daß Carabinstereth eine doppelte Übungsstunde ankündigte, und als ich in die Haupthalle kam, stellte ich fest, daß die Haltung der Übungsgruppe gespannt, aber ruhig war; nichts zu beobachten von dem leicht hysterischen Humor, der bei diesen Gelegenheiten vorherrschte.

Einige der Schutzhelme waren bei der Rückkehr von Totenbrunn verloren gegangen; deshalb kündigte Carabinstereth einfach an, daß wir ohne sie üben würden. Lex' besonders gepolsterter Helm war natürlich noch intakt; man konnte immer darauf zählen, daß Lex zuerst an sich selber dachte.

Während der dritten Stunde der Übung stand ich

am Rand und wartete. Periwinkle, das rundliche Mädchen neben mir, reichte mir den Wasserkrug. Während der Übungsstunden waren wir immer durstig – ich erinnere mich, daß aus irgendeinem Grund unsere Lippen auch immer trocken waren, und die Frauen schmierten sich ständig Salben darauf. Ich nahm jedenfalls einen kräftigen Schluck und versuchte die Angst zu ignorieren, die ich immer spürte, wenn ich auf meinen Einsatz wartete. Ich war die zweite am Anfang der Reihe.

Juvindeth war auf der Matte. Juvie war so eigensinnig wie ihr Straßenname, aber es war nicht so schwierig, mit ihr auszukommen, und sie war so klein, wie man gerade noch sein konnte, ohne daß man eine Barbarin war. Sie vollführte ein paar wohlgezielte Tritte gegen Lex, der an diesem Tag Instruktor und Zielperson war. Pech für Juvie: Sie wurde zu einem komplizierten Manöver am Rand der Matte gezwungen, rutschte aus und fiel hin. Für gewöhnlich ist das kein Problem, da man uns lehrte, den Kampf auch vom Boden aus fortzusetzen, und tatsächlich sind Frauen bei dieser Art Kampf gewöhnlich den Männern überlegen.

Es sei denn natürlich, der Mann kann sie zu Boden drücken, wie Lex es jetzt tat. Er fiel auf sie und hielt ihre Arme und Beine fest. Ich erinnerte mich an Carabinstereths Warnung: Laßt einen Mann einen guten Schlag auf euren Kopf oder euer Gesicht landen, und ihr seid erledigt. Und Juvindeth hatte keinen Schutzhelm.

Lex ließ eines ihrer Handgelenke los, um den Schlag anzubringen. Flink wie eine Katze griff Juvie mit ihrer freien Hand nach seinen Augen. Lex zog den Kopf zurück, aber er packte wieder ihr Gelenk. Diesmal zog er ihren linken Arm hinüber zu ihrem rechten und verlagerte einen Teil seines Gewichtes auf ihre beiden Arme. Jetzt hatte sie keinen Schutz mehr vor Schlägen, die ihr die Kinnbacken oder den Schädel brechen würden, und sie konnte nichts dagegen tun.

Carabinstereth führte natürlich die Aufsicht, aber sie schritt nicht im geringsten ein. Sie und Lex hatten uns immer versichert, daß sie sich nie zurückhalten würden, und daß ein Kampf erst vorbei war, wenn er vorbei war. Aber um Himmels willen, sie würden doch nicht zulassen, daß Juvindeth einer dummen Regel zuliebe zu Brei geschlagen wurde! Warum schürzte nicht Carabin ihre Lippen und ließ den verdammten Pfiff ertönen, der das Ende einer Übung ankündigte? Das war heller Wahnsinn!

Lex hob seinen Arm. Plötzlich rannte ich auf die Matte – und ich muß sagen, daß ich dies ohne eine eigentliche Entscheidung tat. Mein Fuß traf schön auf Lex' gepolsterten Helm. Es fühlte sich an wie ein Tritt gegen eine überreife Melone. Lex fiel um, und wir lagen alle drei auf dem Boden. Juvie rollte sofort zur Seite und brachte sich in Stellung für einige nachfolgende Schläge gegen Lex' Kopf. Ich war wie eine Tonne Ziegel auf den Boden aufgeprallt und bekam keine Luft mehr. Ich sah, wie Juvie zweimal gegen Lex' Gesichtsmaske schlug und wie der Helm über die Matte davonrollte. Sie schien dies gar nicht wahrzunehmen oder sich darum zu kümmern; sie hielt ihre Ferse über Lex' Gesicht, um ihm den Gnadenstoß zu geben, als Carabinstereths Pfiff sie auf der Stelle erstarren ließ.

Juvie blinzelte und senkte langsam ihren Fuß, dann ging sie in die Knie. Carabin beugte sich über Lex, der betäubt zu sein schien. Sie half ihm hoch und brachte ihn zu einem Haufen Kissen an der Seite der Halle. Als sie zurückkehrte, gewann ich gerade meinen Atem zurück und setzte mich keuchend auf.

»Gut!« sagte sie mit einem Ton, der vor allem erfreut klang.

Ich schaute sie vorwurfsvoll an.

Sie lächelte. An die Reihe der Frauen gewandt sagte sie: »Unsere Tymon scheint die Gewohnheit durchbrochen und in den Kampf einer anderen eingegriffen zu haben. Ich meine, wir sollten ihr einen Applaus gönnen.«

Und sie begannen alle zu klatschen und zu stampfen. Zum zweitenmal an diesem Tag spürte ich, wie mein Gesicht heiß wurde.

»Und jetzt auch für Juvindeth!« rief Carabin.

Die Reihe reagierte mit doppelter Begeisterung. Aber so leicht wollte ich sie nicht davonkommen lassen. Als das Klatschen verstummte, sagte ich, immer noch auf der Matte sitzend: »Juvindeth hätte schlimm verletzt werden können. Vielleicht sogar getötet.«

Ihre Augen tanzten. »Wir wußten, wenn so etwas passiert, dann würde jemand eingreifen, der in der Reihe am nächsten steht. Das war mutig, Tymon.«

Sie streckte die Hand aus, um mir aufzuhelfen. Ich war immer noch aufgebracht, aber ich nahm die Hand und rappelte mich hoch. »Das war nicht mutig«, sagte ich ehrlich, »es ist einfach passiert.«

Sie grinste.

»Wie konntest du so sicher sein, daß es passieren würde?« bohrte ich weiter. »Wie konntest du es wissen, wenn ich es nicht wußte?«

Sie gab mir einen Kuß auf die Stirn. »Stell dich wieder in die Reihe, Tymon, du bist noch nicht drangewesen.«

Ihr Götter! Aber ich hatte das Gefühl, daß ich sagen mußte: »Carabin – ich weiß nicht, ob ich so etwas in einem echten Kampf fertigbrächte.«

»Natürlich würdest du es tun, meine Liebe; du könntest es gar nicht unterlassen. Du bist *trainiert*.«

Wie viele andere Dinge werden mich verändern, auch wenn ich nicht verändert werden will? Als ich wieder in der Reihe stand, benommen und erschöpft, da hörte ich jemand sagen: »Warum machen wir hier das alles? Die Miliz könnte jederzeit hereinspazieren, wenn es ihr gefällt, und wir haben einfach nicht die Feuerkraft, um sie aufzuhalten.«

Das war eine Frage, die allen immer auf der Zunge lag, aber die wir nie stellten. An diesem Tag war die Stimmung wirklich anders.

Carabinstereths Stimme klang kühl und ironisch. »Nun, falls wir nie die Chance zum Kampf haben, so ist es doch eine gute Übung für euch. Aber wenn der Präfekt einen Haufen von uns öffentlich vorführen möchte, dann wird er diese Feuerkraft zurückhalten. Und dann, Kinder, müßt ihr wählen – ihr könnt in aller Ruhe gehen und Folter und Tod ins Auge blicken, oder ihr könnt euch wehren – und *wahrscheinlich* Folter und Tod ins Auge blicken.«

»Ich nehme an, du wirst kämpfen«, sagte jemand.

»Ich kämpfe immer«, sagte Carabin, »aber so bin ich nun mal. Natürlich«, fügte sie nachdenklich hinzu, »seid auch ihr jetzt nun mal so.«

KAPITEL 19

Nach dem Unterricht schlief ich volle vier Stunden lang und wachte auf, als es in der Halle dunkel war und Kerzen brannten.

Die anderen brachten die alltäglichen Hausarbeiten zu Ende, spielten Karten oder ruhten sich aus. Cantry fegte den Steinboden in der Mitte der Halle. Neben einem Haufen verschlissener scharlachroter Kissen, über die rhythmisch das Licht eines in der Nähe stehenden Kandelabers flackerte, saß eine Gestalt allein im Schatten: Mora Sobien Ti. Die hellgrauen Strähnen in ihrem Haar waren unverkennbar.

Ich mußte irgend etwas tun. Ich nahm eine Kerze und stieg die neu reparierte steinerne Wendeltreppe zum Dach der Halle empor. Eine Brüstung umschloß den Rand. Wenn ich mich nicht auf die Zehenspitzen stellte, dann konnte ich nur die Sterne sehen.

Ich setzte mich auf den kalten Stein, stellte die Kerze etwa eine Armlänge vor mich hin und nahm den Kartenstapel aus der Tasche, die an meinem Gürtel hing.

Erste Karte: In dieser Konfiguration der Signifikator. Von Rechts wegen hätte dies Ran sein sollen, da diesen Kartendeck ihm bei seiner Geburt gewidmet worden war, aber was ich sah, war »Der Brennende Turm«. Ran war kein brennender Turm, nicht einmal im übertragenen Sinn – von solchen Leuten halte ich mich fern, sie machen mir Angst. Wenn ich die Karte »Der Gefangene« gesehen hätte, dann wäre ich nicht überrascht gewesen, aber diese hier machte keinen Sinn. Ich schaute auf das Bild, das so wunderschön ausgeführt war: Donnerwolke, ein tödlicher Blitzstrahl und im Fenster das schreiende Gesicht, umgeben von einem Flammenkranz. Ich schloß die Augen. Ich *wollte* in dieses Bild nicht tiefer hineinschauen.

Zweite Karte, schnell gezogen und aufgedeckt. Das Glücksrad. Auf Ivory wird auf dieser Karte ein Foltergerät dargestellt, mit Pech und spitzen Nägeln am Unterteil des Rades. Woher kamen diese Karten heute abend? Ich griff nach einer dritten, bevor ich Zeit hatte nachzudenken. Ich holte Luft. Meine Augen waren geschlossen, und ich hatte keine Eile, sie wieder zu öffnen. Irgend etwas stimmte mit mir heute abend auch nicht – mit der Atmosphäre im Klosterfort, mit den Karten, mit uns allen. *Mach deine Arbeit,* sagte ich mir selbst und öffnete die Augen.

Der Jäger, Stereths Karte. Nun ja, das war doch in Ordnung, oder? Ich zwang mich, das Bild zu betrachten, bis es sich veränderte.

Der Mann in Braun und Grün, der zwei tote Hermitvögel hielt, wurde lebendig; sein Gesicht war grausam, und die Vögel in seinen Händen bewegten sich matt und ängstlich. Während ich zuschaute, drehte er ihnen den Hals um. Dann wandelte sich seine Kleidung zu einem gelb-roten Gewand mit modischen Stiefeln, und er drehte sich um und schaute aus der Karte heraus, als könnte er mich sehen, wie ich da auf dem Dach unter den fernen Sternen saß. Schaute heraus mit einem Haß, der so stark war, daß ich körperlich Angst bekam. Nor Atvalid, der Gouverneur der Provinz Tuvin, war heute abend ›Der Jäger‹, nicht Stereth Tar'krim.

Ich drehte die Karte um und lehnte mich zurück. Drei Karten von Tod und Zerstörung, als hätte das Kartendeck keine Zeit für Albernheiten wie Signifikatoren und Konfigurationen. Keine Zeit für etwas anderes als eine unmittelbare Warnung. Ich hatte nie einen solchen Haß auf dem Gesicht eines Menschen gesehen; mir hatten in der Vergangenheit verschiedene Leute schlimme Dinge angetan, aber aus Gleichgültigkeit oder Bosheit oder Engstirnigkeit – nicht aus dieser schweren Wucht persönlicher Besessenheit.

Ich hob die Karten auf und zitterte. *Eine kalte Nacht, Theodora.* Ja, und vielleicht wurde sie noch kälter, bis sie vorbei war. Ich stand auf und rannte die Treppe hinunter.

Wo war Ran? – Dort am Feuer in Decken eingewickelt. Gut, er war sicher. Ich schaute mich nach Stereth um und fand ihn Knie an Knie mit Cantry sitzen, während sie sich gegenseitig mit kleinen Stücken Schmorbraten fütterten. Die beiden sollten eigentlich Flitterwochen machen, verdammt noch mal!

He! War heute nicht die Dreiviertel-Nacht? Ich schob diesen Gedanken sofort beiseite – nichts Erfreuliches würde jetzt geschehen, vielleicht würde für niemanden von uns je wieder etwas Erfreuliches geschehen. Ich ging zu Stereth und platzte heraus: »Wir müssen miteinander reden.«

Er sah sofort, daß ich beunruhigt war. Er wischte sich die Finger an einem Lappen ab und sagte zu Cantry: »Schau mal, ob du noch mehr Wein auftreiben kannst.« Dann bedeutete er mir, mich zu setzen.

»Stereth, irgend etwas passiert. Ich glaube ... ich glaube, die Miliz wird uns heute nacht angreifen. Jederzeit, vielleicht jeden Augenblick.«

Er musterte mich. »Cantry hat ebenfalls von negativen Gefühlen berichtet. Ist das eine barbarische Vorahnung, oder ist es eine Art Frauengeschichte?«

»Ich meine es ernst!«

Seine Stimme klang vernünftig. »Aufgrund welcher Anzeichen ist es dir ernst?«

Nun ja, es war kein Geheimnis mehr. Ich holte mein Kartendeck heraus und knallte es neben unsere Kissen auf den Boden. »Ich helfe Ran – Sokol – bei beruflichen Projekten. Die Zauberer benutzen Karten als Wegweiser, um sich von Schwierigkeiten fernzuhalten. Dieses

Kartendeck ist Rans persönliches Orientierungsmittel.«

»Und doch liest du sie? Du bist keine Zauberin.«

»Das ist eine lange Geschichte. Nimm mein Wort dafür. Ich habe diese Karten vor fünf Minuten gelegt, und alles, wovon sie reden können, ist Gewalt und Tod. Ich vertraue dir voll und ganz, Stereth, aber ich glaube, wir sollten von hier verschwinden.«

Er nahm die Daten auf – als Daten – und überlegte. »Wenn ich der Präfekt wäre, dann würde ich jetzt schlafen. Sie hatten heute einen langen Tag, und morgen wird es noch mehr Probleme geben. Warum sollte er seinen Truppen Doppelschichten auferlegen? Es gibt doch keinen festen Termin, zu dem er uns fangen müßte.«

»Schlafen!« Gewöhnlich war er scharfsichtiger als jetzt. »Diese Familie wird keine ganze Nacht mehr schlafen, bis sie uns höchstpersönlich hat sterben sehen. Der Gouverneur haßt dich – und mich – und vermutlich Cantry. Die anderen verachtet er nur ganz normal.«

Er schien echt verblüfft zu sein. »Warum?«

»Warum? Stereth, ich glaube, du hast gar keine Vorstellung von der Wirkung, die du auf die Leute hast. Ich wünschte, Des wäre hier, er könnte es dir erklären.« Ich holte tief Luft. »Schau, wie du unser Leben umgekrempelt hast. Du wirfst Leute um und hinterläßt beiläufig Stiefelabdrücke auf ihrem Hals, während du auf deinem Weg vorübergehst – lassen wir das, ich bin ja nicht deshalb hier. Wir müssen abhauen, möchte ich dir klarmachen.«

»Tymon...«

Er schaute an mir vorbei zur Tür. Des kam herein. »Des! Komm her und erkläre es ihm...«, rief ich – dann verstummte ich.

Des taumelte. Er hielt seinen linken Arm und rastete einen Augenblick an der Tür. Dann setzte er benommen seinen Weg durch die Halle fort. Er kniete neben Stereth nieder und schaute ihn bestürzt an.

»Der Junge mit dem gelben Stirnband...«, begann er. »Der Junge mit dem gelben...« Er hielt inne und runzelte die Stirn. Ich beugte mich vor, um etwas zu ihm zu sagen, aber Stereth winkte mich zurück. Des begann erneut: »Der Junge von Totenbrunn half mir, den Tah-Leuten Essen zu geben.« Des nannte sie nie Geiseln. »Wir gingen mit den leeren Tellern hinaus, und dann traf ihn dieses Licht.«

Das schien das Ende der Geschichte zu sein, und deshalb fragte Stereth: »Wo ist er jetzt?«

»Er ist tot«, sagte Des. »Das Licht hat ihn getroffen.«

Wir schauten alle unwillkürlich zur Tür. »Geht nicht hinaus«, sagte ich sofort.

Das Kartenspiel in der Ecke interessierte nicht mehr. Die anderen schauten uns an.

Ich sah, daß von Des' Ärmel der Stoff weggerissen war; das Fleisch darunter war mit Blasen bedeckt und gerötet, als hätte er da einen Sonnenbrand. Cantry erschien wie aus dem Nichts mit einem Becken kalten Wassers. Sie kniete nieder, half Des aus seiner Jacke und legte seinen Arm sanft in das Wasser.

»Des, dein Arm...«, sagte ich.

Er blickte ohne Interesse an sich hinab. »Das ist die Seite, wo der Junge war, der Junge mit dem gelben...«

Plötzlich ertönte ein Geheul, das die ganze Welt erfüllte und immer lauter wurde. Plötzlich war die ganze Halle mit einer Sonnenhelligkeit überflutet, die es nie auf der Hochebene gibt. Die durch und durch schäbige Staubigkeit des Raumes war greifbar, und die verständnislosen Gesichter ihrer Bewohner wirkten, als befänden sie sich auf einer alten, toten Tapisserie.

Dann herrschte wieder Halbdunkel. Gesegnete Dunkelheit, niemand gebrochen und niemand verletzt.

Nor Atvalids Aufforderung, uns zu ergeben, hätte

nicht deutlicher sein können, wenn er zur Tür gekommen wäre und angeklopft hätte.

Als die Minuten sich zu einer Viertelstunde ausdehnten, dann zu einer halben Stunde, dann zu einer Ewigkeit von der Art, wie man sie in einem Wartezimmer eines Krankenhauses erlebt, wurde es deutlicher, daß Atvalid sich bis zum Sonnenaufgang zurückhielt – zum Vorteil und zur Sicherheit seiner Truppen und um uns die Gelegenheit zu geben, psychisch zu zerbrechen. Dann und wann ertönte draußen ein Schrei, der anzeigte, daß jemand von einem der Nebengebäude oder vom Stall erfolglos versucht hatte, zur Haupthalle zu rennen. Ich konnte verstehen, daß sie nicht allein sein wollten. »Ich würde ihnen sagen, sie sollen an Ort und Stelle sitzen bleiben«, murmelte Stereth, »wenn es einen *Weg* gäbe, wie ich es ihnen sagen könnte.«

Des schaute zu uns empor. Der Schock verging allmählich. »Ich hoffe, die Tah-Leute begreifen, daß sie drinnen bleiben sollen«, sagte er.

Darauf reagierten alle mit Schweigen. Niemand hatte viel Nächstenliebe zur Besorgnis um die Geiseln von der Tah-Karawane übrig. Der Warnschuß des Gouverneurs hatte Ran aufgeweckt, der neben mir saß und meinen Arm hielt. »Zum Teufel damit«, sagte Stereth plötzlich. Er stand auf und durchquerte den Raum. »Lex, heb deine Karten auf und teile aus. Wir spielen eine Runde Distel, das hilft mir immer beim Nachdenken. Cantry, hol den guten Stoff her. Wir haben hier so manche schöne Zeit gehabt, wir alle, und wenn das unsere letzte Nacht sein sollte, so weigere ich mich, ihnen die Genugtuung zu verschaffen, daß wir uns hier vor Angst verkriechen.«

Ich kann nicht sagen, daß dies mit Begeisterung aufgenommen wurde, aber eine Kiste Wein schien das gespannte Schweigen zu lockern, das zuvor geherrscht hatte. Allmählich begannen die Kartenspiele wieder, und die Gespräche beim Breedrauchen, und ich glaube, in den Hinterköpfen der Leute war eine vage und unbestimmte Hoffnung, daß Stereth irgendwie *irgend etwas tun* würde, um uns aus allem herauszuholen. Niemand ging jedoch so weit und sprach es aus, denn das ließ die Tür offen für die eisige Erkenntnis, daß es nicht viel gab, was er tun konnte. Als ich an die bemerkenswerten Dinge zurückdachte, die er in der Vergangenheit vollbracht hatte, wurde mir klar, daß er das meiste durch Irreführung getan hatte: Eine Illusion auf der Straße, damit ein Bodenwagen von der Fahrbahn abkam; eine Flamme an einem Sensor, um jemanden glauben zu machen, sein Fahrzeug stünde in Flammen; das Verschwinden eines Banditenanführers, der überhaupt kein Banditenführer war. Jetzt stand dort draußen ein vom Haß besessener mächtiger Beamter mit einem Milizregiment und schweren Waffen. Außer daß man ihn überzeugte, er sei an der falschen Adresse, konnte ich nicht sehen, welche Irreführung hier hätte eingesetzt werden können.

Ich trank selbst eine halbe Flasche Sektor-Wein. Carabinstereth tröstete Mora; Lex und ein paar Leute von den neuen Banden spielten Distel, und ich versuchte herauszufinden, wer von uns noch draußen sein mochte. Ran machte weder beim Weintrinken noch beim Kartenspiel mit; er saß mit gerunzelter Stirn neben mir. Stereth kam zu uns herüber.

»Der *Kanz* da draußen hat Waffen von Tellys. Seine Truppen wissen wahrscheinlich gar nicht, wie man sie benutzt. Was, zum Teufel, denkt er sich?«

Niemand antwortete. »Er möchte gewinnen«, sagte Ran schließlich.

»Er ist dabei, eine Truppe Banditen auszuräuchern, nicht eine Stadt zu erobern. Heute abend sind hier nicht mehr als dreißig von uns – dreiundvierzig, wenn man Des' Tah-Freunde mitzählt.«

»Vielleicht gehen sie behutsam mit uns um, weil wir die Gefangenen nicht getötet haben«, warf ich ein.

Beide schauten mich an. »Ich habe nur die Möglichkeit erwähnt«, sagte ich.

»Wir könnten damit *drohen,* die Gefangenen zu töten«, sagte Ran.

»Wenn wir zu ihnen gelangen könnten«, erinnerte Stereth, »und wenn die draußen wenigstens wüßten, daß wir Gefangene *haben.*«

Die Angestellten der Keldemir-Tah-Gesellschaft waren wahrscheinlich die einzigen, die aus diesem Schlamassel lebend davonkommen würden.

»Glaubst du, daß Paravit-Col es war, der ihnen gesagt hat, wo wir sind?«

Stereth zuckte die Achseln. »Was mich mehr überrascht, wie schnell sie alles andere liegen gelassen und die schwere Artillerie herausgeschleppt haben. Haben diese Leute nichts anderes mit ihrer Zeit zu tun?«

Ich lachte auf. »Stereth, du hast seinen Sohn zum Narren gemacht. Du hast seinen Schauprozeß eines berühmten Banditenanführers vereitelt. Außerdem – hör mal, vermutlich hat Des dir vor langer Zeit berichtet, daß der Präfekt des Distrikts Torin Atvalids Enkel ist.«

»Natürlich hat er das. Obwohl ich es schon gehört hatte.«

»Es muß für dich ein gutes Gefühl gewesen sein, einen Atvalid lächerlich zu machen.«

»Es war kein schlechtes Gefühl.« Er nahm seine Brille ab und putzte sie mit seinem Taschentuch. Bei der Feuchtigkeit dieses Klimas lief sie immer wieder an, ein Problem, über das er sich in Zukunft wohl nicht mehr würde kümmern müssen. »Worauf möchtest du hinaus, Tymon?«

»Sie kennen dich auch, sie halten dich verantwortlich für das Chaos, das verursacht wurde. Wenn du über Nor Atvalid und seinen Sohn und ihre Probleme

Bescheid weißt, macht sie das nicht realer für dich? Nors Reaktion ist Haß – aber wenn man Menschen kennt, macht das dann einen nicht weniger geneigt, sie zu verletzen?«

Er setzte seine Brille wieder auf und schaute mich direkt an. Ich wurde immer etwas nervös, wenn er das tat, und ich erinnerte mich an das Eispickelgefühl, das Des mir einjagte, als er Stereth imitierte. »Tymon, du scheinst ein persönliches Problem zu haben, wenn du mir erlaubst, es so zu sagen. Diese Leute sind Feinde. Sie sind nicht dazu da, daß du dich mit ihnen identifizierst, nur weil du ihre Geschichten kennst.«

Menschen und ihre Geschichten. Ich schwieg. Er fuhr fort: »Du bist ein bißchen zu anpassungsfähig, das ist alles. Etwas, wogegen du dich wappnen mußt. Du bist in anderer Hinsicht nicht wirklich barbarisch, also... Ich begreife nicht, was daran so amüsant ist, Tymon. Die Begriffe von Humor müssen bei den Leuten von anderen Planeten sehr seltsam sein.« Er stand auf, ein bißchen beleidigt, und ging zu den anderen Kartenspielern.

Ich wandte mich Ran zu, der diesen letzten Teil des Gesprächs schweigend verfolgt hatte. »Du bist nicht der einzige, der meint, ich sei zu anpassungsfähig.«

»Und ich sehe auch nicht, was daran lustig sein soll.«

»Komm schon, merkst du nicht, nach welchem Muster das abläuft? Ich bin okay, solange ich bei dem mitmache, was du willst. Nur wenn ich den Standpunkt des Feindes annehme, dann bin ich ›zu anpassungsfähig‹.«

Wir lehnten an einem Stapel gestohlener andulsinischer Teppiche. »Theodora«, sagte er sehr sanft, »wenn du herumläufst und dabei den Standpunkt des Feindes annimmst, dann wäre er nicht länger ein Feind.«

»Darauf möchte ich ja hinaus, Ran.«

Er murmelte etwas, das klang wie: »Leute von anderen Planeten.«

»Es entbehrt doch nicht einer gewissen Ironie«, sagte ich. »Der Gouverneur haßt uns wie die Pest, aber bis zu der Geschichte in der Kynogin-Bank sind wir ihm nicht einmal begegnet. Und er ist doch derjenige, den wir gemäß unseres Auftrags überprüfen sollen!«

»Ich bin ihm begegnet«, sagte Ran.

»Was?«

»Ich bin ihm begegnet. Im Gefängnis von Shaskala. Er war schon damals verrückt. Er befahl zwei der Wachen, mich niederzuhalten, während ein dritter meinen Arm verdrehte.« Rans Stimme war ruhig, während er sich den Erinnerungen öffnete.

»Das hast du mir nie erzählt!«

»Nun ja, es hatte nicht viel Sinn, und du hattest deine Gedanken woanders. Und ich weiß, wie du wirst, Tymon.«

»Wie ich werde ...«

Er fügte hastig hinzu: »Und ich habe gedacht, ich warte am besten, bis wir beide aus dem Schlamassel draußen sind und zusammen eine hübsche Rache planen können.«

Eine typisch ivoranische Motivation. »Das war ein lieber Gedanke, aber hatten wir nicht ausgemacht, daß du mich über alles informieren würdest?«

»Ich sage es dir ja jetzt«, betonte er.

Na, jetzt reichte es aber! »Draußen sind zehntausend Soldaten der Provinzmiliz, wir werden alle sterben, und jetzt erzählst du mir das. Großes Paradoxon! Mußt du alles, was dir passiert, wie ein Staatsgeheimnis behandeln? Müssen wir einen Folterer engagieren, um die Neuigkeiten des Tages aus dir herauszukitzeln, wenn du heimkommst? Ich sollte mir wohl privilegiert vorkommen, daß du es mir gegenüber überhaupt erwähnt hast!«

»Theodora, meine Liebe, du reagierst darauf nicht wie ...«

»Ich reagiere überhaupt nicht! Was, zum Teufel, habe ich mir bloß gedacht? Ich könnte jetzt friedlich auf Athena forschen – forschen in der *Bibliothek*. Keine Übersetzungen, keine Interviews – laß mich dir sagen, Primärquellen werden überschätzt!«

»Ich möchte hier darauf hinweisen, daß die ganze Situation jener Nacht einer rationalen Würdigung nicht förderlich war. Deshalb möchte ich etwa zehn Minuten kürzen.«

»... und ich kann nur den Göttern danken, daß wir – wenn wir dies hier überleben – die Dreiviertelnacht verpaßt haben.«

»Was?« Ich hatte seine Aufmerksamkeit geweckt.

»Heute ist Dreiviertelnacht, mein Freund, und es sieht aus, als sei die Hochzeit abgesagt.«

Er blinzelte und schien diese Information nur langsam in sich aufzunehmen. Dann suchte er nach Worten: »Hm, wir könnten statt der Kuchen Pfänder austauschen. Es ist ja sowieso symbolisch. Wir könnten sie als *spirituelle* Kuchen betrachten.«

»Wir könnten uns auch als unverheiratet betrachten.«

Er machte einen schwerwiegenden Fehler, indem er sagte: »Unverheiratet zu sterben wäre eine Schande für meine Familie.«

Er sprach ganz offensichtlich den ersten Gedanken aus, der ihm in den Sinn kam. Es war nicht gerade die schmeichelhafteste Aussage, die er je gemacht hatte. Ich stand auf, da ich es nicht wagte, mit all der physischen Aggression neben ihm zu sitzen, die Carabinstereths Unterricht zum Sieden gebracht hatte, und ging hinüber, um Stereth zu beobachten, wie er die Kartenspieler beobachtete.

Ich spielte ein paar Runden Distel, trank, bis meine Beine sich wacklig anfühlten, und legte mich dann auf ein großes Kissen neben Des, Komo und einige der neueren Leute. Allmählich fühlte ich mich besser, oder zumindest soviel besser, wie man sich unter diesen Umständen fühlen konnte. Inzwischen war die Nacht schon weit fortgeschritten.

Eine unnatürlich Ruhe hatte sich über alle gelegt. Ich hatte mich darüber gewundert, daß Stereth Alkohol an Leute ausgab, die morgen vielleicht kämpfen mußten – wenn auch der Kampf einseitig werden mochte –, aber vielleicht hatte er gewußt, was er tat. Diese unbeherrschte, leicht manische Verzweiflung, die uns zuvor am Abend ergriffen hatte, war gewichen. Ich lauschte, wie die Leute neben mir über Wein, Sex, die Armee und über alles redeten, außer über ihre Familien. Komo erzählte die Geschichte, wie er und Paravit-Col zur Shaskala-Straße zurückgekehrt waren, um Ran aus dem Käfig zu befreien.

»Wirklich, Komo?« fragte einer der Neuankömmlinge. »Ich dachte, ihr hättet den Käfig erst irgendwohin weggezogen.«

»Zu schwierig. Es gab da einen Aufseher der Zugtiere, der nicht zuließ, daß wir sie anrührten. So holten wir ihn einfach heraus, an Ort und Stelle, direkt mitten auf der Straße.«

»Kein Soldat hat euch aufgehalten?«

»Verdammt, die Soldaten waren alle fort, um Sokol in den Hügeln zu suchen. Aber eine Menge Verkäufer und Leute aus dem Sektor waren dort. Keiner von denen versuchte uns aufzuhalten.«

»Uh«, sagte der Junge – fast so jung wie Paravit-Col – und trotz allem, was wir in dieser Nacht noch vor uns hatten, funkelten seine Augen, da er eine Geschichte von einem aus Stereths ursprünglicher Bande hörte.

Das Gespräch ging zu traditionellen Banditenthemen über.

»Sie werden Sembet enthaupten, und Sokol wahrscheinlich auch, bei seinem Akzent.«

Diese Bemerkung kam von einem der älteren Neuankömmlinge. Die Enthauptung wird für würdevoller gehalten als das Hängen und ist die vorgeschriebene Methode für die Hinrichtung von Adeligen. Natürlich hatte sich bisher noch keine der Sechs Familien gemeldet und Anspruch auf eines ihrer ungeratenen Mitglieder auf dem Richtblock erhoben, aber es war ja immer möglich, daß sie eines Tages nachträglich eine Beschwerde vorbringen würden. Die Richter waren in dieser Hinsicht großzügig und entschieden im Zweifelsfall fast immer zu Gunsten des Gefangenen. Noch der zerlumpteste, primitiv daherredende Abschaum aus Stereths Armee konnte blaues Blut für sich beanspruchen und dann die Axt bekommen statt den Strick.

Eine Folge dieser Regel war, daß unter den Banditen des Nordwest-Sektors ziemlich viel darüber spekuliert wurde, welche Todesart vorzuziehen wäre. Diese beiden Bauernjungen an der Shaskala-Straße waren gar nichts im Vergleich zu einem Haufen interessierter Banditen in einer langen Nacht.

(Im allgemeinen verlief die Diskussion etwa so: »Ich weiß nich', Tibble, mit der Axt ist es wenigstens schnell vorbei. Kein ewiges Rumgezappel, während dein Gesicht rot anläuft.« – »Das sagst du, aber ich habe in Markt Skeldin gesehen, wie der Henker sechsmal bei einer Frau draufhauen mußte, bis er einen sauberen Hieb hinkriegte und der Kopf ab war. Und ich schwöre dir, mein Freund, ihr Mund schrie noch danach.« – »Das hast du dir nur eingebildet, Tibs, das war nur in deinem Kopf. Wie konnte die Frau schreien ohne Lungen?« – »In deinem eigenen verdammten Kopf, Bruder. Mein Onkel Vatherin wurde gehängt, er hat nur ein paar Sekunden um sich getreten, und dann war es vorbei.«)

Diese beliebte Thema wurde in dieser Nacht erneut im Fort debattiert, während der Wind zu einem Heulen ansetzte und die Luft in der Halle vom Herdfeuer und vom Breedrauch ganz verqualmt wurde. Aber diesmal sagte Des Helani zu dem Mann, der davon angefangen hatte: »Ich glaube, wir sollten darüber nicht in Gegenwart unserer Schwester reden.« Und er deutete mit einem Nicken in meine Richtung.

»Warum nicht?« fragte der Mann.

»Sie wird keine Wahl haben, du Sülzkopf. Sie wird gehängt werden.«

»Danke, Des«, sagte ich. Er war rücksichtsvoll wie immer.

Ruhelos stand ich auf und ging in der Halle auf und ab. *Sie werden auch Sokol enthaupten, bei seinem Akzent.* Wo war Ran? Als ich ihn zuletzt gesehen hatte, war er bei dem Teppichhaufen gesessen – wann war das gewesen? Vor Stunden?

Ich schaute in die kleineren Räume hinter der Halle und unterbrach zwei Pärchen beim Schäferstündchen. (Na ja, ich konnte sie gar nicht unterbrechen. Sie waren in so hitziger Kopulation vereint, daß sie keine Notiz von mir nahmen.) Nichts von Ran zu sehen. Das war lächerlich – es gab doch gar nicht so viele Plätze, wo er sein konnte. Wir waren schließlich in einem einzigen Gebäude eingeschlossen.

Ein Gebäude. Aber der Nordrand des Daches stieß an das Dach der Scheune, in der wir die Stallgerätschaften und das erbeutete Tah untergebracht hatten, und das stieß wiederum an das kegelförmige Dach des Küchenhauses.

Nein, ich konnte es nicht glauben. Doch nicht unser vorsichtiger, kluger Ran. Aber selbst ein kluger Mann kann in der Nacht, bevor er gehängt – oder enthauptet – wird, dumme Dinge tun. Ich rannte die Treppe zum Dach hinauf, öffnete vorsichtig die Falltür und kroch zur Mauerbrüstung am Nordrand des Daches. Sehr langsam schob ich den Kopf über die Brüstung.

Vom Dach des Küchenhauses stieg Rauch auf.

Ich zog den Kopf wieder zurück und lehnte mich, von einem Schuldgefühl überwältigt, an die Mauer. Er konnte doch nicht etwas so Dummes deshalb tun, weil ich gesagt hatte, wir sollten das mit der Hochzeit vergessen!

Jaa? sagte die Stimme in meinem Kopf. Was sonst tut er dort draußen? Kommt er dann mit einem Tranchiermesser heraus und stürzt sich auf die Miliz im Einzelkampf?

Nein, der Mann war im Küchenhaus und backte Hochzeitskuchen. Wir waren alle schon auf halbem Weg zur Hinrichtung, und gerade jetzt trug mir der Wind den Duft von Vanille und Zimt zu.

Ich überlegte mit distanziertem Interesse, ob er alle Zutaten gefunden hatte oder ob er sie durch andere ersetzen mußte.

Schließlich kam eine Gestalt aus der Öffnung im Küchenhausdach und machte sich auf den Weg zur Scheune. In dem von den Wolken gedämpften Licht der anderthalb Monde konnte ich erkennen, daß Ran die rot-weißen Gewänder trug, die er in Shaskala angehabt hatte. Das war nicht gerade die richtige Bekleidung für eine Kletterei über Hausdächer. Dann sah ich, wie er die Gewänder hochzog und in seinen Gürtel steckte und barfuß über die Steine kroch, als würde er zu Hause auf Cormallon einen Bach durchwaten. Er trug ein Bündel auf dem Rücken.

Er bückte sich, hielt sich am First der Scheune fest und strebte der Mauer des Hauptgebäudes zu. Ich zog mich zurück, weil ich ihn nicht erschrecken wollte, wenn er über die Brüstung kletterte. Zuerst erschien sein Kopf, dann seine Schultern, schließlich war ein Fuß oben auf der Mauer. Der andere rutschte ab, Ran fluchte, und dann setzte er auch den zweiten Fuß auf die Mauer, allerdings nicht sehr sicher. Er richtete sich höher auf und streckte die Beine gerade, um sein Gleichgewicht zu festigen. Der Wind blies die Ärmel seines Obergewandes hoch; sie sahen aus wie große schneeweiße Schwingen, gestreift mit Blut… und auf einmal erschien vor meinem inneren Auge das Bild der Karte, die ich in Shaskala gezogen hatte.

Hüte dich vor hohen Plätzen.

Ohne nachzudenken, genau wie bei meinem Eingriff in Juvendiths Kampf zuvor an diesem Tag, stürzte ich auf die Mauer zu. Ich lief noch, als ich sah, wie Rans rechter Fuß auf den Innenrand trat und der Stein darunter nachgab. Ran warf verzweifelt die Arme hoch und versuchte, sein Gleichgewicht wiederzufinden. Er kippte gerade nach hinten, als ich seine Taille packte und ihn auf mich herunterzog.

Ich schlug mir den Rücken arg an, als wir beide auf dem Steindach landeten. Natürlich milderte mein schmächtiger barbarischer Leib den Sturz für Ran.

»Theodora?« Er rollte von mir herunter und legte seine Hände auf meine Schultern. »Theodora, bist du in Ordnung?«

Ich konnte nicht sprechen. Mir war die Luft weggeblieben, und das nicht zum erstenmal an diesem Tag. Es gab einmal eine Zeit auf einem anderen Planeten, hätte ich gerne gesagt, als die größte körperliche Anstrengung eines ganzen Tages bloß im Umblättern von Buchseiten bestand – und wenn ich es mir recht überlege, dann finde ich diese Lebensweise besser.

»Theodora! Antworte mir! Hast du dir den Kopf angeschlagen?«

Ich wußte, daß ich nicht verletzt war, aber es würde ein paar Sekunden dauern, bis ich ihm antworten konnte, ein paar Sekunden, die er damit ausfüllte, weiter meinen Namen zu rufen, und zwar in einem Ton, als habe er echt Angst um mich. Das hätte mir irgendwie gefallen können, aber mir war nicht wohl dabei, ihm Angst einzujagen. *Kanz,* dachte ich, es reicht nicht, daß ich hier auf dem Dach warte und dem Kerl das

Leben rette, jetzt muß ich noch hilflos daliegen und habe die Verantwortung, ihn zu beruhigen!

Ein paar ewig lange Sekunden später gelang mir ein Grunzen. Das erfreute ihn und nahm etwas von dem Druck von mir. Ich hasse Verantwortung jeder Art.

Schließlich brachte ich es fertig, mich aufzusetzen und etwas zu flüstern.

»Was?« fragte er.

»Was ... zum Teufel ... tust du in dem verdammten Gewand?«

»Ach, das. Na ja, ehrlich gesagt, ich hatte nicht wirklich geglaubt, daß ich es heil hin und zurück schaffe. Und ich lehne es ab, in Provinzlerhosen zu sterben.«

Ich lachte auf, und dabei tat mir der Rücken weh. Also half Ran mir, mich an die Mauer zu lehnen, nahm sein Obergewand ab und legte es anstatt eines Kissens hinter mich. Er war deutlich beflissen, mir auf die allernetteste Weise zu helfen, und alles in allem konnte ich ihm für sein Bravourstück kaum noch böse sein. Nicht, daß ich es für das Klügste gehalten hätte, was er je tat. Natürlich war es meinerseits nicht klug gewesen, mit ihm in unserer wahrscheinlich letzten Nacht zu streiten.

Er öffnete sein Bündel und holte zwei gut eingepackte Hochzeitskuchen heraus. Offensichtlich hatte mein Leib auch ihren Sturz gemildert, denn sie waren zwar angebrochen, aber nicht zerstückelt. Er reichte mir den seinen, und ich verneigte mich und legte ihn vor ihn hin. Dann verneigte Ran sich und legte meinen Kuchen vor mich hin.

»Weißt du«, sagte ich, »auf Athena würden wir zu einem Friedensrichter gehen, und die ganze Geschichte wäre in zwanzig Minuten vorbei.«

Er nahm ein Stück von seinem Kuchen, steckte es in den Mund und sagte: »Man weiß es mehr zu schätzen, wenn man sich anstrengen muß.«

»Ist das eines von den Dingen, die deine Großmutter dir erzählt hat?«

Er schluckte. »Nicht mit diesen Worten. Aber ich bin mir sicher, Großmutter wäre auch der Meinung, daß ich heute nacht das Richtige gemacht habe.«

Wahrscheinlich ja. Rans Großmutter hatte sehr an Pflichterfüllung geglaubt.

Ich aß meinen Kuchen zu Ende und kniete mich so hin, daß ich gerade über die Mauer schauen konnte. Die Hügel, die das Tal umgaben, waren von Lagerfeuern eingefaßt. Das Bild hätte friedlich ausgesehen, wenn es nicht so entmutigend gewesen wäre.

Ran trat zu mir. »So endet die Geschichte von Stereth Tar'krim.«

»Es ist nicht einmal unsere Geschichte.«

»Na ja, man weiß nie. Vielleicht werden wir darin erwähnt.«

Wenn man daran dachte, wie sehr die Ivoraner ihre Sagen liebten, dann konnte das schon sein. Würden in hundert Jahren Geschichten über Sokol und Tymon und Des Helani und Carabinstereth kursieren?

»Weißt du, was aus uns geworden ist, Tymon?« fragte Ran und beobachtete das Flackern am Horizont. »Wir sind klassische Helden.«

Er hatte den Begriff aus dem gehobenen Theater verwendet. Ich schniefte. »Eher schäbige Helden.«

»Auf jeden Fall«, sagte er, »sind wir Helden, die noch eine halbe Nacht vor sich haben.«

Wir lehnten uns beide an die Seide seines Obergewandes, und ich kuschelte mich in seine Armbeuge. Ein Lichtblitz schoß über den Himmel, wie immer wieder in dieser Nacht. Nor Atvalid sorgte dafür, daß wir uns unserer Lage bewußt blieben. »Vermutlich kannst du persönlich da gar nichts tun«, sagte ich. Es war das erstemal, daß ich Stereths Versuch unterstützte, Ran für seine Dienst zu gewinnen.

Zurückhaltend sagte er: »Darf ich darauf hinweisen,

daß sie jetzt Zauberer dabei haben. Ich bin sicher, daß auf den Soldaten und den Waffen ein Spiegelbann ruht. Alles, was ich ihnen antäte, würde mich selbst treffen.«

Wenn Ran das sagte, so war das nicht notwendigerweise eine Weigerung. Außerdem hatte er mich das Rote Buch der Zauberei nicht zwei Jahre umsonst studieren lassen. »Hast du mir nicht immer gesagt, daß es nicht um den Zauber geht, sondern um die Intelligenz desjenigen, der ihn anwendet?«

Ich spürte, daß er lächelte.

»Du wärest doch an jedem Tag der Woche einem Haufen Provinzzauberer gewachsen«, sagte ich.

Natürlich wußte er das sehr gut. Er stellte sich die gleichen Szenen vor wie ich: Des und Cantry in den kaiserlichen Folterkammern, Mora und Juvindeth, wie sie mit gespaltenen Schädeln auf der Shaskala-Straße lagen …

»Theodora«, sagte er schließlich leichthin, »deine unpassenden Freundschaften machen mir das Leben sehr schwer.«

Ich sagte nichts. Falls er sich besser fühlte, wenn er vorgab, die Bindung an die Bande sei ganz auf meiner Seite, dann sollte es ruhig so sein. Eine Antwort wie eben war gut genug, um mich bis zum Morgen durchhalten zu lassen.

So also verbrachten wir die Dreiviertelnacht: auf dem Dach bei gelegentlichem Artilleriefeuer, ohne körperliche Liebe, einfach mit dem Trost, den uns gegenseitige Nähe und Wärme unter dem riesigen, kalten Spätsommerhimmel spendeten.

KAPITEL 20

Habe ich schon von den *Shujenifs* erzählt, den klassischen Helden? In der Geschichte des gehobenen ivoranischen Theaters gibt es nicht so sehr viele berühmte Helden. Sie sind die tragischen Protagonisten, die ein Thema personifizieren, das sie dann entsprechend den Regeln des klassischen Dramas herausarbeiten. Sie werden vorgestellt, sie treten in Aktion (oder nicht), sie preisen das Schicksal oder hadern mit ihm (beides in poetischer Sprache), und dann sterben sie im allgemeinen. Und das ist das Ende des Spiels.

Schäbige Helden andrerseits werden in Fortsetzungen dargestellt – man kann zu einer Aufführung gehen und Nr. 143 der Geschichte vom Einäugigen Lenn und den Polpiraten sehen. Sie kommen nie wirklich zu einem Ende, sie machen einfach weiter und weiter. Niemand fühlt sich verantwortlich, sie mit dem Respekt zu behandeln, den man gegenüber den großen *Shujenifs* wie Ödipus oder Melara empfindet – es gibt keine Verpflichtung, ihr Leben mit der vorgeschriebenen Struktur des Dramas abzurunden, wie sie seit Jahrhunderten weitergegeben wurde. Wenn schäbige Helden spielen, dann folgt dem ernsten Höhepunkt in Akt vier ein Ausrutscher auf der Banane im Epilog, ganz wie es den Spielern und dem Publikum gefällt.

Und wenn man die Folgen eins bis 142 versäumt hat, so macht das nichts aus; wenn die nächste Theatertruppe vorbeikommt, wird ein anderer Haufen unbedeutender Helden dabei sein. Es gibt zu viele von diesen armseligen Helden, als daß man alle ihre Namen im Kopf behalten würde.

Was mich angeht, so pflegte ich Geschichten zu sammeln, Volkserzählungen und Sachen, die ich unterwegs von Leuten aufschnappte und aufzeichnete, für die Nachwelt oder um mich zu beschäftigen – ehrlich gesagt, es war schwer zu sagen, warum. Aber als ich die Sammlung abgeschlossen hatte, da begann ich einzusehen, daß eines meiner Motive dafür meine Sehnsucht nach einem Anfang, einer Mitte und einem Ende war.

Nun ja, jeder hat ein Ende. Aber bei den *Shujenifs* und in richtigen Geschichten kommt das Ende zur rechten Zeit und jeder lernt etwas dabei. Nicht auf diese unordentliche und zwecklose Weise, wie das Ende im wirklichen Leben kommt.

Als ich dort auf dem Dach lag, rissen die Wolken auf und das Licht des Vollmondes und des Halbmondes flutete herab und vergeudete seine Herrlichkeit auf zwei Menschen, deren Geschichten morgen vorbei sein würden – und der eine von beiden war schon eingeschlafen, wie ich sah, als ich mich umdrehte.

Ich muß selbst kurz geschlafen haben, obwohl ich es zuvor nicht geglaubt hätte, denn als ich das nächstemal zum Himmel aufschaute, da wurde er von der beginnenden Morgendämmerung heller. Mein Blick wanderte hinunter zur Tür und blieb dort hängen.

Dort stand Stereth, komplett gekleidet, frisch rasiert und parfümiert und mit einer Pistole im Gürtel.

Ich schubste Ran. Er bewegte sich, öffnete die Augen und erstarrte.

Nach Stereths Gesichtsausdruck hätte man nicht schließen können, daß Tagesanbruch und Tod uns alle einholen würden. Er sagte ruhig: »Nachdem ihr jetzt eure sexuelle Spannung losgeworden seid, können wir vielleicht vernünftig miteinander reden.«

Jetzt hatte er einmal unrecht. Ran setzte sich trotzdem unbefangen auf, als wäre es ein langer Morgen zu Hause im Bett, und stützte einen Ellbogen aufs

Knie. »Was willst du?« Seine Stimme klang fast nachsichtig.

»Das kann ich schwer sagen, da ich nicht weiß, was möglich ist. Darf ich mich setzen?«

Ran zeigte auf den Boden neben uns. Stereth setzte sich.

»Nicht daß ich dich unter Druck setzen will«, begann er, »aber ich habe unsere Streitmacht in zwei Gruppen aufgeteilt, eine unter der Führung von Komo, eine von der Carabinstereths. Sie werden alle hinausnehmen, mit erhobenen Händen zum Zeichen der Kapitulation. Wenn die Atvalids hierherkommen, wird Carabinstereth ein Signal geben, und wir werden kämpfen.«

»Was werden wir deiner Meinung nach damit erreichen?« fragte ich.

Stereth schob seine Brille hoch. »Die meisten von uns werden im Kampf getötet werden, was besser ist als die kaiserliche Folter, und in der allgemeinen Verwirrung werden vielleicht ein paar tatsächlich entkommen. Obwohl das zweifelhaft ist.«

Ein paar. An diesem Tag waren über dreißig Leute im Fort.

»Du könntest damit drohen, das Tah anzuzünden«, sagte Ran. »Das würde den Kaiser aus der Fassung bringen.«

»Nor Atvalid ist es gleichgültig, was wir mit dem Tah machen«, wandte ich ein.

»So spricht unsere Tymon«, sagte Stereth. »Sie behauptet, etwas vom Gemütszustand unseres Gouverneurs zu verstehen. Außerdem müssen sie nahe genug an uns herankommen, um unsere Drohungen zu hören... was bedeuten würde: nahe genug, um auf uns zu schießen. Du verstehst, warum ich daran interessiert bin, deine Ideen zu hören, Sir Cormallon.«

Dieses *Cormallon* bedeutete, Ran das Messer auf die Brust zu setzen. Los, Ran, dachte ich, gib einmal in deinem Leben ein bißchen was her.

»Ich vermute«, sagte Ran nachdenklich, »am Ende des heutigen Tages wird mein Name in aller Munde sein?«

»Sicherlich nicht. Ich habe dir gesagt, daß ich nie ein loyales Mitglied der Truppe verraten würde.«

Er sagte das, ohne das Gesicht zu verziehen, und zu meiner Überraschung brach Ran in ein Gelächter aus. »Ein Mann, der so höfliche Drohungen ausstößt, verdient alle Hilfe, die er bekommen kann. Mach dir aber keine Hoffnungen, Stereth. Sie haben mindestens zwei Zauberer dabei, und ich bin nicht allmächtig.«

»Ich mache mir nie Hoffnungen.« Das glaubte ich ihm. Stereth erhob sich, überprüfte seine Pistole und sagte: »Sag mir, was du willst.«

Von der Tür zur Treppe kam ein Geräusch und Lex erschien. Stereth gab ihm ein Zeichen, er solle ruhig sein. Ran trat an die Mauerbrüstung und suchte den Horizont ab. Er schluckte nervös. Ich sah, daß er schwitzte. »Sag ihnen, sie sollen alles ablegen, was gelb ist.«

»Das ist ein Trick!«

»Halt den Mund, Lex!« Stereth schaute Ran an. »Was meinst du mit ›alles, was gelb ist‹?«

»Gelbe Stirnbänder, Gewänder, Jacken, Stiefel. Auch Goldschmuck.«

»Das wird ihnen nicht gefallen. Was sollen sie damit tun, damit nichts verlorengeht?«

»Sie können wegen mir alles im Boden vergraben. Ich gebe keinen *Kanz* darauf.« Er wurde fast nie vulgär, und sicher nicht zweimal hintereinander. Seine Aufmerksamkeit war allerdings nicht wirklich auf einen von uns gerichtet; er wirkte mehr wie ein Mann, der daranging, eine Bombe zu entschärfen, als wie einer, der ein Meisterstück der Magie vorbereitete. Er hatte für alle Fälle stundenlang genau bestimmt und geplant, und jetzt, wo in seinem Kopf alles klipp und klar war, da mußte er sich davon lösen, oder er würde verrückt werden. Soweit ich weiß, ist das kein Gesetz der Magie. Es ist nur die Art, wie Rans Arbeit ihn in Knoten verwickelt. In einem gewissen Sinn war er ebenso besessen wie der Gouverneur der Provinz Tuvin, aber da er weniger reformgesinnt war, war er gesellschaftlich annehmbarer. O je, Ran mußte seit Monaten mit Ideen und Formeln gespielt haben, daß er so davon vereinnahmt worden war.

Und er hatte nie auch nur ein einziges Wort zu mir gesagt.

Stereth öffnete die Tür zur Treppe und rief: »Komo! Carabinstereth!«

Einen Moment später erschien Carabinstereth. »Komo ist unten und gibt ein gutes Beispiel«, sagte sie. »Soll ich ihn hochschleppen?«

»Gib einfach folgende Anweisung weiter. Sagt euren Gruppen, sie sollen alle gelbe Kleidung und all ihren Goldschmuck ablegen. Sag ihnen, daß ihr Leben davon abhängen kann – Sokol plant etwas Großes.«

Carabinstereth lächelte breit, und ihre seltsamen blauen Augen funkelten. Sie blickte auf Ran und mich, dann drehte sie sich um, und ich hörte, wie sie fast fröhlich die Treppe hinabtrappelte. Ich weiß nicht, ob man es verstehen kann, aber in diesem Augenblick machte mir ihr Vertrauen in uns sehr zu schaffen, weil ich nicht wußte, ob wir es rechtfertigen konnten. Ran gab gewiß keine Garantie.

Rans besorgter Blick strich über die Spitzen der Hügel. »Sag ihr, sie soll auch einen Strick herschaffen.«

»Einen Strick?«

Er schluckte wieder. »Ihr solltet mich lieber fesseln.«

»Darf man fragen, weshalb?«

»Weil ich vielleicht um mich schlage und mich verletzen könnte. Und weil ich gefesselt euch weniger zur Last falle.« Stereth setzte zum Sprechen an, aber Ran kam ihm ungeduldig zuvor. »Sie haben wahrscheinlich Spiegelzauber aufgebaut. Ich kann durch die

Sprünge kommen – ich kenne Tricks, von denen sie noch nie gehört haben.« Das sagte er ohne Zeichen von Stolz, einfach als Tatsachenfeststellung. »Aber alles, was ich ihnen schicke, wird auch auf mich zurückprallen.«

Stereths logisches Denken wurde durch die Sorge um seinen Zauberer nicht beeinträchtigt. »Ich schließe daraus, daß die Wirkung, die du erzeugen wirst, nicht tödlich ist. Ich dachte, du würdest sie töten.«

»Ist das für dich wichtig, solange du gewinnst?«

»Nein«, sagte Stereth, »für mich ist es nicht wichtig. Tu das, was dich glücklich macht.« Er winkte Lex. »Du hast den Herrn gehört. Fessele ihn!« Und unser Robin Hood verließ das Dach.

Wenn Stereth von einem Ort wegging, dann war es – selbst zu einem Zeitpunkt wie diesem –, wie wenn das Summen einer Maschine plötzlich verstummte.

Lex warf uns beiden einen düsteren Blick zu und sagte: »Ich werde den Strick holen.«

»Beeil dich!« Rans Stimme klang angespannt.

»Sie rücken näher«, sagte ich. Winzige Männer in gelbbraunen Uniformen traten gemächlich aus ihrer Deckung am Horizont.

»Ich weiß. Sprich nicht mehr mit mir, Theodora.«

Eine halbe Minute später kam Lex mit einem schmutzigen Hanfstrick zurück. Der Himmel mochte wissen, wofür der zuvor benutzt worden war. »Gib mir deine Hände«, sagte er zu Ran.

Ran wurde sehr wirkungsvoll an Händen und Füßen gefesselt, wie ein Ochse für die Schlachtbank. Das schien mir schon schlimm genug, aber er sagte: »Bindet mich lieber an die Tür. Ich springe sonst noch vielleicht vom Dach.«

»Vom Dach springen?« wiederholte ich laut. »Was, zum Teufel, tust du dir da an?«

Er antwortete mir nicht, sondern sagte zu Lex:

»Wenn es losgeht, dann sollte Tymon lieber unten sein.«

»Wart mal einen Moment …«

Genau in diesem Augenblick erschien Stereth wieder. »Unten sind sie jetzt bereit, ich schicke sie gleich hinaus. Wie steht es mit euch hier oben?«

»Fast startklar. Aber Tymon wäre besser unten«, sagte Ran.

»Ich möchte bei dir bleiben«, bat ich.

Er wandte sich mir müde zu und sagte: »Mir wäre es lieber, wenn du nicht zuschauen mußt.«

»Nimm sie mit nach unten, Lex«, befahl Stereth.

Zweifellos war es ihm gleich, ob ich blieb oder nicht, aber er wollte nicht, daß irgend etwas Rans Konzentration störte. Ich ging zum anderen Ende des Daches, Lex folgte mir. »Heh! Es gibt doch keinen Grund, warum ich nicht bleiben könnte, bis es schlimm wird, oder?«

Ran seufzte. »Also gut. Geh zurück, Lex, und könntet ihr jetzt bitte alle den Mund halten und mich in Ruhe lassen?«

Stereth wandte sich der Brüstung zu und sagte: »Macht es dir etwas aus, Tymon, wenn du zu mir kommst, wegen der Aussicht?«

Eigentlich interessierte mich in diesem Augenblick die Aussicht herzlich wenig. Aber die morbide Neugier in mir war doch stärker, und ich ging zu Stereth. Ich blickte kurz zu Ran zurück, der die Augen geschlossen hatte und nicht aussah wie ein Zauberer, der einen Zauber vorbereitet, sondern wie ein Mann in einem Anfall von Depression. Draußen marschierte die Tuvin-Miliz mit unverkennbarem Selbstvertrauen heran. »Sie sind weniger, als ich dachte«, sagte ich zu Stereth. Es waren nur etwa hundert Männer.

»Diese ganze Lichtshow heute nacht«, erwiderte er, »sollte uns bloß nervös machen.«

Ich schaute ihm ins Gesicht. Es verriet immer noch

nichts. Und obwohl ich nicht sagen kann, daß ich Stereths Stil gutheißen kann – ich sehe nichts Falsches in gelegentlichen maßvollen Gefühlsäußerungen, nicht einmal in negativen wie Angst –, mußte ich ihn doch für seine unglaubliche Selbstbeherrschung bewundern. Ich selbst schwitzte schrecklich und hatte ständig das Gefühl, als müßte ich auf die Toilette.

»Wo sind die anderen?« fragte ich. Du lieber Himmel, meine Stimme machte mich verlegen. Ich räusperte mich und versuchte es erneut. »Ich dachte, sie kämen heraus.«

Stereths Stimme blieb kühl. »Komo und Carabinstereth? Sie kommen in einer Sekunde… da sind sie schon. Ich habe ihnen gesagt, sie sollten warten, bis die Miliz nahe genug ist, damit sie deutlich sieht, daß sie sich ergeben. Gut. Das wird den Mistkerlen was zum Schauen geben.« In diesem letzten Satz war ein leiser Anklang von Bosheit zu hören. Wenn man bedenkt, daß diese Soldaten kamen, um ihn zu foltern und zu töten, dann war das wohl verständlich.

Drunten bildete sich ein Knäuel von Menschen, die ihre Hände hinter dem Kopf verschränkten. Sie kamen hintereinander aus dem Fort heraus und bildeten mehr oder weniger eine Reihe. Ihr Anblick lenkte mich ab, und ich brauchte einen Moment, um zu erkennen, was mit der vorrückenden Miliz geschah.

Sie rückte nicht vor. Diejenigen der gelbbraun Uniformierten, die uns am nächsten waren, liefen unsicher und ziellos herum, als hätten sie widersprüchliche Anordnungen auszuführen. Sie waren nahe genug am Fort, daß wir ihre Gesichter sehen konnten, allerdings nicht ihre Mienen – aber bei einem Gesicht war der Ausdruck zu sehen: ein weit geöffneter Mund schrie etwas, und das klang nicht froh. Dann nahm der Schreier seinen Helm ab und legte die Hand auf den Kopf. Eine Sekunde später riß er seine Uniformjacke herunter, warf sie weg – und *kratzte sich?*

Binnen Sekunden schienen die Soldaten uns völlig vergessen zu haben und waren mit ihren privaten Höllen beschäftigt. Lichtgewehre prasselten auf den Boden wie Sommerregen. Stereth beobachtete die Szene wie hypnotisiert, ein Ausdruck schieren Vergnügens überzog sein Gesicht – dies beobachtete ich bei ihm zum erstenmal. Aber plötzlich erinnerte ich mich daran, was geschah, und ich wandte mich um und schaute zu Ran.

Sein Kopf wurde gegen den Stein neben dem Eingang zur Treppentür gedrückt. Seine Augen waren geschlossen. Sein Untergewand war völlig vom Schweiß durchnäßt, und er stöhnte. Ich verließ Stereth und ging zu Ran.

»Ran?«

Er murmelte leise etwas vor sich hin. Es konnte nicht der Zauberspruch sein, denn worin er auch bestand, er hatte ihn schon ausgesprochen – mit spektakulärer Wirkung, soweit es Stereth und mich betraf.

»Ran?«

»… halt durch, halt durch, kann nicht zurücknehmen, kann nicht zurücknehmen …«

Er zerrte an dem Strick, drückte sich gegen den rauhen Stein und wiederholte dieselben Worte immer und immer wieder. Dann begann er, den Hinterkopf gegen die Mauer zu schlagen. Erschrocken packte ich seinen Kopf, aber er leistete mir Widerstand. Dann landete er wieder einen heftigen Schlag.

»Stereth!« schrie ich.

Stereth war zu sehr in den berauschenden Anblick von Atvalids Truppen vertieft, die, wie er mir später sagte, genau in diesem Augenblick zu den Hügeln rannten.

»Stereth!«

Er drehte sich widerstrebend um.

»Hilf mir«, sagte ich und hielt meine Hände um Rans

Schädel. Er schlug ihn ein weiteres Mal gegen die Mauer und zermalmte dabei fast meine Finger.

Stereth war sofort bei mir. Er riß seine Jacke herunter und wickelte sie um Rans Kopf, während ich versuchte, Ran stillzuhalten. »Lex!« schrie Stereth. »Lex, bring eine Decke!«

Es dauerte ebenfalls eine Weile, bis Lex aufmerksam wurde. Stereths Blick begegnete freudig dem meinen, während wir den zappelnden Ran gemeinsam festhielten. »Wie eine Armee unsichtbarer Flöhe«, sagte er boshaft. »Ihre Haut wird in Fetzen abgehen, wenn sie sich weiter in diesem Tempo kratzen.«

»Das kann doch nicht bloß von einem Jucken kommen«, protestierte ich.

»Von der Urquelle aller Juckreize, so schien es mir. Überall am ganzen Körper, und ohne mögliche Erleichterung. Das kann man nur ein paar Sekunden lang aushalten, Tymon, bevor man verrückt wird, – *au!*« Ran hatte ihn gegen das Knie getreten, unmöglich zu sagen, ob zufällig oder absichtlich. Aber das tat Stereths Freude keinen Abbruch. »Ich bin gespannt, wie lange es dauert. Wenn sie damit zum nächsten vergifteten Fluß laufen, so wäre das toll – *autsch!* Lex! Wo, zum Teufel, bleibst du?«

Lex erschien kurz darauf, und Stereth ließ Ran eine Menge Kissen umbinden, die ihn daran hinderten, seine diversen Körperteile gegen den Stein zu schmettern. Stereth wischte sich den Schweiß von der Stirn, als er von unserem gemeinsamen Ringkampf aufstand.

»Gut so! Ich hoffe, er bleibt nicht immer in diesem Zustand, Tymon. Es würde sonst alle möglichen Arten von moralischen Problemen schaffen.«

»Ich habe mir nie vorgestellt, daß du moralische Probleme hättest, Stereth.«

»Ich habe keine, und ich möchte jetzt auch nicht mit welchen anzufangen. Lex, bleib hier und paß auf ihn auf. Wenn er wieder zu sich kommt, dann bring ihn nach unten, damit ich mit ihm reden kann... Hm, wenn er in ein paar Stunden nicht wieder zu sich kommt, dann solltest du lieber Schichten einteilen.«

Ein paar Stunden? Das war ein unerfreulicher Gedanke. »Ich kann hierbleiben, Stereth«, sagte ich.

»Nein, ich möchte nicht, daß du bei ihm bist, wenn er da rauskommt. So wird er sich besser fühlen, er wollte nicht, daß du ihn beobachtest.«

Unerwartete Rücksichtslosigkeit und unerwartete Rücksichtnahme. Des konnte für sich in Anspruch nehmen, Stereths Verhaltensmuster zu verstehen, aber ich versuchte es nicht einmal. Ich nickte, obwohl ich wußte, daß ich jede Minute über Ran nachgrübeln würde, und folgte Stereth über die Treppe nach unten.

So hatte Rans Methode des ›Einsatzes der Zauberei als einer Waffe‹ nichts zu tun mit Explosionen, tödlichen Krankheiten oder Hagelkörnern, die groß wie Tennisbälle vom zornigen Himmel fielen. Ich wußte nicht, ob uns das oder die Cormallons retten würde, als wir vor den Kaiserlichen Gerichtshof gebracht wurden, aber offensichtlich berücksichtigte Ran jeden juristischen Umstand, soweit er konnte.

Er kam nach etwa anderthalb Stunden nach seinem Anfall zu sich, weigerte sich, seinen Platz zu verlassen und lag dort eine weitere Stunde in seinem Schweiß und in zerrissenen Kleidern. Dann weigerte er sich, mit irgend jemandem zu reden, bevor er sich gewaschen hatte.

Lex war uncharakteristisch rücksichtsvoll genug, mir diese Nachricht zuzuflüstern, sobald Ran zu sich gekommen war, und als Ran endlich tatsächlich in der Haupthalle erschien, war ich so aufgeregt wie alle anderen.

Und die waren so was von aufgeregt! Unsere Kundschafter sagten uns, daß noch einige Meilen entfernt

Beobachter aufgestellt waren, aber im Augenblick zeigte niemand die Absicht, einen Schritt näherzukommen. Offen gesagt war ich mir nicht sicher, worüber die Bande so glücklich war, da das entscheidende Problem weiter bestand: Die Miliz wußte, wo wir waren, und wenn wir aus dem Fort weggingen, dann würden sie uns folgen. Aber es war schwer, nicht glücklich darüber zu sein, daß man noch am Leben war und daß man die Miliz abgeschlagen hatte, die wir bis jetzt gefürchtet hatten; und als ich von Lex hörte, daß Ran zu den Wasserkrügen unterwegs war, um sich zu waschen, da ertappte ich mich dabei, daß ich genauso verrückt grinste wie die anderen um mich herum.

Wieder wurde Wein geholt, obwohl ihn keiner brauchte, um trunken zu werden. Ein paar Leute holten einige Würfel heraus, um eine Runde Rote Gans zu spielen, aber es war unmöglich, sich auf etwas selbst so Einfaches zu konzentrieren. Des umarmte mich etwa ein dutzendmal, und danach schaute er plötzlich zu Stereth hinüber und sagte: »Kann ich gehen und nachschauen, ob die Tah-Leute unverletzt sind?«

Stereth nickte. Er hatte seine Füße auf ein selbstgebasteltes Geländer am Herd gelegt, und obwohl Cantry bei ihm war, sprach keiner von beiden. Alle anderen waren entflammt vor Begeisterung, aber Stereth war offensichtlich schon so weit gegangen, wie er vorgehabt hatte, indem er sich erlaubte, sich an der Schlappe der Miliz zu erfreuen. Für gewöhnlich bin ich eine ziemlich zugeknüpfte Person, aber in der Euphorie, die auf Rans Leistung folgte, war es, als wäre diese Schicht von Selbstbeherrschung, die auf meinem Gemüt gelegen war, mit einem Messer glatt weggeschnitten worden; ich hätte alles nur Mögliche anstellen können. Des hatte Glück, daß es ihm diesmal nicht eingefallen war, einen Zweikampf in den Kissen vorzuschlagen. Tatsächlich war meine Stimmung so exotisch, daß ich fast erleichtert war, als Ran hereinkam, und das nicht nur, weil ich froh war, ihn in Sicherheit zu wissen, sondern ebenso sehr deshalb, weil er mich davon abhalten würde, wie ein Ballon abzuheben und über das Land davonzuschweben.

Stereth mag nach ihm verlangt haben, aber er kam zuerst zu mir, und das erwärmte mein Herz. Ehrlich gesagt, ich begann in diesem Augenblick fast zu heulen, was zeigt, in welch seltsamer Stimmung ich (wie alle anderen) war. Ich saß an der Wand und hatte ohne besonderen Grund wieder meine alten Gewänder angezogen. Er nahm meine Hand und küßte mich auf die Wange, und ich sagte: »Du hast da einen blauen Fleck.«

Er berührte seine Stirn. »Mehr als einen. Du wirst einige weitere sehen, wenn ich meine Kleider ausziehe.«

Das brachte mich zur Besinnung. Komm herab auf den Boden, Mädchen; Normalität, bemüh dich um ein bißchen Normalität. »Stereth schaut hierher. Wahrscheinlich möchte er mehr über deinen Zauber hören. Wie ich auch.«

Er lächelte. »Als Laie würde er ihn nicht so zu schätzen wissen wie du.«

Sein Lächeln ist großartig, wenn er es einsetzt. »Worin bestand also deine einschränkende Definition?«

»Alle, die Gelb tragen, natürlich – wegen der Uniformen, und alle, deren Rang für Uniformen zu hoch war, würden Schmuck tragen – und innerhalb eines Radius von sieben Kilometern …«

»… um das Fort. Ich wußte, daß da eine geographische Grenze sein mußte.«

Er schüttelte den Kopf. »Ein Radius von sieben Kilometern für Energiewaffen. Auf diese Weise mußten sie ihre Ausrüstung aus Tellys zurücklassen.«

»Es überrascht mich, daß sie das so genau herausbekommen haben.«

»Menschen, die unter etwas leiden, machen heftige Versuche, um Erleichterung zu finden, glaub mir das.«

»Geht es dir jetzt wieder gut?«

Er nickte. Er sah erschöpft aus, was kein Wunder war. »Ich geh jetzt und melde mich bei Stereth.« Er runzelte die Stirn. »War das seine Jacke, die da um meinen Hals gewickelt war?«

»Ursprünglich war sie um deinen Kopf.«

»Oh. Da sind jetzt Blutflecken drauf. Wahrscheinlich sollte ich mich lieber entschuldigen.« Er ging zu Stereth hinüber und setzte sich neben ihn hin, und sie begannen leise miteinander zu reden. Der Feuerschein spielte über ihre Gesichter.

Ich blickte mich um und sah, daß Des zurückgekehrt war – er hatte seine Tah-Geiseln mit sich gebracht. Ach, schon gut, dachte ich, die sind wahrscheinlich nicht sonderlich gefährlich. Und sie nahmen von Des und Carabinstereth Schalen mit Wein entgegen, als hätten sie durchaus die Absicht, zusammen mit der Bande totales Vergessen zu erreichen.

Der Agent des Eigners, der Mann mit den schwarzgrauen Haaren, der um ihr Leben gefeilscht hatte, nahm eine Schale und lächelte Carabinstereth an. Seine Diamantknöpfe in den Ohren glitzerten im Feuerschein. Er nahm einen kräftigen Schluck, stellte die Schale wieder auf den Tisch, verneigte sich und sagte etwas Überhöfliches zu Carabin, denn auf ihren Wangen erschienen die Grübchen, sie vollführte ihre schönste Verbeugung und erwiderte sein Lächeln. Man mußte zugeben, der Mann wußte, wie man mit den Leuten zu reden hatte. Dann ging er an mir vorbei, näher an das Feuer heran. Als er vorüberging, roch ich, daß sein Parfümvorrat erschöpft war.

Er zog etwas aus der großen Außentasche seines Gewandes. Nachdenklich fummelte er daran herum. Er blieb stehen, fuhr sich mit der Hand über den Kopf und glättete sein Haar, dann schüttelte er den

Gegenstand in seiner Hand aus und setzte ihn auf den Kopf.

Es war ein blauer Hut des Kaiserlichen Wohlwollens. Ich wußte das genau, denn ich hatte ja einen, der ganz genauso aussah. Seiner war etwas zerknittert, aber wenn er nicht echt war, dann war er eine sehr gute Kopie. Der Mann rief mit lauter Stimme: »Entschuldigt! Ah, entschuldigt, großer Gesetzloser, Stereth Tar'krim, und meine Freunde und Bewacher. Dürfte ich um eure Aufmerksamkeit bitten?«

Ich starrte ihn an, wie alle anderen auch. Stereth hatte seine Füße vom Geländer genommen. Ran blickte ihn verwirrt an.

Der Mann lächelte. »Dieser Unwürdige ist Camerial Thu. Ich bin der Unterhändler des Premierministers, die Stimme des Kaisers. Mein Wort ist das Seine.«

Er schwieg, als erwarte er eine Reaktion. Niemand bewegte sich. Es gab nur einen Grund, warum der Unterhändler des Premierministers hier sein konnte, der Grund, auf den Stereth uns hatte den ganzen langen Sommer der Hoffnung und des Todes, der Dieberei und des Verrates hinarbeiten lassen. Und jetzt war er hier, und wir alle schauten völlig verblüfft drein. Ich kam mir vor, als hätte ich eine Stufe genommen, die gar nicht da war. Das gut eingeübte Lächeln des Unterhändlers wurde unsicher.

»Hm, ich kann leicht meine Identität beweisen. Gouverneur Atvalid kennt mich gut, denn vor seinem gegenwärtigen Mißerfolg war ich ein häufiger Besucher in seinem Haus.«

Selbst Stereth schien unfähig zu sein, sich zu bewegen oder zu sprechen. Der Unterhändler verstärkte sein Lächeln wieder um einige Watt und strahlte uns freundlich an. »Ihr versteht doch, oder?« Seine Stimme nahm einen zeremoniellen Ton an.

»Der Kaiser hat mich geschickt um zu fragen, was ihr von ihm wollt.«

KAPITEL 21

Wir wurden in Shaskala ›ausgemustert‹, wie Grateth es nannte.

Der Unterhändler ging hinaus, um mit einem der Beobachter der Miliz zu reden; anderthalb Tage später kam er mit einer Eskorte von hundert Mann zurück, die uns in die Stadt begleitete.

Die Atvalids waren sichtlich in Ungnade gefallen. Ich habe sie seitdem nicht mehr gesehen, habe aber gehört, daß alle drei, Vater, Sohn und Großvater, aufgefordert wurden, ihre Blauen Hüte an den Kaiser zurückzugeben. Dafür gibt es keine Zeremonie, wie man mir sagt; das ist nicht so wie bei irgendeiner alten religiösen Exkommunikation. Ein Bote in kaiserlicher Livree meldet sich eines Tages an der Tür und bittet sehr höflich um den Hut, auf den er im Vorzimmer wartet wie ein Postbote, der auf eine Antwort auf eine schön gravierte Einladung zu einer Party wartet; wenn er dann den Hut bekommen hat, verbeugt er sich, stopft ihn in einen Beutel und kehrt zum Hof zurück. Ein kurzes Tänzchen bloß, aber die Atvalids würden sich wahrscheinlich nie mehr davon erholen.

Das tat mir irgendwie leid, aber schließlich lebten sie ja noch, und auch die meisten meiner Freunde waren am Leben, und von einem barbarischen Standpunkt aus gesehen, war dieses Ergebnis vielleicht das beste, das wir erwarten konnten.

Was Stereths Mannschaft betraf, so verbrachten wir alle zwei lange Wochen in Shaskala, gewöhnten uns wieder an die spätsommerliche Hitze unterhalb der Hochebene und warteten darauf, daß unsere Angelegenheit abgewickelt wurde. Die Temperatur war hier in etwa so, wie ich sie auch in der Hauptstadt hätte erwarten können. Shaskala befand sich zwar weiter im Norden als die Hauptstadt, aber das wurde durch seine höhere Lage über dem Meeresspiegel kompensiert, und ich lieh mir von einem der Justizwachmeister im Hause der Gerechtigkeit einen Strohfächer.

Ran wurde an einem anderen Ort untergebracht, aber wir trafen uns an den meisten Tagen in dem langen Raum, den die Beamten des Hauses der Gerechtigkeit benutzten, um unsere Fälle zu bearbeiten. Stereth war nicht dort, aber die meisten von der Bande. Sie saßen oder schliefen auf den langen Holzbänken und spielten endlose Runden Distel und Schlafender Hund – Des und Grateth und Lex und Juvindeth; die meisten der ursprünglichen Bande waren da. Nicht alle von ihnen waren in jener Nacht im Fort gewesen; einige waren noch mit den gemischten Banden draußen, die Stereth geschaffen hatte, und wußten noch nichts von ihrer Begnadigung, aber das war nur eine Frage der Zeit. Wir hatten gehört, daß Stereths mit den kaiserlichen Beamten über die Einzelheiten verhandelte und überließen ihm das Ganze, obwohl Lex wiederholt sagte, daß das wahrscheinlich alles nur ein Trick sei und daß die Leiche unseres Banditenhäuptlings höchstwahrscheinlich schon in dieser verdammten Hitze verwesen würde.

Die Bearbeitung unserer Fälle brachte auch eine Menge individueller Befragungen mit sich, damit die Beamten für uns neue Identitäten erarbeiten konnten. Es wäre schließlich sinnlos gewesen, eine Menge Krimineller freizulassen, die dann nichts anderes zu tun hatten, als zu ihrer Dieberei zurückzukehren. Das war ein Problem für Ran und mich – wir wollten keine neuen Identitäten, wir wollten unsere *alten* Identitäten wiederhaben, aber wir wollten niemandem sagen, wer wir waren.

Ich vermied jede spezifische Aussage über meine

Vergangenheit und nahm an, daß Ran das gleiche tat. Die Bande redete uns glücklicherweise immer mit unseren Straßennamen an. Eines Tages saß ich zurückgelehnt auf einer Bank an der Wand, die Füße auf der Bank vor mir, und überlegte, ob man aus der ganzen Sache ein Buch für den Universitätsverlag von Athena machen konnte (woraus man erkennen kann, daß ich schon wieder in meine frühere Lebensweise zurückfiel), als Des zu mir kam und sich neben mich hinsetzte.

»Du bist in letzter Zeit so ruhig, Tymon.«

»Das ist vermutlich der Ernüchterungseffekt. Ich hatte eigentlich erwartet, tot zu sein.«

»Ich nehme an, du und Sokol, ihr werdet jetzt wieder in euren regulären Beruf zurückkehren.«

Ich schaute ihn an. »Des, ich hoffe, du kommst nicht wieder mit der Idee, die Fliegerrennen zu manipulieren.«

»Nein, nein, das wäre dumm. Kann ich nicht eine alte Freundin einfach fragen, wie es ihr geht?«

»Entschuldige.« Im Raum war es ruhig, träge und heiß. Im Hintergrund summten die leisen Stimmen der zwei kaiserlichen Prüfer und ihres gegenwärtigen Kandidaten, Komo. An der Decke war ein Ventilator, der elektrisch betrieben wurde, wie alles bei der Oberschicht von Shaskala, aber aus irgendeinem Grund schaltete man ihn nie ein. Vielleicht funktionierte er nicht. »Wir würden gerne in unseren regulären Beruf zurückkehren, aber ich weiß nicht, ob wir das einrichten können. Diese Leute scheinen sehr erpicht darauf zu sein, alles über unsere Vergangenheit zu erfahren.«

»Ach so. Ja, das ist hart, meine Liebe. Aber ich weiß, ihr beide werdet euch schon etwas ausdenken. Und wenigstens seid ihr nicht tot.«

Ich lachte. »Wohl wahr. Und in dieser Beziehung habe ich über deinen alten Tah-Freund nachgedacht, über ›Die Stimme des Kaisers‹. Ich frage mich, warum er beschlossen hatte, zu verhandeln, anstatt den Atvalids noch eine Chance zu geben. Am Ende hätten sie uns doch geschnappt.«

»Ha! Zusammen mit Stereth und Sokol hätten wir sie noch Monate in Schach halten können.« Das bezweifelte ich, aber vielleicht war der Unterhändler der gleichen Meinung gewesen wie Des. »Und das Tah wäre verrottet, und der Kaiser hatte vielleicht schon von der ganzen Sache die Nase voll, sonst hätte er ja nicht seine Stimme geschickt.«

»Das stimmt. Und vermutlich muß auch der Unterhändler sich um seine Karriere kümmern und möchte nicht sein Leben im Nordwest-Sektor verbringen. Ich nehme an, der Handel war ebenso politisch wie praktisch, wie alles andere auf Ivory.«

»Sei nicht so traurig darüber, Tymon. Du bist damit aus einem Loch herausgekommen, nicht wahr?«

»Aus einem Loch heraus und in ein anderes hinein…«

In diesem Augenblick bestieg der Oberrichter, ein kräftiger Mann in blauen Gewändern mit einer blauverzierten Kappe auf dem Kopf, die Plattform an der Stirnseite der Halle. Jemand rief: »Merkt auf! Der Oberrichter! Merkt auf!«

Der Oberrichter räusperte sich. »Hm, den Beamten ist klar geworden, daß die Regeln des zivilisierten Kampfes von gewissen Mitgliedern dieser Bande verletzt wurden. Hm…«, er wandte sich an den Mann neben sich. »Wie viele haben wir hier?«

»Einundzwanzig heute morgen, gnädiger Herr. Acht sind in Haft.«

»Von gewissen Mitgliedern dieser Bande, die wahrscheinlich in diesem Raum sind! Ich sage euch jetzt, ich habe nicht die Absicht, eine solche Verletzung der Regeln durchgehen zu lassen. Ich betrachte sie als anstößig, und wenn wir den oder die Schuldigen identifizieren, dann wird ihn oder sie und ihre Familie das volle Gewicht der kaiserlichen Macht treffen.«

Des und ich schauten uns an.

»Also frage ich euch gerade jetzt, damit ihr euch alle vor Schwierigkeiten bewahren könnt. Sagt uns, wer von euch in der kürzlichen Auseinandersetzung mit der Miliz von Tuvin Zauberei eingesetzt hat. Ich warne euch; wir werden es herausfinden. Und es wird für alle einfacher sein, wenn wir es jetzt herausfinden, anstatt daß wir die Information euch aus der Nase herausziehen müssen.«

Den Göttern sei Dank, niemand schaute sich nach Ran oder mir um.

Der Oberrichter wartete. Er schaute nicht aus wie ein Mann, der Kompromisse eingeht. Wahrscheinlich war er von Nor Atvalid, dem Patron der Reformer, eingesetzt worden.

Er wartete, dann machte er einem der anderen Beamten gegenüber eine ungeduldige Geste, die besagen sollte: »So sei es denn!« und verließ die Plattform.

»Was machst du jetzt?« flüsterte Des.

Darauf gab es keine Antwort, und deshalb sagte ich nichts.

Sie befragten drei von uns an jenem Tag und ließen sich dabei Zeit. Lex war einer von ihnen, aber über ihn machte ich mir keine Sorgen – er verachtete jede Autorität, Stereth ausgenommen, und war gegenüber den Beamten genauso eigensinnig wie gegen jeden anderen. Ein guter Freund wie Des würde vielleicht eher zusammenbrechen als Lex. Es war jedoch anzunehmen, daß irgend jemand ihnen sagen würde, wer wir waren; schon die Statistik war gegen uns.

Ich überlegte, was sie wohl denken würden, wenn ich an die Reihe kam. Sie mußten schon einmal Cantry für die Zauberin gehalten haben, aber sie konnten nicht beweisen, daß sie es gewesen war, die die Streitkräfte der Atvalids hatte in die Hügel rennen lassen – aufgrund ihres geringen Trainings war sie es fast sicher nicht. Und es konnte sein, daß man es mit einem oder zwei oder drei Zauberern zu tun hatte; man konnte nie wissen. Sie brauchten allerdings nur einen herauszufinden, um das Bedürfnis des Oberrichters nach einem Sündenbock zu befriedigen.

Deshalb war ich am nächsten Morgen, als man uns hineinführte, erleichtert, Stereth dort zu sehen. Er wurde von zwei Beamten flankiert, und er trug immer noch seine Banditenjacke und -hose, trotz seiner Verhandlungen mit den höheren Rängen der kaiserlichen Hierarchie. Unsere Blicke begegneten sich, und ich schaute ihn so flehend an, wie ich nur konnte. Er ignorierte mich und schritt zur Stirnseite der Halle, wo der Oberrichter an einem Tisch saß und zweifellos drauf und dran war, uns eine weitere kleine Ansprache zu halten. Der Oberrichter hatte ein Getränk vor sich auf dem Tisch, einen Stapel Kissen unter seinem Hintern und fächelte sich sanft mit einem Strohfächer, der dem ähnlich sah, den ich mir geborgt hatte. Einen Moment lang schenkte er Stereth keine Beachtung, dann blickte er unbeindruckt auf.

»Ja?«

Stereth präsentierte ihm drei oder vier Blätter, die zusammengeheftet waren. »Ich habe eine Mitteilung vom Premierminister, die Ihnen empfiehlt, die Untersuchung über den Gebrauch von Zauberei durch Mitglieder meiner Bande zu beenden.«

Der Oberrichter blinzelte gelassen. Er nahm die Papiere zur Hand und breitete sie langsam auf dem Tisch aus. Er leckte sich die Lippen, nahm einen Schluck aus seinem Glas und begann zu lesen. Gute zwanzig Minuten ließ er uns warten. Schließlich blickte er wieder auf.

Stereth stand immer noch in derselben Haltung vor ihm, so voller Geduld, als wäre er gerade erst vor einer Sekunde hereingekommen.

Der Oberrichter sagte: »Darf ich fragen, wie Sie die sich so schnell verschafft haben?«

»Verschafft?« wiederholte Stereth. »Sie wurden mir gegeben. Ich bin wohl kaum in der Position, genauso wenig wie Sie, dem Premierminister etwas zu diktieren.«

Der Oberrichter ordnete die Papiere wieder und heftete sie zusammen. Dann reichte er sie mit einer schroffen Geste an Stereth zurück und, als hätte er es vorgezogen, wenn es sich um einen Dolch gehandelt hätte. »Danke. Ich bin im Bilde.«

Damit war Stereth entlassen. Er blieb jedoch und holte einen neuen, gefalteten Satz von Papieren aus seiner abgerissenen Banditenjacke heraus. »Ich habe hier auch einen Satz Entlassungsbefehle für ein Paar von diesen Leuten hier. Die Frau ist bekannt als Tymon, der Mann als Sokol.«

Ran stand auf der anderen Seite des Raums; unsere Blicke begegneten sich.

Der Oberrichter blickte nicht auf uns – er wußte nicht, wer wer war. Er schielte zu Stereth empor. »Die Bearbeitung dieser Gruppe ist noch nicht abgeschlossen.«

»Trotzdem sollen sie heute entlassen werden. Der Befehl ist gestern datiert und soll heute morgen um die erste Stunde wirksam werden. Im jetzigen Augenblick sind sie schon frei zu gehen – praktisch, natürlich. Sie müssen es nur noch verkünden.«

Der Oberrichter schob seinen kleinen Tisch zurück und erhob sich von seinen Kissen. Er wandte sich in den Raum und sagte: »Die beiden Inhaftierten, die als Sokol und Tymon bekannt sind, sind frei zu geben.« Er spie die Worte hervor wie einen unbekannten Wein auf der Party eines Adeligen.

Stereth lächelte, verneigte sich und zog sich zurück. Er machte Ran und mir eine Geste, wir sollten ihm folgen; wir vergeudeten keine Zeit und taten es. Am Eingang zur Halle drehte ich mich um und schaute zurück.

Die anderen hatten sich wieder auf ihren Plätzen niedergelassen. Carabinstereth war an diesem Morgen nicht da. Grateth döste vor sich hin. Des hatte während der zwanzig Minuten dauernden Lektüre der Papiere des Premierministers mit einem der Justizwachtmeister eine Runde Rote Gans zu spielen begonnen. Sein Kopf verschwand unter einer Bank und ich hörte das Klappern von Würfeln, die auf die Wand auftrafen. Ich lächelte. Niemand von der Bande spielte jemals Rote Gans mit Des, denn dieses Spiel gewann er mit einer Frequenz, die signifikant höher war, als es die Statistik erlaubte, egal, wessen Würfel er benutzte. Sein Kopf kam wieder hoch, aber er blickte nicht in meine Richtung, und ich hörte, wie er im ehrlichsten Ton sagte: »Oh! Pech, mein Freund!«

Dann schloß sich die Tür, und wir waren draußen. Keine Gelegenheit, Adieu zu sagen. Das war das letztemal, daß ich sie sah. Wir standen auf den blendend weißen Stufen des Hauses der Gerechtigkeit unter dem blauen, gnadenlosen Spätsommerhimmel, zusammen mit Stereth und zwei Gerichtswachen, die anscheinend achtgeben sollten, daß wir beide friedlich abreisten.

Ran ging ein paar Stufen hinab, aber ich wandte mich Stereth zu. »Ich begreife es nicht«, sagte ich. »Der Oberrichter war seiner so sicher ...« Ich hielt inne. »Du hast den Premierminister bestochen.«

Er grinste. »Man muß immer ganz oben anfangen, Tymon. Das spart Zeit.«

»Aber wie?« Als er mich weiter mit diesem Ausdruck sanften Interesses anschaute, wurde ich rot und sagte: »Ich möchte damit nicht sagen, daß es meiner Meinung nach moralisch unmöglich wäre.«

»Danke den Göttern dafür, Tymon.«

»Aber du hast doch wohl nicht genug Moneten, um jemanden zu bestechen, der selbst reich ist. Oder?«

»Nicht jeder ist so an Geld interessiert wie du und ich«, sagte er.

»Also wie dann? Hab Erbarmen mit mir, Stereth. Sag mir, was du getan hast.«

»Ich sagte dem Herrn, daß ich nicht an seinem Posten interessiert sei.«

Das war richtig – ich erinnerte mich, daß Annurian zu guter Letzt auf dem Posten des Premierministers gelandet war. Und es war Tradition, daß man seinen Freikauf sowohl in Geld wie auch in Macht bekam. »Ich habe ihm gesagt«, fuhr Stereth fort, »daß ich auch an keinem der üblichen Posten interessiert bin.«

Die Wachen erwarteten, daß ich weiterging, aber ich gab nicht nach. »Welches Amt hast du verlangt?«

»Minister für Provinzangelegenheiten.«

»Ihr Götter, warum? Ich habe nicht einmal gewußt, daß es einen Minister für Provinzangelegenheiten *gibt*.«

»Vielleicht gefällt mir der Klang dieses Titels.« In seinem Gesicht war noch dieses verdammte Grinsen, als fände er mich amüsant. Tatsächlich sah Stereth entspannter und zufriedener aus, als ich ihn je gesehen hatte.

»Ist das der Beginn einer neuen Ära?« fragte ich.

Das Grinsen wurde noch breiter. »Wenn wir uns das nächstemal treffen – falls das je der Fall sein sollte –, dann wirst du mich nicht mehr kennen.«

»Warum nicht? – Oh. Ist das ein Befehl?«

»Ein Befehl – oder die Bitte eines Freundes um einen Gefallen. Was dir lieber ist.«

»Sie müssen jetzt gehen«, sagte der Wächter neben mir.

»›Gnädige Dame.‹«, sagte Stereth zu ihm. »Sie ist keine Gefangene mehr. Reden Sie sie korrekt an.«

»Gnädige Dame«, wiederholte der Wächter widerwillig. Er zog mich am Arm und ich nahm ein paar weitere Stufen hinab.

»Und ich würde mir keine Sorgen wegen einer Vergeltung machen, Tymon«, sagte Stereth. »Deine psychologische Einschätzung war zutreffend. Im Haus Atvalid hat es einige Selbstmorde gegeben. Sie haben das sehr schwer genommen.«

Er drehte sich um und ging die Stufen hinauf. Ich setzte meinen Weg hinunter fort, geführt von dem Wächter, und meine Gedanken gingen ständig im Kreis. Der Gouverneur, natürlich … »Stereth!« rief ich. »Der Präfekt auch?« Der Sohn war einmal ein Freund von Sembet Triol gewesen.

Aber Stereth war schon wieder hineingegangen.

Unten wartete Ran. »Keine verdächtigen Gestalten auf der Straße«, sagte er. »Sie scheinen uns wirklich gehen zu lassen.«

»Natürlich, wenn Stereth das arrangiert hat. Vermutlich wird es für die übrigen von der Bande etwas länger dauern.« Ich blickte auf den Wächter. Er wartete, bis wir von der untersten Stufe des Hauses der Gerechtigkeit heruntertraten, dann drehte er sich um und ging wieder hinein.

»Wahrscheinlich gibt es in dem Gasthof, wo wir damals übernachtet haben, einen Bodenwagen, den wir mieten können«, sagte Ran. Während wir die Straße hinabgingen, fügte er hinzu: »Theodora? Tu mir bitte einen Gefallen. Nenne sie nicht ›die übrigen von der Bande‹.«

Es war ein sehr seltsames Gefühl, auf dieser Straße dahinzugehen, vorbei an den mit Skulpturen verzierten Fassaden der Stadthäuser von Shaskala, von einem Leben in das andere gefallen. Ich bin seinerzeit schon in ein paar verschiedene Leben gefallen, und es wird nie leichter. Der einzige Trost ist, ich weiß jetzt, daß die Verwirrung schließlich vergehen wird. Ich weiß nicht, was ich tun werde, falls sie eines Tages nicht mehr vergeht.

Als wir den Gasthof erreichten, brachten sie einen

alten, mitgenommenen Bodenwagen heraus, einen armen Verwandten des Wagens, in dem wir in einer anderen Jahreszeit aus der Hauptstadt heraufgefahren waren. Einer von den Angestellten des Gasthofes, ein schmaler junger Mann mit einem leicht snobistischen Aussehen, hielt uns die Tür auf, damit wir uns den Wagen anschauen konnten.

Ran wandte sich plötzlich an mich. »Wir haben überhaupt kein Geld«, sagte er.

Er mußte ebenfalls geistig in seine alte Identität zurückgekehrt sein, denn in seiner Stimme klang dieses kindliche Verwirrung eines Cormallon an, der plötzlich ohne Geldmittel dasteht.

»Doch, haben wir«, beruhigte ich ihn. »Sie haben mir meine persönliche Habe zurückgegeben, während wir in Haft waren.« Ich zählte ein paar Tabals hin und gab sie dem Angestellten.

Ran starrte mich an. »Woher hast du das?«

»Das ist die Belohnung, die ich in Kynogin dafür bekam, daß ich dich angezeigt hatte.«

Ich hatte gedacht, das sei eine vernünftige Antwort. Wir schauten einander an und lachten, mit mehr als nur einem leichten Anflug von Hysterie. Der Angestellte schaute uns argwöhnisch an; zweifellos wünschte er, der Gasthof hätte uns eingehender überprüfen lassen. Lachend hielt Ran die Tür auf, während ich einstieg.

Keiner von uns beiden hatte es eilig, in die Hauptstadt zurückzukehren, und so fuhren wir vorsichtig die Serpentine von der Hochebene hinab und zockelten drunten durch die Felder und Wiesen dahin wie Touristen. Bauern, Karren, lange Reihen von duftenden Obstbäumen, und hinter uns eine ständige Staubwolke von der unbefestigten Straße. Am Nachmittag hielten wir einen der entgegenkommenden Karren an und kauften einige Buschäpfel von einem Jungen in einem schmutzigen Gewand, der uns aus seinem Wasserbeutel trinken ließ. Später begann ich zu dösen, während wir dem Teil der Route folgten, der am Fluß entlangführt. Noch mehr Bäume, und lange, grasbewachsene Hänge, dann der breite Streifen silbrigen Wassers und eine tiefstehende orangefarbene Sonne ...

Als ich Stunden später wieder aufwachte, war es dunkel und wir sausten durch die Sümpfe, die sich an der Straße im Norden der Hauptstadt entlangziehen. Ran mußte das Tempo beschleunigt haben, während ich schlief. Er sah müde aus.

»Hallo«, rief ich und streckte mich.

»Wir sind fast da«, sagte er.

Als ich darüber nachdachte, überraschte es mich ein bißchen, daß Ran nicht zum Hauptanwesen von Cormallon gefahren war; er hatte eine Menge mitgemacht, und Cormallon war der einzige Ort, wo er sich je wirklich sicher fühlte. Aber ohne Luftwagen war Cormallon schwer zu erreichen, und außerdem hätte das eine lange Reise nach Westen bedeutet, um den südlichen Rand des Nordwest-Sektors herum. Wir konnten viel eher in der Hauptstadt sein, und ich wäre sowieso froh, wieder eine vertraute Umgebung zu sehen.

Schließlich kamen wir unter dem alten Nordtor durch, fuhren durch die Straßen mit den billigen Läden in der Nähe der Mauer, und dann einen der Boulevards hinab, die im letzten oder vorletzten Jahrhundert gebaut worden waren, um mehr Platz für größeren Verkehr zu schaffen. Ran fuhr vor unserem Haus in der Wohngegend vor und hielt den Wagen neben der automatischen Sicherheitsstation an.

Wir stiegen schwerfällig aus. Unsere Muskeln waren steif von der langen Fahrt. Während wir uns der Vordertür näherten, sah ich, daß das Licht am Paketempfänger leuchtete.

»Die Empfangsstation ist voll«, sagte ich zu Ran.

Er knurrte. Er war sichtlich zu müde, um sich jetzt noch damit zu befassen.

»Wahrscheinlich Hochzeitsgeschenke«, sagte ich.

»Man hätte sie nach Cormallon schicken sollen«, bemerkte er mit leichter Mißbilligung. Und wir gingen hinein.

Als ich dieses Haus mit seinem vielen Holz und seinen üppigen Wandteppichen zum erstenmal gesehen hatte, da kam es mir wie ein Palast vor. Jetzt hielt ich es für gemütlich. Als ich es nun betrat, hatte ich dieses vertraute Gefühl der doppelten Sicht, das entsteht, wenn man an einen Ort zurückkehrt, von dem man zu lange weg gewesen ist. Die Räume sahen behaglich und normal aus, aber auch fremdartig und seltsam.

Ich nahm ein Bad. Meine sehr viel benutzten Gewänder rollte ich zusammen und warf sie in eine Ecke, dann ließ ich mich in der großen weißen Badewanne im ersten Stock nieder. Ran hatte auch den größten Teil seiner Gewänder abgelegt und patschte mit nackten Füßen ins Bad hinein und wieder hinaus, und dabei verteilte er die Post. »Das gehört dir. Das gehört dir. Das gehört dir ...«

Ran war der Auffassung, daß alle Post, die er nicht annehmen wollte, mir gehörte. Anscheinend hatte er es sich doch anders überlegt und nach der Empfangsstation geschaut. Das Cormallonsche Pflichtgefühl überkam ihn immer, wenn es Zeit zum Funktionieren hatte.

»*Kanz.*«

»Was ist?« fragte ich, während ich mich im Wasser räkelte. Ich hatte kein Bad mehr gehabt seit – Himmel, ich hatte mich nicht einmal überwinden können, die Badewanne zu benutzen, die Clintris na'Fli mitgebracht hatte und die zuletzt gesehen wurde, wie sie verlassen auf dem Hügel lag – mit einer Ablagerung von Schnellzement darin.

Wo war Clintris jetzt? Sie war in jener Nacht nicht

unter den Leuten im Fort gewesen. Obwohl sie ein Quälgeist war, hoffte ich doch, daß es ihr gut ginge.

»Ein Dutzend Poststücke von unserem prospektiven Klienten. Wahrscheinlich will er wissen, wo seine Berichte bleiben … und dann möchte er den Auftrag stornieren. Ich freue mich nicht darauf, ihn zu sehen.«

Das glaubte ich wohl. Natürlich wußten wir jetzt, daß die Atvalids keine Familie waren, mit der man sich verbünden sollte, aber das wußte auch jeder andere in der guten Gesellschaft dieses Kontinents.

»Ich werde den Vorschuß zurückzahlen müssen.« Ran zuckte zusammen.

Das war die korrekte Handlungsweise. Jedoch – »Halte einen Betrag zurück, der meinem alten Gehalt für den Sommer gleichkommt. Als deine ›Assistentin‹ sollte ich nicht auf Auftragsbasis bezahlt werden. Nenne es Betriebsausgaben.«

Er lächelte. »Das würde uns etwas übriglassen«, stimmte er zu. »Laß mich darüber nachdenken. Der Mann will offensichtlich nicht das NETZ benutzen, und damit haben wir noch etwas Zeit, bis wir ihm antworten.«

Schließlich wurde ich es müde, in ein paar Gallonen Wasser zu liegen, und ich legte mein Nachtgewand und Hausschuhe an. Hausschuhe! Wie entzückend. Ich trapste mit einem lächerlichen Grinsen auf dem Gesicht herum.

Ran war im Bad und hatte die Tür geschlossen. Ich hörte, wie Wasser ins Becken lief. Ich ging den Korridor hinab, klopfte an die Tür und fragte, ob ich uns etwas zum Essen bestellen wollte …

… und blieb wie angewurzelt stehen. Dort in den Schatten auf dem hohen Regalbrett, wo wir wenig benutzte Gegenstände aufbewahrten, dort, am Ende des Korridors – war ein Frangi.

Sicher, Sie können an mir herummeckern, wenn Sie mögen und wenn Sie zu denen gehören, die es genießen, sich überlegen vorzukommen. Aber jeder Held hat ein Recht auf eine fatale Schwäche, selbst ein schäbiger Held. Für die Griechen war es die Hybris, für Othello war es die Eifersucht; für mich ist es ein orangefarbenes weiches Ding mit schwarzen Flecken. Uff! Ich mag nicht einmal den Namen schreiben.

Glücklicherweise hatte Ran schon früher erlebt, wie ich deshalb hysterisch wurde, und obwohl er ungläubig dreingeschaut hatte, wußte er, daß es sich um eine nicht diskutable, vorherbestimmte Geschichte handelte. Ich mußte keine langen Erklärungen geben oder mit sarkastischem Gelächter fertigwerden, während ich mich zur gleichen Zeit bemühte, mich nicht zu übergeben.

Trotzdem war es jetzt nicht notwendig zu kreischen, oder? Jedenfalls noch nicht. »Ran? Würdest du bitte mal herauskommen, sobald es geht?«

»Was ist los?«

»Ich werde es dir zeigen, wenn du herauskommst.«

Prima. Ich hatte kein Theater aufgeführt. Ich konnte ein Auge auf das Scheusal haben und schreien, wenn es sich bewegte. Es war wichtig zu wissen, wo es war, denn wenn es entwischte, dann würde ich die ganze Nacht kein Auge zubringen und mir Gedanken machen, wo es war.

Eine Minute später kam Ran aus dem Bad und steckte einen Kamm in seine Tasche. »Was ist los, Tymon?«

»Ran, habe ich Halluzinationen oder ist dieses organgefarbene Ding auf dem Sims ...«

»Es ist.« Er stellte sich zwischen mich und es. »Du hättest mir sagen sollen, daß es ein Notfall ist«, sagte er freundlich. Er schaute herum, entdeckte einen Besen und packte ihn. »Warte unten an der Treppe.«

Ich eilte geschwind die Treppe hinab. Hinter mir hörte ich dumpfe Schläge und Flüche.

Ein paar Minuten später kam Ran herunter und sagte: »Alles erledigt.«

Ran würde es nicht sagen, wenn es nicht wahr wäre. Ich begab mich in seine Arme und legte die meinen ganz fest um seinen Brustkasten, bis ich spürte, wie seine Rippen gegen meine drückten. »Ich liebe dich«, sagte ich.

Er legte seine Hände auf meine Schultern. »Noch nie zuvor hast du das zu mir gesagt«, sagte er verwundert.

»Hab ich nicht?«

»Nein, hast du nicht.«

Ich umarmte ihn noch fester, und wir sprachen nicht. Dann spürte ich, wie Ran zu glucksen begann.

»Worüber lachst du?«

»Du hast ohne Schwierigkeiten einen militärischen Angriff überstanden, aber ein Frangi ...«

»Das eine hat nichts mit dem anderen zu tun!«

»Anscheinend nicht«, stimmte er zu.

Vor langer Zeit, als Stereth mir die Geschichte erzählte über den Tag, an dem er sich den Kopf an der Unterseite eines Tisches angeschlagen hatte und Cantry sich in ihn verliebte, da hatte ich eine alte Autorin zitiert: »Selbst jemand, den wir zu allen Zeiten bewundern, erscheint uns plötzlich zehnmal liebenswerter als zuvor.« Und er hatte mir leid getan, weil er nicht wußte, was das bedeutete.

KAPITEL 22

Liebe Leser, ich habe ihn geheiratet.

Verzeihung – Sie müssen mir diese Zeile durchgehen lassen, obwohl ich weiß, daß nur Gelehrte diesen Text in die Hände bekommen werden. Sie müssen mir diese gelegentlichen Anspielungen erlauben; man kann von mir nicht erwarten, daß ich Jahre literarischer Zwangsarbeit über Nacht abschüttle.

Es war auch eine ziemlich große Party. Ich hatte mir eine kleine Feier erhofft, vielleicht bloß ein paar von den Cormallons, ohne die es nicht ging, aber wir verkündeten eines Abends in der Villa der Shikrons gegenüber Kylla den erfolgreichen Abschluß der Vierviertelnacht, und damit war es geschehen.

Sie nahm mich beiseite. »Meine Liebe! Eine zusammengestoppelte Geschichte, die bloß zwei Kembit wert ist? Daran dürfen wir gar nicht denken! Wir müssen der Welt zeigen, daß das Haus Cormallon seine neue Allianz hochschätzt.«

»Kylla, die Cormallons verbünden sich bloß mit mir. Ich habe keinen Familiennamen.«

»Um so mehr Grund, offiziell Aufsehen zu erregen. Und außerdem«, sagte sie und nahm mich am Arm, »dein Name ist Cormallon.«

Und damit wurde die Sache entschlossen aus meinen ungeschickten barbarischen Händen genommen.

Kylla verschickte die offiziellen Einladungen, engagierte die Musikanten und die Sicherheitsleute, beriet mich mit großem Ernst über meine drei traditionellen Kleider für den Abend, wählte ein Menü aus und schickte zusätzliche Köche von Shikron herüber. Und das ist die Frau, die versucht hat, von der Verwaltung ihrer Haushaltskonten wegzukommen. Wenn ihr Interesse geweckt wird, dann ist Kyllas Organisationstalent beträchtlich. Sie ist dann wie ein Schwerlaster in voller Fahrt, und keiner, der sie kennt, stellt sich ihr in den Weg, sobald sie entschieden hat, wie die Dinge laufen sollen. Theoretisch hätte sie als eine Shikron sich überhaupt nicht mit der Ausrichtung eines gesellschaftlichen Ereignisses der Cormallons beschäftigen sollen. Ran hielt sich zurück und sagte, er hätte dringende Geschäfte im Süden, was ich bezweifelte.

Aber es war nicht schlimm, nein, das war es wirklich nicht. Ich kannte zwar die große Mehrzahl der Leute nicht, die da kamen, aber sie schienen alle zu meinen, daß es für sie genügte, wenn ich mich auf dem Territorium ihres Hauses befand. Es gab keinen Austausch von Blausteinschmuck, wie er allgemein bei einer Hochzeitsfeier der Cormallons vollzogen wird; ich lehnte es ab, einen anzunehmen, und sagte Ran, er solle sich diesen Gedanken aus dem Kopf schlagen. Sein Haus benutzt Blausteine und andere Gegenstände als Andenken, denn nach den Gesetzen der Magie bewahrt das, was man gewöhnlich an sich trägt, die Gedanken und Erinnerungen des Trägers auf. Das erste, was die Familie mit ihren Verstorbenen tut, ist, ihnen den Schmuck abzunehmen, besonders die Blausteine, die als ausgezeichnetes Medium zur Speicherung psychischer Spuren gelten.

Aber für mich war die Vorstellung beklemmend, daß meine Denkgewohnheiten in der Bibliothek & Totenkammer der Cormallons bestattet würden. Ich bin mir nicht sicher, wie einige der Dinge, die in meinem Gehirn vor sich gehen, einem Ivoraner erscheinen würden. Außerdem sieht es ja so aus, als würde ich all diese Aufzeichnungen hinterlassen; soll sich doch die Nachwelt mit *ihnen* befassen, wenn sie so daran interessiert ist. Ran fand meine Haltung überraschend, aber es ist ja schließlich nicht so, als wäre die Bibliothek eine Chance zur Unsterblichkeit – die Leute, denen diese Gegenstände gehörten, sind tot, und die Sachen in der Bibliothek sind nur ein Haufen Andenken. Wie ein alter Philosoph einmal gesagt hat: »Ich möchte nicht durch mein Werk Unsterblichkeit erreichen, sondern dadurch, daß ich nicht sterbe.«

So ließen wir also diesen Teil der Tradition beiseite. Statt dessen lächelte ich tapfer, als ich Flottillen von Verwandten vorgestellte wurde, kostete alle möglichen Arten unbekannter Gerichte und leerte eine Schale Spitzenwein, um die Gäste aus der Familie Ducort zufriedenzustellen, die diesen Wein angebaut und zwei Wochen vor der Hochzeit in massigen Fässern herübergeschickt hatten. Darin schien die Summe meiner Verantwortlichkeiten zu bestehen. Als Erster des Hauses Cormallon mußte sich Ran unter die Leute mischen, aber ich hielt mich eng an Kylla und folgte ihrer Führung.

Am nächsten Tag erwachte ich spät, desorientiert und mit einer Empfindung von Erleichterung und Enttäuschung. Ich weiß nicht, warum ich enttäuscht war, denn ich hatte mich nicht auf die Party gefreut, sie hatte sich drohend am Horizont abgezeichnet – eher wie eine riesige Gewitterwolke. Jetzt war das Anwesen ruhig. Die Sonne stand hoch. Ran war in die Hauptstadt geflogen, um einen abschließenden Geldtransfer an unseren ehemaligen Klienten zu arrangieren, und ich saß auf einer Bank in der Küche und aß ein Brötchen. Die Köchin und das Küchenpersonal hielten eine Siesta zwischen Brunch und Dinner und erholten sich von den Exzessen des vergangenen Abends. Ich saß neben einem Lichtstreifen, der über den großen Holztisch lief und eine Ecke von Herels Kupferkessel in Gold verwandelte. Ich aß mein Brötchen und dachte: »Nun gut, Theodora, jetzt hast du's hinter dir.«

In gewisser Weise war es noch immer unwirklich. Wann würde es wirklich werden? Sobald wir ein paar kleine Cormallons hatten, die hier herumliefen? Oder vielleicht nicht einmal dann. Vielleicht mußten wir warten, bis ich eine dieser alten ivoranischen matriarchalen Großmütter war, überall herumkommandierte und allen eine Heidenangst einjagte. Über dieses Bild mußte ich lachen: die vom Alter gebeugte, runzelige barbarische Zwergin, die mit ihrem Stock auf den Boden stößt und der jüngeren Generation sagt, sie solle sich geradehalten.

Ich hatte übrigens eine Menge grauhaariger Cormallon-Tanten getroffen, viele von ihnen ledig oder verwitwet, und alle vertrugen sehr viel Spitzenwein und Tanz bis in den frühen Morgen hinein. Ich war schon erschöpft, bevor sie auch nur im geringsten langsamer taten.

In dieser Zeit hatte ich nicht viel über Stereths Bande gehört. Während unsere Fälle in Shaskala bearbeitet wurden, hatte ich einigen Bandenmitgliedern eine geheime Nachrichtennummer gegeben, so daß sie mich wissen lassen konnten, wie es ihnen ging. Es überraschte mich nicht, von Grateth nichts zu hören; er war äußerst schüchtern, wenn es darum ging, sich an jemanden zu wenden. Während der langen Tage im Hause der Gerechtigkeit hatte ich Des gefragt, was er seiner Meinung nach jetzt wohl tun werde, und er sagte mir, er habe keine Ahnung, was ich gut glauben konnte. Ich schaute regelmäßig in der Nachrichtenbox nach (sie befand sich in der Obhut unseres Bankiers, der nicht ans NETZ angeschlossen war), aber es kam nie etwas von Des. Obwohl ich Des mochte und so sehr ich ihn auch vermißte, überraschte es mich doch nicht, wie ich jetzt herausfand, daß er sich überhaupt nicht bemühte, mit mir in Verbindung zu bleiben. Ich wußte, falls ich ihm je auf der Straße begegnete, dann würde er seine langen Arme öffnen und mich mit einer freudigen Umarmung hochheben, und ich würde ihm so willkommen sein wie nur je. Und wenn ich ihn dann fragte, warum er mich nicht kontaktierte, dann würde er einfach schüchtern und verletzt dreinschauen. Ich würde ihn allerdings nie fragen. Ich wußte, warum er mich nicht kontaktierte. Einfach, weil er Des war.

Andrerseits schickte Carabinstereth eine Nachricht. Ich fand sie eines Tages mitten im Herbst, als der Wind durch die Straßen der Hauptstadt fuhr und Blätter davonwirbelte von dem armseligen Halbdutzend Laubbäumen, deren die Stadt sich rühmt, und als ich es schon fast aufgegeben hatte, von irgend jemand ein Wort zu erwarten.

Hallo, meine Liebe, lautete die Nachricht, die klugerweise keine Namen benutzte, *ich hoffe, daß es dir und dem Jungen gut geht. Ich habe gerade den Auftrag bekommen, die Tochter eines Adeligen in das Heim ihres Ehemannes zu begleiten und dann dort bei der Hauswache zu bleiben. Ein Ort im Süden – ich weiß noch nicht, wie mir die Kälte gefallen wird. Doch wieviel schlimmer kann das schon sein, als wenn man im Regen über die Hochebene reitet und bis auf die Knochen naß wird? Und wenn es nicht klappt, dann habe ich eine alte Freundin, die einen Blumenladen in der Hauptstadt hat und sagt, daß ich dort arbeiten kann. Also, habe keine Angst um mich, meine Liebe, und wisse, daß ich immer bleibe*

Deine Freundin aus den alten Tagen,
C.

Ein Blumenladen? Die Kunden taten einem schon jetzt leid.

Was Stereth anlangte, so brauchte ich keine Nachrichten von ihm. Er hatte sich in einer luxuriösen Villa in der Hauptstadt niedergelassen und schockierte seine Umgebung, indem er seinen Straßennamen beibehielt.

Zweifellos erfüllte er die Aufgaben eines Ministers

für Provinzangelegenheiten, worin die auch immer bestehen mögen.

Drei Monate später hörte ich endlich das Ende unserer Geschichte im Nordwest-Sektor.

Ich fand eine NETZ-Nachricht in unserem Haus in der Stadt, daß Octavia von Pyrene, meine alte Jugendfreundin, nach ihrer Rundreise durch die Provinzen wieder in der Hauptstadt war. Ob ich Lust hätte, mich mit ihr in Verbindung zu setzen?

Und ob ich Lust hätte! Besonders an diesem Tag: Ran war unterwegs in Braece, wo er an der Einweihung eines Patensohnes teilnahm, und Kyllas Amme war auf zwei Wochen zu Besuch bei ihrer Familie, wodurch Kylla auf Gedeih und Verderb ihrem Nachwuchs ausgeliefert war. Im Laufe des langen Sommers hatte Shez das Sprechalter erreicht und bombardierte ihre Umwelt mit Fragen und ständiger Aktivität. Ich kam mir ein bißchen vernachlässigt vor. Es gefällt mir, wenn ich viel Zeit für mich selber habe und dann aufwache, wann es mir gefällt, und wenn ich nach Belieben lange Bäder nehmen und laute Musik spielen kann, aber das verliert schnell seinen Reiz, und man beginnt sich zu fragen, wo denn die anderen sind.

Octavia: Sie hätten sie sehen sollen an jenem Abend vor dem Schulabschluß, als wir die nassen Papierbündel in die Unterrichtsmaschinen stopften. Während wir das taten, sang sie ein selbstverfaßtes Liedchen, das unsere Krippenhymne parodierte, und ich hing dann hilflos schlaff auf meinem Stuhl und beobachtete sie, wie sie sang, stopfte und ihre Augenbrauen hob, als wollte sie sagen: *Theodora, was kann denn bloß los sein?*

Oder an dem Wochenende, das wir in Comiss Major verbrachten, wo wir auf dem Gipfel eines Hügels standen und zum erstenmal Schnee sahen. Oder wie sie einige der langweiligeren Professoren auf der Oberstufe imitierte ...

Octavia war sozial immer weiter entwickelt gewesen als ich. Sie hatte mir beigebracht, wie man in Bars Getränke bestellt, und an manchem Abend, wenn sie schon ein paar gekippt hatte, begann sie Plaudereien mit Fremden, die dann zu langen Sangesrunden oder ebenso langen philosophischen Gesprächen wurden und erst gegen Sonnenaufgang endeten. Solchen Eskapaden durften wir allerdings nicht allzu oft frönen, nur in unseren seltenen Ferien. Aber ich konnte in ihrem Kielwasser schwimmen, als ich noch zu schüchtern war, um selbst loszulegen.

Jedenfalls rief ich Kylla an, als ich diese Nachricht bekam, erzählte ihr all dies und bat sie um Rat, wie ich Tavia das Allerbeste in der Hauptstadt zeigen könnte. »Dinge, die sie allein nicht sehen würde«, sagte ich. Wenn man mit Kylla spricht, dann muß man nicht mehr sagen – sie ist sofort bereit, ein gesellschaftliches Ereignis für Tausende von Gästen zu planen.

»Mittagessen in den Laternengärten«, sagte sie. »Hör auf damit, Shez! Warum legst du jetzt nicht wieder alle Seiten zusammen? Sei doch so lieb. – Und heute ist ein so hübscher Tag, wie wäre es mit einem Spaziergang im kaiserlichen Park nach dem Essen? Dort ist die Sicherheit ausgezeichnet, und ich könnte Shez mitbringen und aus dem Haus abhauen.«

»Oh«, sagte ich, denn mir war nicht bewußt gewesen, daß sie die Absicht hatte mitzukommen. Als ich dann darüber nachdachte, kam mir eine vage Erinnerung, daß ich vorgehabt hatte, Kylla einzuladen, als ich das erstemal versuchte, mich mit Tavia zu treffen, aber damals hatte Tavia auch davon gesprochen, daß sie jemand anderen mitbringen würde. »Bist du sicher, daß du dich nicht langweilst?« fragte ich. »Wir werden sicher dauernd von den alten Zeiten schwärmen.«

»Meine Liebe, wenn du wüßtest, was es heißt, hier

zwei Wochen mit Shez eingesperrt zu sein – nein! Leg das hin!« Kylla verschwand vom NETZ-Schirm. Einen Augenblick später kehrte sie zurück und wischte sich die Stirn. »Nein, Theo, ich glaube, ein freier Nachmittag wäre eine gute Idee. Miete uns allen eine Kutsche für den ganzen Tag und hol mich hier ab. Ich werde einen Strick mitnehmen und Shez die Hände fesseln.«

Das letztere sollte wohl ein Scherz sein, meinte ich.

Also mietete ich eine Kutsche und ließ zuerst bei den Shikrons anhalten. Tavia hatte gesagt, ich solle mir nicht die Mühe machen, sie abzuholen; sie würde uns in den Laternengärten treffen.

Kylla war natürlich todschick gekleidet, und ihre Tochter trug ein prächtiges grünes Seidenkleid mit einem Blumenmuster und silberne Armringe um ihre dicken kleinen Handgelenke. Sie klimperte, als Kylla sie hochhob und in die Kutsche bugsierte.

»Also, meine Liebe«, sagte Kylla, als sie Shez auf dem Sitz untergebracht hatte, der nach hinten schaute (ihr Lieblingsplatz), »erzähl mir mehr über deine Freundin. Du sprichst nie über Pyrene, weißt du.«

Ich zögerte. »Wahrscheinlich erzähle ich nicht viel. Um die Wahrheit zu sagen, ich war dort eine Art Außenseiterin. Ich haßte Pyrene, oder zumindest den größten Teil davon. Es ist einfach kein interessantes Gesprächsthema.«

»Gibt es aus deinem Leben überhaupt nichts Gutes zu erzählen, bis du nach Athena gegangen bist?«

»Na ja, da gab es natürlich Tavia. Sie und ich, wir stellten uns gegen die übrige Welt. Und weißt du – ich habe schon jahrelang nicht mehr daran gedacht –, auf Pyrene begann ich kulturübergreifende Mythen und Legenden zu studieren. Nur hielt ich es damals noch nicht für ein Studium. Man betrachtet solche Dinge dort kritisch, weißt du – es werden dort keine Berufswege gefördert, die nicht von offensichtlich praktischem Nutzen sind.«

Wir trafen auf ein Schlagloch in der Straße, und Shez schrie auf. Wir schauten sie beide besorgt an, aber sie sah vergnügt aus. »Noch mal!« schrie sie. »Noch mal machen!«

»Wir können es jetzt nicht mehr machen, Liebling«, sagte Kylla. »Wir versuchen es noch mal auf dem Heimweg. – Nicht sehr wahrscheinlich«, fügte sie zu mir gemurmelt an. Wir würden aus einer völlig anderen Richtung heimkommen, wenn wir in den kaiserlichen Park gingen, und noch dazu über besser gepflasterte Straßen.

Wir hielten vor den Laternengärten, und da unser Kutscher die Livree der besten Agentur in der Stadt trug, wurden wir mit Verbeugungen sofort hineingeführt. Tavia saß an einem Tisch in der Ecke; ich sah ihren blonden Schopf über die Reihe von Kupfergefäßen hinweg, die auf den halbhohen Zwischenwänden zwischen den Abteilungen des Lokals standen. Bevor ich noch meinem ersten Impuls nachgeben und sie packen und umarmen und törichte, aufgeregte Laute von mir geben konnte, trat schon der Oberkellner zwischen uns und bot uns einen besseren Tisch in der Nähe der Bühne an. »Danke, das geht schon«, sagte ich. Es war so seltsam und ergreifend und wunderbar, an dieser Frau, die älter geworden war, Tavias Gesicht zu sehen.

»In einer Stunde wird eine Vorstellung sein«, erklärte der Oberkellner.

»Sehr freundlich von Ihnen, uns das anzubieten, aber ...«

»Das ist vielleicht eine gute Idee«, sagte Kylla. »Dort drüben hat Shez mehr Platz zum Rumlaufen. Hier würden wir direkt an der Wand sitzen ...«

Ich lächelte Tavia hilflos zu und winkte. Sie winkte zurück. Die Verschwörung, die unsere erste Wiederbegegnung unterbrach, nahm ihren Lauf, und wir wurden alle an einen Tisch nahe der Bühne geleitet.

Wir setzten uns, und ich ergriff Tavias Hand. »Es kommt mir vor, als sei es schon Jahrzehnte her!«

»Praktisch ist es ein Jahrzehnt«, sagte sie. Sie trug ein sehr konservatives pyrenesisches Kostüm in Taubenblau mit einem gekräuselten weißen senkrechten Streifen in der Mitte. Ich dachte, sie hätte eigentlich sich ein bißchen der hiesigen Mode anpassen sollen, während sie hier war; die Seide und all das macht soviel Spaß, und zu Hause wird man sie so etwas nie tragen lassen. Ich wollte es ihr später sagen.

Ich stellte Kylla und Shez vor, und obwohl ich geglaubt hatte, wir würden sofort in die Vergangenheit abschweifen, unterhielten wir uns etwas zurückhaltend über das, was Tavia auf Ivory gesehen und getan hatte. Es kam mir vor, als wäre da eine Kluft zwischen meiner alten Freundin und mir, obwohl ich mir das vielleicht nur einbildete, aber ich wurde dadurch noch verlegener und es war schwieriger, einfach unbeschwert zu plaudern. Während wir redeten, wanderte Shez um den Schmuckbrunnen neben der Bühne herum. (Das war für mich nicht neu. Kylla und ich benutzten Handzeichen, um sicherzustellen, daß Shez immer im Blickfeld einer von uns beiden war.) Ich bemerkte, wie Tavias Blick Shez mit einem Ausdruck der Mißbilligung folgte.

»Was macht sie?« fragte Kylla, während sie sich an einem gebratenen Samweißfisch gütlich tat.

»Sie liegt mit dem Bauch auf dem Rand und fischt nach Kembits«, berichtete ich.

»Warum die Leute immer Münzen in Brunnen werfen, ist mir unbegreiflich«, sagte Kylla. »Irgendwelche Theorien, Octavia?«

»Nein, ich fürchte nicht.« Tavia nahm an dieser Art sozialer Interaktion nicht teil; was lief da falsch? Aber die höflich strenge Kylla hielt die Konversation in Gang, die Gute.

»Ist das in Ordnung, daß sie hier ist?« fragte Tavia

einmal, als das Gespräch wieder auf Shez kam. In ihrem Ton klang immer noch etwas Mißbilligung an.

Kylla lachte. »Das ist genau, was ich dachte, bevor ich Shez bekam!« Kylla hatte es mißverstanden, so dachte ich. Octavia sprach als Bürgerin von Pyrene, die an das Krippensystem gewöhnt war, wo Kinder den Erwachsenen im normalen Lauf der Dinge nie unter die Augen kamen. »Aber ihre Amme ist auf Urlaub in der Provinz, und so müssen wir leider die Last erdulden.«

Wir redeten über eine Menge Dinge. Tavia sagte, daß sie jetzt von der Landwirtschaftstechnik zur Produktkontrolle versetzt werde. Und irgendwie schien weiterhin etwas nicht zu stimmen. Sie blickte mit Mißfallen auf den Tah-Krug, der an unseren Tisch gebracht wurde, und lehnte auf eine Weise, die ich nur schroff nennen konnte, eine Tasse ab. Als sie redete, war in ihrer Stimme fast ein feindseliger Ton, aber wieder dachte ich, das könnte an meiner Einbildung liegen und außerdem sollte ich ihr gegenüber etwas nachsichtig sein – nach all diesen Jahren mußte es einfach Augenblicke der Verlegenheit geben. Und wahrscheinlich fühlte sie sich auf Ivory nicht sonderlich wohl.

Im Park wird es ihr besser gefallen, dachte ich, denn dort ist es prächtig und schön. So schlug ich also vor, das Mittagessen abzukürzen und zu dem Teil des kaiserlichen Parks zu fahren, der am Fluß liegt.

Kylla verwendete die Methode der Bestechung zur Lenkung ihres Kindes. »Shez!« rief sie ihrer rastlos wirkenden Tochter zu: »Shez, willst du wieder *in der Kutsche fahren?*«

Shez kam sofort herbeigetrottet. Als wir den Park erreichten, lief sie zur Statue von Lin dem Jüngeren hin und wurde sofort von einem Sicherheitsbeamten des Parks in kaiserlicher Uniform geschnappt, der sie hochhob, lachte, wieder auf den Boden setzte und sagte: »Warte auf deine Amme, meine Kleine! Oh ...« Er brach ab, als er Kylla und uns sah. »Deine Mutter, meine ich. Ich bitte um Verzeihung, gnädige Dame.«

Kylla schenkte ihm ihr patentiertes Lächeln und ein ehrliches Dankeschön. Sie kann immer ganz toll Eindruck machen, dachte ich mit einem Neid, der ganz unpersönlich und deshalb nicht im geringsten bitter war. In der Tat spazierte ich hier jetzt zwischen zwei Menschen, deren soziale Fähigkeiten ich einmal hatte lernen wollen. Ich kam mir dabei ein bißchen wie eine arme Verwandte vor.

Selbst im Herbst ist der Nachmittag in der Hauptstadt die heißeste Zeit des Tages. »Gehen wir näher an den Fluß heran«, sagte Kylla. Also nahmen wir die Wegbiegung nach links und kamen über der ersten der neun grünen Terrassen heraus, die zum Wasser hinabführen. »Shez!« rief Kylla, »willst du auf der *beweglichen Treppe* gehen?« Und Shez ließ die Blumen fallen, die sie gepflückt hatte, und rannte hinter uns her.

Rolltreppen werden auf Ivory als närrische Einrichtungen betrachtet, und deshalb wollte man sie in den kaiserlichen Park einbauen. Wie eine silberne Reihe teurer Spielzeuge verbanden sie die grasüberwachsenen Terrassen von oben nach unten. Wir fuhren immer weiter hinab, bis wir auf der vorletzten Ebene angekommen waren und den Pfad entlangschauen konnten, der unten flußaufwärts lief. Auf der anderen Seite des Stroms stand der Sternenturm des Palastes.

Kylla holte tief Atem im Westwind und seufzte zufrieden. Sie zeigte auf den Sternenturm. »Da denkt man an Petevs Monolog, nicht wahr?«

Ich lachte, denn ich erinnerte mich daran, wie ich ihn zuletzt gehört hatte, von Des Helani auf einer windigen Ebene rezitiert, auf dem Heimweg von Totenbrunn. »›Diese Nacht der Nächte‹«, zitierte ich zustimmend. Es ist unmöglich, diesen Monolog nicht zu kennen. Jedes Theaterensemble auf diesem Planeten hatte ihre eigene Version davon, und Zeilen daraus schienen sich überall einzuschleichen – der geringste Bettler auf dem Markt konnte fünfzehn Minuten lang Petev aufsagen, wie er mit gefesselten Händen auf einem Bein dastand.

Ich wandte mich Octavia zu. »Wir sprechen über eine Szene aus einem berühmten Theaterstück«, erklärte ich. »Das ist der Turm, auf dem die historischen Ereignisse wirklich stattfanden. Nicht der Monolog – das ist der Turm, auf dem Petev wirklich die Nacht verbrachte, in der er beschloß, den Kaiser zu töten. Vor zwei Dynastien, glaube ich.«

Kylla lächelte und beobachtete, wie Shez die Zeile blauer Blumen erforschte, die entlang des Pfades wuchsen. »Es ist eines deiner Lieblingsstücke, nicht wahr, Theo? Warum sagst du es nicht für uns auf – Octavia hat es wahrscheinlich noch nicht gehört, und es ist eine sehr dramatische Geschichte.«

»Huch! Du hättest hören sollen, wie mein Freund Des es rezitierte. Der konnte es richtig.«

»Ach, sag einfach ein paar Zeilen. Den Teil, wo er sich erinnert, wie er den Palast besuchte, als er ein Kind war – das ist der Mittelteil«, erklärte sie Tavia, »ich bringe das immer durcheinander.«

Nun, es handelt sich dabei wohl um das schönste Gedicht, das Ivory hervorgebracht hat (leider kann ich den kleinen Ausschnitt hier nur in Übersetzung geben), also lächelte ich, stellte mich gerade hin und sagte: »Diese Nacht, meine Freunde, diese Nacht, in der die beleuchteten Boote von Anemee niemals ihr Dock auf dem See der edlen Seelen …«

Als ich das sprach (ich konnte es nicht auf die Weise deklamieren wie Des, aber damals hatte er sich halb über sich selbst lustig gemacht), sah ich Shez den blauen Blumensaum verlassen, um etwas Neues zu erforschen.

Die Rolltreppen im kaiserlichen Park durchschneiden die Terrassen fast geometrisch. Plötzlich ist da ein Loch im Boden und man steht vor der Einmündung einer Rolltreppe. An der Seite wird sie von einer harten, transparenten Verkleidung abgedeckt, damit niemand hinunterfällt, und diese Verkleidung geht in die transparenten Paneele an der Außenmauer jeder Terrasse über. Gegenüber dem Eingang steht auf jeder Seite ein goldener Geländerpfosten, dann kommt ein schmaler Zwischenraum und dann beginnen die Panele der Verkleidung.

Shez begann die Öffnung zwischen dem Geländerpfosten und der Verkleidung zu erforschen. Aber diese Öffnung war schließlich sehr schmal. Das mußte sie auch sein: Es wäre sonst ein tiefer Fall hinab auf die nächste Terrasse.

Kylla blickte, wie ich sah, immer noch über den Fluß.

»Der goldene Morgen der frühesten Jugend,
verzaubert mit Kunst
Und Vogelgesang in den Gärten meiner
Schwester...«

Ich brach ab. »Sie kann da doch nicht durch, oder?«

Kylla drehte sich um, entdeckte Shez und rief: »He!« Sie raste los wie eine Rakete, mit fliegenden Gewändern, gerade als Shez einen Arm und einen Fuß durch die Öffnung schob.

Kylla zog sie heraus, packte sie an den Schultern und sagte heftig: »Nie, nie, *nie* an den Treppen spielen! Nie!«

Sie schleifte ihre Tochter zu uns herüber, legte die Hand auf das Herz und sagte: »Das gibt einem einen Adrenalinstoß wie nur was!«

Shez schien den Vorfall schon vergessen zu haben. Sie schaute mit großen Augen auf den Kinderspielplatz, der sich (entworfen von einer Reihe kaiserlicher

Architekten) wie ein Miniaturparadies weiter vorn auf der Terrasse erhob. »Darf ich zu der Baumrutsche?«

Kylla schaute mich an und rollte mit den Augen. »Ich werde mal lieber gehen und dafür sorgen, daß sie eine Weile beschäftigt ist. Ihr beide solltet euch sowieso unterhalten.«

Ja, das sollten wir wohl. Meine beiden farbenprächtig gewandeten Freundinnen entfernten sich ein Stück weit auf der Terrasse, und ich schaute auf die Zurückgebliebene in ihrem taubenblauen Kostüm. »Nun«, sagte ich verlegen. Die Atmosphäre schien nicht mehr zu passen für eine Fortsetzung der Rezitation. »Lassen wir den Rest des Gedichts. Es ist allerdings unglaublich schön, Tavia, du solltest dir einmal ein Exemplar besorgen.« Ich hoffte, daß ich nicht sinnlos dahinplapperte. »Das allerletzte Verspaar ist das wunderbarste, was ich je gehört habe – ›Wenn Sand alles bedeckt, was wir erbauten, dann wird er noch …‹«

»Ach, hör auf!«

»Was?« Ich starrte sie verdutzt an. Ihr Gesicht war gerötet und ärgerlich.

»Hör einfach auf damit! Immer mußt du angeben, genau wie früher. Du hast dich kein Jota verändert, Theodora.«

»Was?« wiederholte ich töricht.

»Was bedeutet das schon, daß du eine Menge alter Geschichten gelesen hast! Wen kümmert das? Immer mußt du sie anbringen, immer auswendig lernen und damit angeben.«

Ich spürte, wie ich errötete. »Aber ich habe es nicht auswendig gelernt, es ist ein berühmtes Ge …«

»Du versuchst zu erreichen, daß ich mich minderwertig fühle, weil ich deine ›berühmten‹ Sachen nicht kenne! Du suchst immer das Rampenlicht!«

Ich kam mir vor, als wäre ich nicht nur eine Stufe, sondern eine ganze Klippe hinabgeschritten, die nicht vorhanden war. In meinem Kopf wirbelte alles durcheinander. Hatte Tavia unsere gemeinsame Vergangenheit völlig vergessen? Sie war es doch, die immer Erfolg bei den anderen gehabt hatte! Ich war nur hinterhergelatscht! Sie hatte damit die Realität auf den Kopf gestellt.

Mir blieb die Sprache weg. Tavia machte sich mein unwillkürliches Schweigen zunutze und sagte: »Du schiebst dich immer in den Vordergrund, weißt du. Ich habe immer gesehen, daß du nicht viel davon hieltest, wenn ich versuchte, neue Freunde zu finden, aber du hättest vielleicht…«

Ich fand meine Sprache wieder und platzte heraus: »Aber ich habe immer deine Art bewundert, wie du neuen Leuten begegnet bist! Erinnere dich doch an jenen Abend in der Bar in Comiss Major, als du zu dem Skifahrer sagtest: ›Nein, mir gefällt es, wenn Männer sich betrinken und dumme Sachen rufen.‹« Dieser Skifahrer war ihr die ganzen drei Tage lang gefolgt, die wir dort waren. Sie war an jenem Abend in seltener Hochform gewesen.

»Das habe ich nicht gesagt. Ich würde so etwas *nie* sagen.«

Ich blinzelte und war unfähig, mir auf dieses Leugnen eine Antwort auszudenken. »Aber Tavia, wir hatten eine Menge Spaß miteinander…«

»Ich wollte nicht einmal nach Comiss Major gehen! Das war deine Idee, immer wolltest *du*, daß ich das tue, was du tun wolltest! Wie heute, dieser blöde Park! Ich wußte, daß du dich nicht geändert hattest, ich habe es Hippolitus gesagt! Was, zum Teufel, könnte schon Theodora über Ivory wissen, das irgendeinem etwas helfen würde? Aber er gehört zum verdammten Sicherheitspersonal, und ich bin nur eine von der dummen Produktkontrolle!«

»Ich kann nicht ver…«

»Ich wollte dich gar nicht treffen, du dumme Gans! Große Einheit, das Ego dieser Frau! Was glaubst du, warum ich nie deine Briefe beantwortet habe?«

»Ich dachte... ich dachte, nach meinem Umzug nach Athena würden die Zensoren...«

»Zum Teufel mit den Zensoren! Ich habe dich nicht einmal besucht, als ich meine erste Stelle bekam, als du noch auf Pyrene warst!«

»Du sagtest, du seist beschäftigt...«

»Jeder andere hätte den Wink verstanden! Aber nicht Theodora, das Wunderkind, das alles aus der Altertumsbibliothek liest und seine pyrenesische Staatsbürgerschaft aufgibt!«

Ganz fern wurde ich mir bewußt, daß Kylla zurückgekehrt war, nachdem sie die laute Stimme gehört hatte, und jetzt mit großen Augen dastand und Shez an der Hand hielt.

»Aber...« Ich suchte tastend nach Gemeinsamkeiten. »Erinnerst du dich an den Abend vor dem Schulabschluß, als wir nasses Papier in die Unterrichtsmaschinen stopften?«

»Das war deine Idee, nicht meine! Ich sagte dir, die Präfekten würden sich aufregen! Und sicher ging das nicht auf dein Konto, oder, und auch nicht auf irgend einem anderen verdammten Planeten!«

Ich legte die Hand auf mein Gesicht: es schien noch da zu sein, obwohl es glühte wie ein Pfannkuchen. »Ich dachte – du hast nie gesagt...«

»Ach, erzähl mir doch nicht, daß das für dich überraschend kommt – du hast mir doch heute schon den ganzen Tag kleine Seitenhiebe versetzt!«

»Ich habe *was?*«

»Du hast in dem Restaurant Salat bestellt! Denk bloß nicht, ich weiß nicht, was das bedeutet!« Und nach dieser empörten Feststellung drehte sie sich um und rauschte davon.

Und ich stand da. Kylla kam zögernd näher. »Theo, meine Liebe, alles in Ordnung?«

Ich nickte vage.

»Ich glaube, wir sollten dich lieber heimbringen«, sagte sie munter.

Ich folgte ihr aus dem Park hinaus.

Shez war auf der Heimfahrt ungewöhnlich still. Kylla klopfte an das Dach der Kutsche, streckte den Kopf hinaus und sagte: »Wir bringen zuerst die Dame Theodora nach Hause, Kutscher. Wenn man Sie nicht im voraus bezahlt hat, dann werde ich zahlen, wenn wir bei mir ankommen.«

Als wir mein Haus erreichten, sagte Kylla: »Geh hinein und gieß dir einen guten starken Drink ein, meine Liebe. Ich muß jetzt Shez heimbringen, aber ich rufe dich später an.«

»Was bedeutet es, wenn man Salat bestellt?« fragte ich.

»Daß du hungrig bist, denke ich, meine Liebe. Jetzt geh rein!«

Ich ging also hinein und begann natürlich ganze Eimer vollzuheulen, sobald ich durch den Eingang war.

Einige Stunden später kam Ran heim. Er küßte mein ziemlich aufgedunsenes Gesicht und sagte: »Du solltest deine Nachrichten auf dem NETZ beantworten. Kylla hat mich in Braece angerufen und gesagt, du hättest den Nachmittag mit einer zweiten Clintris na'Fli verbracht.«

Ich kicherte, weniger, weil mir danach zumute war, sondern mehr, weil es lieb von Ran war zu versuchen, mich aufzuheitern, und sagte: »Kylla hat nichts in der Art zu mir gesagt.«

»Na ja, sie hätte es gesagt, wenn sie Clintris gekannt hätte. Sie sagte: ›Wenn das nicht eine Freundin unserer Theo wäre, dann hätte ich von Anfang an gesagt, daß sie das ungezogenste und ungehobeltste Wesen ist, das ich je gesehen habe. Eine richtiggehende *Tymon,* Ran ...

und ich meine das nicht so wie du, wenn du dieses Wort für Theo benutzt.‹«

Ach, die liebe Kylla. Rans Stimme glich natürlich nicht im geringsten der ihren, aber sein Gesichtsausdruck war unheimlich ähnlich.

Nachdem er mich eine Stunde lang gehätschelt hatte, hatte ich die Sache soweit überwunden, um zu erkennen, daß ich sie schließlich überwunden hatte. Als er sah, daß ich mich erholt hatte, sagte Ran: »Kylla spricht die Standardsprache, weißt du.«

»Ich wußte es nicht, aber es überrascht mich nicht.«

»Sie hat eine Menge von deinem Gespräch mit dieser Frau von Pyrene erzählt. Die Erwähnung von Hippolitus war interessant. Sagtest du nicht, das sei der Name des Mannes gewesen, der das Bergbauprojekt im Nordwest-Sektor leitet?«

»Ja, der Gouverneur stellte ihn damals der Menge in Kynogin vor – du weißt, als ich die gestohlenen Rinder hinbrachte. Es ist fast sicher derselbe Mann. Pyrene ist sehr sparsam im Verteilen von Eigennamen, deshalb haben wir auch so viele verschiedene.«

»Wenn er wirklich zu den Sicherheitsleuten von Pyrene gehört, dann bringt einen das auf eine Menge Gedanken hinsichtlich seiner Anwesenheit im Sektor. Diese Bergbaugeschichte war recht dürftig, aber sie diente dazu, die Leute aufzuhetzen. Und sie übte Druck auf die Banditen aus, auf den sie reagieren würden. Man könnte fast denken, daß sie darauf abzielten, eine neue Rebellion im Sektor zu provozieren.«

»Oh, natürlich, das war klar, sobald sie es sagte.« Ich schniefte. Ich war immer noch nicht ganz frei von diesen dummen Weinkrämpfen.

»War klar?« Ran klang überrascht.

»Ja, und es waren vermutlich pyrenesische Agenten, die diese hilfreichen kleinen Maßnahmen bei der Sabotage der Tah-Transporte verübten, die Stereth nicht erreichen konnte. Er schien mir immer von einigen dieser Nachrichten ein bißchen überrascht zu sein.«

»Das war klar, sobald deine Freundin sprach? Und du hast mir nichts gesagt?«

»Verdammt, ich war aufgeregt!« Ich schniefte wieder. Ganz offensichtlich hatte für ihn eine von Fremden angefachte Rebellion ein anderes Gewicht als die Zurückweisung durch eine Freundin. Aber schließlich war es ja nicht seine Freundin gewesen ... oder seine einzige Jugendfreundin.

Er seufzte. »Meine liebe, liebe Frau.«

Bisher war er gestanden, jetzt zog er mich neben sich auf den Diwan. »Was fangen wir mit diesen Informationen an?«

Ich erinnerte mich an jenen Tag in Comiss Major, als Tavia die Hände gehoben hatte, um den Schnee zu fangen. Hatte sie sich wirklich schon damals über mich geärgert?

Ran zupfte an meinem Gewand. »Was machen wir mit diesen Informationen? Wir wollen doch damit gewiß zu niemandem von der kaiserlichen Regierung gehen.« Wenn es sich vermeiden läßt, dann will auf Ivory niemand etwas mit der kaiserlichen Regierung zu tun haben, und wenn man doch muß, dann ebnet man sich den Weg mit Bestechungen. Außerdem wäre kein bestimmter Beamter, wenn wir uns an ihn wandten, notwendigerweise an diesen Fakten interessiert – diese Beamten waren ein notorisch egozentrischer Haufen.

»Ich habe immer noch meine Kontakte zur Athenanischen Außerplanetarischen Sicherheitsabteilung«, wandte ich ein. »Falls man dort denkt, daß Pyrene hier zuviel Macht bekommt, dann unternimmt man vielleicht etwas, um Pyrene Einhalt zu gebieten ... Oder vielleicht auch nicht. Ich weiß wirklich nicht, was ihre Ziele sind. Und ich habe heute nicht das Gefühl, daß ich vorhersagen kann, was sie tun werden.«

Er küßte mich auf die Stirn. »Werde nur nicht paranoid, du machst deine Sache schon ziemlich gut.«

»Ich bin jedenfalls vom athenanischen Geheimdienst enttäuscht. Ich hatte schon daran gedacht, meine Beziehungen dorthin abzubrechen.«

»Hmm. Da bleiben nicht viele Alternativen für uns übrig. Aber mir gefällt die Idee absolut nicht, daß ein Haufen ausländischer Barbaren versucht, auf meinem Planeten herumzupfuschen.« Er hielt inne. »Wir kennen einen kaiserlichen Minister. Wir könnten es Stereth sagen.«

Ich hob das Gesicht von seiner Schulter und blickte ihn an.

Er erwiderte den Blick schüchtern. »Na ja, weißt du«, sagte er, »wir waren schließlich in der ursprünglichen Bande.«

»Der Minister schläft. Sie müssen am Morgen wiederkommen.«

Wir standen auf den Stufen zu Stereths Villa, nachdem uns zwei kräftige kaiserliche Gentlemen mit Pistolen durch seinen riesigen Garten begleitet hatten. Für eine Herbstnacht war es warm, und die Luft war voller Düfte.

»Würden Sie bitte dem Minister mitteilen, daß Sokol und Tymon hier sind?«

Der Pförtner musterte unsere Kleider und unseren Schmuck. »... Sokol«, sagte er, als überlegte er, ob es sich um einen Scherz handle.

»Und Tymon«, fügte ich hinzu.

»In dringenden Geschäften, die nicht aufgeschoben werden können.« Das ist der schon fast rituelle Satz, den wichtige Leute in der Hauptstadt benutzen, um anderen wichtigen Leuten zu signalisieren, daß sie wirklich miteinander reden müssen.

Der Pförtner verneigte sich; wenigstens wußten wir das Richtige zu sagen. Er verschwand.

Die beiden bewaffneten Wachen blieben zurück. »Nun ja, in den alten Zeiten hat er gewöhnlich *uns* aufgeweckt«, stellte Ran fest.

Und man hoffte, daß er dadurch nicht allzu sehr gereizt würde. Es gab auf Ivory eine lange Tradition, daß Leute, die neuerdings zu respektablen Ministern geworden waren, alte Bekannte umbrachten, wenn die indiskret aus ihrer Vergangenheit auftauchten. Aber ich glaube, wir beide hatten das Gefühl, daß Stereth zu denen gehörte, die zuhören, bevor sie etwas derartiges tun. Trotzdem sah Ran nachdenklich drein, während wir warteten.

Eine gute Viertelstunde verging. In meinem Geist erlebte ich immer wieder die Ereignisse dieses Tages. Ich würde Petevs Monolog nie wieder mit festlicher Freude hören können; diese glänzenden Worte waren für immer verletzt und beeinträchtigt durch die Erinnerung an diesen sonnigen Nachmittag am Fluß. Wie hatte ich mich so täuschen können?

»Produktkontrolle«, murmelte ich.

»Was?« fragte Ran.

»Als ich Salat bestellte, dachte sie vielleicht, daß ich mich über ihre Versetzung zur Produktkontrolle lustig machte.«

»Theodora, meine Liebste, vielleicht könntest du die Verrückte mal vergessen, die du heute nachmittag getroffen hast, und dich wieder auf die Sache konzentrieren, um die es hier geht ...«

Er hatte recht, und ich hatte wahrscheinlich sowieso unrecht, was die Salatgeschichte anging. Die Götter wußten, daß ich mit allem anderen, was ich über Octavia gedacht hatte, völlig falsch lag.

Der Pförtner kehrte zurück. »Der Minister empfängt Sie. Sie müssen im Besucherzimmer warten, bis er beliebt zu kommen. Sie haben ihn aufgeweckt, wissen Sie.«

Das Besucherzimmer war ein großer Salon mit Seidenkissen und vielen alten, gewaltigen Ölgemälden, die politisch korrekte Szenen aus der Geschichte von Ivory darstellten. Kerzenständer betonten die Bilder und die Skulpturen aus Holz und Stein an den Wänden; ein Kronleuchter, der offensichtlich mit importierten athenanischen Energiezellen betrieben wurde, dominierte die Decke. Ein quadratischer goldener Tisch stand auf einer Seite des Raums, er war umgeben von Kissen und trug in der Mitte einen Ständer für einen Tah-Krug. Der Pförtner führte uns zu dem Tisch und verließ uns dann, um zu seinen Pflichten zurückzukehren.

Einen Moment später kam Stereth herein. Er trug blaue und rote Seidengewänder, die mit Goldstickerei gesäumt waren, und rote Plüschpantoffeln. Aber das war nicht das einzige, weshalb sein Aussehen mir so seltsam erschien; sein Haar war ordentlich geschnitten – nun ja, sein Haar war immer ordentlich geschnitten gewesen, denn er gab immer auf seine Erscheinung acht –, aber es war nach der Mode der Hauptstadt geschnitten. Bevor er zu uns herantrat, holte er eine ganz gewöhnliche Brille aus der Brusttasche seines Obergewands und hakte sie in der alten, vertrauten Geste über jedem Ohr fest. Ich lächelte.

»Tymon!« Er hatte meinen Blick zuerst aufgefangen. »Und Sokol. Es ist gut, euch gesund und sicher zu sehen. Ich habe Tah und Wein bestellt, die werden gleich hier sein. Bitte, setzt euch.«

Wir setzten uns, und er fuhr fort: »Ihr müßt Cantry entschuldigen, sie war zu schläfrig, um aufzustehen. Sie läßt euch grüßen.« Ich hatte überlegt, ob er wohl Cantry bei sich behielt, und hier war die Antwort. In einem Anfall von Paranoia bemerkte ich jedoch, daß wir Cantry nicht wirklich *gesehen* hatten. Er redete weiter: »Und ihr beiden? Darf ich euch gratulieren …?«

Er formulierte es auf die diskrete Weise, wie man diese spezielle Frage stellt.

»Ja«, sagte Ran, der inzwischen schon gewöhnt war, auf diese Frage zu antworten. »Wir haben unsere Vierviertelnacht hinter uns gebracht.«

»Ausgezeichnet! Wißt ihr, ich habe immer geglaubt, daß ihr beide ein gutes Paar abgebt, besonders nachdem Tymon sich so wegen deiner Einkerkerung aufgeführt hatte.«

Ich lächelte ernst.

Natürlich keine klassische Paarung«, fuhr er fort. »Nicht die landläufige Art, wie eine Familie sie arrangieren würde …«

Du kennst Rans Familie nicht, dachte ich.

»… aber da ich euch beide im Einsatz erlebt habe, muß ich zugeben, daß es funktioniert.«

Selbst als ein altes verheiratetes Paar schienen wir schäbige Helden zu bleiben.

»Es ist höflich von dir, daß du uns empfängst«, versicherte Ran.

»Nun, ich wußte, es muß etwas Wichtiges sein, wenn ihr zu einem besonderen Besuch kommt. Schließlich neigen neu amnestierte Banditen traditionell dazu, ihre früheren Verbündeten umzubringen.« Er lächelte, und ich wußte, daß er uns nur aufzog. Ich entspannte mich.

»Du unternimmst keine großen Anstrengungen, um dich selbst von der Vergangenheit zu distanzieren«, bemerkte Ran. »›Minister Tar'krim‹? Du bist meines Wissens der erste, der seinen Straßennamen beibehält.«

Ein alter, schläfrig wirkender Mann schlurfte mit dem Tablett herein; Stereth nahm es ihm ungezwungen ab und goß uns allen Tah ein. Natürlich gab es theoretisch keinen Grund, warum er uns nicht vergiften würde, aber es wäre unhöflich gewesen abzulehnen. »Ja, das erschien mir als die beste Vorgehensweise«, sagte Stereth. »Diejenigen Leute in der kaiserlichen Regierung, die aus den Sechs Familien kommen, werden in mir immer den Banditen sehen; aber da ich keinen neuen Namen annehme, komme ich auch nicht als Emporkömmling daher. Ich ziehe es vor, nicht als ein weiterer Parvenü betrachtet zu werden, der um gesellschaftliche Anerkennung bettelt.«

»Du hättest deinen alten Namen wieder annehmen können«, sagte Ran.

»Nein, das konnte ich nicht«, sagte er knapp, und damit war dieses Thema abgehakt.

»Außerdem, wenn dein Name eine Legende ist«, warf ich ein, »weshalb solltest du ihn ändern?«

Er lächelte wieder. »Er gibt mir ein gewisses Prestige bei manchen der Leute, mit denen ich zu tun habe. Und die anderen hält er auf Trab.«

Wir sprachen einige Minuten lang über die Gemälde an der Wand, bis wir alle unser Tah ausgetrunken hatten; dann goß Stereth Wein für uns ein und fragte: »Gibt es etwas, womit ich euch helfen kann?«

»Tymon kann es dir am besten erzählen«, sagte Ran.

Also erzählte ich ihm, was ich gehört hatte, und deutete an, was ich vermutete. Er hörte mir zu. Als ich fertig war, sagte er: »Was bringt dich auf den Gedanken, ich hätte ein Interesse an einem Komplott von Pyrene und ein paar bestochenen Beamten?«

»Zuallererst«, erwiderte Ran, »glaube ich, daß der neue Minister für Provinzangelegenheiten in den Provinzen nichts passieren lassen würde, solange er keine Gelegenheit hatte, sie selbst auszurauben.«

Stereth brach in Gelächter aus. Es war ein fröhliches Lachen, wie ich es nie von ihm im Sektor gehört hatte. »Schade, daß Cantry im Bett geblieben ist. Schon gut, Freunde, wir müssen das nicht vertiefen. Ich werde mich um die Sache kümmern. Reicht das?«

Ran nickte. Nachdem unser eigentliches Anliegen geklärt war, setzte ich die Weinschale ab und sagte: »Ich habe versucht herauszufinden, was mit einigen anderen von der Bande geschehen ist. Hast du eine Ahnung?«

Er glättete sein Seidengewand. »Nenne mir den Namen, und ich sage euch, was ich weiß.«

Und das tat er. Grateth war Farmer geworden und im Nordwest-Sektor geblieben. Des hatte etwas von einer möglichen Anstellung bei der Hauptstadt-Wanderbühne erzählt, aber es wurde nichts daraus, und niemand wußte, wo er sich jetzt aufhielt. »Geschnappt und verprügelt bei einem Versuch, die Fliegerrennen zu manipulieren, wurde er allerdings auch nicht. Das habe ich überprüft.«

»Wie steht es mit Sembet Triol? Er war in jener Nacht nicht im Fort …«

»Nein.« Stereth biß sich auf die Lippe. »Er wurde begnadigt, aber seine adelige Familie weigerte sich, ihn wieder aufzunehmen.«

»Aber ein kaiserliches Dekret soll doch die Vergangenheit auslöschen …«

»Die Sakris sind eine ältere Familie als die Mellevils.« Der Familienname des Kaisers war Mellevil. Ich hatte nicht gewußt, daß Sembet Triol ein Sakri war. Das war auch unser Klient, falls Sie sich erinnern – obwohl ich nicht glaube, daß es einen Unterschied gemacht hätte, wenn wir von dieser Verbindung gewußt hätten. Die Sakris sind eine große Familie.

»Wo ist er denn jetzt?«

»Ich weiß es nicht. Er ließ sein Kurzschwert im Haus der Gerechtigkeit zurück, nahm seine Abfindungszahlung und sagte mir, er gehe nach Westen. Ich weiß nicht, wohin. Vermutlich werden wir es nie erfahren.«

Wir werden es nie erfahren. Eine so endgültige Formulierung. Es gibt einen Ausdruck auf Ivory: *Penathi so mai,* ›der Wind, den wir in den Zweigen hören und den wir nie sehen werden‹. Das bedeutet: laß es los. Wie *Ishin na'telleth* war es ein ivoranisches Motto, nach dem ich nicht leben konnte.

Wo war die Struktur? Wo waren der Anfang, die Mitte und das Ende? All diese Geschichten und Mythen hatten mich nie ganz auf die Tatsache vorbereitet, daß es einfach einige Dinge gibt, die wir nie erfahren werden. *Welches Lied die Sirenen sangen oder welchen Namen Achilles benutzte, als er sich unter den Frauen verbarg.* Wohin Sembet Triol gegangen war und was aus ihm werden würde, und warum die Magie bei einigen Leuten funktionierte und bei anderen nicht, und wann genau Tavia begonnen hatte, mich zu hassen.

»Wie ist das mit der Abfindungszahlung?« fragte Ran.

»Ich habe es eingerichtet, daß fünfhundert Goldtabals an jedes Mitglied der ursprünglichen Bande gehen, oder an jeden, der in jener Nacht im Fort war.«

Kein Gold für uns? Ich schaute Ran an, dessen Blick antwortete: *Wir wollen unser Glück nicht überstrapazieren.* Er sagte zu Stereth: »Was ist mit den anderen?«

Stereth zuckte die Achseln. »Sie wurden alle begnadigt.«

»Aber sie bekamen kein Geld. Einige davon werden wieder beim Banditentum landen.«

»Am Schluß waren wir vierhundert«, sagte Stereth nüchtern. »Die Regierung konnte nicht jeden Fall einzeln behandeln und freikaufen. Sie hätten meine Verhandlungen nie ernst genommen, wenn ich darauf bestanden hätte.«

»Hast du dich überhaupt darum bemüht?« fragte ich.

Er nahm von einem nahen Podest eine Schale mit Ki-Nüssen und reichte sie mir. »So ist nun mal das Leben. Es geht ihnen doch jetzt besser als damals, bevor sie mir begegnet waren, oder?«

Das stimmte zwar, war aber trotzdem deprimierend.

Stereth musterte Ran. »Ich hoffe, ich habe euch helfen können. Vielleicht kannst du in der Zukunft mir einmal einen Dienst erweisen, gnädiger Sir Cormallon.«

Ran wurde blaß und sagte: »Ich bin immer bestrebt, einem Freund einen Dienst zu erweisen.« Ein allgemeine Aussage, die zu nichts verpflichtete.

»Als Minister für Provinzangelegenheiten halte ich immer Ausschau nach neuen Talenten. Theodora – Tymon, meine ich – ist ebenso willkommen.«

Minister für Provinzangelegenheiten. Zum erstenmal dachte ich über diese Bezeichnung nach. Der Kaiser war wohl froh gewesen, ihm diesen Titel zu geben, denn niemand sonst wollte diesen Posten. Einserseits bedeutete er tatsächliche Arbeit. Andrerseits, und das war der springende Punkt, bedeutete er Beschäftigung mit den Provinzen ... die den Sechs Familien nicht mehr galten als Dunghaufen. Der überwältigende Anteil der Lebensmittellieferungen, des Tah, der Waffen und des Militärpersonals kam aus den Provinzen, aber auf den Gedanken würde man nicht kommen, wenn man auf die Nachrichten hörte, die aus der Hauptstadt kamen. In der Hauptstadt war man fast ausschließlich mit sich selber beschäftigt, und jeder junge Mensch aus den Provinzen, der etwas taugte und nachts wachlag und dem NETZ lauschte, wollte in die Hauptstadt wegrennen, um dort sein Glück zu versuchen. Wenn sie jedoch alle zu Hause blieben und sich *organisierten*, dann könnte nichts sie aufhalten.

Stereth war ein Mann mit Erfahrungen in der Provinz. Sicherlich waren ihm diese Gedanken gekommen. Vielleicht war ich paranoid, aber es schien mir plötzlich, daß die Provinzen nur jemanden mit einer Vision brauchten, der eine Allianz zustandebrächte, und Stereth erschien mir gerade der zu sein, der es tun könnte. Oder der für den Versuch, es zu tun, enthauptet werden würde.

Ich würde mit Interesse seine Karriere verfolgen – aus der Ferne.

Ran überdachte Stereths Angebot höflich, wie ich sah. Ich fing seinen Blick über den Tisch hinweg auf und formte mit den Lippen stumm die Worte: »Hüte dich vor hohen Plätzen!«

Er lächelte Stereth freundlich an. »Ich möchte dich nicht enttäuschen, aber die Angelegenheiten meines Hauses nehmen soviel Zeit in Anspruch …«

Stereth wischte mit einer Geste das Thema beiseite. »Reden wir nicht mehr darüber! Es war nur eine Idee.« Er langte nach einem anderen Podest, auf dem ein Teller mit kandierten Früchten stand. »Möchtest du ein Stück?«

Ran zögerte fast zu lang, dann nahm er eins.

Die Türen des Besucherzimmers schlossen sich hinter uns und ich holte tief Luft. »Es ist gut, am Leben zu sein, nicht wahr?«

Ich sprach in der Standardsprache, da der Pförtner bei uns war.

»Er hat mit Bedacht unsere beiden Namen verwendet«, sagte Ran. »Ich frage mich, was er als Gegenleistung dafür verlangen wird, daß er über dieses kleine Kapitel in unserem Leben schweigt.«

Wir erreichten das Vestibül, wo die Türen zum Garten offenstanden. Ich sah dahinter den Kopf einer der Sicherheitswachen. »Bitte warten Sie hier einen Moment«, sagte der Pförtner mit seiner zittrigen Stimme. »Ihre Begleitung wird gleich kommen.« Und er wackelte zu einem Schemel an der Wand und setzte sich hin.

»Was auch immer es ist«, sagte ich, »wir werden uns darüber Gedanken machen.« In diesem Augenblick, unter dem Sternenlicht und inmitten des schweren Dufts der Rosen, schien nichts zu schwierig. Ich atmete den Wohlgeruch und den Nachtwind ein.

»Dem Tod aus dem Weg zu gehen hat manchmal diese Folge«, sagte Ran sachlich und setzte sich auf eine Bank.

Ich setzte mich neben ihn und dachte über eine Kultur nach, die sich darauf spezialisiert hat, ihre Feinde zu kaufen oder sich einzuverleiben. Es funktionierte aber nicht immer, oder? Siehe Petev und Copalis in *Tod eines Kaisers.*

»Ran, ich habe eine Frage.«

Er seufzte. »Nein, ich weiß nicht, was die Anspielung auf den Salat bedeutet. *Niemand* weiß es. Gehen wir einfach heim und gönnen wir uns etwas Schlaf.«

»Ich habe gar nicht daran gedacht.«

»Oh, verzeihe. Was war es dann?«

(Ich muß Ihnen noch sagen, bevor Sie sich darüber den Kopf zerbrechen wie ich, daß wir nie herausbekamen, was die Anspielung auf den Salat bedeutete. Ein paar Wochen später packte ich meinen Mut zusammen und rief Octavia an und fragte sie, weil ich dachte, es würde mich für den Rest meines Lebens verfolgen, wenn sie den Planet verließe, bevor ich es herausgefunden hätte. Wir sprachen kurz über das NETZ, und ich erinnere mich noch, wie ärgerlich sie ihre Augen aufriß, als ich sie fragte, ob es irgend etwas mit ihrer Versetzung zur Produktkontrolle zu tun hätte. »Nein, hat es nicht, Theodora. Du *weißt,* was es bedeutet.« Ich gewann den Eindruck, daß sie nicht fassen konnte, wie unverfroren ich Unwissenheit vorheuchelte. Dann sagte sie: »Ich kann dir nicht glauben!« und schaltete ab. Jetzt wußte ich es nicht nur nicht, sondern meine Lieblingstheorie war auch umgeworfen worden.

Übrigens wurde auf Cormallon die ganze Episode der pyrenesischen Verwicklung in die Anzettelung einer Rebellion und unseres Besuchs bei Stereth später immer kurz ›der Salatvorfall‹ genannt.)

Aber bei Rans Worte dachte ich noch einmal kurz an diesen Nachmittag, und mir kam der Gedanke, daß ich vielleicht der armen Shez, die keine Ahnung gehabt hatte, was passierte, den Ausflug verdorben hatte. Ich erinnerte mich, wie still sie gewesen war, bis Kylla ihr sagte, sie solle Adieu sagen zu Tante Theod…

»Ihr Götter!«

»Was ist?« fragte Ran und blickte wachsam um sich.

»Ich bin eine der Cormallon-Tanten geworden!«

Er brach in Lachen aus. »Schick nächstesmal ein paar Leuchtsignale hoch, damit ich deinen Denkprozessen folgen kann.«

»Hier sind sie«, sagte der alte Pförtner plötzlich, als die beiden bewaffneten Kaiserlichen, die uns schon hergebracht hatten, am Eingang erschienen.

»Bitte folgen Sie uns, gnädige Herrschaften«, sagte einer von ihnen, und wir gingen vorsichtig hinter ihnen her. Mit Kaiserlichen treibt man keine Späße.

So verließen wir also Stereths kleinen Palast und folgten ihnen unter den Sternen über die kiesbestreuten Wege zum Tor. Auf beiden Seiten plätscherten Springbrunnen. Und ich dachte an die Rückfahrt von Tuvin im Bodenwagen, diese ganze lange ermüdende Reise, und wie ich aus einem Nickerchen erwacht war und zu meiner Rechten auf die bewässerten Felder am Fluß schaute. Es herrschte Abendlicht, und die tiefstehende Sonne zeichnete lange, köstliche Schatten auf das saftige Gras. Ein Stück von der Straße abgesetzt stand ein weißes Haus mit hölzernen Pfeilern. Südlich davon dehnte sich ein weiter Rasen aus, der am Rand mit Fadennußbäumen gesäumt war, die sich zum Fluß bogen. Und mitten in diesem Meer von Gras stand ganz allein ein kleines Mädchen und fuchtelte mit den Armen herum, als dirigierte es ein großes und unsichtbares Orchester. Sie war so sehr in ihr Tun vertieft, daß sie uns nicht vorüberfahren sah.

Woran dachte sie? War der Mann, der auf den Vorplatz des weißen Hauses herausgekommen war und der wie suchend nach Norden und nach Süden schaute, ihr Vater? Natürlich sah ich sie nie wieder, und vermutlich wird es nie wieder in meinem Leben einen Grund geben, auf die Straße nach Tuvin zurückzukehren. Und ich dachte an all die Andeutungen, an all das funkelnde Glitzern auf dem Fluß, an all die Geschichten, deren Ende wir nie erfahren werden.